U0562949

NEW VISION

新 视 界

始 于 未 知　去 往 浩 瀚

国家出版基金项目
NATIONAL PUBLICATION FOUNDATION

中国诗歌叙事传统研究

魏晋至初盛唐诗歌叙事传统研究

情事消长

李 翰 著

上海远东出版社

图书在版编目（CIP）数据

情事消长：魏晋至初盛唐诗歌叙事传统研究 / 李翰
著. —— 上海：上海远东出版社，2024. ——（中国诗歌
叙事传统研究丛书）. —— ISBN 978 - 7 - 5476 - 2051 - 9

Ⅰ. I207.22

中国国家版本馆 CIP 数据核字第 2024CB8282 号

出 品 人　曹　建
责任编辑　王智丽
封面设计　观止堂 _ 未氓

本书为国家社科基金重大项目"中国诗歌叙事传统研究"课题
（15ZDB067）研究成果

本书获 2022 年度国家出版基金资助

中国诗歌叙事传统研究丛书

情事消长：魏晋至初盛唐诗歌叙事传统研究

李　翰　著

出　　版　上海远东出版社
　　　　　（201101　上海市闵行区号景路 159 弄 C 座）
发　　行　上海人民出版社发行中心
印　　刷　上海颛辉印刷厂有限公司
开　　本　890×1240　　1/32
印　　张　14.5
插　　页　4
字　　数　326,000
版　　次　2024 年 10 月第 1 版
印　　次　2024 年 10 月第 1 次印刷
ISBN　978 - 7 - 5476 - 2051 - 9/I·393
定　　价　88.00 元

丛 书 说 明

"中国诗歌叙事传统研究"丛书一套七册，是国家社科基金重大项目"中国诗歌叙事传统研究"最终成果的结集。这七种书，由该课题六个子课题的成果（六册）和首席专家执笔的《诗心缘事：中国诗歌叙事传统研究引论》（一册，以下简称《引论》）组成。

感谢国家社科基金领导小组批准我们课题组以丛书形式结项。

感谢结项评审专家组不辞辛劳、认真负责地审阅本课题200万字左右的成果文本，特别感谢他们给予本成果的好评和提出的许多宝贵批评意见。这对我们增强信心继续修改以提高书稿质量，是巨大的鼓舞和帮助。

我们的课题偏于理论探讨的性质，特别应该充分发扬学术民主，百花齐放、百家争鸣，集思广益，乃至求同存异，所谓"旧学商量加邃密，新知培养转深沉"。课题的进行是科学研究的过程，即使课题结项，研究成果进入社会，也只是新的更大范围探讨商榷的开始。在将近六年的研究和写作过程中，我们一直抱持着这样的理念，也是这样实践的。我们的研究成果，从《引论》到所有子课题的文稿，均经个人钻研撰写，传阅互读，反复讨论斟酌修改甚至重写，终于形成几部（而不是一部）

1

学术专著。这些著作有一个共同的论题，有一致的理论基调和旨趣追求；而研究对象，除《引论》外，则各为中国诗史的某一段落。各子课题参与撰写的人数不等，学术水平也有参差，但各子课题负责人均认真组织，认真统稿，各自完成为一部独立的著作。毋庸讳言，各书在论述的结构安排，材料的选取运用，特别是文字风格上，是各具特色，各有短长，但都达到了一定的学术要求。鉴于这个情况，我们决定，各书保持自己的特色，不再进一步统一，而以丛书形式出版。丛书不设主编，各册相对独立，按撰写的实际情况署名，以体现对执笔人劳动和著作权的尊重，体现学术自由争鸣、文责自负的原则。

文史异同与关系问题，正在成为学界关注的热点，而叙事和叙事传统正是沟通文史的根本关键。深入研究叙事，绝不仅仅是对西方学界的呼应，而且是我国文史学术自身发展的需要。希望这套丛书对此有所贡献。

感谢上海远东出版社的大力支持，感谢诸位编辑的辛勤劳动。

感谢国家出版基金的有力资助。

感谢一切关心本书的学界同行和阅读本书、批评本书的所有读者。

中国诗歌叙事传统研究课题组

2022 年 10 月

前　言

　　魏晋南北朝至盛唐前后，习惯上被称为中古时期。文学史上，此段被普遍认为是一个"文学自觉"时代。"文学自觉"的义涵，既包含文体意识的自觉、文学表现方法的自觉和进化，也包含文学的观念觉醒，文人的身份自觉等方面。其中，文学观念的觉醒、文人身份的自觉是"文学自觉"中人的因素，其基础便是文人的主体自觉。这反映在文学史上，是文人诗文的大繁荣，而抒情性则是文人主体自觉的重要表现。因此，就中国诗歌叙事传统而言，魏晋南北朝至盛唐前后的诗歌在某种程度上是重抒情反叙事的；不过，从另一个角度看，这又是此一阶段诗歌叙事传统所表现出的重要特性，即其是与抒情相互作用、磨合和融汇的一个文学传统。

　　本书首先从概念上对中国文学中的"事""情""叙述""叙事"等概念作了较系统的梳理和辨析，认为中国文学中的"事"与"叙事"的义涵不等同于建立在西方文学传统上的叙事概念，"情"因事起，情中有事，情与事有关联，却又难以截然分割。而叙事作为诗歌的表现方法和技术，也是客观存在。从逻辑和学理上论证了叙事传统在这一时段的存在及其基本特征。

　　其次，本书从文学史、文体史演进的角度，考察叙事、抒情之互动作为诗体演进的动因之一，如何推动着魏晋南北朝的

1

诗体新变，推动着中国古典诗歌从古体向近体的演化。

再者，本书在大的文学史、文体史的框架脉络下，通过重点作家、作品、作家群的案例研究，揭示中国诗歌叙事传统在此段的具体表现和运行机制，阐释叙事传统对中古诗歌风貌特征的型塑作用。

最后，在诗歌叙事传统之外，诗歌的叙事批评也是本书所重点关注的对象，书中从诗歌的发生、诗歌的表达、诗歌的思想等方面对此期诗歌叙事批评作了较系统的考察，丰富了中古诗歌批评史，也在一定程度上为诗歌叙事学贡献了中国文学本土经验和批评实践。

本书没有巨细无遗地对中古诗歌叙事的现象作完整的描述，而是围绕上述重要问题和主要方面，截取不同时段的诗歌史，作切片式的考察和探究，意在通过这些关键性的问题，反映中国诗歌叙事传统在这一阶段的特征、表现，以及此段诗歌叙事对中国诗歌叙事传统的作用。

通过本书的研究，大致能得出如下重要认识：其一，中古诗歌叙事传统，是在与抒情传统相互博弈、融合之中形成的，情因事发，事以情观，情事交融。其二，抒叙博弈、融合也构成中国诗歌乃至中国文学叙事的特征，与西方文学实践所建构的以讲故事为主要特点的叙事学有所不同。因此，中古阶段可以说是中国诗歌叙事传统民族特性的成型期。其三，中古诗歌抒叙博弈、融合的叙事传统，对于诗歌体式、诗歌写作技法、诗歌批评等都有重要作用和影响，是中古诗歌史、批评史发展演化的重要动因之一。其四，中古诗歌叙事传统所表现出来的特点，提示了建构立足于中国本土文学实践的文学叙事学的可能性与必要性。对这一学术前景而言，本书不过是一段不算完备的序引。

目　录

绪论

文学自觉与诗歌鼎盛时代的抒情与叙事

一 诗歌叙事传统之义涵及其表现

魏晋南北朝至隋唐，是传统意义上的中古时代，魏晋南北朝可称之为中古前期，隋至中唐可称之为中古后期。① 为行文方便，后文即以中古前后期指代所论时代范围。从诗歌史与文学史的整体来看，魏晋至隋唐的文学叙事、叙事文学似乎处于低潮，或曰潜伏期。不过，以叙事传统而论，此期诗歌又是整个中国文学叙事传统的有机组成部分，有其值得注意的特色，也有其历史价值。

---

① "中古"是一个动态的概念，如晋唐时期，多称三代为上古，战国至秦汉为中古。现代史学意义上的中古，源自西方史学对"中古"或"中世纪"的认识，并将其安排在一个从"中古"走向"近代"的历史演进框架中。参见谢伟杰《何谓"中古"？——"中古"一词及其指涉时段在中国史学中的模塑》，载《中国中古史集刊》(第二辑)，商务印书馆 2016 年版。当代中国几部重要的文学史著，如袁行霈主编《中国文学史》，将魏晋南北朝到唐五代编为一册；章培恒、骆玉明主编《中国文学史》，将魏晋至唐中期划为中古，皆以魏晋至隋唐这一段为中古(唐代或断或分，稍有出入。将唐从中划为两段，或受陈垣中唐为百世之中的说法的影响)。本文取章、骆版文学史的时段划分。

诗歌叙事传统研究，以"叙事"为限定，"传统"为核心，本质上是文学史研究。就其大端而言，起码有两个层面：一是文学思想、精神等形而上层面；二是内容与技艺等具体的写作层面。中古时期诗歌因文人抒情诗的繁荣，显得叙事落入低潮，在内容层面而言似是较显性的事实。然而，叙事传统作为一种文学写作的精神传统，同样渗透在中古的文人诗作中，而建立在文学叙事上的艺术思维、写作技艺，更是成为创作得以可能的基本要素。故就文学史整体而言，文人诗抒情因素增长，对于叙事来说，从某种程度上看，也是一种调剂和补充，使得中古诗歌叙事呈现其独特风貌，丰富了叙事传统的内容。

那么，文学思想、精神层面的叙事传统何义？其具体内涵为何呢？陈世骧先生在论及中国诗歌抒情传统的时候，以"抒情精神"作为内核，统摄中国文学整体，哪怕是对叙事作品，也从"抒情精神"的角度，纳入"抒情传统"的脉络。而"抒情精神"，则是以五四启蒙思潮，对古典诗学传统的现代解读，其核心是具有现代性的自由主义。① 笔者曾指出陈氏以现代自由主义为核心的"抒情精神"来解读中国文学，所描述的抒情传统，并非中国文学的真实传统，甚至恰恰是在中国文学传统的对面。中国文学无论其为抒情还是叙事，其主流价值或尺度，绝非自由主义，而是家国天下的现实关怀，指向外在世界，有客观标准。② 笔者没有进一步阐述的是，中国文学史的这种现

---

① 陈世骧：《中国文学的文化要义》，石昻译，见张晖编《中国文学的抒情传统——陈世骧古典文学论集》，生活·读书·新知三联书店2015年版，第33—74页。

② 李翰：《陈世骧"抒情传统说""反传统"的启蒙底色及其现代性》，《文学评论》2016年第6期。

象，与其说是"抒情精神"，不如说是"叙事精神"。

就字面含义来看，"抒情"偏主观，多指向内在，"叙事"偏客观，多指向外在。诗歌之所以被看成以抒情传统为主①，或者可以说就是一种抒情性的文体，也是因为与其他文体比较，诗歌确实多抒发个人情感，表达主观意见，以满足作者抒泄自我的需要，作者在文本之中，构成文本的重要内容。叙事作为对事件的记录与信息的传播、共享，起初就是追求完整呈现外在世界，追求与外部世界的沟通；原始的神话、传说，都是以特定群体作为讲述对象，且与历史相混溶，是对民族或族群的渊源、繁衍的叙述。无论是记录事件、传播信息，还是讲述故事与民族传说，作者一般只是那个讲述者，他创造了文本，然而他自己不在文本之中。宋人真德秀曾云"叙事起于史官"②，从结绳记事，到龟甲兽骨的卜占，再到钟鸣鼎器的刻录，叙事传统确实是从记录、讲述过往（无论信史还是传说）而来，记录、讲述的真实、可信，是其最基本的艺术追求。哪怕是传说与神话，表现在文本中，也都言之凿凿。征实取信的历史性，可以说是中国叙事传统的先天特性，也是叙事传统的重要思想传统。

史学的求真求实，是为资治之鉴，留存真实档案，总结治国理政的得失经验，重在社会现实功用。这一社会现实功用，或曰功利性目的，则使得史具备经的作用，经史合流，史学之

---

① 尽管抒情传统论者以"抒情传统"将中国文学区别于西方文学，但西方文学中的诗歌，除了那些史诗与叙事诗，也是以抒情居多。则抒情性作为诗歌的文体特性，是不分中外古今的。

② 真德秀：《文章正宗》，文渊阁《四库全书·集部八》。

真与经学礼乐教化之善相结合，就成为文学叙事的两大思想基础。所谓经学，当指在百家争鸣中胜出的以儒家为主的思想学说。儒家之所以成为中国文化的主流意识形态，不仅是其思想与礼乐教化能在各个层面有效管理社会，也因其植根于民族心理与文化传统，即对统一、有序、和谐的大一统社会的向往。是以精神文化产品，皆以客观性、社会性为指向，以建构族群、集体、家国之理性与情感认同为价值取向。客观性与社会性都是叙事固有之内涵，族群与家国认同也是公共理性教育、熏陶的结果。历史叙事，从甲骨、青铜到书简，从档案、断片式的零星记录到皇皇巨著，叙事内容和手法不断丰富；同时，它也在"事实"记叙中，以民族、家国、人伦等为价值尺度建立起情与理的批判，建立起历史叙事的理性逻辑。孔子所谓的"春秋大义"，即已标示着历史叙事由"事实"向"事义"的演进。追求"事义"自然包含伦理批判，又因之而体现情感倾向，然此理此情，是家国天下之理与情。

文学的精神传统同样如此。诗书礼乐，其用在于教化。教化是针对人之思想、精神，却非发扬和培育个性，而是发扬巩固公共性的道德伦理认同，在于趋同、规范和统一。即便有所谓"抒情传统"，亦非陈世骧所谓自由主义的传统，而是集体主义家国天下之传统。朱自清曾谓"诗言志"是中国诗论"开山的纲领"，"在心为志，发言为诗"，"诗言志"通过言咏，发而为诗，多被视为抒情传统的经典理论，但其精神取向，却是叙事性的。首先，诗人的"志"，须要有广泛的代表性，符合儒家价值规范。诗人之"志"的自由成分，在此是被约束、限制的。其次，诗人之"志"被规范、约束后，是要纳入政教系统，作用于家国天下。"诗言志"最早出自《尚书·尧典》——

> 帝曰："夔！命女典乐，教胄子。直而温，宽而栗，刚而无虐，简而无傲。诗言志，歌永言，声依永，律和声。八音克谐，无相夺伦，神人以和。"夔曰："于！予击石拊石，百兽率舞。"①

典乐是为了教育族群子弟，培养符合儒家道德规范的臣民。诗与乐、舞相互配合，达到一种和谐，此义即所谓"诗可以群"。此处诗、乐、舞的三位一体，且乐还是"八音克谐"，如现代之交响乐舞，而交响乐就是分工协作、协调集中的群体之作，其精神也多指向宏大叙事。从"百兽率舞"还能看出，舜使夔所掌管、训练的，还是庙堂诗乐歌舞，或为典仪，或为祭祀，是家国大事。郑玄注此段即云"声音之道与政通"。这里的"诗言志"，当然也不会是小我的悲欢怨戚。可见，"诗言志"与"诗教"等同。与"教化"相应的，还有"讽喻"，是儒家功利主义诗学中两大最基本功能。这两大功能既是从现实与应用中来，也向现实应用与实践中去。在中国古典诗歌中，讽喻教化的经典诗作，除了《诗经》，就是汉乐府。《诗经》有教化，也有讽喻；汉乐府以民歌为主，则多为讽喻。汉乐府"感于哀乐，缘事而发"，叙事是其突出特点，而在"饥者歌其食，劳者歌其事"之中，所蕴含的讽喻精神，则成为中国诗歌重要的思想传统。显然，这种思想传统，衍生于现实叙事。唐代诗人就是从叙事性、现实性来看汉乐府，并以之为指导，创作大量针砭时弊，反映民生疾苦的诗作。白居易就是其中最突出的代表。他的讽喻诗，涵盖古诗与乐府，具有极高的思想性与艺术性，更

---

① 孙星衍:《尚书今古文注疏》卷一，中华书局1986年版，第69—71页。

为重要的是，他是自觉秉承乐府诗的叙事精神，除了创作实践，还有理论的思考与阐述。白居易是唐诗大家，其讽喻诗的现实主义精神也得到学界共识，研究也极为充分，在此不拟展开阐述。即以白氏《新乐府序》所论："其辞质而径，欲见之者易谕也。其言直而切，欲闻之者深诫也。其事核而实，使采之者传信也。其体顺而肆，可以播于乐章歌曲也。总而言之，为君、为臣、为物、为事而作，不为文而作也。"① "为君、为臣、为物、为事"，就是追求一种排我的客观叙事精神，并以现实性、实用性与功利性为追求，白氏可谓是诗歌叙事传统、叙事精神的杰出的继承者与发扬者。

由此可见，中国诗歌的叙事传统，首先是由一种写实叙事而来的现实主义文学传统，其所蕴蓄的文学精神，是经史传统在文学中的反映，其主体思想则与儒家教化讽喻一脉相承，那是叙事传统的思想渊源与精神血统。当然，叙事精神又是不断变化的，中古之后的近古及现当代，随着戏剧、小说等典型叙事文体的发展，在劝善惩恶、道德伦理的寓含之外，叙事文学的消遣娱乐功能也在不断发展。与中国思想史的发展相应，近古启蒙思潮下的戏剧与小说，对人性、情感的推重，对个性自由的张扬，倒是接近陈世骧先生所谓"抒情传统"中的自由精神。其实，自由精神是文学从中古走向近古所出现的新气象，无论叙事还是抒情，正如叙事传统中所蕴含的家国精神，同时体现于文学叙事和抒情之中。虽然自由精神作为一种新因素出现在近古文学中，依然不足以构成中国文学精神传统的主流，

---

① 白居易：《新乐府序》，朱金城注《白居易集笺校》卷三，上海古籍出版社1988年版，第136页。

家国天下，自上古、中古、近古直至近现代，依然是中国文学的精神主流。王国维曾云："鸣呼，美术之无独立价值也久矣！此无怪历代诗人，多托于忠君爱国，劝善惩恶之意，以自解免，而纯粹美术之著述，往往受世之迫害而无人为之昭雪者也。"① 确实，如果只是个人无关乎外的小情怀，很难获得被历史肯定的独立价值。只有成为某一群体代言者，方有存在之价值；只有成为家、国之代言者，方能成为伟大之诗人。

所以，叙事传统的现实主义、家国天下情怀，源自叙事（包括历史、文学及其他叙事行为），而指向中国文学总体，构成中国文学思想传统之主流。那么，岂不是所有中国文学的研究，都是叙事传统研究，或者把中国文学史整体都看成叙事传统？固然，我们可以仿照陈世骧先生的论说，将"抒情传统"置换成"叙事传统"，下这样一个论断："中国文学传统从整体而言是一个叙事传统"，但我们绝不可以把所有的文学都纳入进来，即便是它们包含着"叙事精神"，我们研究叙事传统，除了叙事精神之外，还确实要有质实的叙事在内。抒情文学也可以纳入叙事传统的脉络，因为其中包含有叙事，具有叙事性。这就进入叙事传统研究的形而下层面——内容与写作。

诗歌叙事传统，最典型的当然是叙事诗。包括一般叙事诗，记叙事件、活动，首尾完整，过程清晰，因果可循；更进一步的，是比较复杂的叙事诗，多个事件、线索，相互有交叉、重叠，呈现多重时空；再进一步，即为故事诗，有较丰富的情节，甚至有戏剧化冲突。中古的游宴、酬赠、行旅乃至山水诗中，

---

① 王国维：《论哲学家与美学家之天职》，《王国维遗书》第五册，上海书店1983年版，第101—102页。

很多就属于这类一般叙事诗。复杂的叙事诗与故事诗，则多集中于乐府诗、人物传记诗等类型中。除了题材类型明确的叙事诗之外，中古诗歌不少是抒情诗，或者情、景、事相交融的诗歌，这些诗歌中的人物、事件、活动，哪怕只是零星之片段，也包含有叙事，或者说其中具有叙事性。而且，从叙事的角度研究诗歌，还得注意诗歌的语言方式。诗可以略去谓语，可以使用借代和比喻，可以用意象、意境来作象征，可以没有陈述者、观察视角，也没有叙述动作等，而实际确有叙事。因其文体特征与言说方式，诗对于事的呈现与叙述，有其特殊性，这也正是诗歌叙事研究的意义所在。在这一点上，也许要有限度地借鉴西方后叙事学的某些观念，将叙事看成一种具备普遍性的叙述行为，文学不过是叙事行为之一，文学中的各种文类，如诗、赋、文、戏剧等，因文体、题材所呈现的差异，则是文学叙事行为的不同表现。任何文体或文类，只要成文，必然通过叙述，比如视角、叙述者、时空等，这是任何一种文本都必然具备的，是承载文本的基本要素。当然，所谓有限度借鉴，即不能脱离可感可知的实在之"事"。"事"可以不是故事，只是事件、事实、片段，但至少必须能看到行为主体及其行为、对象，而不是以一种抽象的方式将叙事无限扩大，涵盖一切。

叙事行为，或者说叙事方式，是诗歌叙事传统的写作问题。诗歌史的演进、发展，终究要通过写作与形式的演进来体现、落实。诗歌体式也属于叙事方式范畴，用古体、近体，还是乐府、歌行，叙事行为与效果都有所不同。叙事行为与方式属于文本细读，要广泛借鉴叙事学的分析方法、操作手段与理论观念，文本结构、视角、修辞、叙述动作、叙述干预、零度叙事等，在适当的情况下，都可为研究奏效。此外，要结合中国古典诗歌的特色，比如象征、寄托与叙事的关系，比如怎样认识诗歌句法、语法的非逻辑性与叙事的逻辑性，比如用事对叙事时空的拓展，又比如作者与叙述者的分合，如何绾合叙事文本与抒情文本，使得中国诗歌叙事传统呈现独特的民族风貌，等等。

中古前期，诗歌主要还是以古体为主，篇幅以长短适中者居多，诗歌的句法和结构，总体上还接近于文、赋，一般叙事分析对于诗、文基本通行。泊乎齐、梁，新体诗萌生，诗歌篇幅精简，语词所承担的表现功能则相应增加，对句法、语法、修辞都产生新的要求，诗歌逐渐形成自身的叙事语言。对于中国文学叙事传统来说，这是诗歌作出的巨大贡献，当是研究的重点所在。

综上可见，诗歌叙事传统研究既关乎对文学本质、文学精神的认识，也关乎文学创作与文本等文学实践、文学接受等方面的问题。其在精神层面，是诗歌演化的内在驱动力，它规定了诗歌史的价值取向。叙事传统作为诗歌史、文学史的根本传统，亦与此相关。其在文学实践层面，构成诗歌史的真实图景，使文学史研究有迹可循。

诗歌叙事传统研究是中国文学叙事传统研究的有机组成，也是关键部分。诗歌历来被看成抒情文体，尤其在中古时期，文学进入文人个体创作阶段，个性的展露，主体性的发扬，诗歌言志、缘情功能的完备，似乎都是在确认并强化其作为抒情传统的存在。如果透过这些表象，通过对大量诗歌实例细致可信的分析，绘制诗歌叙事传统的演进脉络及其表现，将有力印证叙事传统在中国文学史的重要地位。而中古文人诗被遮蔽的叙事性，如果得以充分掘发，不仅能深化中古诗歌、中古文学的研究，纠正以往研究的偏颇，也使诗歌叙事传统的存在，更具备说服力。如果抒情诗同时都具备叙事性，遑论其他呢？

二　叙事传统的潜伏酝酿与复苏兴盛

魏晋南北朝被认为是"文学自觉的时代"[①]，隋唐则是诗歌鼎盛的时代。魏晋的"文学自觉"，主要也是表现在诗歌创作的繁盛，尤其是文人诗的勃兴，个体抒情精神的高涨。诗歌的繁荣昌盛，是魏晋至隋唐文学的共同特征，如果说一代有一代之文学，魏晋至隋唐，最突出的也就是诗歌。

就文体而言，诗歌当然也可以叙事，中古时代篇帙浩繁的叙事诗、故事诗，就说明诗歌同样具备叙事功能，更不用说贯穿在各类诗歌中的丰富的叙事因素。不过，若是与其他文体相比，如笔记小说、散文等，诗歌似乎更倾向于抒情。魏晋南北朝被称为"文学自觉"时代，尽管学界对这一说法仍有争论，但从文学创作由集体时代转向个体时代，个人情感、作家主体意识在文学作品中的增强等方面来说，魏晋确实开启了一个新

---

① 这一说法最初是日本人铃木虎雄于 1920 年在《魏晋南北朝时代的文学论》一文中提出，他认为从孔子以来的中国文学都是道德论的文学，到了曹丕才是文学的自觉。1927 年，鲁迅在广州作《魏晋风度及文章与药及酒之关系》的演讲时重启这个话题，认为曹丕的时代可说是"文学的自觉时代"，或者叫"为艺术而艺术的一派"。此后，该说广为传播，罗根泽、刘大杰、郑振铎等人都有文章和著作谈到这一问题。参见李炳海、程水金访谈《"文学的自觉"是不是伪命题》(《光明日报》2015 年 11 月 26 日第 7 版"文学遗产")。

的时代。唐代是诗歌鼎盛的时代，唐诗将中国古典诗歌艺术推向前所未有的高峰，支撑唐诗气象与风骨的，也是其主体精神的觉醒与发扬。从作家主观能动性来看，抒情性是魏晋至唐文学发展的内在动力；从文学实际来看，抒情诗在此期的发达，也是不争的事实。

中国文学史之推进，叙事、抒情本为互融互渗、不可或缺的两翼，而在这一阶段，抒情似乎承担着更突出的作用。那么，中国文学的叙事传统表现在哪里，叙事与抒情两大传统在这一阶段呈现怎样的关系，对文学史的进程有何影响，叙事传统如何作用于诗歌创作并被诗歌创作所进一步发展、丰富等，是我们要追问与探索的主要问题。

从诗歌史整体着眼，魏晋至唐可约略划为两大段，魏晋南北朝是古典诗歌的转型与新变，隋唐是古典诗歌的完型与高峰。魏晋南北朝诗有两大突出特征：一是五言成为诗歌的主要体式，多数诗作篇幅适中；二是文人的个体创作成为主流。此两点与叙事、抒情的消长互为因果。五言被钟嵘称为"居文词之要，是众作之有滋味者也"①，即五言在抒情表意或叙事等方面，长短合适，既不会"文繁意少"，也不会"文约意广"。五言作为一种新诗体，在发展过程中还存在着律化与简化的趋势。形式的变化，对于写作，无论抒情还是叙事，皆产生重要影响。叙事方面，两汉的乐府叙事诗从一般叙事诗到故事诗，本可更进一步，产生更成规模的大型故事诗、史诗、神话长诗，乃至诗剧，等等。然而，五言诗由古而律，体制规模由广富而精简，却打断了这一发展趋势，致使吾国未能出现有影响的史诗与诗

---

① 钟嵘著，曹旭注《诗品集注》（增订本），上海古籍出版社 2011 年版，第 43 页。

剧，叙事传统未能在诗歌中充分发展。文人个体创作的繁荣，与诗体的新变相配合，也在改变与创造着叙事、抒情传统的面貌、走向及二者的关系。一般来说，文人诗所接续的文化传统，与民间乐府有所区别，文人对主体性的关注与发扬，文人的艺术趣味等，也都打上文人诗的烙印，有自身的文化传承。总体来说，在五言诗新变与文人诗占据主导的文学史图景中，魏晋南北朝诗的叙事、抒情确实表现出一种此消彼长的形态。

不过，如果放宽视界，会发现"事"或"叙事"在魏晋南北朝诗人那里，以另外一种形态进入诗歌创作，如驱典用事的写作方式，因事而感的写作发生说，事化于境的审美特色等，同样形成颇具特色的诗歌叙事传统。魏晋南北朝的诗论或文论，对于事或叙事，也颇为重视，相关论述甚多。以前较少从叙事传统的角度予以考察，是研究思维与视角的局限，有必要对此重新审视。

迨及隋唐，以文人诗为主导的中国古典诗歌体制，进一步演化、定型、成熟，最终达到格律、声色、风骨兼备的完美境地。文人的主体精神，在唐代进一步扩张，渗透在唐诗的字里行间，充实着唐诗的内涵，型塑着唐诗的气象。这一主体精神从本质上看是抒情性的，但其在诗歌中的存在形态与寄生体式，却多种多样。叙事文本与叙事手法，一样显示着唐诗的气象。因此，叙事传统经过魏晋南北朝的潜伏、酝酿，又逐渐复苏、兴盛。首先表现在长诗的大量出现。李白、杜甫、王维、元稹、白居易、韩愈，乃至杜牧、李商隐等，都有杰出的长篇巨制，不少长诗，融抒情、叙事、描写、议论于一炉，诗歌叙事逐渐独立于史传、笔记，探索出自身的写作规则与艺术特色。其次是叙事诗的文学功能全面展开，体类上兼容行旅、记游、山水、写实、咏史等，乃至与传奇、笔记相呼应，无施不可，蔚为大观。最后，通过诗歌实践，叙事传统不断丰富、深化，表现在叙事思维、手法、修辞等方方面面，并反哺于抒情传统，形成两大传统的互融互渗，共同促进了唐诗的繁荣发展。

　　与叙事传统相关的创作思想或文学精神，在唐代也经历了一个复苏、高潮与消落的过程。叙事传统由实录的史学叙述而来，作者与作品是创作者与创作对象的关系，与抒情传统的一个明显区别是，诗与人（作者），需要通过作品为中介，作品在一定程度上具有独立的客观性。在文人抒情高潮中，无论是建安风骨还是盛唐气象，诗与其创作者是合一的，自我是诗歌的中心，也是诗歌的目的和对象。而在叙事传统中，自我是内含的，通过叙述表现出来，但一般不是叙述的目的。在唐代中后段，叙事传统在文学创作与思想中有所复苏：一是抒情诗人对叙事表现出强烈的兴趣，在抒情诗中也普遍采用叙事手段或方式达成抒情；二是叙事传统客观写实的写作精神，指向客观世界的写作旨趣，成为很多诗人创作的指导思想，并衍生出一系列诗歌理论，推进了诗歌叙事的理论与实践，极大丰富了诗歌叙事传统。

三　叙事传统在中古诗歌中的接续

　　先秦时代，文学主要还是一种集体的累积型创作①，屈原之外，几无可考的个人作品；两汉开始出现诗、文、赋的个人创

---

① 鲁迅、胡适等学者研究明清小说、戏剧，即提出类似看法。徐朔方先生在《小说考信编》(上海古籍出版社 1997 年版)考察明代"四大奇书"的成书过程,明确提出"世代累积型集体创作说"的概念。

作，然大量的乐府诗，仍属累积性作品，虽或经过文人加工，但往往也经由众手，具体作者，亦多无从考知。魏晋以来，文学由无名时代进入文人创作时代。这一时期，玄风兴盛，儒家的诗教思想有所衰歇，但士人骨子里的那份淑世精神依然如故。鲁迅先生就说魏晋士人表面放达，而内心还是孔教的信徒，阮籍的穷途之哭，嵇康的寄情琴酒，都是明显的例证。故其诗在抒写个体情怀、倡发玄风之中，时时有现实的回响和家国的关怀。此外，这一时期也不乏反映现实，或借咏史、游仙等隐喻现实之作，既含叙事性，也有家国天下的叙事精神。由于是与个人生活、心境密切相关的写实或象征，这类诗多数并不具备曲折的情节、戏剧化的冲突，属于一般叙事。从这一角度来看，汉乐府发展出来的故事诗，到魏晋文人这里，故事性有所衰退；不过，在故事性衰退的同时，写实型的叙事诗，承接史述传统，向一般叙事回归，中国诗歌叙事传统的特色得以形成。还有很大一部分诗，就文本主旨或形态来看，以抒情、言志为主，叙事内容显得稀薄；但相关叙事部分，往往成为抒情的构成要素或表现方法。作为要素与修辞的叙事，在诗歌中是普遍存在的现象，也是诗歌叙事传统的特色所在。

民间乐府故事诗的出现，是叙事传统在诗歌中所达到的高峰，两汉民间乐府在诗歌叙事传统中，因此具备极其重要的价值。魏晋文人诗登场，叙事诗的故事成分，乃至叙事本身都在不断萎缩，然而，它并未中断，依然或显或隐地存在着，不绝如缕。

其一，叙事传统对诗歌写作的影响是全面的，此前诗歌以及文章写作在叙事上所形成的传统，继续作用于文人的诗歌创作，叙事诗固不必论，抒情、议论及描写类诗歌也离不开叙事，能看到叙事传统作用的印迹。叙事渗入抒情与描写，能增强诗歌的表现力，使之更为生动、真切。

其二，民间传奇志异的故事叙述，成为诗人写作的素材，或诗兴的生发、延展。同时，依然有不少文人，嗜奇谈异论，而其时的神仙道教信仰，玄学思潮等，又会助长这一风气，魏晋志异类笔记与故事，就显示出文人这方面的偏嗜。这一风气，对诗歌创作也有相当影响。比如游仙诗，其浪漫的想象，对神仙谱系的勾勒、神仙事迹的描述，有些就是一个个精彩的故事；再如陶弘景所整理编撰的《真诰》，里面很多晋人描写神仙的诗歌，也都是极为出彩的仙道传说。只是"游仙诗"被纳入文人坎壈咏怀的言志系统中去解读，其故事性被淡化；而《真诰》中的诗，艺术价值有限，又与儒家正统的诗学精神相抵触，除了给后代诗歌提供了一些典故与写作材料，影响到少数诗人之外，其文学传统并未在文学史得到广泛的发扬。这部分诗歌的叙事传统，有必要去钩索、清理，认真探讨其特点与成就，寻绎其在文学史上传承影响的痕迹。

其三，因抒情的稀释与儒家文化传统的影响，文人叙事诗故事成分萎缩，但叙事的史笔成分则有所增强，叙事传统征实取信、关注现实的精神，支撑着一些作家的创作，并成为他们批判囿于自我、溺于词章之时代文风的理论武器。而对那些被批判的作家作品来说，叙事传统则成为他们的异质参照。

其四，在抒情高涨的时代，事或叙事融入抒情，促成诗歌中情、景、事、论等诸多要素组合、分化、重组，形成诸多新的艺术要素，推动着中古诗歌艺术发生诸多新变。总之，经史作为文人创作的知识背景，使得史学的征实取信、儒家的现实关怀、诗人的自我抒情等交相融合，也型塑并不断深化着本土叙事传统的特色。从叙事传统的角度看，魏晋南北朝反而是本土叙事传统自我特色的形成期。

那么，从叙事的角度，魏晋南北朝诗歌呈现出哪些具体特征，如何组构本土诗歌叙事传统的风貌，又有哪些值得重视的重要问题，其文学史的表现与价值何在？本段需要探讨和解决的主要课题有哪些呢？

四　魏晋南北朝至初盛唐诗歌叙事传统问题

自20世纪提出魏晋"文学自觉"的命题以来，学界多集中于文人创作、主体精神、创作个性等方面来阐述、发挥，或者是质疑、商榷此一命题，凡所论述，实际上多围绕抒情问题，即"人的自觉"而展开。"人的自觉"可以是"文的自觉"的基础与前提，甚至成为自觉之文的主题，然却非"文的自觉"本身。"文的自觉"是文的本体自觉，即文体、文类、形式、技法等的自觉，诗人如何表达自我，既可以用叙事诗体，也可以用抒情诗体；在叙事诗体中，可以有抒情技法，而在抒情诗体中，也可以有叙事技法。既然叙事可以表达自我，它就和抒情一样，包含了"人的自觉"这一命题。此外，二者还包含对文学本质、功能等的理解与认知，具有形而上的认识价值。

叙事、抒情既是魏晋南北朝诗歌的重要内容，也是切入此期诗歌的最佳视角，叙事传统也因之成为此期诗歌客观存在、必须正视的问题。在人的自觉、个性解放的大背景下，抒情在诗歌中表现得很突出，而叙事无形中却被遮蔽，也使得叙事传统的研究，显得更为必要和迫切。根据此期诗歌的特点，在叙事传统方面，除了叙事诗理应作为重点关注外，诗与史的问题，题材、体类的叙事问题，传统诗学观念与创作中隐含的叙事问题，诗歌批评与诗学理论的叙事问题等，皆为研究时应着力之处。

　　叙事诗多集中于乐府和文人乐府、拟乐府，乐府诗中的叙事诗较多，或叙事性相对突出。文人乐府诗及拟乐府，也有叙事诗或叙事性较强的，但相对于民间乐府诗而言，文人受自身的文化传统、意识形态等影响，形成自己的叙事风格。如个人情感的介入，表现为叙事、抒情的结合；故事、传奇的史学化，表现为诗与史的关联；等等。诗、史关联极为广泛，历史、典籍、先贤等，皆与史有关，它们进入诗人视野，或成为写作对象，或成为写作材料。此外，历史叙事、家族叙事、诗人自叙传等进入诗学思维与观念，也会产生复杂的叙事问题。总之，由文人诗对乐府诗的承继、改造而引发的诗歌叙事的改变，形成新的叙事传统，本书将对此作详细考察。

　　魏晋南北朝时期，文类、文体意识逐渐明确，诗歌题材的分类也越来越细，题材在某种程度上也具有了体类的意义，其中凸显了很多叙事问题。如同是叙事，比如诗与史，有何不同？山水诗、行役诗与山水游记等散文在叙事上有何区别？等等。这是将诗与其他文体相比较，通过比较，我们可以更清晰地体认诗歌在叙事上与文相较而言的特点。在诗歌中，因内容不同可分成各种题材，其间也存在叙事的差异。《文选》中，题材几乎具有与体类同等重要的位置，而据内容划分题材在不少情况下，"事"是划分的主要参照。行旅、公谦、咏史、述德、祖饯、赠答，乃至山水、哀伤等，都与事有密切的关联。这类诗大多缘事而起，内容上或确为叙事，或事脉暗伏，或以事脉为贯穿，且因题材之异而呈现出写作的差异化。诗歌题材的叙事特性，既表现在题材的内容层面，也表现在写作层面，牵涉广泛，需列专章论述。

叙事与诗体的关系，是本期诗歌叙事传统又一重要问题。在魏晋南北朝文人诗中，叙事与抒情，确实表现出此消彼长的迹象。与此同时，魏晋南北朝时期，也是声律应用于诗歌创作，诗歌由古体走向近体的过渡时期。新体诗的出现，与叙事、抒情的消长，是否存在一定的关联，又是如何关联的？从文学史与写作实践两方面来看，诗体与叙事的关系是什么？这关切到文学史走向的内部动因，有必要作出深入的论析。

文学批评的繁荣，是魏晋南北朝文学自觉的重要表现。此期的诗文批评，涉及叙事的非常多，但以往却遭到忽视。重新检视相关文献，充分发掘本土诗歌叙事理论与批评的学术成果，将其与文学史研究相结合，有助于更深入地认识本土诗歌的叙事传统，推进对相关文学作品叙事研究的深度。

重要诗人的创作实践，决定了一个时代的诗歌高度，是我们观察此期诗歌叙事传统的窗口，应当以之作为文学的切片，予以细致观察。魏晋南北朝诗人中，曹植、阮籍、陆机、潘岳、陶渊明、谢灵运、颜延之、庾信、谢朓等，留下的诗歌数量都比较可观，质量亦多为上乘，是这一时代的代表作家，他们的诗歌史地位各有定论，然而，从叙事传统的角度，这些诗人的价值和贡献在哪里，他们对丰富、发展中国诗歌的叙事传统，起到哪些具体的作用，其实并未有过系统的揭示。只有从叙事传统的角度，重新考察这些大诗人的作品，认识它们的价值，才能勾勒出史的轨迹，这将是本书最需着力之处。

上述是魏晋南北朝段诗歌叙事传统大致将要涉及的问题，具体论述中，将以这些问题为中心，形成系列论述模块，点、面结合，描述此期叙事传统的主要内容；再将各模块串联考论，呈现叙事传统的演进脉络，描绘叙事传统的文学史轨迹，并认识其在整个文学史演化过程中的作用。

如果说魏晋南北朝是文学自觉的时代，唐代则是文学全面繁荣和昌盛的时代，众体兼备，名家辈出，其中，尤以诗歌最为鼎盛。叙事诗在唐代达到极高的成就，这是唐诗对中国诗歌叙事传统具有积极意义的一个重要方面。魏晋文人模拟乐府，在很大程度上削弱了汉代民间乐府的叙事性，然唐人的乐府诗对此进行了再次矫正。一方面，唐人的古乐府取径汉魏，通过标举汉魏风骨，反思六朝绮靡文风，从而探索出新的诗歌路径，这其中就包含着由虚向实、由文向质的转向，而这正是叙事传统的文学精神。另一方面，唐人不再受制于古乐府，他们创作出"即事名篇、无复依傍"的新题乐府，乃至倡导一事一吟的"新乐府"，将汉乐府的叙事推向高潮。杜甫、白居易以其杰出的实践，将叙事诗的艺术性推向高峰，杜甫的"诗史"，可谓是唐诗对叙事传统最大的贡献。

从文学史的链条来看，初盛唐较多的表现出对魏晋六朝的承接，杜甫、白居易属于转和启，往往被并入中唐之后，与宋代诗学合论。本书论唐诗叙事传统，涉及较多的还是初盛唐。不过，杜甫、白居易等诗歌中的某些因素，已经出现在初盛唐诗歌中。比如王梵志诗的通俗化，对白居易具有启发，王诗中的某些语词、意象，也曾为杜诗所汲取。此外，初盛唐诗的表现范围较六朝大为拓展，全方位、立体性地展示了唐人的生活世界和精神世界，成为时代的生动记录。初盛唐诗对时代的记录和个人的传叙，也在大诗人的杰出实践中，形成诗歌叙事的文体特征，使之区别于其他文体叙事。从这一角度来看，中唐后的叙事诗发展，以牺牲叙事的诗体特性作为代价，未必就是诗歌史的正向发展。

第一章

魏晋南北朝诗歌的叙事自觉

第一节 中古"事"的义涵与"叙"的表现方式

题称"魏晋南北朝",由于北朝被纳入视野的诗歌实在有限,这里论述的范围主要集中在魏晋南朝。在中国诗文创作与理论中,"叙事"有其民族特色,与西方叙事学所谓之"叙事"有很大区别。谭帆的《"叙事"语义源流考》对"叙事"一词的渊源及义涵演变作了较详细的探索,认为其语最初出自《周礼》"掌四时祭祀之序事与其礼",经过史学与文学的语义流变,构成完整的语义内涵。其内涵之丰富,绝非单一"讲故事"可以涵盖。就"事"而言,包括"事物""事件""事情""事由""事类""故事"等多种内涵;而"叙"也包含"记录""叙述""解释"等多重理解。①

上述"叙事"的丰富义涵,在魏晋时期皆有体现。除了谭

---

① 谭帆:《"叙事"语义源流考——兼论中国古代小说的叙事传统》,《文学遗产》2018 年第 3 期。

文所列，还有"事理"①"事义"②"事感"③ 等义涵。"事"在上述合成词中，不是都处于中心，但依然非常关键，因为离开了"事"，"理""义""感"等也就无从谈起。无论"事"是否居于中心，既为诗文所必备，就得考虑如何呈示。"叙"即为"事"的呈示方式之一。④"序""叙"相通，《周礼》中每每混用，如《周礼·地官·乡师》："凡邦事，令作秩叙。""序"即作"叙"，郑玄注："叙，犹次也。"⑤ 此为"叙"之本义，非指用语言来讲述，而是指人们对事物的时空思维与现实措置。谭文考证"叙"的讲述义，较早见于《国语·晋语三》"纪言以叙之，述意以导之"，"叙"同"述"。然"述"由"循"引申而来，在先秦表示讲述有其特殊内涵，即孔子所谓"述而不作"——客观陈述之义。这样一种"叙述"，正契合史学的"直书"与"实录"，作者只是叙述者，无其他社会身份与个人介入的再创作，故真

---

① 如班彪《王命论》"夫以匹妇之明，犹能推事理之致"；《诗品》评任昉诗云"善铨事理，拓体渊雅"；《文心雕龙·议对》"烦而不恩者，事理明也"；等等。

② 如嵇康《怀香赋序》"四叟归汉，故因事义赋之"；《诗品序》"词既失高，则宜加事义"；《梁书·文学传下·刘杳》"辞采妍富，事义毕举，句韵之间，光影相照"；等等。

③ 如沈约《褆雅》"道无虚致，事由感通"；范晔《乐游应诏诗》"探己谢丹黻，感事怀长林"；萧赜《估客乐》"感忆追往事，意满辞不叙"，感忆而追者，皆为"事"，亦属"感事"。

④ 董乃斌《中国小说的文体独立》(中国社会科学出版社1994年版)将文学与"事"的关系，分为"含事""咏事""叙事""演事"四个阶段，可见，"叙"仅为文学呈示"事"的一种方式。

⑤ 《周礼注疏》卷一一，阮元校《十三经注疏》，中华书局1980年版，第713页。

德秀说"叙事起于古史官"，史官的叙事就是"述"。

真实与实在是"事"的基本属性，不管这一真实与实在，是客观实存的真实，还是虚拟真实，至少在文本中，"事"是真实的，这也再次显示了事与史的密切关联。从文学史整体而言，中古诗歌叙事意识处于一个逐渐明晰与自觉的阶段。这始于对"事"的类分，见于诗文题材意识的自觉；而叙的自觉，则见于对"体"的类分，见于文体自觉。以《文选》赋、诗为例，赋分为 15 类，其中郊祀、耕藉、畋猎、纪行、游览明显是以事件来划分，其他如京都、宫殿、鸟兽、江海等，各处包含事以及名物、场景，且事也非一时一端一件，以处所或名物词涵盖；诗分 23 类，述德、公䜩、祖饯、游仙、游览、行旅等，也是以"事"分，而赠答、乐府等，则涵盖多种内容，是以诗歌的体类来划分的。《文选》诗赋有多种分类的标准和意识，以"事"来类分，即其分类标准之一。值得注意的是，《文选》中有"行旅"类，而无"山水"，实际上以前者涵盖了后者。行旅是具体的行为、活动，突出人的活动，山水则仅为名词，这也能看出选家对事的重视。从诗赋文体内的分类来看，"事"也是以类群的方式集合出现的，各类事，囊括了时人生活、活动的方方面面。钟嵘《诗品序》"嘉会寄诗以亲，离群托诗以怨……"云云，亦可用以补正诗与时人生活及人生经历、际遇的密切关系，诗中之事，因其生动与切实，而呈现出真实与实在的史性特征。

叙的觉醒显示在文体特性的自觉中，也显示于与"事"的组合关系中。文体不同，写作方式不一样，所谓"奏议宜雅，书论宜理，铭诔尚实，诗赋欲丽"（曹丕《典论·论文》），既概括了文体的风格与特征，也留下相关文体如何达成"雅""理""实""丽"的思考，在《文选》中，以选文予以垂范，而在《文心雕龙》中，则就其叙作，分别作细致的揭示与辨析。不仅文体有其特性，同一文体的不同题材，也应具有特定的写作规范。比如《文选》中的"赠答""祖饯""公䜩"等，都是人际交往中之活动，然其又有分别，这从内容上即可清晰区分，而叙事也因之有所不同。再如"咏史"，内容与历史相关，然又有传体与论体，则是叙的方式与形态有两类。如果说曹丕的"四科八体"是从文体着眼，在风格论中含有对叙作的思考，那么，刘勰"叙情怨，则郁伊而易感；述离居，则怆怏而难怀"（《文心雕龙·辨骚》）云云，则是从题材方面，既论风格，又论及达成此一风格的叙述要点。不同题材，有不同叙述特色，在魏晋六朝人那里，确已具备明确的自觉意识。

题材、文体与叙述的自觉，是对应统一的，"事"的义涵的丰富性与其表现的多样性，形成题材的多样性，从而决定了"叙"的义涵、方式与形态的多样性。刘勰谓楚辞叙、述的"郁伊易感""怆怏难怀"，为之增加了主观能动性，实即述而有作。我们知道，孔子强调的是"述而不作"，当他这样说的时候，一则是表示对经典的尊重，二则是自谦。其实，这里的"述"，不但含有"作"，而且是极具开创性的"作"。当"事"取"事物""事件""事由""事类"等含义，偏重于"事"自然存在、已然发生的历史性与客观性，此时，"叙"作为讲述行为，较多倾向于客观陈述。当"事"取"事理""事义""事感"等含义，偏重于"事"与人的互动，此时，"叙"不仅只是客观的讲述，还带有表达与演绎，则含有创作之义。实际上，在魏晋南北朝，"述（叙）作"常见合成一词，义涵相互靠拢，差不多构成同义复词。如《后汉书·班彪传》"彪既才高而好述作，遂专心史籍之间"，是"作"偏"述"义；任昉

《〈王文宪集〉序》"公自幼及长，述作不倦"，则是"述"偏"作"义。当"述""作"合成为"述作"，复词的义涵便成为单词的义涵。

中古之"叙"，义兼"述作"，故能为文、史、哲所通用，其实际应用，一在文体，一在笔法，然两者在原理与思维上，又融通无间。就文体来说，序（叙）之为体，在中古应用范围极广，有诗文、著作之序，有酬赠、燕集之序，有生平、游历之序……不一而足。[①] 视内容之需要，说理议论、描写抒情、记人记事等，也无施不可。无论何类序，总不免交代缘起、经过，事即便不居核心，但绝不可少。是以《文心雕龙·论说》谓"序者，次事"[②]，将事依次交代清楚，是其基本功能。故"叙"（序、述）与"事"成为当然之搭配。

与"事"不同，除了文体之"叙"，是静态存在的客观物，多数情况下，"叙"是一种行为，义涵反映于实际操作与现实功能之中。那么，"叙事"之"叙"，有哪些具有含括性、代表性或普适性的要素、特征与功能呢？

叙述在其早期即由"序"所界定的秩序规范，确定了两大基本要素——空间与时间。《周礼》"掌四时祭祀之序事"，"序事"是按序排列之事，必然涉及时间与空间。孔颖达疏《尚书序》，引《毛诗》"序者，绪也"，云"绪述其事，使理相胤续，

---

① 中古诗文、著作序，如《诗品序》《文心雕龙·序志》《翰林集序》等，燕集序如《金谷园序》《兰亭集序》等，有些情况下，作品序与作者生平自序相融合，如萧纲《幽絷题壁自序》、萧子显《自序》、江淹《自序传》、刘峻《自序》、王筠《自序》等。酬赠类序，在中古前期的魏晋南北朝较少见，入唐以后始大量出现。

② 刘勰著，詹锳注《文心雕龙义证》，上海古籍出版社 1989 年版，第 673 页。

若茧之抽绪"①，按绪、序、叙互通，"绪述"当同"叙述"，则"使理相胤续，若茧之抽绪"的"绪述其事"，便是叙事。前引刘勰云"序者，次事"，亦为此义。叙事要将自然发生的事，依次分布到时空序列中，通过梳理、排比，使之脉络明晰，从而呈现义涵。现代叙事文学讲究的两大基本要素，时间、地点，亦即时间和空间，可见，时、空是叙事通贯古今的恒定要素。鉴于时空要素对叙事的关键性，有学者指出，在中国古代的叙事概念中，序（叙）是空间时间化形式，事是时间空间化形式。②

依笔者理解，所谓空间的时间化，也就是使空间的层次、脉络先后呈现，这是叙的作用；时间的空间化，则是指"事"是以时段为存在方式，即其为占用一定时间的空间序列。如果"事"为"事物""事件""事由""事类"等实在物质，叙事旨在明了其性状、过程、关联等，将时间过程中的事定型为确定的物质性存在，使时间的空间化形式得以完成；如果"事"为"事理""事义""事感"等偏重非物质形态的精神领域，叙事旨在通过对事的描述，明了其之所以如此的逻辑脉络、因果链条，叙事的同时，也是在描述抽象的思维过程，叙事即是将精神运动轨迹及其最终成果定型，同样是以空间形态固定时间流中的所有存在。

这样一种时、空的秩序，在思维路径与写作套式上有突出

---

① 孔颖达：《尚书正义》卷一《尚书序》，阮元校《十三经注疏》，中华书局 1980 年版，第 113 页。

② 殷学明：《序事与叙事——中西不同的话语修辞方式》，《文艺评论》2012 年第 9 期。

体现。检索古人文章，会发现对于特定主题，都免不了历史梳理与谱系追踪。一般先论天地自然之道，再征引人文史迹之例，由旁系古贤到近系先辈，最后才叙及本题。《文选》中的书表，如孔融《荐祢衡表》、曹植《求自试表》、张悛《为吴令谢询求为诸孙置守冢人表》、桓温《荐谯元彦表》、李斯《上书秦始皇》、邹阳《上书吴王》等，都是以"臣闻"引入古事或经典论述，由古而今，由远及近。这一套式显示古人对自身在历史中所处的空间、位置，有着极为明晰的意识，以此为基础建立思想和行为逻辑。《文心雕龙》前几篇的"文之枢纽"，以《原道》《征圣》《宗经》为序，从天道而人道，再到文道，也是对文的谱系追踪。具体篇目如《原道》，从日月山川到人文制作，人文中，又是从圣贤经典到平凡文章，同样体现着时空的秩序性。再如陆机《文赋》论文思之起，"伫中区以玄览，颐情志于典坟。遵四时以叹逝，瞻万物而思纷。……咏世德之骏烈，诵先人之清芬。游文章之林府，嘉丽藻之彬彬。……"从玄览中区到游心典坟，从先人文籍再到作者制作，也是由自然而人文，由先贤及自身的次序。"伫中区以玄览"，仿佛是精确的经纬坐标，万物纷纭，围绕着依次分布，前后主次，历历分明。陈世骧先生从抒情传统的角度解释陆机文论的秩序感，对《文赋》中"选义按部，考辞就班"最为关注，认为这是源于内心世界的一种"秩序"的追求，源于所处世界一切崩坏和混乱所激发的热忧。[①] 然而，陆机的内心世界是如何建立的？没有历史的脉

---

① 陈世骧：《文学作为对抗黑暗之光》，《国立北京大学五十周年纪念论文集》(1948)，转引自陈国球：《"抒情传统论"以前——陈世骧与中国现代文学及政治》，载《现代中文学刊》2009 年第 3 期。

络与自然的参照，他的热忱依然是一团乱麻。显然，陆机是通过时空秩序，找到思维与写作的秩序，从外而内，再因内符外，而非陈氏所云以内心世界为源。

上引诸例足以说明这是古人普遍的思维定式，非独陆机为然。傅修延先生很早就观察到这种现象："不管是在哪种文体中，中国人下笔时总会不自觉地按'自从盘古开天地，三皇五帝到如今'的格局行事，历代（包括当今）重要的政治文告也常常从前人的贡献起笔……"他还引当代学者的论述："中国人做学问的方式是靠历史叙事，先列举三代故事、先秦典籍、二十四史一路下来，然后续上你的当代叙事一小段，这样你才能得到自己内心承认的合法性，也只有这样才能够建立起大家公认的正统性权威。"① 从文化角度观察到的历史感，其实就是从叙事角度观察到的时空感。这一文化心理与写作传统，正是典型的叙事思维。

在时、空坐标中的写作及其成品，是质实的叙事行为与叙事文本，叙事文本具备如下基本特性：其一，是性状。包含量的描述，质的判定、形态的确认、功能的落实。中古文体意识的强化，同一文体中，题材类型的分辨，就是性状的明确。其二，是系统，即特定时空中的事，因其因果与逻辑，成为现象的一环，其意义要在现象系统中去认识。而这一系统，又是不断扩大、由无数层级组成的，近似于无穷。时间中的历史感，与空间中天地人的有序分层级交通，就显示了叙事的系统性思维。

---

① 傅修延：《中国叙事学》，北京大学出版社 2015 年版，第 71 页。所引其他学者论述是黄平、汪丁丁：《学术分科及其超越》，载《读书》1998 年第 7 期。

其三，是主体性及能动性。事是人的行为与活动，单纯的自然物或自然运动，一般不能说是"事"。只是，当人们去描述、记录该自然物或自然运动之时，将人类或记录者的观察与体验附着其上，因人的介入，自然物及其运动具有某种拟人性，则可以使之成为叙事。以往将抒情、叙事分别贴上主观、客观的标签，失诸简单了。且不说"叙"是极富主体性的行为，便是"事"，也是人类认识中的"事"。中古山水、行旅、节候等题材的诗文，不少便因"事"与作者发生联系，才从自然山水变为人文山水。无论文本中的"叙事"隐显与否，其必含"事"与"叙事"，则是毋庸置疑的。

由上可知，在中国文学中，"叙事"之范畴极为宽泛。这是因为"叙""事"各具丰富的内涵，并未因合成一词而损减各具的灵活性与丰富性。"叙"既是名词，也是动词；既是文体，也是方法。"事"之能指丰富，又可与其他词相组合，如"事感""事情""事义""事境"等，使其内涵得到确定的延伸。

第二节　诗的真实性与中古诗歌叙事传统的实存性

中古诗歌叙事传统，是涵盖全体诗歌、真实存在的传统，根本原因是诗的真实性，叙事的自觉，也是建立在诗的真实之上。对于诗来说，真实性、现实性与史性，三位每集于一体。三代以迄先秦，在历代文化与政治的架构及运行中，诗史皆为一家，俱备世用，参与政教。《国语·周语上》："故天子听政，使公卿至于列士献诗，瞽献曲，史献书，师箴、瞍赋、矇诵，百工谏，庶人传语，近臣尽规，亲戚补察，瞽史教诲，耆艾修之，然后王斟酌焉。"① 这里除了"书""谏"，各色人等所献，皆类似于诗。尤其值得注意的是瞽史，二者分属两类，又很接近，所以分开来说"瞽献曲，史献书"，合起来又说"瞽史教诲"。顾颉刚认为"史与瞽之所为辄被人视为一体"，皆因"瞽史"其术相通。②《诗大序》"国史明乎得失之迹"，孔颖达集众说云"国史采众诗时，明其好恶，令瞽矇歌之"，史选诗而瞽矇歌诵，瞽史联系密切。瞽歌诗以教诲，盖因瞽之职隶乐官，掌"讽诵诗，世奠系，鼓琴瑟"（《周礼·春官》），故瞽和史的关系，也就是诗和史的关系。瞽史一体，自然也类进于诗史一体。不仅诗史一体，诗与政也是一体。所以才有孔子所说的："诵《诗》三百，授之以政，不达；使于四方，不能专对，虽多，亦奚以为？"（《论语·子路》）史与政的关联，在于提供知识、经验与教训，而史是过去的真相和真实，而诗则是当时的真相和真实——当然，对于后世，则构成了史，故诗是史与现存真相和真实的统一。孔子论诗还有"兴观群怨"说，四者皆关乎真实，而以"观"最富现实性。《左传》襄公二十九年季札观乐有"五声和，八风平；节有度，守有序。盛德之所同也！"等论评，《礼记·乐记》也重复类似观点："治世之音安以乐，其政和"，这些皆佐证了先秦采诗观风、赋诗言志的文化制度，而这一制度的目的是国家政治治理。《诗》能有此功用，即在于其对社会现实的反映，故"《诗》可以观"被普遍认为是现实主义的文学传统。诗所呈示的"观"的材料，是当时的现实叙事，对于当局来说，则是政治叙事，对于后人来说，便是历史叙事。这种

---

① 徐元诰：《国语集解》，中华书局 2002 年版，第 11—12 页。
② 顾颉刚：《史林杂识初编》，中华书局 1963 年版，第 223—225 页。

叙事，建立在社会现实之中，可以是具体的事，或特定时间、空间集群式的事，也可以是较抽象的事，即社会的现实风貌。

诗的真实性，还在于其针对性、指代性的具体与真实——不管其文本是否为叙事。"有为而作"，是诗自先秦以来建立的文体尊严。这既可以是后代白居易所谓的"为君、为臣、为民、为物、为事而作"（《新乐府序》），也是"诗言志"对情感、心志诚恳与真实的要求。扬雄有"诗人之赋丽以则，辞人之赋丽以淫"（《法言·吾子》）之论，为了提高赋的地位，将其说成是"古诗之流"，均可见诗在古人心目中的位置与分量。诗不可苟作，它是一个庄严的文本，也是一个可信的文本，这成为其与叙事传统紧密关联的文化基因。因为这种真实性，诗的创作状态和情景、作者、写作的指向，都是可考的，都是可以明确落实的。这同样具有史的属性。

诗的真实性以及人们对诗的观念，促成了诗歌叙事意识的觉醒。一是记事规讽，继承诗经、乐府的写作传统。像蔡琰的《悲愤诗》，曹操《苦寒行》，王粲的《七哀诗》，陈琳的《饮马长城窟行》，王粲、阮瑀的《咏史诗》以及曹植的《三良诗》等，皆属此类。二是在"诗言志"传统下，为自我作传，或书写个人经历、遭际，或书写情怀、心志。从文本属性来看，书写情怀、心志之作，可能会含有叙事因素，即通过某件事、某段经历来书写情志，然总体而言非叙事文本。然其具备叙事性，与叙事意识的觉醒密切相关，即在于其真实性。如曹操所谓："御军三十余年……登高必赋，及造新诗，被之管弦，皆成乐章。"[1] 曹操的

---

[1] 王沈：《魏书》，陈寿：《三国志·魏书·武帝纪》引，中华书局1964年版，第54页。

诗多是"歌以咏志"的，然而每首诗也都是因"幸甚至哉"，背景清晰，时地可考，虽未必皆为叙事，却自具史性，从中可得到其时军国大事的某些珍贵细节与生动场景。曹操的"登高必赋"，反映他记录自己经历、生活乃至情志的自觉性，诗对于他，仿佛是个人的生活日记。再如陆机的二首《赴洛道中作》，内容上也偏向抒情言志，多感慨之辞，不过，记录与交代的事实也极清楚，时间、节令、沿途风物，皆为实录，个人心态，也是真实流露。又如潘岳《悼亡诗》、左思《娇女诗》等晋诗名篇，以叙事、写人为基础，然后生发情感，叙事与抒情融为一炉。而就叙写个人生活、亲人音容等方面来看，诗歌的生动与逼真，再现旧日情境，具备复活再生的一种艺术魅力。其真实性与史性一致，而其生动性与逼真性，则又多有超越。这是高超的叙事艺术达到的效果，表明源自史学叙事的文学叙事，具备自己独特的优长。

由于诗的真实性，使得无论其文本形态如何，它都具备叙事的功能与效用。当然，这是在中国文化语境中而言的叙事，由史学传统而来的真与经学传统而来的善，建立在真实之上的讽喻教化。

不过，文学史的动态演变及其丰富性，使得诗在经史传统背景之外，还会受到民间通俗文化传统的影响。那就是与"子不语怪、力、乱、神"相对的逐奇好异的蹈虚之风，这个意义上的"叙事"，就比较接近于讲故事的那种"叙事"了。其实，《诗经》和乐府就颇多此类作品。像《诗·大雅》里的《生民》《公刘》诸篇、《后汉书》里的《远夷乐德歌》等，神话与传说的痕迹非常浓厚，汉乐府民歌中的故事诗也极多，这些其实都是经史传统之外的更为广泛的民间文化传统。只是大多被儒家进行重新包装和解释，通过比兴寄托的修辞转化，再度纳入礼乐教化的经史传统之中。诗人又多是为经史传统所涵育，再加上对诗的敬畏，故在多数情况下，诗人们始终是在经史传统中创作，不经的素材，背后却是严肃的寓托。不过，由民间传统而来的另一种诗歌旨趣，毕竟也是真实的存在，对诗人的吸引力依然不容低估。一旦社会环境与风气有所改变，它就会苏醒、滋生。汉末经学衰微，思想得到一定程度的解放，文人好奇逐异，嬉谑游乐之风，就得以蔓延。史著中对建安文士这方面的记载就非常多。如曹操好音乐倡优，"每与人谈论，戏弄言诵，尽无所隐"[1]，曹丕携群臣学驴鸣追悼王粲等，都为人们所熟知。其实，曹植在这方面，也不逊父兄。《三国志》裴注引《魏略》，记叙曹植见邯郸淳一事，极为生动："科头拍袒，胡舞五椎锻，跳丸击剑，诵俳优小说数千言讫……与淳评说混元造化之端，品物区别之意……"[2] 邯郸淳有《笑林》，是魏晋笑话文集，二人之交谈，所涉固多诙谐。"建安七子"中，像孔融为文，就多"杂以嘲戏"，其《离合作郡姓名字诗》，所谓"离合"是一种拆字、合字的游戏体诗作，诗以咏古代名士为内容，而离合成"鲁国孔融文举"六字。再如应璩的《百一诗》，固然有诗教的刺的精神，然其文本之诙谐、浅俚，则颇富民间文学的色彩。显然，音乐、俳优、戏弄，流行于文人的日常生活中，民间文学的冲击，已在悄悄改变部分文士对诗的态度，即诗也就是可

---

[1] 《三国志·魏书·武帝纪》，裴松之注引《曹瞒传》，中华书局1964年版，第54页。

[2] 《三国志·魏书·王粲传》，裴松之注引《魏略》，中华书局1964年版，第603页。

以用来游戏、娱乐、消遣，可以讲述故事，可以记叙无关宏旨的个人私性生活。因此，像《陌上桑》《孔雀东南飞》这类故事诗出现在汉末，也是自然而然的事，这类诗虽说是民间的累积创作，实际上都有文人的加工与雕琢，是民间与文人创作相结合的典范。

这对于诗歌叙事传统的演化，有着重要的意义。即在经史的教化叙事之外，还有其他各个层面的叙事，或叙传说故事，或叙个人生活，叙事行为也无明显的功利性，这使得叙事有走向纯粹的可能。从真实性的角度来看，如果说经史传统中的真实性，由诗而知人论世，是一种历史的真实；这类受民间传统影响的真实，仅仅是一种文本的真实，甚至这种文本的真实，正是要说明事实的虚拟，而使得叙事真正变成讲故事。举一个简单的例子。乐府民歌里有一种互文排比的表达，如《孔雀东南飞》"十三能织素，十四学裁衣，十五弹箜篌，十六诵诗书"，《木兰诗》"东市买骏马，西市买鞍鞯，南市买辔头，北市买长鞭"，诗中依次推衍的时间轴线与空间序次，在文本中表现出极强的写实性，理应对文本所叙述的人事起到进一步的确定和证实。然而，稍有阅读经验的人都明了，这里的"十三能织素"，并不能确定织素的年龄就是十三，也不能确定十三岁就一定是织素；"东市买骏马"，并不能确定东市买的就一定是骏马，买骏马就一定是在东市……它是一种互文修辞，以具体的不确定性来证实总体的确定性，即刘兰芝在成长过程中学到很多女子的技能和美德，木兰从军前积极准备、添置戎装。这显然就不是历史叙事的态度了。历史叙事是从具体和细节的真实中，来考察真相，具体事件的真实性和确定性是基础和关键；而这类叙事，则只能说是一种不可验证也毋需验证的文本内部的真实，它完全由叙述者掌控，最终要指向的是一种艺术的真实。

不过，纯粹叙事的可能性，在整个中古时期，都只是一种未曾实现的可能。经史传统对文人创作一直起着支配作用，诗中以及诗后的人与世界，其所呈现出的真实性，更多地依然是在社会历史意义上而言的真实。如陶渊明曾公开说"著文自娱"，他闲暇时"泛览《周王传》，流观《山海图》"（《读山海经·其一》），将《山海经》中的神奇传说，引入诗歌，再度敷衍、编排。表面上看，陶公的诗歌观念及其创作实践，似乎构成与经史实录相对应的虚构叙事，然而，那"刑天舞干戚""精卫填沧海"，在陶公眼里，显然又不只是奇异的故事，而是有深刻的寓含。因此，就文化传统而言，其实还是没有脱离经史传统的窠臼，其诗后的情事、怀抱、所指，依然是可考的，是具有现实性的一种历史真实。魏晋文人，对于俳优小说、混元造化等奇闻异说兴趣浓厚，也将这类素材引入诗歌，比如洛神、西王母、女娲等神话人物及相关故事情节，都曾进入魏晋诗人的写作视野，或被作为写作的资源。前述孔融、应璩等，也都颇有游戏之作，然而，均未形成规模与风气，更未冲击经史文化的大传统。在传统的诗教环境中成长起来的诗人，即便采用那些"怪、力、乱、神"的素材，或者虚构草木虫鱼的寓言，其意都非在传奇志异。如曹植的《野田黄雀行》《鰕䱇篇》，虚拟故事与寓言，文本中的故事与情节基本上是虚构的，然而，这类诗反映政治环境、社会现实、个人处境与心境，皆达到更为深刻的真实，针对性、指代性皆可谓历历分明。再如魏晋的游仙诗，神话传说色彩浓厚，更为玄虚，似乎具备纯粹虚拟叙事诗的特点。然而，在中古时代，很多人的神仙信仰，诚恳而认真，并不以之为虚妄。那么，其所叙列仙，就具史性与写实

34

性，此其一；其二，游仙诗与寓言诗一样，都可以成为一种寄托。钟嵘不就说郭璞的《游仙诗》是"坎壈咏怀，非列仙之趣"么？[①] 当非现实的虚诞神奇，被用来寄托怀抱、影写世态，叙事就变成一种比喻和象征的修辞，自然而然地，再度皈依于礼乐教化的阐释体系。

因此，就总体而言，建立在经的伦理现实与史的客观实在基础上的真实性，是中古诗歌叙事传统的重要特点，无论"事"本身的"虚""实"，叙事大都是严肃庄重的行为，与诗人自身、其所生活的时代、环境密切相关，写实（客观真实与心灵真实）是根本，象征、指代不过是达到写实的一种手段。从这个意义上来说，叙事传统与经史传统具有一致性。不过，抽离历史语境，从纯文本的角度来看，魏晋时期诗歌的虚拟叙事，在写作素材的拓展、艺术想象的演进等方面，都取得较突出的成就，促进了叙事艺术的发展。其中，那些脱离经史传统，而专注于所叙之事的生活性、趣味性、娱乐性，将其从比兴寄托的模式中解放出来，表现出较纯粹的叙事特性，正是魏晋文学走向独立的结果与表现，尤其值得重视。

第三节　中古叙事诗与诗歌叙事

叙事诗与诗歌叙事，是容易被混淆的两个概念，有必要在进入论述前作一辨析。"叙事诗"是诗歌的题材类型，指叙事类的诗歌，对于叙事的比重、写作的方法、风格特征等，都有其

---

① 钟嵘著，曹旭注《诗品集注》（增订本），上海古籍出版社 2011 年版，第 319 页。

规定性，必须符合其题材特征，方可被称为叙事诗。而"诗歌叙事"，则是指包含在所有诗歌中的"叙事"。就"叙事"的宽泛义涵来看，很难说有哪首诗没有叙事，或不包含叙事。比如李白《静夜思》："床前明月光，疑是地上霜。举头望明月，低头思故乡。"望月思乡，看起来是典型的抒情诗。可是，这首诗同时也告诉我们，有一位诗人，离开故乡，独自羁居在遥远的异地。在一个月夜，他因为思乡而无眠，或者因为看到月光，而引起对家乡与亲人的思念。这是本诗所传达出的明确无误的事实。且没有离开故乡、异地羁旅等情节，本诗也无所附丽，如果进一步了解到诗的写作时间，则可联系诗人的生平、经历，诗之背景与本事，便有更确切的落实，诗中"事"的因素也会更加突出。这样一首看似全然为抒情的小诗，尤然包含叙事，遑论其他叙事成分更突出的诗作了。所以，广义上的"诗歌叙事"，是与所有诗歌相伴生的内在成分，没有哪首诗能够摆脱。

"抒情"从某种程度上来看，也可以说是"叙事"，或者，必须借助于叙事。傅修延先生就认为抒情附丽于叙事，二者是毛与皮的关系："叙事学语境中的'叙事'是一个卷入因素与涉及层面更多的能指，人们在用包括语言文字在内的各种媒介'讲'故事时，除了传递事件信息外，还会或隐或显地披露立场观点，或多或少地发表议论感慨，或详或略地介绍人物与时空环境，等等。不言而喻，除了有意为之的'零度叙述'外（实际上很难做到），这些活动都有可能伴随着一定程度的情感抒发，'抒情'实际上附丽于'叙事'之中，两者之间为'毛'与'皮'的关系。"① 将叙事看成涉及更多层面的能指，以之统摄抒

---

① 傅修延：《中国叙事学》，北京大学出版社 2015 年版，第 17 页。

情，并以讲故事为必要特征，这主要还是西方叙事学的基本观点。这里，称叙事"是一个卷入因素与涉及层面更多的能指"，将文字之外的诸多指涉，如音乐、绘画、符号等都看成叙事，以中国文学的叙事观来看，有所泛化；而以讲故事为基本要素来判断叙事，则在内涵上又有所收缩。我们讨论诗歌叙事问题，需要在能指上有一个层面的界定，即是指以文字为符号的，以诗为承载的叙事。而叙事包括讲故事，也包括传递事件和信息，事件和信息可以包含在讲故事之中，也可以脱离故事独立存在，故二者是并列关系，而非主次关系。

因此，就中国文学实际而言，我们可以在广义、中性与狭义三个层面讨论诗歌叙事问题。广义的诗歌叙事，可指向所有诗歌。套用叙事学的说法，除了"零度抒情""零度议论"，没有不包含叙事的抒情与议论。还有叙事学理论更为极端，把一切都看成叙事。如罗兰·巴特在《叙事作品结构分析导论》所云："叙事存在于任何时代，任何地方，任何社会。叙事随着人类历史的出现而开始。没有哪个地方，也没有哪个人群是没有叙事的。叙事是跨国的，跨历史的，跨文化的。简言之，它存在在那里，像生活本身一样。"[1] 故从广义的角度来看，一切诗歌都可以有叙事问题值得研究。尽管如此，我们并不将叙事过于泛化，不采取西方叙事学的观点，以叙事涵盖一切文体，乃至文化现象。即便是从广义的角度，诗中也要包含可感可知之"事"，要有一定的实在性。中性的诗歌叙事，即着眼于诗歌所传达的事件和信息，探索诗歌语言的特殊性，亦即其叙述特性。

---

[1]　Roland Barthes, *Image-Music-Test*, Selected and trans. Stephen Heath(New York: Hill & Wang, 1977), p.79.

　　狭义的诗歌叙事，则以叙事诗为主，分析诗歌叙事的特点、功能、表现、规则等，并通过对叙事诗的历史梳理、与其他文类叙事的比较，描述其演变过程，寻绎其艺术渊源、影响，探索叙事诗历史演变的内在动因。中性与狭义的诗歌叙事，很大一部分即为叙事诗，固然最能体现诗歌叙事传统，而广义的诗歌叙事传统研究，即从叙事的角度来考察诗歌，甚至是一些抒情诗，则是本书的难点所在，也最能体现本书的研究价值。

　　以叙事诗为主的狭义诗歌叙事，在两汉的民间诗歌中，曾得到充分的发展。"饥者歌其食，劳者歌其事"（何休《春秋公羊传解诂》），产生诸多叙写民间日常的一般叙事诗。有学者甚至认为"乐府往往叙事，故与诗殊"（徐祯卿《谈艺录》），指出乐府叙事的特点是正确的，而言外诗便不应叙事，则是很深的偏见。文人诗同样也叙事。只是与民间乐府相比，其叙事成就相对低一点而已。民间乐府在歌食歌事之余，桑间濮上之暇，以韵语歌谣，对奇人异事，递相传播，乃至敷演为传奇故事，出现了《陌上桑》《孔雀东南飞》这样杰出的故事诗，在叙事方面取得极其辉煌的成就。东汉以后，随着文人诗成为主流，文学创作从无名时代的累积型创作转向专门作者写作，民间诗歌一方面被采入乐府，另一方面被文人学习继承，同时也被改造、发展，呈现出不同的面貌。乐府诗已不尽等于民诗，文人拟乐府，又隔开了一层。[①] 不过，采自民诗的乐府诗，皆有其本事。

---

① 《汉书·艺文志》载汉武帝扩大乐府机构，广采"赵、代、秦、楚"等各地歌谣，同时又使文人加工、改造，或模拟、新创。《汉书·礼乐志》载："以李延年为协律都尉，举司马相如等数十人，造为诗赋。"司马相如个人实无新诗创作，其在乐府中的职责，当是修改、润色所采民诗。

诗中虽不必有详尽叙述，甚至可予省略，然并不能斩断事与诗的紧密关联，细读文本，很多是以诗的言说、修辞，完成了对事的信息传递。从事的角度来看，情感与议论，则起到对事的质的认识，是对所传递的信息的丰富。而这从某种程度上看，正显示出诗之叙事的特殊性。

魏晋的文人叙事乐府，一为以古题叙写时事，曹操为首倡；[①] 二为叙写人事，即个人或他人的行迹、经历，人生历程，部分具有诗传之性质；三为叙写心事，这类也可以说是抒情诗。但由于表达情感或思想的途径，往往通过叙写典型事件、事象、情节或情景，或者借助对乐府本事的改编、新创，故有浓重的叙事性。事实上，这几类也都兼具抒情与叙事。所谓"兴于诗"或"情动于中"，是由事、物到情，进而产生创作冲动，可见诗兴之起，有情的作用——当然，这情又与事密切相关，没有事也没有情；而没有叙事，诗便无以成型，情亦无所依附。就这一点而言，傅修延先生谓抒情之毛附丽于叙事之皮，倒是很恰当的比喻。

无论写时事还是写人生平、经历乃至心路之诗传，文人诗叙事在这一方面，与史学的叙事传统与精神，多有关联。首先是写实性，叙事或抒情的主体、对象，皆为可见可感之实体。时事多为所见所闻，时地可考；个人经历，由诗人自我叙写，其真实性更不必说，他人之事或古人之事，则来历明晰。比如曹操《蒿里行》、王粲的《七哀诗》等，就尤为写实，以致后人著史，径取其诗中语句。蔡琰的《悲愤诗》，虽非乐府，但却是

---

① 沈德潜谓"借古乐府写时事，始于曹公"（《古诗源》卷五），这一说法得到学界广泛认同。

受乐府影响而深得神韵之作。该诗既有大的历史背景的描述，又有场景与细节的逼真呈现，宏纤并举，更为全面地展现了董卓之乱给洛阳一带人民带来的劫难。这类诗中，诗人或是观察者，或是亲历者，或既是观察者又是亲历者，这类诗因此具备口述历史的价值。除了政治、战争等大事，还有民间生活与风习。左延年《秦女休行》所写烈女复仇之事，就被认为是汉末民间私相复仇的风气，也可与《汉书·尹赏传》所记探丸杀人之事相读。不过，民间风气也从侧面反映了当时政府的治理情况，有着丰富的历史认识价值。其次，这类时事诗、风习诗的写实性，是有经世致用的思想作指导，是以史的叙述，彰扬经的精神。王粲《七哀诗》曲终奏雅"悟彼下泉人，喟然伤心肝"，阮瑀《驾出北郭门行》结句云"传告后代人，以此为明规"，皆明确指出其作诗之目的。既是写实，又有资治风鉴之义，故自然起到观风观俗的效果，统一于儒家的诗教系统。

魏晋文人对乐府诗的继承与拟作，更多的还是改编和新创，借事以抒情或言志，即所谓叙写心事者，而这是研究诗歌叙事传统最需要关注的问题。这些旨在抒情或言志之诗，有文本形态是叙事的。如曹植的《美女篇》《野田黄雀行》《怨歌行》①等，都有切实的人与事，就其文本形态而言，叙事成分十足。然而，这类叙事既非如乐府原题那样讲述故事，亦非记叙时事观风观俗，而是借所咏人、事、情节，寄寓与抒泄诗人的思想与情怀，不妨称之为托事类的叙事诗。与之相较，那些本题故

---

① 曹植《怨歌行》(为君既不易)，咏三良殉葬事，也有把其归为古诗。萧涤非《汉魏六朝乐府文学史》(人民文学出版社1984年版)引《晋书·桓伊传》论其为乐府，可从。见该书第151页。

事诗，或敷衍、改编本题以讲述故事为主的，可称之为本事诗。像左延年《秦女休行》那样，起到观风察政之时用，但也还是属于本事诗。本事诗是最狭义的意义上的叙事诗，托事诗属于中性的叙事诗，在这两类诗中，所叙之事都有清晰呈现。

文人诗以乐府旧题叙写心事，还有很大一部分，事并不明晰，文本形态上就直接表现为抒情言志，并未有一个托事的环节。如曹操的《步出夏门行》诸章，多是景物描写，情感抒发，然而，这一组诗，却按照地址依次排列，勾勒出行经的轨迹。诗题《步出夏门行》，"夏门"，指洛阳高大的城门；出都城者为何？为国征战也。交代这一组诗乃出征途中的戎马之歌。再根据组诗中提到的地点、时间，则不难考知是在北征乌桓凯旋时之作。诗中碣石、沧海、河朔等，串联起诗人活动范围，而从秋风到北风，从"百草丰茂"到"繁霜霏霏"，又画出时间的弧度。每一章结尾，诗人都不忘复一句"幸甚至哉，歌以咏志"，似乎是为时、地、人作定位与注脚，强调其于事而言的实在性和其于情而言的真实性。这一写作思维，与史家的征实取信，有迹可考一脉相承。当然，曹操这组诗，并不是典型的叙事诗，在我们所述的诗歌叙事的三类情形，应是中性而偏向广义的叙事。但这组诗是含有叙事性的，它以自己特殊的言说方式与结构，如一篇征途日记或周记一样，将诗人在建安十二年（207年）秋冬之际，从北方沿海到河北腹地的一段历程，作了清晰的交代。

通过上述诗例，可以分辨中古诗歌叙事传统研究的两大畛域：一是叙事诗；一是诗歌叙事。叙事诗固然有诗歌叙事问题，而诗歌叙事则包括但不限于叙事诗，是对一切含事之诗中的叙事、叙事行为、叙事要素、叙事性进行研究，有写作研究，有写作思想、观念研究，有批评实践，也有理论思考与总结。

　　由于叙事诗有较突出的叙事特征，我们对其可以采用小说、戏剧等叙事文体的叙事研究方法；而我们对于非叙事诗中的叙事，则要充分认识到诗歌的文体属性，来分析其叙事特点和方法。显然，诗歌叙事有属于自己的文体语言，这正是我们研究诗歌叙事传统所必须加以发掘和整理的。

第二章

叙事视野下的建安诗歌：叙事功能的延展

　　对于叙事诗而言，叙事是其主要行为；对于非叙事诗，其中也存在叙事行为，对应不同的诗体、内容、主旨及写作，分别承担不同的功能。叙事的首要功能当然就是记叙事件，通过诗人的记叙，呈现社会与时代的信息，个人生活、情感与思想的状态。自汉儒确立诗的崇高而严肃的地位，在士大夫的写作中，诗歌就与政治、道德密切关联，叙事传统依附于经、史传统，而由于叙事记叙事件的特性，与史的关联尤显密切。曹魏诗歌的叙事，延续并发扬着这一传统；同时，其中也增添了一些新的因素，丰富了诗歌的叙事传统。

　　政治上的曹魏时代当从曹操扶立献帝，挟天子以令诸侯算起，到司马炎以晋禅魏止，即从汉献帝建安元年（196）至魏元帝曹奂咸熙二年（265），计69年时间。文学上，大致有建安、正始两个重要时期。其中，建安主要是三曹七子、应璩、繁钦、杨修、吴质等人文学创作活动时期，从建安元年起，大致以曹植去世的公元232年为限，时间上不限于年号上的建安时代。曹植是"建安之杰"，他的去世，意味着一个文学时代的终结。正始是魏齐王曹芳的年号，时间从公元240年到公元249年，差不多十年时间。正始文学也不限于这十年。大致是阮籍、嵇康、向秀等七贤与吕安、钟会等人文学活动时期，可以嵇康遇害的魏元帝景元四年（263）为限，向秀此后不久举郡计入洛，经山阳旧庐，作《思旧赋》。向秀的《思旧赋》，是正始时代的悼歌，故在西晋代魏的两年前，嵇康被害，向秀入洛，即已标志着文学上曹魏时代的落幕。

尽管还是有不少人在写作四言诗，且达到极高的艺术水准，比如曹操、嵇康等，然就总体而言，中国诗歌在曹魏已进入五言诗的时代。钟嵘说："五言居文词之要，是众作之有滋味者也。"[①] 确实，是五言推动中国诗歌的长足发展，探索、创造了更多的书写方式、表达手段。中国诗歌的叙事传统在魏晋南北朝时期，也主要是由五言诗予以承继与发扬。当然，我们也不能因此而忽略四言诗，只要其构成叙事传统的有机组成环节，就具备相当的文学价值或文学史价值。

因叙事与史的密切关系，叙事性强的诗歌，尤其是涉及历史大事，生动反映时代的，更容易被人们将其与史相关联。"诗史"尽管是因杜甫而成为诗歌批评的显要概念，然以史论诗，诗、史等观的思维，是指向整体诗坛的。建安诗人因其部分诗作对现实的反映，也曾被人誉为"诗史"。如钟惺就谓曹操《薤露行》《蒿里行》："汉末实录，真诗史也。"（《古诗归》卷七）不过，这类诗在建安诗人中并不占主流。尤其需要注意的是，即便反映现实，诗与史的质性还是判然有别，从叙事的角度，更能帮助我们认识到此点。

---

① 曹旭注《诗品集注》（增订本），上海古籍出版社 2011 年版，第 43 页。

第一节　时代与个人：曹魏诗叙事的两个维度及其绾合

诗因其叙事而具备史性，盖缘于诗人对自己时代的记录，达到历史所具备的反映与认识的深度。然历史是事后的记录，而诗人所叙述者，则是现场与当时，其既可以记叙时代，也被时代所陶染。诗具备史的功能，是时代与个人互动、绾合的结果。诗歌叙事，使之具备接近于史的可能；也正因是诗的叙事，使之终究与史有别。汉末建安是一个被诗人们所书写的大时代，也是陶染诗人的时代，今人对那个时代的生动而感性的认识，不少是来自这些诗人的书写。不过，同样的人、事，从诗中得到的认识与体会，与史著却大相径庭，其中缘由，便是诗、史叙事各具特性。

《文心雕龙·时序》论建安诗歌云："观其时文，雅好慷慨，良由世积乱离，风衰俗怨，并志深而笔长，故梗概而多气也。"①这段话非常精准地总结了建安诗歌的风貌特征，并揭示其成因，即时代社会因素对诗人主体气质的影响，进而作用于诗歌。这段话也指出了建安诗歌的两大方面：一为社会与时代；一为诗人自我。二者建构了诗与史的基本关系，是我们考察建安诗歌叙事传统两个最为重要的维度，也能见出诗歌叙事的特点。

就社会与时代方面而言，建安诗人有其现实性的一面。"世积乱离，风衰俗怨"，是诗人生活的时代环境，它们塑造着诗人，激起他们的淑世意识与家国情怀，所谓"雅好慷慨""志深

---

① 刘勰著，詹锳注《文心雕龙义证》，上海古籍出版社 1989 年版，第 1687 页。

笔长"者多由此而发。也因此，他们在诗中不乏对现实的关注，这表现在既有对时代的写实，也有以现实为背景或触媒的情志抒发，即人对时代的书写，与时代对人的陶染。前者文本上叙事性较强，后者文本属性可能并非叙事，但不妨碍其与时代的交互映射。无论哪种情况，这类诗都具有一定的史性，因为它们以普遍或独特的叙事性，再现历史，复制并复原了鲜活的现场。某种程度上，它们因其真实而生动，甚至达到比史述更深刻的历史观照和认识。

如蔡琰《悲愤诗》、曹操《蒿里行》《薤露行》、王粲《七哀诗》、曹植《送应氏》等，从不同的角度和范围，记录汉末军阀作乱，生民罹祸的大时代，成为历史生动的见证。

蔡琰的五言古体《悲愤诗》，堪称汉魏之际第一长篇纪实叙事诗。蔡琰为蔡邕之女，在汉末董卓之乱中，为乱兵掳掠，后没入南匈奴，在胡地生活十二载，育二子，后为曹操重金赎回，嫁于董祀。蔡琰存世作品，总共三首诗：两首《悲愤诗》（一首五言，一首骚体），见于《后汉书》卷八十四《列女·董祀妻传》；还有一首《胡笳十八拍》，见于郭茂倩《乐府诗集》。在《文选》《诗品》《文心雕龙》等南北朝著名诗文批评著作或选本中，均未提及蔡琰及其诗作，故关于其诗之真伪，自古一直就存在争论，现在学界基本认同五言《悲愤诗》为蔡琰所作。① 据《后汉书》卷八十四《董祀妻传》，《悲愤诗》是蔡琰被赎归之后，"感伤乱离，追怀悲愤"而作。全诗如下：

---

① 徐正英：《蔡琰作品研究的世纪回顾》，《西北师范大学学报》2001年第2期。

汉季失权柄，董卓乱天常。志欲图篡弑，先害诸贤良。逼迫迁旧邦，拥主以自强。海内兴义师，欲共讨不祥。卓众来东下，金甲耀日光。平土人脆弱，来兵皆胡羌。猎野围城邑，所向悉破亡。斩截无孑遗，尸骸相撑拒。马边悬男头，马后载妇女。长驱西入关，迥路险且阻。还顾邈冥冥，肝脾为烂腐。所略有万计，不得令屯聚。或有骨肉俱，欲言不敢语。失意几微间，辄言弊降虏。要当以亭刃，我曹不活汝。岂敢惜性命，不堪其詈骂。或便加棰杖，毒痛参并下。旦则号泣行，夜则悲吟坐。欲死不能得，欲生无一可。彼苍者何辜，乃遭此厄祸。

边荒与华异，人俗少义理。处所多霜雪，胡风春夏起。翩翩吹我衣，肃肃入我耳。感时念父母，哀叹无穷已。有客从外来，闻之常欢喜。迎问其消息，辄复非乡里。邂逅徼时愿，骨肉来迎己。己得自解免，当复弃儿子。天属缀人心，念别无会期。存亡永乖隔，不忍与之辞。儿前抱我颈，问母欲何之。人言母当去，岂复有还时。阿母常仁恻，今何更不慈。我尚未成人，奈何不顾思。见此崩五内，恍惚生狂痴。号泣手抚摩，当发复回疑。兼有同时辈，相送告离别。慕我独得归，哀叫声摧裂。马为立踟蹰，车为不转辙。观者皆嘘唏，行路亦呜咽。

去去割情恋，遄征日遐迈。悠悠三千里，何时复交会。念我出腹子，胸臆为摧败。既至家人尽，又复无中外。城廓为山林，庭宇生荆艾。白骨不知谁，纵横莫覆盖。出门无人声，豺狼号且吠。茕茕对孤景，怛咤糜肝肺。登高远眺望，魂神忽飞逝。奄若寿命尽，旁人相宽大。为复强视息，虽生何聊赖。托命于新人，竭心自勖励。流离成鄙贱，

　　常恐复捐废。人生几何时，怀忧终年岁。①

　　全诗108句，540字，篇幅之长，为魏晋诗人所仅见。首段叙汉末董卓之乱，前八句并见史著，堪称史笔，可与《三国志》的《武帝纪》《袁绍传》《董卓传》等相关部分对读。"汉季失权柄，董卓乱天常"，董卓本传："遂废帝为弘农王。寻又杀王及何太后。立灵帝少子陈留王，是为献帝。"董卓以诛杀宦官之名进京，旋挟持天子，篡夺政权，"迁相国，封郿侯，赞拜不名，剑履上殿……""逼迫迁旧邦，拥主以自强"，同见《董卓传》："初平元年二月，乃徙天子都长安。焚烧洛阳宫室，悉发掘陵墓，取宝物。"②"海内兴义师，欲共讨不祥"，指袁术、袁绍、韩馥等关东诸侯，兴兵讨董："初平元年春正月，后将军袁术、冀州牧韩馥、豫州刺史孔伷、兖州刺史刘岱、河内太守王匡、渤海太守袁绍、陈留太守张邈、东郡太守桥瑁、山阳太守袁遗、济北相鲍信，同时俱起兵，众各数万，推绍为盟主。"③起首八句所叙汉末重要政事，集中于中平六年（189）九月之后董卓进京至初平元年（190）正月诸侯起兵，时段约为一年。八句按照事件的发生、发展依次叙述，脉络通贯、结构明晰。由于诗人抓住主脉，意在突出汉末政局的关键和要害，叙事的时段跨度并不明显，这一点与历史叙事突出的时间感有所区别，不过，诗人客观而平静的叙述姿态，又使之近乎史述。八句构成的叙事单位，有一定的情节性，如"董卓乱天常"的种种表现，主

①　逯钦立编《先秦汉魏晋南北朝诗》，中华书局1983年版，第199—200页。
②　《三国志》卷6《魏书六·董卓传》，中华书局1964年版，第174、176页。
③　《三国志》卷1《魏书一·武帝纪》，中华书局1964年版，第6页。

题突出，并与后面的"海内兴义师"因果关联，形成有机的情节链。然此一叙事至"欲共讨不祥"而止，如何征讨，结果如何，却未交待，故其又不构成完整的故事。单独看来，这是一段时事纪实，具有真实性与历史性，而就全诗而言，则仅是后续叙事的历史大背景。"卓众从东来"至"乃遭此厄祸"，写董卓部将对民众的杀戮、虏掠，为诗人所见、所历，是现场复现，为第一手生动的史料。前述与史传相印证的叙事，对时局的全景描写，其内容并非来自目击身历，而是基于文化人所占有的知识与信息，诗人在所叙事件之外，叙事行为由叙述者以第三人称的全知视角来完成。而后面所叙亲见亲历，也有叙述者，也是以全知视角，但叙述者同时置身于所叙事件中，而据诗意，与作者也重叠在一起。前节说过中古诗歌写作具有真实性的特点，就叙事而言，其真实性主要就体现在史性与现实性。在这首诗的前半部分，时事背景的叙述，呈现的是史笔的真实，而所叙亲历亲见，则是个人遭际的现场真实。后文自"边荒与华异"以下，进入时间跨度达十余年的个人自叙传写作。这十余年所呈现之事，情节丰富、故事性极强，然诗却一并略过，仅将笔触集中于汉使迎归，与小儿女作别这一部分。此节叙事细腻，人物动作、情态逼真，以此表现母子之别的惨痛。叙事在此并非诗的目的，而是借以呈现生活状态、心境。最后一段写归家所见所历，以场景描写与心境抒发为主，叙事的成分较淡。

　　就内容而言，《悲愤诗》真实地记录了诗人生命中最悲惨的一段经历，从被掳、羁留到迎归，堪称惊心动魄，是一首很典型的叙事诗，其传奇、曲折的经历，具有很强的故事性。然而，该诗并未就其传奇色彩作过多渲染，只是以时间为序，依次展开三段情节。诗之重点是记录苦难、抒发情感，而不是向特定群体来讲述一个传奇故事。

在经典叙事学看来，"叙述者与人物主要是'纸上的生命'，一部叙事作品的（实际的）作者绝对不可能与这部作品的叙述者混为一谈。……（叙事作品中）说话的人不是（生活中）写作的人，而写作的人又不是存在的人。"① 而在蔡琰的《悲愤诗》中，这种结构主义的唯文本论，对于文人叙事诗显然不尽合适。当叙事成为个人生命记录与情感需要的时候，强烈的个体意识与主体性支配写作，写作已不再是一种客观的艺术创作行为，而是生活与生命本身。在《悲愤诗》中，诗人作为亲历者，参与历史的真实过程与细部。这一真实包括所见、所历、所思、所感，就文本自身而言，有叙事文本，有抒情文本，然终究皆为自传文本，故绝对不能游离于作者，"作者""叙述者"以及那个观察、经历、感受的"作品中人"，三位一体，无经典叙事学所谓"纸上生命"与现实生命之区分。这样一种叙事特点，不仅与叙事学的以叙事为讲述故事的情况不合，也与传统叙事之源的史传叙事颇有区别，即其个人的介入，将叙事中的外视角最终都转化为一种内视角，使得外在的观察型、干预型的叙事，都变成内在的体验型叙事，使之成为诗歌叙事区别于其他叙事的最重要的文体特性。

《悲愤诗》是长篇的写实叙事，曹操的《蒿里行》则只能说是一般叙事诗。该诗写讨伐董卓之事，自"关东有义士，兴兵讨群凶"至"淮南弟称号，刻玺于北方"，仿佛一个史家，在秉笔直书，忠实地记录着上层军事斗争的大局，具有史叙的性质。

---

① （法）罗兰·巴特：《叙事作品结构分析导论》，载张寅德编《叙述学研究》，中国社会科学出版社 1989 年版，第 29—30 页。

而"白骨露于野，千里无鸡鸣"等，将笔触指向所见之场景，蕴含强烈的情感。因这种情感，使得前半的史述也变得沉痛、忧愤。联系写作背景与作者身份，其所叙之当时军国大事，自己也厕身其中，并非史家那样单纯依靠文献与材料，再现历史。观察者与体验者，在这里集于一身，观察者捕获对历史的理性思考，体验者则提供一种情感与感性认知。

王粲《七哀诗》前半写辞家远游，历史大背景仅一笔带过，而集中写临别情形，有主次人物，有行为与情感，叙事生动，场景真切。接着，写路上所遇妇人弃子之事，采用乐府的对话体式。这种对话体，是乐府推进情节的主要方式，可以说是典型的叙事体式。王诗通篇写个人的所历、所见、所闻，那个弃子于草间的饥妇人，也是难民的个体代表。以个人反映时代，正是叙事文学创造典型以达成意旨的普遍方式。曹植《送应氏》，叙事成分较淡。该诗共两首，《其一》主要写兵燹之后洛阳的萧条，《其二》写到置酒送别，此即所叙之事。组诗通过送别应氏，表达了对乱离之中人生、世道的思考与感喟，这也是诗歌的主旨。就主旨而言，这组诗当然算不得叙事诗，但没有事，其人生、世道之感也无从谈起。而且，叙事对于其表现主旨，也起到进一步的强化。且看写饯别的诗句"亲昵并集送，置酒此河阳。中馈岂独薄？宾饮不尽觞"，在亲友送别的酒宴中，远行人对酒却难以下咽——原来是想到"天地无终极，人命若朝霜"，是想到"山川阻且远，别促会日长"，叙事与诗要呈现的主旨其实是水乳交融的。

与所述蔡琰、曹操的诗不同，在王粲与曹植的诗中，大时代已经只是一个背景，叙述的重点是其中人的生活与活动。从叙事的角度来看，作为被书写的历史，无论其分量如何，在诗中是隐是显，最终，都得通过具体的个人，来呈现其细节与生命。更为重要的是，诗歌的旨归，在诗人自身。《悲愤诗》与《蒿里行》中，都有宏大的历史事件，纵然如此，它们也是用以叙写个体的悲惨遭遇与痛苦体验，叙写人的命运与情感。这与历史叙事的目的恰恰相反。历史叙事，是从具体之中总结经验，以逻辑理性，指向对历史的规律、价值等宏观认识，是要剥离个体，从具体走向抽象。建安诗歌因其现实、生动而被认为具备史性，主要的还是基于诗人观察、体验之下对生活现场的再现，由于叙述者与作者身份的重叠，其叙述就总体而言，始终是一种有限视角的叙述。这也是中古诗歌写作的真实性特征之所在。诗中有叙事，故真实性有所凭依；其事是个人具体所历、所闻、所见，故其是个人之观察、体验与认识。观察与认识，固然要突破现场，有所延伸，在某种程度上具备史性，然终究还是诗的，即具体的、琐细的、感性的与主观的。就个人与时代的关系而言，在建安诗歌的叙事之中，体现的也是个人眼中的时代，书写的也是时代中的具体个人。

　　上述建安诗人的作品，叙写个人的经历、观察，所书写的多是真实的历史事件、活动，反映了个人在大时代中的处境，与大时代的关系。除了历史真实，也可以通过虚拟叙事来反映时代，以及个人与时代的关系。如陈琳的《饮马长城窟行》。此诗乃乐府旧题，《文选》卷二十七有录，张铣注曰："言天下征役，军戎未止，妇人思夫，故作是行。"① 原题为征人思妇之歌。陈琳的诗是模拟乐府古题，通过两组对话来表现。一组是太原卒与长城吏的对话，太原卒请求不要滞留延长服役期限，长城

---

① 《六臣注文选》卷二十七，浙江古籍出版社1999年版，第493页。

吏很粗暴地打断他：干你的活就是，官家自有日程安排。太原卒愤愤地说：这样服役，还不如让我战死在战场呢！一组是太原卒与妻子的通信，让妻子不要等他，趁早改嫁，妻子则回信表明誓同生死的决心。这实际上是乐府诗常用的以对话推进故事的叙述方式，两组对话，使叙事变得更为丰满，涉及的三个人物，也都显现出较鲜明的个性。该诗并无具体的历史背景，然作者亦非单纯模拟古辞。赵其钧先生就认为本诗"与诗人对当时连年战乱、'旧土人民，死丧略尽'的现实的了解，对人民命运的同情与关注是密不可分的"①。也就是说，本诗的写作，与诗人对整个时代的观察和认识有关，而这一认识，有个人的生活经验、个人社会身份等因素，即其具有体验性的基础。只是在这里，模拟写作的虚拟性，掩盖了这种体验性特征，但如果联系时代背景，则不难推知。陈琳在建安文人中，以表檄等应用性文字著称，是一位关怀时局并有较杰出的政治识见的文人。他的这首乐府诗，模拟汉乐府，表现出民胞物与的现实关怀，对征夫思妇的主题作了更深入的发掘和升华。

第二节　日常与非常：曹魏诗歌的生活与命运叙事

如前所述，体验性是诗歌叙事的特点，即便所叙写的内容为宏大的历史事件，也是在有限视角下，极具主观性的认识。而在诗人对于生活与命运的叙写中，其体验性叙事的特点则更为鲜明。实际上，曹魏时代的诗歌叙事，大部分也是生活与命

---

①　赵其钧：《中国古典诗词曲鉴赏》，黄山书社 2006 年版，第 12 页。

运叙事。在这一方面，其内容得到更广泛的开拓，叙事技法也在实践中不断提高。

汉末征伐频仍，征戍就是当时很多士民的生活常态。前述曹操本人的《苦寒行》《蒿里行》等，就是征戍生活的记录。建安文士追随曹氏军事集团，东征西伐，征戍既是他们的日常生活，也为他们写作提供题材与灵感。王粲《从军诗五首》是其中较具规模和体系的征戍之作，可以作为标本，认识当时文士此类诗的叙事特点。

该组诗见于《文选》卷二十七"军戎"，该类仅选此一组诗。原诗共五首，篇幅较长，不细录。李善引《魏志》及裴注，谓该组诗是曹操西征张鲁，侍中王粲作五言诗以美其事。① 近人逯钦立则以为五首非一时一地所作。② 也有学者认为是王粲依附曹操后所作。③ 本文更倾向于李善注所系时间。张鲁之役后，建安二十年（215）十二月曹操自南郑还，二十一年（216）二月还邺，"冬十月治兵，遂征孙权。十一月，至谯。"④ 从诗中"桓桓东南征""泛舟盖长川"（《其二》）"讨彼东南夷"（《其三》）等句来看，当是言征吴之事。五首诗的结构与叙述具有很严密的整体性，应为建安二十一年（216）十月之后，美曹操征吴的组诗。《其一》述曹操西征之绩，为组诗序诗。其事即征伐关右张鲁，"一举灭獯虏，再举服羌夷""西收边地贼"云云，皆指其事。然诗并未确指，这也是诗歌叙事的一大特点，并不求字

---

① 李善注《文选》卷二十七，上海古籍出版社1986年版，第1269页。

② 逯钦立编《先秦汉魏晋南北朝诗》，中华书局1983年版，第361页。

③ 如刘知渐《建安文学编年史》（重庆文学出版社1985年版，第53页）系本诗在建安二十一年（216）。

④ 《三国志》卷一《魏书一·武帝纪》，中华书局1964年版，第49页。

面上的明确性，就修辞而言，泛指更能彰显曹操之威。从诗歌内容的分配比例来看，自"相公征关右"至"忽若俯拾遗"六句实写征伐之事，不到全诗五分之一篇幅，大部分篇幅在写军威之盛与凯旋后庆功宴饮之欢。"陈赏越丘山，酒肉逾川坻"等句，究其性质而言，是场景描写，而凯旋、庆赏等质实之事亦包含其中。实际上，很多诗歌，就是以这种方式来叙述情事、传达信息，从某种程度上说，这也正是诗歌叙事的特殊方式。

在序章之后，《其二》写征讨东南，前半有较强的叙事性。首二句点出出征时间，在秋凉时节。接着四句，写曹操出征及其兵势之盛。从"征夫怀亲戚"起，线性叙事暂断，而转入对出征人心理、情感的描写，并由之过渡到诗人自我情志的表达。《其三》叙写征途之远迈及征夫的情怀，前二句"从军征遐路，讨彼东南夷"写出发，接着"方舟顺广川，薄暮未安坻"写征途情形，由"方舟"交代水路进军，由"薄暮"点出时间，而"未安坻"则说明行经路途远，耗费时间长。"白日半西山"承"薄暮"，时间继续推移，诗人将笔触转到周围环境，自然引出征夫心理活动。"下船登高防""回身赴床寝"，既写到人物的行为，也写到时间的流逝，与前面的"薄暮""白日半西山"等构成完整的时间行为序列。"赴床寝"在本首诗中，是出征叙事的时间终点，而对于后面"此愁当告谁""岂得念所私"等心理活动而言，则是时间起点。《其四》"朝发邺都桥，暮济白马津"，"朝""暮"相接，以极简之笔续写第二日行军，也划定了本首所叙时距，后面诗人所见"连舫逾万艘，带甲千万人"，便是在这朝暮之间的士兵、战船的行动，只不过诗中渲染场面，将行动转化为状态，使其叙述的意味变得隐约而抒情的意味有所上升。"率彼东南路，将定一举勋"，属想象之辞，逾越朝暮之间的实际时距，扩张了诗歌的空间与时间。《其五》则跳出本次出征之事，以两幅图景呈现两个世界——一个荒凉萧条，一个鸡鸣狗吠——通过对比，突出了曹操治下的安定繁荣，树立了曹操的时代英雄形象。虽未直接写本次征吴之事，但却揭示了征吴的意义，即解民倒悬，使寰区统一安定，百姓生活在圣贤治理的乐土之上。

王粲的《从军行》五首，固然不能说是叙事诗，但其包含叙事要素是肯定的，亦不妨从叙事的角度来分析：一是时间线；二是空间域；三是人物及其活动，此活动包括行为、动作及心理；四是有观察与叙述的视角；五是提供明确的事件及相关信息。就时间线而言，有叙事主线，即征吴的时间线，该条线前后相接，形成明确的序列；又有副线，即交错在主线之中，或引入典故的历史时间，或想象场景中的未来时间。与此相应，其空间也有现实、历史与想象空间的三重叠合，在同一重空间中，因视角、视点与先后的不同，也呈现出不同的层次与结构感。如《其三》中，"从军征遐路"等前四句，属征吴时间主线，连续叙事，场面大，节奏快；而在"白日半西山"之后，大军驻扎，由动而静，诗中的视角自然转向周围环境，动态的时间叙事也自然过渡到静态的空间叙事，由于人的介入，自然成为人的情感象征，主线的战事叙述中断，而参与战事的主体，士兵的心理活动弥补进来，构成另一空间与时间，即心理活动叙事，其动态感与激烈程度，并不亚于主线战事。再如《其五》两幅图景的对比，都属于场景描写，然其所传达的信息，是两地社会与民众迥然不同的生存情状，包含了相当复杂和丰富的情事。

从叙事的角度看诗歌，这种时空、视角、叙述方式，其实正是诗歌叙事不同于戏剧、小说的特点所在，其原因就在于诗歌的叙事强烈的主体性，即诗歌叙事的叙述者与作者往往是统一的；换言之，诗歌叙事总是与抒情结合在一起，是包含着情感的叙事。诗人在叙事进行之中，随时会因所述之事，所见之人、场景等生发情感，这时动态叙事的时间线往往会中断，而插入描写、抒情，此时的描写与抒情，其实是心理叙事的重要手段。就王粲《从军行》而言，所写内容皆其所观所历，所思所想，建立在诗人体验之上。体验生发的情感与观点代入诗中，征战主线叙事屡次被场景、情感、议论等打断，事、情、景随视点与表达变化，诗歌叙事的聚焦也不断发生改变。事与情因之混融难分，即所谓"事以情观""情因事起"，最终，一切都指向二位一体的诗人叙述者，成为其日常叙事与人生叙事的组成部分。不过，诗歌在叙事的延续、停顿，中间穿插写景、抒情，张弛有度，节奏把控收放自如，条理清晰，总体来说，是叙事思维下的逻辑结构。不同叙述内容、重点的切换，从叙事的角度来看，与追叙、回叙、插叙等，同出机杼，而类似叙述技术，在史著中已得到充分的发展。

　　作为中古最为著名的文学集团，曹魏诗人日常生活还有一个极为重要的方面，即他们经常举办、参加群体性文学活动，文人之间交往密切，迎来送往，诗酒酬唱，而见证于诗文。此类诗文成为历史现场之记录，也是诗人生活与人生叙事的载体，天然蕴含叙事质性。《文心雕龙·明诗》云："暨建安之初，五言腾踊，文帝、陈思，纵辔以骋节；王、徐、应、刘，望路而争驱；并怜风月，狎池苑，述恩荣，叙酣宴，慷慨以任气，磊落以使才。"① 所谓"怜风月，狎池苑，述恩荣，叙酣宴"，即建

---

① 　刘勰著，詹锳注《文心雕龙义证》，上海古籍出版社1989年版，第196页。

安文士宴饮酬赠的人际交往以及与之相应的文学活动。此类诗歌，且不论其实际内容如何，其文本的存在，即具有叙事性，具有叙事文本的性质。

建安十三年（208），曹操废三公，自立汉相，建安十六年（211），曹操表奏天子，任曹丕为五官中郎将、丞相副，封曹植为平原侯。并为曹丕设置"五官将文学"，网罗一批文士为幕僚，曹植也以"平原侯庶子"的名义，聚集了一批文士①，建安文学集团成型。早在二年前，曹操在赤壁败北后，带军北上，曾在故乡谯郡屯驻过一段时间，曹丕与大批文士随军，在谯郡就有多次文学盛会。曹丕《于谯作诗》有生动记录。邺都期间，文会更加频繁。《文选》"公讌"类选建安诗四首，其中三首都是曹丕主持的文会。从内容来看，三首中，曹植、刘桢之诗，所叙宴会的时间、地点高度一致，很有可能还是同一次宴会。②曹植诗中开篇四句："公子敬爱客，终宴不知疲。清夜游西园，飞盖相追随。"终宴后于清夜游园，则宴会当为晚宴；曹植诗主要写宴后之游园，主人是"公子"，这里指曹丕；而与宴者"飞盖相追随"，自也是名流贵客。刘桢诗开篇四句："永日行游戏，欢乐犹未央。遗思在玄夜，相与复翱翔。"从白日开始写起，落笔也是夜晚的游园。将刘桢、曹植二诗并观，宴会的详情更显清晰。实际上，这次宴会是从白日就开始，大家整日聚会饮酒，意犹未尽，夜晚继续相邀游园。"西园"当即铜雀园，曹操于建

---

① 参见刘知渐：《建安文学编年史》建安十三年—十六年(208—211)，重庆出版社1985年版。

② 曹植、刘桢及应玚《公讌诗》，见《文选》卷二十，不具引，上海古籍出版社1986年版，第943、945、946—947页。

安十五年（210）建铜雀台及园，其后即成为文士宴饮聚会的重要场合。曹、刘两首诗后半写西园游赏之事，大部篇幅描写西园景物，然曹诗"神飙接丹毂，轻辇随风移"，刘诗"辇车飞素盖，从者盈路傍"，写到与宴诸人驾车飞驰，热烈豪华的场面，使夜游情状毕现。二人诗中还写到曹丕接纳文士之情景，曹植诗云"公子敬爱客"，直接陈述；刘桢诗云"永日行游戏，欢乐犹未央""相与复翱翔"，则为叙事加描写，而所叙写的内容，基本也就是"公子敬爱客"。二人各有其眼光与角度，皆属体验型写作，然所叙场景类似，具有高度的一致性。

这种一致性，一是因为时空与场景本身相对确定，虽然两位诗人眼光与角度有差异，却并不影响所传达的信息的客观性；二是因为聚会的集体性和社交性，规定了个人情感从属于集体活动的氛围与气场。所以两首诗不仅场景相似，在对宴会的感受与对主人的情感基调上，也非常一致。两首诗交代了曹丕设宴、文士聚会游园的基本情形，具足时间、地点、人物、过程等要素，二者的一致使上述要素的确切性得以互证，诗歌也因此内在具备叙事性。

不过，作为体验性写作，二者的区别也很明显。取材、视角各有侧重，语词表达方式也有明显区别。曹植诗通篇是个人感觉、体验，景物以描写渲染为主，如"明月澄清景，列宿正参差。秋兰被长坂，朱华冒绿池"等，意象丰美，"澄""被""冒"等，字斟句酌，精工而又贴切，表现出极其精致的艺术创造力；而刘桢诗"月出照园中，珍木郁苍苍。清川过石渠，流波为鱼防。芙蓉散其华，菡萏溢金塘"等，虽有"珍木郁苍苍""清川""金塘"等形容与修饰，但总体而言是叙述句式，也未显示字句的锻炼功力。曹诗的视域集中于游园的主体与园中景物，集中于所咏主题；刘诗的视域则顾及两旁的从者，有主有宾，更显开阔与全面。此外，曹诗的景、事与诗人的情感精神相互映发，从叙事的角度来看，曹诗是内视角叙述，明丽之景，快意神驰的游园，遂成为诗人青春焕发的一种象征与写照。而刘诗则是第三视角，由一个外在的叙述者串起全诗，盛会的场景，宴会中人及宴会外的侍从、旁观者，都由旁观者之眼汇入一幅图景，诗人也作为叙述对象，被纳入其中，刘诗因此显示出更为鲜明的叙事文本特性。

应场《侍五官中郎将建章台集诗》突出侍宴。该诗极有特色，前半并未提到宴会，而是虚构了一只长途飞翔、欲求栖息的大雁，用以象征诗人对名主的依附。"公子敬爱客"以下，转入正题，通过细节与特写，将"敬爱客"的评定予以落实。本诗前半如寓言故事，后半以片段与细节连缀，描绘了一个礼贤待客的宴会主人，不仅叙事性突出，还通过叙述塑造典型人物，其文学特性已近似于小说。《文选》还选了王粲的一首《公讌诗》，为侍奉曹操之宴，王诗集中写宴会的嘉肴旨酒以及宴会的环境，最后颂扬主人的功业，诗歌的表达方法主要是描写、叙述。王诗诚然算不得叙事诗，不过，从事的角度来看，该诗叙述曹操宴会一事，此事又牵连、内含着曹操功绩及士人景附等背景，事中有事。

将上述诗歌文本综合起来，以"三曹"为核心，以"七子"等为骨干的建安文士集团的文学活动及其日常生活，其大致情形便得以清晰浮现。宴饮、赋诗、游赏，是他们聚会的主要内容，而在这些活动中，宾主的身份位次得以明确，诗人的人生志向与归属感进一步强化。曹丕在《与吴质书》中，回忆与"七子"等的交往："昔日游处，行则连舆，止则接席，何曾须臾相失。每至觞酌流行，丝竹并奏，酒酣耳热，仰而赋诗……"①刘桢、应玚、王粲等人的诗作，印证了曹丕的叙述，将他们相处的场景更细腻、真切地呈现出来。对历史而言，诗人们以诗的语言，留下第一手的真实记录；对作者而言，他们也在物质与精神两方面，刻下各自的生活印记。两个层面都蕴含着叙事特性，只是一者重在客观，一者重在主观，事的客观性与个体的感受差异，也恰恰表现出诗歌叙事的主体性特点。不过，由于文学集团是群体活动，诗人的个性差异并不明显，所谓"慷慨任气""磊落使才"的公讌诗，是这一群体的共性，也是个人叙事、抒情的共同环境与气场，这也成为他们诗歌最终呈现出的对象。就这一点来说，文学集团的群体活动，有其一致性；这种一致性，进一步增强了相关诗歌的叙事性征。

群体之外，文人对于个体的命运叙事，或个别文人间的酬赠往还，很多是写在人生的转折关头或危机之中，属于非日常境况，如棱镜折射了时代的多重面向，构建着文士的生活世界与精神图景。王粲的《七哀诗》、曹植的《送应氏》《赠白马王彪》等，诗人既是时代中人，生活于斯，又是观察与记录者，所以，他们对相关诗作的叙述、观察与思考，都有深切的体验。如王粲的《七哀诗》，所叙实有二事，一是其离家远游，二是远游路途所遇，皆置于"西京乱无象，豺虎方遘患"的乱世大背景中。离家远游之事为诗人所历，诗云"亲戚对我悲，朋友相追攀"，是场景描写，也是叙事，还是情感的叙写与渲染——家人与朋友对诗人的留恋，诗人远别的不舍与悲凉，尽在其中。

① 曹丕：《与吴质书》，《文选》卷四十二，上海古籍出版社 1986 年版，第 1896 页。

途遇饥妇人弃子一事，"抱子弃草间""挥涕独不还"，写其所见；接着采用乐府对话，写其所闻："未知身死处，何能两相完"，短短数句，展现了妇人的悲惨命运，而人伦之惨景，世道之混乱，由此一典型得到生动而真实的反映。清人吴淇评论说："盖人当乱离之际，一切皆轻，最难割者骨肉，而慈母于幼子尤甚。写其重者，他可知矣。"（《六朝选诗定论》卷六）这就是典型性，诗人的取材，与叙事文学同出机杼。其实，从叙事的角度，离家远行人既在诗中，也可以是诗人笔下的一个典型，不必就是诗人自身。饥妇人之于远行人，是观察对象之于观察者。而远行人之于叙述者，也是观察对象。叙述者观察远行人，又通过远行人观察饥妇人，构成几层叙事关系：首先，远行人与饥妇人，都是乱世中的贱民，他们转死沟壑、朝不保夕，在悲惨的时代，艰难地求取生存；其次，远行人于饥妇人而言是观察者，似具有比较之优势，然其对于饥妇人之命运无能为力，只能做一个同情的旁观者，其本身亦为悲剧人物；最后，饥妇人尚有人垂问、同情，远行人的凄惶、苦闷，却求告无门，连精神上的安慰也无处可求，其悲凉实不下于饥妇人。这样引入叙事的视角观，可以得到更多的信息，有助于抉发诗歌襞积细微的多重内涵。

曹植《赠白马王彪》写于饱受猜忌与打压之际，全诗见《文选》卷二十四《赠答二》，不具录。黄初四年（223），曹植与白马王曹彪、任城王曹彰赴京师参加迎节气之礼，其间任城王死于曹丕的政治迫害。朝事结束后，曹植与曹彪欲同路回封地，以叙隔阔之思。（曹植封地在鄄〔今山东鄄城县〕，与白马〔今河南滑县〕同一方向。）（按《三国志》，曹彪是黄初七年徙封白马，曹植何以于黄初四年称其为白马王？黄节先生推测曹

彪或在该年由弋阳徙白马，七年由寿春复还白马。① 或以为当以
植诗为准。②）而有司以为二王归藩，不可同行，曹植愤而作此
诗。诗之缘起，作者在序中有较细致交代，诗与序相表里，在
叙事上表现出独特的文体特性。

　　序中对事的交代比较连贯，而在诗中，叙事与景物、心理
描写及情感抒发相交错，时有停顿、穿插、回溯。如果说一般
叙事文体，叙事呈线性推进，而在诗歌中，叙事则是呈点状推
进的。此诗可分为七节，第一节共十句，前面八句都是较连贯
的叙事，叙述其朝会结束后返回封地，早晨出发，傍晚经过首
阳，来到洛水旁，乘舟渡过波涛汹涌的洛水。最后以回首望京
阙作结，这是行为与动作，也可以看成是事，然主要则是在抒
发复杂的情感。第二节共八句，写经过太谷的情形。除了"改
辙登高岗"是以人为主语所发出的动作，其他都是景物描写。
以景物的变化反映行踪，对景物的描摹、渲染暂停或减缓了时
间的流动，连贯而流畅的动作变成一帧一帧的画面拼接。事的
间断，给情绪的抒发留下时间和空间。从第三节到第七节，诗
的重心就转到抒情。因为有司的阻挠，在太谷之后曹植即与曹
彪分手，所以其叙述行程到此为止。但三至七节的抒情，也是
建立在事的基础之上，即朝廷对皇室宗亲的猜忌。不过，其叙
事采用的是诗的语言系统，此点最值得注意。如第三节：

　　　　玄黄犹能进，我思郁以纡。郁纡将何念？亲爱在离居。
本图相与偕，中更不克俱。鸱枭鸣衡扼，豺狼当路衢。苍

① 黄节：《曹子建诗注》卷一，人民文学出版社1957年版，第36页。
② 赵幼文：《曹植集校注》该诗注1，人民文学出版社1998年版，第294页。

蝇间白黑，谗巧令亲疏。欲还绝无蹊，揽辔止踟蹰。

由马之疲病引出人之怫郁，其直接原因是与亲人分手，不能一路同行，那么何以如此呢？"鸱枭"以下四句，即指出原因，乃是由于小人离间。第四句"谗巧令亲疏"属于直述，其他三句是比喻。三个喻象：鸱枭、豺狼、苍蝇，情感色彩强烈，既交代了遭谗的事实，又包含着诗人强烈的愤慨，比中含兴。比兴也具有叙事功能，不过这种叙事所指虚泛，不妨说是一种类叙事。曹植诗中提到的鸱枭、豺狼等的恶行，固然能说明其所处的环境险恶，遭受很多的猜忌和迫害，然究竟是谁，在何时何地，以何种方式进谗，进的又是什么样的谗言，则都无具体说明。这当然妨碍从历史的、事实的层面，对曹植等所受到的政治迫害作切实而具体的了解。不过，诗毕竟不是历史，并非一定要充分的证据来说明其言之不虚，比兴的叙事功能既在于将具体的事泛化、类化，能指却因此得到扩大，即超越诗人的具体环境，而又能映射历史上的相似情形。就诗人而言，自身具体遭际的事虚化，却加深了其命运的悲剧性色彩，以及与之相关联的悲慨、愤懑的情感。实际上，就使诗歌由一般叙事自然扩展为命运叙事，再进而扩展为同一类人、同一类情形的命运叙事，不妨称之为命运共同体叙事。

这显然是诗歌叙事的文体优势，这一优势的获得，有诗歌修辞的原因，如比兴的方法；也在于个人命运的典型性与象征性，即个人与时代、历史的密切关联。虽然作者未必有此意识，但由于这种关联是客观存在的，则其叙述，越是个人的，就越是时代的，越是历史的，越是普遍的，最终形成一种共同体叙事。

第三节　隐喻与讽时：阮籍咏怀诗的主题叙事

隐喻与讽刺，都是诗歌应用比兴寓托，叙写情怀、反映现实的修辞方法。所不同者，隐喻可以具体，也可以宽泛；讽刺则有较切实的针对性。两者都较突出地体现了诗歌叙事的文体特征，相对来说，讽刺因其刺时而叙事性更强。阮籍的《咏怀诗》，既有虚泛混沦的寓托，也有直切的讽刺指斥时政，作为诗歌叙事的分析文本，具有一定的代表性。

曹魏正始时期（240—249），曹氏、司马氏陷入激烈的权争，《晋书·阮籍传》云："魏晋之际，天下多故，名士少有全者。"① 阮籍是正始诗风的代表，在这一政治环境下，其诗叙事抒情，多有显言不可而曲言之者。李善注《咏怀》引南朝宋颜延年云："嗣宗身仕乱朝，常恐罹谤遇祸，因兹发咏，故每有忧生之嗟。虽志在讥刺，而文多隐避。百代之下，难以情测。"② 实际上，阮诗中的"忧生"与"刺时"，虽均未明确指实，风格还是有较大区别。"忧生"之作因涵盖广、内容较虚泛，所谓"言在耳目之内，情寄八荒之表"③，以隐约深曲为主要特征；而刺时之作，所指虽不能明言，然呼之可出，其旨其情，并非难测。

阮籍留下的诗歌，共八十余首，总称"咏怀"。这些诗写于

① 《晋书》卷四十九《阮籍传》，中华书局 1974 年版，第 1360 页。
② 《文选》卷二十七，上海古籍出版社 1986 年版，第 1067 页。
③ 曹旭注《诗品集注》（增订本），上海古籍出版社 2011 年版，第 151 页。

其人生的各个阶段，内容丰富多样，有咏史、游仙、山水、行旅等；写作手法上，包含抒情、叙事、描写、议论等，也非常全面。古人谓其诗旨隐约深曲，主要是其抒情、叙事的因由，而非抒情、叙事本身。实际上，阮诗就文本而言，写的是什么，情感、风格乃至主题，应该说都是很清晰的，模糊的是其用意与所指，即诗外之事，或虚或实，或宽泛或具体，难以落实。对阮籍来说，诗既要表现其真实的处境与心境，同时又要避免现实祸殃，故多以比兴、象征之法，将真事隐去，然又微露痕迹，形成一种喻讽叙事。这也成为诗歌叙事突出的文体特征。

《诗经》《楚辞》中香草美人的比兴寄托，奠定了此后诗歌写作中比兴、象征的修辞基础，阮籍《咏怀诗》总体而言，属于这一修辞传统。不过，《诗经》的比兴寄托，很大一部分是汉儒的引申阐释，将其与道德伦理、思想政治等相比附。《诗经》原诗的比兴，在文本之外是否含有这些引申义涵，则颇值得疑问。从某种程度上说，《诗经》的比兴而导致的隐喻，是阐释的结果，后代接受的《诗经》修辞传统，也是阐释所形成的传统。《楚辞》比兴与政治的关联，则是明喻而非隐喻，其"善鸟香草以配忠贞，恶禽臭物以比谗佞，灵修美人以媲于君，宓妃佚女以譬贤臣，虬龙鸾凤以托君子，飘风云霓以为小人"①，是确定对应的象征，文约词微而志洁行廉，旨意甚是显豁。阮籍的《咏怀诗》，采用比兴的手法来象征寓托，继承《诗经》《楚辞》的传统，然与《诗经》不同的是，其政治寄托是作者自觉的文

---

① 王逸：《楚辞章句·序》，王逸、洪兴祖注《楚辞补注》，中华书局1983年版，第2—3页。

本营构；与《楚辞》不同的是，阮诗"厥旨渊放，归趣难求"[①]，其喻拟与象征，是一个喻讽系统。

从叙事的角度看，喻讽所组构的文本，天然包含内外两层叙事结构。内层叙事，首先要具备自足的完整性，然后又要对外层叙事起到辐射与关联。外层叙事，则是以本事考据为基点，观其与内层叙事的互动，内层隐喻的指向与辐射，如何落实。一般能落实者，多是与具体时事、背景相关联，能反映某一具体的现实情状或人事，即喻讽刺时，具有一定的写实性。而不能落实的，则仍然停留于象征层面，成为具有一定超越性的性格、命运或历史叙事。

阮籍《咏怀诗》计八十二首，非写于一时一地，冯惟讷云："籍咏怀诗八十余首，非必一时之作，盖平生感时触事，悲喜怫郁之情寄焉。"[②] 所谓感时触事的时、事，即诗外之事，首先是作为诗歌的触媒。尽管这八十多首诗非一时一地之作，然以"夜中不能寐"居首，确实起到诗序的作用。这首诗就其性质而言，是抒情诗，然该诗之抒情，与人物的行动、心理描写，人物形象的塑造紧密结合在一起。诗人深夜不寐，披衣望月，见到夜中孤独、忧伤以及高洁的景与物，援琴而弹，发抒怀抱。《文选》吕延济注："夜中，喻混乱。不能寐，言忧也。"吕向曰："孤鸿，喻贤臣孤独在外。号，痛声也。翔鸟，鸷鸟，好回飞，以比权臣，在近则晋文王也。"如果依唐人的笺注，诗中的意象，皆有确切的象征，与现实一一映射，本诗属于讽时之作，将喻体置换为本体，就是一首意旨显豁的政治叙事诗。不过，二吕笺注并没有提供其

---

① 曹旭注《诗品集注》（增订本），上海古籍出版社 2011 年版，第 151 页。
② 陈伯君：《阮籍集校注》引，中华书局 1987 年版，第 208 页。

他旁证，过于指实，未能得到普遍认可。本诗之所以被认为具备序诗的性质，在于其喻指非确指，而是泛指，是一种总体上的隐喻，既包括时代环境，也包括个人的人生际遇。

《晋书·阮籍传》谓阮籍"本有济世志，属魏晋之际，天下多故，名士少有全者，籍由是不与世事，遂酣饮为常"①，这首诗，可以说就是这一时代及诗人心态、情感的整体象征。"孤鸿""翔鸟"对举，一在野外飘零，一占据北林，犹似天下多故、名士凋零的魏晋时局；明月清风、援琴抒怀，是个人情志、襟怀的象征与寄托，也寓示着其被打击被排挤的现实遭际。这两方面，是八十余首《咏怀诗》的主要旋律，也是它们的主要叙述基调和情感色彩，故可为全组诗之总纲。

《咏怀诗》的第二首（二妃游江滨），题材上属游仙，诗旨颇难明断。汉魏晋的游仙诗，不少都是借此叙写个人的现实遭际，实为坎壈咏怀。这是屈原在楚辞中所开辟的传统，到东晋经由郭璞，已发展为一种重要的诗歌类型。在《楚辞》中，游仙的内容一是诗人上天下地的八方求索；二是借人神之恋，喻指君臣之义。其诗多以诗人的游历为主线，在广袤的时空中上下求索，但故事性并不强。其后曹植的《游仙诗》，乃至著名的《洛神赋》，也基本继承了这种写法。实际上，人神交往，人神之恋，在道教典籍或民间传说中，有很多精彩故事。汉魏的一些笔记小说，如《列仙传》《神异记》等，也都有记录。刘向整理的《列仙传》，可以说是对神仙谱系的一次系统整理，所述列仙成为汉魏诸多游仙诗的题材库。不过，此后相关诗作利用此题材库，也只是撮列神仙名录，或以之为典源，甚少铺演故事

---

① 《晋书》卷四十九《阮籍传》，中华书局1974年版，第1360页。

者。比较而言，阮籍的《咏怀·其二》用四句写郑交甫汉皋解佩一事，连缀相关片段，叙述较为完整，其后的感慨和议论，也是就事论事，感叹交谊之不固。如果按照此类诗的隐寓传统，男女之情通君臣之义，是为感士不遇，自悲身世。但如果联系阮籍的处境与当时社会现实，本诗可能非是自喻，而是喻时。魏明帝曹叡（又作曹睿）托孤司马懿，指望司马氏竭忠辅佐，孰料其包藏二心，以权谋斗垮曹爽，将大权揽入司马氏集团。其后司马昭谋图篡逆，路人皆知其心。阮籍也被卷入曹氏与司马氏的权斗之中，他对司马氏集团的专权、残暴既愤恨不满，又惧怕惹祸上身，这首诗叙写仙女与郑交甫倾盖之交而真情永固，反衬世间被恩而背友的现象，恰如司马氏深受朝廷之恩，不思报效，却反目成仇。刘履谓本诗赋而比，释曰："初司马昭以魏氏托任之重，亦自谓能尽忠于国。至是专权僭窃，欲行篡逆。故嗣宗婉其词以讽刺之，言交甫能念二妃解佩于一遇之顷，犹且情爱猗靡，久而不忘。佳人以容好结欢，犹能感激思望，专心靡他，甚而至于忧且怨。如何股肱大臣视同腹心者，一旦更变而有乖背之伤也。君臣朋友皆以义合，故借金石之交为喻。所谓文多隐避者如此，亦不失古人谲谏之义矣。"[①] 按刘氏之意，本诗当为讽时类作品。但作者将交亲陌路，扩大化为世间的普遍现象，冲淡其针对性，又用较多的笔墨书写郑交甫遇仙女之事，都可以看成是一种有意的掩饰。本诗因此兼具隐喻与讽时两类特性，具有更为丰富的义涵。

《咏怀诗》中，还有一部分针对性突出，则确为讽时之作。

---

① 刘履：《选诗补注》卷三，转引自陈伯君《阮籍集校注》，中华书局1987年版，第23—24页。

如《其十六》（徘徊蓬池上）、《其三十一》（驾言发魏都）、《其六十七》（洪生资制度）等，可与史乘对读，很容易判断其因何而作，所作为何。如《其三十一》（驾言发魏都）借咏战国时魏王荒淫误国，讽喻曹魏大将军曹爽。《三国志》卷九《魏书九·曹爽传》记曹爽荒淫事："爽饮食车服，拟于乘舆。尚方珍玩，充牣其家。妻妾盈后庭，又私取先帝才人七八人，及将吏、师工、鼓吹、良家子女三十三人，皆以为伎乐。诈作诏书，发才人五十七人送邺台，使先帝倢伃教习为伎。擅取太乐乐器、武库禁兵。作窟室，绮疏四周，数与晏等会其中，纵酒作乐。"①此正《咏怀诗》所云吹台箫管，夹林歌舞。曹爽的荒淫，为司马氏所乘，最终给自己带来覆灭的命运。阮籍与曹爽有过交往。《三国志·魏书·阮瑀传》附叙阮籍，裴注引《魏氏春秋》云阮籍"后为尚书郎，曹爽参军"；② 而《晋书·阮籍传》则云："及曹爽辅政，召为参军。籍因以疾辞，屏于田里。岁余而爽诛，时人服其远识。"③ 二者对阮籍是否做过曹爽的参军，表述有异，但阮籍对曹爽有比较深刻的认识，此点二者是一致的。正因对曹爽能力与品行的了解，阮籍与之保持距离，得免池鱼之殃。本诗写作时间或在曹爽当权期间，以魏国覆亡之事作预警；或在曹爽覆灭之后，以魏喻曹，从中总结历史教训。无论写于何时，这首诗旨在讽时，都有较强的针对性。诗歌叙事切实具体，使其主题得以集中而明确地展开，是其达成鲜明针对性的重要原因。

有些诗作中，还留下可供寻溯的时间与空间痕迹，如《其

---

① 《三国志》卷九《魏书·曹爽传》，中华书局 1964 年版，第 284—285 页。

② 《三国志》卷二十一《魏书·阮瑀传》，中华书局 1964 年版，第 604 页。

③ 《晋书》卷四十九《阮籍传》，中华书局 1974 年版，第 1360 页。

十六》（徘徊蓬池上）。在这首诗中，有确切的地点：蓬池、大
梁；有时间："是时鹑火中，日月正相望"，"鹑火中"指九、十
月之交，后文"朔风厉严寒，阴气下微霜"，点出时令特征。
《文选》李善注引《左传》鲁僖公五年九、十月晋灭虢事，指出
这一时间的深刻义涵。诗中具体的叙事内容甚少，从"小人计
其功，君子道其常"等句能大致判断事由。全诗主要是叙写诗
人在孟冬季节，于蓬池远望大梁，涌起忧惧而苍凉的心绪。如
果结合时间、地点与诗人的履迹，联系诗中所用的典故，或可
大致推断所指之事。张铣注云"喻乱时人怖惧"，何焯结合魏晋
史实，具体此诗所指为司马师废齐王事，何氏作了详尽的评析：
"嘉平六年（254）二月，司马师杀李丰，夏侯太初等；三月，
废皇后张氏；九月甲戌，遂废帝为齐王，乃十九日，是月丙辰
朔；十月庚寅，立高贵乡公，乃初六日，是月乙酉朔。师既定
谋而后白于太后，则正日月相望之时。"① 诗歌在文本上虽然较
少叙事成分，但以时间、地点标示其叙事性，也以整首诗的意
境与情感氛围，对该事作了进一步的暗示，则本诗所谓"咏怀"
者，实亦指事也，而且是针对性极为具体之事。

《咏怀诗·其六十七》（洪生资制度），也是讽时之作，针对
的是特定的群体与带有普遍性的社会现象。在该诗所讽刺的虚
伪、猥琐的礼法之士对面，即是率真随性、与天地精神相往来
的大人先生。黄侃谓之与《大人先生传》同旨，黄节也引《大
人先生传》为之笺解。大人先生自由自在，不拘绳墨，遭到礼法
之士的责备，或遗之书云："天下之贵，莫贵于君子：服有常色，
貌有常则，言有常度，行有常式。立则磬折，拱若（一作"则"）

---

① 转引自陈伯君：《阮籍集校注》，中华书局 1987 年版，第 273 页。

抱鼓。动静有节，趋步商羽，进退周旋，咸有规矩。……诵周、孔之遗训，叹唐、虞之道德，唯法是修，为礼是克。手执珪璧，足履绳墨，行欲为目前检，言欲为无穷则。……"如果查验史著，这个礼法之士或为司马师的心腹何曾。据《晋书》卷三十三《何曾传》，时人称何曾"内尽其心以事其亲，外崇礼让以接天下"，是"君子之仪表"①，司马氏所树立的礼教楷模。何曾对阮籍的傲诞纵恣极为不满，曾建言司马昭予以惩处。那么，何曾是否真如时人与官方所标榜的那样，是一个道德完人呢？且看史家实录："曾性至孝，闺门整肃，自少及长，无声乐嬖幸之好。年老之后，与妻相见，皆正衣冠，相待如宾。已南向，妻北面，再拜上酒，酬酢既毕便出。一岁如此者不过再三焉。然性奢豪，务在华侈。帷帐车服，穷极绮丽，厨膳滋味，过于王者。"② 何曾一方面无声乐嬖幸之好，一方面又穷奢极欲，其实他就是一个两面人。如果说，《大人先生传》中，阮籍主要是在自辩，以塑造逍遥自在的大人先生形象为主；《咏怀诗·其六十七》就是塑造了大人先生的对面，虚伪而猥琐的礼法之士形象，而此人的原型，可能就是何曾。

实际上，这首诗可以说是一篇人物小传，具有很强的叙事性。诗择取洪生日常生活中的几个典型片段，一是日常行处的规行矩步；二是待人接物的表面功夫；三是个人生活的两面性。最后指出其委曲周旋的姿态，令人作呕。当时与何曾类似的，还有贾充、吕巽等，皆是一丘之貉，故诗中的典型形象，极具普遍性。统治者依靠这类人所营造、维护的社会风气，只能是

---

① 《晋书》卷三十三《何曾传》，中华书局 1974 年版第 997 页。
② 《晋书》卷三十三《何曾传》，中华书局 1974 年版，第 997 页。

令人窒息的伪诈之风。明了这些，也就明了阮诗与时事的密切关系，明了其讽时性之所指。就叙事而言，这首先是诗歌文本中所塑造的典型形象，使之成为叙事文本，该形象所代表的世态士风，则构成更大范围的文本外叙事，即现实叙事。礼法之士的虚伪，世态士风的矫饰，是这一现实叙事的核心，诗歌所讽之主旨。讽时性叙事，尽管出发点与落脚处皆在现实，但其目的并非刻板记实，而是针对现实中的某类现象，揭示其所反映出的社会问题。讽时性诗歌中的事，既在诗中，也在诗外，诗中之事的呈现也离不开叙述。就写作层面而言，叙事性是其文本的内在属性，但诗歌的精神与旨趣是社会现实的思考与批判。由于这些是诗的思考与批判，必然糅合着理性与感性，并带有或浓或淡的情感色彩。

《咏怀诗》包含叙事，或曰其中不少篇目具有叙事性，这首先是诗的缘起与所指，诗外有事；其次是部分作品中包含有事，诗中有事，也有叙述。然其并不以叙事为目的，而在于以事来说明、反映某一主题，事也好，事的呈现方式也好，最终都是指向这个主题。所以，如果从叙事的角度来看阮籍的《咏怀诗》，隐喻、讽时的"喻""讽"便是为传达或隐含主旨，而采取的叙述方式，主旨叙事是这八十多首诗共同的叙事特点。

对于阮籍来说，隐喻与讽时，又是个人的理想抱负、人生遭际与社会现实、政治环境交相作用的结果。如果没有那份士人的责任感，他不会对社会投以如此关注；如果没有困顿压抑的现实遭际，他也不会有那种时世、世道与身世的感触；如果不是险恶的现实环境，他也不必采用如此隐曲的言说方式。所以，他的《咏怀诗》，同样也绾合了个人与时代，是特定时代的士人群体的人生与命运叙事，也是见证了那个时代的历史叙事。

第三章

诗体、题材的演变与两晋南朝诗歌叙事

从汉魏到两晋南朝，诗歌总体上的风格倾向，是由质趋文。两晋南朝，诗歌形式主义风气大盛，丰藻克赡，讲求修辞作用之功，写作上追新逐异，缛彩繁词，至为细密。诗歌体式更加多样化，五言诗之外，七言诗出现，随着声律的发现与应用，近体诗开始萌生，各类诗体在这一时期，基本上已具备。诗歌的题材与内容也特别丰富，不少题材形成专门的类别，因而具备了体裁的特征，即同一题材的诗歌，有相对规范的写作模式。

叙事类的诗歌，在这段时期，还是处于比较衰微的局面。比如乐府诗，叙事比重本来是诗体中最大的，两汉的民间乐府，多以叙事为主，文人拟作，叙事之作也不少。但到了南朝，乐府诗的体制普遍缩小，无论民歌还是文人创作，都是以抒情居多。不过，这并不意味着叙事在同比萎缩。抒情诗，或者抒情之中同样也包含叙事成分，如思亲念友、思乡怀旧、言志抒怀等，都有叙事的内容。此外，两晋南朝还出现了不少写人的人物诗，如写亲朋戚友的亲子诗、悼亡诗、寄友诗等等；也有写历史或传说人物的，有的似人物小传，有的如记事文，叙事性比较突出，且成为这一时期的重要诗类。此期诗歌与士人的生活结合得更为紧密，如宴饮、酬赠、节日、纪行、纪事等，数量极多，其中包含的叙事成分，也是显而易见的。总之，在叙事诗消减的表象下，此期诗歌的叙事能力与叙事技艺，却是在不断积累、发展着。

诗歌在这段时期，其文体特性逐渐成熟，可以承载或传达其他一切文体所承载的内容，但在承载或传达方式上，文体的自觉性日益特出。若比较不同文体对同一题材的叙写，就可以看出此期作家对文体特性的认识与把握，从某种程度上说，这也体现了一种尊体意识。无论诗歌是否为叙事诗，都无妨我们考察其叙事问题，因为"事"总是客观存在于诗中。诗歌与其他文类相比，其结构、表意、语言更具一种模糊性与灵活性、多面性，因此，对诗歌的分析与解读，能分别从多个角度切入，如情、景、事、理等，当以某一角度为视点与中心，诗歌的语言、结构等便成为表现该中心的手段。由于诗歌的文体特性，即便其并非叙事诗，我们依然可以从"事"的角度予以考察，探究其叙事问题。可以说，正是诗歌特殊的文体特性，提供了这一研究的前提，而此期人们于诗歌体性在理论与实践上的自觉，使得此期诗歌更能反映出叙事传统表现于诗歌的特殊性。

此期诗歌大致可分如下几个重要阶段：太康、元康时期，以潘、陆、张、左等为骨干的太康诗坛；东晋的玄言、游仙诗；晋宋之交的山水、田园诗；刘宋的五七言古诗、乐府；齐、梁、陈的新体诗。代表性的重要诗人有傅玄、张华、陆机、潘岳、左思、郭璞、孙绰、谢灵运、颜延之、陶渊明、鲍照、刘骏、沈约、任昉、何逊、阴铿、谢朓、萧纲、庾信、徐陵、王褒……此外，不少民间乐府，也是此期诗坛所取得的重要的成就。

由于北朝留下的诗歌作品有限，本章主要考察两晋南朝的诗歌。在这段时期，诗歌与诗人的数量，是前代数千年的总和还有余，诗歌创作发展变化，表现出诸多新的风气和面貌，也大大丰富和开拓了诗歌的叙事方法和技艺。如缛采繁词的藻饰，既指向物与景，也指向事。这样，对前者而言，渲染了背景与环境；对后者而言，丰富了细节。两者综合起来，突出人对于事的认识以及事对于人的意义，使客观之事变为"存在"之事，进一步明确和强化了叙事的文学性。再如题材的类型化，便是与叙述模式的建构、定型密切相关，从叙事的角度看，就是为诗歌叙事创制了基本模版。而诗歌形式的演变，对于叙事的影响更大。随着声律论的成熟，短小精悍的新体诗大量出现，诗歌语言的张力随之扩展，即诗歌形式越短，诗歌语言的表现力越强，二者成反比关系。随着各类诗体在此期的萌生、成熟，诗歌的叙事语言也得以大致完型，尤其是新体小诗，其叙事语言更具备诗体的独特性，值得充分注意。

第一节　叙事、抒情消长互动：两晋南朝诗体新变的一个动因

　　两汉以来，文学创作逐渐进入个人时代，文学史开始以作家的名字相贯穿。就诗歌而言，两汉的乐府诗还多是民间集体创作，而到东汉末魏晋时代，文人的创作渐渐兴盛起来，而文人的乐府诗，是从对民间乐府的模拟开始的。五言古诗，也与模拟乐府诗同步发展。可以说，五言乐府民歌，是整个魏晋南北朝的文人五言诗的先驱。

　　两汉的民间乐府诗，叙事、抒情都达到很高的艺术水准。相较而言，叙事更为突出，其由一般叙事诗至故事诗，达到空前高度。然自文人五言诗或拟乐府出，民间乐府叙事一途却渐

趋沉寂，这既有文人诗之文化传统及创作特性的因素，也有辞藻、声韵等形式因素的挤占。而辞藻、声韵等形式因素的生长，既是叙事沉寂的原因，其进一步发展、定型，及至出现讲声律、避病犯的新体诗，又是叙事沉寂、抒情发展的结果。

新体诗的出现，是中古诗歌史最重要的问题。毫无疑问，它是汉、魏以来文人五言诗不断发展、成熟及演变的结果。然而，文人诗究竟是如何发展、演变，导向近体一途的？以往的研究，多围绕南朝声律、文笔等写作技术、文本形式与修辞等因素，获得很多学界公认的成果。然声律与修辞作为写作技术，远不及叙事与抒情，更接近诗歌的内核。从五言诗内在文学因素的演变来看，叙事与抒情的消长互动，在古体到近体的演变中，起到非常重要的作用。

文人五言诗的源头在民间。胡适在《白话文学史》第三章《汉朝的民歌》中说："一切新文学的来源都在民间"，并断言"这是文学史的通例，古今中外都逃不出这通例。"① 就汉乐府及其后文人的拟乐府来说，此论并不为过。萧涤非《汉魏六朝乐府文学史》论及文人诗与乐府之关系云："先有五言乐府，而后有五言诗。决非先有五言诗，而后产生五言乐府。当两汉乐府势力弥漫之秋，惟乐府为能影响文人著作，而文人著作决不能影响乐府。"② 也明确揭示民间五言乐府乃文人五言诗之艺术渊源。东汉五言乐府，在内容及表现形式上，或说理，或叙事，或抒情，或兼而有之，并无特别偏重，然而，与文人拟作相比，

① 胡适：《白话文学史》，上海古籍出版社 1999 年版，第 15 页。
② 萧涤非：《汉魏六朝乐府文学史》，人民文学出版社 1984 年版，第 16—17 页。

民间乐府诗的叙事,就显得突出了。

乐府叙事,经过两汉三四百年的演进,由简单叙事诗到复杂叙事诗,最后发展到故事诗,取得空前的成就。西汉至东汉前期,已经有不少出色的叙事诗,如《东门行》《鸡鸣》《孤儿行》等等。《东门行》写一男子被贫困逼到绝境,铤而走险,妻子牵衣拦门,流泪苦劝,然男子去意已决,夺门而去。该诗如独幕舞台剧,"架无悬衣""盎无储米"的场景,令人触目惊心,人物的举止、对话,均极其生动。但该诗只是一个片段,背后的故事并没有展开。《孤儿行》与《鸡鸣》叙事就要复杂一些。《孤儿行》的孤儿自述,如一篇人物小传,但铺叙简括,情节没有充分展开,细节描写也有欠缺。《鸡鸣》结构完整,黄节引《汉诗说》云:"首言太平之世,法不可犯;中叙家世之盛;末戒兄弟相尤,却用引喻出之,高绝。"[1] 可见其层次明晰,叙事逻辑较强。诗由鸡鸣狗吠起兴,展开"天下方太平"的叙事背景,接着铺叙"荡子"富贵显赫场景。这一铺叙由居室、服用、伎乐,依次展开,再延及兄弟,有条不紊,繁简得当,描写生动真切,显示出精于裁剪、长于序次的叙事能力。最后引李代桃僵相戒,微露讽意。诸家皆指出本诗讽兴之旨,叙事以表"诗人之义",也算不得故事诗。胡适谓这一类的诗为叙事的"讽谕诗",倒颇为恰切。[2]

故事诗实即诗体的故事或小说,达到故事诗所需的内在要素也就是小说成立的要素。上述诗作虽未达到故事诗的高度,

---

① 黄节:《汉魏乐府诗风笺》卷一,载《黄节注汉魏六朝诗六种》,人民文学出版社 2008 年版,第 21 页。
② 胡适:《白话文学史》,上海古籍出版社 1999 年版,第 48 页。

然其叙事积累使之具备故事或小说的部分要素，构成故事诗的基础，因此才有后来《陌上桑》《孔雀东南飞》这样出色的故事诗（二首诗原文常见，不一一引录）。《陌上桑》首见于《宋书》卷二十一《乐志三》，题为《艳歌罗敷行》。其产生时间，不少学者据诗中所涉及的服饰、风习等推断，当不早于东汉中后期。① 该诗所涉及的轻薄男子爱慕女色的主题，前有《列女传》所载秋胡戏妻故事（乐府有《秋胡行》，但古辞已亡），后有辛延年《羽林郎》，都属于同一主题。秋胡戏妻本出自民间，但刘向以之入传，掺入了浓厚的说教意味，成为宣扬儒家价值观的经典个案；《羽林郎》为文人讽喻之作，虽不乏故事性，但似乎更近于胡适所谓叙事的"讽喻诗"。三者之中，仅《陌上桑》可算得上是民间故事诗。

胡适《白话文学史》第六章《故事诗的起来》，认为"故事诗的精神全在于说故事，只要把故事说得津津有味，娓娓动听，不管故事的内容与教训"。② 《陌上桑》实即此类故事诗。古代学者以诗教观来解释本诗，如朱嘉徵《乐府广序》谓："妇人以礼自防也。汉游女人情正，但令不可求而止；《陌上桑》之情亦正，惟言罗敷自有夫而止；皆正风也。"（朱嘉徵《乐府广序》卷一，清康熙清远堂刻本影印本）现代学者过去则多从太守与罗敷的阶层对立来拔高诗作主题，皆非民间故事诗之解人。按民间文学的类型来划分，《陌上桑》当属机智人物故事，与阿诗

---

① 如黄节、萧涤非等先生皆引应劭《风俗通》以释"倭堕髻"，基本认可其时代在东汉桓、灵期间。见黄节：《黄节注汉魏六朝诗六种》，人民文学出版社2008年版；萧涤非：《汉魏六朝乐府文学史》，人民文学出版社1984年版。

② 胡适：《白话文学史》，上海古籍出版社1999年版，第48—49页。

玛、刘三姐等类似，只是没有形成系列而已。这类故事，女主人公聪明美丽，而其对立面愚笨鄙陋，善、恶分明，智、愚悬别，双方斗智斗勇，情节生动、叙事流畅，最后正面人物大获全胜，给读者以极大的阅读快感。《陌上桑》铺陈罗敷机智、美丽，讥讽太守垂涎美色，都是民间故事常见的套式。不过，因罗敷毕竟不是民女，其清丽端庄、吐词文雅，温婉有余，而泼辣生动之气稍逊。故事的矛盾冲突，也没有充分展开，罗敷陈述之后，故事即戛然而止。太守的失望与狼狈，作为当然结局及读者的阅读期待，在诗中并未出现。这里显然有文人的加工，冲淡了民间故事的色调。尽管如此，本诗意在讲述故事，以其戏剧性、趣味性为主要审美追求，与文人诗还是大相径庭。

　　稍后的《孔雀东南飞》，篇幅更长，情节更曲折，人物形象更丰满，故事也更为完整。该诗首见于《玉台新咏》，题曰《古诗为焦仲卿妻作》，《乐府诗集》归为"杂曲歌辞"，题《焦仲卿妻》。诗小序明言所叙为汉末建安中事，萧涤非、王运熙等先生皆认同其创作时间即为汉末建安时代。[①] 古人就曾谓其为"长篇之圣"（王世贞《艺苑卮言》卷二），胡适在《白话文学史》中称其为"最伟大的故事诗"，皆非过誉。随着文人诗的崛起，与之媲美的故事诗，在中国文学史中已难觅踪迹，它既是东汉以来叙事诗的最高峰，也是绝响。关于本诗的叙事成就，相关研究极多，这里仅从叙事结构及人物塑造两方面作一概述。诗以

---

①　萧涤非：《汉魏六朝乐府文学史》，人民文学出版社 1984 年版，第 116 页；王运熙：《王运熙文集》第一卷《乐府诗述论》中篇《乐府诗论丛·论〈孔雀东南飞〉的产生时代、思想、艺术及其问题》，上海古籍出版社 2012 年版，第 245 页。

焦仲卿、刘兰芝的爱情悲剧为主线，这一主线由焦母与兰芝的矛盾、兰芝与仲卿的深厚感情、仲卿对母亲的敬畏等为支线组成，这些支线同时又作为故事的背景、原因，是驱动情节发展的叙事动力。故事以时间为序，在兰芝被遣后，即分为两个场景，同步推进，展开复线叙事，这种复杂的叙事结构，为前此叙事诗所无，在后代的故事诗或者一般叙事诗中，也很少见到。开头和结尾采用民间文学的起兴及神异化的文学手段，进一步突出了其故事诗的虚拟性与传奇性特征。

《孔雀东南飞》故事生动、情节精彩，各色人物，皆逼真鲜活，和小说、戏剧等文学门类相比，亦不遑多让。贺贻孙评云："叙事长篇动人啼笑处，全在点缀生活，如一本杂剧，插科打诨，皆在净丑。《焦仲卿》篇，形容阿母之虐，阿兄之横，亲母之依违，太守之强暴，丞吏、主簿、一班媒人张皇趋附，无不绝倒，所以入情。若只写府吏、兰芝痴态，虽刻画逼肖，决不能引人涕泗纵横至此也。"[1] 沈德潜在《古诗源》中也谓其"淋淋漓漓，反反复复，杂述十数人口中语，而各肖其声音面目，岂非化工之笔。"[2] "各肖其声音面目"的"肖"，就是悬揣人情物态，在真实生活与细致观察中进行艺术再创造，让人物自己说话，除了主要人物，次要人物也各有其声口，与身份、性格相符应。这种"肖"，同时还包括细节、行动、环境烘托等等。《孔雀东南飞》在故事叙述上所取得的成就，完全达到戏剧、小说的高度，沈德潜谓为"化工之笔"，贺贻孙将其和杂剧类比，

---

① 贺贻孙：《诗筏》，郭绍虞编《清诗话续编（上）》，上海古籍出版社1983年版，第149页。
② 沈德潜：《古诗源》卷四，中华书局1963年版，第87页。

皆极有见地。

与《陌上桑》一样，《孔雀东南飞》也是在民间传说的基础上，经文人加工而成，甚至可能就是文人拾掇时闻而作。《玉台新咏》题其作者为"无名氏"，《乐府诗集》加按语云"不知谁氏之所作也"，皆将其看成个人创作。东汉中期至建安，文人叙事诗，一度颇为兴盛，如左延年《秦女休行》、辛延年《羽林郎》等。辛延年的《羽林郎》，就诗之主旨而言，更接近讽谕诗；然其所叙之事，与《陌上桑》多有类似，不少学者将二者看成同源之作，故就其形态而言，为叙事诗无疑，且有很强的故事性。文人对故事诗有创作兴趣，从而改编、加工民间传说或民间故事诗，在东汉中后期渐成风气，这可能与汉末经学衰微、思想解放的背景有关。傅玄说"魏文慕通达"（《晋书·列传第十七·傅玄传》），其实不仅仅是魏文，魏武、陈思及七子等，同样多为通达之士；曹操、曹丕的善戏谑，好杂学，皆可见诸史乘。正是在这一时代风气下，文人的阶层意识有所淡化，民间文化得以进入其视野。但即便这样，文人署名的可考诗作，如《秦女休行》《羽林郎》这样叙事生动，并具有一定故事性的，并不多。辛延年虽有具名，而其生平，却也很难确考。

因此，当文人诗在东汉末大量起来的时候，受民间乐府的影响，虽也产生了一些叙事诗乃至故事诗，但文人诗与乐府的民诗终究还是二途。乐府故事诗非但没有在文人诗中得到发展和深化，反而被消解和改变，致使中国诗史发展出另一种面貌。

汉末文人五言诗的兴起，正值社会动荡、经学衰微、思想解放的大时代，文人创作受此影响，眼光得以下移，对民间奇闻异事表现出一定的兴趣，出现前述文人叙事诗一度兴盛的情况。但上层精英文化传统却没有真正融入民间，表现在诗歌上：

其一，儒家疾虚征实，化传说为历史的文化传统和精神，仍然支配着文人的写作。文人叙事诗虚构有限、情节板滞，因此也很难走向故事诗，或在叙述故事时很难达到民间故事诗的高度。其二，文人思想的解放，唤醒的是个体精神，这就使得抒情不可遏止地渗透于叙事。其三，文学内在的发展，如辞藻的丰富，描写能力的提高，得以弥补叙事的减弱，并驱使诗歌史朝另一路向拓进、发展。

先看文人诗对民间题材的继承与改造。如多被认为是《陌上桑》同源之作的《羽林郎》：

> 昔有霍家奴，姓冯名子都。依倚将军势，调笑酒家胡。胡姬年十五，春日独当垆。长裾连理带，广袖合欢襦。头上蓝田玉，耳后大秦珠。两鬟何窈窕，一世良所无。一鬟五百万，两鬟千万余。不意金吾子，娉婷过我庐。银鞍何煜爚，翠盖空踟蹰。就我求清酒，丝绳提玉壶。就我求珍肴，金盘脍鲤鱼。贻我青铜镜，结我红罗裾。不惜红罗裂，何论轻贱躯！男儿爱后妇，女子重前夫。人生有新故，贵贱不相逾。多谢金吾子，私爱徒区区。

该诗情节与《陌上桑》类似，故事内容及人物不同，并有所简化，仅围绕冯子都和胡姬二人，以胡姬的视角展开叙述。全诗三十二句，首四句概述，属一般叙事。"胡姬年十五"至"两鬟千万余"十句，为描写。"不意金吾子"至"何论轻贱躯"十二句，为故事主体，从金吾子"娉婷过我庐"开始展开冲突，先索酒肴，后强赠信物，终至矛盾爆发，胡姬不惜撕裂罗裾，以示不从。结末六句，为胡姬对冯子都的规讽，也暗含了作者的讽喻。本诗有一定的故事性，但情节单一，矛盾冲突过于集中，故事的开始、展开、过渡等，都没有从容的安排。葛晓音先生很敏锐地观察到汉魏文人诗的叙事，往往"藉单个场景或事件的一个片断来表现"①，这其实就是将动态的情节变为相对静态的场景，是对故事性的极大消解。此外，描写、讽喻等篇幅大大扩展，达十六句，在在都显示了文人诗的趣味和重点，从故事逐渐转向修辞与立意。

曹植的《美女篇》，与《陌上桑》在内容上更接近，但在诗歌主题及艺术表达上，作了很大的改变：

> 美女妖且闲，采桑歧路间。柔条纷冉冉，叶落何翩翩。攘袖见素手，皓腕约金环。头上金爵钗，腰佩翠琅玕。明珠交玉体，珊瑚间木难。罗衣何飘飘，轻裾随风还。顾盼遗光彩，长啸气若兰。行徒用息驾，休者以忘餐。借问女安居，乃在城南端。青楼临大路，高门结重关。容华耀朝日，谁不希令颜？媒氏何所营？玉帛不时安。佳人慕高义，求贤良独难。众人徒嗷嗷，安知彼所观？盛年处房室，中夜起长叹。

在《陌上桑》中，罗敷的美貌、机智通过讲述故事来表现，叙事节奏快捷流畅。诗开头六句："日出东南隅，照我秦氏楼。秦氏有好女，自名为罗敷。罗敷喜蚕桑，采桑城南隅。"交代故事主人公及其喜好，为故事展开做铺垫，纯为叙事，没有多余

---

① 葛晓音：《论汉魏五言的"古意"》，《北京大学学报（哲学社会科学版）》2009 年第 2 期。

的夸饰、描写。接着罗敷正式出场，"青丝为笼系"至"紫绮为上襦"六句，虽为直接描写，但一句写一处，也极为简练，没有过多铺陈。再以"行者""少年""耕者"等路人见到罗敷的反应，侧面表现罗敷之美，采取的是叙事笔法。太守出场，故事进入正题，太守与罗敷的会面、对话，波澜起伏，充满戏剧性。再看《美女篇》，"美女妖且闲，采桑歧路间"，第一句描写，第二句叙事，还算简洁。但自"柔条纷冉冉"至"长啸气若兰"叙事中断，转而写采桑女之美，从肤色到服饰再到气息，浓彩重墨，精描细绘。写作重心由叙述到铺采摛文的描写，发生根本倾斜。"行徒用息驾"二句，通过观者反应侧写采桑女，又将《陌上桑》简化了。《陌上桑》在写观者反应时，采用了具体的行动、细节、心理描写来刻画观者形象，叙述细腻生动，形态毕现，曹植以客观陈述来处理这一部分，使叙事性又有所减弱。罗敷与使君的对话，在《陌上桑》中是重头戏，罗敷夸夫，是民间故事中的斗智主题，也是故事最精彩的高潮。两人斗智斗嘴，充满戏剧性，以世俗权势相夸耀，庸俗而欢乐，契合市井小民的审美期待。曹植以"借问"一词，将故事中的"使君"隐匿，然后将原诗的内容作了改编，由罗敷夸夫到采桑女不嫁，很自然地将主题引到怀才不遇。此前，宋子侯有《董娇饶》，借采桑女而生发人生感慨，叙事成分更少。曹植在叙事方面，对原作的保留还稍多一些，而在叙事之外，既有感慨，又有寄托，在思想与情感上比《董娇饶》又有所扩充。至此，《陌上桑》原诗的故事性几乎消解殆尽，民间小机智也被转化为人生岁月的感慨及香草美人的传统寄托。

在对民间乐府的承继与改编中，《美女篇》比《羽林郎》又进了一步，故事性更为减弱，抒情性、思想性则逐步增强，而

《董娇饶》则越过叙事诗，直接走到抒情诗了。至于文人新创的叙事诗，其风格面貌及精神旨趣，与民间故事诗更不相类。比如蔡琰的《悲愤诗》①，胡适在《白话文学史》中把它称为故事诗，似颇为不妥。该诗为诗人自传，开篇八句，以史诗般的气势，叙述了董卓作乱，诸侯讨伐的时代大背景。自"卓众来东下，金甲耀日光"，所叙皆诗人亲身闻见、经历及其感受。"卓众来东下"至"马后载妇女"十句，写董卓部伍的凶狠、残暴。"斩截无孑遗，尸骸相撑拒。马边悬男头，马后载妇女"等句，看似文学夸张，征诸史乘，却句句实录。《三国志·董卓传》载："（董卓）尝遣军到阳城，时适二月社，民各在其社下，悉就断其男子头，驾其车牛，载其妇女财物，以所断头系车辕轴，连轸而还洛……"② 诗人厕身于被掳略的人群之中，成为历史的目击证人。"长驱西入关"至"乃遭此厄祸"写被掳掠西去的情形，既有群像缕列，又有押解士兵詈骂被虏者的典型细节描绘，场景宏阔、悲惨，且又饱满真实。"边荒与华异"至"行路亦呜咽"四十句，写羁留边地及被赎归的情形，边地荒蛮之景与远离家乡亲人的凄楚之情，融为一体，并加入一段外来客的小插曲，以具体的事，来展现生活状态及心态。全诗最为动人的部分，是归汉时的母子分别，儿抱母颈，言"阿母常仁恻，今何更不慈。我尚不成人，奈何不顾思"，母亲"见此崩五内，恍惚生狂痴"，真是摧肝裂肺，令人不忍卒读。"去去割情恋"至结

① 全诗过长，不具录，诗见逯钦立编《先秦汉魏晋南北朝诗》），中华书局1983年版，第199—200页。
② 陈寿著，裴松之注《三国志》卷六《魏书·董卓传》，中华书局1964年版，第174页。

尾，计二十八句，叙归途情景及归后情状，主要是写景和抒情，以"人生几何时，怀忧终年岁"总束全篇。

《悲愤诗》真实地记录了诗人生命中最悲惨的一段经历，从被掳、羁留到迎归，堪称惊心动魄。然该诗并未就其传奇色彩作过多渲染，只是以时间为序，依次展开三段情节。诗之重点是记录苦难、抒发情感，是诗人自己的心灵需要，而不是向特定群体来讲述一个传奇故事。

在经典叙事学看来，"叙述者与人物主要是'纸上的生命'，一部叙事作品的（实际的）作者绝对不可能与这部作品的叙述者混为一谈。……（叙事作品中）说话的人不是（生活中）写作的人，而写作的人又不是存在的人。"① 这种结构主义的唯文本论，对于文人叙事诗显然不尽合适。当叙事成为个人生命记录与情感需要的时候，强烈的个体意识与主体性支配写作，写作已不再是一种客观的艺术创作行为，而是生活与生命本身。在《悲愤诗》中，诗人作为亲历者，参与历史的真实过程与细部。这一真实包括所见、所历、所思、所感，就文本自身而言，有叙事文本，有抒情文本，然终究皆为自传文本，故绝对不能游离于作者，"作者""叙述者"以及那个观察、经历、感受的"作品中人"，三位一体，无经典叙事学所谓"纸上生命"与现实生命之区分。反观《陌上桑》《孔雀东南飞》，则是生动有趣、曲折动人的故事，这一故事诞生于一个冷静理性、有着杰出艺术才能的作者，他把握全局，生产作品。无论对于作者还是读者，诗歌是一件客观的艺术产品，"现实生命"创造"纸上生

---

① （法）罗兰·巴特：《叙事作品结构分析导论》，文载张寅德编《叙述学研究》，中国社会科学出版社1989年版，第29—30页。

命"，"作者"与"叙述者"及"作品中人"，确实不宜"混为一谈"。两相比较，文人叙事诗文本世界与现实世界高度重合，故其作者与叙述者、作品，浑然一体，作者亦剧中人，作品为自叙传，这就使得文人叙事诗多为主观叙事，或曰主体叙事，亦即其叙事是包含有抒情的叙事。不仅只是《悲愤诗》，很多文人叙事诗都有这种特点。如王粲的《七哀诗》（西京乱无象）、曹操的《苦寒行》、曹植的《赠白马王彪》等，叙事中个人情感越来越浓烈，甚至成压倒之势。

从上述汉末至曹魏期间颇具代表性的一些文人叙事诗可以看到，情节与故事并不是诗歌最关心的问题。他们对于民间题材的乐府诗的改写或拟作，重在寄托与讽喻，对于自创的叙事诗，往往是事、情、景三者并重，很多时候，写景与抒情的比重甚至更大。文人叙事诗的走向，一为具有历史性质的纪实诗，一为讽喻诗。此两种走向规定了文人叙事诗的精神本质，一为诗史，一为诗教，二者决定了作品的真实性及与现实性。这使得其与西方叙事学意义上的叙事作品，有着明显的区分，甚至可以说，文人叙事诗在本质上是不断消解叙事的。

这种消解，一是因其主体性，使得叙事的抒情性增强。随着经学的式微、个体的觉醒，寄托与抒情的比重越来越多，强烈的主体性或曰抒情性，成为创作最持久的驱动力。叙事诗的抒情化，是魏晋以后文人诗越来越明显的一个趋势，这一趋势的继续发展，就是五言抒情诗的高潮。二是从写作方式、方法上，它内在地消解叙事诗的叙事性。

《文心雕龙·明诗》云："暨建安之初，五言腾踊。文帝、陈思，纵辔以骋节；王、徐、应、刘，望路而争驱。并怜风月，狎池苑，述恩荣，叙酣宴；慷慨以任气，磊落以使才。"① 刘勰缕述建安以来文人五言诗史，"怜风月，狎池苑，述恩荣，叙酣宴"，所涉者皆含事，然"慷慨以任气，磊落以使才"，又都是饱含着强烈抒情的事。

如《文选》所录曹植、王粲、刘桢三人的《公宴诗》②，便是如此。公宴，要述及宴会主客、时、地，这些内容都涉及叙事，但三人之诗，寓叙事于抒情和描写之中，使得叙事的痕迹变得较淡。如曹植的《公宴诗》，开头四句："公子敬爱客，终夜不知疲。清夜游西园，飞盖相追随"，交代了宴会的主人为"公子"，客人为那些飞盖追随者，宴会的地点在西园，时间在清夜，所涉之事甚为明晰。但接下来，却未述及宴会的细节及具体内容，转而写景，最后四句："神飚接丹毂，轻辇随风移。飘飘放志意，千秋长若斯"，实际上也写到了清夜游园的情形，涉事的笔触虚化模糊，其意在通过车马轻快明丽之状来抒发飘飘放荡的情感。事虚而情显豁，情显而事微。刘桢的写法基本与曹植类似；王粲则稍稍叙及宴会酒食之盛、丝竹之乐，然"嘉肴充圆方，旨酒盈金罍。管弦发徽音，曲度清且悲"云云，适用于一切宴会，实乃泛括之套语，其重点在后面的抒情说理及对曹操的歌颂。

公宴诗理应有切实的叙事，但在上述诗篇中，具体活动、人、事皆虚乏模糊，而情感或情绪的宣泄、表达却非常突出，抒情冲淡叙事，而无虚浮空乏之弊，却依然充实动人。此皆赖

---

① 刘勰：《文心雕龙》卷二《明诗第六》，詹锳注《文心雕龙义证》，上海古籍出版社1989年版，第196页。
② 萧统编，李善注《文选》，上海古籍出版社1986年版，第942—946页。

情感的真实与力度，予以足够的支撑，史谓此"建安风骨"。所谓"风骨"，依王运熙先生的解释，"'风'是作者思想、感情、气质、性格等特征呈现于作品的外部风貌……'风'的特征是清、显、明，即作者的思想、感情等在作品中呈现得清明显豁，它是'意气骏爽'的反映……（骨）属于语言运用范围的事……指运用的语言精要、劲健、峻直。"① "风骨"作为一个整体的文学批评概念，指一种爽朗刚健的文风，内涵即为"风清骨峻"，包括思想、情感及文辞，由内而外构成。故建安诗人即便不叙事或较少叙事，仅凭情感的真诚、深挚和描写的生动、真切，亦能达到"风骨"之境。然而，不叙事并不代表诗中无"事"。董乃斌先生提出古典诗歌创作的"事感"概念，并分列"事"与诗的关系，有事在诗内、事在诗外及内外皆有事等三种情形②，刘勰在论建安诗风时，指出其"良由世积乱离，风衰俗怨。并志深而笔长，故梗概而多气"（《文心雕龙·时序》），"世积乱离，风衰俗怨"者，即诗外之事。曹、王等"述恩荣，叙酣宴"之作的"慷慨""磊落"，即是汉末动荡社会，给他们提供了施展抱负的舞台，激发起他们豪迈的意志。再如曹植《送应氏二首》、陈琳《饮马长城窟行》、王粲的《七哀诗》《从军行》等名篇，也都有"世积乱离"的大背景在，作为"诗外之事"，无时无刻不在支配、酝酿、陶染着诗人的创作。

"世积乱离"的大背景，作为"诗外之事"，往往不是直接与诗发生关系，而是与诗人的主体精神相作用，慢慢影响到诗

① 王运熙、杨明：《魏晋南北朝文学批评史》，上海古籍出版社 1989 年版，第 446—447 页。
② 董乃斌：《古典诗词研究的叙事视角》，《文学评论》2010 年第 1 期。

人的心理、气质、思想，再通过诗歌表现出来，这就是所谓的
"气"。刘勰事实上就是按照这一逻辑，从"世积乱离"推导出
"梗概多气"。因为"气"的充沛，辞藻哪怕粗疏一些，也依然
可标高格。如建安诗人刘桢，"仗气爱奇，动多振绝……气过其
文，雕润恨少"①，以气质偏胜，却依然被钟嵘列在上品，并认
为"陈思以下，桢称独步"。当然，建安风骨的代表，是"骨气
奇高，辞采华茂。情兼雅怨，体被文质"②的曹植，不仅仅有
"气"，还有"文"。只是这种骨气与辞采，文与质兼备的理想状
态，极为难得，曹植之外，几无余子。刘桢、王粲，都是各有
偏美，或以气胜，或以文胜，然均不分轩轾。这一趋势，一直
延续到阮籍、陆机，慢慢开始发生变化，在气、文偏胜中，以
文偏胜者渐渐居多。西晋以降，五言诗偏向抒情的趋势更明显，
同时，在偏向抒情中又很明确地向辞采这一方面迈进，文辞等
文本形式因素越来越被重视。

　　刘勰论太康诗风曾云"采缛于正始，力柔于建安"（《文心
雕龙·明诗》），"力柔""采缛"是西晋诗风较突出的特征，
同样有其政治与文化的大背景。太康元年（280）三月，王濬
军临石头，吴主孙皓面缚舆榇请降，三分归一统，结束了近百
年的军阀混战及割据的分裂局面。经过数年休养生息，经济得
到很大发展，干宝《晋纪·总论》有云："太康之中，天下书
同文，车同轨。牛马被野，余粮栖亩，行旅草舍，外闾不闭。
民相遇者如亲，其匮乏者，取资于道路。故于时有'天下无穷

---

① 钟嵘：《诗品·上·魏文学刘桢诗》，曹旭注《诗品集注》（增订本），上海
　　古籍出版社 2011 年版，第 133 页。
② 曹旭注《诗品集注》（增订本），上海古籍出版社 2011 年版，第 117 页。

人'之谚。"①《晋书·食货志》亦称："是时，天下无事，赋税平均，人成安其业而乐其事。"②"天下无事"，文人的慷慨抱负亦无从寄托，转而以清词丽句，写儿女情长。钟嵘论张华诗即云"儿女情多，风云气少"，便道出太康诗人英雄气短、儿女情长的特点。其实，张华之诗并非无风云之气，如其《壮士篇》《游侠篇》《博陵王宫侠曲二首》等咏壮士及幽燕游侠，多有慷慨之意。不过，此类诗是否作于太康年间（280—289），颇不确定。张华是范阳方城人，此类诗可能为少作，也有可能是太康三年（282）至六年（285）被贬幽州时所作。能确定为太康时期作品的，如《情诗》《杂诗》《招隐》《游仙》等，亦非单纯温婉清丽，而是多有寄托。张华是晋室的清流代表，因主齐王司马攸继位，太康时期饱受政治压制。太康三年（282）至太康六年（285）被贬幽州，后入朝为太常，以弘儒教，亦为闲职，直至惠帝朝起为太常博士，才重居要位。③其太康时期的诗作规模曹植，多托物寄意，温婉中多寓骨鲠。

事实上，西晋力柔采缛的诗风，真正展开的时间是惠帝元康时期（291—299）。如果说太康时期以张华为代表的文士尚能部分保持东汉、建安以来的耿介士风，元康文士则多不复有前辈风骨矣。如二陆世为东吴大族，于晋本有国仇家恨，然却难舍富贵，不但投效仇雠，且深陷权争而不能自拔。张溥论陆机

① 干宝：《晋纪·总论》，李善注《文选》卷四十九《史论上》，上海古籍出版社1986年版，第2178—2179页。
② 《晋书》卷二十六《志第十六·食货》，中华书局1974年版，第791页。
③ 姜亮夫：《张华年谱》，《姜亮夫全集》第二十二册，云南人民出版社2002年版。

云："俯首入洛，竟縻晋爵，身事仇雠，而欲高语英雄，难矣。"① 之所以难以"高语英雄"，或者说"高语英雄"却显得虚浮，盖因其行事及心志，不免气短也。再如潘岳，"仕宦情重""好进不休"②，其望尘而拜、媚附权贵之态，更是拉低了西晋文人的整体格调。二陆、二潘，乃至以气骨见称的左思、刘琨，皆不免折身于贾谧之门，夤缘攀附。士风是"气"最为关键的内涵，士风的萎靡、庸弱，内在地规定了诗风力柔采缛的必然走向。

从"事"的角度看，因诗人折节趋附，气格普遍低靡，"诗外之事"不堪，自然缺乏风骨。但从另一个角度来看，诗人的豪情减弱了，柔情却增多了，笔触转向个人、家庭的人伦琐屑，则"力弱"亦有其可取之处。如潘岳《悼亡诗》《内顾诗》、陆机《赠从兄车骑诗》《赠弟士龙诗》、左思《娇女诗》、傅玄《苦相篇》等，这类诗有些叙事成分还比较多，有些则为抒情诗，然皆不复"慷慨任气""磊落使才"，而是"新温婉丽，善言儿女"。③ 然能写心中情、身边人事，虽然因格局偏小以致"力柔"，却也因其情深，往往真挚动人，不失为佳作。

西晋五言诗之叙事，同样也多被抒情冲淡、稀释，且相对建安而言，显得"力柔"；此外，文人诗的"采缛"，主要表现于描绘自然，敷饰静态景物，也会稀释叙事。这一特点在建安

---

① 张溥著，殷孟伦注《汉魏六朝百三家集题辞注·陆平原集》，中华书局2007年版，第171页。

② 张溥著，殷孟伦注《汉魏六朝百三家集题辞注·潘黄门集》，中华书局2007年版，第161页。

③ 张溥著，殷孟伦注《汉魏六朝百三家集题辞注·傅鹑觚集》，中华书局2007年版，第138页。

诗人中已有体现，如前述曹植《公宴诗》，中间用较多篇幅铺写西园景观，已嫌"采缛"，至西晋，则尤甚之。试举几首作一管窥。

> 门有车马客，驾言发故乡。念君久不归，濡迹涉江湘。投袂赴门涂，揽衣不及裳。拊膺携客泣，掩泪叙温凉。借问邦族间，恻怆论存亡。亲友多零落，旧齿皆凋丧。市朝互迁易，城阙或丘荒。坟垄日月多，松柏郁茫茫。天道信崇替，人生安得长。慷慨惟平生，俯仰独悲伤。（陆机《门有车马客行》）

诗写故乡亲族凋丧、城阙荒芜，感慨人生的悲苦。揆诗意，当作于居洛已久的元康年间。诗人辞家远游，适逢故乡来人，问讯消息。就文本而论，每一句都涉"事"，但每一句也都包含情或者景。诗中言"事"，采用的是陈述、说明式的语句，"事"固然交代得很清楚，但既无过程，亦无细节，实际上的信息量却很有限，相对于其篇幅，未免显得繁冗。然而，在这冗词的反复与絮叨中，人生的感慨，客子的悲凉，却表现得极为动人。显然，诗中冗词非为叙事，而是渲染情感。

潘岳《悼亡诗》三首，亦多繁词，然因其情之深挚，繁词也未成为芜累。三首诗的写作模式皆是触景生情，然后转入回忆、思念。回忆亡妻往昔，叙事本无可避免，但潘岳的三首诗，虽涉及事，却几乎没有叙事。如其一"望庐思其人，入室想所历。帏屏无髣髴，翰墨有余迹。流芳未及歇，遗挂犹在壁"等句，写到亡妻往昔居家生活，如化妆、写字等，所涉之事融在景物的描绘和情感的倾诉中，将"事"定格、静化，融事于景、情，使之成为一幅幅静止的图片，而非前后连贯的动态行动过程。

如果事既不具体，情又缺乏深挚或力度，则会流于徒逞辞藻，西晋以降力柔采缛，其弊在此。如陆机的《招隐》（驾言寻飞遁）①，实为寻隐的"反招隐"，诗中"寻飞遁""求逸民"，如曲折叙来，其事必有可观，但陆诗于事仅交代名目，其余篇幅都刻画景物。全诗辞藻丰赡，凡有名词，必有绮丽的修饰词。且诗句多重复繁冗，如开篇既言明"驾言寻飞遁"，中间又有"寻山求逸民"；三、四句"芳兰振惠叶，玉泉涌微澜"，写到兰叶、山泉，后面又有"嘉卉献时服""清泉荡玉渚"，无谓重复，显得极为堆垛。张华曾谓陆机"人之为文，常恨才少，而子更患其多"②，才多本为难得，然逞才炫藻，下笔不休，亦可为患。

然而，当对"事"的叙述兴趣逐渐衰减，情的泛滥导致其力度和真诚逐渐削弱，能驰骋诗人才华的，也就只剩下文本中的形式因素及文本外的学问与知识积累了。此可以"缛采"总之，包括章句、辞藻、隶事，再加上律对、声韵等，构成结撰华美诗篇的主要材料。"事"的衰减提供给诗歌形式因素的生长空间，形式因素的生长和成熟，在某种程度上，不但掩盖了"事"衰减后的空乏，也掩盖了"情"的不足。

从某种程度上看，永明新体诗，正是在这一诗史演化趋势中，获得成长的契机。永明新体诗讲求"四声"、避忌"八病"，

---

① 陆机著，杨明校笺《陆机集校笺》卷五，上海古籍出版社 2016 年版，第 226—227 页。
② 房玄龄等：《晋书》卷五十四《列传第二十四·陆机传》，中华书局 1974 年版，第 1480 页。

对诗歌体式作出规范和新变，是文本形式因素的独立及形式审美自觉的产物，也是文学自觉不断发展、深化的结果。如果说，文学自觉是在经学解体、思想解放之后，伴随着个体抒情的崛起而出现，则其最终的具体落实就是文学的形式自觉。因为，文学真正专属于自己的，只有形式，诸如思想、哲理、政治、历史，都同时也属于其他。自建安至太康、元康的五言诗史，正是文本形式因素不断走向独立的过程。文人五言诗对叙事兴趣相对淡漠，民间乐府叙事诗的发展路径因之转向抒情，随之又敷以藻采。文学自觉在文人诗中表现为情感与文辞的自觉，并逐渐落实为形式自身的审美自觉，即形式美成为文学的重要目的。如果没有叙事兴趣的消减，没有与抒情发展相伴生的辞章、描写的深化与细化，断难至此。诚然，形式美成为文学目的，专事章句，摛藻敷采，有时或不免伤及文学价值，然其开辟及深化的形容、修饰、骈俪等形式因素，文学史价值却不容否定。

摛藻敷采之风气，曹植已开风气之先，然因其"骨气奇高"，相得益彰。元康文人骨气萎靡，徒逞藻采，虽未免繁缛之累，却打开了形式美的大门，影响到整个诗歌史的走向。沈德潜论陆机诗有云："士衡诗亦推大家。然意欲逞博，而胸少慧珠，笔又不足以举之，遂开出排偶一家。西京以来，空灵矫健之气，不复存矣。降自梁陈，专工对仗，边幅复狭，令阅者白日欲卧。未必非士衡为之滥觞也。"① 虽然沈氏持论稍苛，但陆诗确多炫才逞博，缛采冗词；沈氏更指出这一特点对齐梁近体诗的影响，实为灼见。

---

① 沈德潜：《古诗源》卷七，中华书局 1963 年版，第 156 页。

陆诗繁缛，其师长辈的张华及其弟陆云都指出过，张华谓陆机患在才多，已见前引；陆云论文贵"清省"，其与兄书多次就陆机诗文的繁词绮语提出看法。① 但陆机自有其立场与主张，《文赋》是其文学思想最集中的表达，也成为晋后文风走向绮靡的理论基础。从《文赋》中可以很明显地看出，正是对"事"的忽略或轻视，使关注点转向文本自身，为辞藻泛滥蔓延腾出了空间。《文赋》开篇，就明确以典籍为文的源头和基础：

> 伫中区以玄览，颐情志于典坟。遵四时以叹逝，瞻万物而思纷。悲落叶于劲秋，喜柔条于芳春，心懔懔以怀霜，志眇眇而临云。咏世德之骏烈，诵先人之清芬。游文章之林府，嘉丽藻之彬彬。

创作的发源与基础，一为典籍，二为自然。二者之中，典籍作为文辞的渊薮，为写作提供基本的技术资源与手段。自然则通过对作家主体的作用，成为创作发生、发展乃至深化的重要因素，此即前代文论的"感物说"。"感物说"既可指向自然，也可指向人事，且自然也因人事才与作家发生作用。秋悲春喜，四候之感人，不必有"事"也可如此；若春悲秋喜，如后世"感时花溅泪""我言秋日胜春朝"等类，则感物之后必有耐人寻味的"事"。陆机在这里强调人心与自然的顺应，"事"的意味就可有可无了。"游文章之林府，嘉丽藻之彬彬"，从自然或典籍中产生的创作机缘，要再次与前代典籍及文章相结合，才

---

① 参王运熙、杨明：《魏晋南北朝文学批评史》第一编第三章《西晋文学批评·陆云》，上海古籍出版社1996年版，第114—117页。

能付诸创作。文词再一次凸显出其重要性，这也就无怪乎后文要用大段篇幅专门讨论。

比较钟嵘《诗品序》"若乃春风春鸟"一段（文极常见，不具引），就会发现二者有很明显的差别。钟嵘以四句论节候感诸诗，而以十二句论"嘉会""离群"，乃至"楚臣去境，汉妾辞宫"等种种人事对于诗的重要意义，可见其所看重者为具有实质性的内容。对文学形式因素的重视，至南朝泛滥为形式主义，也引起创作与批评领域两种不同的声音，或维护，或批评，贯穿了南朝文学史与文论史的始终。轻视与忽略"事"，专师辞藻章句，是形式主义的重要特征。钟嵘并非单纯重内容轻形式，比如五言诗作为新兴诗体，他就积极肯定云："五言居文辞之要，是众作之有滋味者也"，而其之所以如是说，是鉴于四言"文约意广……每苦文繁而意少"。钟嵘反对那种辞藻丰盛，内容贫乏的作品，从这一角度认为五言较优于四言，显然仍是注重于内容。钟嵘反对新兴的声律，也是因此。他先是批评"膏腴子弟，耻文不逮。终朝点缀，分夜呻吟"的现象，"点缀"者，辞藻修饰也；"呻吟"者，调声协韵也。后面文又专文论声律之弊："士流景慕，务为精密，襞积细微，专相陵架。故使文多拘忌，伤其真美"，所针对的，皆是将形式精细化，而忽视了诗的"真美"。何谓"真美"，"楚臣去境，汉妾辞宫"等情感动人，内容充实之作也。

钟嵘论诗重事、意等实质性的内容，对当时文风极有针砭；反之，陆机以来的倡文辞到齐梁的偶对声韵，则往往有意无意地忽略或看轻事、意等内容层面，客观上总会助长形式主义风气。声律作为形式发展的高级阶段，最终凝型为"四声八病"的规则并付诸实践，沈约是重要的发起者与推动者。推重声律而至极端者，固不免钟嵘所云"襞积细微，专相陵架"之弊，即便如此，从文学史的角度而言，沈约的声律论也是功大于过。

史载沈、钟甚不相得，乃因钟嵘求誉于沈约被拒。（《南史·钟嵘传》）且不论其言真伪，沈、钟文学思想确有龃龉。钟嵘对陆机以来的绮靡文风多持否定意见，由此站在形式主义的对面，批评刻意追求声律。而沈约则相反。《诗品》将沈约置于中品，认为沈诗学鲍照，"虽文不至，其功丽，亦一时之选也"，指出沈以工切、靡丽见长，最后又云沈"词密于范，意浅于江"，直接指明沈重词轻意，言下似乎比同列中品的范云、江淹也相形见绌。沈约尚词重文，故其对陆机以来的文学史由质趋华的走向充分肯定。《宋书·谢灵运传论》云："降及元康，潘、陆特秀，律异班、贾，体变曹、王。缛旨星稠，繁文绮合。缀平台之逸响，采南皮之高韵。遗风余烈，事极江右。……爰逮宋氏，颜、谢腾声。灵运之兴会标举，延年之体裁明密，并方轨前修，垂范后昆。"贵远尊古是顽固的文化心理，南朝虽说好尚华靡，但汉魏作为诗歌的高标，没有人敢去质疑和挑战。而沈约将潘岳、陆机与汉魏的班固、曹植等并举，只谈体、律之异，而不分优劣高低；刘宋的颜、谢，也是"方轨""垂范"，同样可以颉颃古人。而观其极称潘、陆等"缛旨""繁文"为"逸响""高韵"，则隐有后来居上之意。由此而至文风绮变的又一高度，声律的理论化及实践，其价值与意义自然就不言而喻了。

若夫敷衽论心，商榷前藻，工拙之数，如有可言。夫五色相宣，八音协畅，由乎玄黄律吕，各适物宜。欲使宫羽相变，低昂互节，若前有浮声，则后须切响。一简之内，音韵尽殊；两句之中，轻重悉异。妙达此旨，始可言文。至于先士茂制，讽高历赏。子建"函京"之作，仲宣"灞岸"之篇，子荆"零雨"之章，正长"朔风"之句，并直举胸情，非傍诗史。正以音律调韵，取高前式。

此段谈声律，有几点值得注意。一是声律乃"商榷前藻"之所得，犹如各适物宜的五色、八音，声律是适合诗歌的一种藻饰，属文体形式范畴。二是视声律为作诗的绝对性前提，"妙达此旨，始可言文"。三是将声律这一形式的作用提得极高。诗史的作用是提供典故与词章，文中举曹植、王粲等人的一些名篇，谓之"直举胸情，非傍诗史"，既没有藻采修饰，也没有用事，然却能成为名篇，是由于"音律调韵"极为出色。声律可以取代词章与典故，甚至对于抒情诗而言，其重要性都超过了所抒之情。将声律的作用和重要性强调到如此程度，形式主义至此达到极点。

五言诗由汉末发轫，民间乐府得风气之先，叙事诗在这一诗体下获得极大发展，并产生了不少优秀的故事诗。循此而往，中国诗史出现媲美西方的长篇史诗，并非没有可能。然文人五言诗的跟进，使得抒情压倒叙事。文人的文化传统与知识素养，又使得词章、藻饰较方便地参与抒情，辞藻的中心色彩渐渐显现。随着抒情诗情感力度的消弱，词采更为凸显。两晋南朝，诗歌的事、情等内容层面都进一步乏弱，藻采上升为诗歌最重要的艺术追求。文学自觉的深化，也在文学形式美中找到寄托。正是在叙事——抒情——藻采这一发展路径中，声律作为形式美的极致，顺势而生。审视五言诗汉魏至六朝的演变轨迹，叙事、抒情之互动，作为原动力，对文学史起到重要的推动作用。

第二节　由寄托到实叙：西晋诗繁缛赋写的叙事性

西晋以降，文人诗在叙事方面，与汉乐府的民间叙事诗相比，其故事性与传奇性有所削弱；而在抒情方面，情感的力度与深度又比不上建安与正始。二者的减弱，在西晋诗人那里，是以辞藻、修辞、描写等方面的繁缛来弥补的。中国古典诗歌最为重要的写作方法，有"赋""比""兴"三大类。钟嵘谓："宏斯三义，酌而用之，干之以风力，润之以丹采，使味之者无极，闻之者动心，是诗之至也。"[1] 而在实际写作中，三者往往会有所偏重。建安、正始时期的曹植、阮籍等的诗，比兴成分就很重，即便是以赋法铺叙，也有所谓"言在耳目之内，情寄八荒之表"，以赋为体，而以比兴为用。在汉魏文人诗中，比兴寄托，是最为普遍也是最为通用的诗歌语言。从叙事的角度来看，比兴的叙事就有两个层面，即其本体与喻体。对很多诗人来说，其写作的目的是在那个喻体，不免时有假设、虚构本体的情况，诗风多显得空灵游移。

文人诗之所以好用比兴，与写作处境有很大关系，如阮籍《咏怀》便是忧谗畏祸，所以"文多隐避"。与汉魏相比，西晋的文人诗，逐渐变得质实起来，赋写的成分有所加重，而比兴的意味却有所减淡。这首先是西晋文人的处境较汉魏大有不同。晋武帝统一中国，在政权稳定之后，政治环境也逐渐变得松弛起来，朝廷对士人采取羁縻怀柔的措施，文人的生活环境相较

---

[1]　曹旭注《诗品集注》（增订本），上海古籍出版社 2011 年版，第 47 页。

优容，诗人们耽于安乐，困于名利，整个士风发生了很大变化，直接影响和决定了他们的创作。在西晋诗人的作品中，较少切实的现实关怀和书写，也缺乏前代深广悠远的寄托，而多表现个人的优渥生活与高雅情趣，某些较有现实感的作品，不少还是代言之作。但也因此，诗歌创作的重心得以转到文本的开发和雕琢，写作本身得到重视与深入，表现在词汇、修辞、章法、体制等方面，追求写深写透。这也使得赋法覆盖比兴，将诗歌引向质实一路。

张华是西晋初期的诗坛领袖，也是西晋繁缛细密诗风的开导者，在张华的诗歌中，就能够明显看到其以繁词赋写而导致的质实之风。曹旭先生以《情诗》为中心，对张华诗的源流作过细致探绎，认为其承王粲之情辞，曹植之词采以及古诗之结构、意境，其开创晋调，如下几方面最值得注意：其一，以"私我化"的儿女情，改变建安诗歌的主题基调；其二，学汉魏乐府铺陈刻画，为镶嵌对偶，变"比兴之法"为"赋法"；其三，喜欢"博物"，"物"浸润诗，成晋诗中之典故；其四，用晋人"描述"，改变古诗"叙述"。① 第一点，以"私我化"的儿女情，改变建安诗歌主题基调，即诗歌写男女之情由寄托转向一般写情，名实相副；第二点的变"比兴"为赋，与第一点也极有关联，因为故少比兴而多用赋法，故轻寄托而重写实；第三点"物"的堆砌与第四点改叙述为描述，是晋诗重要的写作特点，也是导致其走向细密的关键因素。需要指出的是，描述不只是停留在物的客观形象的介绍，还会揭示其内在的属性特质，给予人的感受，因此可以说是更具体、更细致的叙述。不妨来读

① 曹旭：《张华〈情诗〉的意义》，《文学评论》2012 年第 5 期。

一下这组诗。

> 北方有佳人，端坐鼓鸣琴。终晨抚管弦，日夕不成音。忧来结不解，我思存所钦。君子寻时役，幽妾怀苦心。初为三载别，于今久滞淫。昔耶生户牖，庭内自成阴。翔鸟鸣翠偶，草虫相和吟。心悲易感激，俛仰泪流衿。愿托晨风翼，束带侍衣衾。（其一）

> 明月曜清景，晄光照玄墀。幽人守静夜，回身入空帷。束带俟将朝，廓落晨星稀。寐假交精爽，觌我佳人姿。巧笑媚欢靥，联娟眄与眉。寤言增长叹，凄然心独悲。（其二）

> 清风动帷帘，晨月照幽房。佳人处遐远，兰室无容光。襟怀拥虚景，轻衾覆空床。居欢惜夜促，在戚怨宵长。拊枕独啸叹，感慨心内伤。（其三）

> 君居北海阳，妾在江南阴。悬邈修涂远，山川阻且深。承欢注隆爱，结分投所钦。衔恩笃守义，万里托微心。（其四）

> 游目四野外，逍遥独延伫。兰蕙缘清渠，繁华荫绿渚。佳人不在兹，取此欲谁与。巢居知风寒，穴处识阴雨。不曾远别离，安知慕俦侣。（其五）①

张华的《情诗》为组诗，凡五首，从结构上看，即具有叙事性。第一首叙事由：君子远役，淫滞不归，思妇独守空闺，触物思人；第二、三首写长夜之思念，第二首主要是在静夜，第

---

① 逯钦立编《先秦汉魏晋南北朝诗》，中华书局 1983 年版，第 618—619 页。

三首自夜及晨；第四首思妇隔空倾诉，在心理空间展开与征夫的对话；第五首空间转到征夫这里，写征夫对思妇的思念。第一首如序幕，人物、场景、事由都作了清晰的交代。第二、三首以女子居住地为抒情与叙述空间，通过其居家生活、活动与家中情景、物事，部分直接抒情，部分则以女子生活情状的叙写，来反映其心理情感。虽然这两首就主旨而言是抒情，然文本上的内容，却都有叙事。第四首，是女子在心理空间与男子的对话，其表现形式是独幕剧式的对话体。第五首，在男子客居之所，主人公也换成男子，推出另一个平行空间，与前四首呼应。张华采用这种结构，构成倾诉、互答、应和的闭合完整的叙事文本。而以往此类诗歌，多为个人的独白。比如曹植《杂诗》的"西北有织妇""南国有佳人"诸篇，曹旭先生谓其为张华所本。然曹植诗以男女之情通君臣之义，寄托明显，之所以如此，与其诗通篇采用个人独白式的叙写方式，有很大的关系。以其《杂诗·其四》为例：

> 南国有佳人，容华若桃李。朝游江北岸，夕宿潇湘沚。
> 时俗薄朱颜，谁为发皓齿？俯仰岁将暮，荣耀难久恃。[①]

在曹诗中，以南国佳人为中心，场景、情境隶属于个体的情感与心境。"朝游""夕宿"为互文，可前后置换，因而失去了叙事的确切性。显然，这里的"朝游""夕宿"云云，并非是为了传达其"游""宿"之事，而是突出其徙倚的生活与情感状态，在诗中主要是起烘托、映衬的作用，以实现其象征功能。

---

① 赵幼文注《曹植集校注》，人民文学出版社1998年版，第387页。

自"时俗薄朱颜"之后，陈述佳人为世俗所轻的遭际，感慨其红颜空老，喻意极为显豁。与阮籍《咏怀诗》相类，这首诗多用比兴，情、境虚多实少，遂成为象征之境，从叙事的角度看，属于文人诗经典的隐喻叙事。

张华《情诗》承自曹植，以男女主人公两方的互动，改变了单人独白的静态形式，使之呈现出某些情节性的特征；总体结构上，序、承、结依次展开，叙事形态也比较完整。更为重要的是，其写征人思妇乃是实写，即曹旭先生所谓变比兴为赋法，那么，这里的叙事，就较少隐喻的意味，而是质实的故事型叙事。

赋法是致其质实的重要原因，一是赋法有明确的时间线，串联起空间场景。张华的五首《情诗》，是在三年的时间长度中，由晨而夕，由夕而夜，叙写男女主人公的生活场景与活动情态。二是确定的空间场域。《情诗》中，女主人活动的空间场域是江南阴—庭户—幽室—空帷，男主人公活动的空间场域是北海阳—郊野。时、空坐标划定之后，相应场景就固定下来了，景与人、事构成确切的对应，获得客观性。在这组诗中，女主人公弹琴、叹息、徘徊、失眠，男主人公延伫、怅望、欲采兰蕙，每一个动作、状态或场景都是一个镜头，连贯起来就成了活动的影像。这些影像独立存在于男、女主人公的空间中，组合在一起，就是征人思妇情意绵长、两地相望、两情相悦的爱情故事。张华的《情诗》，在具体的时间与场域中，主人公的活动是片段式的，然从头至尾构成的爱情叙事，则是完整而确定的。诗中特定的动作、状态和场景，犹如一幅幅镜头，远景、近景、特写、人物、环境，依次铺开、衔接、延入、深化、淡出，通过其组合、流动，不动声色地展开叙事。赋法叙事带有

105

影视镜头般的实在性和客观性，而通过镜头的连贯和衔接，自然呈现叙事主旨。赋法是呈现镜像的重要写作方法，而喻拟的消解，坐实了文本自身的叙述，文本自身，就是诗人所要营造的本体。在张华的《情诗》中，这一本体就是男女真挚的爱、绵延不绝的相思以及为对方着想的一片苦心，是征夫思妇的爱情故事。

　　被认为是西晋诗歌代表，"太康之英"陆机，其诗作赋的特性也非常突出。这一是因为其诗逞才骋藻，铺叙繁密；二是受西晋总体士风的影响，陆诗比兴寄托的色彩较淡。在陆机集中，类似张华《情诗》的言情之作，也都以质实的本体叙写为主，而不是以男女之情通君臣之义，别有所托。这类作品，集中在两大类，一类是对古诗的拟作，如拟《迢迢牵牛星》《青青河畔草》《明月何皎皎》《西北有高楼》，等等。作为一种写作的训练，从诗歌的发生机制来看，就不是与个人密切相关的感动兴发，无关乎诗人自身，寄托自然难以提起。另一类是代言体，如《为陆思远妇作诗》《为顾彦先赠妇二首》《为周夫人赠车骑诗》，等等。或代思妇，或代游子，叙写郎情妾意，悲欢离合。其写作机制类似于剧作家替剧中人立言，揣摩人情，悬想情境，也多是繁词缛句的赋法描写，而非寄托。如《为陆思远妇作诗》：

　　　　二合兆嘉偶，女子礼有行。洁己入德门，终远母与兄。如何耽时宠，游宦忘归宁。虽为三载妇，顾景愧虚名。岁暮饶悲风，洞房凉且清。衬枕循薄质，非君谁见荣。离君多悲心，寤寐劳人情。敢忘桃李陋，侧想瑶与琼。①

————————

① 杨明注《陆机集校笺》，上海古籍出版社2016年版，第292—293页。

　　全诗以陆思远妻子的口吻展开。自开头至"顾景愧虚名"，对三年婚姻生活的回顾，为过去时态的叙事。从女子出嫁写起，言其远别父母兄弟，嫁到陆家，勤修妇德，而丈夫耽于仕宦，长期在外，以致结婚三年以来，大部分时间是在独守空闺，看似美好的婚姻，有名无实。"岁暮"以下，转到眼前场景，抒写怨思之情。由于此诗乃代言，相关场景及情感皆出自诗人的想象和虚构。从叙事的角度看，"岁暮""悲风"都是为渲染思妇的哀怨而营造的氛围，闺房的清冷寒凉，思妇深夜拊枕难眠，这组情境与张华诗的表现方法类似，犹如室内情景剧，将人物与环境叠合在一起，表现其内心世界的孤独、凄苦。

　　《为顾彦先赠妇二首》其二：

　　　　东南有思妇，长叹充幽闼。借问叹何为，佳人渺天末。游宦久不归，山川修且阔。形影参商乖，音息旷不达。离合非有常，譬彼弦与筈。愿保金石躯，慰妾长饥渴。①

　　也是代妇立言。张玉穀《古诗赏析》云："前四，由居愁即点怀人，却用记事体，诘问而起，别甚。"②张氏所云"记事体"的"前四"，当指前四联，即从开头至"音息旷不达"八句。诗首先推出一个在闺房徘徊、叹息的思妇形象，以"借问叹何为"推出话头，如小说戏剧之预设悬念。后文叙写丈夫远役在外，山川高远，遂使夫妻长期参商阻隔。以一段小情节将何为而叹的原因作了具体交代。"离合非有常"以下，属于直接抒情，表

---

① 　杨明注《陆机集校笺》，上海古籍出版社 2016 年版，第 298 页。
② 　转引自杨明注《陆机集校笺》，上海古籍出版社 2016 年版，第 300 页。

达心中的愿望。这首诗也是直接写游子思妇之情，言外并无其他寓意。

《为周夫人赠车骑诗》，叙事更富情节，乃至有一定的戏剧性：

> 碎碎织细练，为君作鞲襦。君行岂有顾，忆君是妾夫。昔者得君书，闻君在高平。今时得君书，闻君在京城。京城华丽所，璀璨多异人。男儿多远志，岂知妾念君。昔者与君别，岁律薄将暮。日月一何速，素秋坠湛露。湛露何苒苒，思君随岁晚。对食不能餐，临觞不能饭。①

这首诗其实非常有戏剧性，很大一部分内容是在叙写男子负心，耽于外面的花花世界，而遗弃家中的结发妻子。诗首四句写妻子为夫织衣，明其对夫君的情义。"昔者得君书"至"岂知妾念君"，写男子天下飘游，行踪无定，当下又游宦于繁华的京城。也许早就迷失于京城的灯火璀璨、红男绿女之中。诗云"男儿多远志"，明褒实讽，含蓄地表达对夫君花心的怨诉。"昔者与君别"，转而回想当时离别情景，对比今日，慨叹时间流逝之迅速，也暗示男子滞留不归的时间之长。结尾抒发女子浓烈的思念之情。诗歌的时空比较跳跃。开头为夫织衣，是当下时间，由之为引子，导向丈夫的浪迹天涯，叙写其在高平，是过去的时间，接着提到其在京城，则是与织衣同时的现在时间。整个诗歌从"昔者与君别"开始，到不思餐饭的当下，由过去到现在的时间跨度，是故事发生、展开的时间长度，但如果将

---

① 杨明：《陆机集校笺》，上海古籍出版社 2016 年版，第 301 页。

思妇的思念、忧愁与哀怨等心理演变也算上，则故事延展的时间没有尽头。空间上，思妇家中的现实空间，是诗歌的发生的直接空间，当属诗中的第一层空间；而男子从高平到京城，则是诗中所叙及的空间，属于间接空间，已经是第二层空间。所以，如果从叙事的角度，把这首诗看成一个痴情女子负心汉的爱情故事，通过这些层次丰富的时空组合，这个故事得到极为精彩的演绎。而且，这种代女子仗义执言，成为文人代言诗非常重要的传统，比如闻一多先生称赏过的骆宾王《艳情代郭氏答卢照邻》《代女道士王灵妃赠道士李荣》，就同属代女子打负心汉的侠义之作。追溯起来，可以说这是陆机所开拓出的风气在后世的蔓延。

这类作品的生成，有叙事、抒情、描写，包含着丰富的内容，然它们都缘于现实中的真人真事。所以，闻一多在论及骆宾王这类诗时，尤其重视它们的叙事问题："一个生成哀艳的传奇故事，可惜骆宾王没赶上蒋防、李公佐的时代。我的意思是：故事最适宜于小说，而作者手头却只有一个诗的形式可供采用。这试验也未尝不可作，然而他偏偏又忘记了《孔雀东南飞》的典型。凭一枝作判词的笔锋（这是他的当行），他只草就了一封韵语的书札而已。然而是试验，就值得钦佩。骆宾王的失败，不比李百药的成功有价值吗？他至少也替《秦妇吟》垫过路。"①

这一段话对于我们理解此类诗歌的叙事问题，非常重要。当此类诗歌排除了比兴寄托，文本所述即诗歌本意，就其素材而言，便具备了小说或长篇叙事诗的特性。诗人们将其变成篇

---

① 闻一多：《唐诗杂论·宫体诗的自赎》，上海古籍出版社 1998 年版，第14 页。

幅有限的中短篇，实际上密度更大，叙述更为集中，也更符合诗歌的语言表达特性。

从张华、陆机相关诗作来看，诗的叙事是以赋写的方式来完成的。在长篇叙事诗，或者小说等叙事文体中，叙事中比较多的情节发展、矛盾冲突，事件的发展、演化有较强的动态性，语言表达上也以动态的词汇连缀来表现动作、情状等。而在张、陆等中短篇诗歌的叙事中，多是通过场景、情境的描绘，以静态的图像拼合，完成其叙事功能。诗歌表现上，由于辞藻、修辞的发展，以繁词缛句从多方面、多层次加以形容、修饰、烘托，使所叙情事、所涉人物的性状不断质实化与深细化，从而使所叙者愈加显明，而其内在之质性也得到更为深入的表现。这一内在质性，即所叙之事与人的深切关系，其所关联的人的情感、心态。所以，在这类诗中，事与情又总是混融难分的。但由于诗人以代言的身份，第三者的角度，事为他人之事，情亦他人之情，诗人只是客观而理性的叙述者。由此而言，这类诗就其本质，是叙事性的，因为它们不过是诗人所表现的、并不以诗人意志为转移的客观对象而已。

第三节　情境叙事：诗歌叙事之文体
　　　　特征的孕育与发展

叙事、抒情的消长互动，是诗体新变的重要动力之一。从古体到近体，从长篇到短制，诗体的精简新变，迫使其在叙事上作出相应的改变。一般来说，能从叙事诗发展到故事诗的，都是篇幅较长的乐府诗，一旦篇幅压缩，那些中短篇诗歌，因为体式的限制，无法提供小说、故事那样的叙事腾挪空间，只能发展出与体式相应的叙事表现方法。通过情境的营造、拼合来获取叙事功能的，是其最具特色的地方。在很大程度上，这是绝大多数诗歌叙事的文体特性。

情境叙事，小至一句一词之琢磨，大至整体诗意、诗境的营造，都可以。很多情况下，诗歌文本中并没有明显的事，也没有首尾完整的动态叙述过程，甚至从文字上看，它是非叙事的，或者说是偏抒情的，可是，它又确实能传达出极其明确的事的信息。其实，在上一章所讨论的隐喻叙事，也多是喻象或喻境。而且，这些喻象或喻境在长期的沿袭使用中，形成喻体与本体的稳定对应系统，即所谓"善鸟香草以配忠贞，恶禽臭物以比谗佞"。① 比如阮籍《咏怀诗·其一》"孤鸿号外野，翔鸟鸣北林"，文本所叙为孤鸿、翔鸟的哀鸣，然其所指之事当为诗人淹蹇坎壈的遭际。这里作为喻体的孤鸿、翔鸟之号鸣，有动作、有情态，本身也有叙事因素，然其主要作用是创造了一种比喻的情境，为了更明确地揭示所叙本事的内涵。再如鲍照所作《代白头吟》"直如朱丝绳，清如玉壶冰"，指心志之纯洁；曹植《野田黄雀行》"高树多悲风，海水扬其波"，指个人之悲慨处境；王粲《公讌诗》"昊天降丰泽，百卉挺葳蕤"，指主公之英明仁惠……凡此，都可以看成是一种情境叙事。只不过，在比兴体式下以喻体、喻境展开的叙事，比较宽泛，很难具体落实到某一件具体而明确的事上，相关情境作为人之处境、境遇的象征，包含着导致此处境、境遇的一系列事件。可以说，

---

① 王逸：《楚辞章句·序》，王逸、洪兴祖注《楚辞补注》，中华书局1983年版，第2—3页。

比兴体式下的情境叙事，多半是一种泛叙事，对诗的抒情叙事主体而言，则是命运叙事。

在不含比兴，或比兴不突出的情况下，诗歌的情境是质实的，所指向的事是具体的。事实上，它就是叙事，是采用诗这一文体来进行的叙事，是诗的叙事语言与叙事方式。比如陆机《为顾彦先赠妇二首》其一的前四句："辞家远行游，悠悠三千里。京洛多风尘，素衣化为缁。"① 前两句是实叙，辞家在三千里外的地方远游。三、四两句也是叙事，写京城生活艰辛，顾氏长期漂泊，历尽种种艰难困苦。只不过，诗中是用"风尘"将"素衣"变成"缁衣"这样一种情境来叙述此事。再如潘尼《送卢弋阳景宣诗》"九重不常键，阊阖有时开"，指所赠者得到重用；张协《杂诗·秋夜凉风起》"青苔依空墙，蜘蛛网四屋"，字面上是写景，实际上是叙述君子远役，家中萧条冷落，厚厚的青苔与重重蛛网，指远役时间之久；谢灵运《初发石首城》"故山日已远，风波岂还时"，指离家日远，而世路艰险，未知返家之时；沈约《酬谢宣城朓》"宾至下尘榻，忧来命绿樽"，"下尘榻"用徐孺、陈蕃的典故，指对贵客的欢迎，"命绿樽"是指借酒消愁，以"绿樽"借代。两句可以说都是叙事，但又是有所修饰、比拟的曲叙……这些句子，有的也含有比喻，然喻指之事，确切具体，一目了然，没有过多的内涵引申，这是其与隐喻叙事的区别。一具体，一宽泛；一直接指事，一指向诸多事综合而形成的环境与境遇。因此，情境叙事是实在的，成为诗歌特殊的叙事方式，而隐喻叙事，更富有象征意味，是一种间接的诗歌叙事。

---

① 杨明：《陆机集校笺》，上海古籍出版社 2016 年版，第 295 页。

　　刘勰曾谓西晋诗风"采缛于正始，力柔于建安"（《文心雕龙·明诗》），缛采繁词，确实是西晋诗风较显著的趋向，这既表现在语言、修辞、结构等形式方面，也表现在诗歌的内容上。从形式上看，西晋诗歌无论景、情、事、理，多穷尽各种表达方法，务求穷形尽相、周全透彻，缛采繁词是达成这一表现目标的途径。就内容而言，杨明先生就认为陆机创作的一个重要特点，便是"力求写尽写透，写得深切"①，这种诗歌写作倾向与趣味，对质实细密的追求，与后来的虚处传神，讲求余味，大相径庭。而随着诗歌词汇、修辞、描写等写作技术的不断进步，对诗歌文体与语言特性的把握不断深化，诗歌的叙事，也逐渐形成自己的文体特性，质言之，即以形容、比喻等修辞，以物像的描摹、刻画，最终通过情境来叙事。这与诗歌抒情、描写的发展是同步的，从叙事的角度来看，某种程度上就是抒情、描写中所蕴含的事，或者说是以抒情、描写作为叙事的方式。

　　魏晋以降的诸多诗歌，无论其是叙事诗，还是抒情诗，或是其他，物像的描摹、情境的塑造，已然成为诗歌最重要的组成部分，成为诗歌的通行语言。且看被唐太宗赞为"百代文宗"的陆机的相关诗作。《赠潘尼诗》：

　　　　水会于海，云翔于天。道之所混，孰后孰先。及子虽殊，同升太玄。舍彼玄冕，袭此云冠。遗情市朝，永志丘园。静犹幽谷，动若挥兰。②

---

① 杨明：《陆机集校笺》，上海古籍出版社2016年版，第8页。
② 杨明：《陆机集校笺》，上海古籍出版社2016年版，第290页。

这是一首四言的酬赠诗，称美潘尼放弃仕禄，高蹈归隐的人生选择。诗中涉及的事，主要就是潘尼的归隐。前四句，以众水奔汇于海及白云翔集于天两幅图景，写道的体现与落实。"及子虽殊"开始写潘尼，虽然表现形式不一样，但"同升太玄"，即"得道"则是相同的。"得道"这一事实或状态，在这里便是从情境中表现出来。"舍彼玄冕"以下，写潘岳的归隐，"玄冕""云冠"都是以指代来叙事；"遗情市朝，永志丘园"，以两种情境表现两种生活，写潘尼的选择，相对算是比较直接的叙写了。结末两句，以喻境写潘尼动静皆宜，无论其在何种状态与情境中，都一样表现出高雅峻洁的气质。整首诗，除了"市朝""丘园"，其他述及归隐的，或借代、或比喻，并具有很强的画面感。实际上，这样的一种表达形式，兼顾了叙事与抒情，在清晰描述潘尼归隐这一事实的同时，也揭示了潘尼高洁的情怀与志向，并且包含着对其的钦慕与欣赏。

再如《长安有狭邪行》：

> 伊洛有歧路，歧路交朱轮。轻盖承华景，腾步蹑飞尘。鸣玉岂朴儒，凭轼皆俊民。烈心厉劲秋，丽服鲜芳春。余本倦游客，豪彦多旧亲。倾盖承芳讯，欲鸣当及晨。守一不足矜，歧路良可遵。规行无旷迹，矩步岂逮人。投足绪已尔，四时不必循。将遂殊涂轨，要子同归津。①

如杨明先生所言，这首诗"似反映士衡欲出仕于晋之心

---

① 杨明：《陆机集校笺》，上海古籍出版社2016年版，第374页。

情"。① 诗可分两部分，前半写长安城中的俊彦，华盖轻车的出游场景。后半写这些俊彦对诗人的劝勉，邀其出仕。前半段所叙，如果用陈述语式，即为：通往长安的多条道路上，都是华丽的车马，那些车马上的人，都是一时俊彦。其意即为长安人才济济，长安的机会也很多，可为一切有志之士提供施展抱负的舞台。然而上述信息，在诗中是通过衣冠辐辏、俊彦云蒸的场景描摹予以实现的。而对于这一场景，诗中也甚少直接陈述性词语，而是多用形容与借代。如"朱轮""轻盖""鸣玉""劲秋""丽服""芳春"等，即便"朴儒""俊民"这样的词语，也是有所形容与修饰，而非直接陈述。"余本倦游客，豪彦多旧亲"以下为第二部分，写豪彦对诗人的劝勉。用"倾盖"形容彼此间一见如故，"欲鸣当及晨"以雄鸡司晨这一喻象，指要抓住合适的时机施展抱负。后文的"涂轨""归津"云云，指出仕用世，也皆为拟喻性词语。再如陆机《赠顾交趾公真诗》"发迹翼藩后，改授抚南裔"，"藩后"指诸侯，这里指吴王，"翼"，辅佐；"抚南裔"指任交趾太守事。这里都用了一种指代或拟喻性的语词来叙事，显得比较婉雅。需要注意的是，这里出现的拟喻，有比而无兴，不过是相应事件、信息的一种雅化表述。这些雅化表述，通过精心的描摹、组合，形成非常生动的场景、意象，诗人以之交代所要叙述的事件，所要表达的内容。

　　其他诗人的写作，在以情境叙事方面，也表现出类似的特点，略举几例。如孙绰《秋日诗》：

---

① 杨明：《陆机集校笺》，上海古籍出版社2016年版，第376页。

萧瑟仲秋月，飂戾风云高。山居感时变，远客兴长谣。
疏林积凉风，虚岫结凝霄。湛露洒庭林，密叶辞荣条。抚
菌悲先落，攀松羡后凋。垂纶在林野，交情远市朝。淡然
古怀心，濠上岂伊遥。①

这首诗通过写山居隐逸生活的情状，表达高蹈放旷的情怀
与志趣，也表现了玄学家冲淡超然的思想。诚然，这算不得叙
事诗，但从叙事的角度来看，却又有很多叙事因素。时间，仲
秋；事由，因节候变化而兴感；节候变化的表现，有惊风、落
叶、冷露，空谷流云；等等。节候变化影响到人的心情、情感、
生活态度，乃至直接影响到生活方式，"垂纶在林野"云云，叙
其山居生活的具体情形，自由垂钓，也无市朝的俗客打扰，这
是直接叙事了。然以"垂纶"指垂钓事，仍属动词转为名词，
事转为情境与画面。结尾赋予其隐居生活的哲理内涵。如果将
其翻译为明确的叙事文本，本诗可置换如下：

在凉风萧瑟、天高云远的仲秋时节（时间），我看到风
吹过萧疏的树林，空荡荡的山谷上沉霾的天空，露水洒满
空庭，树叶纷纷落下；我感受到节候的变化，为那些短暂
的生命而悲伤，羡慕松树能经受风霜。我从中领悟到生命
的意义，在山野间自由地垂钓，远离市朝的俗客，从此过
一种自由的生活。这样，我与那上古的哲人，也就比较接
近了。

① 逯钦立：《先秦汉魏晋南北朝诗》，中华书局1983年版，第901—902页。

有时间（仲秋），有行为主体（我），有一连串的动作（看到、感受、领悟、过……生活），而且有情节与过程（在自然与节候的变化中，人的思想与生活状态的转变），是很标准的叙事文本。实际上，这首诗所叙述的内容，所传达的信息，与这段转述毫无二致。两者的区别，仅仅是表达的形式、语言有所不同而已。在这首诗中，是以景物刻画、环境描摹为主，用景物与环境来承担叙事的功能，用情境作为叙事的载体。

再如谢朓《在郡卧病呈沈尚书》：

> 淮扬股肱守，高卧犹在兹。况复南山曲，何异幽栖时。
> 连阴盛农节，簋笠聚东菑。高阁常昼掩，荒阶少诤辞。珍
> 簟清夏室，轻扇动凉飔。嘉鲂聊可荐，绿蚁方独持。夏李
> 沈朱实，秋藕折轻丝。良辰竟何许，夙昔梦佳期。坐啸徒
> 可积，为邦岁已暮。弦歌终莫取，抚机令自嗤。[①]

这是谢朓写给沈约的一首诗，叙写自己因病休养，过着类似隐士的生活。诗中写卧病闲居生活，涉及不少事，我们看是如何表达的。诗人卧病的时间，大致是夏秋之际，正当农事繁忙的时节，诗以"簋笠聚东菑"写农事之盛，以"簋笠"代农人，是画面感很强的情境。"高阁常昼掩"至"秋藕折轻丝"八句写卧病闲居的生活，所述皆日常琐事，仍然以情境塑造代替直接叙述。如以白天关起的阁楼、荒凉寂静的台阶等情境，写因卧病摆脱官累；以贵重的凉席，美味的鲂鱼和美酒，李子、

---

① 李善注《文选》卷二十六《诗丁·赠答四》，上海古籍出版社1986年版，第1210—1211页。

甜藕等瓜果、名物写惬意的生活。诗人轻摇小扇纳凉，诗中云"轻扇动凉飔"，主语由人换成扇，也就把行为、动作转化为镜像。凡此，均清晰呈现出其以情境塑造达成叙事的写作特点。

对于魏晋以降的诗人来说，这样一种言说方式，才是诗的方式，是诗的语言，借代、比喻、情境等，营造出唯美的诗境，这是诗的内在文体属性，无论其功能是抒情、叙事，还是说理，都必须具备美的属性。故情境叙事的不断发展与成熟，与诗的文体自觉、诗歌表现方法的发展是一致的。

"情必极貌以写物，辞必穷力而追新"（语出《文心雕龙·明诗》），力求写深写透，这样的一种写作风气，使得诗歌语言应用于叙事，有着特别的文体优越性。杨明先生举陆机《百年歌》以证陆机诗写尽写透、力求真切的特点，我们不妨也以该诗为例，看看其在叙事方面有何优长。

《百年歌》篇幅较长，以每十年为一段，总共十段。[①] 从十岁到百岁，叙写人生每个阶段的情状。前六段，每段均以"清酒将炙奈乐何"重唱结尾。每段的写作套路，先写该年龄段的容颜、身体、心态，次写该年龄段的生活、社会地位，最后抒发感慨。所谓"真切"，即能在每个年龄段，都能写出该年龄段特征，包括相貌、心态与行为。外貌方面：十岁，"颜如蕣华晔有晖，体如飘风行如飞"；二十岁，"肤体彩泽人理成，美目淑貌灼有荣"；三十岁，"高冠素带焕翩纷"；四十岁，"体力克壮志方刚"……行为及生活状态、社会地位与成就方面：十岁，"娈彼孺子相追随，终朝出游薄暮归"；二十岁，"光车骏马游都城，高谈雅步何盈盈"；三十岁，"行成名立有令闻"；四十岁，

---

① 杨明：《陆机集校笺》，上海古籍出版社 2016 年版，第 443—445 页。

“跨州越郡还帝乡，出入承明拥大珰”；五十岁，“荷旄仗节镇邦家”；六十岁，“骖驾四牡入紫宫，轩冕婀那翠云中”……每一个年龄段，都选择最有代表性的事件或行为。将这些事件、行为、状态连缀起来，就是一个人清晰的生命轨迹。作者对于典型性的选择，对该典型富有表现力的描摹、刻画，使得诗中的主人公也具有了独立而鲜活的生命。人生的感慨，生命哲理的体悟与人物形象的塑造，在此融为一体，正是诗人在写作中，求其真切、细致、生动，力求写深写透，致其获得这样的艺术效果。

不过，诗的典型性，总体上仍然是场景与画面，将动态的人生历程、生活行为凝练为一幅幅意蕴丰富的画面。由于诗歌形容、修饰、描摹等总体技艺的提高，这些场景与画面变得更为丰沛和饱满，这也使得西晋以降的文人诗歌叙事，越来越青睐于采用情境塑造的方式。

写得实，写得细，情境中的人、事、景就会变得实在，诗歌的叙事性也会得到强化。杨明先生将陆机的赠别诗与唐诗作比较，有助于我们更好地认识这一点。如《于承明作与弟士龙诗》，写离别之情云“伫眄邀遐景，倾耳玩余声”，写自己伫立凝望远方，努力地倾听着兄弟车马远去的声音，行为、动作都很细致、真实，所叙者实为可触可感的事。如果比较李白的《送孟浩然之广陵》“孤帆远影碧空尽，唯见长江天际流”，陆的质实与李的含蕴，确实泾渭分明。[①] 陆机诗的叙事性也因此显得更为突出。

上述陆机的赠弟诗，表达与陆云分别的感伤，除了场景的

---

① 杨明：《陆机集校笺·前言》，上海古籍出版社2016年版，第10页。

描摹与环境的渲染，很大一部分篇幅，都是在写人的活动、行为与状态，如"晤言泍交缨"，"南归憩永安，北迈顿承明"等，文本的性质其实就是叙事的。从诗的主旨在表达离别之情来看，这里的叙事，就成为抒情的一种手段和方式了。这也是魏晋南北朝以来诗歌最普遍的现象，抒情与叙事，往往互为目的与手段。当以叙事为主体，从叙事的角度来看，情境就是叙事的一种方式；从诗歌主旨、意蕴等角度来看，那些言志咏怀诗中写到的事，以及这些事组成的场景与情境，目的都在于要揭示某一主题，表达某一思想，则叙事显然就成为达成此目的的手段了。

第四节　家庭与眷友：生活叙事的发展与深化

钟嵘《诗品·序》云"嘉会寄诗以亲，离群托诗以怨"[①]，对中国古代的诗人来说，诗歌不只是一门技艺，还是生活的记录，是其生活的世界的重要组成部分，乃至就是生活本身。既然是人的生活，诗人所生活的那个世界的种种情事，都会在诗歌中得到反映。

西晋立国，经历了战乱、政治清洗后的诗人，在思想心态上发生了很大的变化，宏图大志的理想渐渐消歇，现实的安逸，成为最切实的追求。加上晋武帝对士人采取羁縻怀柔的措施，使得文人的处境变得宽松起来，诗人们更注重自己的日常生活，更注重亲情、友情，眼光更多地投向了家庭、亲人，所谓"弄儿床前戏，看妇机中织"（鲍照《拟行路难·其六》），使生活

---

① 曹旭：《诗品集注》（增订本），上海古籍出版社 2011 年版，第 56 页。

诗得到很大的发展。

　　首先是文人间的交往酬赠，依然占据着他们生活的中心，也是最为重要的诗歌题材。人类的生活形态是群居，由此而产生社会，人与人皆处于相应社会关系中，每个人都要在自己的关系网络中，与他人发生联系。对于诗人而言，当他用诗来表现生活，就必然离不开酬赠。酬赠诗一般有三种情况：一种是赠人，一种是唱和，一种是酬答。如苏李古诗，就是赠与答；曹植《送应氏》是赠人；一些奉和、应制、宴饮之作，如曹植、刘桢等在曹丕席上所赋《公宴诗》，王粲等人同咏秦穆、三良之事的咏史诗，石崇的金谷园诗会，王羲之的兰亭诗会，都是某次文学活动中的同题唱和。西晋以来，文人群体继续扩大，作为一种文学活动，酬赠现象更为频繁。

　　酬赠与叙事传统有较密切的关系，首先它是一种重要的文学活动，诗歌的背后，有较清晰的事。其次，诗歌内容上，会有叙事成分，即便有些诗是以抒情、说理为主，也会以事作为基础与依托。比如潘岳《金谷集作诗》：

　　　　王生和鼎实，石子镇海沂。亲友各言迈，中心怅有违。何以叙离思？携手游郊畿。朝发晋京阳，夕次金谷湄。回溪萦曲阻，峻阪路威夷。绿池泛淡淡，青柳何依依。滥泉龙鳞澜，激波连珠挥。前庭树沙棠，后园植乌椑。灵囿繁石榴，茂林列芳梨。饮至临华沼，迁坐登隆坻。玄醴染朱颜，便恖杯行迟。扬桴抚灵鼓，箫管清且悲。春荣谁不慕，岁寒良独希。投分寄石友，白首同所归。①

---

① 李善注《文选》卷二十，上海古籍出版社 1986 年版，第 977—978 页。

据石崇《金谷诗序》，"时征西大将军祭酒王诩当还长安，余与
众贤共送涧中，赋诗以叙中怀"①，潘岳也是众贤之一，这首诗
便是为王诩饯行而作。全诗二十八句，从"回溪萦曲阻"至
"茂林列芳梨"十句纯粹写景，"春荣谁不慕，岁寒良独希"抒
情，其余十六句皆有叙事。首六句点出人物、事由、地点。"王
生"指王诩，这次宴会因其而设，"石子"指石崇，宴会主人。
"亲友各言迈"，指送别。"何以叙离思？携手游郊畿"，指出饯
别之地。事由与地点的交代，都采用诗的言说方式，一是不直
说，如以"各言迈"指离别，以"叙离思"指饯别，是以主要
内容代饯别这一整体事件。二是叙事包含情感，即就其写作的
意图来说，或不在事，叙事是表达情感的一个媒介。"朝发晋京
阳，夕次金谷湄"，早上大家一起从洛阳出发，傍晚到达金谷
园，二句纯属叙事。既到金谷园，后面写景为园中所见。实际
上，这个所见，从溪、路、池、柳，然后到庭、园，接着写园
中之树，有观察视角的移动变化，这个移动变化是人的行动路
线的变化，也是暗含有人的行为。

　　"饮至临华沼"至"箫管清且悲"写饯别宴会的情况，为此
次活动的主体部分，但分配的篇幅并不多。从"饮至临华沼，
迁坐登隆垆"可知，宴席先是摆在园中的小池旁，后来又移到
一个小土坡上。这一句很有历史文化价值，它叙述的晋人在园
林中的宴会，类似于今日的野餐、烧烤，大家拿着食物，端着
酒杯可以自由走动，所以一次宴会中，地点数次变化。接下来
的四句，写席间有人饮酒过多，脸都变红了，大家都为朋友的
离别而伤感。席间的音乐，也充满了悲伤。虽然篇幅不多，但

---

① 李善注《文选》卷二十，上海古籍出版社 1986 年版，第 977 页。

这几句对晋人饯别宴饮的叙述，非常精炼、典型，将这次聚会的情形及其重要特点都如实记叙下来，对了解魏晋文士的宴饮活动，具有较重要的历史认识价值。

诗歌能具有历史的认识价值，让历史的场景复活，就说明了诗歌叙事的真实、生动。它比一般史著更接近历史的本来面貌，因为它是对历史现场的复述，把当时人们生活的原貌加以重现。两晋直至南北朝，此类诗作都非常多，与文人此类生活经历的增多，是一致的。

谢瞻《王抚军庾西阳集别作》也提供了很多细节和场景，有声音、有动作、有过程，将当时文人日常生活的一隅，生动而真切地展示出来。

> 祗召旋北京，守官反南服。方舟析旧知，对筵旷明牧。举觞矜饮饯，指途念出宿。来晨无定端，别晷有成速。颓阳照通津，夕阴暧平陆。榜人理行舻，輶轩命归仆。分手东城闉，发棹西江隩。离会虽相杂，逝川岂往复。谁谓情可书，尽言非尺牍。①

《文选》中，诗题还有"时为豫章太守，庾被征还东"，胡克家《文选考异》认为这十一字应是录于题旁的说明性文字。诗题及相关说明，交代了事由。诗人南下履职豫章太守，庾登之被召还京，王弘为二人送行，故有这次集会。谢、庾二人，一南下豫章，由长江转赣江，一东去建康，顺长江向东北，均为水路，故送别地点在江州码头。"方舟析旧知，对筵旷明牧"，两句叙

---

① 李善注《文选》卷二十，上海古籍出版社1986年版，第979—980页。

事，以离舟与别筵写离别，生活气息浓郁，现场感十足，具有较高的历史认识价值。"方舟"，依郭璞注，"并两船也"，叙别之际，谢、庾分别乘坐的船并靠在一起，白居易《琵琶行》云"移船相近邀相见"，古人码头聚会，常需"移船相近"，并为"方舟"。别筵之后，两船分开，所谓"析旧知"也。后文"榜人理行舻，辒轩命归仆"，写送行人与被送者各自分手，被送者上船，送行人回转。"榜人"，指船长；"舻"，指船头。船长在船头掌舵，送行人在岸上坐马车回去。

这里写到的送行分别场景，都很细致、生动，真实复原了现场，让我们看到原生态的生活场景。首先，古人水路送别，别筵可直接设在码头的船上，两只船可靠拢合并（也许还会用铁索、钩锚等固定）。其次，贵客所乘之船，掌舵者在船头，与那些在船尾控制方向的船不同。船工有一定人数，有掌舵的船长，就有升降船帆、划桨的船夫。以上的信息都极为生活化，充分展现了时代与地域的特点。本诗在写景、抒情的同时，记叙了晋宋士大夫一次真实的送别，真实、生动，细节清晰，把人们带到历史现场。这正是生活叙事的深化所达到的效果。

酬赠诗因其交际功能，有时会通过回忆交谊，叙述所赠者的事迹等方式，称美酬赠对象，这些都离不开叙事。通过相关诗作的比勘，可清晰考察诗人的行事、履历。比如陆机在晋惠帝元康初入洛，任太子洗马，后又改任吴王郎中令，具体情形皆可从他们相互往还的诗作中窥见。潘岳《为贾谧作赠陆机诗》有云："昔余与子，缱绻东朝。虽礼以宾，情通友僚。嬉娱丝竹，抚轸舞韶。"[1] 陆机《答贾谧诗·其七》则云："东朝既建，

---

[1]　李善注《文选》卷二十四，上海古籍出版社1986年版，第1155页。

淑问峨峨。我求明德，济同以和。鲁公戾止，衮服委蛇。思媚皇储，高步承华。"① 贾谧诗叙述了他和陆机同在东宫，虽然有位份之别，却无妨二人结为挚友，一起度过很多快乐的时光。陆机答诗除了强调二人"济同以和"的关系，还着重叙写太子的聪慧，贾谧在东宫出入的情形。陆机出为吴王郎中令，潘尼有《赠陆机出为吴王郎中令诗》，其中也叙及二人在东宫共事的情形："及尔同僚，具惟近臣。予涉素秋，子登青春。"陆机在东宫的同事，还有冯熊，《赠冯文罴诗》回忆与冯同在东宫的情形，并详细叙述了其由太子洗马转吴地赴任之事：

> 昔与二三子，游息承华南。拊翼同枝条，翻飞各异寻。苟无凌风翮，徘徊守故林。慷慨谁为感，愿言怀所钦。发轸清洛汭，驱马大河阴。伫立望朔涂，悠悠迥且深。分索古所悲，志士多苦心。悲情临川结，苦言随风吟。愧无杂佩赠，良讯代兼金。夫子茂远猷，款诚寄惠音。②

"承华"指东宫承华门，《答贾谧诗·其七》中也提到，均代指太子宫。"拊翼同枝条，翻飞各异寻。苟无凌风翮，徘徊守故林"，谓昔日为同僚，现在分开，自己不能更上一层，反而回到吴地。因陆机吴人，故将出为吴王郎中令说成"守故林"。前六句皆为叙事，只是采用诗的比喻、形容等修辞方式。"发轸清洛汭，驱马大河阴。伫立望朔涂，悠悠迥且深"，叙路途旅程，行迹线索清晰，也有较强的叙事性。

---

① 杨明：《陆机集校笺》，上海古籍出版社2016年版，第249页。
② 杨明：《陆机集校笺》，上海古籍出版社2016年版，第280—281页。

酬赠诗对朋友的称美,罗列人物行事,依次叙述,也为考察相关人物生平与履历,提供了重要事实材料。陆机《赠顾交趾公真诗》,为顾祕在历史上留下身影。

> 顾侯体明德,清风肃已迈。发迹翼藩后,改授抚南裔。伐鼓五岭表,扬旌万里外。远绩不辞小,立德不在大。高山安足凌,巨海犹萦带。惆怅瞻飞驾,引领望归旆。①

顾祕其人史书无传。《文选》李善注引《晋百官名》,谓"交州刺史顾祕,字公真",陆机的诗,叙述顾祕的一段重要履历。"发迹翼藩后,改授抚南裔"指以吴王郎中令登上仕途,又改授交趾太守。"翼",辅佐;"藩后"指吴王;"抚南裔",指任交趾太守事,均为叙事之诗语。"伐鼓五岭表,扬旌万里外",则指其在交州建立功业与声名。"远绩""立德"句为劝勉。"高山""巨海"承前谓其远在岭外,经历艰险,而定当履险如夷;启后则喻虽有高山巨海阻隔,但亦不足虑。结末两句表示祈愿,祝其功成回驾,知友可再相聚。本诗当是顾祕赴任,陆机为之送行所作,叙事成分在诗中占据一大半。当然,由于是诗的叙事,不同于叙事文的直白叙述,在修辞、语词等方面,采用拟喻、借代、夸饰等积极修辞方式,并与抒情融为一体。

还有一些酬赠诗,由于写得更为具体、全面,可当史述或人物小传看。比如陆云的四言长诗《答兄平原诗》②,既有对陆机文才、惠德、功绩的叙述,又有对家世的回顾与称美。诗歌

---

① 杨明:《陆机集校笺》,上海古籍出版社2016年版,第271页。
② 逯钦立编《先秦汉魏晋南北朝诗》,中华书局1983年版,第708—710页。

采用以美叹为叙述的方式，类似与《诗》的颂体，含事于其中，咏世德，颂先人，美兄长，婉雅严整，所涉之事丰富、充实，然含而不露。潘尼《赠司空掾安仁诗》，体制亦相类。[①] 该诗凡十章。前两章总写潘岳的声望，四海之士争相攀附、结识。第三章"表奇髫龀，成名弱冠"，从其幼年与青年叙起。"终贾杜口，扬班蹈翰"写其文才之高。因其才而得以"纳言帝侧，正色皇朝。华组鸣佩，飞蝉曜貂"，被朝廷所重用，得参枢机。"人亦有言，人恶其上"写潘岳贵富之后的冲淡、自持，叙其"克己复礼，在贵不盈"之表现。"伊余鄙夫，秩卑才朽"，记叙自己与潘岳的交往，"温温恭人，恂恂善诱。坐则接茵，行则携手"，情节典型，细节生动。本诗的部分篇幅，颇有人物小传的特色，而某些典型细节，又似记人记事体诗。诗不专主叙事，也不刻意叙事，但在叙写过程中，涉及叙事，能随文就势融入诗中，呈现出较为丰富的叙述形式。二陆为弟兄，两潘为叔侄，在这些文化家族中，成员间的诗文酬唱，成为日常生活的重要组成部分。他们对这些生活的观察、体会、认识，最终酝酿表达为诗。在这一写作过程中，叙事能力得到持续的锻炼与发展。

　　酬赠等交际类诗歌范围收缩到亲眷、家庭，我们会发现，西晋以来，家庭诗、亲情诗的崛起，是一个重要的诗歌发展现象。像前述陆机、陆云、潘岳、潘尼等家庭成员间的酬唱，从某种程度上看，就可以说是家庭诗、亲情诗。这一类诗歌，叙事细腻、具体，以平常生活、家人日常交往为主，生活气息更为浓郁。西晋以来社会风气与士风的变化，使得大批士人收缩情感与心志，回归家庭与亲人。家庭诗的兴起，还与家族、血

---

① 逯钦立编《先秦汉魏晋南北朝诗》，中华书局 1983 年版，第 763 页。

缘越来越受到重视，即士族社会的发展有关。此外，还有一个重要因素就是诗学观的改变。陆机在《文赋》中提出"诗缘情而绮靡"的观念，西晋士人开始认为诗歌不一定非要表现宏大的家国情怀，个人的私性生活与情感，也应该成为诗歌的表现内容。那么，在个人的私生活领域，还有什么比家庭、亲人更为温暖、私密与亲昵的情感呢？

二陆兄弟，两潘叔侄，都开始互相用诗来留存生活的印迹，书写彼此的情感。此前，像东汉的班氏父子兄妹、汉末建安时的应氏兄弟、曹氏父子兄弟等，也都是亲人，但他们之间却很少互相写诗，故这一风气，确乎是从西晋以后逐渐生发起来的。潘岳除了给潘尼写过诗之外，他最著名的，应该是写给妻子的《悼亡诗》，这本是其极为私性的对家庭生活的回忆、书写，却因其真实、生动与感人，而开辟出一种诗体，成为悼亡诗的开创者。

《悼亡诗》凡三首，总体上是睹物思人，借景写情的抒情模式，中间写到自己的追悼、纪念之举，如"展转盼枕席""抚衿长叹息"（《其二》）、"改服从朝政，哀心寄私制。茵帱张故房，朔望临尔祭"（《其三》）等，有叙事的成分。追忆亡妻昔日，也以容态、环境描写为主。相对来说，第一首的叙事成分稍多一些：

> 荏苒冬春谢，寒暑忽流易。之子归穷泉，重壤永幽隔。私怀谁克从，淹留亦何益。僶俛恭朝命，回心反初役。望庐思其人，入室想所历。帏屏无髣髴，翰墨有余迹。流芳未及歇，遗挂犹在壁。怅恍如或存，回惶忡惊惕。如彼翰林鸟，双栖一朝只。如彼游川鱼，比目中路析。春风缘隙

来，晨霤承檐滴。寝息何时忘，沉忧日盈积。庶几有时衰，
庄缶犹可击。①

　　首四句，以冬春代谢、寒暑流易的节候变化，交代妻子去
世已过了一年的事实。"僶俛恭朝命，回心反初役"，叙自己在
妻亡后的职位变化，指为朝廷尽心尽力，又回到当初的任所任
职。"望庐思其人"以下，均为抒发对妻子的思念，倾诉妻亡之
后自己的孤独与痛苦。诗中运用诸多意象，渲染烘托悲凄的场
景。这些意象除了环境描写外，有的属于一般叙事，有的则应
用典故，如"庄缶犹可击"，则是应用故事达成抒情了。

　　西晋另一家庭诗大家为左思。左思妹妹左芬，为一代才女，
诗文俱佳。左思与妹妹来往的诗文也不少。左芬被选为晋武帝
贵嫔入宫，左思有《悼离赠妹诗二首》，内容非常丰富，多处叙
事，情节生动。②《其一》从左芬小时叙起，云其"总角岐嶷，
髫龀夙成。比德古烈，异世同声"；又叙其文才，云"幽思泉
涌，乃诗乃赋。飞翰云浮，摛藻星布。光曜邦族，名驰时路。
翼翼群媛，是瞻是慕"，左芬擅长诗赋，文才绚丽，成为一时名
流，使家族都有光彩，其他女孩子都对她崇拜、羡慕。文才之
外，又叙其"多才多巧"的各方面才华。最后叙及与妹妹长久
分隔，彼此思念。《其二》叙左芬进宫的分别情景。先略叙其
"才丽汉班，明朗楚樊""默识若记，下笔成篇"的才华与"行
显中闺，名播八蕃"的德行。接着叙其"永去骨肉，内充紫庭"
事，诗以较多的笔墨，叙写左芬泪别家人进宫的场景。如何送

───────────

①　李善注《文选》卷三十三，上海古籍出版社1986年版，第1090—1091页。
②　逯钦立编《先秦汉魏晋南北朝诗》，中华书局1983年版，第731—732页。

别，分别的心情、家人的悲切，分别之际，"将离将别，置酒中堂。衔杯不饮，涕洟纵横"；送其入宫途中，"送尔涉涂，涕泗交集。云往雨绝，瞻望弗及。延伫中衢，愊忆呜唈"；最后叙及分离之后，思念成疾，咏读其留下的诗赋，仿佛妹妹就在面前。二首诗以时间为序，讲述左芬因杰出的才华，优秀的品德，名播一时，被选入皇宫；家人送其入宫，充满离别的忧伤；分隔后对亲人的思念。情节结构异常清晰，具有叙事文本的典型特征，细节的描写，场景的渲染，极大地增加了叙事的现场感与生动性。

《悼离赠妹诗二首》中，很大一部分笔墨都在写左芬，用诸多的典型事例来描述其才华、品德、声誉等，人物形象比较丰满、生动，从这个角度来说，这两首诗也是人物诗。酬赠诗因其内容的原因，很容易就写成人物诗，而成功的人物诗，正如记人的文章，没有叙事，是立不起人物的。左思写得最生动、最精彩的人物诗，便是以自己的女儿为描述对象的《娇女诗》。此诗可以说是两晋人物叙事诗的一个高峰，对后代产生了极大的影响，如陶渊明的《责子》诗、李白的《寄东鲁二稚子》、杜甫《百忧集行》中相关描写，李商隐《骄儿诗》等，几乎穷尽了后代所有亲子诗的写作要素。全诗如下：

吾家有娇女，皎皎颇白皙。小字为纨素，口齿自清历。鬓发覆广额，双耳似连璧。明朝弄梳台，黛眉类扫迹。浓朱衍丹唇，黄吻烂漫赤。娇语若连琐，忿速乃明懂。握笔利彤管，篆刻未期益。执书爱绨素，诵习矜所获。其姊字惠芳，面目粲如画。轻妆喜楼边，临镜忘纺绩。举觯拟京兆，立的成复易。玩弄眉颊间，剧兼机杼役。从容好赵舞，延袖象飞翮。上下弦柱际，文史辄卷襞。顾眄屏风书，如见已指擿。丹青日尘暗，明义为隐赜。驰骛翔园林，果下皆生摘。红葩缀紫蒂，萍实骤柢掷。贪华风雨中，眒忽数百适。务蹑霜雪戏，重綦常累积。并心注肴馔，端坐理盘槅。翰墨戢闲案，相与数离逖。动为垆钲屈，屣履任之适。止为荼荈据，吹嘘对鼎立。脂腻漫白袖，烟熏染阿锡。衣被皆重地，难与沉水碧。任其孺子意，羞受长者责。瞥闻当与杖，掩泪俱向壁。[1]

叙事的精彩与生动，使人物诗在某种程度上具备了小说的审美质性，实际上，人物诗的叙事特点与写作技巧，与小说也极为类似。这首诗写自己的两个女儿，成功塑造了两个典型的女童形象。塑造典型，就得抓住人物的特点。诗人笔下的两个孩子，小女儿小名纨素，大女儿惠芳。诗歌主要从两个方面的重要特征入手，一是她们是孩子，另一是她们是女孩子。诗先从外貌写起，纨素皮肤白皙，额头饱满，还写到其口齿伶俐；惠芬面目如画。“明朝弄梳台，黛眉类扫迹”“轻妆喜楼边，临镜忘纺绩”等写出女孩子的特点。惠芬因为年长，所以已习得歌舞，“从容好赵舞，延袖象飞翮”，舞姿曼妙。小女儿年纪小，不知道打扮，所以“黛眉类扫迹”；大女儿知道爱美了，“举觯拟京兆，立的成复易”，学着画眉，画好了又擦掉，把女孩子爱美的天性与行动写得惟妙惟肖。两个孩子习诗习字一节，最见儿童天性。纨素“握笔利彤管，篆刻未期益。执书爱绨素，诵习矜所获”，虽然拿着笔学写字，可别指望她能有多认真，她不

① 逯钦立编《先秦汉魏晋南北朝诗》，中华书局1983年版，第735—736页。

过是写着玩的；拿着书，稍微读懂一点，就显得很骄傲。惠芬要好得多，"上下弦柱际，文史辄卷襞。顾眄屏风书，如见已指摘。丹青日尘暗，明义为隐赜"，习书习字，丹青音乐，都学得很好。不过，她的性格也很直快，稍微扫了一眼屏风的书画，就任意指摘起来。

日常的嬉戏与游玩中，两个孩子更是天性毕露。她们都很贪玩，镇日在园子里嬉戏，果子还没熟，就生摘下来，然后互相投掷打闹。喜欢看花，下雨也不管，一天上百次地跑去看；喜欢玩雪，为防止鞋子踩落，横七竖八系了好多鞋带。小孩子冒冒失失，跌跌撞撞，性子又急，跑急了经常撞在家里的炉子、铁锅等器物上。有时也逞能帮父母做事，帮着烧饭煎汤，弄得衣服上都是灰。她们从小被呵护着，听不得批评，大人说几句，就委屈得向壁而泣。

诗人对女儿的骄傲与宠爱，是叙事的原动力，所以才有如此细致的观察、生动的叙述。诗人深入到儿童世界，抓住了儿童的特点，筛选、罗列最能表现儿童天性的一些事例，予以绘声绘色的描述。塑造了一对活泼、聪明、天真、淘气、娇憨的女童，栩栩如生。钟惺《古诗归》评论本诗云："通篇描写娇痴游戏处不必言，如握笔、执书、纺绩、机杼、文史、丹青、盘槅等事，都是成人正经事务，错综穿插，却妙在不安详，不老成，不的确，不闲整，字字是娇女，不是成人。而女儿一段聪明，父母一段矜惜，笔端言外，可见可思。"① 选择成人的事，让儿童来做，自然会有不同，童心、童趣自然显露出来。而在叙事的背后，是父母的怜爱，本诗叙事见情，字里行间因此渗

---

① 钟惺：《古诗归》卷八，明万历刻本。

透着浓郁的亲子之情，令人感动。钟惺还说本诗"妙在笔端琐屑潦倒中，有一娇女在"，即谓其是在对日常生活之琐屑的择取与描写中，塑造人物，也是指描写的细致、繁富。刘勰论山水诗时曾谓晋宋诗"情必极貌以写物"（《文心雕龙·明诗》），如果把物看成诗歌的表现对象，人物也属于物，"极貌"是西晋诗歌的普遍趋向，即穷极笔力，不避烦琐，在人物诗中也表现得非常突出。元稹《遣悲怀》云"潘岳悼亡犹费词"，其《悼亡诗》之"费词"，即所写繁复、琐屑也，与左思《娇女诗》被认为"笔端琐屑"，有相同的特点。但这些恰好说明晋人对日常生活的观察，以及形之于笔墨的叙述表达水平，达到一个新的高度。

其后，陶渊明有《责子》诗，笔墨稍有疏宕。由于玄学审美趣味的渗透，诗歌由古体向近体的演化等因素，刘宋以后至南朝，诗歌又出现了一个由密到疏、由繁富到简练的发展过程。陶诗较西晋的张华、陆机等，已显得大为疏简，但这并未有损其诗歌的表现力。他的《责子》诗，疏于左思《娇女诗》，然诗中群子的形象，却一样生动、丰富。

> 白发被两鬓，肌肤不复实。虽有五男儿，总不好纸笔。阿舒已二八，懒惰故无匹。阿宣行志学，而不爱文术。雍端年十三，不识六与七。通子垂九龄，但觅梨与栗。天运苟如此，且进杯中物。[①]

这首诗的篇幅比《娇女诗》要短得多，而且写的是五个儿子，

---

① 龚斌：《陶渊明集校笺》，上海古籍出版社1996年版，第262页。

笔墨精炼可知。五个孩子各有特点，要是全面叙写的话，则篇幅要大得多。本诗围绕五子的一个共同特点"总不好纸笔"来写，所以要"责子"，便是因此。虽然五子都"不好纸笔"，但每一个的特点与表现不尽相同。阿舒是懒，阿宣是不爱文术，阿雍和阿端十几岁了，还认不了几个数字，阿通九岁，一天到晚只知道上树摘梨，提竿打栗。诗叙及五子，每个皆作概要式的呈现，其叙事方式是一种素描式的静态叙事。每一个人物如一帧照片，并没有如摄影一般，由许多照片组合成流动的影像，人物的行动没有充分展开，故相较于左思的诗，叙事性有所收缩。但由于所选镜像典型，富有表现力，集中展现人物的特征，五子的形象并不模糊，有生命的气息。诗在最后流露出诗人的思想与心态，"天运苟如此，且进杯中物"，重点是在对自己一生的叹息与解嘲。一辈子无多少功业，养了五个儿子，似乎也不能光宗耀祖，一切都是命中注定，又能如何呢？联系陶渊明的思想，他对自己饱读诗书、混迹官场的生活，最终是否定的。五子不好诗书，恰可亲近自然，避免被文明污染，倒是契合了陶渊明晚年的心态。诗中五子虽然不好诗书，但生机活泼，得以保全淳朴的天性，其表现也极为自然、可爱。诗云"责子"，而洋溢在诗中的情感，却是怜爱有加，读者读出来的是"怜子""宠子"。

陶渊明的《责子》诗，代表的是人物诗的大方向。尽管此后也还有不少如左思《娇女诗》那样铺展开来叙事写人的诗作，但很大一部分诗歌，走的都是陶渊明的路子，即涉及事的时候，多采用片段、剪影、素描的形式，把事变成静态图像，集中指向诗要传达的主题。事成为诗的基本素材，而非诗要叙写的内容与目的本身，正如陶诗《责子》，其目的既不是写子，也不是责子，而是对自己人生的感慨。所以，就根本而言，类似于《责子》这样的诗，叙事是工具性的；然而，工具性的艺术水准不足的话，自然也难达成目的。陶诗能将诗歌的思想与意蕴充分表达出来，便是基于其对叙事工具的娴熟应用，这首诗的精炼、逼真、典型的叙事艺术，就是明证。

通过反面的例证，我们可进一步认识到叙事对于人物诗的重要性。写人不一定非要叙事，场景、意象、描述、形容等方式，同样可以写人，比如张翰的《周小史诗》：

> 翩翩周生，婉娈幼童。年十有五，如日在东。香肤柔泽，素质参红。团辅圆颐，菡萏芙蓉。尔刑既淑，尔服亦鲜。轻车随风，飞雾流烟。转侧猗靡，顾盼便妍。和颜善笑，美口善言。[1]

周小史是西晋有名的美男子。这首诗写他的肤色、脸型、身材，细腻入微。又写到他出行，他的气质与神态，如工笔素描一般，把一个绝世美男子的形象，以高倍像素清晰呈现在读者面前。然而，与左思、陶渊明等人物诗相比，似乎少了很多的生命力，诗中呈现的，只是刻板的画中人。原因即在于少了人物的行为与处事，少了与之相关的具体而典型的事例来表现此人。

梁代诗人刘遵有一首《繁华应令》诗，也是写周小史的，不妨作一比较：

---

[1]　逯钦立编《先秦汉魏晋南北朝诗》，中华书局1983年版，第737页。

　　可怜周小童，微笑摘兰丛。鲜肤胜粉白，曼脸若桃红。挟弹雕陵下，垂钩莲叶东。腕动飘香麝，衣轻任好风。幸承拂枕选，得奉画堂中。金屏障翠被，蓝帕覆薰笼。本知伤轻薄，含词羞自通。剪袖恩虽重，残桃爱未终。蛾眉讵须嫉，新妆迎入宫。[1]

　　这是一首应制诗，题材为周小史，比张翰的《周小史诗》写得要更生动一些，在于它有很多具体的行为、动作，即人物的行事描写。如"微笑摘兰丛"，用他摘花这一事写其气质；写其"腕动飘香麝，衣轻任好风"之美，是以"挟弹雕陵下，垂钩莲叶东"这一具体的事来表现的；后面还写到他的得宠与失宠，则是人物的命运叙述了。由于这些具体而典型的事，《繁华应令》诗里的周小史便具有了生命力，不再是死板的画中人。

　　叙事之于人物诗的重要性，于此可见一斑。其实，也不仅仅是人物诗，在友朋往还、思亲念眷等生活类诗作中，添加叙事成分，都使得诗歌在内容上更丰富、充实，也更能有效表达主题、传达情感。而叙事要具有表现力，真实、生动，细节的传神、逼真，是关键性的因素。诗人回归日常，所写为质实可见的具体生活，使得叙事的深入发展成为可能。两晋以迄南朝的部分生活类诗歌，因生活的深入而自然走向叙事的深入，使得在相关题材的写作中，达到一个新的艺术高度，成为某一诗体的典范，如潘岳《悼亡诗》、左思《娇女诗》，就是其中杰出的代表。

---

[1]　逯钦立编《先秦汉魏晋南北朝诗》，中华书局 1983 年版，第 1809—1810 页。

第五节　写物赋形：叙事的点缀与诗境的拓展

两晋南朝诗风质实、细腻，骋藻敷彩，穷透笔力，巧为形似之言，在咏物、山水等类诗歌中，表现得尤其突出。刘勰所谓的"情必极貌以写物，辞必穷力而追新"（《文心雕龙·明诗》），多指此类诗歌。不过，藻饰过度，便会流于堆砌、繁冗，物貌板滞而缺乏生机。潘岳、陆机以至刘宋的颜延之、谢灵运，皆有此弊。潘岳《悼亡诗》，后人谓之"费词"；张华评陆机诗文，云"人之为文，常恨才少，而子更患其多"，即谓其逞才过度；颜延之诗文，则被许以"明密""雕缋满眼"……①这一风气，自齐、梁之后，随着诗体由古体向律体的演化，渐渐有所改变。以咏物诗而论，齐、梁之后，作为一种诗体的咏物诗，"雕镌刻镂之工日以增，而诗人之本旨扫地尽矣。"② 之所以说"诗人之本旨扫地"，就是说诗在雕镌刻镂之外，没有多少"诗人之旨"，或者说，诗人的兴趣在"雕镌刻镂"本身，而不是将其作为一种手段，以达成"诗人之旨"。如果我们延展"诗人之旨"的内涵，将其看成诗歌的思想主旨，从审美的角度来看，"雕镌刻镂"按理是有助于诗意的表达，却为何成为表意的障碍呢？

---

① 评潘岳《悼亡诗》见元稹《遣悲怀》"潘岳悼亡犹费词"；张华评陆机见《晋书·陆机传》；评颜延之见《宋书·谢灵运传论》"延年之体裁明密"、《南史·颜延之传》鲍照谓延之"诗铺锦列绣，雕缋满眼"。

② 张戒：《岁寒堂诗话》卷上，丁福保编《历代诗话续编》，中华书局1983年版，第450页。

以大开缛采之风的陆机《园葵诗》为例，可较真切地感受雕刻过度对主题表达的负作用。

> 种葵北园中，葵生郁萋萋。朝荣东北倾，夕颖西南晞。零露垂鲜泽，朗月耀其辉。时逝柔风戢，岁暮商飙飞。曾云无温夜，严霜有凝威。幸蒙高墉德，玄景荫素蕤。丰条并春盛，落叶后秋衰。庆彼晚凋福，忘此孤生悲。①

这首诗当然是有比的意味。据李善《文选》注，赵王司马伦篡位，后被诸王诛杀。齐王司马囧谮言陆机曾为司马伦作禅文，赖成都王司马颖救护而免祸，这是陆机献给司马颖的谢诗。诗以葵自比，寄寓着对成都王的依附，以高墉的荫蔽、后凋的幸运，具体指本次救护，都有很强的针对性。然而，咏物之工细，掩蔽了其所要表达的意指。诗歌从时间、空间，环境变化，节序更迭等多重背景下，将葵的状态、处境都作了工切而精细的描述，葵成了存在感最强的本体，而使得其所要寄寓的本意，变得模糊了。所以陆云在给兄长的信中说："兄《园葵》诗清工，然犹复非兄之妙者。"② 陆云之所以作此论，与张戒"雕镌刻镂之工日以增，而诗人之本旨扫地"的感觉，应该有一致之处。

但就咏物诗的发展而言，两晋南朝的繁辞缛藻、精雕细刻，无疑是起到重要的促进作用。到南朝刘宋以后，专力咏物的诗人、诗作越来越多。比如齐、梁间的大诗人沈约、谢朓、王融

---

① 杨明：《陆机集校笺》，上海古籍出版社2016年版，第224页。
② 杨明：《陆机集校笺》，上海古籍出版社2016年版，第226页。

等，同时也都是咏物诗的大家。沈约今存咏物诗逾 40 首，谢朓则达 20 余首，较能反映该时期咏物诗所达到的艺术水准。沈、谢的咏物诗，不少也是以描绘雕刻为主，缺乏生机。如沈约的《咏竹火笼诗》《咏雪应令诗》、谢朓的《咏竹诗》[①] 等，就其形容描写，遣词语象等而言，清丽流畅，物态毕现；但由于就物写物，整首诗显得较为静态，削弱了其审美感染力。这种写作方法引导着诗坛的写作风气，比如沈约之子沈旋，存诗甚少，成就与名气皆远在乃父之下，其诗作规模乃父，也有一些佳作。如其《咏萤火诗》：

> 火中变腐草，明灭靡恒调。雨坠弗亏光，阳升反夺照。
> 泊树类奔星，集草疑余燎。望之如可灼，揽之徒有耀。[②]

这首诗写萤火虫的生、聚，在各种环境中生活、飞舞，能抓住所写之物的特点，写得比较细致、工巧，有一定的艺术性。然而，在穷极物态的描摹之外，读者看不出其想要表达的思想，诗歌精于描绘，也止于描绘，工巧有余，而生动不足。这也是当时咏物诗较普遍的特色。之所以如此，精于描绘、雕琢但局限于描绘、雕琢，可能是一个重要原因。这样，每一处描述呈现各自独立的状态，而没有用一定的逻辑将相关状态或动态串联起来，故雕缋满眼，反而显得板滞，缺乏生机。

以一定的逻辑将相关状态或动态串联起来，彼此呈现出因

---

① 逯钦立编《先秦汉魏晋南北朝诗》，中华书局 1983 年版，第 1642 页，第 1645—1646 页，第 1436 页。
② 逯钦立编《先秦汉魏晋南北朝诗》，中华书局 1983 年版，第 2078 页。

果的联系，实际上就构成了叙事。按这种方式写出的咏物诗，一般就能突破单纯静态雕刻的模式，使诗歌变得灵动起来。两晋南北朝，这类咏物诗也有不少。如许询的《竹扇诗》：

> 良工眇芳林，妙思触物骋。篾疑秋蝉翼，团取望舒景。[1]

诗很短，题咏的是用竹子做成的团扇。从诗的后两句看，扇子的骨架用竹篾制成，撑着薄而透的扇面，就像秋蝉的翅膀，扇面洁白圆润，像月亮一般。这后两句是很标准的咏物，观察细致，描摹真切，比喻惬当。如果没有前两句，诗和前举沈旋之作属于同一类型；加上前两句，内容就丰富多了。前两句写一个技艺高超的工匠，在竹林中寻觅好的材质，良材美质触发了良匠巧妙的构思，所以才制造出了后面所咏的精美的艺术品。有了前两句，诗歌既是咏物，又称美了匠人，而且还交代了一番因缘，内容要丰满得多。前面两句从内容上看，就是叙事，虽然简短，却包含着完整的事件过程，甚至可以说有一定的情节因素。显然，叙事的参与，大大增加了咏物诗的内涵，为之注入了活力。

再如东晋才女谢道韫的《拟嵇中散咏松诗》：

> 遥望山上松，隆冬不能凋。愿想游下憩，瞻彼万仞条。腾跃未能升，顿足俟王乔。时哉不我与，大运所飘飖。[2]

---

[1] 逯钦立编《先秦汉魏晋南北朝诗》，中华书局1983年版，第894页。
[2] 逯钦立编《先秦汉魏晋南北朝诗》，中华书局1983年版，第912页。

嵇康有一首《游仙诗》，其前半云："遥望山上松，隆谷郁青葱。自遇一何高，独立迥无双。愿想游其下，蹊路绝不通……"主要是写游仙，松树仅顺笔提及。谢诗一方面写到游仙，另一方面又确是以极大篇幅来咏松树，将二者紧密地联系在一起。松树可咏者甚多，本诗因与游仙相关，故把笔墨集中在咏松树枝条的阴密与树干的高耸，树阴可憩，树高可游。从咏物的角度来看，诗并未过多描绘松树枝干如何高耸，写人之栖游，便是写松之密、高，在人的行为、动作、状态中凸显松的形象与特质。松树之阴密引起人栖游其下的愿望，枝干之高引人欲攀缘其上。由于松树太高，即便人能腾跃，还是升不上去，只能等待仙人的引领。诗歌于此由凡境引入仙境，地下天上，立体地叙写松树之高。人的攀缘、腾跃乃至游仙，种种情事的介入，使得松树的密与高，具有丰富的质感，也大大增强了诗歌的感染力。

前述齐、梁咏物诗大家沈约、谢朓、王融等，也有不少咏物诗，能引入叙事，一定程度上改变了单纯雕绘的板滞、单调。如沈约的《咏菰诗》："结根布洲渚，垂叶满皋泽。匹彼露葵羹，可以留上客。"[1] 以接待上客之事，咏菰菜之用。《钓竿》："桂舟既容与，绿浦复回纡。轻丝动弱荄，微楫起单凫。扣舷忘日暮，卒岁以为娱。"[2] 以隐居垂钓之事来写物，善于引入叙事，以叙事来咏物，诗境为之改观。

再如谢朓《咏落梅》诗：

---

① 逯钦立编《先秦汉魏晋南北朝诗》，中华书局 1983 年版，第 1659 页。
② 逯钦立编《先秦汉魏晋南北朝诗》，中华书局 1983 年版，第 1623 页。

> 新叶初冉冉，初蕊新霏霏。逢君后园讌，相随巧笑归。
> 亲劳君玉指，摘以赠南威。用持插云髻，翡翠比光辉。日
> 暮长零落，君恩不可追。①

这首诗咏落梅，将其植入君王豪宴的背景之中，将美人与梅花融为一体，以美色衰落、君恩不再写梅花凋落，属于比体咏物。但这个比，并不是要寓含多少深刻的"诗人之旨"，而是出于一种修辞的需要，为了将落梅写得更生动、更出彩，而将其人格化了。在本诗中，咏落梅变成咏薄命红颜的处境和遭遇，咏物与咏人相交融。也可以说，这是以咏（叙）事（人）来咏物，物因其人格化而获得生命。

人格化虽然是以人比物，涉及命运、行为、情事等叙事因素，但大多还是停留在概念上。从人格化到拟人化，是叙事咏物的又一个进阶，即在叙事渗入之外，更以寓言，赋予物以生命体的行为、动作、心态，将其人化、生命化。这既是修辞，用一段具有象征性的小故事片段，强化题咏的生动性；同时也把物所包含的内涵，或诗人想通过咏物所表达的思想意趣，更好地表现出来。

比如谢朓的《蒲生行》：

> 蒲生广湖边，托身洪波侧。春露惠我泽，秋霜缛我色。
> 根叶从风浪，常恐不永植。摄生各有命，岂云智与力。安

---

① 逯钦立编《先秦汉魏晋南北朝诗》，中华书局 1983 年版，第 1436—
1437 页。

得游云上，与尔同羽翼。①

与《咏落梅》诗相比，这首诗写蒲草，就不只是停留在概念上，而是赋予其人的心态、情感，春露之惠，秋霜之缛，风浪摇动根叶，都成为一种经历和命运。蒲草的拟人化程度较高，乃至近似于简练的寓言。

再如沈约《咏桃诗》：

> 风来吹叶动，风去畏花伤。红英已照灼，况复含日光。
> 歌童暗理曲，游女夜缝裳。讵诚当春泪，能断思人肠。②

桃的"动""伤"，固是咏物之实，但亦含有情感因素。后面写到歌童、游女，写到春泪、思人之断肠，桃与人在情感上更是进行了深刻的互动，以人的行为、动作、情感来写桃所寓含的情愫。桃也随之成为含蕴丰厚的情感载体，不复为自然界的无情之树，桃的拟人化得以完成，从而获得与人同等的生命与情感。

又如王融《咏琵琶》：

> 抱月如可明，怀风殊复清。丝中传意绪，花里寄春情。
> 掩抑有奇态，凄锵多好声。芳袖幸时拂，龙门空自生。③

---

① 逯钦立编《先秦汉魏晋南北朝诗》，中华书局 1983 年版，第 1417 页。
② 逯钦立编《先秦汉魏晋南北朝诗》，中华书局 1983 年版，第 1652 页。
③ 逯钦立编《先秦汉魏晋南北朝诗》，中华书局 1983 年版，第 1402 页。

王融是南朝较擅长写音乐的诗人，这首诗是咏琵琶，也是咏琵琶所奏之乐，还是咏弹琵琶的歌女，可谓三位一体。正因为如此，在咏物中渗透了人的情感，以弦上音、曲中情来写乐器的精美。而这弦上音、曲中情之后，则是一个歌女怀抱琵琶，拂指演奏，所奏内容为其旖旎的青春情怀。演奏本身属于叙事，而曲中之意绪、春情，则含事，添加人事来咏物，极大地丰富了诗歌的容涵。齐、梁之后，采用这种写法来咏物的，逐渐多起来。随机举几首来看一看。

许瑶之是齐代的小诗人，存诗仅数首，以闺怨类为主，皆清丽可喜。《咏柟榴枕诗》，即以闺怨来咏物："端木生河侧，因病遂成妍。朝将云髻别，夜与蛾眉连。"[1] 诗较短，因将咏物与闺怨联系在一起，具有一定的叙事性，枕的"别""连"，俨然是独立的行为主体，与人作平等的互动。

刘孝绰《咏素蝶诗》："随蜂绕绿蕙，避雀隐青薇。映日忽争起，因风乍共归。出没花中见，参差叶际飞。芳华幸勿谢，嘉树欲相依。"[2] 诗咏蝶，主要咏其出没花间叶际，在风与阳光中飞舞；也写到它跟随在蜜蜂之后，却要隐藏在花丛中，避开雀儿的侵袭。本诗以素蝶为主体，写其活动、状态、与周围环境的关系，好似一篇动物童话，包含着拟人的因素。因为咏的是动物，比较容易体现叙事性，诗歌也因此充满生机。如果不是题目上的《咏素蝶》，明确其为咏物诗，蝶的上下翻飞，生动活泼，就像快乐嬉戏的儿童。试将其与左思《娇女诗》比较一下，刘诗的"出没花中见，参差叶际飞"，不就是左诗的"上下

---

[1]　逯钦立编《先秦汉魏晋南北朝诗》，中华书局1983年版，第1474页。
[2]　逯钦立编《先秦汉魏晋南北朝诗》，中华书局1983年版，第1841页。

弦柱际""驰骛翔园林"么？刘诗"映日忽争起，因风乍共归"，写蝶受外物影响，翻飞、沉歇；左诗"动为垆钲屈，屐履任之适"写小女一听到外面敲钟鼓的声音，立马跟着跑出去，写作的思路和模式，也极其相似。在写人的诗中，由于相关的内容都是人们生活中的物、事，很容易理解其中的叙事性，而在咏物诗中，稍微隔开了一点，就容易忽略其中的叙事因素。

上引诸诗中，叙事介入咏物，改变了咏物诗单纯描写的静态格局，为全诗注入了活力，也使得咏物由绘形到传神，寄寓着更多的内涵。如果说，咏物在一开始，作为比兴寄托的载体，并未获得题材的独立性，是穷极笔力的物态描摹、刻镂，本体与喻体的脱离，帮助咏物获得诗体的独立。然而，纯粹的咏物毕竟是不存在的，所谓单纯的描写，也只是相对而言，因为所有的写作，都会包含着写作者的思想意图。咏物诗的文体独立，同样具有相对性，而这种独立走向分解，再度与抒情言志、象征寄托融为一体，却是必然的途径。经过诗体独立阶段的艺术探索，咏物诗的写作技法得到较大的提升，人们对诗体的艺术特性也得到较深刻的认识。王士禛曾谓："咏物之作，须如禅家所谓不粘不脱，不即不离，乃为上乘。"[①] 王氏说诗倡导神韵，并不重视叙事，然而，咏物诗从过于"粘""即"到若粘若即的写作发展过程，因叙事介入而发生积极的改变，却是不争的事实。当然，魏晋及南北朝的咏物诗，还很少做到王氏所说的"不粘不脱，不即不离"，主要是描写、雕琢的笔法还是过重，做不到王氏所推崇的轻灵。齐、梁五言四句的新体诗，倒是有一部分轻灵有神韵，不粘不即，但却也有些"脱"与"离"了。

---

① 　王士禛：《带经堂诗话》，人民文学出版社1998年版，第305页。

魏晋南北朝咏物诗繁缛雕镂，穷极笔力，要将物态真实地描述出来，归根到底，也是一种客观求真的写作思维，而这种思维，实际上是叙事思维。综观整个魏晋南北朝的咏物之作，当其仅仅应用叙事思维，以精细的描绘、工巧的笔法来极貌写物的时候，实际上就是运用叙事思维，力求全面而客观地将对象物呈现出来，而其艺术效果，得物之貌却往往失物之神，难以达到更深层的物理；当诗人逐渐认识到静态的求真，不足以求物之妙，融入叙事的内容与笔法，变静态描写为动态叙述，将咏物诗总体上推进到一个新高度。学界有以比兴之法、赋法来论咏物诗的几个阶段，即由比兴到赋，再由赋到比兴这样一个过程。无论哪个过程，叙事在其中的存在，以及所起到的作用，都很关键，要么叙事的思维，要么叙事的内容与笔法，总之，叙事的深刻参与，是我们讨论此期咏物诗所不应忽视的。

小　结

两晋南朝诗歌的创作主体为士族文人，五言诗成为诗歌的主要体式。由于文人的文化传统，在对乐府、古诗的模拟与承袭中，叙事兴趣有所削弱。又由于现实政治与历史文化环境的变化，汉末曹魏刚健言志的诗风也趋向柔弱。事、情两方面的削弱，为辞藻、声律等形式因素腾出了空间。文人诗在此期逐渐走向柔靡，声色大开，文学的形式美得到尽情的发展，诗体也在急剧地变化发展着。自齐梁以后，随着对汉语声律认识的深化，诗歌的声音之美得到重视，出现了声韵谐美、体制短小的新体诗。

　　从文学自觉的角度来看，两晋南朝继承汉魏诗人主体性的自觉，又加上了文学的形式自觉与审美自觉。诗人主体性的自觉，使得诗歌的自我化、抒情性显得比较强烈，诗歌文体形式与审美上的自觉，则使诗与史传、散文及笔记等文体的区分度有所加强，二者似乎都在消解着叙事。所以，两晋南北朝诗歌叙事表面上给人以衰微的印象。当我们深入到诗歌史的中心，仔细考量这一时期的诗作，才发现这些表面的印象是不可靠的。

　　第一，这一时期依然存有数量可观的叙事诗，乐府、文人的拟乐府，纪行、咏史、酬赠、宴饮等，多有叙事诗，或叙事在内容上占较大比重。第二，以家国天下为旨归的"诗言志"的传统，并未在诗史中绝迹。这一传统除了抒发诗人的家国情怀，还多有关注现实的精神，也会用诗歌去记叙、反映现实，使诗歌成为映照历史某个侧面的镜子，即所谓"诗史"意义，从而具备浓郁的叙事性。从西晋的陆机、左思到东晋的郭璞，晋宋之交的刘琨、陶渊明、颜延之，以及其后的王褒、庾信等，都有不少这样的作品。当然，他们对现实的反映，往往是与自身的经历、履迹联系在一起，在对自我的叙写中，自然映照了现实，从而在一定程度上具有诗史的性质。第三，诗人的情怀从家国天下中收拢到自己平凡的生活，亲情友情，人伦日常，增添了诗歌的生活气息。这期间的交友、亲情、酬赠、家庭诗等，都有丰富的叙事内容。诗人在相关题材的写作中，所体现出的叙事能力，清晰地显示了诗歌叙事的长足发展。第四，诗歌体制的独立与深化，使得诗歌与散文、笔记等相比，似乎拙于叙事。然而，与诗歌体制独立的同时，诗歌也在探索、形成与文体相适应的叙事方法，诗体的独立与诗歌叙事特点的形成是同步的。第五，一首诗的成分总是驳杂，很难有单纯的抒情、描写、叙事。南朝诗风走向繁缛，声色大开，"情必极貌以写物，辞必穷力而追新"，催生了诸多题材、类型。其中，穷极笔力的描摹，为咏物诗的兴盛，提供了最好的条件。叙事的介入，改变了咏物单调静态的赋写，丰富了诗歌的内涵，也扩大了诗歌的意境，为咏物诗注入生命力。其他抒情、描写类的诗歌也是如此，叙事的介入，都极大提高了诗歌的表现力。这是叙事作为一种因素或成分，对于各类诗歌所具备的积极意义。

实际上，叙事是一种客观的存在，或显或隐，或浓或淡。有时候被我们忽略，或许它只是以一种我们尚未熟悉的形式存在着。

第四章

诗歌叙事的兴盛与诗国辉煌的熔铸

　　"齐梁及陈隋，众作等蝉噪"（韩愈《荐士》）在唐人自己看来，他们的时代，是诗歌结束蝉嘈虫吟，进入黄钟大吕的时代。诗歌全面走向繁荣，从质到量，从题材、类型，到诗歌体制，从诗歌实践到诗学思想，从作者到读者……确实，唐代是诗歌的时代。闻一多说："一般人爱说唐诗，我欲要讲'诗唐'。诗唐者，诗的唐朝也。"①

　　由于诗歌创作的全面繁荣，短短三百余年的时间，留下的诗歌比前此数千年的总和还多出数倍，数量、类型都呈几何级数的增长。在这样一个庞大的作品基数上，诗歌叙事相应也呈现出极其繁盛的景观，为中国诗歌的叙事传统，书写了极其辉煌的一页。

　　大致说来，可以从如下几个方面来观察、梳理唐代诗歌的叙事问题。一是儒家"诗言志"传统，如何通过叙事在诗歌中表现出来。所谓"诗言志"，向内是诗人家国天下的情怀抱负，向外表现为对政治、现实、民众、国家、善恶的关注与表达。从叙事的角度来看，就是以"诗史"的写作精神、写作方式与世界发生关联，记录自己生活的时代。前人研究唐诗时，曾有

────────────

① 闻一多：《闻一多论古典文学》，重庆出版社1984年版，第82页。

"以诗证史"之说，足见唐诗因其强烈现实性与写实性，而具备史的认识价值。二是诗歌与人生、社会联系的深度与广度，前所未有。胡应麟论唐诗之盛，曾云："甚矣，诗之盛于唐也！其体，则三、四、五言，六、七、杂言，乐府、歌行、近体、绝句，靡弗备矣。其格，则高卑、远近、浓淡、浅深、巨细、精粗、巧拙、强弱，靡弗具矣。其调，则飘逸、浑雄、沉深、博大、绮丽、幽闲、新奇、猥琐，靡弗诣矣。其人，则帝王、将相、朝士、布衣、童子、妇人、缁流、羽客，靡弗预矣。"①诗歌体制大备，涉及面深广，作者分布在社会的各个阶层，其所反映的社会生活面，无所不包。诗歌也因此有着丰厚的叙事土壤，能从中发掘出丰富的叙事因素。三是叙事诗的发展达到新的高度。唐代的叙事诗数量非常大，既有个人的日常生活叙事，也有历史与政治叙事，还有传奇类的叙述故事。叙事诗一方面吸收了汉代以来民间叙事乐府的叙事成果，另一方面又融进了抒情、描写、议论等创作方法的积累，极大推进了叙事诗的写作。四是非叙事诗中的叙事，尤其是抒情诗中的叙事，显示出越来越高的艺术水准，诗歌叙事的文体特性日臻完善。可以说，诗歌叙事的文体独立，正是在唐代得以真正完成。

清代学者叶燮曾谓中唐为"古今百代之中"，揭示了中唐在中国诗史上的枢纽地位。因此，本段写叙事、抒情对中古诗歌史的推动，时间截止到中唐，而以隋及唐代前期为重点。实际上，唐诗叙事的大盛，其辉煌时段是在盛唐以后。两大巨擘，杜甫生活在盛唐后期，白居易则为中唐代表诗人，他们的诗歌

① 胡应麟：《诗薮》，上海古籍出版社1979年版，第163页。

叙事，不仅在唐代，甚至在整个古典诗歌的历史上，都堪称典范。不过，这一典范是在唐诗改变六朝风气，以其声律风骨兼具，而形成自家特色之后，是在唐音的模版中熔铸而成。只有对唐代前中期的诗歌叙事有较透彻的了解，才能更深入地认识中唐诗歌叙事的辉煌。

第一节　史性复归与诗歌叙事的生长

所谓"史性"，就是诗歌因对现实的记录，而具备史的特性，诗、史合一。在中国古典诗论中，有一个经典概念："诗史"，一般认为出自孟棨《本事诗》对杜诗的评定。其实，在孟棨那里，只是在叙及杜甫《寄李十二白二十韵》时，顺笔提起这一概念，并未将之看得如何隆重。但很意外的是，这个词却成为人们从《本事诗》中萃取的最为经典、影响也最大的一个概念。董乃斌先生认为，这其实是因为"诗史"之实早已普遍存在，"诗史"之名的推出，具有一种必然性。[1] 孟棨或许只是随意叙及，而后人却因之找到一个观察古典诗歌最好的窗口和视角。

诗与史，分分合合，剪不断，理还乱。在儒家的经典诗学中，诗的"兴观群怨"之中，就含有很浓烈的诗史意识。尤其是"观"，通过《诗》了解一个地方的民风民情、政治得失，便是立基于《诗》对社会现实的客观映照。无论其内容是否叙事，都可以从中得到社会、政治等相关消息，起到叙事的效能。魏

---

[1]　董乃斌：《从诗史名实说到叙事传统》，《文艺理论研究》2019 年第 1 期。

晋以降，随着儒家思想的衰微，这种以诗观风的诗学观念、写作思想也都处于衰落之中。所谓"彩丽竞繁，而兴寄都绝"（陈子昂《与东方左史虬修竹篇》），良有以也。

隋代开国，就意识到六朝萎靡文风的负面作用，开始从写作实践的层面，予以批判和矫正。隋开皇四年（584），隋文帝杨坚下诏改革文风，要求"公私文翰，并宜实录"，泗州刺史司马幼因文表华丽，被交付有司治罪。李谔《上隋高祖革文华书》进一步指出应向儒家经典回归。对于诗歌来说，以儒家经典思想为指导，就是接续诗教传统，而"并宜实录"则是要求客观真实，减少矫饰，有利于叙事的发展。二者在"诗史"层面，能够得到很好的统一。

在隋文帝的文风改革中，隋初的一些诗人，杨素、薛道衡、卢思道等，虽也颇有质朴清新之作，但还是留存着较重的六朝旧习。总体上，隋诗并未摆脱齐梁余气，与"诗史"也还多有悬隔。不过，那些相对质朴清新之作，对于嗣后的唐诗登场，也起到一定的铺垫作用。比如卢思道的《从军行》，杨素、薛道衡等人的《出塞》，音节嘹亮，风格俊逸，已有唐音的雏形。

一般文学史多将隋代文学作前后区分，谓杨广登基后，改变杨坚的黜华返朴的做法，使得浮靡的文风又有回潮。实际上，整个隋代的文风，相对来说，并无多大变化，虽未完全摆脱六朝，但走出六朝的姿态与趋势，却是连贯的。杨广本人，是隋代诗文的名家，他的诗，具有较高的艺术成就。尤其值得注意的是，他的一些诗记录自己的经历、生活，虽未必有以诗存史的自觉意识，但其客观效果却是近史的，一定程度上也可以说是具有史性的。

如《纪辽东》二首，据《隋书》，大业八年（612），伐高丽，三月"车驾渡辽，大战于东岸，击贼破之，进围辽东。"①
这两首诗就是在战事告捷时所作。诗没有过多地叙写当时的战事，而是以大部分篇幅想象凯旋后的情况，属于一种想象中的虚拟叙事，更重要的是，通过这种虚拟，表达兴奋的心情和对战争、政治的一些思考。

《其一》云：

> 辽东海北翦长鲸，风云万里清。方当销锋散马牛，旋师宴镐京。前歌后舞振军威，饮至解戎衣。判不徒行万里去，空道五原归。②

首二句写出征，运用了比喻和夸张的手法，交代了兵出辽东之事。"方当"表达对战争的态度，言其非好战者，乃为了国家康宁而战。"旋师宴镐京"，写其所希望的结局，能够在战事平静后，回京犒赏士兵，此句叙述未来想象中之事，也寄托美好愿望。"前歌后舞振军威"，用武王伐纣，前歌后舞之事，写军中士气旺盛及其出师正义，基本属于实叙。"饮至解戎衣"，"饮至"指祭祀之礼。《左传·桓公二年》"凡公行，告于宗庙。反行，饮至，舍爵，策勋焉，礼也。"③ 军队凯旋后，在宗庙行祭祀之礼，宴饮庆功。这也是属于想象中的叙未来之事。结尾"判不徒行万里去，空道五原归"，"判不"，"定不""决不"；"空道"，即"孔道"，交通大道之意。这句借汉代匈奴臣服大汉

---

① 《隋书》卷四《炀帝纪（下）》，中华书局1973年版，第82页。
② 逯钦立编《先秦汉魏晋南北朝诗》，中华书局1983年版，第2666页。
③ 杨伯峻：《春秋左传注》（修订本），中华书局1990年版，第91页。

的故事，写此次出征的决定、目的和结局。"判不"句是心理叙事，"空道"句也还是想象中的未来叙事。杨广以诗记这次出征，可与正史记叙互补，增添历史的丰富性。从以上分析可见，这首诗虽不乏叙事因素，但写当下实事的地方并不多，很多叙事是未来时间的想象中事，诗的主旨是抒发情感与志向的。其之所以能与正史互补者，在历史叙事并不能充分展示历史人物的心情、情感状态，正史可以很详细地叙述历史客体，无法充分深入历史行为主体，而诗的史性，恰好弥补了这一点。它可以与正史叙事相重叠，叙述历史实事，也可以想象和虚拟，虚构场景和事件、行为，诗的史性，往往并不在叙事本身，而是以之呈现历史的价值与意义。

杨广凡有征伐出巡之事，多以诗记之，其集中还有《早渡淮诗》《临渭源诗》《还京师诗》等等。朝事与外事，杨广也多有诗记之，如《冬至乾阳殿受朝诗》《宴东堂诗》《献岁燕宫臣诗》《云中受突厥主朝宴席赋诗》等等。君王对臣民诫勉、指示，一般颁布诏书，杨广则多赐诗，如《赐史祥诗》《赐牛弘诗》《赐诸葛颖》等等。上述这些诗的内容，并非都是叙事，有些甚至连叙事的因素也不明显。但由于作者身份特殊，这些诗所关涉者皆在国事层面，其文本及写作本身，就是重要的历史叙事，可为相关历史事件提供额外的参考。当然，对于那些有一定叙事因素的，则更值得注意了。比如他赐给史祥、诸葛颖等人的诗，列叙诸人才德，不乏可与正史互参的信息。如《赐史祥诗》云"早摽劲草质，久有背淮心"，指汉王杨谅作乱；"扫逆黎山外，振旅河之阴"，指史祥被任命为行军总管，大破汉王部将余公理。其事可见《北史·史宁传》所附史祥传，以及《隋书》的史祥本传。与正史相比，杨广诗中所叙，显然是更早的第一手史料。尽管还有别的史源，但权威性与真实性，都很难超过本诗。在隋代诸多诗人中，杨广诗歌的史性，是颇为突出的，历代论者对此点重视不够，导致其诗的文学价值并未得到足够的重视。

隋代的文风改革主张以及有限的实践，开启了唐代诗歌转型的序幕。唐人将诗教的客观效用与言志的主观表达统一起来，在诗歌的情、事等方面，以更充实的内涵，塑造出风骨与声律兼备的唐诗。陈子昂向被称为高振唐音第一人，就起到率先垂范的作用。陈氏的文学主张，最著名的就是那篇《修竹篇序》提出的"风骨"与"兴寄"，论述主要集中在精神品格和格律辞藻上，并未从叙事这一层面来强调内容的充实性。但联系陈子昂的诗作，会发现事以及叙事，对于诗歌"风骨""兴寄"的形成，有着重要作用。

陈子昂有组诗《感遇》三十八首，是其代表作。《感遇》的写作模式，源自阮籍《咏怀》。从题目上看，"咏怀"强调抒情性；"感遇"则将抒情的"感"与叙事的"遇"结合在一起，显示了对"事"的重视。"遇"在这里大致有两层意思，一是所遇之事，即因所遇之事而兴感；二是指"知遇"，三十八首大多关涉士人知遇这一主题。组诗中，叙事的内容不少，尤其是其中的一些咏史类的题材，然对于所遇之事，则很少作明确的交代和叙写。陈沆云："子昂《感遇》，雄轶古今，然问其所感何遇，则皆不求甚解。……洄洑之下，必有渊潭；惚眇之辞，端非浅寄。……尝考杜子美诗曰：'终古立忠义，《感遇》有遗篇'，并世知音，唯此牙、旷。"[①] 陈氏从比兴的角度，认为《感遇》具

---

① 陈沆：《诗比兴笺》，中华书局1959年版，第97页。

体所感之事，虽未确切落实，然所遇之事皆寄寓着诗人的忠义之心，则无疑是确定的。其实，《感遇》中的很多篇，是可以求甚解的，诗中有背景，有线索，有指示，陈沆在《诗比兴笺》中也多有揭示。如《感遇·其四》：

> 乐羊为魏将，食子殉军功。骨肉且相薄，他人安得忠？吾闻中山相，乃属放麑翁。孤兽犹不忍，况以奉君终。

这首诗性质上应该是咏史诗，叙事的成分很多。文本中叙述了两件事，均出自《韩非子·说林》。一件是乐羊食子事。魏文侯命乐羊伐中山，其子在中山，中山之君烹其子而遗之羹，乐羊坐于幕下而食之。乐羊归，文侯赏其功而疑其心。另一件是秦西巴放麑事。鲁大夫孟孙出猎，得麑，使秦西巴持之归。母鹿随之而啼，秦西巴不忍而放之。孟孙归而求麑，不得，怒而逐秦西巴。居三月，复召以为子傅，曰："夫不忍麑，又且忍吾子乎？"子昂把此事说成是"中山相"，有误。诗基本上复述这两件事，包括"骨肉且相薄，他人安得忠""孤兽犹不忍，况以奉君终"等议论，实际上也出自《韩非子》所叙。① 可以说，这首诗就是将《韩非子》中所讲述的两个故事的梗概，重新叙述了一遍，有诗语的特有的紧凑、精练，是应用诗体叙事的成功典范。

除了诗中之事，这首诗还有诗外之事。据彭庆生《陈子昂诗注》，本诗作于垂拱元年（685）至天授元年（690）之间，陈沆《诗比兴笺》称该诗"刺武后宠用酷吏淫刑以逞"，甚是。

---

① 王先慎：《韩非子集解》，中华书局 1998 年版，第 178—179 页。

《资治通鉴》卷二百三："太后自徐敬业反，疑天下人多图己；又自以久专国事，且内行不正，知宗室大臣怨望，心不服，欲大诛杀以威之。"同书卷二百五又载："太后自垂拱以来，任用酷吏，先诛唐宗室贵戚数百人，次及大臣数百家，其刺史、郎将以下，不可胜数。"陈子昂本人有《答制事问八条》，在《安宗子科》一条中说："自非陛下恩念慈仁，敦睦九族，岂得宗室蒙此宁庆？实大圣之德，崇重宗枝。然臣更愿陛下务安慰之，惠以恩信，使其显然明知陛下慈念之至，上感圣德，下得自安。臣闻人情不能自明，则心疑虑，疑虑则不安，不安则必危惧，危惧积则愆过生。"此条奏疏即针对武后杀戮宗室而发，以劝勉称颂的方式，委婉进谏。而在诗中，主题就明确得多。诗中所叙乐羊和秦西巴之事，一反一正，一刺一谏，与奏疏恰相呼应。由这些线索可知，本诗所感之事非常明确。那么，从叙事的角度，本诗包含文本叙事与诗外之事的两层叙事，二者既是互证互释的关系，同时也构成叙述与被叙述的关系。即诗中所叙乐羊、秦西巴事，是叙述武后杀戮宗室之事的一种方式，二者是同位一体的。或者说，乐羊、秦西巴是武后之事的一种变形。这种叙事关系，其实是超越比兴的。

再如《感遇·其九》：

圣人秘元命，惧世乱其真。如何嵩公辈，诙谲误时人。先天诚为美，阶乱祸谁因。长城备胡寇，赢祸发其亲。赤精既迷汉，子年何救秦。去去桃李花，多言死如麻。

诗中所叙皆为史事，跨度从秦到晋，所叙者为历代谶纬误国之事。其针对性也非常明确。武则天为了登上皇位，多次借谶纬制造舆论。如垂拱四年（688）四月，使武承嗣伪造瑞石，上书"圣母临人，永昌帝业"，命雍州人唐同泰表称获石于洛水，武则天称此石为"天授圣图"，并自称"圣母神皇"。载初二年（690）七月，僧徒法明等编造《大云经》四卷，诡称武则天是弥勒佛降生，将取代李唐为帝。联系以上史实，这首诗的所感所遇，也非常清晰。又如《感遇·其二十八》（昔日章华宴）写楚王宴章华台，荒淫纵乐，实即写武后及诸武集团的荒淫。陈沆更明确地指出该诗是"刺武后宠嬖二张事"，不论陈说是否确切，本诗有具体所指，缘于具体事件而发，当没有问题。

陈子昂《感遇》的这种写作套式，诚然是由《诗经》《楚辞》系统而来的比兴寄托，然陈将其具体化了。首先，诗歌文本本身，有完整的叙事；其次，感遇确实而具体，不是那种虚泛而浑沦的人生世情感慨。这种叙事对于其所要指涉的内容，构成比拟和隐喻。即总体上，诗歌的叙事由喻体叙事与本体叙事两层组成，本体叙事部分，与个人的遭遇、现实的环境、政治的局势等密切关联，充分体现了陈子昂的淑世精神。

陈子昂在则天朝，称得上是一位杰出的政治家。在麟台正字与右拾遗任上，子昂上过大量奏疏，涉及政治、经济、军事、农业、人才选拔等，几乎无所不包。其识见超群，建议合乎实际且多具有操作性，表现出极高的行政能力。王夫之《读通鉴论》就说："陈子昂以诗名于唐，非但文士之选也。使得明君以尽其才，驾马周而颉颃姚崇，以为大臣可矣。"其《感遇》诗中涉及的诸多问题，在他的奏疏中也都能找到对应。所以说《感遇》切实，这也是重要原因。由于这种关系，《感遇》也就深刻映照着则天朝的政治情势、社会现实，自然获得一种史性。在陈子昂主观而言，无论是其文学主张，还是政治主张，他也确有以诗为谏，赋诗讽喻的主观自觉性。史性的复归，在子昂那里，有着清晰的轨迹，而这一复归的完成，是由于反映现实的真实性与深度，也就是说，很大程度上由于是叙事传统的发扬而成全的。

由初唐至盛唐，前承陈子昂，后启杜甫，直接启发了杜甫的诗史写作的，是元结。其实，就年龄而言，元结比杜甫还年轻。然元结对于诗歌写作的现实主义思想及实践，似乎要比杜甫明确、成熟。杜甫是地负海涵，包罗万汇，现实主义、诗史只是杜甫无限丰富性的一个截面。元结则单纯得多，那就是全力复古，不作汉魏以下语言，奉诗教为圭臬。

为了实践并推广其文学主张，元结编选同道沈千运、赵微明、孟云卿等七人二十四首古诗为《箧中集》，以之作为推尊风雅的范式。《箧中集》中的诗，以抒怀酬赠类居多，大多情感平正，语言和婉，体现了一种高雅的襟怀和人格。故在这部诗集里所表现的风雅，更类似于一种精神气质。对元结自己而言，诗集更多地继承了风雅中的讽喻精神，即"规讽"。他有《系乐府》十二首，在序中写道："尽欢怨之声者，可以上感于上，下化于下。"① 被杜甫所盛赞的《贼退示官吏》，由诗题之"示"，可见其诗之作意，该诗序所言更明白："故作诗一篇，以示官吏。"② 凡此，皆可见元结诗歌创作明确的目的性。所以他才对中唐的元白韩柳都产生重要影响，在从《诗经》、汉乐府至中唐的新乐府与古文运动的文学谱系中，元结是关键的典范人物。

元结借以实践其文学主张的，就是现实性极强，叙事切实的古体诗。从写作的角度看，就是以史的精神记录历史，反映

---

① 孙望校《元次山集》，中华书局1960年版，第18页。
② 孙望校《元次山集》，中华书局1960年版，第35页。

时代。《舂陵行》《贼退示官吏》是其中杰出的代表，而叙事，是二诗尤为人称道处。《舂陵行》写成后，杜甫谓之有“比兴体制、微婉顿挫之词”，并作《同元使君〈舂陵行〉》，以示致敬。该诗篇幅较长，不引。下引同类之作《贼退示官吏》，亦可见其一斑：

> 昔岁逢太平，山林二十年。泉源在庭户，洞壑当门前。井税有常期，日晏犹得眠。忽然遭世变，数岁亲戎旃。今来典斯郡，山夷又纷然。城小贼不屠，人贫伤可怜。是以陷邻境，此州独见全。使臣将王命，岂不如贼焉？今彼征敛者，迫之如火煎。谁能绝人命，以作时世贤。思欲委符节，引竿自刺船。将家就鱼麦，归老江湖边。

诗前有小序：“癸卯岁，西原贼入道州，焚烧杀掠，几尽而去。明年，贼又攻永破邵，不犯此州边鄙而退。岂力能制敌与？盖蒙其伤怜而已。诸使何为忍苦征敛，故作诗一篇以示官吏。”清晰地交代了所写之事的原委。唐代宗广德元年（763）十二月，西原贼（广西境内的盗匪）占据道州，烧杀抢掠一月有余。次年五月，元结任道州刺史。七月，西原贼又攻破了邻近的永州、邵州，却放过道州。诗人认为，这并不是官府“力能制敌”，而是西原贼对战乱中道州人民的“伤怜”。相比之下，朝廷官员对道州百姓残酷征敛，其暴虐有甚于西原贼。

从叙事的角度来看，本诗的时空从过去、现在到未来，横跨三个维度，有追忆，有悬想，有实笔，有虚写，多重空间与笔法交错，几幅场景的切换，自然而利落。诗的首段，从“昔岁逢太平”到“日晏犹得眠”，是回忆盛唐太平时情事。国家太平，赋税合理，生活安逸，可与杜甫《忆昔》对读。“忽然遭世变"以下，写安史乱起，处处兵烽，诗人于道州任刺史。接着写西原贼放弃道州，而劫掠邻州之事。这是实写当下事。"使臣将王命"以下，写地方官横征暴敛，为害甚于盗贼。接着，写到自己不愿同流合污，思欲隐退，终老江湖。这部分以议论和抒情为主，写地方官的横暴，也只是一种现象的陈述，并未叙写具体事例。个人的隐退之念，是表达一种情感和态度，诗人畅想隐退生活的情事，有叙事因素，属于对未来的虚笔叙述。

元结诗的叙事艺术在唐代诗人中，有着极为出色的表现。王闿运谓"元结……加以排宕，斯五言之善者乎？""次山在道州诸作，笔力遒劲，充以时事，可诵可谣，其体极雅。少陵气势较博，而深永匀饬不若也。"①"排宕"即指其叙事的铺排和结构、叙述的纵恣，并尤其指出其道州诗对时事的记叙。元结诗体之雅，与其章法谨严有度，首尾呼应，层次脉络清晰，有着很大的关系，此亦见其擅于叙事。由于诗歌内容与时代现实、重大政治事件的关系，元诗同时具备史的观照价值。本诗以个人的经历、感受为原点，通过自己在道州刺史任上所遭遇的西原贼弃道州而劫邻州之事，对国家的局势、政策、吏治等全面思考，以诗来记录现实，留存历史的片段，并表达历史、政治的观点与现实的关怀。无论从内容还是其中所蕴含的思想来看，这首诗是有诗史之属性的。

史学家的历史叙述，一般都会受时代与史家主观认知的影响，遑论文学。故诗的史性，必然具有更强的主观色彩。其主观表现在历史的叙述，因个人的立场、角度或时间的间隔，周

----

① 王闿运撰《王湘绮先生全集》，清光绪宣统间刻，民国十二年汇印本，《王志》卷二。

围环境的影响等主客观原因，与事实的本相有出入，对全面性的认识与把握不足；但从另一方面，对历史事实的理性认识与思考，则由于主体性的投入，在深度上有所增加。比如唐诗的追忆写作与现场即时写作，便因写作与事件发生的时间距离不同，诗史的表现形态就颇有不同。

追忆写作与现场的即时写作（或事后较近一段时间的近时写作）相比，在事实层面，也许有细节上的疏误，但因时间的沉淀，又加入其后的人生体验和思考，往往蕴含着更深刻的现实性。比如李白的《经乱离后天恩流夜郎忆旧游书怀赠江夏韦太守良宰》（以下略作《忆旧游书怀》）、杜甫的《北征》，前者诗歌写作与所叙事件时隔较长，而后者时隔较短，一个属追忆写作，一个则属现场即时写作。因二诗皆涉及唐史大事，具有一定的史学价值，均具史性，然具体情形却有区别。清人陈仅谓"太白《经乱忆旧游书怀赠江夏韦太守》诗，书体也；少陵《北征》诗，记体也。"[①]"书体""记体"，谓二者皆为史体，"书体"者，似乎偏主观；"记体"者，明显偏客观。

李白《忆旧游书怀》所涉及旧游，有两大重要历史事件，一是其游河北时，见到安禄山叛军"戈鋋若罗星"，现出反叛迹象；一是对其追随永王李璘的回忆。李芳民先生《李白暮年身世经历之自我记忆重构考论》一文，将《忆旧游书怀》中对这两件历史大事的回忆，与李白此前诗歌中的叙述，史著中的记载相比对，着重指出其间的差讹，并分析其原因与意义。该文认为，李白在乱前去河北，不大容易发现安禄山"戈鋋若罗星"

---

① 陈仅：《竹林答问》，郭绍虞编《清诗话续编》，上海古籍出版社1983年版，第2229页。

的反叛举动，李白在乱后的回忆，作出《忆旧游书怀》中出现的对安禄山反叛迹象的叙述，是受到集体记忆的影响。盖安史乱起，人们对安史叛军的煊赫兵烽，留下强烈的印象，在不少诗文中也都有相应记叙。李白在这个背景下的回忆，不免因此产生讹误，而对当时的事实形成一种重构。[①]《忆旧游书怀》这一写作特点，非常具有叙事学的理论价值。即回忆类叙事，是在现实时空及相关情境下，叠合当下的经历、闻见和感受，在不同程度上被改写着。人们于事后对安史之乱的集体叙述，构成对该事的历史认知。尽管李白是一个有着强烈个体中心意识的诗人，他也自觉不自觉地受到群体记忆所形成的历史认知的影响，并加入其中，补充并丰富着历史的群体叙事。

杜甫《北征》写作时间与其北上的时间，基本重叠，接近于即时写作。不过，诗中写到的一些重要的历史事件，与其写作时间同样有较长的间隔，故其所叙也会受到其他各类因素的影响，与当时的史实不尽重合。虽然后人称之为"记体"，但这个记叙里面，也有诗人受时论影响而重构的印迹。比如其中对陈玄礼请诛杨玉环而唐玄宗不得已命令高力士处死杨贵妃，以及红颜乱国的相关议论，都带有特定时期的政治风向。将安史之乱的一部分责任，归咎于宫中妃嫔，就是对历史事件因果关系的重构，这一重构还不仅仅是受其写作时社会舆论的影响，还有男权文化的历史烙印。李、杜以诗记录之史，大部分内容与二人的生活、履迹密切相关，为其所闻见、所参与之事，而具史的认识价值。其原因，一是二人的生活、思想、经历，超

---

① 李芳民：《李白暮年身世经历之自我记忆重构考论——以〈经乱离后忆旧游书怀〉中相关记叙的读解为中心》，《四川大学学报》2019 年第 4 期。

越一般普通民众，总是与社会大事，与国家的前途、命运相关。这也是诗人作为士人这一社会与历史身份的自然结果。二是他们对自己的士之身份有清醒而自觉的认知，故以诗叙述自我的同时，为时代留下堪称史笔的记录。

诗人追求写作的不朽，追求作品的流传千古，也是一种史性意识的表现。从这个角度看，对诗的史性的重视和追求，与对诗的艺术性的追求是一致的。陈子昂以风骨兴寄高振唐音，为新的诗歌风气开辟道路；李白云"我志在删述，垂辉映千春"（《古风》其一）；杜甫对诗歌格律、语言的多种探索和创造……都是在追求一种具有文学史意义的写作。唐诗思想与艺术的普遍提高，就在于具有这种意识的诗人大量涌现，从而形成颇具规模的写作风气。

士人身份的认同，在思想与内容上，为诗歌与现实增加了融合剂，具有历史的认识价值，从而具备史性；诗人对写作本身的历史价值与艺术价值的重视，普遍追求写作的不朽，其文本高超的艺术价值以及诗人写作行为，也因此而具备史性。叙事在诗歌反映现实这一方面，具有重要的位置。从这方面说，由叙事而导向的诗史精神，对于唐诗风神格调的成长，起到了重要的作用。叙事、史性与唐诗的文学史地位，三者因此具有密切的关联，治唐诗者不可不察。

第二节　生活诗化与诗的生活化对叙事的促进

诗歌叙事在唐代有着长足的发展，很大程度上在于诗歌成为人们生活的一部分。如胡应麟所言，从作者到读者，包括王公贵戚到村野匹夫的社会各个阶层，具有极其广泛的代表性，故其生活的多样和丰富，为诗歌提供了取之不尽的写作素材。人们在生活中需要写诗、读诗，诗成为生活重要的组成部分，乃至成为生活本身；同时，人们又用诗来记录、书写生活，将生活诗化。闻一多先生谓唐诗为"诗唐"，非常生动地描述了唐诗与唐人生活的关系，唐人的生活如何被化为诗歌，唐诗又是如何反映了无限丰富的唐人生活。

　　生活的诗化与诗的生活化，其前提都是诗歌与实际生活有着充分而紧密的联系，诗成为人们生活的重要组成部分。二者的区别在于，生活的诗化，是以近千年文人诗所型塑的审美传统为参照，依此规范所叙写的生活，或对生活的观察、感受、思考、情感。所谓"诗意化"，是生活诗化最后所表现出的特征，而这个"诗意"，其基本特征与主要特性，是从近千年文人诗中提炼出来的，以文化与知识填充其间的最大共识。从某种程度上说，这一最大共识就是"典雅"。诗的生活化，恰在其反面，即诗的写作与审美，向生活本身靠拢，重在真实而生动地再现生活。唐诗由于作者人数的增加与层级的扩展，一般民众或底层文人加入写作队伍，在以诗叙写生活的同时，突破文人诗的审美传统与惯性，而保持着与作者生活经验、社会阶层的原生形态，以质朴、俚俗为主要特征，表现出世俗化、生活化的审美情趣。

　　先说生活的诗化。这一方面的主体是大批文士及其创作。唐代社会政治、经济的发展变化，使得文人的生活轨迹较前人要广阔得多，生活的丰富性和多样性也大大超越前代，故唐诗的题材与类型，都获得前所未有的拓展，涵盖了社会生活的方方面面。

闻一多以"四杰"等作为唐诗的开篇，云其之所以开辟新的现象，在于将诗歌"由宫廷走到市井"，"从台阁移至江山与塞漠"①，即谓唐人生活轨迹的扩张，全方位地开拓了诗歌的题材，从而提高了诗歌的品格。以闻一多先生所论"四杰"为例，如卢照邻《长安古意》。闻先生认为这首诗是"以更有力的宫体诗救宫体诗，他所争的是有力没有力，不是宫体不宫体"②。其实，就题材而言，本诗借汉写唐，描述了贞观以后唐都长安的市容市貌、风物人情，反映了一个国际大都市繁荣昌盛的景象，是以往诗歌中甚少涉及的一种题材，即都市诗。这首诗抒情、叙事并重，全景式地呈现了长安市井中各类人物的生活，形诸诗篇，具有很强的写实性。

长安经历太宗朝的贞观盛世，国家统一，边境安宁，四夷来朝。商人士子、达官贵人、王公国戚、歌儿舞女、域外侨民……可谓是人烟辐辏。据《旧唐书·地理志》："（京兆府）旧领县十八，户二十万七千六百五十，口九十二万三千三百二十。天宝领县二十三，户三十六万二千九百二十一，口一百九十六万七千一百。"③从唐初到天宝之间，长安的人口从92万增长到196万，这还只是户籍人口。还有很多流动人口，如那些来应试，或落第后滞留长安的士子，留学生、遣唐使、外交人员，流动商贩，寺院宫观等宗教人员，等等，其数量当不下数十万。卢诗中，"妖童娟妇""御史廷尉""玉辇金鞭""探丸侠客"等等，

---

① 闻一多：《唐诗杂论·四杰》，上海古籍出版社1998年版，第25页。
② 闻一多：《唐诗杂论·宫体诗的自赎》，上海古籍出版社1998年版，第13页。
③ 《旧唐书》卷三十八《地理志一》，中华书局1975年版，第1396页。

便是长安城中最普通，同时也是最具代表性的群体，该诗既对这些市井或高门中的代表作了全景式的扫描，又就各类人群的活动，分别予以描述。这里有王公贵族。他们坐着青牛白马的七香车，往来于贵戚豪宅，公主府第。也有长安城中的贵公子、轻薄儿，他们穿红着绿，流连于歌馆楼台，在这座城市中制造无数"得成比目""愿作鸳鸯"的浪漫故事。还有一批都市中最活跃的分子，是那些"挟弹飞鹰""探丸借客"的游侠儿，他们也是秦楼楚馆的常客。另有权贵及豪族，他们志得意满，颐指气使，俨然是这个城市的主人。诗歌中各类人物依次出场，每一类人物都表现出自己这一阶层的特征，在各自的场景、范围中活动，同时又有交集，相交在那些歌馆酒肆，在长安城纵横交错的大道和小路之上。整首诗未就某一人一事作穷尽首尾的叙述，而是如纪录片一般，将镜头依次从街市扫过，在那些有代表性的人群中暂作停留，以突出长安都市的世俗繁华。

　　长安的城市规模随之扩大，总面积逾八十余平方千米。整个都城由宫城、皇城、外郭城围了三圈，徐松《唐两京城坊考》描述百姓所居的长安城外郭"南北十四街，东西十一街，其间列置诸坊。……当皇城南面朱雀门，有南北大街曰朱雀门街，东西广百步。万年、长安二县，以此街为界。万年领街东五十四坊及东市；长安领街西五十四坊及西市。"[①] 可见长安城形制规整，规模宏大。卢诗所言"南陌北堂连北里""五剧三条控三市"，便写出长安建筑的规模以及街市规划的特点，可与史著互证。"梁家画阁中天起，汉帝金茎云外直"等，则是写宫廷与贵戚的府第。全诗从建筑、人、街市等几个方面，充分展现了长

---

① 　徐松：《唐两京城坊考》，中华书局 1985 年版，第 34 页。

安城的宏伟、壮丽。

这首诗虽然语言华美，风格飘逸，然其内在的精神趣味却是世俗的，表现一个初次踏入社会的普通士子，对繁华生活的向往与追逐。这个初入长安的普通士子，是观察者，也是本诗的叙述者。所以，这首诗的叙事，是限知视角的叙述。诗中写那些贵戚，远远看到"玉辇纵横""金鞭络绎"，见车马而不见人；"梁家画阁""汉帝金茎"，将其作为都市的地标性建筑来描写的，远远就能看到，然其内在的情境，却无从见得。而秦楼楚馆之中，窗作交欢，双阙如凤翼，与夫帐额孤鸾，门帘双燕，罗帷翠被，行云蝉鬓等，却得以精摩细绘。这是普通士子可以进入体验、观察的地方，也是诸多来长安求取功名前程的士子流连消费的场所。当然，这类地方，最集中地展现了人的情爱、欲望，最集中地体现了都市物质化、商业化、享乐化的世俗属性。本诗因此不但具有写实性，且充满人间的烟火气息，写出了长安城世俗的一面。繁华辐辏人烟，喧腾热闹市井，涌动着无限的世俗热望，欲望、物质、享乐，是长安在这首诗里所呈现的城市性格。在浓墨重彩的喧嚣之后，全诗忽以"寂寂寥寥扬子居，年年岁岁一床书。独有南山桂花发，飞来飞去袭人裾"收束，略显突兀。不过，也可理解。初入京城的青年，在繁华的大都市中，有歆慕和想往，有欲望和眩惑，也有深深的无奈和幻灭。因为在这繁华面前，他只是过客，只是一个旁观者。

像这样以一个外来者的身份闯入长安，以初入世青年的眼光来打量眼前的城市，渲染市井的物质欲望，在以前诗歌中，是很少触及的。以往的诗歌，无论题材的宏大或俗艳，都很少从世俗的角度，如此贴近生活，将一个城市的日常运行，以及其中生活的各类人的日常状态，作为叙述的中心。这样一种写作趣味及表现领域，要在唐代中后期的传奇小说中，才大量涌现。换言之，本诗是以诗歌的形式，提前铺写了唐代的都市传奇。

骆宾王《帝京篇》的主题、内容皆类似《长安古意》，规模更为宏大，铺写更为恣肆，然情味却趋向庄严。《帝京篇》虽也写到长安市井的灯红酒绿，如"大道青楼十二重""朝游北里暮南邻""倡妇银钩采桑路"等，然其重点在写公侯将相、失意文士，其诗在渲染长安的繁华豪奢之中，流露出深深的寂寞和失意。诗以"汲黯薪逾积，孙弘阁未开。谁惜长沙傅，独负洛阳才"收束，曲终奏雅，自然而然。这首诗更像是从汉代京都赋中演化而来，整首诗就是一幅豪华的帝京图卷，宫室之富丽、城市之豪奢、人物之华贵，一一铺列其中，而将叙事自然地融入相应场景，成为场景的有机组成部分。人的出场与活动，使城市变得热闹、鲜活。

还有不少作品，规模体制不比卢、骆这般宏大，但同样能写出盛唐的气象。如王维《和贾舍人早朝大明宫之作》"九天阊阖开宫殿，万国衣冠拜冕旒"，从叙事的角度看，是记叙某次早朝接待外宾，诗重在场景描写，未就其事作过多的展开与深入，然正是这种笔法，强化大唐雍容强大的印象，成为盛唐气象的象征。再如郭利贞《上元》，是具体写某一日之情境：

> 九陌连灯影，千门度月华。倾城出宝骑，匝路转香车。烂熳惟愁晓，周游不问家。更逢清管发，处处落梅花。

本诗似乎是将卢、骆诗中的某一个片段予以放大和细化，专写元夜游赏。前半鸟瞰全城，以全景镜头，推出长安城灯火喧腾，人们倾城而动的观灯盛况。后半落实到具体某人或某群人，写其在元夜的灯市中恣意游赏，乐而忘归的行为与心态。《大唐新语》卷八载："神龙之际，京城正月望日，盛饰灯影之会，金吾弛禁，特许夜行。贵游戚属，及下隶工贾，无不夜游。车马骈阗，人不得顾。王主之家，马上作乐以相夸竞。文士皆赋诗一章，以纪其事。作者数百人，惟中书侍郎苏味道、吏部员外郎郭利贞、殿中侍御史崔液三人为绝唱。"① 这是一次大规模的集体写作，《大唐新语》特谓"纪其事"，突出诗与事的关系。苏味道所写的，就是那首著名的《正月十五夜》："火树银花合，星桥铁锁开。暗尘随马去，明月逐人来。……"与郭利贞的诗一样，差不多是笔记所叙内容，只是二诗从不同的角度，出以韵语，再度敷衍盛况。

　　与汉魏晋南北朝相似，在唐代文士的生活中，交游酬酢占据着非常重要的位置，文人间的宴饮、酬赠，离别之思，相聚之乐，存殁之痛等，是诗歌写作的重要内容。但与社会环境、作者身份的变化相对应，这类诗的具体内容，交往酬酢的对象，较魏晋六朝已有很大不同。唐代文士多有出身于草根者，诗人的交往对象也往往会越出自己的层级，其阶层的流动性大，涵盖面就比汉魏晋同类诗作要广阔得多。如王绩《秋夜喜遇王处士》，所遇者为隐者；陈子昂《送魏大从军》，所送者为军人；孟浩然《题大禹寺义公禅房》，所题者为僧舍；李白《赠汪伦》所赠者为乡绅，《哭宣城善酿纪叟》所哭者为村夫；再如杜甫《又呈吴郎》《又于韦处乞大邑瓷碗》《江南逢李龟年》、刘长卿《听弹琴》《逢雪宿芙蓉山主人》、岑参《戏问花门酒家翁》等，其酬酢对象在文人圈之外，广涉各色人等。

---

① 刘肃：《大唐新语》，中华书局 1984 年版，第 127—128 页。

不妨以李白为例。李诗中酬赠之作荦荦大观，其中固然不乏名流、文士、勋贵，但圈外人也极多，而且涉及这部分的，写得尤其感人。如前述《哭宣城善酿纪叟》，想象纪叟在另一个世界，依然酿造美酒，只是诗人再也喝不到了。再如《宿五松山下荀媪家》：

> 我宿五松下，寂寥无所欢。田家秋作苦，邻女夜舂寒。
> 跪进雕胡饭，月光明素盘。令人惭漂母，三谢不能餐。

五松山，在安徽铜陵。李白前后到安徽六次以上，主要盘桓于皖南，与下层民众有广泛接触，很多地方都留下他的题咏。这首诗叙写五松山荀媪家极度贫困的境况。秋天的劳作异常辛苦，夜深天寒，隔壁传来女子舂米之声，她们仍然没有休息。荀媪把家里最好的食物——菰米饭拿来招待客人，令诗人无比感动。这首诗题云"宿五松山下荀媪家"，实即"赠五松山下荀媪"也。李白在皖，还有《秋浦歌》十七首，后几首分别写到秋浦的采菱女、冶炼工人、田舍翁、山僧，写他们的日常生活，都有较显著的叙事性。这些诗歌的写作对象，都是传统文人诗甚少指涉的。

李白还有一首极著名的乐府诗《长干行》，写金陵一小家碧玉的成长、爱情与婚姻。诗歌风调类似于《西洲曲》，但篇制更长，叙事脉络也更为清晰。全诗以女子的口吻叙述她的婚恋与家庭，她和丈夫从小比邻而居，从青梅竹马、两小无猜的小伙伴，到结为夫妻，再到丈夫经商，夫妻分别，以时间为序，一一道来。这首诗别无寓意，当是李白因酷爱六朝民歌，以金陵为背景，所敷衍的一个民间爱情故事。虽说是基于民间乐府所创作的故事，但也有其现实原型。盛唐国家强盛，商业经济发

171

达，沿江的金陵、江陵以及运河边的扬州，成为繁盛的商业城市，城市人口增长，像诗中所写的女子和她的丈夫，生长于长干里这样的街坊，其日常生活与谋生方式，既不同于耕织人家，也不同于那些以科举为出路的读书人家，而是以商贾为业。这首诗和李白《秋浦歌》其十四所写的炼铁工人一样，都是新的社会阶层。李白将笔触延伸到这一新的社会阶层，展示了唐代社会丰富而多样的面貌，也使唐人的生活更为全面而又具体、广泛而又深入地进入诗歌。面对五万多首唐诗，得出唐人生活全面诗化的认识，是有极其充分的理由的。

当然，唐人生活的诗化，其所叙写的人生与日常，大多还是文人传统的生活方式，如王维的辋川山居，孟浩然的襄阳风日，李白的山水游记，杜甫的旅途漂泊，大历诸诗人的篱落烟火，等等。它们都还是士人这一阶层的生活体验，属于汉魏晋南北朝文人诗的大范畴。即便在题材和内容上逸出文人士大夫的圈子，其写作方式与审美风格，也都是雅文学范畴的"诗意"，所以说，这类诗将生活"诗意"化了。

在文人圈之外，唐代诗人广布社会各阶层，其创作有追攀文人诗的，也有保持自己特色的。后者不以文化、知识作为诗歌的肌理，其审美风格与文人传统中的"诗意"迥然有别，而其真实性、实在性更接近于生活本身，可谓诗的生活化。比如有名的"趁韵"诗人权龙褒，他为了凑成几句整诗，以"严霜白浩浩"写夏景，成为笑柄。[①] 不过，他也有较朴素真切的诗，如《秋日述怀》"饱食房里侧，家粪集野螂"，虽极不雅，却不

---

① 尤袤：《全唐诗话》卷六，何文焕编《历代诗话》，中华书局 1981 年版，第 261 页。

能否定它的生动和真切；《初到沧州呈州官》"中央一群汉，聚坐打杯觥"，写一群大汉围坐在一起推杯换盏，以粗鄙之词，状粗鄙之人，两相宜也。再如《岭南归后献诗》："龙褒有何罪，天恩放岭南。敕知无罪过，追来与将军。"叙事直截明了，率直粗放，直如口语。与权龙褒类似，无多少文化修养的高力士，也曾留下一首《感巫州荠菜》："两京作斤卖，五溪无人采。夷夏虽有殊，气味都不改。"这首诗也写得极直白。荠菜在京城非常珍贵，论斤售卖，而在这儿，满地都是，无人问津。尽管这儿是边鄙之地，可是荠菜和京城的，却没有任何区别。诗不过是就其随驾南奔中所见到的荠菜，发表一点直白的看法，隐含地写到今昔的人事之变与京、蜀两地的民生日常，包含有叙事因素。诗的后两句，可供读者引申和联想，较权龙褒诗，内涵似略丰富。

唐代诗歌的通俗化、生活化最为出色的，当数王梵志、胡令能（人称"胡钉铰"）、寒山、拾得等白话诗人。诗僧王梵志、寒山、拾得等通俗诗，将佛理融入日常生活场景；胡钉铰的打油诗，因其俗白而具备浓郁的生活气息。他们留下的作品，打破了诗歌庄重典雅的惯常面目，使之更接地气，更具有普通人生活的烟火气。以传统的诗学眼光来看，这类诗在艺术上或不足称，然而，他们对诗歌题材作出重要开拓，因其通俗，更接近生活，也更富有叙事性，却是我们讨论诗歌叙事传统有必要充分重视的。

上述诸人，生平皆不可考，以至诗作真伪，作品归属，很多难以确定。比如项楚先生即谓世传王梵志诗非一人一时所作，"而是在数百年间，由许多无名白话诗人陆续写就的"。① 可以

---

① 项楚：《王梵志诗校注·前言》（增订本），上海古籍出版社 2010 年版，第4页。

说，这些人及其诗作，是一种集体化写作，而依托于具体诗人的创作现象。唯其如此，他们的诗作对于观察诗歌的生活化、通俗化，更具标本意义。王梵志是诸人中成就最高，最具代表性的诗人。王诗入藏敦煌，盖因其多佛道题材，其中，不少诗如俚俗偈语，向普通民众宣教，或表达民间对佛教的理解，也可见当时的社会风气。不过，也有一些佛道题材，并不是在宣扬佛教，而是叙写僧尼道士的命运，或在揭露宗教的乱象。如《观内有妇人》"贫无巡门乞，得谷相共餐。常住无贮积，铛釜当房安。眷属王役苦，衣食远求难。出无夫婿见，病困绝人看。乞就生缘活，交即免饥寒。"写一妇人依托道观，乞就简单的饭食，得免饥寒。《寺内数个尼》"寺内数个尼，各各事威仪。本是俗人女，出家挂佛衣。……佛殿元不识，损坏法与衣。常住无贮积，家人受寒饥。众厨空安灶，粗饭当房炊。只求多财富，余事且随宜。富者相过重，贫者往还稀。但知一日乐，忘却百年饥。不采生缘瘦，唯愿当身肥。今多损却宝，来生更若为？"本诗叙写寺内尼姑日常生活及其思想心态。这些人本是贫家女，之所以出家，是因为家中贫寒，常受饥寒。因此，她们不过是将出家当作改变生存处境的一种方式，虽在方外，却与俗人没有什么不同。一样地嫌贫爱富，一样地追逐财富。

以王梵志所代表的这一类诗，是最底层民众对自己或同类生活的叙写，所以极其真切、生动。如这首《贫穷田舍汉》：

> 贫穷田舍汉，庵子极孤凄。两穷前生种，今世作夫妻。妇即客春捣，夫即客扶犁。黄昏到家里，无米复无柴。男女空饿肚，状似一食斋。里正追庸调，村头共相催。慺头巾子露，衫破肚皮开。体上无裈袴，足下复无鞋。丑妇来

恶骂，啾唧搦头灰。里正被脚蹴，村头被拳搓。驱将见明
府，打脊趁回来。租调无处出，还须里正赔。门前见债主，
入户见贫妻。舍漏儿啼哭，重重逢苦灾。如此硬穷汉，村
村一两枚。①

　　这首诗犹如一曲小戏，以日常生活中的片段与典型事件，采用
多种表现方法，制造矛盾冲突，叙写人物命运。人物有主有次，
有隐有显，主要人物的性格极其鲜明。诗中称这位穷汉为"硬
穷汉"，一谓其赤贫。他头上的头巾破烂不堪，没有鞋穿，也没
有长裤，上衣破得露出肚皮，家里四壁空空，无米无柴。夫妻
二人在外给人帮工，累了一天，回来后，连一口吃的都没有。
真是穷得彻底。一谓其硬气。在这种极度困窘的情况下，里正
还追过来收税。一家人再也忍受不了，妻子上前怒骂，男子则
揪住里正拳打脚踢。结果被官府逮捕，一顿毒打。可是家里实
在是穷，即便被打断脊骨，还是缴不起税，里正只好自己去贴
补。"门前见债主"属于补写，穷汉还不仅仅只是家徒四壁，他
还欠下一屁股债，家里屋漏儿啼，灾祸连连。诗最后说，这样
的"硬穷汉"，每村都有那么一两个。可见，这是非常普遍的社
会问题。
　　本诗"硬穷汉"的形象塑造，可以说非常成功。由于一无
所有，也就一无所惧，敢于揪着里正，抱头痛打。值得一提的
是，本诗中的里正，作为社会管理最基层的执行者，直接面对
民众，是一切矛盾的聚焦，也是带有悲剧性的小人物。他下去
催税，也是受上司逼迫，而民众的怒火，却是一股脑撒在他身

---

① 项楚:《王梵志诗校注》(增订本)，上海古籍出版社2010年版，第558页。

上，不但他饱受老拳，收不上税，最后还得着落在自己身上。整首诗，叙事质朴，人物生动，所叙之人、事极其悲惨，然笔调却泼辣幽默，有元代杂剧的某些风致，其叙事表现力，也不在杂剧之下。

再如这首《草屋足风尘》：

> 草屋足风尘，床无破毡卧。客来且唤入，地铺稿荐坐。家里元无炭，柳麻且吹火。白酒瓦钵盛，铛子两脚破。鹿脯三四条，石盐五六颗。看客只宁馨，从你痛笑我。①

这首诗写贫家日常待客之情状：一间破草屋，床上连一张破毛毡都没有，客人来了，只好在地上铺上蒿草，权当座席。没有炭取暖，用燃烧柳麻取代。瓦钵里还有一点白酒，三四条鹿肉，几颗盐巴，这就是穷尽所有能拿来待客的了。煮菜的铛子，三只脚就坏了两只，摇摇欲坠。诗以第一人称的有限视角，来写自己生活，场景真实，事件典型，再现了底层民众极度困窘的生活。同样语调幽默，富有一种调侃的意味，可谓是含泪之笑。

对穷人生活的表现，因其处境之相类，或即为自身生活，故能有极为真切的叙述，那么，家境稍许殷实的人家，其生活及处境如何，诗人又是如何叙述的呢？且看《富饶田舍儿》：

> 富饶田舍儿，论情实好事。广种如屯田，宅舍青烟起。

---

① 项楚：《王梵志诗校注》（增订本），上海古籍出版社2010年版，第367页。

槽上饲肥马，仍更买奴婢。牛羊共成群，满圈养肫子。窖内多埋谷，寻常愿米贵。里正追役来，坐着南厅里。广设好饮食，多酒劝遣醉。追车即与车，须马即与马。须钱便与钱，和市亦不避。索面驴驮送，续后更有雉。官人应须物，当家皆具备。县官与恩泽，曹司一家事。纵有重差科，有钱不怕你。①

诗中所写的富人，即乡下土财主。他们家里有很多田宅，稻谷满仓，牛羊成群，还有使唤的奴仆。里正来收税，可以好吃好喝地供着，要什么给什么。和官府来往密切，情同一家，因为家里有钱，所以也曾不担心差役之苛重。这里写财主家的情况，有写实的成分，也夹杂有一些想象。财主好酒好肉招待里正，缴纳官府赋税，尽管家里有钱，可是在官府的逼迫下，还得卑躬屈膝，不敢有丝毫怠慢。作为被官府盘剥、欺压的对象，他们和那些硬骨汉其实并无多少区别。所以，他们是不可能如此甘心情愿地接受盘剥的，诗中写到这类财主的行为和心态，明显能看得出来，是从旁观者的角度，只看到表面的热闹和风光，而难以体会，也没有写出其内在的憋屈和心酸。正是眼光和视角的隔阂，本诗写财主之富，紧紧围绕吃穿用度，也能看得出来是从贫者的眼光和心态出发，所写都是贫者所关心所能想象得到的物事和情境。诗的结尾"纵有重差科，有钱不怕你"，替富人立言，却愈发显示贫者的心理活动，即希望自己也能拥有财富，轻松应付官家税赋，从而不再担惊受怕，整日生活在忧惧中。

上引几首诗，真实而生动地反映了唐代前期基层民众的生活，叙事真切，细节逼真，人物之声口、举止皆栩栩如生。从

① 项楚：《王梵志诗校注》（增订本），上海古籍出版社2010年版，第553页。

思想及内容来看，这类诗非常符合"诗教"所谓"观风""观俗"的标准，不过，它们并不是"诗教"指导下的士大夫之诗，也未存劝讽教化的意图，只是用韵语记叙身边的人、事，叙写自己的生活。诗歌的艺术趣味与审美风格既迥异于文人创作，也不同于汉魏晋的乐府民歌。盖汉魏晋的乐府民歌，源于民间，往往经过了文人的加工，在审美风格上靠近文人诗，起码显示出向文人诗雅化趣味靠近的趋向。这一类民歌，即便写基层民众的日常生活，因其向文人趣味的靠拢，其写作上所显示出的，是将日常生活诗化的努力，是生活的诗化，而王梵志等人，是诗的生活化。由此，所谓生活的诗化与诗的生活化，其义涵及表现之区别，应该能得到较清晰的说明。

以王梵志为代表的诗风，对唐代文人诗的创作有不小影响，在文人诗的高雅中注入了俗的因子，雅俗中和，形成更有意味的审美风貌。以往论唐诗，多强调南北地域，刚与柔、质与文的融合，其实应该还加上一个雅与俗的融合。这个雅俗融合的"俗"，当更近于以王梵志为代表的诗风，而非民间乐府。原因就在于民间乐府虽出市井，却是媚雅的，又有文人的加工，俗文学的基质已然稀释，王梵志抛却文人身份与文学腔调，却展现了更为纯粹市井之俗，为文人诗提供新的质素。张锡厚先生认为，唐代诗人如王维、皎然、顾况、白居易、杜荀鹤、罗隐等都多少受到以王梵志为代表的通俗诗派的影响，而寒山、拾得、丰干（又作"封干"）等诗僧则是王梵志的忠实信徒。[①] 因王梵志的影响，在文人诗中，甚至疑似有过梵志体的创作。比

① 张锡厚：《论唐代通俗诗的兴起及其历史地位》，《唐代文学论丛》第九辑，陕西人民出版社 1987 年版。

如王维的《与胡居士皆病，寄此诗兼示学人二首》，在刘辰翁所校《唐王右丞集》中，有注"二首梵志体"，是王维自注，或是刘辰翁注，不好判断。然该诗纵谈佛理，个别地方如"一兴微尘念，横有朝露身。如是睹阴界，何方置我人""因爱果生病，从贪始觉贫。色声非彼妄，浮幻即吾真"，有学者以为确实富有王梵志白话诗的风味。① 实际上，这首诗对王梵志的俗，还是作了一定的稀释与调和，在雅俗之间达成一种新的平衡，而这恰恰是王梵志体影响文人诗的具体表现。这种雅俗平衡，在文人的生活类题材的诗歌中，最值得注意。文人生活与王梵志所代表的底层生活当然不同，其事很少具有观风观俗的诗史价值，反因琐屑平淡而致无聊，然优秀的诗作，化琐屑为风雅，兼具生活的诗化与诗的生活化，在审美上别具意味，也有效扩大了诗歌写作的题材。如储光羲的《吃茗粥作》：

> 当昼暑气盛，鸟雀静不飞。念君高梧阴，复解山中衣。数片远云度，曾不蔽炎晖。淹留膳茗粥，共我饭蕨薇。敝庐既不远，日暮徐徐归。

唐人以茶粉煮粥，是为茗粥。诗人去拜访朋友，友人以之待客。这是一个酷热的夏天，烈日炎炎，几片云头远远飘在空中，鸟雀都热得不能飞鸣。主客关系亲密，所以也就解衣磅礴，不拘形迹。主人拿出来待客的茗粥和蕨薇，也是日常饭食，客人家住得不远，所以也不急着赶路，等日头落下来凉快些再走，

---

① 孙微：《杜甫秦州〈遣兴〉诸诗与王梵志诗歌比较》，《天水师范学院学报》2005 年第 6 期。

从中也可见出他们是常来常往。诗中所叙茗粥、蕨薇等山里人家饮食，炎夏解衣纳凉的日常场景，皆为充满乡土气息的普通人家生活，诗歌题材琐屑、通俗，然淡淡叙来，景物、情事，交融无间，颇有几分雅致。

项楚先生说："文人诗歌的长处，突出了王梵志诗的弱点；文人诗歌的弱点，又突出了王梵志诗的长处。它们之间的强烈反差，造成了一种对比和互补的关系。王梵志诗正好是在文人诗歌最薄弱的环节，取得了令人瞩目的艺术成就。"① 那么，这种对比与互补，对于文人诗的审美来说，就是雅俗的均衡；对于题材而言，就是琐事、微事、俗事，无事不可入诗。在中唐之前，杜甫可以说是这方面的典范，而且他的有些诗，是在通俗性上向梵志体靠近，而非以雅化俗。首先，杜诗不避俗语、时语，如《绝句漫兴九首》（其一）"即遣花开深造次，便觉莺语太丁宁"的"造次""丁宁"②，《三绝句》"斩新花蕊未应飞"的"斩新"、"会须上番看成竹"的"会须""上番"③，《漫成》"船尾跳鱼拨剌鸣"的"拨剌"等，皆以方言俗语入诗。杜诗中有一部分俗语，还能在王梵志诗中找到。如《少年行》"马上谁家薄媚郎"④，"薄媚"即时语"轻薄"，王梵志《可笑世间人》诗有"埋着黄蒿中，犹成薄媚鬼"；《杨监又出画鹰十二扇》"真骨老崚嶒"⑤，王梵志《回波乐其七十九》诗有"身体骨崖崖"⑥，

---

①　项楚：《王梵志诗校注·前言》，上海古籍出版社 2010 年版，第 29 页。
②　谢思炜：《杜甫集校注》，上海古籍出版社 2015 年版，第 1839 页。
③　谢思炜：《杜甫集校注》，上海古籍出版社 2015 年版，第 1813、1815 页。
④　谢思炜：《杜甫集校注》，上海古籍出版社 2015 年版，第 1881 页。
⑤　谢思炜：《杜甫集校注》，上海古籍出版社 2015 年版，第 793 页。
⑥　项楚：《王梵志诗校注》，上海古籍出版社 2010 年版，第 548 页。

二者皆状瘦削。其次，在写作的方法，词汇、语象等方面，杜诗也有与梵志诗关联的痕迹。如《新安吏》"莫自使眼枯，收汝泪纵横。眼枯即见骨，天地终无情"，王梵志《怨家煞人贼》诗则有"债主趓过来，徵我夫妻泪。父母眼干枯，良由我忆你"[①]；《茅屋为秋风所破歌》写"床头屋漏"，《石壕吏》写穷苦人家的妇女"出入无完裙"、躲在屋里无法见客，《述怀》写自己"麻鞋见天子，衣袖露两肘"的困窘穷乏，《北征》写"床前两小女，补绽才过膝"……与王梵志《贫穷田舍汉》《草屋足风尘》等诗对贫穷的叙写，其角度、方法与喻象等，都非常类似。

　　更突出的是，题材上有相类之处。较其他诗人，杜诗在题材上的拓展更为广阔，几至无事不可入诗。这在其草堂期间的创作中，体现得最为充分。唐肃宗上元元年（760），杜甫在朋友的帮助下，在成都浣花溪畔营建草堂，度过了四五年相对安定的时光，其间作诗二百五十多首，无论是贫困的酸辛，还是苦中短暂的偷闲，杜甫都以近乎实录的方式，将其记录下来。《茅屋为秋风所破歌》写茅屋被秋风所破，屋顶蓬草四处飞扬，"南村群童欺我老无力，忍能对面为盗贼。公然抱茅入竹去，唇焦口燥呼不得，归来倚杖自叹息。"破屋不蔽风雨，旧被不御秋寒，一家人在风雨中煎熬："布衾多年冷似铁，娇儿恶卧踏里裂。床头屋漏无干处，雨脚如麻未断绝。"这里的"踏里裂"，指把被里子蹬破了，是自造的口语化新词。"雨脚如麻"也为口语，非常通俗。《狂夫》后半"厚禄故人书断绝，恒饥稚子色凄凉"，写人情的凉薄和家中的困境，直白如话。《百忧集行》"入门依旧四壁空，老妻睹我颜色同。痴儿不知父子礼，叫怒索饭

---

① 　项楚：《王梵志诗校注》，上海古籍出版社2010年版，第210页。

啼东门"，孩子吵闹着要吃饭，家里空空如也而又乱成一团的情状，如在目前。

草堂虽破，好歹有个容身之地，故也不乏清贫的闲适与苦中之乐。老杜也努力将其破敝的草堂、困窘的生活诗意化。他从朋友那里索来绵竹、松树、桃树等果木，装点自己的小院；在好的季节和天气中，也四处看看花，拜访邻近的朋友。《萧八明府堤处觅桃栽》：

> 奉乞桃栽一百根，春前为送浣花村。河阳县里虽无数，濯锦江边未满园。①

《诣徐卿觅果栽》：

> 草堂少花今欲栽，不问绿李与黄梅。石笋街中却归去，果园坊里为求来。②

这类诗皆为白话，既是很性情化的小诗，又是现实生活中应用性极强的便笺。事极琐屑平凡，诗人也未着意将其雅化，只是平实写来，让人不觉其俗，也不知其雅，创造了一种介于文人诗与白话诗之间的审美风味。

胡适在《白话文学史》中，特别重视杜甫在成都的这类生活诗，尤其强调那些充满幽默诙谐情趣的谐趣诗、打油诗，认

---

① 谢思炜：《杜甫集校注》，上海古籍出版社 2015 年版，第 1882 页。
② 谢思炜：《杜甫集校注》，上海古籍出版社 2015 年版，第 1888 页。

为这正是杜诗的"真好处"。^①杜甫的一部分诗，由于多用口语、时语，表达朴素直白，题材通俗平常，较其他诗人显得更接近梵志体。但杜甫毕竟还是文人士大夫的写作，他对于通俗诗的改造、调和，形成自己独特的风格，既能用诗来叙写全部的生活，具备浓郁的生活气息，又能在朴素的生活中寻找诗意；既有生活的诗化，又有诗的生活化。他在诗化的生活中添加了世俗的庸常，而在生活的诗化中，又没有将苦涩困窘的境遇过度美化，而是保留着生活的本色。杜诗的这种特点，使得其内容即便是抒情、议论，而在表现手法上，因其直白通俗，从而具有很强的叙事性。

生活的诗化，与诗的生活化，把有唐一代各个层级的生活与生存状态，以诗的形式全方位展现出来，诗歌获得对时代前所未有的表现力。诗歌的叙事传统成为客观、强大，无远弗届的真实的文学传统。这是我们考察唐代前中期诗歌所得出的确定结论。

第三节　叙事对唐诗情韵美的积极作用

钱锺书先生在《谈艺录》首篇《诗分唐宋》中，认为所谓唐诗丰神情韵，宋诗筋骨思理的区分，是体格性分之别，故唐人有宋调，而宋人有唐音。^②然而，体格性分也还是有某些时代的共性，故就总体而言，唐诗胜在情韵，宋诗胜在骨力，大致

---

① 胡适：《白话文学史》，上海古籍出版社1999年版，第205页。
② 钱锺书：《谈艺录》，生活·读书·新知三联书店2001年版，第2—7页。

上是符合实际的。唐诗情韵的形成，与其意境的圆满浑成、深远隽永有关，多表现于写景与抒情诗，或多因诗歌写景、状物、抒情等方面的特色所导致；正如宋诗的筋骨思理，与其议论说理以及因此而使诗歌沾染理趣的写作特点有关。那么，叙事对于唐诗情韵美起到怎样的作用？是增强了唐诗的情韵，还是削弱了唐诗的情韵，使之靠近宋调呢？

　　唐诗的情韵美，是以整体的圆满浑成、深远隽永而取得的，而非以个别词汇、语句的精绝夺人眼目，很多古体诗，尤其如此。从写作方法上说，这一特点多是采用平铺直叙的方式，缓入而迟出，其味冲淡而耐久。这实际上就是叙事的笔法和写作思维。比如初唐的陈子昂、张九龄，为唐诗开一代风气，其诗作中的古体诗，题材类型多样，而多有采用叙事笔法与写作思维者。陈、张皆有《感遇》组诗，其源当承自阮籍。陈子昂的《感遇》，前文从史性的角度，讨论过其中一些篇章的叙事问题，兹从写作上看。子昂《感遇》，起笔多直揭主题，直入其事。如《其十》"深居观元化，悱然争朵颐"，《其十九》"圣人不利己，忧济在元元"，便是直揭主题；《其四》"乐羊为魏将，食子殉军功"，《其二十九》"丁亥岁云暮，西山事甲兵"，便是直揭其事；《其十七》"幽居观天运，悠悠念群生"，《其二十七》"朝发宜都渚，浩然思故乡"，既是直揭主题，也是直入其事。仅《其三十四》"朔风吹海树，萧条边已秋"，先以大笔造境，然后转入主题。起笔破题，明确并凝练诗歌的中心。其后铺陈、展开，统绪井然。比如《其二十七》"朝发宜都渚"：

　　　朝发宜都渚，浩然思故乡。故乡不可见，路隔巫山阳。巫山彩云没，高丘正微茫。伫立望已久，涕落沾衣裳。岂兹越乡感，忆昔楚襄王。朝云无处所，荆国亦沦亡。①

诗之主旨在抒发思乡之念，内容上质实的叙事并不多，"思故乡"属心理叙事；"故乡不可见"，以"不可见"之结果，包含望故乡之行为；其后又有"伫立望已久，涕落沾衣裳"，则是以行为、状态写心理，是行状叙事与心理叙事的结合。而原其涕落之故，一是思乡，另一是怀古和忧时。诗由路隔巫山，自然过渡到楚襄王荒淫亡国之事，这部分怀古，文本上的叙事仅"朝云无处所，荆国亦沦亡"一句，但如果联系这一句背后的历史人、事，则其包含的内容就非常丰富了。诗之由念故乡，望故乡，而被巫山所隔，转而忆及襄王之事，承转脉络清晰。在写作上，采用顶针的方法，如累累贯珠，将每层意思申联起来，更显自然流畅。这里所体现出的，其实就是叙事的思维与笔法，不少评论家也都指出过这点。如刘辰翁评曰："此首起结转换，皆畅竭可诵。"沈德潜曰："'岂兹越乡感'句，从上转下，见荒淫足以亡国，为世戒也。"② 他们注意到诗歌的结构、笔法，沈德潜强调结构转化与诗意承转的关系，刘辰翁则直接指出其"畅竭"的特点。"畅竭"的反面，是陡转斩截的拗峭。很多主观抒情性很强的诗歌，往往空际着笔，来去飘忽，或者陡折突转，打乱文本表面上的语义逻辑，以发散、凌乱的意识流，反而增强了诗歌意蕴的多样性，这是一种反叙事的诗语。拗峭多表现在结构上的陡转，语词上的尖新，与空际着笔还是有所区别，但这种陡转与尖新，造成诗意的断截与飘忽，与叙事语所

---

① 彭庆生：《陈子昂集校注》，黄山书社 2015 年版，第 109—110 页。
② 彭庆生：《陈子昂集校注》，黄山书社 2015 年版，第 112 页。

力求的明晰晓畅，还是有间未达的。从审美上看，畅竭能产生悠长连绵的情韵，而拗峭则表现出瘦硬的骨力，两者正是唐宋诗区别之大要。显然，叙事笔法与思维，对于诗歌情韵的生成，是起到积极的促进作用的。

张九龄的诗，也以平和冲淡而自具情韵。厉志《白华山人诗说》描述张九龄诗风的特点："一气倾吐，随风卷舒，自然成态。初视之，若绝不经营；再三读之，仍若绝不经营。天工言化，其庶几乎？"这种绝不经营的自然，与拗峭一派判然有别。《唐诗品》云："曲江……词旨冲融，其源盖出于古之平调曲也。自余诸子，驰志高雅，则峭径挺出……安能少望其风哉？"就将张九龄之冲融与其余诸子的峭挺作为两种相对的风格来比较。而宋育仁的《三唐诗品》则从写作的角度，阐述了张九龄诗风冲淡的原因："其源出于鲍明远、江文通，次叙连章，见铺排之迹。《感遇》诸篇，犹为高调，情词芬恻，清亮音多，骨格未及拾遗，每以非条伤干。"①《三唐诗品》强调张九龄诗歌"次叙连章"的"铺排"，实即评述其叙事性，且认为张氏的叙事多有枝蔓，以致妨碍主干，致使"骨格"不及陈子昂。所谓"非条伤干"，可能与张九龄诗主笔与辅笔的交错穿插的写作特点有关。如《感遇诗》其十敷衍《诗经·周南·汉广》，前六句写求思不得，"紫兰秀空蹊"以下，是托物感慨，主题上承袭前六，但内容上却转为状物写景，可以说也是由干生枝；《初入湘中有喜》，前四句"征鞍穷郢路，归棹入湘流。望鸟唯贪疾，闻猿亦罢愁"都是以诗人为主体，叙其行程与经历，而颈联"两边枫作岸，

① 所引三家评张九龄诗，转引自陈泊海主编《唐诗汇评》，浙江教育出版社1995年版，第54—55页。

数处橘为洲"，固亦为诗人所见，然就叙述笔法而言，行为主体却发生改变，打破了诗歌叙述的一贯性。不过，这类辅笔的穿插，对于诗歌的主体起到很好的烘托与深化，不能说是"非条伤干"。更重要的，这种主次相间、视角和场景适度转换的笔法，使得诗歌的整体节奏张驰有度，从容不迫。这也正是张九龄诗冲融平和的写作奥秘吧。

铺排平叙，再加上主次的穿插，多重场景叠映，使得张九龄诗呈现复调或多调的叙述形态。前文论元结等叙事诗，也指出其诗叙事的多重空间、层次，然元结诗叙事较质实，张九龄诗的场景、情境中，人、事及其活动相对平缓，故其复调或多调的叙述形态，主要功能在不断重叠、深化诗歌义涵，而这一功能在审美上，正有效创造出诗歌的情韵。以其最为著名的《望月怀远》为例：

> 海上生明月，天涯共此时。情人怨遥夜，竟夕起相思。
> 灭烛怜光满，披衣觉露滋。不堪盈手赠，还寝梦佳期。

所谓"情人"，这里当指分隔两地的男女情人，这样就呈现出两个叙事（抒情）空间。诗实叙此一空间的情人的行为状态和情感心态，而虚叙彼一空间的另一人。此一空间的情人，夜深不眠，披衣彷徨，望月怀人。诗以"竟夕起相思"，将此一空间的情境，复制到彼一空间，化虚为实，令人如在目前。诗的结尾"不堪盈手赠，还寝梦佳期"，又以奇思妙想，别开新境，在梦的虚拟空间中，展开情人相会的场景。整首诗因此呈现出三重空间，将那种情同一心、千里与共的相思之意，表达得既含蓄又深刻，意蕴尤为丰厚。

可见，叙事，或者说叙事的笔法、章法或思维，非但不妨碍唐诗情韵的生成，甚至还有所助益。当然，这也与我们对叙事这一概念的理解有关。我们把运用逻辑明晰的语言，将诗中的人、物、事在特定时空中的行为、状态描述出来，都看成是一种叙事。不必非得有因果、情节，人的行为、动作也不必非得有明确的动机、目的，行为、动作本身就是事。总之，这里的叙事是可以忽略、淡化情节的，内涵远大于叙述故事。不过，人、事、物、时空关系以及逻辑明晰地呈现，则不可少，可以有多重含义，但都得有文本上的叙述，这个叙事文本，或者说叙事语言，是理性的富有逻辑的叙述，这就与那种意识流式的纯抒情式的"诗语"有区别。叙事语是在平面空间展开，即便有多个平面，其间的过渡、穿插的脉络也是清晰的；抒情性"诗语"是在立体空间上下左右穿梭，不必在文本中呈现逻辑链条。情韵的生成，总是需要稳定而持久的诗境、诗情，而这种诗境、诗情只有理性的逻辑叙述才能建构，这是叙事促成情韵，情韵离不开叙事的重要原因。

初盛唐诗情韵丰满，与叙事传统的存在密切关联，还在于叙事，总是诗歌中的重要成分，写景、状物、抒情，其中包含叙事，都离不开叙事。这些诗歌史的事实，证明了叙事促成情韵，情韵需要叙事。前述张九龄《望月怀远》就是很好的例子。那首诗就性质而言，是一首月夜怀人的抒情诗，内容上主要也是写景、状物、抒情。然而，"情人怨遥夜，竟夕起相思"，是诗的核心与根源，一切都是因情人两地分居而起。也就是说，这首诗建立在一对男女情事之上，爱情叙事支配着诗歌的其他各部分要素。

再如张若虚的《春江花月夜》，这是在初唐，甚至在全唐诗中，都称得上"孤篇横绝"的杰作。这首诗以时间为序，从月之初生，到高挂空中，再到月落，依次叙来，再现春江、花、月夜的旖旎风光，并在广阔的空间与无限的时间中，生出宇宙人生的玄邈哲思，被闻一多先生称为"更夐绝的宇宙意识，一个更深沉，更寥廓，更宁静的境界！""诗中的诗，顶峰上的顶峰。"① 然而，整首诗的诗情与哲思，其实都是由一个游子思妇的爱情故事在担承着。诗中"江畔何人初见月？江月何年初照人？人生代代无穷已，江月年年只相似"的虚泛之问、浩阔之思，由"可怜楼上月徘徊，应照离人妆镜台"落入人间，楼上佳人与天涯游子，遂成为春江花月之夜的主人公，诗歌的主题也就自然转到碣石潇湘的分离与相思，其中包含着非常丰富的情爱本事。诗在人境所展开的时空，同样也很寥廓。

　　上述诗作中，写景状物中包含叙事，而其中的叙事，在已有的时空中，又增开了另一层或几层时空，自然有助于增加诗歌的情韵。像《春江花月夜》，游子思妇就是在自然山水之外，又打开人事聚散的叙事时空，在这个时空里，有小楼、明月、妆台、扁舟，空间的距离从潇湘到碣石，时间上，诗外包含游子思妇往日相聚的情景，现时天涯相隔的处境，以及未来还家团圆的祈愿，从过去到眼前，再到未来，诗中、诗外，现实、遐想，实与虚，多重时空交错。张九龄《望月怀远》同样如此，"情人怨遥夜"包含着极其丰富的叙事信息，也跨越了多层时空。

　　类似的诗歌，还可以举出很多。比如王绩《野望》"相顾无

---

① 　闻一多：《唐诗杂论·宫体诗的自赎》，上海古籍出版社1998年版，第17、18页。

相识，长歌怀采薇"，引采薇之典叙写情志，这一典故所包含的伯夷、叔齐之事，在诗中并未展开，但却能将读者引入相关情境中，诗歌的意境也因之而得以拓展。李白《送孟浩然之广陵》"孤帆远影碧空尽，惟见长江天际流"，天际之外，诗中提到而未展开的广陵，所赠之人在那个城市的活动，就在诗歌文本之外，累积了无数的意蕴。钱起的名句"曲终人不见，江上数峰青"（《省试湘灵鼓瑟》），鼓琴人一曲弹罢，余音袅袅，萦绕在江上隐隐青峰之间，人、瑟虽在画面之外，却与山、水不可分割，画外的空间，给人无限遐想。韦应物"春潮带雨晚来急，野渡无人舟自横"（《滁州西涧》），野渡无人，仅仅一叶小舟横在涧水之中，随波浮动，无人之境有一种自由浑朴的野趣，而无人之野渡、小舟的另一面，便是人在某一时日的活动，无人之中亦有人，一幅图画，绘出两种情境，无疑倍增了诗歌的情韵。

在上述诗歌中，叙事所展开的时空与情境，很多是需要通过联想、引申等去生成的，是由文本引导的再创作，故诗歌意蕴、情韵由此而倍增。最能展现情韵的诗类，以山水自然、田园隐逸等为多，这类诗歌通过写景、状物来营造意境，其中所包含的叙事，就是为意境、情韵的营造而服务的，叙事的目的也就是指向情韵。在很多情况下，叙事与情、景、境浑然一体，成为景物本身。王维、孟浩然是唐代山水田园诗，也是唐诗以情韵为胜的杰出代表，他们的相关诗作中，最能说明叙事对于诗歌情韵的重要作用。如王维的名作《山居秋暝》：

空山新雨后，天气晚来秋。明月松间照，清泉石上流。竹喧归浣女，莲动下渔舟。随意春芳歇，王孙自可留。

这首诗是典型的唐诗风格，意境丰腴，情韵悠长。诗的前四纯为写景，后四写人事。竹林丛中，听到浣纱女叽叽喳喳的说笑声，是她们结伴回家；莲叶浮动，轻轻荡来一叶小舟。虽然春芳已逝，秋光一样迷人，王孙可作长留之计。如果说前四句写景清幽明丽，意境可人，后四句的人事，则突出了"山居"的宜居。"归浣女""下渔舟""王孙留"在这里都是叙事，叙写山居人情的温馨美好，与自然风光浑然一体，组成"山居"之绝美秋景。

　　人事的叙写，融入风景，成为其有机的组成，从这一角度说，叙事与景物描写、意境的营造是一致的，或者说是同一的。这就像文人画中的一些人物画，能与山水写意表达同样的意趣。

　　孟浩然的《过故人庄》，也是人口传诵的名篇，其题材为田园，人事入景成诗，在此类诗中，是更为普遍的现象：

　　　　故人具鸡黍，邀我至田家。绿树村边合，青山郭外斜。
　　　　开轩面场圃，把酒话桑麻。待到重阳日，还来就菊花。

这首诗真正写景物的部分，仅"绿树村边合，青山郭外斜"，其他均为人事，而景在人事之中，如轩窗、场圃、桑麻、菊花等等。诗的叙事很清楚，也很简单：老朋友准备了鸡黍等丰盛的酒菜，邀请诗人去他家做客。老朋友所居的地方，村口大树合抱，绿荫浓郁，青山远远在城郭之外。打开饭厅的轩窗，正对着田家的晒场，喝点小酒，聊一聊桑麻之事。离别的时候，主客约好了，等重阳节，菊花盛开时候再聚。这里的主客酒宴，因桑麻、场圃等因素，充满了浓郁的田园气息，诗人隐居其间，与农人来往，享受田园的宁静与其中质朴的人情。诗之主要内容皆在叙事，而主旨是表现返朴归真的归田情趣与意味，言外与事外具有极其丰厚的意蕴。

像《过故人庄》中的叙事，所写的当也是事实，而审美风格与那种史笔叙事却大不相同。这类叙事，虽写实却不在斤斤于反映现实，不是为了观风与教谏，其重在表现个人情趣与感受，可以说是充满抒情意味的叙事。叙事生成情韵，除了从写作的层面来看，叙事的舒缓铺陈、拓展诗歌情境、叙事融入场景等原因外，就诗的主旨而言，抒情性叙事，也是其较易生成情韵的重要原因。前述诗歌中的叙事，大多属于抒情性叙事。

上述初盛唐诗，都是经典之作，也较能代表唐诗以情韵取胜的特点，其中的叙事，有效促成诗歌情韵的生成。可见，叙事与情韵并不对立，问题是看所叙何事，如何叙事，叙事在诗歌中的作用和表现，等等。叙事与诗歌情韵的关系，是具体地表现在每一首诗中，很难浑沦地概而论之。

第四节　初盛唐诗叙事问题小结

初盛唐诗突破六朝柔靡风气，逐渐确立起自己"文质半取，风骚两挟"，声律风骨兼备的风格。这种诗风的转向，对于叙事的增强和深化，起到促进的作用；而从另一个方面来看，叙事也有助于唐诗充沛丰腴的风格的生成。

诗风由柔靡走向刚健、丰腴，是一个由虚向实的过程，修辞、语汇、写作方式背后，处于支配地位的是诗歌观念、创作理念、时代风气。唐诗走出六朝诗风的第一步，是在艺术上向汉魏古诗学习，观念上回归《诗经》《楚辞》的教化寄托，无论是对外在世界的反映和描绘，还是对内在情志的抒发和表现，真切与充实，都是最为根本的要求，也是其与六朝划清界限的关键。叙事可以说是诗歌走向真切充实的直接途径与重要保障。单纯抒情、写景，如果没有事在其中，很难真正做到真切、充实，也很难有诚恳动人的艺术魅力。唐诗以情韵取胜，主要表现在写情与造境，但绝大多数优秀的作品，情、景皆由事而起，与人的生活、经历密切相关，所谓情景、意境，背后实为人事。比如杜诗"感时花溅泪，恨别鸟惊心"（《春望》），"花溅泪""鸟惊心"，于人而言，为情、为景、为境，在花、鸟而言，是行为、动作与状态，实际上，花、鸟皆为写人，"花溅泪""鸟惊心"者，实为人在"溅泪""惊心"，故也是在写事。人为何"溅泪""惊心"？"感时""伤别"也。不但有叙事，还有因果情节。所以，这首诗的感人，是因事生情，渲情于景，情、景因事而得以落实，故不致虚浮。情、景也才有坚实的发散、延展的基础，由此产生的情韵，才会真实诚恳。

　　事对诗歌叙写的落实，增强诗的实在性成分，有助于密切诗与现实的关联，也是对诗史精神的恢复和发扬。诗史精神，是在"诗言志"与"诗教"中所孕育的诗歌精神，以家国天下、现实关怀为旨归，而以叙事作为实现的方式。唐初诗人以复归汉魏为号召，诗史是具体内容之一，也是他们矫正六朝柔靡诗风的重要途径。由于创作群体的变化，诗的生活面获得空前扩大，如果我们将社会生活的各个层面在诗歌中的表现，都看成是诗歌实现其史述功能的话，那么，诗史在唐诗中的实现形式，可以说是无比丰富。诗歌叙事传统，正是在这些诗史新变之中，得以发扬，并涌现出许多新的现象和特点。

　　其中最为重要的就是在延续"诗言志"的士大夫写作传统

之外，发展了诸多世俗化的平民因素，表现在写作素材、创作方法、语言风格等方面。诗人们将士大夫的家国情怀、贵族精神与生民日常相结合，大大增加了对生活素材发掘、描写的广度和深度。诗歌从素材和趣味上走近日常与世俗，往往会比家国天下更有利于叙事。因为对一般诗人来说，家国天下都是较为遥远的宏大叙事，题材越大，越容易写虚。优秀的诗人，涉及大主题，多是从小处、身边人事、日常着手，以之关涉大主题。比如杜诗，有所谓"诗史"之称，诗旨不可谓不大，然却多从个人经历、身边人事着手，故能真实感人。诗近日常，有事可叙，有话可说，便容易实。即便水平一般的诗人，有足够的生活和真切的体会，顺笔写来，也成佳构。诗关家国，而很少有诗人是军国大事的直接当事人，最多是被波及者，故往往无事可直叙，只能多借助景、情境，来书写情怀、理想，水平稍次便易蹈虚。所以，当诗歌平民化、世俗化的因素被发扬，发掘与书写日常生活，叙事性自然也随之增强。

对平民化与世俗化的日常生活的表现，接近于生活实际，有话可说，有事可记，故有利于叙事性的增强。此外，平民化还改变了文人诗中的士大夫书写传统，将诗歌带入无限丰富的平民世界，通过切实的叙事，带动了文学风气与文学格局的变化。其实，对日常生活的书写，晋人陶渊明已开风气之先。陶诗中的日常，既有士人洁身自好的情结，也确实有在精神上归依田园和世俗的庸常，并且他还明确提出作诗文以"自娱"的主张。陶诗的质朴、平和，总体写作上也呈现出一种叙事性的基调，对唐人的写作产生很大影响。不过，与唐人相比，陶诗题材仍不够丰富，陶诗中的物事，以及其对日常的书写，在不少情况下，是一种象征和寄寓。如其所写之菊、松、酒，是实物，同时也是象征之物；其所涉良苗、秝稆、耕种等农事，也经过很个人化的改造和淘洗，变成质朴无华、不事矫饰的人生的自然状态。因其象征与寄托，使陶诗的日常书写总体上还从属于士大夫阶层的写作传统，其日常叙事是经过一定变形的象征寓托。唐人的日常叙事，固然也不乏象征寓托，但脱离象征寄托的单纯记事也很多。王梵志的诗固不必论，即如李白笔下的纪叟、荀媪，胡姬、燕客、长干里的少妇、秋浦的情郎，杜甫笔下的田翁、舟子、嫠妇、琴师、舞女等，李、杜描述他们的生活、情感，在逼真的描绘中渗透着同情和悲悯，但并不是以这类题材为寄托，来书写、表现诗人的某种情怀。杜甫闲居草堂时，写作了大量的生活诗。这些诗没有"此中有真意，欲辨已忘言"的玄思，多为诗人生活、处境与心境之实录，部分草堂生活诗，如《江村》《客至》《诣徐卿觅果栽》《凭何十一少府邕觅桤木栽》《江畔独步寻花》等，记录了亲切、琐碎的家长里短，充满生活情味，完全是一个闲居乡村的普通平民的日常。

　　不过，大部分诗人的日常生活叙事，在诗歌观念和精神上超越士大夫的传统，而在写作上，仍以雅言为主，虽也吸收部分白话、通俗性的因素，却能很好地把握尺度，在雅与俗、文与白之间，求得中和与平衡。诗歌写作越近于日常和通俗，内容便越充实，越有益于叙事。此外，诗歌的趋俗，有效沟通了创作与接受的两端，激活了人数众多、文化程度不高的普通民众的阅读市场，唐诗作者与读者层次之广泛，超越前此任何时代。对于底层民众而言，叙事是更易于接受的文学体式或文学表现方式。宋元以后，随着城市的发展，市民阶层的兴起，说书、戏曲等叙事文体发展兴盛，就是最好的说明。诗歌趋俗，扩大了接受群体的范围和层级，那些底层读者，反过来又会有增强叙事的要求。从这个角度看，叙事与诗歌写作的世俗化具有相互促进的关系。

　　随着社会总体的发展，文学作品呈几何级数的增长，作者和读者的规模和层次也不断扩展、丰富。如果说，汉前的文学与学术，其作者、读者相对局限在贵族、士大夫群体，即便民间乐府，也由采诗官纳入朝廷的政教系统；魏晋六朝，采诗制度渐废，民间乐府独立生存的空间得到一定程度的保护，形成贵族、士大夫并峙的文学格局；迄至唐代，科举制度打破阶层的固化，士族社会逐渐解体，诗人的身份多元化，大多数诗人生活也与普通民众融为一体。这深刻地改变了诗歌的思想、内容以及创作的观念和方法，唐诗遂成为整个时代的全方位的历史记录和情感抒发。就诗歌所反映的时代的全面性和丰富性而言，唐诗是空前的。这也是为何前贤将诗歌兴盛的唐朝称为"诗唐"。而诗歌对日常、世俗的关怀，更是预示和印证了其后的文学写作路径。整个文学视野的下移，文学精神的普世化，不正是宋、元、明、清的文学主流么？当诗歌的视野、精神和表达的下移不足以书写真实的时代，就出现了词、戏剧、小说，等等。在"一代有一代之文学"的文学史叙述模式中，其具体内容就是从诗到词，再到戏曲和小说。诗、词、戏剧、小说的文学史的文体递嬗，就是文学史的发展由雅而俗、由小众而大众的演化逻辑。唐代诗歌在叙事方面的种种表现及其对叙事传统的贡献，在这一文学史演进链条中，起到至关重要的承启作用。

第五章

叙事模式的创立与突破：
中古大诗人叙事例论

　　文学史的星空，是由一群一群的星座连接起灿烂的星河，而每一个星座群中，都有几颗或几组最为耀眼的巨星。星座群是每个时代的文学史大观，而耀眼的巨星，则决定了整个星座群的亮度，对文学史来说，巨星代表了一个时代的文学高度。这就是文学史大家的重要性所在。

　　考察中国诗歌叙事传统，除了对各个时代诗歌叙事情况作总体的线形梳理之外，还须特别关注每一时代的大作家。大作家及其创作，就是文学史进程中的里程碑，往往具有范式的意义，笼罩着极广的范围，具有深远的影响。

　　汉魏晋至盛唐，若从曹氏实际当政的汉末建安至唐玄宗开元末为限，即建安元年（196）至唐开元二十九年（741），时间跨度近五百五十年，其间诗坛大家、名家，成百上千计。本章从诗歌叙事传统的角度着眼，重在考察该时期作家的创作如何丰富了诗歌叙事传统的容涵，对于这一传统的贡献与影响如何。故拟选取曹植、王粲、陶渊明、颜延之、谢灵运、李白等几位诗人，作一重点考察。这几位的诗作，在诗歌叙事传统中，都具有范式的意义，都可以在某一叙事类型中作为代表性的诗人。除了这几位，其他诗人如阮籍、陆机、陈子昂、张九龄等，在诗歌叙事传统上，也都具有重要的历史地位，因前文已有较多篇幅讨论过他们，本章不再多作重复。实际上，他们也都可分别纳入前述几大诗人所代表的叙事类型中。这些重量级的诗人组合在一起，基本涵括了这一时段诗歌叙事传统的诸种类型与特征。

当然，重量级的诗人都具有丰富的多面性，以某位诗人的创作代表某种特定的叙事类型，是从史的整体着眼，从诗歌叙事传统视角，择取其在诗歌叙事演进过程中，具有垂范意义的诗作。

第一节　曹植与王粲：修辞叙事及事以情叙

建安是汉魏五言诗的一个高峰，曹植为"建安之杰""五言之冠冕"，即便从整个五言诗史上看，曹植诗也是文人五言古诗的典范。曹、王二人，尤其是曹植，实不以叙事见长，其诗之叙事，多是为抒发情感、表达心志，是诗歌文本的组成要素，从某种程度上说，曹植诗的叙事是一种作为修辞的叙事。在本书第二章曹魏诗歌叙事的论述中，我们论及阮籍诗歌，谓其叙事指向某一特定主题，是一种隐喻和讽时，其实这也就是一种修辞。在"慷慨以任气，磊落以使才"（《文心雕龙·明诗》）的个体情性的发抒中，建安诗作中叙事的存在，往往具有普遍的修辞性。其修辞指向，有写作意义上的，也有思想内容方面的。写作意义上，主要表现在如何渲染、突出主题，而思想内容上，则是作为一种象征和寄托，去承载主题。在实际作品中，两者往往又是融为一体的。

　　作者通过象征以寄托讽喻，当然是要表达某一种情感与立场，这似乎表征着中国文学的抒情传统。然而，如果仔细考察中国文学中的托讽，就会发现，自《诗经》《楚辞》以来，在很多情况下，托讽都是由叙事来承担的。比如《诗经》中，《王风·关雎》，"乐得淑女以配君子"，所颂亦即所叙；再如《小雅·采薇》《王风·君子于役》《豳风·东山》《卫风·伯兮》等，悯征役，哀时政，或歌或讽，在诗中都有具体而切实的叙事。《诗经》在汉代及其后的传播过程中，未免过度阐释和发挥，与过于脱离或强行附会文本中的叙事有关。于此可见，叙事是托讽的基础与依据。再如屈原的《楚辞》，所谓："善鸟香草以配忠贞，恶禽臭物以比谗佞；灵修美人以媲于君，宓妃佚女以譬贤臣；虬龙鸾凤以托君子，飘风云霓以为小人。"[①] 这里的善鸟、香草、灵修、宓妃等，并不只是名词与物事的简单比征，而是被屈原组合成一个个的故事。如在《离骚》中，灵修美人、宓妃佚女以及虬龙鸾凤，就是一个热恋、负心、追求、思念、幽怨的故事序列，"男女之情"是实实在在的爱情叙事，"通君臣之义"，就是这个爱情叙事的寄托所在。

　　叙事的寄托寓讽，有些在历史长河中，经过不断的传承、效仿，义涵逐渐固定、明确，如《楚辞》的叙事托讽，凝聚成"香草美人"的经典模式。后世可以径取其词汇、语象，而不必再铺衍故事。这就由叙事转为象征，象征可以说就是叙事的凝练。文人诗既可叙事象征一体，也可撷取前代成型叙事而凝练

---

① 　王逸：《楚辞章句序》，洪兴祖：《楚辞补注》，中华书局1983年版，第2—3页。

成的意象，然终究以能自叙事为上。通过自己诗中的叙事，将其与所寄托寓讽者对应起来，或者对前代的相关意象进行叙事再创，赋予新的义涵，并为后世所承袭，这是一种原创性或再创性的叙事修辞。只有原创或再创，形成一种写作的模式，才能给文学史增加具有质变的新因素。时代越在前面，越无可依傍，原创性越强。《诗经》《楚辞》以及《庄子》中，多为原创性叙事修辞，而在两汉以降的文人诗中，则既有原创性叙事托讽，也有再创性叙事托讽，而以后者居多。建安诗人的叙事托讽，就以自己的原创或再创，开辟了新的寓托范式，大大丰富了古典诗歌的叙事传统。

曹植诗中，颇多修辞性的叙事托讽之作。如《乐府诗集》所收的三首《野田黄雀行》，前一首为晋乐所奏子建诗，第二首是子建本辞，二首文字基本相同，具有一定的原创性。

> 置酒高殿上，亲交从我游。中厨办丰膳，烹羊宰肥牛。秦筝何慷慨，齐瑟和且柔。阳阿奏奇舞，京洛出名讴。乐饮过三爵，缓带倾庶羞。主称千金寿，宾奉万年酬。久要不可忘，薄终义所尤。谦谦君子德，磬折欲何求。惊风飘白日，光景驰西流。盛时不再来，百年忽我遒。生存华屋处，零落归山丘。先民谁不死，知命复何忧？

因《箜篌引》用该诗，故又以《箜篌引》名之。刘履《选诗补注》谓之是子建封王之后燕享宾亲之作；朱绪曾《曹集考异》则谓曹植在文帝时，有诸多禁忌，而不得宴会宾友，此诗当作于平原、临淄侯时。当代学者从诗的内容和风格着眼，有认为是在太和五年（231）上《求通亲亲表》之后。① 古今学者对于本诗写作时间的争议，皆将这首诗看成是宴会写实，因此特别注重其写作背景。实际上，除了那些酬赠或在诗中言明写作背景的，曹植大部分诗，都以象征寓托为主。葛晓音《八代诗史》将本诗与《名都篇》《白马篇》放在一起论述，就非常具有眼光。② 这些诗都是通过叙述具体的故事，感慨时光流逝。只不过，有的强调要惜时勉力，有的则流露出委运任命的思想。

东汉末年以《古诗十九首》为代表的五言诗，就是以敷衍忧时叹逝的主题登场的，《今日良宴会》一诗，也是借宴会叙写人生感慨。诗由"今日良宴会，欢乐难具陈"开篇，并以"弹筝奋逸响，新声妙入神"的气氛烘托宴会之乐，转而生出"人生寄一世，奄忽若飙尘"之悲，再引出"何不策高足，先据要路津。无为守贫贱，坎坷长苦辛"的勉力追求。与《古诗十九首》的这首诗比起来，曹植诗的场景似更真实，叙述与描摹似乎也更具体，如"高殿"是宴会地点，"亲交"是与会人员，而这些在古诗中都付之阙如，曹诗的叙事性显然要充足得多。然曹诗的大体内容实与古诗不差上下。古诗抒情意味浓厚，叙事的面目模糊，而曹诗将感时叹逝的人生感触放在一个具体的场景中，使之更为真实。不过，宴会叙事在这里是人生苦短的修辞，"惊风飘白日，光景驰西流"，耸人心魄，也成为后代诸多诗文的宴会叙事的情感基调。

《乐府诗集》"相和歌辞·瑟调"曲"野田黄雀行"录曹植诗两首，另一首是：

---

① 赵幼文：《曹植集校注》，人民文学出版社1998年版，第461—462页。
② 葛晓音：《八代诗史》第二章《建安风骨》，中华书局，2012年版。

　　　　高树多悲风，海水扬其波。利剑不在掌，结友何须多？不见篱间雀，见鹞自投罗。罗家得雀喜，少年见雀悲。拔剑捎罗网，黄雀得飞飞。飞飞摩苍天，来下谢少年。[①]

　　这首诗的本事，前代学者多谓是丁仪下狱，曹植自叹无力营救，作诗抒写愤懑。《三国志·陈思王植传》的裴注引《魏略》云："时仪亦恨不得尚公主，而与临淄侯亲善，数称其奇才。太祖既有意欲立植，而仪又共赞之。及太子立，欲治仪罪，转仪为右刺奸掾，欲仪自裁。而仪不能，乃对中领军夏侯尚叩头求哀。尚为涕泣，而不能救。乃因职事收付狱杀之。"[②]成为解读本诗的重要依据。不过，如果从叙事修辞的角度来看，这里的野田黄雀，其来有自，具有非常深刻的象征义涵。诗为不能援救丁仪一事而发，然其所蕴含的意义，却远远逸出本事，而成为一种人生状态的写照。"利剑不在掌，结友何须多"，乃全诗之眼，深刻揭示了权力场中的丛林生存状况。

　　在诗的后半段，曹诗以黄雀为喻，对此作进一步的引申。关于黄雀，最广为人知的是"螳螂捕蝉，黄雀在后"的成语，该典始出刘向《说苑·正谏》，讽刺只顾眼前，而不计身后之患，目光短浅之人。其更早的典源，应是《庄子·山木》：庄周游于雕陵之藩，睹一异鹊自南方来。庄周执弹而伺机待发。然后就看到螳螂捕蝉，结果都被黄鹊捕猎的情景。由此悟出"物固相累，二类相召"之理，于是捐弹反走。在《庄子》里，蝉、

――――――――――

①　赵幼文：《曹植集校注》，人民文学出版社1998年版，第206页。
②　陈寿：《三国志》卷十九《曹植传》裴松之注，中华书局1964年版，第562页。

螳螂、黄鹊以及执弹捕鹊者，形成一级猎杀一级的生物链，《说苑》中省略了人捕黄鹊一级，意思都一样。人捕鹊，人也被人捕，捕人者再被他人捕，一级一级，直至无穷。世上万物，其生之危，都可谓临深履薄。黄鹊，也即黄雀，《庄子》所叙当是黄雀语象最早的典源。

曹植诗用黄雀事，乃反其意，不是人捕雀，而是救雀，将《庄子》和刘向《说苑》中的捕杀叙事，换成救助叙事。然而，没有捕杀，何来救助？没有鹞，黄雀不必躲避；没有罗，黄雀也不会投入罗网。上有鹞，下有罗，这就是黄雀在天地间的命运。在这里，黄雀的象征意义被改变了，由贪婪的捕食者，变成受命运拨弄的被害者。幸运的是，有少年的营救，黄雀最终获得自由，免受屠戮。少年救黄雀，是反衬自己不能救友，同时又是幻想自己也能像少年一样，或者朋友能有少年这样得力的援助。所以诗中的少年救黄雀，是一种偶然的幸运，并不能改变黄雀的悲剧命运。黄雀的命运，是诗人朋友的命运，也可以说是诗人自己的命运。曹诗的黄雀投罗、少年救雀，超越本事而获得一种象征意义，并且改变了庄周、刘向以来"螳螂捕蝉，黄雀在后"的叙事，建立一个新的比喻象征系统。

曹植之后，《野田黄雀行》乐府诗凡四五十首，多是以曹植诗的喻象为母版。如南北朝萧毅的《野田黄雀行》，结尾云"宁死明珠弹，且避鹰将军"，将曹植诗中的见鹞投罗，宁投罗也要避鹞，换成见鹞饮弹，宁饮弹也要避鹞。李白同题乐府，则谓雀当自珍避祸，莫逐炎洲，莫栖吴宫，奄息在蓬蒿之下，方可保全。叙及黄雀遭祸之因，以及避祸保全之策，将历代黄雀诗的义涵作了延伸拓展。此后，还有唐人贯休、宋元之际的于石、元代周巽等大大小小的诗人，都有同题或同题材的作品，明代王世贞同题乐府，将黄雀之喻与历史上相类事件关联，使之题旨变得分外显豁。其实，像李白诗中，将黄雀之祸与趋炎附势相关联，还是庄子、刘向贪婪招祸的喻拟系统，而曹植诗中的黄雀，无论贪婪与否，其悲剧性的命运，纵上天下地，亦难避免。这是一种宿命之悲，是古今才人、亮直忠悃之士在人间的普遍命运。

由于叙事是为了托讽，因此诗中所叙之事与真实发生之事，往往有一定距离。当然，诗中明显叙述故事，或者像《野田黄雀行》一样，显然就是寓言的，就更不必说了。为了更好地表达主旨，叙事有集中、提炼，也有敷饰，这样的叙事，更接近于一种故事的叙述与人物形象的建构了。如《白马篇》：

> 白马饰金羁，连翩西北驰。借问谁家子，幽并游侠儿。少小去乡邑，扬声沙漠垂。宿昔秉良弓，楛矢何参差。控弦破左的，右发摧月支。仰手接飞猱，俯身散马蹄。狡捷过猴猿，勇剽若豹螭。边城多警急，虏骑数迁移。羽檄从北来，厉马登高堤。长驱蹈匈奴，左顾凌鲜卑。弃身锋刃端，性命安可怀？父母且不顾，何言子与妻？名编壮士籍，不得中顾私。捐躯赴国难，视死忽如归。①

这首诗的写作时间，有以为是子建早期作品，与《杂诗》"拊剑西南望，思欲赴太山"类似，皆是报效国家的慷慨之言；也有认为是明帝曹叡时，鲜卑与蜀汉联合，威胁魏西北边界，写西北游侠，是歌咏西北守土将士。无论作于哪个时期，这里

---

① 赵幼文：《曹植集校注》，人民文学出版社1998年版，第411—412页。

的"幽并游侠儿"，都是带有一定虚拟性的艺术形象。诗先推出一位白马将军英姿飒爽、驰骋疆场的形象，然后从其少年从军写起，一是写其高超的骑射技艺，敏捷勇武的精神；二是写边庭告急，壮士驰骋疆场，奋勇杀敌。由于场景的逼真、生动，细节的真实，气氛的烘托，壮士的形象也得到丰满的呈现。这个壮士，或许有现实中的蓝本，然诗人将其描绘得近乎完美，附加了诸多想象与虚拟，遂成为理想的化身。这首诗因为虚饰、想象成功地塑造了一个武艺高超、英勇报国的壮士形象，前后两小段的衔接，也写出从幽并游侠儿到边庭壮士的人物性格、思想行为的转折，从而含有一定的情节因素，这使得其叙事在某种程度上接近于讲故事。然而，这个故事是叙写理想和情怀，故事中的人物也是理想的象征。诗歌既因其虚拟而具有故事性，却也因这种虚拟消解了它叙事的实在性，把诗歌的主题和立意揭示出来了。叙事因此获得一种修辞的功能和作用。

曹植的游仙诗，有些场景生动，人物鲜活，有对话，有情节，其文本堪称叙事典范。如《飞龙篇》：

> 晨游太山，云雾窈窕。忽逢二童，颜色鲜好。乘彼白鹿，手翳芝草。我知真人，长跪问道。西登玉台，金楼复道。授我仙药，神皇所造。教我服食，还精补脑。寿同金石，永世难老。①

这首诗非常生动地描述了寻仙采药、求得长生之术的过程。云雾缭绕的名山，给全诗的叙事铺开氤氲的仙境。寻仙服药的

---

① 　赵幼文：《曹植集校注》，人民文学出版社1998年版，第397—398页。

过程，从遇到两仙童，在仙童的带领下，找到真人，真人"授我仙药"，从而获得长生之术。这完全是一篇情节完整、脉络流畅的《寻仙记》。曹植晚年，类似游仙服食之作较多，一方面是时代风气的影响；另一方面，这也逐渐成为其逃避现实的一个精神寄托。这里的故事与情境，都是虚拟的艺术创造，是作者幻化的世外桃源，对于曹植来说，是精神的寄托。

像这首诗，叙事的成分是很充足的，但诗歌的作意显然不是要记录这样一次奇妙的寻仙之事，诗在写作上采用的幻化笔法，就明确诗中所叙并非写实。从这个角度来看，这里的叙事，同样只是一种修辞，或者说其起到的作用，是修辞的作用与功能。这是从诗歌总体着眼，考察其主题、立意与叙事的关系，叙事本身不是诗歌的目的，而是起到深化、揭示主题的作用，则叙事承担着一定的修辞功能。诗歌中的叙事修辞，一般都是具体的，叙事的内容也都很充实，当其叙事的义涵被普遍接受，就可以被凝练为相应的意象或符号，直接用来揭示主题。所谓"事典""事象"，就是以意象和符号来替代完整叙事。叙事成为文法意义上的修辞，往往也就是以"事典""事象"的面目出现。诗歌叙事的贡献，除了其自身叙事的生动、精彩，也看其是否创造了被后代广为采用的事典、语典、事象等。

《诗经》《楚辞》就是这方面的典范，《诗经》往往只要举出诗题，其义涵就不言而喻；《楚辞》只一个骚人的形象，就足够被无数诗征引。杰出的诗作，总是会在广泛的传播与不断的仿效中，影响到后世写作，其中的叙事，也就有变成事象、事典的可能。曹植的作品，有的事象就很明显承自《楚辞》，如前述《飞龙篇》的寻仙景象与场景，还有《洛神赋》等作品，都很容易看出楚辞的影响。不过，曹植在继承中又有新创，《洛神赋》

有楚辞的影子，同时又融合了很多乐府诗人物描写的因素，从而能够自树典型，成为后世习用不辍的典实与意象。最有名的就是，这些事象在多个方面被后世引申、借用。曹植更有价值的，是他那些借美女、游侠、少年来写自我的穷通际遇，抒发块垒幽愤之作，如《美女篇》《七哀诗》之类，以第一人称叙爱恨离合之事，而象征个人的穷通淹塞。这类诗固然也是曹植发扬诗骚传统的产物，然以更明确、更细腻真实的闺怨来写士怨，写士人的怀才不遇，则由曹植而光大，可以说闺怨诗的修辞属性，是在曹植这里首先得到确认。

以《白马篇》《名都篇》为代表，曹植在游侠贵少的诗类叙事中，也具有开拓性的垂范意义。"白马谁家子，黄龙边塞儿"（李白《独不见》）、"偏坐金鞍调白羽，纷纷射杀五单于"（王维《少年行》其三）、"白马金鞍从武皇，旌旗十万宿长杨"（王昌龄《青楼曲》其一）、"西陵侠少年，送客短长亭。青槐夹两道，白马如流星"（王昌龄《少年行》其一）、"垂杨拂白马，晓日上青楼"（韦应物《贵游行》）……唐人笔下游侠儿、贵游公子等，虽具体内容各不相同，然基本要素由曹植《白马篇》《名都篇》延展而来，其迹甚明。

叙事不仅受特定主题与写作意图的支配，还因情感的浸润，蕴含动人的力量。钟嵘谓曹植"情兼雅怨，体被文质"，[①] 强调曹植的雅怨之情。所以，在作为手法的修辞之外，曹诗叙事本身，也是情感浓郁、主体性突出的叙事，即事以情叙，事中有情。在曹植前述诸诗中，都可以感受到这种事中之情。情致轻

---

① 钟嵘著，曹旭注《诗品集注》（增订本），上海古籍出版社2011年版，第117页。

快时，是"神飙接丹毂，轻辇随风移"（《公宴诗》）；思绪忧沉时，是"我马玄以黄""我思郁以纡"（《赠白马王彪》）；慷慨时，是"抚剑西南望，思欲登太山"（《杂诗》）；悲愤时，是"自谓终天路，忽然沉下渊"（《吁嗟篇》）……从叙事含情的角度看，是情对叙事的反作用。叙事作为修辞，深化着诗歌的主题与情志，同时，又受到诗歌情感与主题的支配。情、事之间，是相互作用的关系，这也使得诗歌叙事表现出不同于其他文类的独特的文体特性。

曹植是五言古诗早期成就极为杰出的诗人，他的诗以个人情怀心志的抒发为主，代表了文人诗的写作传统，与乐府古诗重叙事显然殊途。但其诗中也有叙事，这些叙事有事件、场景的叙述，有传记式的人物诗，也还有不少寓言诗，其叙事真切，诗中所呈现的形象（人物或寓言中的动植物）生动，均已达到很高的艺术水准，表现出突出的叙事能力。更为重要的是，曹植诗的叙事，助益其抒情言志，对抒情言志类诗歌中的叙事，以及叙事在抒情言志类诗歌中的功能、作用，作了有效的探索和成功的尝试。曹植那些非叙事诗的叙事实践，为探索诗歌叙事的文体特性，留下极其珍贵的文学史料。

王粲比曹植年长十余岁，为七子"冠冕"，是建安时代又一重要的代表性诗人。王粲之诗，存世已不足二十首，然成就甚高。钟嵘《诗品》列之为上品，谓之"发愀怆之词，文秀而质羸"。[①] 王粲的诗，同样受到文人诗寄托传统的影响，将叙事作为抒情言志的方式。《杂诗》四首就是最好的例证。四首诗中，

---

① 钟嵘著，曹旭注《诗品集注》（增订本），上海古籍出版社 2011 年版，第142 页。

既有某次活动的记录，也有寓言式的叙事，皆为烘托诗歌主旨，故具备一定的修辞性。如第一首：

> 吉日简清时，从君出西园。方轨策良马，并驰厉中原。
> 北临清漳水，西看柏杨山。回翔游广囿，逍遥波渚间。

这首诗写的是一次出游畋猎活动，时间、地点与人物等要素都具备，诗中写到策马驰骋、遨游广囿之事，较为虚泛，主要为场景渲染。诗之实事当为在广囿围猎或驰骋遨游，然诗中却写到"并驰厉中原""北临清漳水，西看柏杨山"等，所涉范围极广，旨在突出诗人一行凌厉中原、顾盼生辉的风采。本诗叙游园畋猎之事，但并未完整而细致地叙述该事的具体过程，而是在较虚泛大空间铺展人物的行为，似乎是以一种摆拍的姿态，将人物的姿态定格在阔大的山水之中。显然，叙事在这里也成为塑造人物的一种手段。通过在漳水与柏杨山之间，在广阔的中原大地策马驰骋，叙写慷慨的情怀与奋发的意气。

《杂诗》其三，则是一首寓言体的叙事寄托：

> 联翩飞鸾鸟，独游无所因。毛羽照野草，哀鸣入青云。
> 我尚假羽翼，飞观尔形身。愿及春阳会，交颈遘殷勤。

这首诗前半为寓言体叙事，写一只孤飞的鸾鸟，独游无依，在荒野徘徊、哀鸣。后半则为内心叙事，诗人假想生有羽翼，便可与孤鸟相会，相知相爱。诗借鸟之孤独、求偶，寓人之淹蹇、求遇，是《楚辞》一系比兴寄托的套路。诗中的鸾鸟寓言，是为突出淹蹇、求遇之主题而虚设故事，其虚拟性是显而易见的。依题旨而虚设故事，叙事的逻辑便不再是事件本身的逻辑，而遵从于诗歌的题旨，即叙事的独立性被弱化乃至消解了。如这首诗前半写鸾鸟孤飞，纯叙事的也就是头两句，后两句笔触一转，写鸾鸟的毛羽与哀鸣，实际内容是由叙事转到描写了。前两句的"独游""无所因"等，已表现了鸾鸟的孤独，而后两句又作了进一步的渲染。所以，鸾鸟孤飞并不是诗歌的重点，它的孤独和哀怨，才是诗歌所要表达的。虽然诗中有叙事，却指向一种情感的倾诉与志愿的表达，成为通向所寄托之主题的修辞方式。

上述修辞性的寄托叙事中，也饱含着浓郁的情感，叙事以情，也与所表达之主题相呼应。与建安时代其他诗人相比，王粲受民间乐府影响更深，叙事性相对更突出些，除了叙事以寄托之外，其诗愀怆忧伤，情感浸润的痕迹尤其明显。如其早期的《七哀诗·其一》（西京乱无象）：

> 西京乱无象，豺虎方遘患。复弃中国去，委身适荆蛮。亲戚对我悲，朋友相追攀。出门无所见，白骨蔽平原。路有饥妇人，抱子弃草间。顾闻号泣声，挥涕独不还。"未知身死处，何能两相完？"驱马弃之去，不忍听此言。南登霸陵岸，回首望长安。悟彼下泉人，喟然伤心肝。

这首诗叙事诸要素皆备，也有完整的情节，庶几可谓叙事诗。然而，这首诗情感悲怆、沉痛，抒情色彩也同样突出。实际上，叙事与抒情，在这首诗中是相互依恃、密不可分的。从叙事的角度来看，一是叙事浸润着情感；二是叙事是情感的来源与渲染情感的方式。如果将这首诗看成抒情诗，则叙事同样承担着修辞的功能。叙事浸润情感，从诗中很容易体察得到，与亲友泣别，饥妇人的弃子、挥涕，诗人回望长安的黯然心伤等，都写得深切感人。这些情感正是从叙事中生发出来的，没有叙事，情感无所凭依。但同是叙事，并非都能激发或蕴含同样深度的情感。清人吴淇云："盖人当乱离之际，一切皆轻，最难割者骨肉，而慈母于幼子尤甚。写其重者，他可知矣。"① 精辟地指出了王诗选材的代表性与典型性。由于所叙之事，极具感人之质素，略加点染，便感天动地。事的选择，决定着情的深浅。为了达到情感表达的效果，事的选择、安排及叙述的方式，都有周密的考虑。

　　情、事同样又是包含着寄托的。西京及中原的战乱作为主因，导致饥妇人弃子，诗人离家远游等事，诗人记叙，一方面具有史的价值；另一方面，是抒发哀悯忧伤的忧国情怀，并寄希望于明君贤相的出现。结尾"悟彼下泉人，喟然伤心肝"，点出诗人的寄托所在，即乱而盼治，瞩望于美政，升华了诗歌的蕴涵。这一期待，对比着诗中所叙及的现实，诗人未免"喟然伤心肝"。全诗的悲怨情调，与诗人的美政寄托，等比呼应。或者说，本诗正是通过对现实中悲惨情事的叙写，来呼唤明君贤相的出现，期待美政的实施。事的选择，事中之情，情中之内涵主旨，在本诗中环环相扣，融为一体。《文选》吕向注"七哀"有云："痛而哀，义而哀，感而哀，怨而哀，耳目闻见而哀，口叹而哀，鼻酸而哀"②，吕向注"七哀"，除"耳目闻见"涉事外，其他似都从情的角度立论，然所谓"痛而哀""感而

① 　吴淇：《六朝选诗定论》卷六，广陵书社2009年版。
② 　李善等：《六臣注文选》，浙江古籍出版社1999年版，第410页。

哀""怨而哀"云云，则所痛者、所感者、所怨者为何，背后必
与事关涉。故七哀者，因事而哀为根本。就王粲这首诗而言，
诗中的情感与寄托，也都是从叙事中呈现，情因事哀，事以情
叙，叙事是这一切的基础的承载，叙事的过程，同时也就是抒
情的过程。

《七哀诗》其二，写羁旅之事及其情状，其事足可悲，再加
上诗人对景、境的渲染烘托，将羁旅之忧悲，写得入木三分：

> 荆蛮非我乡，何为久滞淫。方舟溯大江，日暮愁我心。
> 山冈有余映，岩阿增重阴。狐狸驰赴穴，飞鸟翔故林。流
> 波激清响，猴猿临岸吟。迅风拂裳袂，白露沾衣襟。独夜
> 不能寐，摄衣起抚琴。丝桐感人情，为我发悲音。羁旅无
> 终极，忧思壮难任。

诗之开篇，总写所叙之事，滞留荆蛮为客，"何为久滞淫"，
实为叙事之引语，按理下文应展开"何为"，具体交代留滞的缘
由。然诗歌笔锋一转，避开缘由，而直写滞留的愁苦心境。以
"方舟溯大江"起，也是以叙事牵头。溯江而上，见夕阳映照山
岗，狐狸、飞鸟、猿猴惶急奔走。由于"方舟溯大江"确定了
流动的观察视角，这些景物的铺写，以空间的流动与转换为序，
是叙事的逻辑推衍。"迅风拂裳袂，白露沾衣襟"，笔触转到观
察者自身，在迅风的吹拂与白露滋沾中，羁旅者以茕茕孑立的
愁苦形象，伫立在船头。时间在船的游移中流逝，夜幕降临，
夜色渐深，羁旅者依然不能入睡，起坐弹琴，发出悲伤的乐音。
"羁旅无终极，忧思壮难任"，原来，这悲伤的琴音，是羁旅者
难解的忧思。

　　本诗将本应展开的对羁旅之因由的叙述，转为羁旅之愁情的演绎，然从文本上看，空间视角的流动转换，时间由昼而夜的推进，羁旅者作为行为主体的观感与体验，又是一种叙事的逻辑推衍。还应引起注意的是，诗以一日一夜的时空展演，来表现一段较长时期的生活情状。这犹似舞台剧的结构，对生活高度集中、浓缩，将其中有表征性的片段连缀，起到连贯性的传记叙述效果。如果将侧重点放在这首诗的羁旅之情，那么这种情，是以叙事作为骨架搭建的；将侧重点放在这首诗的时空及叙述结构，其叙事性的文本架构，又是以情充盈在叙写素材中。所以，即便将本诗看成抒情诗，它也是叙情，即以情为叙述对象，用叙事的方法与思维来叙情。

　　叙事以情，是事中含情，这是大部分诗歌叙事的共性；以情为事，则是以叙事的思维与笔法来演绎情感。在王粲留下的为数不多的诗歌中，对于情的演绎与表达，体现了某些叙事的思维与方法，或者说，这样一种情感的表达与叙写，对于诗歌叙事具有思维与方法的启示。

　　古人文论中，提出过"叙情"的概念，比较符合王粲诗歌的这种特点。《文心雕龙·辨骚》云"叙情怨，则郁伊而易感；述离居，则怆怏而难怀"，谓屈原之抒情为"叙情怨"，下字极切。《离骚》就总体而言，是以自序传的形式，完成了情感的诉求与表述。具体到文本中，托雄鸠为媒，就重华而陈辞，在上天下地的游历、求索与追求之中，来叙写其对楚国的一片忠悃、抵死缠绵，通篇都是以事来写情。从中可见，叙情也就是叙事，是诗歌叙事普遍呈现出的形态。

　　当然，王粲的叙情并不都是"叙情怨"。其从荆州依归曹操之后，得到尊重和重视，跟随曹操南征北伐，写下不少情怀慷

213

慨的作品。如其《从军行》五首。这组诗的《其二》至《其四》，内容很明晰，所叙为建安二十一年至二十二年（216—217），曹操伐吴第二次濡须之战。王粲殁于建安二十二年（217）春，这组诗可以说是其诗作中的绝笔。如《其二》写曹操整兵出征："凉风厉秋节，司典告详刑。我君顺时发，桓桓东南征。"所叙即《三国志·魏书·武帝纪》所记建安二十一年（216）事："（建安二十一年）冬十月，治兵，遂征孙权。十一月至谯。"① 这次魏、吴大战的主战场在巢湖到长江濡须口一带（濡须口故址在今安徽无为东南），谯郡是曹操的故乡，被经营得很好，当是此次战役中魏军的指挥总部。《从军行·其五》写到魏军自邺城南下，沿途荒凉的景象："四望无烟火，但见林与丘。城郭生榛棘，蹊径无所由。雚蒲竟广泽，葭苇夹长流。"然而，到谯郡之后，却是"鸡鸣达四境，黍稷盈原畴。馆宅充廛里，士女满庄馗"，一派安宁和乐的景象。诗中还写到曹操大军的军容和气势："泛舟盖长川，陈卒被隰坰"（其二）、"连舫逾万艘，带甲千万人"（其四），场景宏大，非常具有画面感，可补史传之缺。王粲作为文职，应该并未亲临一线，诗写到谯郡结束，主要写行军的情形与士卒的情绪、心理，未叙及魏、吴兵戈相接的战斗局面。这种情绪和心理，既有跟随明主，雄师长驱的昂扬，这从王诗所写的宏大场景中，可以很突出地传递出来；也有离家远征，对亲人和故乡的思念，如"征夫怀亲戚，谁能无恋情。拊衿倚舟樯，眷言思邺城。哀彼东山人，喟然感鹳鸣"（其二）、"白日半西山，桑梓有余晖。蟋蟀夹岸鸣，孤鸟翩翩飞。征夫心多怀，恻怆令吾悲"（其三）；但最终，还

---

① 《三国志》卷一《武帝纪》，中华书局1964年版，第49页。

是以大局为重："身服干戈事，岂得念所私。即戎有授命，兹理不可违。"（其三）诗人和士卒的心理是相同的，有忧伤，有痛苦，也有建立功业的激情。经过矛盾权衡，坚定了自己的选择："我有素餐责，诚愧伐檀人。虽无铅刀用，庶几奋薄身。"（其四）

王粲的《从军行》所表现的情感与心理较为丰富，较其荆州诗作，境界要阔大得多。这一组诗，对魏军的集结、行军等的描述，不少均具有史性。从这组诗中，读者清晰地获知魏军的规模，水陆并进的行军情景，以及行军与驻扎的情况。这些具有史性的内容，是建立在叙事性的基础上的，然其叙事性，又并非是刻板的事实复现，而是运用描写、夸张、渲染等修辞方式。它并不是要精确地交代魏军的人数，行军的路线，而是以行程为线索，展现魏军将士万里赴戎机，上下齐心、同仇敌忾的忠勇精神。诗人的写作，主要是表达从军之情的，该组诗为乐府歌行，在诗体性质上，也决定了它们重在情感的表达这一特性。由于这一情感是建立在真实、具体的史事之上，蕴含于该段史事的描述中，叙事、描写的同时，也就是叙情。

曹植、王粲作为五言诗开辟阶段两位代表性的诗人，他们的诗歌大多并非叙事诗，然而却非常具有叙事的认识价值，道理也就在这里。从叙事的角度来看他们的诗歌，能反映诗歌这一文体对于叙事的处理，即在非典型的叙事诗中，诗歌叙事的重要文体特征。如叙事的象征、寄托、寓言，叙事与情感的关系，等等。曹、王对于诗歌叙事文体特性的形成与巩固，作出重要的贡献，影响到后代诗歌对于叙事的处理，具有重要的诗歌史意义，在诗歌叙事传统中，也居于开辟者的角色。

余恕诚先生有《论唐代的叙情长篇》一文①，认为唐代李白、杜甫、韩愈、元稹、白居易等人所作的借叙事以抒情的长篇，与叙事诗相同点都在于"叙"，叙事诗立足于讲故事，叙情诗立足于抒情，将叙事作为抒情的手段，并不追求事情的连贯性与故事的完整性。实际上，即便是叙事诗，也很难说就是为了讲故事，对中国古典文学来说，无论是诗歌还是小说，讲故事可能都不会是最终的目的，而是要通过那故事表达、说明什么，才是更重要的。叙情诗的事不必求其完整，这也正是中国文学叙事与西方叙事学意义上的叙事区别之所在。叙情诗在古典诗歌中，数量非常庞大，涵盖了抒情和叙事两大诗歌类型，从某种程度上说，叙情诗是诗歌这一文体的叙事方式。余先生在文章中提到曹植《白马篇》对唐人长篇叙情诗的影响，王粲在唐人中长篇叙情诗创作中，同样有着重要的地位。不仅仅是他们的创作方法，甚至曹、王二人，也以特定的形象与象征，进入诗歌内部，成为义涵丰富的典故。

第二节　陶渊明生活范式与陶诗的叙事建构

陶渊明的阅读、接受与研究，自古就是热点，古今文人学者不知爬梳了多少遍。只是从叙事传统的角度来看陶诗，相对还比较少见。或许，在叙事传统视域中观照陶渊明诗歌，能为陶渊明研究打开新的空间。

陶渊明的诗歌主要是五言古诗，内容不算特别丰富，大多

①　余恕诚：《论唐代的叙情长篇》，《文史哲》1991 年第 4 期。

围绕其田园生活展开，表达归田的志趣、闲居的乐趣以及不慕荣利、崇尚自然的精神，被誉为"古今隐逸诗人之宗"。① 现代有学者认为陶渊明的价值，在于其开辟了一种闲情文化模式，与另一类文人的载道文化模式相对应。且陶氏的闲情文化模式是接地气、可实践的。② 质言之，陶渊明的生活方式既高蹈超绝，又真实、亲切，如在目前，可感可触，充满泥土味，于多数普通人都有一种熟稔的感觉。显然，空乏的抒情，很难达成这一阅读效果，陶诗必须写实，必须很生活化、日常化、平民化，也就是说，陶渊明是通过其诗歌的生活叙事，方能建构起真实可感的日常生活形态与场景。

陶渊明《饮酒·其五》云："结庐在人境，而无车马喧"，陶诗的叙事，就是这种无车马喧的"人境"叙事。通过日常活动与生活的叙写，表达高逸洒脱的志趣，抒发自然浑朴的情感，从而树立起千古隐逸之宗的形象。陶渊明《五柳先生传》有生动的自画像，主要写了三个方面：好读书，不求甚解，每有会意，便欣然忘食；好饮酒，亲旧招饮，造饮必醉；居处简陋，衣裳破旧，而欣然自乐。读闲书、好酒、贫居，是陶渊明生活中最常见的三种状态，从中体现出不慕荣利、随性洒脱的特点。饮酒和贫居往往会连在一起写，"性嗜酒，家贫不能常得。亲旧知其如此，或置酒而招之……"实际上，就是饮酒、读书，再加上一个躬耕劳作。在陶诗中，同样是以这三种状态，来设定

---

① 钟嵘著，曹旭注《诗品集注》（增订本），上海古籍出版社 2011 年版，第337 页。

② 韦凤娟：《论陶渊明的境界及其代表的文化模式》，《文学遗产》1994 年第2 期。

诗人的形象。当然，这三种状态往往又是在人际交往，即交游中完成，交游活动包融了三项内容。

《归园田居·其一》，直陈其志在丘山，然后自叙"误落尘网中，一去三十年"，后半写归田生活，写到居家环境："方宅十余亩，草屋八九间。榆柳荫后檐，桃李罗堂前"；写到田园的劳作："开荒南野际，守拙归园田"……叙事、描写、陈述等表达方式均有，但叙事在其中起着骨干性的支撑作用，即叙事是对诗中所陈述的志趣与理想的一种落实。如"少无适俗韵，性本爱丘山"属于自述己志，简单直接的自述，而且还是述志，并不足以使诗意变得充实、可信；"误落尘网中，一去三十年"，仍是自述，不过是自叙传，是叙事，三十年的尘网生涯，本来与"少无适俗韵"形成强烈反差，诗中用一"误落"作扭转呼应，旋即又以"羁鸟""池鱼"自比，从正面申述其性爱丘山、少无俗韵的趣向。至"开荒南野际"，始有切实叙事，其脱俗的志趣在归田的实际劳作得以证明。不过，这首诗并未就此细致展开，而将笔触转向居住环境的描写，以之印证其复返丘山、脱离尘网的当下生活状态。

第一首相当于序诗，并未具体展开叙事，在《归园田居》组诗的余下几首中，就有了更为细致的叙事。《其二》至《其五》，皆以叙事为骨干，附着情感的抒发和哲理的悟释。

如《其二》：

> 野外罕人事，穷巷寡轮鞅。白日掩荆扉，虚室绝尘想。时复墟曲人，披草共来往。相见无杂言，但道桑麻长。桑麻日已长，我土日已广。常恐霜霰至，零落同草莽。

首句即写隐居之事，"野外罕人事"为一般陈述及情况介绍，"穷巷寡轮鞅"是典型的叙事，居处穷巷，与外界少有交往，红尘中的人事，甚少前来侵扰。"白日掩荆扉"也是叙事，与"穷巷寡轮鞅"呼应，一个是写自己的绝尘，一个是写红尘的绝己。诗人绝的是欲念纷争的尘俗世界，并不意味着拒绝淳厚朴质的田园生活。"时复墟曲中"以下，详叙其田园生活。诗中选一件事予以描述，即与邻居老农相互串门、聊天。"时复墟曲中，披草共来往"，叙事极其生动，村里人家居处相近，放下农具，收工回来，空隙之间随时都可来往走动，相互串门，不拘礼节，如同在自家一样。"相见无杂言"云云，皆串门时的言谈、交往情状，絮絮叨叨，议论着庄稼和收成。与尘网中的功名利禄之事相比，这一种生活场景，有泥土的朴素和芬芳，显得格外温馨。整首诗没有对田园生活的直接赞美与抒情，也没有直接言及自己的情怀志趣，而是通过日常生活的某个片段的叙述，揭示田园生活的风味及其价值内涵。

《归园田居·其三》：

> 种豆南山下，草盛豆苗稀。晨兴理荒秽，带月荷锄归。道狭草木长，夕露沾我衣。衣沾不足惜，但使愿无违。

这首诗除了最后一句，可以说是通篇叙事。诗所记叙的，是某次锄草种豆的劳作。诗人在南山脚下有一块小菜地，早早地起来赶去锄草，护理豆苗，一直到天黑，月亮上来了，诗人才扛着锄头，沿着狭窄的田间小路回来。山路的两旁是纷乱的杂草，几乎把路都淹没了，夜晚的露水打湿了衣裳。将这首诗翻译成现代散体文，就是上述一段文字，有人物、地点、事件，以及事件所发生的时间段，叙事要素完备，叙述条理清晰，脉络通贯。

《其四》《其五》似有前后承接关系。《其四》写一次游历访古，看到荒墟丘垄，而生出"人生似幻化，终当归空无"之感。该首诗前半以游踪为序，人物则有诗人及其子侄辈，访古中还有与采薪者的对话，可作游记读。《其五》写居家时的心态，因人生的短暂如幻，转而积极经营日常生活。"漉我新熟酒，只鸡招近局"，邀请邻人举杯欢饮，谈笑欢聚。"日入室中暗，荆薪代明烛。欢来苦夕短，已复至天旭"，从白天聊到天黑，燃起柴火再作通宵长谈。此意颇同古诗"昼短苦夜长，何不秉烛游"，只是在陶诗中，场景、人物以及聚谈时的菜肴和美酒，都历历写来，非常具体而真实。实际上，陶诗在这里就是原原本本的叙事，至于其感慨、义涵，都蕴含在叙事之中。

如果说，陶渊明早期的田园诗，不少作于隐、仕之间的空当，所叙田间劳作，未必躬亲，主要还是描述一种理想的生活。他在后期，因家中失火，坠入贫寒之后，则是真正参与到劳作之中，所叙农事就切实得多了。如《庚戌岁九月于西田获早稻》：

> 人生归有道，衣食固其端。孰是都不营，而以求自安？开春理常业，岁功聊可观。晨出肆微勤，日入负耒还。山中饶霜露，风气亦先寒。田家岂不苦？弗获辞此难。四体诚乃疲，庶无异患干。盥濯息檐下，斗酒散襟颜。遥遥沮溺心，千载乃相关。但愿长如此，躬耕非所叹。

庚戌为东晋义熙六年（410），两年前的戊申六月，陶渊明在柴桑的旧宅遇火，"林室顿烧燔""一宅无遗宇"（《戊申岁六月中遇火》），在经济上对陶家是沉重的打击。也正是这类变故，让陶渊明认识到农耕劳作，对于满足基本生活之需的重要性。本诗的首四句，就是诗人在现实遭际中，所收获的切实感受：不能空谈"道"，得有衣食等基本的生活基础。以下写春耕，"开春理常业，岁功聊可观。晨出肆微勤，日入负耒还"几句，非常写实。在这里，写实就是表达特定思想情感最好的方式。晨出日入，其辛苦可想而知，然而，"田家岂不苦？弗获辞此难"，田家日常便是如此，这就是人生经营衣食必然的付出，虽苦，而心安。后半段，又将其与红尘中功名利禄的追逐相比较，"四体诚乃疲，庶无异患干"，身体疲累而无其他精神上的纷扰，则疲而不觉苦。更何况，劳作之余，"盥濯息檐下，斗酒散襟颜"，更能感受休闲之乐。田园劳作苦而不觉苦，农余盥濯饮酒倍赠其乐，然诗中只是淡淡写来，却自有一种隽永的情味。

饮酒，是陶渊明田园生活中另一重要内容，对陶渊明来说，也具有特殊的意义。陶渊明有《饮酒》组诗二十首，以"饮酒"为中心，叙写其田园生活相对休闲的一面。组诗中，不少是以抒情、议论为主，有些在抒情议论中，征引典故予以说明，如《其十一》《其十二》，包含着较多的叙事成分。组诗中，叙事性突出的不多，仅仅数首，但非常生动。如《其九》：

清晨闻叩门，倒裳往自开。问子为谁与？田父有好怀。壶浆远见候，疑我与时乖。褴缕茅檐下，未足为高栖。一世皆尚同，愿君汩其泥。深感父老言，禀气寡所谐。纡辔诚可学，违己讵非迷。且共欢此饮，吾驾不可回。

清晨听到敲门声，忙乱中跑去开门，衣裳都穿倒了。原来是邻居的田父携着一壶好酒来看他。田父就像那个楚泽的渔父一样，劝了他很多的人生道理；而诗人也就像屈原一样，表示不愿违背心志，要过适意的生活。在这首诗里，诗人通过人物交往的一个小片段，一个场景，来言志抒怀，叙事成为引子与载体。不过，就其叙事本身而言，亦足见诗人的情怀志趣。"清晨闻叩门，倒裳往自开"，就很生动地表现了隐者的随性不拘；田父壶浆相候，写出人情的醇厚，田园生活的淳朴。这样的生活环境，才是不违己的理想生活。叙事的内容、情态、情感基调等，都包含了一种人生态度与生活精神，即便没有后文"纡辔诚可学，违己讵非迷""吾驾不可回"等直陈，也足以说明诗人的心志。

《饮酒》的第十四首，通篇都可以看作叙事：

> 故人赏我趣，挈壶相与至。班荆坐松下，数斟已复醉。父老杂乱言，觞酌失行次。不觉知有我，安知物为贵？悠悠迷所留，酒中有深味。

诗之所叙，为诗人居家的一次饮宴。老朋友拿着酒过来，随意坐在松树下就喝起来，没几轮就醉了。大家开始七嘴八舌聊闲天，彼此行觞劝酒，浑然忘却了长幼尊卑的次序。最后四句，点出这次饮酒的超然忘我之境。其实，即便不说，在前面一大半篇幅的叙述中，也写出了诗人与他的农家朋友们，脱略形迹，物我两忘的境界。"班荆坐松下"，既是写脱略形迹，也说明了家贫，居处简陋。在陶诗中，饮酒与贫居合写，像"故人赏我趣，挈壶相与至"，即《五柳先生传》所叙亲旧知其家贫，有酒辄邀之的情况。

田园生活的第三个重要内容，即读书。陶渊明有组诗《读山海经》十三首，以《山海经》中的人物与故事为叙述对象，不少诗歌有较强的叙事性。其中的第一首，写其读书生活的情状，具体而生动：

　　孟夏草木长，绕屋树扶疏。众鸟欣有托，吾亦爱吾庐。既耕亦已种，时还读我书。穷巷隔深辙，颇回故人车。欢然酌春酒，摘我园中蔬。微雨从东来，好风与之俱。泛览周王传，流观山海图。俯仰终宇宙，不乐复何如！

初看起来，好像是一般抒情诗，细读下来，叙事非常清晰、完整。时间是孟夏，在树木扶疏的宅第，农闲时节，闭门读书，也没有世俗的交往。读的是《周王传》和《山海经》这类消闲书。累了就喝点小酒，就着从园中新摘的蔬菜。过着这样的生活，直到终老，该是一件多么快乐的事啊。诗也是在客观地叙述自己闲时读书、饮酒，除了个别地方出现的"欣有托""欢然""乐"等表示情感的字眼，更多地，都是从叙事本身见出情感。

《读山海经》中，有不少诗内容上都包含比较质实的叙事，如《其五》写青鸟传信，《其九》写夸父追日，《其十》写精卫填海，等等。而诗的后半，多是写这些神话传说对诗人的触动，对其思想与生活的影响。黄文焕评陶渊明这组诗时说："题是《读山海经》，故每首必另翻议论。若依经敷叙，是咏山海经，非读矣。"① 不仅仅读书这件事，是陶渊明归园生活重要的组成

---

① 　黄文焕：《陶诗析义》卷四，龚斌：《陶渊明集校笺》，上海古籍出版社1996年版，第338页。

部分，所读书的内容，也与其生活融为一体。《其五》写青鸟传信之后，表达"我欲因此鸟，具向王母言：在世无所须，惟酒与长年"的愿望。这首诗与《其二》在内容上是互相贯通的，《其二》集中写王母在玉台高会酣饮；《其五》承王母故事，借青鸟传信，表达自己好饮酒、慕长生的愿望。酒是陶渊明生活的灵魂，而长生在这里，似乎只是虚指，因为诗中涉及王母、周穆王等，自然带出长生的内容。对于生死，陶渊明其实看得极为通脱，《形影神三首·神释》云"纵浪大化中，不喜亦不惧"，是他的生死观。所以，他不会执着于"长生"，对于陶渊明来说，是饮酒赋予生命意义。《拟挽歌辞》云"但恨在世时，饮酒不得足"，在世之时，最重要的就是饮酒。综合这些，回过头来再看"在世无所须，惟酒与长年"，更像是在强调有更多的、无尽的时间来饮酒。陶咏颂、企慕仙人的长生，最终归结到咏饮酒，归结到他的日常生活情趣。

《读山海经·其九》咏夸父追日，《其十》咏精卫填海，历来被看成陶渊明"悠然望南山"的另一面。但必须指出的是，这另一面，并非对立，而是互补。《其九》既哀夸父追日结局之悲，亦感叹其身后之功在邓林；《其十》咏精卫与刑天的猛志，最后得出的体悟却是"同物既无虑，化去不复悔。徒设在昔心，良辰讵可待"。龚斌注此诗，谓当与《杂诗十二首·其五》并读。《杂诗十二首·其五》写其少壮"猛志逸四海，骞翮思远翥"，而随着岁月流逝，雄心不再，"值欢无复娱，每每多忧虑。气力渐衰损，转觉日不如"，其田园生活，在日常劳作之外，主要就是寄迹诗酒、闲书，以休憩生养。故陶渊明读《山海经》，是读其趣，读其博杂奇异的故事，《山海经》中的夸父、精卫、刑天这类刚烈勇猛的人物，不是其效法的对象，他也不是要在这些人物的身上寄寓怎样的幽愤，而是从中体悟人生从热到冷、从激烈到恬淡的过程。组诗的第一首，相当于全组诗的总序，"俯仰终宇宙，不乐复何如"，就是组诗的核心。这也可以与《五柳先生传》中的"好读书，不求甚解，每有会意，便欣然忘食"相印证。

陶渊明日常生活的这几项内容，皆以"人境"为场域。读书活动，独立性稍强一点，但也不尽然。试看其《移居·其一》："闻多素心人，乐与数晨夕……邻曲时时来，抗言谈在昔。奇文共欣赏，疑义相与析。"《其二》："春秋多佳日，登高赋新诗。过门更相呼，有酒斟酌之。……"在这组诗中，读书与交游结合在一起，素心人晨夕过往，如切如磋、如琢如磨。诗中所叙，是作为日常活动的读书，是诗人交游的一种重要方式。

诗人在田园生活中的三种生活状态，读书、饮酒、躬耕，构成其交游行止的具体内容。多数情况下，这三者，或者其中的某二者，每每贯穿在一起。《读山海经》《移居》就贯穿了饮酒和读书，《归园田居》则是躬耕与饮酒。当然，也有可能含有读书、清谈，如《归园田居·其五》"漉我新熟酒，只鸡招近局。日入室中暗，荆薪代明烛。欢来苦夕短，已复至天旭"，通宵达旦，所道者当非桑麻，与谈者亦非农人。那么，知识人在一起，谈古论今，"疑义相与析"的可能性就要更大一些了。其实，这里与诗人作通宵欢谈的，就是《移居》中的"素心人"。诸家注《移居》，多引《与殷晋安别》一诗。殷晋安即殷景仁，刘宋名臣，文才也极为出众。殷早年做晋安南府长史掾，居浔阳，陶移家后曾与殷为邻。那首诗也是陶渊明生活、交游的生动写照：

225

游好非少长，一遇尽殷勤。信宿酬清话，益复知为亲。去岁家南里，薄作少时邻。负杖肆游从，淹留忘宵晨。语默自殊势，亦知当乖分。未谓事已及，兴言在兹春。飘飘西来风，悠悠东去云。山川千里外，言笑难为因。良才不隐世，江湖多贱贫。脱有经过便，念来存故人。

"去岁家南里，薄作少时邻"，即《移居》中"昔欲居南村，非为卜其宅"；"信宿酬清话""淹留忘宵晨"等，也就是《归园田居》里的"欢来苦夕短，已复至天旭"的彻夜清谈；"一遇尽殷勤""负杖肆游从"等，是陶与殷的交往情形。将《与殷晋安别》与《移居》《归园田居》相关诗作并读，陶渊明饮酒、清谈、读书等，也是他交游生活的具体内容，陶诗对这些生活情状的叙写，都是其实实在在的"人境"岁月。

像《与殷晋安别》这类交游诗，由诗人的交际，划出一定范围的生活圈，按理能够反映更多的社会信息。然而，在陶渊明的诗歌中，并没有囊入更多的田园外的世界。再如他的另一首名篇《答庞参军》：

相知何必旧，倾盖定前言。有客赏我趣，每每顾林园。谈谐无俗调，所说圣人篇。或有数斗酒，闲饮自欢然。我实幽居士，无复东西缘。物新人惟旧，弱毫多所宣。情通万里外，形迹滞江山。君其爱体素，来会在何来。

陶集中有《答庞参军》两首，一首四言，是庞做卫将军王弘参军时，从江陵往建康，经过浔阳，渊明以诗酬赠；另一首五言，即本诗。诗中很细致地叙述了和庞的交往，想来是庞在江陵时，时常舟车来访。庞为政坛人物，故其与陶交往，有所谓"谈谐无俗调，所说圣人篇"，多道德文章、经国事业，而陶在应酬之外，也委婉地表达自己的心志："我实幽居士，无复东西缘"，和而不同，乃陶渊明交友之道。

陶渊明的诗歌，以饮酒、读书、躬耕、交游四项为主，田园是其生活之所，也是其诗歌所展开的场域，这实际上就是以诗歌将《五柳先生传》的内容更加具体、细致地展开。陶所生活的晋、宋之交，实际上是一个战乱频仍的乱世，陶早期也有一部分诗歌，涉及当时更为宏阔的历史背景。如《始作镇军参军经曲阿作》《辛丑岁七月赴假还江陵夜行涂口》诸什，在"时来苟冥会，宛辔憩通衢"或"怀役不遑寐，中宵尚孤征"的匆匆行役中，依稀可见时代的风云。然而，当其最终挂冠而去，决定终老田园的时候，他就决绝地将自己与外面的政治大时代隔开，息交绝游，用诗歌经营着自己的田园之梦。这个田园，也可以看成是陶渊明的桃花源。

所以，陶渊明在诗歌中，以躬耕、饮酒、读书以及与农夫、素心人的交往，所构筑的田园生活，一方面是真实的——这的确是他实实在在的生活状态，生活方式；另一方面，这一生活状态，又是他的刻意营造，他把不和谐的声音和画面屏蔽了。所谓"结庐在人境，而无车马喧"，盖因其"心远地自偏"。故其生活叙事，是有所过滤的理想叙事。

这种叙事，与杜甫那种全景式的诗史叙事大不相同。虽然陶诗对自己的生活，也称得上是实录，但他这种生活本身，是自主经营的结果，他回归田园，息交绝游，为自己框定了一个封闭的生活空间，这就是他的桃花源，然后在这里生活、书写。因此，陶渊明诗歌的生活叙事，是封闭空间的梦剧场，其叙事经过删选、提纯，是在现实空间中所架构的理想世界，所以，他的叙事同样有着较显著的抒情性与主观色彩。像前文所举《读山海经》组诗，即便是读到精卫和刑天，他也会将其归到"同物既无虑，化去不复悔。徒设在昔心，良辰讵可待"，消解神话人物的激烈行为，将之归为平静，以对良辰的期待，对田园的向往，否定或化解"猛志逸四海"的"昔心"。无论所叙何事，那个"田园"都无所不在，陶渊明的大部分写作，其指向和旨归都很纯粹，始于田园、终于田园。

当我们认识到这一点，再来从叙事的角度看陶渊明诗，或者考察陶诗叙事，就会获得较清晰的认知框架。如果把陶渊明的田园看成其叙事的场域，这个场域奠定了其叙事的基调、范围，规定了其叙事的行为与动作。无论其具体内容为何，陶的叙事，是从容、平淡、质朴、安静的，他的诗，似乎有一种化融万物、以静了彻群动的能力。场域的特性规定了事的性质，也限制了叙述的行为与姿态。

在叙事学中，有所谓"故事""话语""叙事环境"等概念。田园作为陶诗的叙事场域，亦即其叙事环境。一般而言，环境在故事中多在从属位置，而陶诗的田园，却属于支配性的叙事环境（场域）。当然，这种环境的支配性，并不是说其诗以环境的叙述为主，即"故事中环境所占比例超过人物与情节"①。我们论诗歌叙事，与小说、戏剧的视角要有所区分。把陶诗的内容看成讲述故事，也无不可，但须从总体着眼，将他的所有诗篇综合起来，不妨说他是在讲述一个隐居田园、耕读饮酒的隐士传说。这个传说的核心、故事的灵魂，即归隐田园之乐。在

---

① 胡亚敏：《叙事学》，华中师范大学出版社2004年版，第161页。

叙述这个传说时，环境的分量确实很重，占比很大，其原因在于环境支配了故事，故事的整个走向、风格、属性都是从这个环境中生成。而且，叙述话语，也是从环境中产生，指向故事的核心。

不妨再从叙事话语的概念出发，作一具体申说。热奈特在《叙事话语》中，将叙事分为三个层次：第一层含义即对事件的叙述；第二层含义即叙述的对象，"真实或虚构的，作为话语对象的接连发生的事件，或事件之间连贯、反衬、重复等等不同的关系"；第三层含义指某人讲述某事（从叙述行为本身考虑）的事件。[①] 就陶诗而言，第一层的事件叙述，即是其诗歌的文本。第二层叙述的对象，即其田园日常生活，包括躬耕、饮酒、读书、交游等等。第三层的叙述行为，我们可以再将其分解成两个部分，一个是叙述姿态，一个是叙述方法。陶诗的冲淡、质朴、谦和，可以看成是一种叙述姿态，这一姿态与其所叙之事，有非常默契的对应关系，也是其诗冲淡质朴的重要原因。如果以将整体的陶诗看成一个叙事，则这种冲淡质朴就是叙事风格。叙述方法，陶诗一般以平铺直叙为主，显得从容不迫，但陶诗中，还有几种叙述方法，尤其值得注意。如前文分析的《读山海经》，对激烈的深化叙事的消解，将本来格格不入的人、事，融而化之，纳入田园叙事的范畴，这其实是一种干预性的叙事。那个田园理想无所不在，有一种巨大的力量，决定着叙事的走向。而陶渊明是怎么干预的呢？主要是哲学的玄思，以纵浪大化的宇宙观，作为干预叙事的思想武器。那么，这一哲

---

① （法）热拉尔·热奈特著，王文融译《叙事话语·新叙事话语》，中国社会科学出版社1990年版，第6页。

学的玄思，又是通过怎样的叙述方法来实现的呢？当然，这些叙述方法非止一种，按热奈特《叙事话语》中从不同方面的分类，如时距上的概要、停顿、省略，频率上的反复、交替、过渡，语式上的投影、聚焦、复调等，都可找到对应的例证，这些是其干预性叙事的具体实践方法。在这些方法中，有一种最为突出，就是对比叙事，投影、聚焦也多是在对比中实现的。

陶诗每每把两种矛盾的情状同时呈现在诗中，当其在写田园之美好的时候，总是会想起昔日的"心为形役"；当其优游田园的时候，总是会想起青壮年奔波王事的不遑启居，正如他"误落尘网"的时候，一直在恋旧林、思故渊；当其读到精卫、刑天与夸父等的壮烈，又不禁涌起终期于尽的虚无……这种矛盾的对比，是诗人人生经历与心路历程的真实写照，而对比也使得诗歌内在拥有了一种叙事的张力。因为对比中有时间，有了前后的情节和故事，无疑也增添了其诗的叙事性。对比把矛盾呈现出来，也就内在地规定了诗歌的叙事必须去解决矛盾，这又是用一种叙事的逻辑规定了诗歌的走向。最后是如何解决矛盾的呢？在当世是"息交以绝游"，在永世是"聊乘化以归尽，乐夫天命复奚疑"。叙事的主题，或者说聚焦，又自然而然地呈现出来。

除了文本话语层面，在文本写作的技术细部，陶诗的达情惬理、生动真切，含有非常高的叙述技巧，极具锻炼之功。这也就是苏轼所谓陶诗"质而实绮，癯而实腴"（《与苏辙书》），它是陶诗内在审美意蕴，而达成这一境界，离不开叙述的匠心。陈师道曾谓陶诗能"切于事情"（《后山诗话》），这个"切"，包含了太多的叙事技巧，也是达成"绮"与"腴"的途径。类似切事之笔法，在陶诗中，随处可见。龚斌先生举陶诗"翼彼新苗"之"翼"、"饥来驱我去"之"驱"、"良辰入奇怀"之

"入"、"中夏贮清阴"之"贮"、"日月掷人去"之"掷"、"严霜结野草"之"结"等例，认为这些字句"达到了高度准确、精炼，乃至不可改易的地步"。① 从词性来看，所列词皆为动词，充当谓语，施加客体对象。这些动词，一在其准确性，二在其表现力。诗人炼字功力深厚，达到极为高妙的叙述水平。

叙事、叙述的研究与解读，是解开陶诗艺术奥秘的重要途径，从叙事的角度来读解陶渊明，也能读出更多的意味。然而，在陶渊明研究中，这一方面重视得远远不够。本节只是作一个粗略的尝试，便深切感受到其中值得探讨的学术空间之大，足可为陶诗研究开辟出一片新天地。

第三节　颜延之诗歌的叙事类型及风格

晋宋之际的大诗人，颜延之、谢灵运等人在当时的名气要比陶渊明更大。颜、谢及鲍照，被称为"元嘉三大家"，而以颜延之居首。

颜延之、谢灵运每每并称"颜谢"，然诗风颇有不同。《诗品》引汤惠休语："谢诗如芙蓉出水，颜诗如错彩镂金"②，基本能代表古今对二人诗风的共识。颜延之的"错彩镂金"，主要因其多应制、酬赠之作，因特定的场合和写作对象，所采取的一种写作策略。表现在辞藻意象的繁富、结构形式的工稳整饬、

① 龚斌：《陶渊明集笺校》，上海古籍出版社2018年版，第11页。
② 钟嵘著，曹旭注《诗品集注》（增订本），上海古籍出版社2011年版，第351页。

诗歌总体形态的庄重典雅，成为庙堂文学的典范。谢灵运的诗则多才子气，生动形象的形容、修饰，以及名章迥句，往往出人意表。与颜延之比，谢诗确实要清丽灵动得多。故本文以"颜庄谢采"论二者之别。在叙事方面，这一界定也同样合适。

先论颜延之。《宋书·颜延之传》称其"文章之美，冠绝当时"，是刘宋时期的文坛领袖。颜延之在当时也是一位多产作家，然其著作散佚严重。《隋书·经籍志》著："《颜延之集》二十五卷，梁三十卷。又有《颜延之逸集》一卷，亡。"至明张溥编《汉魏六朝百三家集》，已仅存诗文 65 篇。严可均《全上古三代秦汉三国六朝文》，辑文 38 篇；逯钦立《汉魏晋南北朝诗》辑诗 37 首。[①]

颜延之流传下来的这几十首诗，大部分算不上叙事诗，但诗中多有叙事，在中国诗歌叙事传统中，也非常具有代表性。第一类是应制诗，作于庙堂之上，以文章事君主，是文官们的职分所在，可看成一种职业化的写作。第二类是友朋间的酬唱，既有社会的交际性特征，也较能反映个人的心态和生活情状。第三类是像《五君咏》这样的个性化写作，艺术成就最高。第四类是像《秋胡诗》这样的拟乐府，是诗人对历史故事、传说的仿写与改写，带有一定的娱乐性，叙事性也最强。

应制诗在颜延之的创作中，占据着重要的位置，颜诗的风格特征，与其应制诗写作有重要关系。颜延之因长期侍奉皇室，在庙堂应制的写作中，养成雍容庄重的气度，形成细密、严整

---

① 当代学者对颜延之作品经过甄别，认为可认定者有文 38 篇，诗 28 首及若干残句。参曹道衡、刘跃进：《南北朝文学编年史》，人民文学出版社 2000 年版。

的诗风。颜氏的应制之作，既有为朝廷祭祀与仪典所作的郊庙歌辞，如《乐府诗集》所收的颜延之所作的《宋南郊登歌》三首；还有就是侍宴、侍游类诗作，如《应诏宴曲水作诗》《三月三日诏宴西池诗》《应诏观北湖田收诗》《车驾幸京口侍游蒜山作诗》《车驾幸京口三月三日侍游曲阿后湖作》，等等。相对来说，侍宴、侍游类诗作较有艺术价值。

侍宴、侍游，是进入上层政治的文士的日常生活，也是他们的一种职业行为，因此，可以看成是一种职业化的写作。在建安时期，文士们"怜风月，狎池苑，述恩荣，叙酣宴"（《文心雕龙·明诗》），也曾掀起公宴、应制类诗作的创作高潮。刘勰在《文心雕龙》中，一方面说这些诗人"傲雅觞豆之前，雍容衽席之上"（《时序》），另一方面又说他们的诗作"慷慨以任气，磊落以使才"（《明诗》），这里所叙述的，其实是两种相对的风格。公宴是一个等级分明的社交场合，傲雅和雍容是应有的姿态；而在建安那个"世积乱离，风衰俗怨"的特殊时代，却展现出"慷慨""磊落"的气象，使得公侯王室的宴游，依然可以成为文人们驰骋才情和个性的场所。

而到颜延之所在的刘宋文帝朝，正进入一个相对稳定统一的时代，统治机器按部就班运转，君臣之分、等级秩序俨然，应制诗恢复到其附庸主上、润色鸿业的本色。颜氏的诗风，正与此类诗作契合，而他以自己的创作，也为此类诗作树立了典范；同时在写作中，他又进一步强化了严整细密的诗风。如《车驾幸京口三月三日侍游曲阿后湖作》：

> 虞风载帝狩，夏谚颂王游。春方动宸驾，望幸倾五州。
> 山只眝峤路，水若警沧流。神御出瑶轸，天仪降藻舟。万

轴胤行卫，千翼泛飞浮。凋云丽璇盖，祥飙被彩斿。江南进荆艳，河激献赵讴。金练照海浦，笳鼓震溟洲。藐眄觇青崖，衍漾观绿畴。民灵骞都野，鳞翰萃渊丘。德礼既普洽，川岳遍怀柔。①

元嘉二十六年（449）二月，宋文帝幸丹徒，谒祖陵，三月（疑为"四月"之误）丁巳大赦，募诸州数千口迁京口，在京口一带逗留。颜延之、鲍照等皆随从，并有诗作。颜延之的这首诗，借上巳日游曲阿后湖之事，颂扬圣德，题材算不得叙事。然而，诗中的句子，又在在都是叙事。如首四句，就是叙出游；"神御出瑶轸"至"祥飙被彩斿"，则是写出游盛大的场面；"江南进荆艳"四句，写游幸中的舞乐；"藐眄觇青崖"四句，则是从游幸转到对国家安定、物阜民丰的描述；最后以"德礼既普洽，川岳遍怀柔"收束，点明主旨。除了"山只踆峤路，水若警沧流"两句写景，最后两句揭明主旨，全诗 22 句，18 句都有事。只是诗中的事，是一种概念化的交代。诗人用 2 到 4 句，描述出事的面貌和情状，就像一帧帧照片，将这些照片组合在一起，这次君臣游幸活动，呈现出清晰的轮廓，细节也比较丰富。诗人所采用的语言，以修饰与形容居多，但在形容词和名词中间，夹杂着动词，却又显得非常有节奏感，显示出叙述的动力。其叙事的特点，可以说是一种粉饰性的叙事。

从全诗的结构来看，以时间先后为序，按游幸的过程依次展开，脉络清晰，是非常标准的叙事形态，具有关键性的叙事文本特征。作为应制诗，本诗值得注意的地方还在于，它改变

---

① 李善注《文选》卷二十二，上海古籍出版社 1986 年版，第 1054—1055 页。

了建安文士那种直抒个性的写作方式，而代之以一种雍容得体。以形容词所包裹的粉饰性叙事，也表露了热烈的情感，这种情感，是代臣民抒发的一种公共情感。它一方面表明这是文学叙事，与历史叙事剥离情感、力求客观不同，它就是要表达情感，表明态度；另一方面，它又是一种职业化、身份感突出的写作，在自己的位置、立场上，用相应的身份、口吻与姿态来写作，不同于一般文学创作对自我化、主体化的追求。

以相应身份写作的应制诗，是古代文学史中非常突出的文化现象，由于其思想主题的局限性，一直未能得到足够重视，贬多于褒。实际上，如果从写作的技巧和艺术上来看，这一类诗作是不应被忽视的。好的应制诗，有工整的形式，清晰的层次、结构，有多维度的铺写，最后自然而然地突出主题。显然，颜延之的诗作，在这些方面都做出了典范。此外，颜诗中的叙事性因素，在这里也起到重要的作用。诗中对出游过程、行幸场景、仪仗和车马等的描写，因其细致、真切、生动的叙事性，避免了颂圣之作的虚泛，而显得质实。钟嵘在《诗品》中评论颜延之的诗说："体裁绮密。然情喻渊深，动无虚散；一句一字，皆致意焉。"① 这种绮密、渊深，正是应制诗的典范；而"动无虚散"，一句一字，皆能落到实处，亦其叙事性之所在。

对于颜延之个人来说，应制诗的写作本身，也可以说是其身世、处境的叙事文本。即其作为刘宋王室的文学侍从，此类诗的写作，构成其日常生活重要的组成部分。在一般叙事学中，叙事是由叙述者讲述，跟真实作者无关，然在中国文学"知人

① 钟嵘著，曹旭注《诗品集注》（增订本），上海古籍出版社2011年版，第351页。

论世"的写作语境中，叙述者与作者实际上是密不可分的。一切文本，无论其真实还是虚拟，采取何种修辞，最终都必然是真实的现实文本，与作者的自传文本，即叙述者及其叙述，除了文本中的事之外，还是对作者的叙事。当然，作为对作者的叙事，文本及写作也有一个切合度的问题。比如隐逸之于陶渊明，山水之于谢灵运，就是对其人最为切合叙事文本。庙堂应制对于颜延之，亦应作如是观。

颜延之的第二类诗作，为友朋间的往还酬唱，古代文士人际交往，诗赋酬唱，最为常见。所谓"嘉会寄诗以亲，离群托诗以怨"，这也是文士的社会活动方式。由于交往的对象往往是挚友至亲，这类诗又比较能反映诗人真实的自我。颜延之的酬赠诗，在中古诗坛地位极高，今存颜延之酬赠诗，均见于《文选》，亦足证其在中古诗坛的艺术价值。《和谢监灵运诗》是其与另一位大诗人谢灵运之间的酬唱，具有较高的文学史意义，也颇富文学价值。

> 弱植慕端操，窘步惧先迷。寡立非择方，刻意藉穷栖。伊昔遘多幸，秉笔侍两闱。虽惭丹腹施，未谓玄素睽。徒遭良时诐，王道奄昏霾。入神幽明绝，朋好云雨乖。吊屈汀洲浦，谒帝苍山蹊。倚岩听绪风，攀林结留荑。跂予间衡峤，曷月瞻秦稽。皇圣昭天德，丰泽振沉泥。惜无雀雉化，休用充海淮。去国还故里，幽门树蓬藜。采茨葺昔宇，剪棘开旧畦。物谢时既晏，年往志不偕。亲仁敷情昵，兴玩究辞凄。芬馥歇兰若，清越夺琳圭。尽言非报章，聊用布所怀。[①]

---

① 李善注《文选》卷二十六，上海古籍出版社1986年版，第1205—1207页。

这首诗叙事性非常强。它不只是叙述者通过写作行为及文本对作者的叙事，其内容本身，叙写自己主要的生平经历，就具有较强的写实性。诗从早期的立德守操写起，到进入朝廷，再到仕途的沉浮，将自己一生中的几个主要关节历历写来，脉络明晰。诗不是简单地交代自己一生的行事，而是对每阶段的遭遇，有认识，有态度，也有情感。如写其早年的栖居："弱植慕端操，窘步惧先迷。寡立非择方，刻意藉穷栖。"四句写"穷栖"的窘境，前后形成富有关联的因果情节。因为自己的立德守操，所以持身谨慎，"惧先迷"而致"窘步"，再到"寡立""穷栖"。这里既是一种自谦，又含有自负与自持，意蕴极为丰富。然后写自己进入朝廷，却遭受小人排挤，"徒遭良时诐，王道奄昏霾。入神幽明绝，朋好云雨乖。"将个人的命运与朝政、时局相关联，叙中含讽，又有郁愤。"吊屈汀洲浦，谒帝苍山蹊"云云，写自己去朝后的漫游，以行踪为序，对每一次重要的游历都有叙写。在叙述中，情见乎辞，"跂予间衡峤，曷月瞻秦稽"，既写到自己的失落、彷徨，也写到自己的执着、企盼，前后作了巧妙的连接。"皇圣昭天德，丰泽振沉泥"，接写被朝廷重新起用，转折干净利落，又与上文紧密呼应，结构极其紧凑。虽然天德昭彰，然自己无意仕进，"惜无雀雉化"诗意再转，又起波澜。这样一转再转，将一生行迹写得跌宕起伏，颇富情节性。

钟嵘在《诗品》中指出颜延之诗歌具有细密的特点，这首诗可以说就是非常突出的代表。不过，这一"细密"不能仅仅从修辞、词藻的角度来理解。从以上分析可以看出，这"细密"还表现在叙述的承接、转折之上，钟嵘所谓"动无虚散，一句一字，皆致意焉"，抉发了颜诗的艺术奥秘，只是很少有人从叙述、叙事的角度来看，致使颜诗之妙，颇有未尽，诚为憾事。

颜诗在文学史上最富价值的，当数《五君咏》，咏竹林七贤中的五位。《文选》将其归为"咏史"，确实，这五位对颜延之而言，已然是史上古人。清何焯谓咏史诗有正体、变体之别，"隐括本传，不加藻饰，此正体也。太冲多抒胸臆，乃又其变。"① 清人将叙事性较强的传体视为"正体"，而议论、抒情意味强的视为"变体"，颜延之的《五君咏》，择要叙述所咏五人的行事，是传体的代表，自然属正体。刘熙载《艺概》就直接说"左太冲《咏史》似论体，颜延年《五君咏》似传体"②。

《五君咏》之所以被看成是"传体"，与五首诗叙事成分比较突出有关。但五首诗都还算不上叙事诗。因为这五首诗中，没有哪一首，是完整地叙述某件事的整个发生、发展过程，而是择取五人生活中较典型的一些行事，来反映该人某一方面的情操品格。如咏阮籍，在短短的八句诗中，写到其纵酒、作咏怀诗、不拘礼法、长啸、穷途之哭等事，极其密集，每一件事是标签式的说明，并未展开叙写。这些事，都统属在"阮公虽沦迹，识密鉴亦洞"之下。咏嵇康，相对集中，主要咏其超越流俗，高迈远蠢的玄学品格，歌咏其高亢自由的精神。"龙性谁能驯"，是整首诗的核心。

颜延之这组诗，事的筛选、安排，都是围绕主题，写人的品质和德行，其中也有自己的志向和怀抱。事在这里，带有一定的工具性，这种叙事的特点，基本继承了阮籍咏怀这一系统。在论述阮籍诗歌叙事时，我们提出阮籍《咏怀诗》叙事的隐喻

---

① 何焯：《义门读书记》卷四十六，中华书局1987年版，第893页。
② 刘熙载：《艺概》卷二《诗概》，上海古籍出版社1978年版，第56页。

与讽时，颜延之的《五君咏》，在一定程度上，也可作如是观。《宋书》本传记叙了《五君咏》的写作背景，也指出诗意之蕴含：

延之好酒疏诞，不能斟酌当世，见刘湛、殷景仁专当要任，意有不平，常云："天下之务，当与天下共之，岂一人之智所能独了！"辞甚激扬，每犯权要。谓湛曰："吾名器不升，当由作卿家史。"湛深恨焉，言于彭城王义康，出为永嘉太守。延之甚怨愤，乃作《五君咏》以述竹林七贤，山涛、王戎以贵显被黜。咏嵇康曰："鸾翮有时铩，龙性谁能驯。"咏阮籍曰："物故可不论，途穷能无恸。"咏阮咸曰："屡荐不入官，一麾乃出守。"咏刘伶曰："韬精日沉饮，谁知非荒宴。"此四句，盖自序也。①

所以，颜延之咏此五人，乃借之写己之情性，有抒情和咏怀的意味。不过，诗之旨趣的达成，却有赖于选事经典、具有代表性，叙述简练，富有表现力。叙事作为重要的写作手段，在这五首诗中，发挥着重要作用。

颜延之叙事成就最高的，是一首铺演古人传奇的《秋胡诗》。这首诗，称得上是一首标准的叙事诗。《文选》将该诗归为咏史类，盖因秋胡一事出自刘向《列女传》。《列女传》所传之列女，多为民间女子，其中固有真人真事，但也不乏虚构，且传中所叙，虚饰之笔法也多。故为小说家所喜。《西京杂记》也记录其事，则是以之为小说。无论传、记，其体式多本史著，写法上类似于传体咏史，可能因为这一点，《文选》将诗归为咏史。而该诗又入乐府，为"相和歌"之清调曲，《乐府诗集》录颜延之诗，作《秋胡行》。

———————

① 《宋书》卷七十三《颜延之传》，中华书局1974年版，第1893页。

　　《列女传》所叙述的故事大意：鲁洁妇婚后仅五日，丈夫秋胡就去陈国做官。五年后，秋胡回来，在路上遇到一位美女正在采桑，秋胡惑于其美貌，遂出言调戏。秋胡回到家里，没想到在路上调戏的美女，就是自己的妻子。秋胡大惭，秋胡妻指责秋胡一番，也愤而投河。①刘向记叙这个故事，旨在表彰儒家贞洁之道。然该故事，又非常具有戏剧性，故为小说杂记所乐传，也成为诗歌中历代文人习咏的题材。汉乐府中就有《秋胡行》，古辞散佚。但后代文人的拟作很多。颜延之之前，傅玄也有《秋胡行》。傅玄的《秋胡行》，一作《和班氏诗》，可见，在汉代也有文人以此题材作诗。与《秋胡行》题材相类的，还有辛延年的《羽林郎》，都是男子耽于美色、调戏民女的故事，汉乐府《陌上桑》，也有部分内容相似。只是《羽林郎》与《陌上桑》教化意味较弱，更多的是在突出故事的趣味性。不过，从这些诗歌、杂记中所记叙故事的骨架与基本情节来看，其源头应该都来自民间，文人或改编为纪，或铺写成诗。

　　题材的趣味性，吸引着历代诗人争相摹写，也便于我们比较诗艺的高下。同样的《秋胡诗》，颜延之的作品，就比傅玄高超。傅玄之诗，以全称视角分三段展开叙述，首段写分别；中间写秋胡归来，于途中相遇，以利诱调戏；末段写死节。开头"秋胡纳令室，三日宦他乡"，倒是要言不烦，概括精练，转折斩绝。接着写洁妇的独守空闺，对丈夫的思念，这部分运用闺怨诗的笔法，写得极为抒情。中间的秋胡、洁妇路遇，则又一大段笔墨来写景物，用多种笔法写洁妇的美貌，与《陌上桑》的相关情景描写，高度相似。秋胡的调戏及洁妇的反抗，仅以

----

① 刘向著，王照圆注《列女传补注》卷五，嘉庆十七年郝氏晒书堂刊行。

四句交代。末段叙事性增强，也极精练。总的来说，傅玄诗叙事层次清晰，干练利落，且能很好地把握节奏，在故事推进之中，情景描写，在故事推进之中，调节氛围，使整体叙事张弛有度。然整首诗以第三者视角叙述，显得比较呆板、机械，结尾"彼夫既不淑，此妇亦太刚"，议论也很平庸，拉低了整首诗的品味。

颜延之的《秋胡诗》，叙事笔法纵恣多变，视角也随情节、情景不断变化，整首诗要灵动丰富得多：

> 椅梧倾高凤，寒谷待鸣律。影响岂不怀？自远每相匹。
> 婉彼幽闲女，作嫔君子室。峻节贯秋霜，明艳伴朝日。嘉
> 运既我从，欣愿自此毕。

> 燕居未及好，良人顾有违。脱巾千里外，结绶登王畿。
> 戒徒在昧旦，左右来相依。驱车出郊郭，行路正威迟。存
> 为久离别，没为长不归。

> 嗟余怨行役，三陟穷晨暮。严驾越风寒，解鞍犯霜露。
> 原隰多悲凉，回飙卷高树。离兽起荒蹊，惊鸟纵横去。悲
> 哉游宦子，劳此山川路。

> 超遥行人远，宛转年运徂。良时为此别，日月方向除。
> 孰知寒暑积，僶俛见荣枯！岁暮临空房，凉风起坐隅。寝
> 兴日已寒，白露生庭芜。

> 勤役从归愿，反路遵山河。昔辞秋未素，今也岁载华。
> 蚕月观时暇，桑野多经过。佳人从所务，窈窕援高柯。倾
> 城谁不顾，弭节停中阿。

> 年往诚思劳，事远阔音形。虽为五载别，相与昧平生。
> 舍车遵往路，凫藻驰目成。南金岂不重？聊自意所轻。义

心多苦调，密比金玉声。

　　高节难久淹，褐来空复辞。迟迟前途尽，依依造门基。上堂拜嘉庆，入室问何之。日暮行采归，物色桑榆时。美人望昏至，惭叹前相持。

　　有怀谁能已？聊用申苦难。离居殊年载，一别阻河关。春来无时豫，秋至恒早寒。明发动愁心，闺中起长叹。惨凄岁方晏，日落游子颜。

　　高张生绝弦，声急由调起。自昔枉光尘，结言固终始。如何久为别，百行諐诸己。君子失明义，谁与偕没齿！愧彼《行露》诗，甘之长川汜。①

　　《乐府诗集》中，将这首诗的段落分开，把九段分成了九首诗，其实是没道理的。这九段虽然在笔法、叙事视角、叙述口吻不断转换，但内在的关联非常紧密，环环相扣，是一首非常完整的叙事诗。首段写秋胡、洁妇结合，以比兴转入，叙述婉转，格调高华。较傅玄之"秋胡纳令室，三日宦他乡"要优雅得多。次段写离别，写景、叙事、抒情三者紧密结合，将秋胡游宦的原因、心理作了清晰的交代。从语气上，多是洁妇的视角、口吻。第三段是游宦路途所见所感，以秋胡的视角、口吻叙写，这段采用行役诗的笔法。第四段转写洁妇，以闺怨笔调，写洁妇的忧愁与思念，以洁妇视角叙述。第五段又转到秋胡，写其还乡，路途所见。第六段，秋胡戏妻，以他者视角全知叙述。第七段写秋胡归家，拜谒高堂，见到洁妇，惭愧无地。第八段为洁妇的自诉离居相思之苦。第九段洁妇责秋胡之薄情，

---

①　李善注《文选》卷二十一，上海古籍出版社1986年版，第1002—1006页。

决绝自沉。从时间上，前四章跨越五年，诗双线并进，在两个空间展开叙述；后五章集中在一天，叙述秋胡的戏妻、归家与妻子的自沉，情节紧凑，叙事快速推进，写得波澜起伏。而洁妇的悲剧，实因其对丈夫的忠贞与爱，前几章洁妇的闺怨独白、离别之思的倾诉，已伏脉暗埋。这种情感的铺垫、内在的情节连贯、呼应，使叙事具有高度的逻辑性。

诗歌叙事视角灵活多变，多由故事中人物自己出场，让剧中人自叙自诉，使故事的演进更为自然、合理，也给人以身临其境之感。这种叙事特点，近乎戏剧表演。总的来看，本诗的结构、章法、叙述，与小说、戏剧多有相通，表现出较强的叙事性，显示了较高超叙述水平。

不过，作为文人诗，本诗也有较强的抒情性，渗透了诸多抒情诗的因素。如开头的比兴，中间的闺怨、行役，对秋胡妻的仪态、容貌的表现等，都运用了很多优雅而抒情的表达，融合了文人诗发展过程中的艺术成果。实际上，整首诗的叙事，都寓含在景物、环境、心理、情感等叙写中，诗的叙事均是以各种修辞来呈现的。这也是文人诗叙事较突出的特征。

颜延之诗歌细密的修辞、严整的结构，"动无虚散"的质实，使其在结构上有利于叙事，是一种偏叙事的写作风格。颜诗在上述几个方面所表现出的叙事特征，在文人诗中，具有较普遍的代表性。《秋胡诗》取得很高的叙事成就，但也没有脱离文人诗叙事的窠臼，与民间诗歌在审美趣味、叙述方式上，还是有显著的区别。魏晋南北朝时期，文人对乐府多有仿拟、改造，尤其是对那些故事性比较强的民间乐府的改造，实际上在叙事方面是有所减弱的。不过，他们也在这种改造中，探索诗歌叙事所应把握的尺度、叙述的技巧，逐渐建立起诗歌叙事的文体特性。

第四节　谢灵运山水诗的叙事论

　　谢灵运的诗歌，存世有一百多首，在晋宋作家中，属于数量较多的。谢诗风格，以富艳著称，然与颜延之相比，则又显得清淡了。故钟嵘借汤惠休之口评曰："谢诗如芙蓉出水，颜诗如错彩镂金。"[①]颜、谢作为刘宋文坛的两大诗家，在当时颇多交集，为诗史留下珍贵的酬唱。前叙颜延之《和谢监灵运诗》，即为颜、谢友谊的见证。该诗为颜延之和谢灵运之诗，所和谢诗为《还旧园作见颜、范二中书诗》：

　　　　辞满岂多秩，谢病不待年。偶与张邴合，久欲还东山。圣灵昔回眷，微尚不及宣。何意冲飙激，烈火纵炎烟。焚玉发昆峰，余燎遂见迁。投沙理既迫，如邛愿亦愆。长与欢爱别，永绝平生缘。浮舟千仞壑，揔辔万寻巅。流沫不足险，石林岂为艰！闽中安可处，日夜念归旋。事踬两如直，心惬三避贤。托身青云上，栖岩挹飞泉。盛明荡氛昏，贞休康屯邅。殊方咸成贷，微物豫采甄。感深操不固，质弱易版缠。曾是反昔园，语往实款然。曩基即先筑，故池不更穿。果木有旧行，壤石无远延。虽非休憩地，聊取永日闲。卫生自有经，息阴谢所牵。夫子照情素，探怀授往篇。[②]

---

① 钟嵘著，曹旭注《诗品集注》（增订本），上海古籍出版社 2011 年版，第351 页。

② 李善注《文选》卷二十五，上海古籍出版社 1986 年版，第 1195—1197 页。

《文选》李善注引《宋书》"元嘉三年（426），徐羡之等诛，征颜延之为中书侍郎。"谓该诗作于是年。诗中的颜为颜延之，范为范泰。范泰在东晋做过中书，元嘉三年（426），其"进位侍中，左光禄大夫，国子祭酒"①，这里统称"中书"，大概是因其曾为中书，且侍中、中书职分亦相近。徐羡之等为谢之政敌，也与颜、范不合。徐当政，将谢外放永嘉，徐被诛，谢灵运又被召回。颜、范前来看望，故作是诗。

　　本诗之叙事，条理极为分明。开篇四句叙己长存东山之志，说明不愿出仕的心愿。这其实给诗歌带来一点小小的悬念，既然如此，怎么又会卷进刘宋初的政坛呢？以下便缕述其政治遭际。"圣灵"二句，写刘宋开国帝王刘裕对其眷顾，故暂违素志，来到朝廷。孰料刘裕去世，政坛发生改变，徐羡之等专权，自己受到打击排挤。从"何意冲飙激"到"栖岩挹飞泉"一节，均是写其在少帝朝的遭遇，写到自己的贬谪永嘉以及弃官归隐的历程。"盛明荡氛昏"以下六句，写宋文帝执政，扫清奸佞，自己也重获重用。"曾是反昔园，语往实款然"写自己这次重新出仕的过程。先重申其素志不改，然而，终究不够坚定，所以颜、范二人诚恳的劝进，让他又回到朝堂。整首诗犹如一篇个人的小传，将其在从刘裕到刘义隆三朝的经历，以及个人的心志，都作了系统的表白。诗总体上以时间为序，但中间又时生波澜，在叙事中插入自己的思想、情感，起到串联、转折的作用，为诗歌增添了曲折的波澜。所以，颜延之也以个人经历的回顾，写诗回赠。

　　颜、谢二人的酬赠，自叙行迹，互剖心迹，犹如诗体自传，

---

①　沈约：《宋书》卷六十《范泰传》，中华书局 1974 年版，第 1621 页。

这在刘宋诗坛，并不多见。然到唐代之后，逐渐成为诗人写作的一种倾向，像李、杜此类作品就很多。颜、谢此类诗体自传，向上可追溯到屈原的《离骚》；建安诗人中也有叙及个人经历的，像王粲的《七哀诗》记其离家远游、在荆州的乡情旅思等，但仅为片段；到西晋，像潘岳《悼亡诗》有传记因素，也仅叙及个人生涯中的某件事，且传主为妻子，左思《娇女诗》也是他传。就谢灵运而言，他传诗的数量也远多于自传，像《述祖德》叙述谢安、谢玄等先祖功德。但这组诗，运用很多历史人物、典故，较少直接叙事，纪传的特征、叙事性都比不上其赠颜延之、范泰的自传诗。整个魏晋南朝，自传体诗其实是欠发达的，从这个意义上说，颜、谢酬赠的自传体诗，在中国诗歌叙事传统中，显出格外重要的意义。

谢灵运在诗坛更重要的价值，在于他是山水诗这一题材的开创者。谢灵运的山水诗，也是研究的热点，各方面的成果非常多。然而，谢氏山水诗，对于诗歌叙事传统，具有非常重要的意义，在叙事性方面，有突出的价值，所论却不多。

谢灵运山水诗多集中在永嘉一带的江南风光，这与其贬官谪居的命运播迁有关。《宋书·谢灵运传》云："出为永嘉太守。郡有名山水，灵运素所爱好，出守既不得志，遂肆意游遨，遍历诸县，动逾旬朔……所至辄为诗咏，以致其意焉。"[1] 所谓"致意"，即其山水诗的寄托，白居易《读谢灵运诗》有云："谢公才廓落，与世不相遇。壮士郁不用，须有所泄处。泄为山水诗，逸韵谐奇趣。……岂惟玩景物，亦欲摅心素。"[2] 但以山水

---

① 《宋书》卷六十七《谢灵运传》，中华书局1974年版，第1753—1754页。
② 朱金城：《白居易集笺校》，上海古籍出版社1988年版，第369页。

为寄托，又与东晋南朝以来的文化、文学风气有关。文化上，则是士人山水林园的兴盛，玄谈与山水的相互促进，山水画的兴起；文学上，山水赋、游记的发达，均构成谢灵运山水诗的文化与文学背景。谢灵运的《山居赋》，就是南朝山水赋的代表作，与其山水诗的创作起到互相推进的作用。

初期山水诗的叙事性，与两晋南朝文学写作中，对地理、游踪、方位等的质实追求有关。从某种程度上说，山水与宫室、都市、园林，都属于地理风物类型，这类题材，在赋的写作中，曾得到长足发展。在汉晋之际博物考证的风气影响下，此类题材的赋作，以史家征实求信的态度写作，堪作图经之用。左思写《三都赋》，就是突出的例证。据《晋书》本传，左思为了写《三都赋》，曾诣著作郎张载，访岷邛之事。又闭门构思十年，遇得一句，即便疏之。就是这样，还自以所见不博，求为秘书郎。卫瓘称其赋"言不苟华，必经典要，品物殊类，禀之图籍"，刘逵则谓"非夫研核者不能练其旨，非夫博物者不能统其异"。① 时人对于左赋博物、征实的特点，都有明确的共识。谢灵运的《山居赋》，继承了这一博物征实的写作传统。开篇即阐述其之所以题曰"山居"的理由，与"岩栖""丘园""城旁"等相区分。其后写植物、草木、山石等，也都明其所出。至于山居四界、四时风物，也都历历如绘，一一写来。该赋对其山居的真实情貌，叙述至为详备、切实，在写作中就包含了很浓厚的叙事性。

谢灵运的山水诗，沿袭并发展了这种叙事特性。他谪守永嘉时，"肆意游遨，遍历诸县……所至辄为诗咏"，诗歌与其行

① 《晋书》卷九十二《文苑传·左思》，中华书局1974年版，第2376页。

踪、游历紧密结合，并且融入史传谓谢灵运"所至辄为诗咏"，将其所咏山水串联起来，构成踪迹完整的行迹图。如其在少帝朝贬谪永嘉，赴任途中，一路都留下诗歌。自始宁到富春，作《富春渚》；途经桐庐口，作《初往新安至桐庐口》；离开石关亭，作《夜发石关亭》；行至七里濑，作《七里濑》；等等。这样一种写作的次序与密度，具有很强的见证意味，在某种程度上，也带有自叙的性质。

此外，由于谢灵运的山水诗，带有自撼心素的性质，谢氏在写作中，也常常联系个人的身世遭际，并见之于文本。如《过始宁墅》"束发怀耿介，逐物遂推迁。违志似如昨，二纪及兹年"，《登池上楼》"进德智所拙，退耕力不任。徇禄反穷海，卧疴对空林"，《登江中孤屿》"江南倦历览，江北旷周旋"，《游岭门山诗》"早莅建德乡，民怀虞芮意。海岸常寥寥，空馆盈清思"，《白石岩下径行田》"小邑居易贫，灾年民无生。……旧业（一作"莓蓄"）横海外，芜秽积颓龄"……在这些诗中，都有个人经历、遭际的叙写，这部分内容，具有自叙的叙事性。在整首诗中，游历山水与生涯浮沉相关联，构成一种因果关系，或叙述背景，有机地植入全篇。这类自叙，与诗中的山水描写，处于不同时空，这使得诗歌几层时空相交织，形成立体的复线叙述，内容与意蕴更丰富。

具体到诗歌文本，从制题、结构到写作上，同样能看出其叙事意识。先说制题。谢氏山水诗的题目，一般都有明晰的标示，在诗题中就可清晰见出时间、地点、行为动作及游览方式等。如《石壁精舍还湖中作》，写路途景物，题中点明两个点，从而使这条线路有精确的定位，"还"则写出事由；《于南山往北山经湖中瞻眺》，除了两个点限定路途之外，还有第三个点，为途中眺望的立足点，"往""经""瞻眺"三个行为，大体串联起整个叙事过程；《田南树园激流植援》，方位、地点精确，行事也在题目中交代得很清楚；《从斤竹涧越岭溪行》，交代了起始地点和途经地点；《南楼中望所迟客诗》，地点为南楼，动作为"望"，"望所迟客"则说明等待朋友之事由……以上制题，本身即具备了叙事的核心要素。从题目上也可以看出，谢灵运山水诗，重点其实是在记录，记其所经所行，所观所见，只是山水当于前而已。故以山水为中心观之，谓之为山水诗，以行止为中心观之，则其仍为纪行、记游诗也。实际上，谢灵运的山水诗，确实有一些是行役兼及山水的，如《永初三年七月十六日之郡初发都》《过始宁墅》等。只不过，与多数纪行、行役诗偏重于用世不同，谢灵运诗借山水抒泄，其主题多在隐逸。然其叙述结构与笔法，则颇相一致。

　　谢灵运的山水诗，与其经历、游踪相印证，所作诗篇，相互承接、呼应，所体现的时空关系，也具有叙事学的意义。山水诗的推进，一般多是以游踪为序，这一空间位移同时也伴随着时间的流动。如前述其在少帝朝谪守永嘉，沿途所作诗篇，从一地到另一地，互相之间构成一种单线的推进关系。而在谪守永嘉期间，谢灵运的游踪在几个点之间往复，所作诸诗，则是以某地为中心，形成循环相绕的关系。谢灵运山水诗的整个写作行为，均处于这几类时空关系中，而这种时空关系，基本上是其日常生活的轨迹。从这个意义上看，则是其自叙在时空中显影、落实。

　　具体到每一首诗内在的体式、结构，谢氏的五言山水诗，以经行、游历等行为作驱动，以时间为经，空间为纬，串起景、情，在观览视角、叙述层次、时空布置等方面，同样具有较高的叙事学分析价值。试依次述之。

观览视角，是游历山水的首要问题，是山水诗空间组织的基础，也决定着诗歌叙述的基本架构。一般而言，观览山水不外乎定点与移动两种视角。谢诗中，像《登池上楼》《南楼中望所迟客》《登江中孤屿》等，属于定点观角；《从斤竹涧越岭溪行》《石壁精舍还湖中作》《于南山往北山经湖中瞻眺》等，则是移动视角。不过，定点视角中，又含有四周高下的移动观察，移动视角中，每一幅或几幅图景，又是由定点观察所得。也就是说，在一首诗中，总是定点与移动视角并存。①

如其名作《石壁精舍还湖中作》：

> 昏旦变气候，山水含清晖。清晖能娱人，游子憺忘归。出谷日尚早，入舟阳已微。林壑敛暝色，云霞收夕霏。芰荷迭映蔚，蒲稗相因依。披拂趋南径，愉悦偃东扉。虑澹物自轻，意惬理无违。寄言摄生客，试用此道推。

后四句言理，姑且不论。前四句总括山水之美，以至使游子流连忘归。"出谷日尚早"至"愉悦偃东扉"八句，实笔记游。从石壁精舍出来时"日尚早"，到游罢石壁山，登舟返回，已是夕阳微弱。诗中用"日尚早""阳已微"两个时间点，囊括了一天的时段，以"出""入"高度概括了游览过程。诗中虽未具体展开这一游览过程，然仍能看出，其叙述形态是以时间为轴，线性移动的。诗之叙写重点落在乘舟回旋的片刻。"林壑敛

---

① 按，这里的视角，指诗中观察、描写景物的角度，非叙事学中的人称叙述角度。

暝色"至"蒲稗相因依"，是定点所见之景。"披拂趋南径，愉悦偃东扉"，也非常概括地写出人物的行为，是线性移动的视角。但人物行为比较具体、形象。诗歌的重点是在写景、抒情和说理，然旦出游山、薄暮返还的一日游，是上述内容展开的基础。与游览紧密关联的叙述视角的移动与定位的变化，推动着诗歌诸项内容的衔接。诗歌总体结构的缩结，是由叙事思维和笔法承担并完成的。

时空结构上，谢灵运的山水诗，时间线都很清晰，大多是线性依序推进，空间依附于时间。个别诗作，穿插着回忆、悬想，叠加了过去与未来，形成多重时空关系。无论时空，谢诗的边界都很清晰，就山水而言，似乎是有一个画框，将所见闻、所经历之情景框入，再一幅一幅，拼接起来。从叙事的角度看，犹如舞台上的几幕，一幕演罢拆出，换下一幕登场。即如上引《石壁精舍还湖中作》为例，昏旦气候变化、晨昏之景，旦出、暮入，分为两幅，合成一节；入舟所见之暮景，为一幅；披拂而归者，为一幅。时空与视角的变化相呼应，使得每一幅画皆有聚焦，有中心，同时又有边界。

再如《从斤竹涧越岭溪行》：

猿鸣诚知曙，谷幽光未显。岩下云方合，花上露犹泫。逶迤傍隈隩，迢递陟陉岘。过涧既厉急，登栈亦陵缅。川渚屡径复，乘流玩回转。苹萍泛沉深，菰蒲冒清浅。企石挹飞泉，攀林摘叶卷。想见山阿人，薜萝若在眼。握兰勤徒结，折麻心莫展。情用赏为美，事昧竟谁辨？观此遗物虑，一悟得所遣。

前六句登岭所见，为上下四周的定点环视，花上之露为近景特写，以实焦占据画幅中心，山岩及层云，远处曲折山道等，则为远景虚焦，构成一幅画面。"过涧""攀林"是写行程，为移动视角的动态长卷。长卷中，又杂有"握兰""折麻"这样的特写定焦。叙述节奏在动静、虚实、远近的转折变化中，紧凑连贯，而又极为灵动。

古人评谢灵运的山水诗有"繁富""寡情"之说①，指谢诗对其表现对象的叙写，全面细致，又比较客观。也就是说，谢灵运山水诗的写作，犹如工笔画，逼真细致，却多有匠气。然其远近布置，浓淡渲染，主次烘托，笔法之精工，将山水诗写作，提升到一个新的高度。以画而论，此乃画法之高超；以诗而言，这种笔法，其实就是叙事之法。即谢诗通过视角的转化、时空关系的经营、叙事的详略措置，做到了主客分离，叙写的对象化。所以，谢诗艺术上的这些特点，在某种程度上，也可看成是叙事传统影响所致。

然而，谢灵运的山水诗又的确有寄托、有情感，即如白居易所言"岂为玩景物，亦欲摅心素"。叙写的寡情和客观，诗歌的抒怀与寄托，两者在谢灵运这里呈现出一种矛盾与分离。前人对谢诗的这种矛盾早有认识与论述，如谓之有句无篇，在结尾说理抒情，留下蛇足，等等。这也就是钱锺书先生所指出的"词气与词意，苦相乖违"②。原因在哪里呢？就是谢诗在高度对

---

① 钟嵘《诗品》："若人兴多才高，寓目辄书，内无乏思，外无遗物，其繁富，宜哉。"《南齐书·文学传论》谓其时文章"酷不入情"，源自灵运。潘德舆《养一斋诗话》谓之"芜累寡情处甚多"。

② 钱锺书：《谈艺录》，生活·读书·新知三联书店2016年版，第427页。

象化的写作过程中，客观冷静的写实，使得情感很难融合到诗歌的整体情境中，使得诗歌出现割裂、乖违之感。这当然是谢灵运山水诗的缺陷所在。这种缺陷的根本，则是在谢诗中，叙事传统与抒情传统未能很好地融合，其写景的全面、细致与客观，放大了叙事传统的作用，乃至对抒情造成一定程度上的阻隔。那些艺术性更高的作品，比如陶渊明的诗歌，以及唐代的山水诗，正是克服了谢灵运的缺陷，将叙事、抒情较好地融合在一起，才写出情境俱佳、事理圆融的诗作。从这个角度看，谢灵运的缺陷，同样具有文学史的价值和意义。

第五节　诗性叙事与李白诗歌的现实性

李白与杜甫二峰并峙，历来论李、杜，分别为二人标以"浪漫""现实"或"飘逸""沉郁"之标签，遂使李白犹如脚不沾地之仙客，杜甫犹如深植大地、悲悯苍生之圣人。于是，杜甫与现实主义、诗史等联系紧密，是叙事传统中标志性的诗人。而李白，则以抒情性突出，而被叙事传统所忽略。对李白的这种标签化解读，其实非常片面，也未展现出真正的李白。李白何尝一日忘君国？李白的写作，何尝须臾脱离过他所生活的那个时代？他只不过采取了和杜甫不一样的表现方式而已。李白诗歌中同样有叙事，而且，李诗的叙事，更具有诗歌叙事的文体特性，即李诗的叙事，是真正的"诗性叙事"。

论及"诗性叙事"，其实是诗歌叙事非常具有共性的特点。一方面，它具有叙事性，能对事有所交代，或者有更明晰的叙述；另一方面，它采用的又是与小说、戏剧等叙事作品不同的语言与表达方式。前面论述过魏晋诗歌叙事比兴、个性化、隐喻等，都体现出诗性叙事的某些特点。李白的意义在于，他以自己独特的个性、恣肆的情感、高超的艺术，将诗性叙事推到一个高峰。

李白晚于谢灵运近三百年登上文坛，他与南朝二谢（谢灵运、谢朓）有着深刻的渊源，对二谢也极为推崇。他在诗中多次提到谢灵运。"顿惊谢康乐，诗兴生我衣"（《酬殷明佐见赠五云裘歌》）"梦得'池塘生春草'，使我长价登楼诗"（《赠从弟南平太守之遥》）李白也酷爱游览山水，他师法谢灵运，"脚著谢公屐"，遍游名山大川，创作了大量的山水诗。和谢灵运一样，李白所喜爱的，也多是明朗清丽之景，其诗如清水芙蓉，得谢灵运助力者亦多。从某种程度上说，李白可以说是谢灵运诗歌的继承者与发展者。不过，谢诗写景虽明丽、细致，却也颇为板滞。就叙事性而言，谢氏的遇景辄题，笔笔不落空，在时空结构上，过实过死；而李白则灵动飘逸得多。谢氏以山水为实体对象的写作，自我退居其后；李白以自我为主，山水供我驱使，诗性特征要突出得多。

李白一方面吸收了谢诗叙写的精细；另一方面，李诗的对象化与主体性浑融无间，摆脱了谢诗情、景的乖违与割裂之弊。从写作传统上看，李诗能将叙事、抒情、描写有机组织起来，使得其诗整体上圆融流畅，境界浑成。这可以说是诗性叙事在审美上最突出的特征。

李白山水诗有长有短，五七言古体与近体律绝，均臻佳境。短者如《山中问答》：

问余何事栖碧山，笑而不答心自闲。桃花流水窅然去，别有天地非人间。

　　本诗是李白"酒隐安陆"时所作，所写山水乃安陆附近的白兆山桃花岩。诗写山水，采用写意的手法，以桃花流水这样概括性的意象来描述，以非人间的别样天地，将景色推进到读者的想象之中。桃花流水的清闲与幽森，正如诗人超逸高蹈的心态，是一种象征性的心境叙事。整体上，又是对诗人生活状态的一种写照。

　　有些诗歌，写景相对细致一些。如在宣城所写的《秋登宣城谢朓北楼》：

　　　　江城如画里，山晚望晴空。两水夹明镜，双桥落彩虹。
　　　　人烟寒橘柚，秋色老梧桐。谁念北楼上，临风怀谢公。

　　这首诗是非常本色的写景，但与谢灵运相关诗歌比，一者灵动，一者板滞，区别很明显。原因就在于李白的诗，有着较宏阔的视野，它不是细大不捐，所见辄书，而是将笔触集中在典型意象之中。诗为登楼所见，当为俯瞰和远望的视角，然整体上，视角转换的痕迹都没有谢诗清晰，显得散漫而自由。从写作的主线上看，本诗的时空线索也没有谢诗那么清晰。唯其如此，诗中的风景，在秋天暮霭的和暖与明净之中，透露出一种莫名的惆怅，正好印证了诗人对先贤的淡淡的怀念。本诗虽非叙事诗，但若以叙事视之，则其所叙者，为某个秋天的傍晚，登宣城谢朓楼，四顾城中秋色，涌起对古贤的思念，也不失为一完整之事。只是，诗的重点在于这件事中诗人的感受和情怀。所以，如果将这类诗纳入诗歌叙事传统的视域中，它们可以说是一种情性叙事，即有着鲜明的情绪色彩与强烈的主观性的一种叙事。

当然，这样一种逻辑与视角，某种程度上对叙事有所泛化，尽管叙事的存在，在诗歌中确实是普遍现象，但表现在文本上，还是有轻重浓淡之别。讨论李白诗歌的叙事，对于那些在景物、情感的叙写中，人的行为、活动也表现得很突出，则更具代表性。比如《黄鹤楼送孟浩然之广陵》《赠汪伦》《宿五松山下荀媪家》等，特别有些诗，描写当地居民日常的诗歌，其中的叙事成分是显而易见的。这类诗歌所表现出的叙事方式和特点，对古典诗歌叙事传统的贡献，也是巨大的。然而，却很少得到文学史家的重视。比如《赠汪伦》：

> 李白乘舟将欲行，忽闻岸上踏歌声。桃花潭水深千尺，不及汪伦送我情。

这首诗叙事主要是前半部分，一是叙诗人登舟，小舟即将开发；一是汪伦踏歌送别。前两句集中展现了一幅图景，在这幅图景中，有远行人与送行人的活动，诗人和汪伦各自也还有随从，实际上是有群像。诗对于事件的叙述，并未具体交代因果与脉络，而仅叙事件而已，但由于"乘舟而行""踏歌相送"非常富有动态感与画面感。因此，生动的场景承担了叙事的功能，从某种程度上说，成为一种重要的叙事方法与手段。

《黄鹤楼送孟浩然之广陵》叙事因素则更为丰富：

> 故人西辞黄鹤楼，烟花三月下扬州。孤帆远影碧空尽，唯见长江天际流。

　　这首诗写的是送别，叙事性很强，甚至可以说是以事见情的。请看诗中的叙事要素：时间，三月；地点，黄鹤楼边；人物，故人与"我"；事件，"我"送故人去扬州。叙事诸要素完整，事件的叙述脉络也极为清晰。更重要的，这首诗还是有两重时空的复线结构。一条线，在当下，黄鹤楼边，"我"送故人；另一条线，是故人将要前往的扬州，时间则在未来。诗中暗含与扬州相关的叙事，比文本中出现的送别之事，内容更丰富，情节更精彩，那是由众多文人诗词、民间传说、文化典实所共同建构的，在不同人生经验、知识背景的读者心中，有着不同的图景。显隐、明暗双线交错，当下与未来的时空相叠映，文本叙事与文本外叙事相补充……短短二十八字，叙事张力弥漫，包含极其丰富的内容。

　　李白有些诗，场景、情境更为细致、具体，文本中的叙事性因素也就相应更为突出。如《秋浦歌》的第十三、十四、十六首，虽然篇幅很短，叙事却特别真切、生动、传神。

　　　　渌水净素月，月明白鹭飞。郎听采菱女，一道夜歌归。

　　　　　　　　　　　　　　　　　　　　　　　　　　（其十三）

　　　　炉火照天地，红星乱紫烟。赧郎明月夜，歌曲动寒川。

　　　　　　　　　　　　　　　　　　　　　　　　　　（其十四）

　　　　秋浦田舍翁，采鱼水中宿。妻子张白鹇，结罝映深竹。

　　　　　　　　　　　　　　　　　　　　　　　　　　（其十六）

　　这三首诗写秋浦当地人民的日常生活、劳作，如在目前，栩栩如生。《其十三》近乎南朝乐府小诗的情调，采菱的女子，与等候的男子一起，欢快地唱着歌，双双回家。江南世俗生活的温馨、甜美，青年男女的恋爱，像电影的镜头一样，展现在

读者的眼前。《其十四》则是写秋浦的炼铜工作的劳动。秋浦一
带有铜矿，在唐代就得到开发，乃至成为国家钱币冶炼铸造基
地。① 李白这首诗以文学的笔法，再现了铜矿火热的劳动场景，
冶炼工人一边唱着劳动的号子，一边在冶炼炉边工作，炉火映
红了他们的脸颊。《其十六》所写普通农家打鱼耕织的生活，以
典型的场景与情境，绘制了秋浦农家的风俗图。这几首诗在某
种程度上，具有风俗史的价值，就在于其所写人物的代表性，
所写情事的真实性。它们做到了诗情、画意与再现社会生活、
人情风俗的完美结合。

《宿五松山下荀媪家》是诗人晚年经过安史之乱的政治磨
难，漂泊江南，借宿五松山下（在今安徽铜陵市南）荀媪家，
目睹农家艰辛的生活，感念荀媪一家对落魄诗人的收容，以近
乎白描的笔法，叙写了一段典型的场景：

> 我宿五松下，寂寥无所欢。田家秋作苦，邻女夜舂寒。
> 跪进雕胡饭，月光明素盘。令人惭漂母，三谢不能餐。

时间是一个月光明澈的秋夜，地点五松山下的荀媪家。诗
人落拓消沉，暂时寄居在荀媪家。夜晚，还能听到田家舂米劳
作的声音，农家的生活是如此辛苦。尽管荀媪家生活并不富裕，
但还是尽其所能，为寄居的客人准备了菰米饭。荀媪端来盛满

---

① 《新唐书·食货志四》记载：玄宗"（开元）二十六年（738），宣（今安徽宣
州）、润（今江苏镇江）等州初置钱监，两京用钱稍善"。由于铜矿资源丰
富，民间盗铸之风也很猖獗，《新唐书·食货志》记载"天下盗铸益起，广
陵、丹杨、宣城尤甚。"《新唐书》，中华书局 1975 年版，第 1386 页。

米饭的盘子，映着窗外洒进来的月光，泛着幽冷的青光。那是多么深厚的情谊，诗人不禁想起当年接济韩信的漂母，感动得不能自已。这首诗有似独幕舞台剧，台上的诗人、荀媪、画外的舂米声，作为一个基本框架，可以填充进更多的对话、动作与神态。诗的叙事比较简洁，然其建构的叙事结构，能够生成诸多丰富的细节与情节。

上述李白的诗歌，总体上看，抒情意味都很浓厚，算不得叙事诗。然而，正是这类诗，在考察诗歌叙事传统中，更值得重视。因为，诗歌叙事的特点，就在于"诗性"，在某种语境下，"诗境"可置换为抒情性。在当代叙事学的发展过程中，抒情性是诗歌叙事最突出的问题，正得到越来越多的关注。不少叙事学的学者，由此将抒情诗纳入研究的重点。如西方学者彼得·霍恩、詹斯·基弗有《抒情诗歌的叙事学分析：16 到 20 世纪英诗研究》、南非学者普鲁伊有《叙事学与抒情诗歌研究》，通过抒情诗的叙事研究，大大拓展了叙事学的研究空间。中国古典抒情诗的叙事研究，也引起叙事学界的关注。谭君强先生对此用力最勤，有《论抒情诗的叙事学研究》（《思想战线》2013 年第 4 期）、《想象力与抒情诗的意象叙事》（《叙事研究前沿》2014 年第一辑）、《再论抒情诗的叙事学研究》（《上海大学学报》2016 年第 6 期）等系列论文。在这些论文中，谭君强先生就曾以李白的《静夜思》为例，认为其中存在着"与抒情人思绪变化相平行的叙事逻辑，这一叙事逻辑与时间先后顺序相吻合……这一按时间先后表现出来的叙事逻辑，在某种意义上可以与构成'故事'的'素材'相匹配"①。谭文从写作逻辑的

---

① 谭君强：《论抒情诗的叙事学研究》，《思想战线》2013 年第 4 期。

角度，将其与叙事作品相类比，论述这类诗的叙事性，自然很有道理。这些学者以经典叙事学为尺度，更多的是从"同"的一面，来看诗歌的叙事，这样可以更有力地说明诗歌之于叙事学的意义。不过，与一般叙事学之"同"，并不足以彰显诗歌叙事的意义，其真正的意义是在"异"于一般叙事作品之中，这也就是诗性叙事。诗性叙事是诗歌叙事特异所在。

我们可以从很多方面看到这种特异，比如上述李白诗歌，诚然能找到一个叙事的框架，如确定的空间，如不同逻辑中的时间线，以及所叙之事……然而，该事具体展开与运动的过程，又具有一定的模糊性，可以有多种版本。如《宿五松山下荀媪家》，荀媪的家，春米声、月光、菰米饭等道具与情境，完成一个舞台的布景，诗人与荀媪登场，荀媪如何送饭，诗人如何接受，二人之间说了些什么，又有什么具体的动作，皆有待填充。《黄鹤楼送孟浩然之广陵》也是如此，烟花三月的绮丽，扬州城的富贵繁华，孟浩然在扬州风流潇洒的生活等，皆需更具体的行事去填充。

可见，非叙事类诗歌搭建的是叙事的框架，而叙事作品则既有框架，又有细节，所以其叙事相对精确、固定。非叙事类诗歌中，固定的是这个叙事框架所达成的诗意，它就像一个母版一样，可以填充多种不同的细节，但最终的意味是一样的。在《宿五松山下荀媪家》中，荀媪为客人准备菰米饭，是如何端上来的，两人之间说了些什么，诗人的心理活动如何，可以有多种安排与叙述，然无论是哪一个版本，并不影响诗歌所要表达的主旨。故诗中并未予以确定，也不必予以确定。诗歌文本提供叙事母版，至于具体叙事，则依赖于阅读环节去填充、完成。

　　李白还有一类诗，介于叙事与非叙事之间。一方面，这类诗发抒怀抱，有强烈的情感、充沛的气势；另一方面，这类诗中的叙事内容，又很充实、具体，诗不仅仅只提供一个叙事的框架，同时也提供了相对确定的叙事本身。不过，这种确定的叙事，仍与小说、戏剧乃至一般叙事诗的叙事不同，由于李白的个性与诗风，使其在结构、修辞、情感、意象等方面所表现出的特点，具有更突出的诗性特征，代表了诗性叙事的极高水准。这类诗歌，不少是乐府诗，或古体诗，篇幅也比较长。不妨举几首一读。如《忆旧游寄谯郡元参军》：

　　　　忆昔洛阳董糟丘，为余天津桥南造酒楼。黄金白璧买歌笑，一醉累月轻王侯。海内贤豪青云客，就中与君心莫逆。回山转海不作难，倾情倒意无所惜。我向淮南攀桂枝，君留洛北愁梦思。

　　　　不忍别，还相随。相随迢迢访仙城，三十六曲水回萦。一溪初入千花明，万壑度尽松风声。银鞍金络到平地，汉东太守来相迎。紫阳之真人，邀我吹玉笙。餐霞楼上动仙乐，嘈然宛似鸾凤鸣。袖长管催欲轻举，汉东太守醉起舞。手持锦袍覆我身，我醉横眠枕其股。当筵意气凌九霄，星离雨散不终朝，分飞楚关山水遥。余既还山寻故巢，君亦归家渡渭桥。

　　　　君家严君勇貔虎，作尹并州遏戎虏。五月相呼渡太行，摧轮不道羊肠苦。行来北凉岁月深，感君贵义轻黄金。琼杯绮食青玉案，使我醉饱无归心。时时出向城西曲，晋祠流水如碧玉。浮舟弄水箫鼓鸣，微波龙鳞莎草绿。兴来携妓恣经过，其若杨花似雪何！红妆欲醉宜斜日，百尺清潭写翠娥。翠娥婵娟初月辉，美人更唱舞罗衣。清风吹歌入空去，歌曲自绕行云飞。

此时行乐难再遇，西游因献长杨赋。北阙青云不可期，东山白首还归去。渭桥南头一遇君，酆台之北又离群。问余别恨今多少，落花春暮争纷纷。言亦不可尽，情亦不可及。呼儿长跪缄此辞，寄君千里遥相忆。

这首诗作于李白仕途失败，由长安放归之后，而在安史之乱以前。具体地说，应作于天宝十二载（753）之前。[1] 詹锳主编《李白全集校注汇释集评》谓本诗为去朝不久，寄家东鲁时所作。[2] 元参军为元演，李白挚友，知其曾为参军，或谓与元丹丘为同一人，或谓元丹丘兄弟。

这首诗的诗性叙事特征至为显著。首先从总体结构上看。全诗以时间为序，依次叙述了与元演交往的四段经历。大的框架脉络是线性的时间轴，以之贯穿四大段落，起讫分明，层次结构非常清晰。而每一段中的叙事，则是以场景描绘、渲染为主，属典型聚焦。这种叙事结构，类似于幻灯播映，即将静态的几帧图像，分作几组，依次连缀起来，组内与每一组之间流动速度有着快慢的区别。结构上的纵横交错，整体节奏上动与静，连续与暂止相结合，既将事件的大体过程作了清晰的交代，又将其印象最深刻的部分作了细致的刻画。如随州之聚，席间与汉东太守脱略行迹的交谊："袖长管催欲轻举，汉东太守醉起

---

① 本诗收于《河岳英灵集》，故不会晚于天宝十二载(753)。

② 詹锳主编《李白全集校注汇释集评》，百花文艺出版社1996年版，第1943页。

舞。手持锦袍覆我身，我醉横眠枕其股"，此段实写，细节逼真、生动，人物的形象、性格，呼之欲出。而有些片段，则又是以印象为主。如诗中写随州与道友聚游："相随迢迢访仙城，三十六曲水回萦。一溪初入千花明，万壑度尽松风声……"这几句写游随州仙城山，经过时间的过滤，具体的细节是模糊的，山环水曲，万壑风声，其实都是一种印象式的全境叙写。从事的角度看，印象式的概写，相对偏虚。在实写部分，由于是片段式的展现，与故事中以叙事构成情节不同。这里的叙事，无论实还是虚，最终都融入对过往的印象之中，以一种情感的回味留存下来。而这，正充分体现了诗性叙事的特点。

诗性叙事在这首诗中，还集中表现在叙事的方式。诗中的叙事，多非量性明确的叙述，也不在文字上作实指，而多以夸饰、变形、比喻来表述。如写洛阳纵酒买醉的生活，与元演等日日沉醉酒楼，诗中云："忆昔洛阳董糟丘，为余天津桥南造酒楼。黄金白璧买歌笑，一醉累月轻王侯。"若作一般叙事作品来读，还真以为有人在洛阳西南洛水旁的渡口，为诗人营造了一幢酒楼，以便他能尽情酣饮。然稍有常识，就知道诗人虽这样写，而实际上不过是说经常在洛水旁的酒楼饮酒，由于是常客，好像这酒楼是专门为诗人营造的一样。诗中所叙之事，与实际情况是两回事，诗中的叙事，实际上是一种比喻、夸张，在这里起到一种修辞的作用。"黄金白璧买歌笑，一醉累月轻王侯"，诗人歌舞酒乐，不惜一掷千金，"黄金白璧"况其掷金之豪绰，不一定就真的是用"黄金""白璧"。而且，这一句的重点，是在写睥睨权贵的傲气与豪气，写诗人轻财重交的义气以及与元演深挚的友谊。

睥睨权贵、轻财重交，是精神与人格，但也可以看成是

"事"。如果从叙事的角度来看，睥睨权贵、轻财重交，倒是这一句的"本事"。然"本事"在诗中是以比喻、夸张的"喻事"来表现的。

语言上，诗性叙事的特征也非常明显。诗中无论是名词还是动词，都与实际有距离，如"黄金白璧"，不能认定就是"黄金白璧"；"西游因献长杨赋"，指去长安求仕，用自己的才华报效国家，也非指真的献赋。就诗歌而言，这些是比喻、用典，是诗歌特殊的言说方式。从叙事的角度来说，这类语言，是与小说、戏剧以及一般叙事作品不同的诗性语言。若要了解实际情况，则须将这种诗的言说方式，还原成事实陈述。因此，诗的语言，要进行一番还原，才能再现事实。

与《忆旧游寄谯郡元参军》相类，李白的《经乱离后天恩流夜郎忆旧游书怀赠江夏韦太守良宰》也是皇皇巨制，在叙事性方面，也堪称经典。该诗写到诗人的早期教育、理想追求，写到进入长安求仕，写到放逐离朝，写到北上幽州以及从军报国，是一篇详备的生平自传。同样的内容，有些在他的文章和书信中，也有叙及。比较一下，诗与文章在叙述上的区分非常明显。如《与韩荆州书》中，他写到自己的学剑习文及干谒生涯，云："十五好剑术，遍干诸侯。三十成文章，历抵卿相。"诗中类似的内容，则云"试涉霸王略，将期轩冕荣。……学剑翻自哂，为文竟何成。剑非万人敌，文窃四海声"。文章是叙述语，以动词为中心，构成主谓分明的经典叙事句式；诗则变化多端，有谓词中心的，有名词中心的，形成意象的动态衔接。在诗中，还多用典、用比喻来叙事，如长安放归，诗云"五噫出西京"；唐玄宗重用安禄山，致使其势力做大，诗云"君王弃北海，扫地借长鲸"；写唐军对安史叛军的惧怕，诗云"弯弧惧天狼，挟矢不敢张"……凡此种种，其实都是于史有征的叙事，但却都是诗的言说与表达方式。

李白诗歌的这种叙述方式、语言及修辞方面的诗性特征，是很多诗歌的共性。李白的特殊性，在于其强烈的个体中心意识，诗中贯注着充沛而浓烈的情感。今人论唐诗叙事，以杜甫、白居易等为代表的风格最受重视。尤其是杜甫，处于唐代盛衰转折之际，从困守长安，到流离陇蜀，以对社会现实深广的叙写，获得"诗史"的美誉。在中国诗歌叙事传统中，可谓里程碑式的人物。然而，李白之诗，又何尝不可以当成"诗史"。如果说杜诗之史，反映的是唐代中后期由盛转衰之史；李白的诗歌，所体现的就是盛唐社会积极向上、充满自信与力量的精神史。在美学上，这一精神史以"盛唐气象"来命名。

以气行诗，是李白最大的特点，他也因此被历代视为"盛唐气象"的代表。然而，李白诗歌对于叙事的意义，也因此受到遮蔽。其实，李诗"气象"之前的限定词"盛唐"，就包含着无限丰富的叙事性内容，政治、经济、文化、社会风习等，构成这一"气象"的内涵。所以，李白的诗歌，同样具有史的观察价值，只是他采取了与杜甫不同的表现形态和方式。

比如前引《忆旧游寄谯郡元参军》，该诗写在李白放归之后、安史乱前。此时，李白虽经历了仕途的挫折，对朝政的腐朽也有初步的体会，然国家的政治危机尚未完全爆发，诗人有不平、牢骚，但仍充满豪气。诗中"黄金白璧买歌笑，一醉累月轻王侯""琼杯绮食青玉案，使我醉饱无归心"云云，可以形象地感知诗人的处境与当时的社会环境。

我们可以将李白在不同的阶段、不同的环境下的一些经典诗歌，或经典诗句放在一起，作一番对比。如其隐居东鲁，接到朝廷征召，作《南陵别儿童入京》，诗云"仰天大笑出门去，我辈岂是蓬蒿人"，也充满豪气，但没有多少牢骚，自信满满。待其在长安，身处政治中心，经历种种是非，同样纵酒酣歌，却是另一番情形："昔在长安醉花柳，五侯七贵同杯酒。气岸遥凌豪士前，风流肯落他人后。"（《流夜郎赠辛判官》）多了许多计较和争胜的因素，而他计较和争胜的对象，就是朝中的同僚和勋贵。杜甫说他："天子呼来不上船，自称臣是酒中仙。"（《饮中八仙歌》）杜诗此句，在叙事中生动刻画了李白在长安朝堂中的形象。这一形象，也正是李白自己在诗中展示出来的。李白在长安，豪气中充满了傲岸和桀骜，与入朝之前与放归之后，都有所不同。

待安史之乱后，尤其是因为参加永王李璘的幕府受到牵连，遭遇系狱流放之灾，李白诗歌的气象又有所不同。如《经乱离后天恩流夜郎忆旧游书怀赠江夏韦太守良宰》《答王十二寒夜独酌有怀》，等等。试读《答王十二寒夜独酌有怀》："与君论心握君手，荣辱于余亦何有？孔圣犹闻伤凤麟，董龙更是何鸡狗！一生傲岸苦不谐，恩疏媒劳志多乖……"这里同样有豪气，有不平，但却也多了苍凉与无奈。

由于李白很大一部分诗歌的情感、气势与格调，从始至终给人以豪放的印象，这种情感上的感染力，在某种程度上对叙事有所遮蔽。然而，当我们透过情感的包裹，进入诗歌内部，会发现其叙事性的因素并不少。首先，诗中有具体切实的叙事。《南陵别儿童入京》，诗题就是叙事；《忆旧游寄谯郡元参军》，诗中叙述与元演的四次交往，历历分明；《答王十二寒夜独酌有怀》开篇"昨夜吴中雪，子猷佳兴发"，用古人的故事，来写王十二对自己的怀念，以事来写情；"怀余对酒夜霜白，玉床金井水峥嵘"，则是直接写王十二饮酒之况，同样是以事写情。其次，诗的背后有事，将这些诗依次排列，构成诗人的精神史、生活史与唐代社会史的历史叙事。入朝初，自信满满，一往无前；长安三年，"五侯七贵"成为其生活或假想中争胜的对象，通过对他们的平抑和凌越，来表现自己不屈的意气；放归之后，则纵情山水与美酒，用一种狂放的姿态，来表达豪迈的气概；经过安史之乱的牢狱、流放之灾，对人心的险恶和世态的炎凉多了更贴身的体会，豪放中不时流露出凄凉和落寞。与诗人精神史、生活史相对应的，则是唐朝政治不断没落、由盛而衰、由衰而乱的国史。从李白的诗中，我们一样可以认识那个时代丰富、曲折而细腻的变化，这一点，它所提供的认识价值，与杜甫没有什么不同。从这个意义上，李白的诗歌，又何尝不可以谓为"诗史"。

只是，李白的"诗史"，在某种程度上，采用了变形的方式，须从整体象征、隐喻的角度着眼。李白诗歌提供了对其个人与当时社会深刻而生动的观照，能从内在帮助人们认识当时社会本质性的东西。李白虽被称为"诗仙"，但他的诗歌，却仍然是坚实地站在脚下的土地，与现实有着密切的关联。这是我们论李白尤其需要强调的。以往研究李白，"浪漫主义""诗仙""豪放"等概念，固化了李白的形象，在文学史上，好像这是一个不食人间烟火的诗人。当我们从叙事传统的角度来解读李白，却发现并非如此，李白与现实紧密联系的一面，李白诗歌质实厚重的一面，在叙事传统的观照下，很容易得以显影。这也是叙事传统研究，为什么要重视非叙事诗，尤其更须重视抒情诗的重要原因吧。

第六章

中古诗歌体类与叙事

诗歌体类，包括诗歌的体裁与题材。体裁即诗体，从字句形式上看有三言、四言、五言、七言、杂言等等；从体式上看，有古体、近体，乐府、歌行等等。题材即诗歌的主题与内容，如山水、游仙、咏史、咏物、赠答、哀悼等等。诗歌体裁的发展，有历史的先后，从三、四言到五、七言，从古体到近体，是一个历时性的过程。而诗歌的题材，却具有共时性，中国最早的诗歌总集《诗经》，就几乎囊括了后代诗歌的所有题材。不过，题材写作的文类意识，则是在两晋南北朝时期，才逐渐形成自觉。

诗体、诗类与叙事有着很密切的关系。诗体方面，一般来说，篇幅越长，越有利于叙事，古体诗在体制上的叙事优越性，总是优于近体。两汉的乐府诗，都具有一定长度的篇幅，在叙事方面达到极高的水准。从两汉到魏晋，随着诗歌体制由长到短，由古体向近体的变化，叙事与抒情也相应呈现出消长的关系。两汉以后，诗歌写作逐渐从民间、集体的无名时代转到文人创作时代。在魏晋南北朝时期，因种种主客观因素的作用，诗歌的叙事性不断让渡于抒情性。诗体由长而短的变化，也正是这种让渡的结果与表现。因此，从某种程度上看，诗体从古体向近体的演变，是叙事、抒情消长的一个结果，即叙事、抒情的消长，促成了近体诗在南朝的产生。在前面的章节中，对此问题做过专门论述，认为从叙事、抒情互动消长的角度来考察南朝诗体的新变，有助于我们深化对这一重要的诗史问题的认知。这里要讨论的是，篇幅不同的诗体，对叙事的处理有何不同？短小的新体诗，在叙事结构上有何特点？是否能从丰富的文学史现象中，找到某些有规律性的东西？

诗歌的题材种类，与叙事也息息相关。有些题材，比如咏史、纪行、纪事、述传等，叙事性自然要强于一般的山水、咏怀等类诗作。昭明太子所编的《文选》，诗分 23 类，集中反映了魏晋以来直至南朝齐梁时期人们的分类意识。在《文选》中，诗歌题材获得体类的属性，即不同的题材，被赋予相应规范的写作套式，不少写作套式对于叙事的总结和发展，为诗歌叙事积累了丰富的传统，弥足珍贵。

本章拟从诗体、诗类两大方面，来考察中古诗歌叙事问题。在前面诗歌史的描述中，也或多或少涉及其中的某些内容，如指出中短篇诗作的情境、镜像叙事的特点，文人诗修辞性叙事的特征，对魏晋南北朝酬赠诗、亲情诗也作过初步考察，等等。本章对诗体与诗类作专题考察，则以文体学与写作学的方法，作横向分析，以期得到具有规律性的理论认识。

第一节　短诗叙事的时空结构与容涵

南朝齐武帝永明年间（483—493），在语言音韵学的发展与诗歌创作经验教训的总结反思中，以沈约、王融、谢朓等为代表的作家，提出汉语诗歌的声律规则，并将其应用到创作中，形成所谓"永明体"。《南齐书·陆厥传》对此有完整的描述：

> 永明末，盛为文章。吴兴沈约、陈郡谢朓、琅玡王融以
> 气类相推毂。汝南周颙善识声韵。约等文皆用宫商，以平上
> 去入为四声，以此制韵，不可增减，世呼为"永明体"。①

"永明体"重四声，避"八病"，"前有浮声，后须切响"，
以精巧的调声、度律、谐韵，为诗歌建立严格的形体规范。与
此规范相适应，"永明体"诗歌多以短篇为主，王融、谢朓及何
逊、阴铿等，其代表性的诗作，皆为短制。

钟嵘在《诗品》中曾谓五言诗"指事造形，穷情写物，最
为详切"②，钟嵘所推五言诗，当重在魏晋期间篇幅较为可观的
文人五言诗。此类诗，相较四言诗的"文约"，有篇幅上的优
势，故能取代四言诗，在魏晋之后流行开来。对于齐梁注重音
韵格律的新体小诗，钟嵘并不看好，认为它们"襞积细微，专
相陵架"，而有伤真美。钟嵘所谓的"襞积细微，专相陵架"，
主要着眼于声律形式。但如果联系钟嵘对"多非补假，皆由直
寻"的诗歌的称赏，则齐梁诗的"襞积细微"，也可看成是与
"直寻"相对应的一种叙述上的特点。

钟嵘举出"直寻"的例子，多指那些较少使用积极修辞的
诗句，如"清晨登陇首""明月照积雪"等等。实际上，对于一
定篇幅的五言诗，有足够的空间，也可从容展开，依次叙述。
汉乐府的叙事诗，曹植、王粲、陆机等的拟乐府，乃至陶渊明、

---

① 《南齐书》卷五十二《陆厥传》，中华书局 1972 年版，第 898 页。
② 曹旭注《诗品集注》（增订本），上海古籍出版社 2011 年版，第 43 页。

颜延之、谢灵运，齐梁以前的文人五言诗，篇幅都较为可观，其写作方式，大体上也都有清晰的时空脉络，就结构而言，称得上是"直寻"。一旦篇幅压缩，要表达等量内容，则叙述策略就要作相应调整。诗歌的篇幅，某程度上对叙事方法起着决定性的作用。

骆玉明先生对晋宋到齐梁的诗歌演进，有着非常敏锐的观察。他发现晋宋诗人的诗作中，"出现了大量的叙述与议论性的内容。无论是就自己的某一种人生经历、生活遭遇发表感慨，还是记一次游览的过程，都要依着事件、思绪或两者交杂的线索，从头到尾一一道来。"① 骆先生举谢灵运《登庐山绝顶望诸峤》残句为例，认为谢诗不可能只有《艺文类聚》所载录的六句，谢诗的典型形态是"起因、过程、结论，都是不可缺少的"。

谢灵运《登庐山绝顶望诸峤》所存六句云：

积峡忽复启，平涂俄已闭。峰峦有合沓，往来无踪辙。昼夜蔽日月，冬夏共霜雪。

这六句曾被钟惺、谭元春选入《诗归》，以之为完璧，并大加赞赏，认为是谢灵运诗中的异数，寥寥数语成一短记，极尽朴妙之至。现在我们知道谢诗原貌并非如此，而是有游览过程的完整描述。钟惺、谭元春在文献上有所疏失，然而，就诗意而言，完璧反而不如残章，《诗归》的艺术辨识力，无疑是卓越的。

---

① 骆玉明：《壅塞的清除——南朝至唐代诗歌艺术的发展一题》，《复旦学报》2003年第3期。

　　谢诗因其完整、繁复，不乏鄙句冗词，历代对此多有讥评。《登庐山绝顶望诸峤》六句残句，恰好将如何登山、具体过程等内容省略了，直接写眼前所见：庐山耸立天地之间，峰峦合沓，人事代谢，湮灭了多少古往今来登山客的踪迹。寥寥数句，不仅写出庐山幽绝千古的姿态，且有极其丰富的寓含。谢诗的残缺，所意外收获的艺术效果，正是齐梁诗所致力的方向，骆玉明先生谓之为"壅塞的清除"，确乎如此。

　　齐梁诗清除"壅塞"，最直接的表现，便是形制大幅压缩。同样是记游、写景、咏怀，往往不再首尾具足，过程详备，而是主题集中、重点突破。文本上，首尾与过程的省略，看似对叙事不免有所消解，但换一个角度，也可看成是叙事方式的变化。如上引谢诗残句，以"峰峦有合沓，往来无踪辙"对举，上句写景，而下句却为叙事，且时空久远阔大。"峰峦有合沓"眼前景为实，"往来无踪辙"为拟想中之历史、人与事，眼前是"无"，而在另一个时空，却是实实在在的"有"。

　　以"无"写"有"，以非叙事来叙事，正是齐梁新体小诗叙事的一个重要特点，在其代表作家何逊、阴铿的存世诗集中，可举出很多。如何逊《野夕答孙郎擢》：

　　　　山中气色满，墟上生烟露。杳杳星出云，啾啾雀隐树。
　　虚馆无宾客，幽居乏欢趣。思君意不穷，长如流水注。

　　何逊的长诗其实也不少，就叙事而言，自然是长诗更有价值。然何逊新创之功在短诗，分析其短诗之叙事，更能看出在形制压缩的情形下，叙事性如何体现，我们又当如何理解。本诗前四句写景，也可看成是环境描写，且点明了时间和处所，为下文的人物出场作渲染和铺垫。下四句写幽斋独坐的凄清，因其凄清，而起思君之意，带有一定的情节因素。"虚馆无宾客，幽居乏欢趣"，是场景与情境描写，同时也是叙事。而且，这里还是一种双绾叙事，即此时为虚馆、无宾客、乏欢趣，而彼时则并非虚馆，而是有宾客、多欢趣。何以见得？末句"思君意不穷"作了交代。

这两句可以和潘岳《悼亡诗》"帏屏无髣髴，翰墨有余迹"对比，一笔写此时的"无髣髴"，即暗含着另一笔写彼时的"有髣髴"。"无髣髴"陈述一种事实，相对呈静态；"有髣髴"是彼时的情境，背后有非常丰富的叙事内容，信息量巨大。"髣髴"不过是一个借代性的名词，然而具有画面感，传递着丰富的信息，概括了亡妻居家的生活举止。在某一时空，只会有一种情形，诗中虽只写其中一种，而因诗中所写，无比确定地证实着另一种并未出现在诗中的情形。在诗歌中，有所写者，有所不写者，当两者形成对应关系，便构成具有叙事意义上的时空。而这，正是这类诗歌的一种叙事形态。回到何逊的那首诗，如果只是"虚馆无宾客，幽居乏欢趣"，自然也能见出诗中所未写的"有宾客""多欢趣"；而有了后面的"思君意不穷"，这个"有宾客""多欢趣"才落到实处。诗中所写的"无"，与所没有写到的"有"，构成切实的对应关系。于是，诗写的虽是幽斋独坐，思念故友，情境寂静而冷清；然故友之相聚，谈笑宴饮，作为"思君"之缘故，使得该诗后面的四句，从现实空间，延展到回忆空间。"思君"不仅是思君昔日之欢聚，也会思君今日之相隔，回忆空间又叠映着共时的异域空间。

何逊短诗写羁旅思乡之情的极多，满目山河，故乡绵邈，以眼前所见之景，写不见之故乡以及往昔岁月，从言外见故乡

之情景、物事，从叙事的角度看，也是以无写有的方式。比如
《日夕出富阳浦口和朗公诗》中"故乡千余里，兹夕寒无衣"，
因离故乡千余里，此夕无人相赠寒衣，是写故乡有亲人，有暖
暖的人情味。兹夕之无，倍感凄清，乃因故乡之"有"，构成其
温暖的回忆。《慈姥矶》"客悲不自已，江上望归舟"，因他人之
归而起自己的乡思。"归舟"在诗中是一个名词概念，或曰意
象，此意象引起居家情事的种种联想，蕴蓄着非常丰富的叙事
内容。

阴铿的《江津送刘光禄不及》，题目就很新颖，写的是错过
送别，却能让人感到送别时的情景：

> 依然临送渚，长望倚河津。鼓声随听绝，帆势与云邻。
> 泊处空余鸟，离亭已散人。林寒正下叶，钓晚欲收纶。如
> 何相背远，江汉与城闉。

诗在内容上多是写友人去后，渡头寂寥之景。"依然临送
渚，长望倚河津"，省略主、宾，却是典型的叙事。"鼓声随听
绝，帆势与云邻。泊处空余鸟，离亭已散人"等句，写眼前之
景，却寓逝去之事，且皆属一笔双绾，以无写有。此刻友人去
后，鼓声断绝，鸟聚人空，而此前则衣冠络绎，鼓乐喧阗，送
别情境宏大而热烈，可于言外得之。诗中所写当下，临流怅望，
以景为主，即便句中内容确实为叙事的，也是为景、情张目，
像"依然临送渚，长望倚河津"主语为"我"，"钓晚欲收纶"
则有双主语，直接主语为钓鱼的渔翁，后面还有一个"我"作
为观察者，完整的句子应是："我"观渔翁收纶。此句实际上也
是叙事语。再如"离亭已散人"，是人已散去，是叙事，然按诗

中的语序，就突出了一种情境与氛围，成为景的组成部分，而削弱了叙事的印象。所举叙事语，在此都是用以写送别不及的怅惘失落，与诗中景物描写的功能是一致的。离亭之人在消散之前，宾主歌鼓酒宴之欢乐等，人、事辐辏，叙事内容丰富充实，虽未在诗中出现，却能反映到读者的脑海中。只有将两者对应，才能对诗中的情境有更深入的理解。

"事"在上述诸诗中，既可成为景、情成分，为烘托主题服务；也可于诗外得之，与诗之主题相呼应，形成一定的逻辑关系，从而具有情节的因素和作用。无论是何种情形，"事"对于诗境的拓展、诗情的深化，其作用都不可低估。

一笔双绾，既可以"无"写"有"，亦可以"有"写"无"。如何逊的名作《临行与故游夜别》：

历稔共追随，一旦辞群匹。复如东注水，未有西归日。
夜雨滴空阶，晓灯暗离室。相悲各罢酒，何时同促膝？

这首诗中的"夜雨滴空阶，晓灯暗离室"为千古名句。诗中写的是临别之前与朋友相聚的情形。"历稔共追随"，叙昔日相处，时间跨度较长。"一旦辞群匹"，叙今日事，点题。"复如东注水，未有西归日"，属议论。"夜雨滴空阶，晓灯暗离室"，景中有事。由"夜雨"到"晓灯"两个意象组成从深夜到拂晓的叙事时间，"空阶""离室"则是叙事的空间，与后文"相悲各罢酒，何时同促膝"对读，便知二人通宵达旦，促膝对饮、畅叙。通晓时"罢酒"，友人出发，以"何时"发问，寄希望于再一次的相会。诗在文本上主要是意象与景物，事在其中。从叙事的角度看，构成一种特殊的叙述方式。就事而言，过去的

"历稔追随"，眼前的促膝话别，皆为实事，别后的各自飘零，未来再会的揣想，为言外之事。一笔写"有"，另一笔则从"有"中写出"无"，从当下实有之事，见未来或有之事。

《与沈助教同宿溢口夜别》也是何逊名作，题材、内容与《临行与故游夜别》类似：

> 我为浔阳客，戒旦乃西游。君随春水驶，鸡鸣亦动舟。共泛溢之浦，旅泊次城楼。华烛已消半，更人数唱筹。行人从此别，去去不淹留。

诗中写二人同宿溢口以及黎明分别情景，皆有实事可见，结末"行人从此别，去去不淹留"，拓开分别之后的时空，全诗戛然而止。与前述诸诗将主客放在同一场境中叙写离别不同，这首诗"我""君"既有"共泛溢之浦，旅泊次城楼"的合写，也有我西君东的分写，共泛、同旅的合写之事，全部囊括在诗中，而我西君东，其事则很大一部分是在诗外。这与"去去不淹留"的笔法一样，都是以诗中可见的"有"，并见诗中之"无"而诗外的"有"，虚实两重空间互映。

以叙事文、小说、戏剧等叙事文学为标准，阴、何这类小诗，自然算不得典型意义上的叙事诗，然而，这类小诗却能代表中国诗歌叙事的普遍形态，对于以写景、抒情为主旨的中短篇小诗，正是以这种方法来处理叙事的。

短诗在唐代发展成平仄稳定、规范的绝句和律诗，绝句中的五绝，在审美情味上更接近齐梁小诗。七绝在盛唐走向成熟，其中李白、王昌龄的七绝，被称为"圣手"，代表了此体诗歌的最高成就，其写作上的特点，为诗歌叙事贡献了诸多艺术经验与启示。李白五、七绝兼擅，前文论及李白诗歌的叙事性，主要从其诗对个人、时代的反映等方面，认为李诗是一种诗性的叙事。实际上，李白还有不少单纯写景、抒情的小诗，将叙事作为情、景的渲染手段，表现方法上，与前举阴、何等齐梁诗人一脉相承。五绝如《玉阶怨》：

> 玉阶生白露，夜久侵罗袜。却下水晶帘，玲珑望秋月。

实为模仿谢朓《玉阶怨》而作。谢诗云：

> 夕殿下珠帘，流萤飞复息。长夜缝罗衣，思君此何极。

这两首诗均被《乐府诗集》所收，属《相合歌辞》楚调曲，其本事是《汉书》所载班婕妤失宠事。乐府诸诗，多本自陆机《班婕妤》：

> 婕妤去辞宠，淹留终不见。寄情在玉阶，托意惟团扇。春苔暗阶除，秋草芜高殿。黄昏履綦绝，愁来空雨面。[①]

陆诗叙事、抒情、写景分布相对均衡。前半首二句叙婕妤哀怨之由，续二句写其寄托哀怨的方式，以人物为中心，构成完整的叙事环。五、六句笔触转到写景，作为烘托，后两句在景中加入人的脚步、愁容与泪水，像电影的镜头，人物慢慢切入景中。全诗以人物为中心，在交代班婕妤失宠之事后，即以

---

① 郭茂倩编《乐府诗集》卷四十三，中华书局1979年版，第632、626页。

其深夜不眠（寄情玉阶实为深夜不眠之"转述"或"代述"）
睹物伤怀（团扇、春苔、秋草、黄昏等）等静态描写为手段，
动静结合，叙述清晰、分明。陆诗的主旨在表现班婕妤之情怨，
但由于有主要人物出场，且有明晰的行为主线，采取的也是线
性顺时叙述，故叙事性相对突出。至谢朓、李白，则将本事隐
去，主人公泛指化，成为闺怨女子的共名。二诗写作的内容和
套路也都相同，斩绝前后因果，单骑突出，集中在女子居处行
止的单幅画面中。先是环境，然后是人的行止，环境是写景，
人的行止是叙事，但最终都是叙情怨。二诗中的相关叙事，如
深夜不眠、在园中踱步、放下水晶帘（李白诗）、深夜缝补罗衣
（谢朓诗）等，与景物所起的作用是相同的。甚至可以说，这也
是景的组成部分，一起指向所写之人的情怨。某种程度上，也
可将二者看成一种互文，景是衬托人物行止的环境、氛围，而
人物行止融入环境，相洽无间。谢、李二诗的叙事，都很静态、
图像化，乃至有符号化的趋向。即玉阶望月、深夜缝衣，成为
符号象征。叙事的符号化，也是叙事成为情境成分的原因和
结果。

李白另一首《春思》：

燕草如碧丝，秦桑低绿枝。当君怀归日，是妾断肠时。
春风不相识，何事入罗帏？

这首诗也是写闺怨。"当君怀归日，是妾断肠时"，是心理
活动，以一个跨度极大的空间，写两地相思。"春风不相识，何
事入罗帏"，是环境描写，通过这一环境，来表达闺中女子浓重
的相思之情，景中见事、含情。此外，女子问春风"何事入罗

帷"，是诗人设置的一个话头，这一问，就将"春风"拟人化
了，具有寓言般的效果，凸显了叙事性。不过，就总体而言，
这首诗文本上几乎是没有叙事痕迹的，它的叙事性，渗透在景
物、情境之中，也就是说，诗的景、情，其所指与用意，是某
件或某段人、事。短诗本身不叙事，但却能让事从中显现，这
又何尝不可以看成一种特殊的叙事？

　　七绝方面，从叙事的视角来看，李白、王昌龄的诗非常具
有标本意义。由于篇幅精短，七绝在叙述上多是大幅度的时空
跳跃，像我们论及的李白名篇《黄鹤楼送孟浩然之广陵》，前两
句黄鹤楼、扬州两个意象，跨越千里，诗境极为开阔。这使得
文本背后，容纳了大量的可以用想象来填充的内容，有着无限
可能的充实与丰富。再如《峨眉山月歌》：

　　　　峨眉山月半轮秋，影入平羌江水流。夜发清溪向三峡，
　　思君不见下渝州。

　　诗写出蜀行程，短短二十八字，平羌江、三峡、渝州一路
下来，犹如一幅行卷，空间极为浩阔。

　　《宣城见杜鹃花》也是李白名作：

　　　　蜀国曾闻子规鸟，宣城还见杜鹃花。一叫一回肠一断，
　　三春三月忆三巴。

　　这首诗不仅在空间上跨越千里，从蜀地到宣城，同时时间
上也涵盖着故乡的往昔岁月与当下飘零异乡，叙写了一个游子
半生飘零生涯。依薛天纬先生的意见，此诗写于李白暮年流放

归来之后，在忆往昔、思故乡的今昔之悲、流离之泪中，也含有国家与时代的命运更迭，可与杜甫《江南逢李龟年》并观。此诗形制轻便，然容涵深广，与其西蜀、江南的空间跨越，今昔的时间叠印，这一时空措置，有极大的关系。诗文本所叙，仅飘零思乡一事，然此情此景，又在背后包含了更多丰富而复杂的经历和事件。

王昌龄七绝与李白并称一代圣手，其七绝有叙事性很强，乃至称得上有故事性的，如《闺怨》：

> 闺中少妇不知愁，春日凝妆上翠楼。忽见陌头杨柳色，悔教夫婿觅封侯。

这首诗聚焦于少妇翠楼凝望的片段，通过合理的想象和推测，描述其心理活动，在少妇的心理活动中，又包含着很多的叙事性内容。诗在文本上的叙事，仅为少妇登楼、赏春、忧怨，而其之所有忧怨，包含着少妇的婚姻与家庭生活的方方面面，内容实在丰富。这内容并未在诗中见诸文字，却又是完全确定而切实的。该诗以特定画面的描绘，进入少妇的心理世界，容涵如此丰富的内容，呈现出非常出色的叙事张力。

就叙述的方式与结构而言，这首诗具有小说、戏剧一般一波三折的叙述笔法。首二句顺承叙述，正因为少妇不知愁，所以"凝妆上翠楼"，写出人物的天真烂漫。短短两句，就将人物的形象由里而外，作了透彻的展示。"忽见"陡然转折，引入戏剧性的情节因素，由"不知愁"到"悔"而知愁，掀起小小的波澜。这种叙述结构，是情节性与故事性特征较强的叙事结构。

陆时雍曾比较王昌龄、李白七绝的特点，云："书有利涩，

诗有难易，难之奇，有曲涧层峦之致；易之妙，有舒云流水之
情，王昌龄绝句，难中之难；李青莲歌行，易中之易。"陆氏论
诗，主神韵与情境，较少着眼于叙事，然所谓"曲涧层峦"，却
道出王昌龄绝句在笔法上波澜曲折的戏剧性效果，而这，无疑
具有较高的叙事学价值。

空间的多维组合、措置，也具有较高的叙事学价值。王昌
龄的名篇《芙蓉楼送辛渐·其一》，与李白《黄鹤楼送孟浩然之
广陵》极为相似，也以跨度极大的时空，蕴含丰富的事、义：

> 寒雨连江夜入吴，平明送客楚山孤。洛阳亲友如相问，
> 一片冰心在玉壶。

文本内外，潜伏了丰富的叙事内容。诗写的是芙蓉楼送别
之事，点出送别之地的风物与场景。"楚山孤"的"孤"是状态
描述，借山写人，而实际是在叙述其贬谪江宁孤独、苦闷的处
境。"洛阳亲友"一句，不仅空间上从南到北，跨越千里，而
"亲友"一词包含着太多可供联想的内容，关联着当下、过去，
让诗境变得尤为充实。

王昌龄的另一首名诗《出塞》：

> 秦时明月汉时关，万里长征人未还。但使龙城飞将在，
> 不教胡马度阴山。

这首诗时空更为深邃、广阔。秦、汉为时间，万里为空间，
"长征人未还"为事实叙述，揽括了古今无数征伐及其给人民造
成的家庭分散之事。"但使"一句为虚拟，古今双关，表达诗人

对国事的忧虑，同时也写出国无良将，边事堪忧的现实。

像这一类诗，虽未采取一般叙事诗那样的叙述方式，然却也有自己独特的叙述方式，包含着丰富的事实与事义，达到叙事同样的效果。这样一种效果，恰恰代表了大多数诗歌的叙事方式与叙事语言。概括起来看，略有如下几点。

其一，这类诗在总体结构上，没有明显的叙事线索和过程，诗中的语句，也很少主、谓式的陈述句式，而多是以意象来组构时空，传递信息，从而具有叙事意义上的功能。其二，这类诗歌中也会有叙事，然由于大多不是采取主谓式组合的方式，故叙事的能指更加宽泛。其三，在非主谓式的句词结构中，诗意变得更为多端和模糊，使得诗歌的文本有无互见，虚实相生，含有丰富的留白。其四，诗中的叙事，往往成为情境的组成部分，以叙事建构诗境，而非以诗句的营构来叙事。毋庸讳言，以何、阴为代表的齐梁小诗，以及盛唐李、王那类神韵天成的绝句，并不以叙事为其鹄的。

可是，这些并不妨碍它们成为中国古典诗歌的叙事传统的有机构成，对诗歌叙事产生重要的启示。比如，在这些诗中，没有严格主谓搭配，文本所指也不绝对，就使得诗歌的叙述张力成倍扩大，形成诗内、诗外多重叙事空间。这实际上是一种非常合乎汉语表达特点的叙事方式。从根本上说，汉语重语词而轻语法，单个名词、形容词、性状词，就可以承担叙述功能，其逻辑特点偏向发散，故其精确性方面，比不上重语法规则、主、谓、宾，时态词、限定词等严格搭配的拉丁语系。拉丁语系长于说理，逻辑理性强，叙事更精确，而汉语就更显诗性。在叙事方面，文本越短，限定越少，语词自身的义涵越能得到更大限度的发挥，这在某种程度上牺牲了叙事的精确性，却也同时扩展了其丰富性。对于诗歌来说，或许还是得多于失呢。

单首七绝以其非叙事的语言与逻辑特征，而具备特殊的叙事性。当几首七绝组合起来，则既具备单首诗叙事的丰富性与灵活性，同时又因彼此的限定、关联，而具备叙事的确定性。王维有一组七绝《少年行》，为我们提供了经典的范例：

> 新丰美酒斗十千，咸阳游侠多少年。相逢意气为君饮，系马高楼垂柳边。（其一）
> 出身仕汉羽林郎，初随骠骑战渔阳。孰知不向边庭苦，纵死犹闻侠骨香。（其二）
> 一身能擘两雕弧，虏骑千重只似无。偏坐金鞍调白羽，纷纷射杀五单于。（其三）
> 汉家君臣欢宴终，高议云台论战功。天子临轩赐侯印，将军佩出明光宫。（其四）①

这组诗中的每一首，其实都有较强的叙事性，然叙事均指向人物形象、精神的传达。《其一》通过市中豪饮、交游，写游侠的豪爽。事为游侠在酒楼与义气相投的知交豪饮，然仅作交代，未具体叙述，代以"系马高楼垂柳边"这一豪放而极具象征性的意象。《其二》写游侠从羽林郎到边庭投军的经历，着重写其报效国家、不惧牺牲的精神。《其三》写边庭征战，武功高强，杀敌英勇。《其四》写得胜凯旋，受到天子的赐勋和奖赏。四首诗所写之事都比较清晰，然诗在文本上是通过意象的象征、个人形象的特写、场面的渲染等方式，突出表现长安少年游侠

---

① 陈铁民注《王维集校注》，中华书局1997年版，第33—36页。

的豪侠纵横之气，是较为典型的诗性叙事。但将四首连起来作为一个系列，则少年在长安游侠尚气—投军边庭—边庭杀敌立功—凯旋授勋，是长安少年完整的成长史，一篇线索清晰、时间线连贯的人物小传。说是长安少年的诗性传叙，也不为过。绝句的组合，使之既具短诗的灵动浑括，又能像长篇一样，具有首尾完整的叙事过程。

再如崔液《上元夜六首》：

> 玉漏银壶且莫催，铁关金锁彻明开。谁家见月能闲坐？何处闻灯不看来？（其一）
>
> 神灯佛火百轮张，刻像图形七宝装。影里如闻金口说，空中似散玉毫光。（其二）
>
> 今年春色胜常年，此夜风光最可怜。鸦鹊楼前新月满，凤凰台上宝灯燃。（其三）
>
> 金勒银鞍控紫骝，玉轮珠幰驾青牛。骖骊始散东城曲，倏忽还来南陌头。（其四）
>
> 公子王孙意气骄，不论相识也相邀。最怜长袖风前弱，更赏新弦暗里调。（其五）
>
> 星移汉转月将微，露洒烟飘灯渐稀。犹惜路傍歌舞处，踟蹰相顾不能归。（其六）

《其一》叙写上元夜灯会开张之事，写人们纷纷从家中赶来看灯，叙事之起始；《其二》总写灯会盛大的场面，以气氛的渲染为主；《其三》通过比较，来衬托今年灯会盛于往年；《其四》《其五》写灯会中看灯之人，以长安城中的王孙公子为主；《其六》灯会结束，游人散去，以"相顾不能归"写人们对灯会的留恋，并说明游人回顾之事。整组诗是一次完整的上元赏灯记，有鸟瞰的全景，有流水线的镜头推进，有万人空巷的群像，也有王孙公子的特写，节奏张弛有度，以时间为序，脉络明晰。写景生动逼真，而赏灯之人、赏灯过程的叙写也历历分明。有诗选将这六首诗合成七言长律，也堪称一首完整长篇七言叙事诗。

与《少年行》《上元夜六首》类似的七绝组诗，抒情写景叙事兼备的诗作，在唐诗中其实较为普遍。如李白《陪族叔刑部侍郎晔及中书贾舍人至游洞庭五首》，杜甫《江畔独步寻花七绝句》，以组诗的形式，完整地陈述一次游记。王昌龄《从军行七首》，就单首诗来说，叙事并不突出，然七首综合起来看，对于边关将士的生活及其情感，方方面面都有叙及，极富层次，能形成有机的整体，也具有叙事的完整性。

总而言之，中国诗歌从汉魏的质实，到齐梁的灵动、盛唐的蕴藉，篇幅由长而短，某种程度上，正是循着民族语言的特点发展，找到其合适的表达体式。在语音韵律之外，短诗在语词叙述上，极大地发挥了汉语的优势、特点与效能。自齐梁新体诗之后，随着近体诗时代的到来，篇制精短的诗歌占据了中国古典诗歌的大半壁江山，而诗歌叙事的基本形态也由之奠定。

因短诗体制的限制，唐代诗人们大量采用组诗的形式，既解决了单篇诗歌容量不足、不便叙事的短处，又保留了其灵动多义的艺术长处，为诗歌叙事找到一种极好的承载体式。五七言绝句组合叙事，是诗的抒情性与叙事文体的时间、秩序、结构感融合互调的结果，大大提高了诗歌叙事的成效，值得充分重视。

第二节　中古咏史、行旅诗的叙事传统

　　魏晋是文学体类意识普遍自觉的时期，出现了《典论》《翰林论》《文章流别集》《文章流别论》等文学总集与诗文选理论，尤其是萧统所编《文选》，指导文学体类写作，不断走向深化和细化。

　　在《文选》中，诗分 23 类。尽管《文选》选诗的初衷，大多并不看重叙事。但其所划分的不少诗类，从内容上看，叙事性还是相对较强的。比如乐府、行旅、咏史、游仙等等。同一类诗，不同时期，体式篇幅长短不同，在叙事方面，也表现出阶段性的特点。在诗体从古体到近体，从长到短的发展过程中，在同一类诗中考察体制变化所带来的叙事演变，会得到更为直观、具体的认识。不妨看看其中的咏史、行旅两类诗。

　　作为一种题材而兼具体类属性的咏史诗的写作，与《文选》分类选诗所建立的典范，有着非常重要的关系。在唐前，咏史与怀古在写作上有很显著的区别。咏史以历史作为写作题材，主要依据正、杂史的记载，在诗中必须出现历史人物、事件的基本信息，而怀古诗可以出现历史上具体的人、事，也可仅仅抒发一种今昔感慨。① 显然，咏史诗的叙事因素要更为突出。《文选》所选的咏史诗，有所谓"传体""论体"之分。刘熙载《艺概·诗概》认为《文选》所选的左思《咏史诗》是"论体"，

―――――――――

① 　参李翰：《试论咏史、怀古之关系及其诗学精神》,《上海大学学报》2006
　　年第 6 期。

而颜延之《五君咏》为"传体"①。何焯《义门读书记》将传体看成正体，其特点是"隐括本传，不加藻饰"，而论体"多抒胸臆"，是所谓变体。② 实际上，无论传体还是论体，咏史诗均非"呆衍史事"（张玉縠《古诗赏析》卷十一），而是有一定的针对性。咏史为了表达自我或反映现实，历史是写作的材料或触媒。但这一材料和触媒多是包含人、事，因此，咏史诗就得围绕中心或题旨，进行裁剪或展衍，从中提炼出所需要的义旨。即以传体而言，也不是换一种语言或文体，将史著的内容再重复一遍。

比如班固的《咏史诗》，历来被认为是咏史诗的起源，就是一首传体咏史：

三王德弥薄，惟后用肉刑。太苍令有罪，就递长安城。自恨身无子，困急独茕茕。小女痛父言，死者不可生。上书诣阙下，思古歌鸡鸣。忧心摧折裂，晨风扬激声。圣汉孝文帝，恻然感至情。百男何愦愦，不如一缇萦。

由于这首最早具有体类意义的咏史诗是传体，导致后人将传体看成咏史诗的"正体"，而视论体为"变体"。班固《咏史诗》并未被《文选》选录，然历代注《文选》咏史诗的，都会将其作为背景或映照。班固诗咏缇萦救父事，见于《史记》中的《扁鹊仓公列传》，在刘向《列女传》中也有载录。班固的《咏史诗》，基本按照史传的情节，依次陈述主要事实，较少发

①　刘熙载：《艺概》，上海古籍出版社1978年版，第56页。
②　何焯：《义门读书记》，中华书局1987年版，第892、893页。

287

挥与敷衍。钟嵘因此谓之"质木无文"。实际上，这首诗与史传的叙述还是有很大的区别。首先，该诗叙述缇萦救父事，突出两个中心，一是汉文帝废除肉刑，另一是"百男愦愦"的感叹。前者是班固作为一个史家，写诗时所关注的事件的历史意义；后者则可能是此诗写作的缘起。据《后汉书·班固传》："固不教学诸子，诸子多不遵法度，吏人苦之。初，洛阳令种兢尝行，固奴干其车骑，吏椎呼之，奴醉骂，兢大怒，畏宪不敢发，心衔之。及窦氏宾客皆逮考，兢因此捕系固，遂死狱中。"班固诸子顽劣，给乃父带来牢狱之灾，而当其系狱之时，无人可替父申冤，比起缇萦，可谓天壤之别。此诗是否班固系狱时所作，殊难判定，然诸子顽劣，引起诗人感慨，自然联想到缇萦救父事，遂作此诗，则可能性很大，这从结尾"百男何愦愦，不如一缇萦"的感慨中，也可看出。

本诗之作，发端于诗人日常生活之遭际（诸子顽劣），故对特定史事尤有感触，遂记之于诗。复以史学家的眼光，认识到此事的历史价值，在汉文帝有鉴于此废除"肉刑"，在诗中予以突出。这首诗与史传不同的地方，在于其叙史事围绕"孝道""废除肉刑"两大核心展开，求其用意之集中，而非单纯叙事而已。诗中运用人物心理描写、环境烘托等手法，如太苍令"困急独茕茕"，缇萦"小女痛父言"等，都有合理的想象和描绘，在叙事中，结合情节场景塑造人物。"忧心摧折裂，晨风扬激声"等环境描写，烘托紧张气氛，推动情节的发展，扣人心弦。钟嵘谓之"质木无文"，殊为不当。总的看来，本诗运用大量文学叙事的笔法和技巧，对史传进行了艺术的再加工。班固本为史家，在本诗中，能够采用与著史不同的写作手法，说明其具有文学叙事的自觉性。

　　班固《咏史诗》以传体形式，为很长时间的咏史诗写作树立了规范。像其后的建安诗人咏秦穆杀三良之事，魏晋南朝诗人咏荆轲刺秦之事等，都是班固的写作套式。试读曹植的《三良诗》：

　　　　功名不可为，忠义我所安。秦穆先下世，三臣皆自残。生时等荣乐，既没同忧患。谁言捐躯易，杀身诚独难。揽涕登君墓，临穴仰天叹。长夜何冥冥，一往不复还。黄鸟为悲鸣，哀哉伤肺肝。

　　《三良诗》是建安诗人的一次集体创作，王粲、阮瑀均有同题之作，并见于《文选》。秦穆公死，三良殉葬事，《左传·文公六年》《史记·秦本纪》均有记载，《诗经·秦风》有《黄鸟》一诗，亦咏此事。三良之死，或谓是穆公所逼，或谓感于知遇，主动殉葬以尽忠。《诗经》中的《黄鸟》借秦人对三良的思念，称颂三人之忠义，斥责穆公之残暴。王、阮之诗，基本延续了《诗经》的主题，皎然就说王粲的咏三良"显责穆公，正言其过，存直谏"[1]，托史讽喻的特征非常明显。而曹植诗歌的主题，却与王、阮颇有不同。曹诗从君臣际遇的角度出发，写三良追随明主、慷慨赴死，而未涉及穆公，改变了《左传》《史记》以及《诗经》的立场。六臣注《文选》刘良解题云："植被文帝责黜，意者是悔不随武帝死而托是诗。"按刘良之见，本诗当作于建安二十五年（220）曹操死后。而另有一些学者，如何焯谓本诗是建安二十年（215 年）从征张鲁，过三良墓，与王粲等同时

————————
① 释皎然著，李壮鹰校注《诗式校注》，齐鲁书社 1986 年版，第 104 页。

而作；① 王运熙先生亦谓该诗是与王粲、阮瑀"同时互相唱和之作"②。建安诗人同题之作，为同时唱和者较多，具体作年虽不确定，然现当代学者认为作于曹操主持的某次诗会，则还是可取的。此时，丕、植争宠，曹植借三良之事，表达个人的忠悃，以获取曹操的宠信，故诗一开头，便扣住"忠义我所安"立意，集中叙写三良捐躯杀身的"忠义"之举。诗歌将叙事与抒情相结合，写三良之死，突出他们的心理状态，后面又以大段的环境渲染，来表达诗人的追悼伤怀。

刘知几《史通·浮词篇》云："夫探揣古意，而广足新言，此犹子建之《三良》……至于临穴泪下……虽语多本传，而事无异说……"③ 这类诗都是传体咏史，就史著中某一人一事展开，但均非机械复制史传，一则加入诗人合理的想象和虚构，虽为原传所无，然亦难云其虚；一则是诗外有事，都有特定的写作缘起与背景。故诗中之叙事，围绕其中心立意来选材、布局，在某种程度上，是根据影写现实的需要来剪裁。

论体咏史，借史议论、抒怀，其现实的针对性与讽喻性更为突出。左思的八首《咏史诗》被认为是论体咏史诗的发端，与班固为代表的传体咏史一诗咏一事不同，左思《咏史诗》的特点是叠咏史事，即将历史上多种人、事集中在一起，分类纂述，叙写其所要表达的中心。程千帆先生将左思《咏史诗》所咏人、事作归类，云："冯唐、主父偃、朱买臣、陈平、司马相

---

① 黄节：《曹子建诗注》，人民文学出版社 1957 年版，第 54 页。

② 王运熙：《汉魏六朝唐代文学论丛》，复旦大学出版社 2002 年版，第 5 页。

③ 刘知几著，浦起龙注《史通通释》，上海古籍出版社 1978 年版，第 161 页。

如为一系……则作者所况譬者也。段干木、鲁仲连一系，功成身退，爵赏不居，则作者所引为仰慕者也。许由、扬雄一系，当时尊隐，来叶传馨，则作者所引为慰藉者也。苏秦、李斯一系，福既盈矣，祸亦随之，则作者所引为鉴戒者也。"① 诗人择取历史人物行事的某一方面，加以铺陈敷衍，以深化或明确其所要表达的主题。诗中以陈述的方式罗列所叙人、事，展示特定的场景，而较少在时间线上对所咏人、事作深入的描述，而是一种提要式的说明。这种叙事的特点，与传体就某一人一事展开叙述相比较，无疑显得疏略。不过，由于有史传做底子，提要式的说明，一样也能唤起情节记忆，具有画面感。如《其三》："吾希段干木，偃息藩魏君。吾慕鲁仲连，谈笑却秦军。"诗中刻画出两位人物在历史上的高光时刻，具有很高的概括性。而熟悉历史的读者，从《左传》《史记》等著作中，获取到更多的信息，与本诗相结合，情节与画面立时布满在脑海中。不妨说，这种提要，是通向叙事的引、逗。当然，对于这组诗来说，叙事不是其目的，它是要将这些事罗列起来，集中在一起，表达诗人对两位历史人物的推崇和仰慕。

其实，无论传体还是论体，在咏史诗的写作中，其写作对象的史事与人物，多是作为题材、素材而存在，诗人及其生活的现实世界，才是主体。历史作为写作的素材，被用来影写现实，这某种程度上类似于用典，然终究非用典，即在咏史诗对历史的素材处理，有叙事的成分在。论体叙事虽较传体薄弱，然还是能看到历史事件的核心与轮廓。像左思的《咏史诗》那

---

① 程千帆：《左太冲咏史诗三论》，见《程千帆全集》第八卷，河北教育出版社 2000 年版。

样，以某一内涵为核心，统摄不同历史时段的事件、人物，事、情、理融合，在文本的时间序次与空间组合中，体现其内在逻辑；对历史事件、人物的叙述，凝练传神。诗的总体架构及对题材的处理，皆表现出较高的叙述水平，对诗歌叙事有多方面的启迪。

前人将咏史诗分为传体、论体，对二者的区别有过非常多的论述。就叙事而言，传体、论体也有详略细疏之别，然亦有其共性。其一，咏史与现实关系密切，咏史诗作为现实的映像，诗写的是古史，而要映照出来的，则是今史。这是述史与写实的统一。其二，因这种历史与现实的关联，咏史诗的写作，既有记叙指涉，又有论赞感怀。就其缘起而言是有感而发，就其旨趣而言是有为而作。古人"诗不苟作"，咏史诗的写作，就是极好的例证。以上二点，就其现实性方面，决定着咏史诗具备真实、严肃的叙事诗学品格。其三，咏史与现实的关联，使得咏史讽时、咏史鉴今成为咏史诗写作的要义所在，为达成此旨，对史料的选材、裁剪、组合等，最见功力。通过选材、裁剪与组合，达到事、情、理的融合，是几乎所有咏史诗的共同追求。如何叙事，叙事的技巧与方式，便显得非常重要。这是考察咏史诗叙事所应关注的地方。这样通过这些方面的观察和研究，足可为诗歌叙事积累大量的写作经验。

咏史诗在魏晋的发展兴盛，还与笔记、野史、杂传的在此期的繁荣有关。从《隋书·经籍志》可以看到，魏晋南北朝时期，正史著述之外，还出现了大量的野史与杂传，像张华的《博物志》、习凿齿的《汉晋春秋》、孙盛的《晋阳秋》、常璩《华阳国志》、刘劭《人物志》、皇甫谧《高士传》等，知名度极高。杂传野史之取材，不免"委巷之说，迂怪妄诞，真虚莫测"，史家"博采广览""备而存之"。① 史官之末事，乃起说部之微澜。从某种程度上说，野史杂传的阅读市场更大，受到知识阶层的广泛欢迎。为野史杂传所作之注，蔚为大观，如郭璞注《山海经》《穆天子传》、刘昞注《人物志》、刘孝标注《世说新语》等等。乃至正史作注，也遍访野史杂传，裴松之注《三国志》，即为著例。以之为题材、材料创作诗文，随之蜂起。陶渊明的《读山海经》，以神话人物入咏史；袁宏的《咏史诗》，所叙周昌、汲黯、陆贾等人、事，与檀道鸾《续晋阳秋》具有文本上的呼应性。② 如果说咏史讽时、寓托，是延续士大夫"诗言志"的写作传统；笔记、杂传催生的咏史诗写作风气，则在言志之外，也有寻虚逐异，作意好奇的因素在。咏史诗的正史、野史、杂传兼取，言志与传奇相结合，诗与小说深度互动，极大地拓展了诗歌叙事的空间和容涵。

　　庾信有《拟咏怀》组诗 27 首③，其中不少是咏史诗，还有一些或引史事入诗，或部分具有咏史诗的性质，其所引用史料，便表现出正、杂史，信史与传说相杂糅的特点。如《其七》（榆关断音信），前面的榆关、汉使、胡笳、"纤腰减束素"等，或见诸正史，或见诸前代诗文，然最后一句"枯木期填海，青山望断河"，分别出自《山海经》之《北山经》"精卫填海"以及《海经》"青山断河"故事；《其十一》（摇落秋为气），"啼枯湘水竹，哭坏杞梁城"，则出自张华《博物志》与蔡邕的《琴操》……

---

① 《隋书》卷三十三《经籍志》，中华书局 1973 年版，第 962 页。
② 参蔡丹君：《六朝杂史、杂传与咏史诗学的发展》，《北京大学学报》2019 年第 2 期。
③ 庾信著，倪璠注《庾子山集注》卷三，中华书局 1980 年版。

庾诗是咏怀诗，但引用或叙述了大量的史传或杂史、传说中的人、事，这使得其诗歌在较好地表达诗人情感心绪的同时，也具有故事的趣味性，精彩而引人入胜。

咏史诗的对象和材料为"史"，史是题咏的对象，或引用的材料，只要引用到诗中，就存在如何引用、如何叙写的问题，不能不涉及叙事。对传体咏史诗来说，带有叙传的特点，其叙述性更强。而如何提炼、撮叙史事，也是考察诗歌这一文体如何叙事的极佳范本。咏史诗的"史"范围较广，诗人往往将杂史、杂传与神话传说等，都纳入叙述与吟咏的范畴，这使得咏史诗的体制，无论是传体，还是论体，在文本上都呈现出较强的故事性。咏史诗对历史的题咏，最终当然有其现实的指向，或个人的寄寓，咏史诗之"咏"，便显示出其性质并非叙事。然因与史的关联，事以及叙事是这一诗体的客观存在。而如何叙事达到其所指寓，有其方式方法，以诗来再现历史，与史传的叙述，也有文体特性的差异。因此，考察咏史诗的叙事，认识这一诗体的叙事特性及其对诗歌叙事传统的意义，既可深化对此体诗歌的理解，也有助于从普遍的角度，认识诗歌叙事的文体特性。

中古还有一类重要诗歌，也具有很强的叙事性，或者说叙事性的因素也比较突出，这就是行旅诗。考察行旅诗的叙事问题，对深入了解中国诗歌的叙事传统，同样也有着非常重要的意义。

魏晋以来，伴随着动乱、战争的流徙，文人宦游、交游范围的扩大，地理知识的丰富，行旅越来越多地进入文学，成为重要题材。从《隋书·经籍志》中，可以看到在这一时期，产生了大量的行记、地记著作，如任昉《地理书钞》《地记》、郭缘生《述征记》、戴延之《西征记》、郦道元《水经注》、刘师知《聘游记》、姚最《序行记》、谢灵运《游名山志》等等。① 这里的征伐从军的记载，即征伐随行，或以文，或以诗，诞生了大量的杰作。像王粲的《从军行》，从某种程度上说是军旅作品，也属于行旅的一部分。刘宋时期，刘裕征伐，身边就跟随着大批文士，记其征伐，前列《隋志》所录的郭缘生《述征记》、戴延之《西征记》，便产生于刘裕的军旅中。诗歌方面，如傅亮的《从武帝平闽中诗》《从征诗》叙军容、写征途，声势浩大、场面壮观，在没有音像设备的古代，起到了替代音像做记录的作用。

　　《文选》中，将行旅与军旅合在一起，如颜延之的《北使洛诗》《还至梁城作诗》。据《宋书·颜延之传》："义熙十二年，高祖北伐，有宋公之授，府遣一使庆殊命，参起居，延之与同府王参军俱奉使至洛阳，道中作诗二首，文辞藻丽，为谢晦、傅亮所赏。"② 作于从军途中，此行旅实即军旅，只是尚未在军中而已。《文选》还有一类"军戎"诗，仅收王粲《从军行》，也可以说是军旅诗。《文选》行旅诗中，所收以士人行旅为主，计两卷，收 11 位诗人诗作 35 首，在《文选》所选诗类中，属于篇帙偏多的。行旅诗叙事性突出，在制题上就有明显的表现。有的明标时、地，如潘岳《河阳县作诗二首》《在怀县作诗二首》，陆机《吴王郎中时从梁陈作诗》，谢灵运《七里濑》《富春渚》《初去郡》，等等。有的直接标事，如潘尼《迎大驾》、陆机《赴洛道中作二首》、沈约《早发定山》、谢朓《京路夜发》等

① 《隋书》卷三十三《经籍志》，中华书局 1973 年版。
② 《宋书·颜延之传》，中华书局 1974 年版，第 1891 页。

等。在标明事迹的同时，也能看到时间、地点，如"洛""京"为地，"早""夜"为时。有的则时、地、事具备，对诗作背景、缘由及主题均有细致交代。如陶渊明《始作镇军参军经曲阿作》《辛丑岁七月赴假还江陵夜行涂口》，从题目中就可以看到完整的原委；谢灵运《永初三年七月十六日之郡初发都》，时间具体到某一日，其体式犹如日记。时、地、出发的事由、方式、路线等，即便不读诗，行旅诗在题目上，就初步具备了叙事的基本要素。在《文选》中，行旅诗在题目上标示行旅方式非常丰富，如赴、发、从使、还等等。每一种方式之后，都对应着特定的情形与事件。后代行旅诗，在这方面仍不断丰富着，如"次""征""游""过"等，使得行旅诗犹如诗传一般，记录着诗人人生某个阶段真实而有意义的历程。

在《文选》中，还有一类题材"游览"，与行旅相近，但在叙事性方面，一般都比行旅诗薄弱。游览诗很多其实就是山水诗，以写景、抒情、议论居多。前节讨论谢灵运的山水诗，从形式、结构和章法等方面来看其叙事笔法与叙事思维，而真正落实到事的，则是谢游览山水时的行迹与过程。这类成分在诗中起到串联的作用，故其叙事性多落实在写作笔法与篇章结构中。《文选》中的行旅诗，多将行旅见闻、风物与个人的经历、遭际以及感触相联系，重心从景移到人。谢灵运的诗歌，在《文选》的"游览""行旅"二类，数量都不少，均占据着极重要的位置。"游览"类的谢诗，如《石壁精舍还湖中作》《登石门最高顶》《于南山往北山经湖中瞻眺》等，即兴记游，情调多愉悦和畅，以欣赏的眼光和心情，细摹景物。景物之美是此类诗的中心，通篇流溢着流连美景的赏爱之心。然到行旅诗中，同样也有景物描写，其格调和作用，却大不相同。如《七里濑》：

　　羁心积秋晨，晨积展游眺。孤客伤逝湍，徒旅苦奔峭。
石浅水潺湲，日落山照曜。荒林纷沃若，哀禽相叫啸。遭
物悼迁斥，存期得要妙。既秉上皇心，岂屑末代诮。目睹
严子濑，想属任公钓。谁谓古今殊，异代可同调。

　　这首诗是永初三年（422），谢灵运赴任永嘉太守，途经七
里濑而作。"羁心""孤客""徒旅"等，为本诗之行为主体。因
这一行为主体的特点，决定了途中见闻的特点，流水为"逝
湍"，山岭为"奔峭"，林为"荒林"，禽为"哀禽"……景物在
这里，是被拟人化而成为命运的象征和写照，这与游览诗的人
观景相反，是景写人。人为中心，实际上就是以经历、命运、
遭际的人事为中心。后文的"目睹严子濑，想属任公钓"，引历
史及典籍中人物，表达诗人的愿望，同时也写出当前的境遇。
这首诗内容上虽以写景为主，然经过主观化的处理，景已非实
景，与人物的处境和遭际联系在一起，诗在整体上就具有了叙
传的特点。
　　"行旅"中选录谢灵运另一首《初去郡》，自我剖白和叙传
的意味更强。该诗开头四句："彭薛裁知耻，贡公未遗荣。或可
优贪竞，岂足称达生"，以历史人物为镜鉴，叙说自我的生命感
悟与人生抉择。诗真正写到行旅情形的，只有后半六句。整首
诗，多写思想和心理活动，由于紧扣着个人的遭际和经历，也
就写成了一篇心灵自传。
　　无论是实际的人生经历，还是这一经历烙下的心理印记，
《文选》中行旅诗所树立的诗体规范，就是以地理上的行旅，写
人生、生命的行旅，有着浓厚的历史与现实蕴含。对于前述谢
灵运的诗歌，要从这个意义上来认识其叙事性。不过，《文选》

中还是有不少行旅诗，或纪行，或纪事，乃至纪时叙传，文本上就有很丰富的叙事内容。如陆机的《吴王郎中时从梁陈作诗》：

> 在昔蒙嘉运，矫迹入崇贤。假翼鸣凤条，濯足升龙渊。玄冕无丑士，冶服使我妍。轻剑拂鞶厉，长缨丽且鲜。谁谓伏事浅，契阔踰三年。薄言肃后命，改服就藩臣。凤驾寻清轨，远游越梁陈。感物多远念，慷慨怀古人。

这是陆机回忆自己由太子洗马到做吴王郎中令，从京城赴梁陈的一段历程，叙行旅的部分非常有限，仅"薄言肃后命，改服就藩臣。凤驾寻清轨，远游越梁陈"四句，而其他篇幅，均在讲述其任职太子东宫，以及"改服就藩臣"的仕历变迁，详细叙述了其仕宦生涯的一段重要行止，有着浓厚的自传意味，可为考辨陆机生平提供最有力的见证。

诗的前十句，回忆其在太子东宫任职之事，时间跨度有三年。诗中虽未详叙服事太子时的具体行事，然通过"矫迹""假翼""濯足"等自谦语，写其进入东宫的偶然性，用诸多比喻巧妙叙事，描述其人生机遇，传达了丰富的信息。"玄冕""冶服""轻剑""长缨"等，写东宫职事之尊贵，自然可以通过叙述具体事件来见证，然诗人在这里没有叙事，而是通过形象的虚拟与描绘，传达了同样的信息。"玄冕"诸词皆是名词，实际上是戴玄冕、穿冶服、佩轻剑、饰长缨等动宾结构的省略。有动宾结构，即有行为动作，有叙事，尽管这叙事未必构成情节和故事。"谁谓伏事浅，契阔踰三年"，总结、收束东宫生涯，"薄言肃后命，改服就藩臣"启下，写就任吴王郎中令一事，合转承启，章法有序。

　　行旅诗与迁谪、流徙等仕宦经历，与个人的升沉际遇结合在一起，就不单单是叙游历、写风景，而是成为生平行迹的叙传与心路历程的剖白，无论在诗中是否有具体详尽的叙事，诗作本身的自传性，也决定了其内在的叙事性。

　　行旅诗在写作实践中，诗类的特性也在不断明确、强化。一是时间线与空间位置的明确。行旅诗中，空间上起点、终点以及路程，都会有有清晰的呈示；时间上，晨、午、昏、夜等，构成空间推移、景物转换的节点，在文本上表现出鲜明的叙事性印记。这从上举几首诗中，也都看得很清楚。二是行旅作为贯穿线，本身含有动态的叙事因素，记叙行旅的过程，本质上就是叙事的过程，所有的景、情、思，均建立在行旅这一叙事过程的基础上，与之发生关联。

　　《文选》中还选有陆机的《赴洛二首》《赴洛道中作二首》，行旅作为全诗的线索和意脉，起承转合，决定着全诗的走向。这几首诗紧扣行旅，以"赴洛"为核心，写行旅的经历、见闻以及自己的心绪。这组诗的行迹脉络都很清晰，涉及途中所见之景，总是与个人的经历、情绪连在一起，情景交融，而不像游览诗那样，以景物为中心去刻画描摹。由于以经历为中心，由具体的行旅广泛联系到身世、时世之感，诗的叙述容涵便超越了地理上的行旅，而触及人生的旅程，从而在某种程度上同样具有了自传的意味。

　　陶渊明《始作镇军参军经曲阿作》，写到行旅之事，却未写旅途见闻，而是以行旅为依托，写个人的经历与情怀，可以说是典型的自叙诗。但行旅作为叙述线索，如经脉一样贯穿全诗：

　　弱龄寄事外，委怀在琴书。被褐欣自得，屡空常晏如。时来苟冥会，宛辔憩通衢。投策命晨装，暂与园田疏。眇眇孤舟逝，绵绵归思纡。我行岂不遥，登降千里余。目倦川途异，心念山泽居。望云惭高鸟，临水愧游鱼。真想初在襟，谁谓形迹拘。聊且凭化迁，终返班生庐。

　　诗前四句写其作镇军参军以前的青少年生涯，家贫而内心安乐，没有混迹俗世的念头，常以琴书自乐。这一节的委怀琴书、被褐晏如等事，相对静态，没有形成情节，但它们作为人物形象的一种刻画方式，最终在其所塑造的人物那里，形成系统的关联。同样的叙事，小说中事与事相关联，形成情节；在这里，事都与诗中的抒情主人公相关联，以抒情主人公为纽带，在逻辑与思想内涵上也形成一定的关联，故这些事虽然都是静态的独立存在，然却并不孤立，依然具有系统性。"时来苟冥会"自然而迅捷地过渡到从征行旅之事。"投策命晨装，暂与园田疏"，实写清晨出发，离开家乡。"眇眇孤舟逝"至"临水愧游鱼"写路途情形与思绪，"孤舟"为水路场景，"登降"为水陆路场景，从诗中可读到其水陆兼行的行旅情状。诗人反复申述其被迫赴征、眷恋故乡之情，集中展现了现实的困境与人生的艰难决策。最后一句表达愿望，祈想未来归家的场景，也可以说是虚拟叙事。

　　本诗叙行迹、明心志，以一次行旅，展开个人情怀心迹，成功地塑造了一个高洁脱俗而又深为尘世所累的人物。塑造成功、丰满的人物形象，是小说、戏剧等叙事文学的重要功能与创作目的，陶诗叙行旅，记录其行进的方式、过程，都含有叙事的特性，以此为依托，连贯途中的遇感，凸显人物形象，居然与小说、戏剧等叙事文学，殊途同归。

《文选》行旅诗所显示的艺术特点，成为后代行旅诗的写作范式。由于诗体从古体到近体的演化，唐代行旅诗中，近体诗的数量逐渐增多，这类诗往往线性记行程，定点写情境，形成点线结合的时空架构。南朝诗歌也多这类架构，不过在篇幅较长的诗体中，线性的行程可以多段组合、拼接，而近体诗由于诗体的制约，行程是一次性叙述完成的。如王维的名篇《使至塞上》：

　　　　单车欲问边，属国过居延。征蓬出汉塞，归雁入胡天。
大漠孤烟直，长河落日圆。萧关逢候骑，都护在燕然。

出汉塞、过居延，完成"问边"的整个行程。这个行程通过单车、征蓬，连续、流动地呈现在大漠中。颔联中的"归雁入胡天"，也即征蓬出汉塞、入胡天，两句形成互文，可看成是动态行程线的一部分。颈联为千古名句，乃单车、征蓬上的人，某一刻驻足所见，为定格风景。"萧关逢候骑，都护在燕然"，以叙事收束，照应开头，且有一定的情节性。

另一位王姓诗人，年辈早于王维的王湾，有名诗《次北固山下》，被认为是开辟唐诗气象之作，就题材而言，也是行旅诗。

　　　　客路青山外，行舟绿水前。潮平两岸阔，风正一帆悬。
海日生残夜，江春入旧年。乡书何由达？归雁洛阳边。

诗首二句写行踪，次二句写旅程状况，写景和叙事融为一体。颈联为写景的名联。不管作者有意还是无意，此联寓含着宏阔的时代精神，成为盛世即将到来的象征。尾联看似由实转虚，写未来之祈望，实则虚实结合，虚者是意中思乡之情，实者是此时飘零之状。

像以上这样的行旅诗，因其出色的景色描绘与鲜明、优美的情感意境，致使其叙事性被忽视。实际上，行旅作为人的活动，其情感意境，便具有社会性、现实性与历史性，在不同的情形下，呈现出不同的特征。诚然，游览诗、抒情诗等也是如此，不同的情形与事由，诗中都会呈现出不同的景物与境界。行旅诗叙事性更为凸显的地方在于，诗中行旅的过程和方式，作为实在发生与存在的事，无论是结构上还是内容上，都是串起这一系列情、景的关键。

试看张九龄《彭蠡湖上》，此点至为明晰：

沿涉经大湖，湖流多行泆。决晨趋北渚，逗浦已西日。所适虽淹旷，中流且闲逸。瑰诡良复多，感见乃非一。庐山直阳浒，孤石当阴术。一水云际飞，数峰湖心出。象类何交纠，形言岂深悉。且知皆自然，高下无相恤。

诗先写沿着河道经过大湖，湖流寥廓无边，接着又写向北边洲渚出发，描绘出清晰的行程。然后总写途中所见。张诗的这种写法，与前述谢灵运的诗作有不同之处。谢诗是写一段行程，然后写该行程中所见；张诗则是先叙述行程，然后集中追叙沿途所见。将行和见分开，时空重叠交叉，多次往复，打破了单调的时空顺叙组合。

上述行旅诗篇幅都不长，张九龄的为古体诗，篇幅稍长些，但也还算不得长诗。前文论及短诗叙事，认为名词组合、语词内外多重内涵等，能较突出地见出汉语的表达优势，形成诗歌叙事独特的文体特性。行旅诗相较而言，即便是短诗，也有谓语、动词结构，诗句本身多为叙述句，或组合为叙述句，这又是其较一般短诗，更富叙事性之处。

　　唐代行旅诗中，还有数量极为可观的长篇古体，起承转合，从容道来，能继承并深化两晋南朝行旅诗的写作范式。尤其是那些借行旅来叙写身世、敷衍历史、记录时代的，叙事真切，感受深诚，极大地丰富发展了古代诗歌的叙事传统，值得重视。如李白的《蜀道难》，虽是想象之作，却称得上是行旅诗的经典名篇。该诗将历史、神话、地理、人文相融合，组合数十个或实或虚的故事，上天入地，迷离惝恍，豪情与殷忧交结，为蜀道谱写了一首气势夺人的史诗。再如杜甫的《自京赴奉先县咏怀五百字》《北征》，是杜诗中的名篇，也是杜诗之为"诗史"所必不可少的代表作。这两首诗，叙写个人的身世、抱负、经历，将其与国家的现实、前途和命运结合在一起，行旅诗展开的，是时代宏阔的画面，在史笔所不到处，记下大唐盛衰转折之际鲜明的折痕。再如李商隐的《行次西郊作一百韵》，董乃斌先生称之为"新闻报导式"的叙事。该诗模仿杜甫《北征》，以纪年月和行程开头，在写实中思考国家衰敝、人民困苦的原因，对朝政提出自己的看法。诗中涉及的人物，能用合乎人物身份的语言与行动描写，以及生动而细腻的细节刻画，进一步强化了其现实性与真实性。① 上述诸诗，大多皆可按之诗人行迹，为诗人生平及其时代佐证。行旅诗而兼时代纪实与自叙传，叙事

---

① 董乃斌：《李商隐诗歌的叙事分析》，《文学遗产》2010 年第 1 期。

性达到新的高度。

不妨举几首唐诗作一具体考察。岑参有一首《酬成少尹骆谷行见呈》，是其与另一位诗人成贲同赴蜀中，途中酬唱之作。如果说李白的《蜀道难》，采用大量的夸张和想象，以虚写实，岑参的这首诗，就以实录居多了。全诗如下：

> 闻君行路难，惆怅临长衢。岂不惮险艰，王程剩相拘。忆昨蓬莱宫，新授刺史符。明主仍赐衣，价直千万余。何幸承命日，得与夫子俱。携手出华省，连镳赴长途。五马当路嘶，按节投蜀都。千岩信萦折，一径何盘纡。层冰滑征轮，密竹碍隼旟。深林迷昏旦，栈道凌空虚。飞雪缩马毛，烈风擘我肤。峰攒望天小，亭午见日初。夜宿月近人，朝行云满车。泉浇石罅坼，火入松心枯。亚尹同心者，风流贤大夫。荣禄上及亲，之官随板舆。高价振台阁，清词出应徐。成都春酒香，且用俸钱沽。浮名何足道，海上堪乘桴。

这是岑参后期作品，作于唐代宗大历元年（766）。新任剑南西川节度使、成都尹杜鸿渐辟岑参、尹贲为属官，二人从京城赴蜀。途中尹贲先写了一首诗呈岑参，于是岑参以这首诗奉和。诗的层次与脉络非常清晰。开头至"按节投蜀都"，以叙事为主，写赴蜀的背景和缘由。"忆昨蓬莱宫，新授刺史符。明主仍赐衣，价直千万余"，指杜鸿渐被授刺史，受到皇帝重用一事。"何幸承命日，得与夫子俱"，指与尹贲一起被辟用，同程赴蜀。"千岩信萦折"至"火入松心枯"，写赴蜀途中的旅程。骆谷为川陕交通要道，诗人从长安出发，经骆谷南下，折西南入蜀。其道虽为官路，然山高路窄，艰难险阻，诚为畏途。诗人以细腻贴切的笔触，写山路的崎岖逼仄，林深蔽日，栈道悬空，极为真切地写出了蜀道之难。与李白的《蜀道难》不同，岑参所写，皆其亲身体察。殷璠评岑参诗"语奇体峻，意亦造奇"①，其实细究起来，岑参这类"造奇"之诗，多为写实，只是所写之"实"并不寻常，为奇景奇境而已。以这首诗来看，所有的奇景，都有一个行为主体，即行旅中的诗人，为其所见所闻所感。诗中"飞雪缩马毛，烈风掣我肤"，观察与感受融为一体，才能写出如此真切的句子。此段多景语，以写景为主，然引入了人的经历、观察、体验，同时也就具有了事的意味。末段展望美好的仕途前景，互相鼓励，并遐想成都的美酒，二人在那里的快意生涯。就叙事而言，这部分的畅想，是构筑了一个未来的想象世界，但这个世界有现实的基础，又是真实可感的。三部分综合起来，诗歌的时间有过去、当下和未来，空间则有长安、骆谷、蜀道和成都，构筑了张力弥漫的叙事时空。

这首诗进一步巩固了行旅诗的写作模式，即以行旅为贯穿，叙事、写景和抒情的融合，景、情的主观性、体验性，使之同时也具有事的意味。诗的逻辑结构清晰，时空架构明了，与叙事作品的时空结构、写作思维以及文本叙述特征，有非常类似之处。

第三节　酬赠诗中的中古社会与人生万象

诗体的分类，很多时候会出现交叉重叠的现象，《文选》中

---

① 《唐人选唐诗十种》，上海古籍出版社1978年版，第81页。

各类文体的分类都存在这种情况，诗也是如此。比如诗中的公宴、祖饯、咏史、游仙、行旅、咏怀等，是按内容分；献诗、赠答等，是按功用分；乐府、杂歌，则又是按体式分……标准不统一，互相夹杂、重叠自然不可避免。如果持同一标准，比如按体式来分，乐府、杂歌，或者四言、五言，比较客观，还好办一些；如果按内容分，就比较难办，因为一首诗内容很丰富，以某一类名目，往往很难概括得准确完备。比如咏怀诗，很多游仙、游览、咏史，也都有咏怀。左思的《咏史诗》，后人不就评论说"名为咏史，实为咏怀"么？而且，在有些情况下，内容、形式或功用往往混合在一起。比如本节所论酬赠诗，其实应该是功用，至于具体内容，则包罗万状。像前一节所论的行旅诗，有些同时也是酬赠诗，比如岑参的那一首。由于酬赠诗的这种特点，故其对诗人及其时代，具有最为广泛和深入的考察价值。在诸多诗歌类总集中，酬赠诗的分量也最多。以《文选》为例，赠答、公宴都与酬赠关联密切，其中很多就属于酬赠诗。

在《文选》中，赠答类收二十四位诗人的诗作七十二首，数量仅次于杂诗一类。钟嵘《诗品序》云"嘉会寄诗以亲，离群托诗以怨……"嘉会之亲或离群之怨，既托之于诗，则必赖诗札往来而后成。则钟嵘在此所谓之诗，大多即为酬赠诗。《文选》的七十多首诗，或亲或怨，囊括了时人生活、活动的方方面面，成为今人观照中古诗人以及那个时代的镜像，其叙事学的意义与价值自不可低估。

从这类诗对中古士人生活的反映来看，首先，它们全面而多维地反映了士人的政治生活，如升沉迁谪等仕途波折，朝政与时局的侧面或背影，等等。曹植的《赠白马王彪》就是此类诗的名作：

（黄初四年五月，白马王、任城王与余俱朝京师、会节气。到洛阳，任城王薨。至七月，与白马王还国。后有司以二王归藩，道路宜异宿止，意毒恨之。盖以大别在数日，是用自剖，与王辞焉，愤而成篇。）

谒帝承明庐，逝将归旧疆。清晨发皇邑，日夕过首阳。伊洛广且深，欲济川无梁。泛舟越洪涛，怨彼东路长。顾瞻恋城阙，引领情内伤。

太谷何寥廓，山树郁苍苍。霖雨泥我涂，流潦浩纵横。中逵绝无轨，改辙登高岗。修坂造云日，我马玄以黄。

玄黄犹能进，我思郁以纡。郁纡将何念，亲爱在离居。本图相与偕，中更不克俱。鸱枭鸣衡轭，豺狼当路衢。苍蝇间白黑，谗巧令亲疏。欲还绝无蹊，揽辔止踟蹰。

踟蹰亦何留？相思无终极。秋风发微凉，寒蝉鸣我侧。原野何萧条，白日忽西匿。归鸟赴乔林，翩翩厉羽翼。孤兽走索群，衔草不遑食。感物伤我怀，抚心长太息。

太息将何为，天命与我违。奈何念同生，一往形不归。孤魂翔故域，灵柩寄京师。存者忽复过，亡殁身自衰。人生处一世，去若朝露晞。年在桑榆间，影响不能追。自顾非金石，咄唶令心悲。

心悲动我神，弃置莫复陈。丈夫志四海，万里犹比邻。恩爱苟不亏，在远分日亲。何必同衾帱，然后展殷勤。忧思成疾疢，无乃儿女仁。仓卒骨肉情，能不怀苦辛？

苦辛何虑思，天命信可疑。虚无求列仙，松子久吾欺。变故在斯须，百年谁能持？离别永无会，执手将何时？王其爱玉体，俱享黄发期。收泪即长路，援笔从此辞。

　　这首诗有很大一部分篇幅写到从京师回归封地沿途的景致，兼有行旅诗的性质。诗前小序，交代了诗作的背景，可与史书对读。据《三国志·陈思王传》："（黄初）四年，（植）徙封雍丘王，其年，朝京师。"裴松之注引《魏氏春秋》："是时待遇诸国法峻。任城王暴薨，诸王既怀友于之痛，植及白马王彪还国，欲同路东归，以叙隔阔之思，而监国使者不听。植发愤告离而作诗。"① 裴松之所说的诗，就是这首《赠白马王彪》。曹操去世以后，曹丕即位，为了巩固自己的地位，对诸兄弟多有猜忌，百般防范。曹植在序中提到的任城王之死，裴松之引《魏氏春秋》云："初，彰问玺绶，将有异志，故来朝不即得见。彰忿怒暴薨。"② 这里包含着很多微妙的信息，揭示了曹氏内部的权争，对于任城王之死的真实因由，也留下悬念。如果再对照《曹植传》中的记叙："帝初即位，诛丁仪、丁廙并其男口。"③ 就可以看出曹丕为了皇权，剪杀诸兄弟的羽翼以防不测，是多么残酷。非但如此，曹丕还派出耳目，监视诸兄弟，不断迁徙诸王的封地，以防他们在某一地坐大。曹植就从邺城到雍丘，被多次折腾。这次诸王一起到京城觐见，实际上是接受又一次的徙封，以及警告和敲打。诸王心中的抑郁和悲愤，可想而知。任城王之死，一下子冲破曹植心中的堤坝，悲愤像洪水一样汹涌而出，写下这首诗。

　　诗既有真实的历史背景，也有真实的叙事，只是在诗中，可能没有以直接叙述的笔法来呈现。比如"鸱枭鸣衡轭，豺狼

---

① 《三国志·魏志·陈思王传》，中华书局 1964 年版，第 562、564—565 页。
② 《三国志·魏志·任城王传》，中华书局 1964 年版，第 557 页。
③ 《三国志·魏志·陈思王传》，中华书局 1964 年版，第 561 页。

当路衢。苍蝇间白黑，谗巧令亲疏"四句，前三用比喻，最后一句道出所本"谗巧令亲疏"，而这句亦非泛言。曹植本传云："黄初二年，监国谒者灌均希旨，奏'植醉酒悖慢，劫胁使者。'"① 诗中的叙述，在诗人的经历遭际中，都有一一的对应。

除了这些，本诗写作的另一大背景，即任城王之死。诗中"奈何念同生，一往形不归"，集中写此事。"孤魂翔故域，灵柩寄京师"两句，指任城王死后的安葬情况，任城王本传写到曹丕厚葬任城王事："至葬，赐鸾辂、龙旗、虎贲百人……"② 此所谓"灵柩寄京师"也。然纵是如此，任城王仍魂魄不安，以孤魂而翔故域，何故哉？诗之微言，包含了多少皇族权斗的信息。

诗是赠白马王，从内容上看，抒情的成分居多，然如前所述，其背后涉及诗人与任城王之事，历历可见。还有的地方，如"丈夫志四海，万里犹比邻。恩爱苟不亏，在远分日亲。何必同衾帱，然后展殷勤"，此即诗序所言"后有司以二王归藩，道路宜异宿止"，写到曹丕对诸王的防范。

前一节论及曹植诗歌叙事，谓其诗之叙事，盖出以诗歌特有的修辞与语言，此诗足可补正。作为酬赠诗，不特叙契阔、诉离怨，更在字里行间，叙说了诸多皇族的恩怨与政坛的冷酷，提供了诸多第一手的资讯，足以与史著相发明。

《文选》赠答诗还选了几首王粲的四言诗，也包含着丰富的政治信息与时代风云。如《赠士孙文始》：

① 《三国志·魏志·陈思王传》，中华书局1964年版，第561页。
② 《三国志·魏志·任城王传》，中华书局1964年版，第556页。

天降丧乱，靡国不夷。我暨我友，自彼京师。宗守荡失，越用遁违。迁于荆楚，在漳之湄。在漳之湄，亦克晏处。和通篪埙，比德车辅。既度礼义，卒获笑语。庶兹永日，无諐厥绪。虽曰无諐，时不我已。同心离事，乃有逝止。横此大江，淹彼南汜。我思弗及，载坐载起。惟彼南汜，君子居之。悠悠我心，薄言慕之。人亦有言，靡日不思。矧伊嬿婉，胡不凄而。晨风夕逝，托与之期。瞻仰王室，慨其永慨。良人在外，谁佐天官。四国方阻，俾尔归藩。尔之归藩，作式下国。无曰蛮裔，不虔汝德。慎尔所主，率由嘉则。龙虽勿用，志亦靡忒。悠悠澹澧，郁彼唐林。虽则同域，邈尔迥深。白驹远志，古人所箴。允矣君子，不遐厥心。既往既来，无密尔音。①

本诗所赠者士孙文始，复姓士孙，名萌。《文选》李善注引《三辅决录》赵岐注云"初，董卓之诛也，父瑞，知王允必败，京师不可居，乃命萌将家属至荆州依刘表。去无几，果为李傕等所杀。及天子都许昌，追论诛董卓之功，封萌为澹津亭侯。与山阳王粲善，萌当就国，粲等各作诗以赠萌……"② 这是这首诗的写作背景。当时参与赠答的人很多，在这样一种背景下，赠诗表彰士孙萌在危局中的选择，推崇其立场与大义，实际上就是一种政治表态。

王粲在诗中，对士孙萌在汉末董卓乱局中，由京师迁往荆

---

① 《文选》卷二十三《赠答一》，上海古籍出版社 1986 年版，第 1105—1106 页。

② 《文选》卷二十三《赠答一》，上海古籍出版社 1986 年版，第 1105 页。

楚，有详细而具体的描述。诗开头"天降丧乱，靡国不夷"，写
汉末董卓乱局；"宗守荡失，越用遁违。迁于荆楚，在漳之湄"，
写士孙家迁荆楚事；"在漳之湄"至"乃有逝止"一节，写到其
在荆州与士孙萌的交往，因为对士孙萌道德品行的认可，志同
道合，遂结下亲密的友谊。"横此大江，淹彼南汜"，则写士孙
萌由荆州到南汜，朋友分别，诗中写到对士孙的思念。此节对
于了解王粲的生平交游以及士孙萌的行止，都是非常重要的材
料。士孙萌迁荆楚、居南汜，再被封澹津，一系列行迹，在诗
中有明确的交代。本诗赠别，叙述了与受赠者的交往与情谊，
均为叙事，而相关事迹，又牵连着汉末重要的历史背景和事件。

　　酬赠诗与政治、时局的关联，与诗人的身份、地位有关，
身份、地位的高低，往往决定着这些诗中所关涉的信息的重要
程度。不过，由于酬赠诗的对象总是亲朋或好友，无论诗人身
份、地位如何，诗中叙交往、诉情谊，却是一致的。记事怀人，
是酬赠诗最为普遍的特征，其浓厚的叙事性，很大部分原因也
正在此。前引曹植、王粲等诗作，其所反映的时局大事，实际
上都是在记情谊、叙交往的琐事中显示出来的。

　　《文选》中酬赠类诗作，因为记情谊、叙交往，生动而真切
地呈现了那个时代的文坛风貌、世风人情。潘尼的《赠陆机出
为吴王郎中令诗》，记人记事，便堪称委曲详尽：

　　　　东南之美，曩惟延州。显允陆生，于今鲜俦。振鳞南
　　海，濯翼清流。婆娑翰林，容与坟丘。玉以瑜润，随以光
　　融。乃渐上京，羽仪储宫。玩尔清藻，味尔芳风。泳之弥
　　广，挹之弥冲。昆山何有，有瑶有珉。及尔同僚，具惟近
　　臣。予涉素秋，子登青春。愧无老成，厕彼日新。祁祁大

邦，惟桑惟梓。穆穆伊人，南国之纪。帝曰尔谐，惟王卿
士。俯偻从命，奚恤奚喜。我车既巾，我马既秣。星陈凤
驾，载脂载辖。婉娈二宫，徘徊殿闼。醪澄莫飨，孰慰饥
渴。昔子忝私，贻我蕙兰。今子徂东，何以赠旃。寸晷惟
宝，岂无玙璠。彼美陆生，可与晤言。①

　　陆机为吴王郎中令，在赴任途中，曾作《吴王郎中时从梁
陈作诗》，回顾个人经历，自剖心迹。而潘尼这首诗，则提供了
陆在洛阳时，二人交往过存的信息。诗开头至"随以光融"，叙
陆机家世出身及才华清望，乃史传笔法。只是在诗中，用的是
诗的语言系统。"东南之美，曩惟延州。显允陆生，于今鲜俦"，
陆机为吴人，诗中落脚"东南"，"延州"指吴公子季札，以譬
陆机。"显允"夸赞语，谓其为东南俊杰，远比季子，而今世无
人可匹。"乃渐上京，羽仪储宫"一节，指陆机为太子洗马事；
"及尔同僚，具惟近臣"一节，叙与陆机同朝为官事；"祁祁大
邦"一节，写陆机出为吴王郎中令一事；"我车既巾"一节，写
临别出发的送行，这一节中，还回忆陆机曾经"贻我蕙兰"。
《文选》李善注中，将这首诗分为几首，每一首围绕一个中心。
　　本诗为赠别诗，然从受赠者的家世、品格、清望写起，徐
徐道来，历历分明。诗人对受赠者的景仰，二人之间的情谊，
在细致的叙述中，能一一落在实处。潘诗从受赠人的身份、家
世出发的写作方法，是一种史传的叙事方法，同时也受到两晋
士族重血统、门第这一文化风气的影响，为我们观察那个时代

① 《文选》卷二十三《赠答二》，上海古籍出版社 1986 年版，第 1156—
　　1158 页。

提供了生动的影像。

《文选》赠答诗，有"赠"，有"答"，有"重赠""再赠"及"和""呈"等种种形式，真实地展现当时文人间的诗文交往，为当时的文学活动留下鲜活的第一手材料。诗歌及其创作，作为文学酬赠活动，公宴诗与有的赠答诗有类似之处，但公宴诗所指向的是公共活动，多场面话、套式语，赠答诗虽在公共场合，但所指对象是个别的、私性的。尤其是那些送别诗，所谓"黯然销魂者，唯别而已矣"，故在表达的深度和真实性方面，较公宴诗更具可读性，其能达到文学性与交际性的统一。

当然，这只是就一般情况而言，公宴诗中私情公谊兼具，情理事融合无间的佳作，也非常多。如晋安帝义熙十四年（418），刘裕率僚属在彭城为孔季恭送行，诸文士皆有赠诗，今存谢灵运与谢瞻的同题作《九日从宋公戏马台集送孔令诗》，并见于《文选》，即为一时之冠，艺术价值甚高。

谢灵运诗从九日的气候、物像落笔，写到送别的场景，并遐想孔季恭归田后的欢乐。谢灵运诗以写景抒情为主，情、景之中寓事，而谢瞻的诗，叙事性显得更强一些：

> 风至授寒服，霜降休百工。繁林收阳彩，密苑解华丛。巢幕无留燕，遵渚有归鸿。轻霞冠秋日，迅商薄清穹。圣心眷嘉节，扬銮戾行宫。四筵沾芳醴，中堂起丝桐。扶光迫西汜，欢余宴有穷。逝矣将归客，养素克有终。临流怨莫从，欢心叹飞蓬。①

---

① 《文选》卷二十，上海古籍出版社1986年版，第956—957页。

宣远诗"风至授寒服，霜降休百工"，以"授寒服""休百工"等人事来写节候的变化，然后再过渡到景物的描述、渲染。接着，"圣心眷嘉节，扬銮戾行宫"转到送别场景，"四筵沾芳醴，中堂起丝桐。扶光迫西汜，欢余宴有穷"，落笔都较为实在，写出饯别宴乐的热烈、繁华，而"扶光"云云，美好的时光总是短暂，既状欢娱情形，又叙依恋之情，情事交融，笔蕴包致。

像这一类酬赠诗，由重要人物的主持和参与，规模大，在史著中都有详细的记载，当从诗里诗外，结合文学价值、文学史、历史等多个维度，作综合性的考察。它们的叙事性，除了文本之外，还有作为第一手史料的叙事价值，这是我们作文学研究，尤其应该注意的地方。

前述王粲送士孙萌、潘尼送陆机，在这些方面都具有史料价值。我们根据这些诗，可用以补正、丰富诗人的生活经历、历史事件的现场，这类诗作也因其生动与切实，而呈现出真实与实在的史性特征。这种史性特征，亦为其叙事性的题中应有之义。

第四节　中古代言与拟作诗的叙事性

模拟是中国艺术的重要途径，诗文、绘画、书法，均自模拟入手，在继承中突破、创新。就诗歌而言，中古时期模拟风气极为普遍，胡应麟云："建安以还，人好拟古，自三百、十九、乐府、铙歌，靡不嗣述，几于汗牛充栋。"[1] 中国古代诗歌

---

[1]　胡应麟：《诗薮》外编卷一，中华书局1958年版，第131页。

的发展、诗体的更新，与这种模拟之风有重要关系。拟古，只是模拟的一种。《文选》卷三十一杂拟类收有陆机《拟古诗》十二首、江淹《杂拟诗》三十首等，均为拟古之作，即模拟古人的诗歌风格、体制的再创作。但有的拟古诗，其实颇为复杂，如江淹的《杂体诗》，以历史上三十位诗人为题，以这些人的代表作、诗歌风格、人生际遇等为着眼点进行创作，不仅仅是模拟的问题，还是通过创作，对这些古人的模拟、还原。从某种程度上，是代古人立言、肖像、传神。因此，代言诗，也应属于模拟诗的一种。《文选》杂拟诗中有鲍照《代陆平原君子有所思行》，便突出一"代"字。《文选》赠答诗中陆机的《为顾彦先赠妇二首》，也应属于模拟诗。

　　模拟最重要的特点就在于"肖"，为了达到这种"肖"，就要深入地体察原作，或是代言的人、事的情形，经过理解、消化、吸收，再还原其音容神貌。潘岳有一篇《寡妇赋》，是模拟曹丕的同题赋作。在这篇赋的序言中，潘岳写道："乐安任子咸有韬世之量，与余少而欢焉！虽兄弟之爱，无以加也。不幸弱冠而终，良友既没，何痛如之！其妻又吾姨也，少丧父母，适人而所天又殒，孤女藐焉始孩，斯亦生民之至艰，而荼毒之极哀也。昔阮瑀既殁，魏文悼之，并命知旧作寡妇之赋。余遂拟之以叙其孤寡之心焉。"[1] 潘岳序中提到的"拟"，当有两层含义，一是文辞上对曹丕原作的"拟"；二是赋义上，即寡妇之悲情的"拟"。这个拟，不仅要体察曹丕的原作，还要悬揣这篇赋所表现的对象，即任子咸之妻的悲哀，以及任丧之后，其妻孤子凄苦的境况。这里，都少不得想象、虚拟等文学的再创造。

---

① 《文选》卷十六，上海古籍出版社1986年版，第734页。

赋是如此，诗亦如是。

由于有想象、虚拟的中介环节，模拟之作的写作思维与笔法，实际上具备了某些小说方面的因素。因此，对于诗歌叙事传统，具有非常重要的意义。不妨取江淹《杂体诗三十首》中的几首一观。如其拟王粲的《王侍中粲怀德》：

> 伊昔值世乱，秣马辞帝京。既伤蔓草别，方知杕杜情。崤函荡丘墟，冀阙缅纵横。倚棹泛泾渭，日暮山河清。蟋蟀依素野，严风吹枯茎。鹳鹢在幽草，客子泪已零。去乡三十载，幸遭天下平。贤主降嘉赏，金貂服玄缨。侍宴出河曲，飞盖游邺城。朝露竟几何，忽如水上萍。君子笃恩义，柯叶终不倾。福履既所绥，千载垂令名。①

这首诗综合王粲诗歌经典名篇的意象、情境，将其与王粲的生平结合起来，再加上诗人的想象与渲染，犹如一篇诗性传记，复活了建安时代这位著名的诗人。诗的首四句，写王粲离乡南下。王粲有《七哀诗》叙其事，这里的四句，情境意味与王诗极肖。"崤函荡丘墟""倚棹泛泾渭"写由北向南的行旅，多诗人的想象虚拟。"蟋蟀依素野""鹳鹢在幽草"则写王粲在荆州的思乡之情，融入了《登楼赋》里的一些意境。"贤主降嘉赏，金貂服玄缨"云云，写王粲归附曹操事。"侍宴出河曲，飞盖游邺城"则写邺城文学集团的诗酒文会，融合了王粲、刘桢、曹植等人的公宴诗的意境。整首诗能巧妙地点化、生发建安诗歌的意象、情境，以王粲本人的诗赋为主，将其一生依次叙来，

---

① 《文选》卷三十一，上海古籍出版社1986年版，第1456—1457页。

脉络连贯，层次清晰。诗中的叙事，有细节，有情境，与写景完美地融合在一起。其中，王粲的去国离乡的悲凄，路途的荒远，以及其归附曹操之后，得以交结同道，才华得以施展的意气风发，在借鉴、点化王粲等人诗赋意境的基础上，加以合理的想象、虚拟的再创造，史的真实性与文学笔法的生动性，相得益彰，显示了较高的叙事能力。

写刘琨的一首《刘太尉琨伤乱》，叙事性更强：

> 皇晋遘阳九，天下横氛雾。秦赵值薄蚀，幽并逢虎据。伊余荷宠灵，感激徇驰骛。虽无六奇术，冀与张韩遇。宁戚叩角歌，桓公遭乃举。荀息冒险难，实以忠贞故。空令日月逝，愧无古人度。饮马出城濠，北望沙漠路。千里何萧条，白日隐寒树。投袂既愤懑，抚枕怀百虑。功名惜未立，玄发已改素。时哉苟有会，治乱惟冥数。①

这首诗既是效刘琨体，又可以说是写刘琨的一首咏史诗。前四句写两晋之交内忧外患的时代背景，从大处着墨，气势浩大，有刘琨诗"雅壮而多风"（《文心雕龙·才略》）的神韵，然所叙为历史真实情势。"伊余荷宠灵"至"愧无古人度"写刘琨的遭遇，运用诸多古人作例比较。刘琨在《重赠卢谌》诗中，以姜尚、管仲、陈平、张良等为榜样，表达自己"想与数子游"的功业志向，这里用张良、韩信等古贤，承琨诗原意。"饮马出城濠，北望沙漠路"肖像特写，刻画了刘琨征尘仆仆、抵抗外族入侵的英武形象。在"千里何萧条，白日隐寒树"的旷野

---

① 《文选》卷三十一，上海古籍出版社 1986 年版，第 1464—1465 页。

与寒风中，英雄的形象尤为感人，这里的环境渲染，也吸收了刘琨《扶风歌》《重赠卢谌》等诗中的意境，如《重赠卢谌》"功名未及建，夕阳忽西流"等句。本诗中白日隐没、寒风潇潇中独立旷野中的英雄形象，可以说就是刘琨的诗意图。诗的最后，直叙"功名惜未立，玄发已改素"，部分词句亦直承刘诗，集中叙写了英雄功名未立，满腔悲愤的情绪。

本诗的叙写，一是根据刘琨的原诗，另一则是取诸史著。在《晋书》的刘琨传中，引录了刘琨大量的章表、书信，叙其戍守并州时"枕戈待旦，志枭逆虏"情状。这首诗就是根据这些材料，通过时代背景、自然环境、人物特写、史事叙述等多种方式，铺陈展衍，作艺术的再创造，成功塑造了一个壮志未酬、饮恨边疆的失路英雄的悲剧形象。

江淹所写的三十首《杂拟诗》，所拟对象都为历史上名人，且多为文人，以他们的文风、诗风为基点，来想象、塑造人物的性格和形象。这类人与江淹同属于士这一阶层，推己及人，想象跨度并不大，很多地方，实写即可传神。故就其叙事性而言，多接近于史。还有一类情况，在写作中代入与自己不同阶层、境况的人物，比如中古的代言诗中，那些男子以女子口吻来写的怨情、闺怨之类的诗，与作者距离较大，创作中，需要更多的代入感才能写好，这就需要"遥体人情，悬想事势，设身局中，潜心腔内"[1]，以更多的想象和虚拟，如戏剧、小说一般叙事写人。

曹丕《燕歌行》、曹植《美女篇》中相关女性主人公的描写，尽管都有所本，吸收了乐府民诗、古诗中的某些因素，但

---

① 钱锺书：《管锥编》第一册，中华书局 1986 年版，第 166 页。

仍然有很多"遥体人情，悬想事势"的地方。《文选》中的杂拟类，陆机的十二首《拟古诗》中，也有类似诗作，如《拟西北有高楼》：

> 高楼一何峻，苕苕峻而安。绮窗出尘冥，飞陛蹑云端。佳人抚琴瑟，纤手清且闲。芳气随风结，哀响馥若兰。玉容谁能顾，倾城在一弹。伫立望日昃，踯躅再三叹。不怨伫立久，但愿歌者欢。思驾归鸿羽，比翼双飞翰。

此诗拟《古诗十九首》的《西北有高楼》，主要的人物、意境均出自古诗，然又有更多的想象铺展。古诗写楼高有两句，一句云其"上与浮云齐"，一句云其"阿阁三重阶"，皆叙述句。在陆机的拟作中，先是总写高楼之高峻，然后再细叙其高峻之表现："绮窗出尘冥，飞陛蹑云端"，用夸张和想象，将楼的高峻更感性化、形象化了。接着写到楼中佳人，此为诗之重点。古诗中，闻声而不见人，仅写到音乐的哀怨，而佳人并未直接出场。陆机的诗中，则有"纤手清且闲"的特写，又有"芳气随风结，哀响馥若兰"，将音乐与人融合在一起的通感描述。其后，再通过集中写佳人的行止、神态，来表现其内心世界。"伫立望日昃，踯躅再三叹"，都是极为质实的行为叙述，也可看成是对女子闺中独居的叙事。

这首诗中女子的心理、情态、行止，自然是受到其所拟之原作的启发，同时也会以诗人生活中所接触到的女子形象为原型，然人物的内在，以及通过音乐、容貌、行为来表现其内在，诗人的加工处理，有其艺术上的创造，这创造，是要有很真实、贴切的代入感，将自己幻化为要写作的对象，方能达到这样的艺术高度。陆机在《文赋》中曾谓作文当全身心投入，沉浸到创作的氛围中，"思涉乐而必笑，方言哀而已叹"，其对古诗的拟作和加工，便是对自己文艺主张的出色践行。

中外诸多小说家创作，都提倡一种沉浸式的创作，即进入创作场域，与所写人、事共呼吸同命运，甚至当小说主人公遭遇不幸时，作家悲痛欲绝。这种悬揣、虚拟写作中的感染力，其实正是建立在写人叙事真实贴切的基础上，是现实主义创作文艺观所推崇的艺术至境。这是叙事的至境，情的感染和表现，乃其结果。

《文选》赠答类有陆机《为顾彦先赠妇二首》，乃代顾荣赠妇，并又代妇人酬答，诗题"赠妇"下本有"往返"二字，二首诗一赠一答，友朋间的雅谑。陆云也有同题之作。顾、陆皆为江东大族，二陆与顾荣相交甚厚，陆机集中，酬赠顾荣之作有多首。正因关系亲近不拘，才能以朋友私情托之笔墨，附之悬揣。且看这两首诗：

> 辞家远行游，悠悠三千里。京洛多风尘，素衣化为缁。循身悼忧苦，感念同怀子。隆思乱心曲，沈欢滞不起。欢沈难克兴，心乱谁为理。愿假归鸿翼，翻飞浙江汜。
>
> （其一）
>
> 东南有思妇，长叹充幽闼。借问叹何为，佳人渺天末。游宦久不归，山川修且阔。形影参商乖，音息旷不达。离合非有常，譬彼弦与筈。愿保金石躯，慰妾长饥渴。
>
> （其二）①

---

① 《文选》卷二十四，上海古籍出版社1986年版，第1149—1150页。

《其一》是模拟顾荣赠思妇，《其二》则是模拟思妇作答。游子思妇是汉魏诗歌的常见题材，《古诗十九首》中多首属于此类，陆机相关诗作也很多。然而，这首非常有意思的是，将一赠一答放在一起，而且有设定的主人公，像一幕独幕剧一样，将两个角色同时放在舞台上，相互对话。其文本形式是戏剧化的，其创作的缘起也是很戏剧性乃至喜剧性的。所以，这两首诗总体上完全可以看成戏剧舞台的角色对白，互剖心迹，互诉相思与离愁。后代戏剧文本，实际上也正是这样的一种形式。唐汝谔《古诗解》评这二首诗云："事虽近戏，而意极庄严。"[1]"事虽近戏"四字之评非常重要，点出了这类诗所蕴含的戏剧性，当由此去认识其叙事学的价值与意义。

实际上，陆机这种以戏剧家的代入感所作的代言诗，在其诗集中屡屡见到。如《为周夫人赠车骑诗》，以一位怨妇的口吻，叙述自己独守空闺的幽怨，诉说对丈夫的思念以及怨念。[2]这首诗同时写活了周车骑及其妇人两个形象，真实地反映了当时很大一部分仕宦家庭夫妻分离的现实，代表了诸多思妇的心声。其在当时妇女读者群中，犹如今日家庭剧一般，深入人心，有着广大的受众。像这类诗，稍作改编，就是非常生动的家庭剧。

陆机的这一类代言诗，有些在文字上叙事性并不突出，其叙事意义是提供了一种诗歌的写作范式，这种写作范式是戏剧化的。一般来说，诗歌多是诗人的言志抒怀，为己之作，这也是学界多将诗歌看成抒情文体的原因所在。然而，陆机这类代

① 杨明：《陆机集校笺》，上海古籍出版社2016年版，第300页。
② 杨明：《陆机集校笺》，上海古籍出版社2016年版，第301页。

言体诗作，虽也有抒怀言情，但却是塑造了一个或几个诗中的人物，模拟其身份，根据其遭际、境遇，替角色来抒怀言情，这就是戏剧或小说的写作范式，这样的范式，才是其叙事意义之所在。后代诗人类似诗作甚多，实际上就打破了士大夫式的"诗言志"的写作套诗，而是诗可为戏，可以用多种身份和面目来说话，来表达情感。这样的诗，便兼具了小说、戏剧等叙事文体的功能。

代言较拟作，其叙事独创性似更进一层。魏晋文人不少拟乐府，用更工整的语式，更华丽的辞藻，铺衍乐府故事，在情辞意境上有创造，然在叙事乃至故事思维上，却较少突破。代言诗的"遥体人情，悬想事势，设身局中，潜心腔内"，其创造性在情境与事体之设置方面，故更具叙事性价值。

这类代言体诗作在古典诗歌中非常盛行，蔚为大观，足可见证诗歌叙事传统的久远深厚。闻一多在《宫体诗的自赎》中论及初唐的代言诗，我们不妨看看这一诗学传统从魏晋到唐代，有怎样的变化。

《宫体诗的自赎》中叙及的代言诗是骆宾王的《艳情代郭氏答卢照邻》[①]：

> 迢迢芊路望芝田，眇眇函关恨蜀川。归云已落涪江外，还雁应过洛水湄。洛水傍连帝城侧，帝宅层甍垂凤翼。铜驼路上柳千条，金谷园中花几色。柳叶园花处处新，洛阳桃李应芳春。妾向双流窥石镜，君住三川守玉人。此时离别那堪道，此日空床对芳沼。芳沼徒游比目鱼，幽径还生

---

① 闻一多：《唐诗杂论》，上海古籍出版社1998年版，第14页。

拔心草。流风回雪傥便娟，骥子鱼文实可怜。掷果河阳君
有分，货酒成都妾亦然。莫言贫贱无人重，莫言富贵应须
种。绿珠犹得石崇怜，飞燕曾经汉皇宠。良人何处醉纵横，
直如循默守空名。倒提新绶成慊慊，翻将故剑作平平。离
前吉梦成兰兆，别后啼痕上竹生。别日分明相约束，已取
宜家成诫勖。当时拟弄掌中珠，岂谓先摧庭际玉。悲鸣五
里无人问，肠断三声谁为续。思君欲上望夫台，端居懒听
将雏曲。沉沉落日向山低，檐前归燕并头栖。抱膝当窗看
夕兔，侧耳空房听晓鸡。舞蝶临阶只自舞，啼乌逢人亦助
啼。独坐伤孤枕，春来悲更甚。峨眉山上月如眉，濯锦江
中霞似锦。锦字回文欲赠君，剑壁层峰自纠纷。平江森森
分清浦，长路悠悠间白云。也知京洛多佳丽，也知山岫遥
亏蔽。无那短封即疏索，不在长情守期契。传闻织女对牵
牛，相望重河隔浅流。谁分迢迢经两岁，谁能脉脉待三秋。
情知唾井终无理，情知覆水也难收。不复下山能借问，更
向卢家字莫愁。

　　这是一首长篇歌行，气势恢宏而又如行云流水。卢、骆类
似长篇巨制不少，形成初唐诗坛一道独特的风景。这首诗的写
作，非常具有戏剧性。卢照邻在蜀中与郭氏相恋，郭氏怀孕，
适逢卢照邻因事要去洛阳，临行前，照邻许诺很快回来完婚。
谁知卢照邻一去二年不返，郭氏的孩子也夭折了。骆宾王闻知
此事，写了这首诗，指责卢照邻，替郭氏打抱不平。

　　闻一多先生认为这个故事，最适合去作小说，而作者手头
却只有一个诗的形式。作诗也未尝不可，应该仿效《孔雀东南
飞》，然作者却没有，他凭一枝做判词的笔锋，不过只是草就一

323

封韵语的书札。① 闻一多先生的论述，实际上在某种程度上是肯定了这首诗的叙事性，不过，这首诗的叙事不是《孔雀东南飞》那样的形式而已。

通读这首诗，很明显地感受到骆宾王写作是受到历史上游子思妇题材的影响，在这首诗中，我们能看到《燕歌行》《美女篇》以及《西洲曲》的影子，作者实际上是以传统游子思妇的模版，承载这个凄艳的故事。作者用绮丽的文辞、流畅的声韵、优美的意境，将这个故事作了诗化的包装。而这，恰恰是其在叙事方面刻意拉开与小说、传奇的差异，而显示诗歌文体叙事的优长。闻一多先生认为《孔雀东南飞》应该是诗歌叙事的典型，但这一典型是诗歌让渡自身的部分特性，故事化、小说化的结果。其成功是着眼于小说的立场，而从诗的立场来看，或许骆宾王这样的形式，才是诗歌叙事的当行本色呢。

具体来看这首诗，其叙事不同于小说、戏剧等叙事文体，表现在它并没有完整地叙述本事发生、发展的过程，而是设置了两个场景，通过环境渲染、烘托，以人物自叙的回忆和心理独白的形式，展开故事的轮廓。这首诗的代郭氏倾诉，以郭氏的自叙为主，在叙述中，一个是郭氏自己当前生活的场景和境况，另一则是其所埋怨的负心人的活动场所——洛阳。两地交互叠映，形成一种蒙太奇式的叙事效果。后代的影视、心理小说、意识流叙事等现代、后现代小说，很多就是这种叙事风格。这实际上正是诗与小说互相融合的结果。闻一多先生认为，这首诗没有采用叙事文学应有的体式来处理一个很好的传奇题材，是以传统叙事观来看待问题，实际上，叙事的方式和风格，应

---

① 闻一多：《唐诗杂论》，上海古籍出版社1998年版，第14页。

该是多样的。

　　但闻一多先生有一点说得很好："然而是试验，就值得钦佩。骆宾王的失败，不比李百药的成功有价值吗？他至少也替《秦妇吟》垫过路。"① 骆宾王是否失败，姑且不论，"他至少也替《秦妇吟》垫过路"这一点至关重要。这说明骆宾王开辟了一条长篇歌行的叙事诗体，被不断实践、发展，最终臻于极高的艺术境界，获得成功。《秦妇吟》是唐诗中最长的七言歌行，在它之前，还经历了中唐以元、白为代表的长篇歌行的叙事抒情高峰。闻一多指出骆宾王这类诗与《秦妇吟》的关系，敏锐地连接起这一诗史演进的头尾。骆宾王向前，是《美女篇》《西洲曲》，向后，则是《长干行》《琵琶行》《长恨歌》，最后在《秦妇吟》那里达到高潮。这一类长篇歌行，抒情、叙事水乳交融，诗与小说浑然一体，正是中国古典诗歌叙事传统和抒情传统互相渗透、促进、交融的结果。从叙事的角度来看，这一类诗，为古典诗歌生成并发展的传统，就是情因事起，事以情观，饱含着深情的叙事传统。这也可以说是中国古典诗歌叙事传统的本质所在。

---

① 闻一多：《唐诗杂论》，上海古籍出版社1998年版，第14页。

第七章

中古乐府诗叙事论

论及魏晋南朝诗歌的抒情叙事问题，不能不关注这一时期的乐府诗。如果说，汉代的乐府诗，以其杰出的叙事垂范诗史；魏晋南朝的乐府，则一方面继承汉乐府的叙事，另一方面又有所改进，叙事中的抒情成分不断增加，表现出两者相互融合、渗透的新特点。

乐府，在中国文学史上有两个意思。一是古代官署名。它起于汉代，职责为负责宫廷、巡行、祭祀所用的音乐，兼采民间歌谣并配制成乐曲。一是诗体名。其狭义（原义）指乐府官署所采制的诗歌，广义（衍生义）泛指所有入乐之诗，以与不入乐的徒诗对称，还包括虽不一定入乐却是拟乐府古题而作的诗歌，乃至精神与之相通的新题乐府诗。从来源上看，音乐性是乐府诗艺术形式最根本的特征。

其实，中国古代本来是诗、歌、乐、舞浑为一体的，诗歌尤与音乐不可分。《诗经》的十五国风，就是各地传唱的民间歌谣，雅、颂则是贵族阶层用途不同的乐歌。大致说来，它们和汉代的乐府并无根本区别。既然凡合乐的诗都可叫作乐府，所以宋元以后的词曲有人也称之为乐府，如宋王沂孙的词集《花外集》一名《碧山乐府》，元张可久（字小山）的散曲集名为《小山乐府》，贯云石（酸斋）、徐再思（甜斋）的散曲被合辑为

《酸甜乐府》。

如此说来，所谓乐府诗只是诗体的一种而已，它和其他诗体的区别原来仅在于是否入乐。到后来，连这一条也不那么严格了，以至它可以与一般的五、七言古体诗（与律体相对）看不出多大的不同——当然，差异还是存在的，乐府体的诗总会更通俗些、口语化些，其题材也往往有较强社会性，且往往更多地表同情于下层百姓。

不过，本章论述乐府诗的叙事传统，主要依据比较狭义的乐府概念，所取诗例大致是根据宋人郭茂倩《乐府诗集》的范围。因为从汉乐府民歌，到魏晋文人拟乐府，再到南朝清商乐府、唐代新乐府，乐府诗自身已形成一个相当庞大也相对独立的体系，既养育了一代代诗人，又对五七言和杂言等诗歌形式有着重要影响，所以我们探讨中国文学史叙事传统，特将乐府诗作为一章进行论述。

叙事性无疑是乐府诗仅次于音乐性的另一重大艺术特色，对于案头文学研究来说，其重要性还要超过音乐。

古人早已注意到乐府诗"叙事"的重要特色。他们说过："乐府往往叙事，故与诗殊"[1]（徐祯卿《谈艺录》），"乐府体不尚论宗而叙事"（应时《李诗纬》），"乐府之异于诗者，往往叙事。诗贵温裕纯雅，乐府贵遒深劲绝，又其不同也"（郎廷槐编《师友诗传录》），"盖乐府多是叙事之诗，不如此不足以尽倾倒。且轶荡宜于节奏，而真率又易晓也。"[2]（许学夷《诗源

---

① 徐祯卿：《谈艺录》，何文焕：《历代诗话》，中华书局 1981 年版，第769 页。
② 许学夷：《诗源辨体》，人民文学出版社 1987 年版，第 67 页。

辩体》）。

当代学者对此也有所论述。如赵义山先生《中国分体文学
史·诗歌卷》说："汉乐府民歌大部分是叙事诗，颇能描摹人物
的口吻精神，创造性格鲜明的人物形象；或客观地写出一个生
活片断，或写一个有头有尾的故事，有比较完整的故事情节，
能抓住典型细节以表现场面的和人物的思想；较《国风》中的
叙事之作，演进之迹甚明，开拓了叙事诗的新阶段。"① 张永鑫
先生《汉乐府研究》一书在谈论"汉乐府的叙事之美"时也说：
"除郊庙歌辞这一大部类之外，汉代大部分乐府诗基本上是以叙
事为主的。"② 程相占先生在《中国古代叙事诗研究》一书中更
把汉乐府的叙事性放在整个中国诗史发展的历程中去考察："根
据中国古人'缘事而发'的评论以及有关叙事的理论，我们可
以将先秦、两汉民歌当作叙事诗来研究，因为它们具有一个根
本性的特征：都有'事'可以发掘、概括。"③ 我们同意诸位先
生的说法。确实，绝对"无事"的文学是不存在的，而乐府诗
之叙事及其在中国文学史叙事传统中的地位，也确有很高的研
究价值。

即使截止到唐，乐府诗的数量和种类也已够多。郭茂倩
《乐府诗集》将其分为十二大类，学术界认为比较恰当，这一分
类也为本章所沿用。《乐府诗集》是我们撰写本章最主要的参考
资料，但我们论述乐府诗的叙事，对这十二类乐府诗，也不是

---

① 赵义山等：《中国分体文学史·诗歌卷》，上海古籍出版社2001年版，第40页。
② 张永鑫：《汉乐府研究》，江苏古籍出版社1992年版，第262页。
③ 程相占：《中国古代叙事诗研究》，广西师范大学出版社2002年版，第30页。

平均使用力量。我们更多关注的是相和歌辞、清商曲辞以及鼓吹曲辞、横吹曲辞、杂曲歌辞、新乐府辞等，因为它们当中包含了许多著名的叙事篇章，最便于论证中国文学史的叙事传统。而像郊庙、燕射两类歌辞，因多用于朝廷祭祀或宴会，不但内容多歌功颂德，语言多陈词滥调，而且叙事色彩也普遍较淡，便不成为我们关注的重点。然而，这并不是说，郊庙歌辞等就不在中国文学史的两大传统之中。随便举个例子，如属于郊庙歌辞的《天马》，原是汉武帝时为庆祝获得西域天马（所谓渥洼马和大宛汗血马）而作，这事在《史记·乐书》和《汉书》的《武帝纪》《礼乐志》中都有记载。《乐府诗集》所录的原辞虽朴拙而不乏叙事意味："天马徕，从西极，涉流沙，九夷服。天马徕，出泉水，虎脊两，化若鬼。天马徕，历无草，径千里，循东道。……天马徕，开远门，竦予身，逝昆仑。天马徕，龙之媒，游阊阖，观玉台。"这样既叙说了天马的来历、特点，也描述了天马东来的路途，揭示了天马东来的意义，从而宣扬了汉朝的国威。其表现手法显然是叙事和抒情的结合，而且是以叙为主，叙而后抒的。更有意思的是，唐朝诗人李白和张仲素受此史事和乐府诗的感染，用《天马》原题写作了拟乐府。李诗称《天马歌》，杂言；张诗称《天马辞》，形同七绝。李诗在原乐府诗的基础上驰骋想象，以极为豪迈壮丽的语言描绘天马飞奔的英姿，其诗也确有天马行空的气势。尤其值得注意的是，诗人将自己的灵魂贯注于天马，借天马之口道出了心中的苦闷和渴盼："……白云在青天，丘陵远崔嵬。盐车上峻坂，倒行逆施畏日晚。伯乐翦拂中道遗，少尽其力老弃之。愿逢田子方，恻然为我悲。虽有玉山禾，不能疗苦饥。严霜五月凋桂枝，伏枥衔冤摧两眉。请君赎献穆天子，犹堪弄影舞瑶池。"诗前半段的描述叙事与后半的抒情感慨，很自然地结合与转换，使这首拟乐府作品充满了思想与艺术的张力。把它放在中国文学史两大传统交融互动的语境中论述，是很有话可说的。

那么，同样是叙事，乐府的叙事与其他诗歌的叙事有何不同呢？乐府也是诗歌的一种，我们有必要在诗歌叙事之外，另辟乐府叙事一章么？答案当然是有必要的。乐府诗先天具有两个重要属性，一是不少乐府诗采自民间，是民间诗歌；其二，乐府又是国家音乐机关，承担了重要的政治与文化功能。故乐府诗既有民间属性，又代表了官方意识形态，那么，乐府叙事中所呈现出的民间性与官方意识二者处于一种怎样的关系，就很值得研究。特别是在汉代采诗制的背景下，乐府的意识形态属性就更为突出，因此，我们在研究汉代乐府的时候，即围绕着民间叙事与官方意识形态的关系来展开。汉末天下动荡，儒学衰微，采诗制废而文人乐府诗大兴。文人乐府叙事的特点，其与汉民间乐府的区别，则是研究魏晋乐府所要关注的重点。六朝南方清商乐兴起，文人创作也多，又呈现出与前此乐府诗不同的别样风情；而北朝乐府浑朴疏野，与南朝并存，刚柔相济。我们将择出一些名篇，分别予以考察。唐代乐府诗也以文人创作为主，是历代乐府诗的总结与升华，前代所有的各种风格、体式，在唐代都能见到，而元、白的新乐府运动，更将乐府诗拓展到一个新的思想艺术高度。

以上是本章将要涉及的主要内容，虽然我们讨论的主要是中古诗歌，但为了论述的完整性，还是有必要从汉代讲起。以下便按汉魏隋唐的历史顺序，对乐府诗的叙事特征及其在两大传统中的位置作简要的勾勒和阐论。

第一节　汉乐府叙事的民间性

音乐性之外，叙事是乐府诗的主要功能，从前述历代学者言论可以看到，这基本是一种共识。那么，汉乐府叙事与其他类型诗歌中的叙事有何不同呢？它对后代乐府乃至一般诗歌叙事有何影响？这是考察汉乐府叙事之于中国文学叙事传统，所要思考的基本问题。

汉乐府中诸多名篇来源于民间，主要以其民间叙事对文学史产生影响。就文学史的一般规律而言，总是民间文学影响到文人创作，汉乐府同样如此，而民间性，也正是汉乐府与其他类型叙事最显著的区别。因此，从中国文学的叙事传统角度考察汉乐府，抓住其叙事的民间性是根本。

汉代乐府并非始立于武帝，差不多已是学界共识。《汉书·礼乐志》："汉兴，乐家有制氏，以雅乐声律世世在大乐宫"，又云"叔孙通因秦乐人制宗庙乐，太祝迎神于庙门"，这个雅乐，其实就是宗庙音乐，沿袭旧制而来，而大乐宫者，即武帝前之乐府。所谓武帝"定郊祀之礼……乃立乐府，采诗夜诵，有赵、代、秦、楚之讴。以李延年为协律都尉……"云云（《汉书·礼乐志》），乃是指其扩大了乐府的规模与职能，使之不仅仅只为宗庙服务，"具体任务包括制造乐谱，训练乐工，搜集民歌及制作歌辞"[①]，故《通志·乐略一》正声序论云："乐府在汉初虽有其官，然采诗入乐，自汉武始。武帝定郊祀，乃立乐府，采诗

---

① 章培恒、骆玉明：《中国文学史》，复旦大学出版社 1997 年版，第 223—224 页。

夜诵，则有赵、代、秦、楚之讴，莫不以声为主。"其中，采以夜诵的"赵、代、秦、楚之讴"，即搜集民歌，当是武帝扩大乐府规模所增加的最主要职能。汉乐府对后代文学的影响，主要也就是这类来自民间的诗歌，而非前此乐府所制庙堂乐歌。

汉乐府的生动、丰富，首先表现在作为原生态的民间叙事，其内容极其广泛，尽管现存真正来自民间的作品数量有限，但还是给我们绘就了一幅普通百姓的生活、感情画卷，展示了汉代社会的全景图像：既有安居乐业的和悦之音，物阜民丰的盛世景观，也有贫病困窘的苦难之吟，动荡杀伐的乱世图像，还有桑间濮上的儿女之情、普通百姓的家庭生活及命运遭际。我们不妨就其中一些名篇来作一巡礼。先看表现人民悲苦生活的作品，《妇病行》在此类诗中很具代表性：

> 妇病连年累岁，传呼丈人前一言。当言未及得言，不知泪下一何翩翩。"属累君两三孤子，莫我儿饥且寒，有过慎莫笪笞，行当折摇，思复念之！"乱曰：抱时无衣，襦复无里。闭门塞牖，舍孤儿到市。道逢亲交，泣坐不能起。从乞求与孤儿买饵，对交啼泣，泪不可止："我欲不伤悲不能已。"探怀中钱持授交。入门见孤儿，啼索其母抱。徘徊空舍中，"行复尔耳，弃置勿复道！"

本诗属相和歌辞。郭茂倩《乐府诗集》相和歌辞一解题云："《晋书·乐志》曰'凡乐章古辞存者，并汉世街陌讴谣，《江南可采莲》《乌生十五子》《白头吟》之属'，其后渐被于弦管，即相和诸曲是也。"所谓"街陌讴谣"，即民间歌谣。

一般多认为本诗为东汉时期作品，当是在"举谣言"制度下所进民歌。^① 因为断句之异，诗意可以有不同解读，或谓乞食市中者为女子丈夫，或谓是妇人所遗孤儿中年长者；入门见孤儿索母持抱者，或谓丈夫，或谓交亲。但无论作何理解，本诗所叙述的因病至贫、妻死子孤而无力抚养的人伦悲剧和凄惨境况，则都令人动容。

　　自西汉中期以来，由于大量的土地兼并、沉重的赋税徭役，社会贫富差距急剧拉大。桓宽在《盐铁论》就感叹："语曰：'厨有腐肉，国有饥民，厩有肥马，路有馁人。'今狗马之养，虫兽之食，岂特腐肉肥马之费哉？无用之官，不急之作，服淫侈之变，无功而衣食县官者众。是以上不足而下困乏也。"^② 东汉鼎革之际"九服萧条"，经过休整，显宗时有过短暂繁荣。不久，又在外戚、宦官乱政及自然灾害影响下，再度走向腐朽衰落。洛阳城里，一边是巨富豪宅，一边却是冻馁饿殍。史载梁冀、孙寿夫妻之间斗富，"对街为宅，殚极土木，互相夸竞"（《后汉书·梁统列传·梁冀传》）。梁冀不是个别现象，东汉末贫富悬殊进一步扩大，灵帝时宦官吕强上书言事："外戚四姓贵幸之家，及中官公族无功德者，造起馆舍，凡有万数，楼阁连接，丹青素垩，雕刻之饰，不可单言。丧葬逾制，奢丽过礼，竞相放效，莫肯矫拂。"（《后汉书·宦者列传·吕强传》）"厩马秣粟，民有饥色"，统治者奢靡无度，而大部分平民的生活却江河

---

① 萧涤非先生《汉魏六朝乐府文学史》明确将其归为东汉乐府；张永鑫先生认为东汉民歌的发达与其时"举谣言"制密切相关，并举《东门行》《妇病行》等为例，认为大致都可看出与"举谣言"制之间或多或少的关系。见其《汉乐府研究》第 84、85 页，江苏古籍出版社 1992 年版。

② 桓宽：《盐铁论·园池》，《诸子集成》，岳麓书社 1996 年版，第 10 册，第16、17 页。

日下，滑向了破产的边缘。陈蕃曾言："当今之世，有三空之厄哉！田野空，朝廷空，仓库空。"（《后汉书·陈蕃传》）本诗中的空室、孤儿，正是这一社会背景下真实具体的写照。

穷困到了极点，走投无路的贫苦百姓只有奋起反抗。前述吕强上书就曾担心由于统治者的盘剥刻削，"天下虽复尽力耕桑，犹不能供。……况终年积聚，岂无忧怨乎？"这些话不是空穴来风。在中平元年（184）黄巾起义前的三十多年内，大小农民暴动达二十多次，这些暴动的组成分子，多是类似于《东门行》中因破产而走途无路的贫民：

> 出东门，不顾归；来入门，怅欲悲。盎中无斗米储，还视架上无悬衣。拔剑东门去，舍中儿母牵衣啼："他家但愿富贵，贱妾与君共餔糜，上用仓浪天故，下当用此黄口儿。今非！""咄！行！吾去为迟！白发时下难久居！"

本诗首四句颇不易解，这一家人住在城市里，出了东门却又有"来入门"，似乎有矛盾。实际情况是汉代长安城内多数居住区已被贵族占据，贫民不得不到城外建房居住。且由于地形等自然因素，贫民区主要集中于东部地区。贫民从城里到城外，一般都要经过长安东城门。这样一来，"出东门"，"来入门"，二门一指城门，一指家门，也就不难理解了。这首诗用"盎中无斗米储，还视架上无悬衣"对此家人的贫困生活做了高度概括。衣食为生人之本，衣食全无，更何论其他？丈夫对如此贫困的生活再也难以忍受，决定铤而走险，妻子苦苦哀劝，但丈夫还是义无反顾地决绝而去，而且说："吾去为迟！"正是绝望中的呐喊与爆发。

　　战争在任何时代都是国家政治生活中的大事，但作为民间叙事，汉乐府所写战争很多是从具体的个人出发，来表现战争给人民造成的痛苦。正是对《诗经》以来美刺传统的尊重，使得这类诗能够进入乐府得到保存。如《战城南》：

　　　　战城南，死郭北，野死不葬乌可食。为我谓乌："且为客豪！野死谅不葬，腐肉安能去子逃？"水深激激，蒲苇冥冥；枭骑战斗死，驽马徘徊鸣。梁筑室，何以南？何以北？禾黍不获君何食？愿为忠臣安可得？思子良臣，良臣诚可思：朝行出攻，暮不夜归！

　　本诗属鼓吹曲辞中之铙歌，为军中之乐。萧涤非先生认为汉铙歌十八曲皆贵族歌辞，但也有不少学者认为这十八首作品内容庞杂，其中不少是民歌。本诗即便出自贵族之手，诗中主人公也是一个普通战士。

　　城南、郭北，互文见义，到处都在进行战争，处处都有流血和死亡。经过一场惨烈的战争，地上躺满尸体，无人加以掩埋。将士的尸体必将成为乌鸢口中之食。此情此景，可谓惊心动魄。"为我谓乌"以下四句，清人陈本礼《汉诗统笺》曾加以注解："客固不惜一己殪之尸，但我为国捐躯，首虽离兮心不惩，耿耿孤忠，豪气未泯，乌其少缓我须臾之食焉。"他把"豪"理解为死亡将士未泯之豪气，似与全诗总体氛围不合。实际上"豪"当同"嚎"，即大声哭喊。原诗的意思应该战死者对乌鸦说：不要急着吃掉我们的尸体，先为我们唱首挽歌吧。反正我们曝尸荒野，不会逃走，你们早晚可以享用！下面的叙述则是对战争的批判：战争不仅把无数将士推向死亡深渊，而且破坏了社会生产，给人民的生活带来深重灾难。诗人愤怒地质问：在桥梁上修筑营垒工事，南北两岸的人民如何交通？劳动生产怎么能够正常进行？没有收成，君王你又吃什么？将士们饥乏无力，又如何去打仗？"朝行出攻，暮不夜归"正是内乱爆发时众多将士的共同宿命，可以说具有高度的概括性。

　　除了内乱，汉代还有一类战争，就是汉王朝与匈奴之间的民族战争。汉初，高祖刘邦和匈奴就有过白登山之役，结果遭围遇险。刘邦认识到当时军力尚不足以抗衡匈奴，遂采取和亲之策以安靖边疆。随后六十多年时间里，这种带有屈辱性的政策成为汉王朝处理匈奴关系的主要策略，但匈奴仍然不时入侵，给中原百姓造成了极大伤害。直到雄才大略的汉武帝登基后，才发动了对匈奴的大规模反击。

　　在近三百年的时间里，汉与匈奴战争不断，大量男子被征发到边关，长年戍边。据史料记载，汉代的兵役具体分为两种，即正卒和戍卒，男子自二十三岁开始服兵役，时间共计两年，其中正卒一年，戍卒一年。① 从制度规定上看，汉代男子从二十三岁才开始服兵役，一生只有两年时间服兵役，其中戍边时间仅为一年。但实际情况却远非如此，男子不但二十岁之前就要远征戍边，而且超过服兵役的时限也不能退役。桓宽《盐铁论·繇役》曰："今中国为一统，而方内不安，繇役远而外内烦也。古者无过年之繇，无逾时之役。今近者数千里，远者过万里，历二期。长子不还，父母愁忧，妻子咏叹。愤懑之恨，发

---

① 《汉官旧仪》卷下记载："民年二十三为正，一岁而以为卫士，一岁为材官骑士，习射御骑驰战阵。"《汉书·食货志》载董仲舒曰："月为更卒，已，复为正一岁，屯戍一岁，力役三十倍于古。"

动于心，慕思之积，痛于骨髓。"① 超期的，甚至是无期限的戍边，给士兵及其家庭带来了巨大痛苦。《十五从军征》就反映了这一情况。可见，告诉我们历史真相的往往不是官方文件，而是民间的苦难之吟。

> 十五从军征，八十始得归。道逢乡里人，"家中有阿谁?""遥看是君家，松柏冢累累。"兔从狗窦入，雉从梁上飞，中庭生旅谷，井上生旅葵。舂谷持作饭，采葵持作羹。羹饭一时熟，不知贻阿谁。出门东向看，泪落沾我衣。②

诗中的男主人公从十五开始就被征遣到边关，一直到八十岁才得返乡。当他回到家乡时，才发现家人都已去世，原来居住的房屋已成为野鸡和野兔的乐园。强打起精神来舂米采葵做饭，但饭熟之后却不知送给谁吃。出门东望，不禁泪下沾衣。整首诗都是客观描写，诗的结尾处主人公似乎什么都没说，但对兵役制度和社会黑暗的鞭挞和控诉已尽在其中。

当然，两汉社会也曾经历过"民则人给家足，都鄙廪庾尽满，而府库余货财"（《汉书·食货志》）以及"天下安宁，民无横徭，岁比登稔……草树殷阜，牛羊弥望，作贡尤轻，府廪还积"（《晋书·食货志》）的太平富足。《江南曲》（江南可采莲）、《陌上桑》（日出东南隅），当可看出这一社会背景。

这两首诗均出自相和歌辞，是所谓"街陌讴谣"之"被于

① 桓宽：《盐铁论·繇役》,《诸子集成》,岳麓书社 1996 年版,第 10 册,第 57 页。
② 《乐府诗集》卷二五,中华书局 1979 年版,第 228 页。

弦管"者。先看《江南曲》：

> 江南可采莲，莲叶何田田。鱼戏莲叶间。鱼戏莲叶东，鱼戏莲叶西。鱼戏莲叶南，鱼戏莲叶北。

萧涤非先生谓其为"武帝时所采之楚歌"[①]，其言允当。本诗以第一人称视角叙述采莲劳动，聚焦于嬉游灵动之池鱼，欢愉喜乐之情溢于言表，从中也可看出当时江南水乡人民富足、和豫的生活。《乐府解题》云本诗"盖美芳晨丽景，嬉游得时也"，则是出以美刺说的眼光。

《陌上桑》：

> 日出东南隅，照我秦氏楼。秦氏有好女，自名为罗敷。罗敷喜蚕桑，采桑城南隅。青丝为笼系，桂枝为笼钩。头上倭堕髻，耳中明月珠。缃绮为下裙，紫绮为上襦。行者见罗敷，下担捋髭须。少年见罗敷，脱帽著帩头。耕者忘其犁，锄者忘其锄。来归相怨怒，但坐观罗敷。使君从南来，五马立踟蹰。使君遣吏往，问"是谁家姝？""秦氏有好女，自名为罗敷。""罗敷年几何？""二十尚不足，十五颇有余。"使君谢罗敷："宁可共载不？"罗敷前致辞："使君一何愚！使君自有妇，罗敷自有夫。东方千余骑，夫婿居上头。何用识夫婿？白马从骊驹；青丝系马尾，黄金络马头；腰中鹿卢剑，可值千万余。十五府小吏，二十朝大夫，三十侍中郎，四十专城居。为人洁白皙，鬑鬑颇有须。

[①] 萧涤非：《汉魏六朝乐府文学史》，人民文学出版社1984年版，第21页。

盈盈公府步，冉冉府中趋。坐中数千人，皆言夫婿殊。

本诗最早见于沈约《宋书·乐志》，题为《艳歌罗敷行》，《乐府诗集》归为相和歌辞，亦是汉世之街陌讴谣。本诗虽写太守调笑民女，但笔调轻盈，人物活泼机智，充满戏谑喜剧性，民间色彩极其浓厚。诗中春日迟迟，行者农人的行为、心态，也呈现出一片太平和悦景象，当是两汉政治经济比较安定时期的作品。崔豹《古今注》指出本诗写作背景："《陌上桑》者，出秦氏女子。秦氏，邯郸人，有女名罗敷，为邑人千乘王仁妻。王仁后为赵王家令。罗敷出采桑于陌上，赵王登台，见而悦之，因置酒欲夺焉。罗敷乃弹筝，乃作《陌上桑》以自明，赵王乃止。"本事是否可信且不置论，但这一背景揭示却最能导向守贞自洁之主题。

上述作品皆汉乐府中名篇，有的民间色彩浓郁，有的则可能是文人之作，或经过了文人的加工润色，但都是写民间生活及普通百姓之命运，涵盖内容较为全面。

除内容上写民间生活及普通百姓之命运外，汉乐府的民间性还体现在其叙事笔调的朴素畅达，以及叙事中所体现出的平民趣味。

第一，是铺叙手法的大量使用，这使得诗意直截了当，情感表露也淋漓酣畅，具有民间文学的通俗性征。铺叙，亦作"铺陈""敷陈"，是诗歌叙事的最基本手段。它和"赋"有着密切联系。刘勰《文心雕龙》说："《诗》有六义，其二曰'赋'。'赋'者，铺也；铺采摛文，体物写志也。"[1] 挚虞《文章流别

---

① 周振甫：《文心雕龙今译》，中华书局1986年版，第76页。

论》亦云："赋者，敷陈之称，古诗之流也。古之作诗者，发乎情，止乎礼义。情之发，因辞以形之；礼义之旨，须事以明之。故有赋焉，所以假象尽辞，敷陈其志。"刘勰和挚虞都肯定了敷陈是古诗的重要表现手法，挚虞还指出古诗之所以要使用敷陈的手法，主要是因为"礼义之旨，须事以明之"，即通过叙事来实现说理或抒情的目的。用今天的话来说，所谓铺叙，就是较为详尽地叙述事件的发生、过程及结果。在汉乐府诗中，铺叙是一种很常见、被广泛使用的叙事手段，甚至被看作是乐府与古诗的一个重要区别，"乐府体总以铺陈艳异为工，与古诗确分二种。"（陈祚明《采菽堂古诗选》卷二）正说明了乐府的民间性。

乐府铺叙的表现特征，一是多以时间为序单线叙述，情节推进明了清晰。如《陌上桑》，先介绍罗敷出身、容貌，再写其采桑所遇，从路上行人、耕夫直至太守，依次写来，有条不紊。在太守这里停下脚步，通过对话展开戏剧冲突。情节紧凑，叙述完整，简单通俗。二是浓墨渲染。"铺"之"铺陈""敷陈"之意，实即渲染，使叙事情节更为丰满，同时增强叙事之趣味，这是民间文学最突出的特点。《陌上桑》中行者、少年、农人见罗敷之情态，罗敷对太守描述其夫婿的身份地位及风度，皆极尽夸饰渲染之能事；《江南曲》中鱼儿游戏莲池，从东、南、西、北四面铺叙，也是一种渲染，有助于表现那种和悦欢畅的诗意。三是叙述详尽，首尾完整，较少文人诗那种余味曲包的含蓄。这使得诗意显豁，通俗畅达。

第二，抒情融入叙事，在故事情节中体现情感色彩。汉乐府诗中的抒情有自己的特点，若与后来南朝清商乐府及李白代表的盛唐乐府的抒情相比，具有两个明显的特征：首先是抒情的成分（表现在言词文字上）在诗中所占比例相对较少。无论是南朝乐府民歌，如《黄生曲》《桃叶词》，还是李白的《将进酒》《行路难》，都具有更浓厚的抒情意味，这些作品尽管不乏叙事因素，但仍以借比兴抒情为主。而汉乐府的很多作品叙事成分所占的比例远远超过抒情。其次是抒情多托叙事以显，将抒情融入叙事之中，而不直白说出。与"诗三百"的"温柔敦厚"相比，汉乐府所抒之情往往更加强烈鲜明，但汉乐府的抒情常以叙事为依托，或先叙后抒，或边叙边抒，叙中有抒，乃至叙抒合一。叙事总是汉乐府诗抒情议论的前提。

《孔雀东南飞》就非常典型地体现出叙事与抒情相结合的特色。明王世贞《艺苑卮言》评价这首诗"质而不俚，乱而能整，叙事如画，叙情若诉"。为了更好地抒情，此诗不仅有铺叙，还注意详略变化和细节点染。兰芝不堪婆婆的压迫，且不忍丈夫为难，决心返回娘家。走则走矣，此时诗中突然加上一段临行前严妆打扮的叙述："鸡鸣外欲曙，新妇起严妆。著我绣夹裙，事事四五通。足下蹑丝履，头上玳瑁光。腰若流纨素，耳著明月珰。指如削葱根，口如含朱丹。纤纤作细步，精妙世无双。"又插入一段兰芝与小姑之间的对话："新妇初来时，小姑始扶床；今日被驱遣，小姑如我长。勤心养公姥，好自相扶将。初七及下九，嬉戏莫相忘。"这两段情节，表面看来似与全诗主题思想并无直接关联，但这样的描写正可增加诗歌的抒情性。前一段写兰芝严妆打扮，将最美丽的一面展现出来，正是对婆婆为代表的封建家长势力一种无声的反抗。如此外表和心灵皆美的女性，竟然无端被休，这才是真正的不合常理。而后一段写临行前与小姑的对话，既表现出兰芝的宽厚仁爱、以德报怨，更流露出对于丈夫和这个家庭的恋恋不舍之情。由此可见，这两段不仅不是"闲笔"，反而是增加诗歌抒情效果的重要手段。这种叙事结合抒情的表现手法是汉乐府取得成功的一个重要原因。

第三，叙事视角多样化，既有全知视角带来的情节节奏感，又有限知视角带来的情境体验。从某种程度上说，这可能是民间叙事技术不成熟而导致叙事视角转换的随意性，但却因此增加了故事的生动性。

如《妇病行》中，从开头至"不知泪下一何翩翩"，以第三人称全知视角，展开故事情节的总体框架，显得较为平静。接下来"属累君两三孤子，莫我儿饥且寒，有过慎莫笪答，行当折摇，思复念之"，直叙妇人之语，则出以故事中人的限知视角，把读者带入特定情境，与剧中人同悲。从"闭门塞牖"至"泪不可止"又换回第三人称叙事，以全知视角推进情节变化，接着又将镜头转到剧中人——"我欲不伤悲不能已"，是大孤儿自述；"入门见孤儿，啼索其母抱"，则通过在场第三者之眼描述悲惨景象，更显真实直观。结尾处"行复尔耳，弃置勿复道"，是观者心语，第三者视角下的心理感受。整首诗叙事视角至少经历了六次转换，随意而又自然，而每次转换都伴随着情节的推进、转移，又表现出简洁鲜明的节奏感。叙事视角的多变是民间叙事自由特征的体现；同时，随情节的推动来转换叙述视角，也显示出对故事性的看重。

第四，寓言叙事，这是植根于民间最深的一种叙事方式。寓言诞生于民间，在朴素的民间观念中，万物皆具灵性。所以，民间故事的主角可以是飞禽走兽、山川草木，而寓言也就是将哲理与人生思考寄寓于灵性万物之中。汉乐府中的《乌生八九子》《蚱蝶行》《枯鱼过河泣》等，就是典型的寓言叙事。李因笃《汉诗音注》卷七评《蛱蝶行》云："通篇就蛱蝶自言，妙妙。蝶为燕攫，傅于檽栌，而雀乃欲从旁取之，又虑为燕所制，故未来蝶侧先翱翔于燕前也。……尔时雀燕耽耽相视，惟蝶傍观，为能得其情也，写来神妙。末又带出燕子待哺急情，总在蝶眼中传其阿堵，不可思议。"通俗、活泼，富有情趣，这就是寓言叙事带来的阅读感受。

第五，多用问答体叙事，且语言多为质朴的口语式语言。

对于汉乐府的这一特点，赵义山等《中国分体文学史·诗歌卷》说："汉乐府民歌大部分是叙事诗，颇能描摹人物的口吻精神，创造性格鲜明的人物形象"，"汉乐府诗语言文从字顺，贴近口语，表现力强且富于生活气息"。[①] 张永鑫《汉乐府研究》也说："它一般不用第三者的口吻作平衍枯燥的叙述，而往往通过对话和行动让人物自身出现来发展故事情节。……用人物对话和行动显示叙事性，是汉乐府叙事性的又一特长。"[②] 的确，在汉乐府中，语言问答、对话是非常重要的叙事手段。如前面所举的《陌上桑》，就是通过罗敷与太守的对话推进情节，展开冲突，同时尽显罗敷机智灵巧的形象。又如《孔雀东南飞》，刘兰芝、焦仲卿、焦母等，对话、语言无不毕肖，人物性格也在对话中得到尽情展示。沈德潜《古诗源》卷四曾评价此诗云："淋淋漓漓，反反复复，杂述十数人口中语，而各肖其声音面目，岂非化工之笔！"陈祚明《采菽堂古诗选》卷二亦云："长篇淋漓古致，华采纵横，所不俟言。佳处在历述十许人口中语，

① 赵义山等：《中国分体文学史·诗歌卷》，上海古籍出版社2001年版，第40、45页。
② 张永鑫：《汉乐府研究》，江苏古籍出版社1992年版，第264页。

各各肖其声情，神化之笔也。"两人都指出了此诗在运用人物语言对话方面的长处。

上述诗篇不仅以对话展开情节、塑造人物，且其语言、对话本身通俗朴素，明白晓畅。前人曾屡屡称道汉乐府的高古之美，其实正与它不假雕饰，采用原生态的民间口语有关。如《孔雀东南飞》中的焦母，"何乃太区区！此妇无礼节，举动自专由。吾意久怀忿，汝岂得自由！"听到焦仲卿的抗辩，焦母是"槌床便大怒"，并说："小子无所谓，何敢助妇语。吾已失恩义，会不相从许！"完全是民间悍妇口吻、动作，俗白而形象。兰芝被遣回家，写到刘母神态、心理，前云"阿母大拊掌"，后云"阿母大悲摧"，两个"大"字，极拙朴，又极传神。类似质朴的语言、叙述，在汉乐府中比比皆是，显示了它与民间的血肉联系，也因其拙朴通俗，与雕琢绮靡的文人诗比起来，更凸现出一种高古之美。

第六，谐音双关与隐喻手法的运用。

所谓谐音双关，指的是用一个同音或音近的字来表达另外一个字所蕴含的意义。如丝线之"丝"可以谐思念之"思"，莲叶之"莲"可以谐怜爱之"怜"，莲藕之"藕"可以谐配偶之"偶"。谐音双关之中，也就含有"隐喻"，在本字词表面下蕴含的深层次寓意。诗歌采用谐音双关的修辞手法，又称"风人体"。最早见于钟嵘《诗品》评谢惠连"工为绮丽歌谣，风人第一"，唐人直接谓之"风人体"。清人翟灏《通俗编·识余》云："六朝乐府《子夜》《读曲》等歌，语多双关借意，唐人谓之风人体，以本风俗之言也。""风人"本"风俗之言"，与先秦两汉采风相关，指的就是民间歌谣。因为六朝吴歌西曲采用谐音双关手法极多，故谐音双关的风人体又被称为吴格、吴歌体、子夜体等等。实际上，《诗经》中即多风人体，钱锺书先生就以《诗经》为例，专门讨论过风人体问题。[①] 汉乐府中，风人体同样也很普遍。从某种程度上说，南朝民歌谐音双关的风人体，正是对《诗经》、汉乐府所开辟的叙事传统的继承和发扬。

如我们前面提到的《江南曲》。这首诗里每一句都包括一个"莲"字，表面看来纯为自然景物描写。但若细研，则可发现更深含义。"莲"字谐怜爱之"怜"，莲叶繁盛，正象征怜爱之意无处不在。而"鱼"字当谐"余"，鱼于莲叶周围嬉戏留连，象征"余"因怜爱满怀喜悦，萦绕于心上人身边不愿离去。谐音双关手法增强了全诗的叙事效果，更好地体现出汉乐府的高古之美。张玉榖《古诗赏析》卷五评此诗："此采莲曲也。前三叙事，不说花，偏说叶，叶尚可爱，花不待言矣。鱼戏叶间，更有以鱼比己意。诗旨已尽，后四忽接上'间'字，平排衍出东西南北四句，转见古趣。"所谓"以鱼比己"，正是谐音双关之意。

再如《古绝句·其一》，这首诗不仅有谐音双关，同时还有隐喻。

藁砧今何在，山上复有山，何当大刀头，破镜飞上天。

本诗一共四句，每句字面之下都另有含义。藁砧为铁，铁谐音夫，"藁砧今何在"，实际是在问：丈夫现在何处？"山上复有山"，两个山叠加为出字，这是说丈夫外出不在家。"何当大刀

---

① 钱锺书《管锥编》(一)，《毛诗正义》第四五则《泽陂》，生活·读书·新知三联书店，2007年版，第213—217页。

头"，刀头上有环，环谐音还，这是问丈夫何时能够还家。最后一句"破镜飞上天"，镜子隐喻月亮，破镜则为半月，这是说月半当还。前人早已注意到这首诗中存在的隐喻手法，并指出了南朝乐府中类似表现手法对此诗的继承关系。如江邨缓《乐府类解》卷二云："此隐语也，晋宋《子夜》《读曲》本此。"张玉穀《古诗赏析》卷六亦云："思妇之辞，数归期也。通体用隐语，古趣盎然。后代《子夜》《读曲》等歌，皆由此出。"两处所说的"隐语"，就可以理解为本文中所说的隐喻，通过隐喻来叙事，能让诗歌"古趣盎然"。

《长相思》，同样也是综合运用谐音双关和隐喻来增强叙事效果的名篇：

> 客从远方来，遗我一端绮。……文采双鸳鸯，裁为合欢被。著以长相思，缘以结不解。……

诗以罗绮之"结"谐人相思之"结"，以绮之绵长，隐喻相思之长久，谐音双关而又含隐喻。这类诗都是典型的风人体。它本于风谣里语，取材于现实生活，扎根于民间审美趣味。这种表现手法的运用，大大扩展了诗歌的表现深度与广度，显得既具体又形象，别有一番情致。

第二节 民间叙事的政教性改造

上一节我们从内容及写作上阐述了汉乐府民间性的基本表现，可以说，民间性是汉乐府最为根本的特性。但我们同时又必须看到，乐府又是政府机构，汉代乐府诗乃是当时政府机关采集的民间诗歌（其中也有文人的创作与拟作）。来自民间，并以采诗及拟作的方式被官方接纳，这也就决定了汉乐府除了是原生态的民间叙事，同时又含有官方叙事的意识形态性——采纳何种诗歌，采诗后又如何处理，显然会有政治上的考虑。

《汉书·艺文志》云："……代、赵之讴，秦、楚之风，皆感于哀乐，缘事而发，亦可以观风俗，知薄厚云。""感于哀乐，缘事而发"，继承《诗经》"饥者歌其食，劳者歌其事"的现实主义传统，如前所引诸篇，充分体现了民间叙事的丰富性；而"观风俗，知薄厚"云云，则灌输进了儒家政教意识形态。对于民间叙事而言，"观风俗，知薄厚"是客观效果，而对于官方叙事而言，则是带有意识形态的主观追求，而这种追求被视为汉乐府最值得称道的道德精神。这种意识形态以儒家思想为主体，在后代儒家知识分子的乐府诗中得到承继和担当，比如杜甫、白居易等唐人新乐府，就是著例。与之同时，民间歌谣也有不容于儒家政教观的自由、奔放乃至绮丽的一面，同样也对后代文人乐府产生影响，如清商曲辞中的吴歌西曲。汉代民歌实际上也有这类内容，尽管因政教之目的，它们可能并没有进入汉乐府采集范畴①，但这并不意味此类民歌不传播于人口并对上层产生影响。《汉书·礼乐志》所载武帝时内有掖庭材人、外有上林乐府"皆以郑声施于朝廷""常御及郊庙皆非雅声"，所指当

---

① 实际上，西汉乐府留下来的所谓"代、赵之讴"并不多，郭茂倩《乐府诗集·近代曲辞一》云："两汉声诗著于史者，唯《郊祀》《安世之歌》而已。……汉之杂曲，所见者少。"今存两汉乐府来自民间的歌诗多为东汉时期作品。

即民间诗歌；又载汉哀帝废乐府事："是时（成帝时），郑声犹甚，黄门名倡丙强、景武之属，富显于世，贵戚五侯、定陵、富平、外戚之家，淫侈过度，至与人主争女乐。哀帝自为定陶王时疾之，又性不好音，及即位，下诏曰：'惟世俗奢泰文巧，而郑、卫之声兴。……郑、卫之声兴，则淫僻之化流，而欲黎庶敦朴家给，犹浊其源而求其清流，岂不难哉！……其罢乐府官；郊祭乐及古兵法武乐，在经非郑、卫之乐者，条奏，别属他官。'"以羼杂郑、卫之音为口实罢乐府，说明了西汉乐府中确实有不符政教要求的内容。而东汉乐府复立，光武帝"广求民瘼，观纳风谣"，使"举谣言"成为一项制度在全国推广，并以之考察官吏政绩。民间歌谣反映民生情状，又发挥到辅佐政教的功用。乐府对于民歌，或采用、或废除、或改造，生动地说明了民间叙事之于官方意识形态，既有重叠，亦有错位，形成颇具意味的张力，从而使汉乐府的叙事空间更为生动、丰富。

大抵汉代民间乐府还是与官方意识形态重叠为多，而南朝乐府尤其是情诗，则因风格过于轻便而每被斥为绮靡，就表现出与封建时代以儒家思想为主体的意识形态的龃龉。文人乐府是民间乐府的承续，在思想内容上相应也有两种走向：两晋南朝藻采铺陈，情思绮丽；唐代元结、杜甫等人乐府诗反映现实、表达政治关怀，则自觉承担了儒家的社会道义，无疑具有浓厚的意识形态性。中唐元、白新乐府完全承担了诗教功能，使文人乐府诗的意识形态性达到极致。这些都会体现在叙事过程中，通过对诗歌叙事的考察，也最易看其本意及志趣所在。

汉乐府正因为其民意的自由性，在原始采集不能完全合用的情况下，就要有主观的偏向性阐释。比如上一节所举诗歌中，不少是人民的苦难之声，其中所叙贫病困窘及动荡杀伐等内容，其实并不利于当局形象，然而却被选入乐府，得到保存，其实就是基于"观风俗、知薄厚"的政教理念。显然，在这里进行了一个有意味的转换，即诗歌内容本身是破坏性的批评，而被转换成建设性的鉴戒。从东汉将"举谣言"作为一项政治制度，可以看出统治者将批判转换为鉴戒不仅仅只停留在阐释之中，而且被付诸实践。萧涤非先生在《汉魏六朝乐府文学史》中，举出诸多采谣言以资执政的例子，说明两汉政府对民意的重视。①

　　联系这一背景，我们对有些诗篇可能会有新的认识。如《孤儿行》《上留田行》，这两首诗古辞写的都是家庭不和睦，兄嫂欺辱弱弟，在民歌作者而言，是"饥者歌其食，劳者歌其事"，而在乐府机构而言，则可资执政者"观风俗，知厚薄"。汉代以孝治国，历代皇帝均曾下诏申扬孝悌之道。汉惠帝四年（前191）下诏："举民孝弟力田者，复其身"（《汉书·惠帝纪》）。高后元年（前187）又诏："初置孝弟力田二千石者一人"（《汉书·高后纪》）。汉文帝十二年（前168）三月诏："以户口率置三老孝悌力田常员，令各率其意以道民"（《汉书·文帝纪》），规定按人口比例举荐孝弟力田，使之成为常制。学界对孝弟、力田究竟是一种头衔还是两种头衔存在争议，但二者连在一起，反映了农业社会中家庭和睦与农业生产之关系，而在现实生活中，孝弟即具体体现于财产分割、土地侵让等，《孤儿行》《上留田行》便反映这一情况。汉文帝置三老孝弟力田常员，希望他们"率其意以道民"，做全民表率，正是因为现实生

---

① 萧涤非：《汉魏六朝乐府文学史》，人民文学出版社1984年版，第72—75页。

活中存在有《孤儿行》《上留田行》中的类似现象。《上留田行》乐府解题引崔豹《古今注》云"上留田，地名也。人有父母死不字其孤弟者，邻人为其弟作悲歌以风其兄，故曰《上留田》"，李白《上留田行》亦云"昔之弟死兄不葬，他人于此举铭旌"，虽然本诗古辞不存，但对其兄弟不和有违孝弟之本事几无异议。《汉书·司马相如》传就有"让三老、孝弟以不教诲之过"，显然，这两首诗的汉代古辞，也当有这样的言外之意，《上留田行》解题就明确指出该诗"风"其兄的讽喻。上层对乐府的政教利用，本即含有讽谏、教化之双向途径，《孤儿行》《上留田行》既具有下对上的讽谏，促使上层对孝弟这一社会问题之关注，又具有上对下的教化，以反面事例教育百姓，督促地方，恰好多方面满足了乐府的需要，这正是其符合官方意识形态之所在。

这一类诗，反映民生，衡量执政，只要被选入乐府，即能实现其政教功能，即便需要偏向性的阐释，也不至如何损害诗作原意，这是民间叙事与官方意识形态相重叠的一面。而有些诗选入乐府，可能就会产生两种解读，如前面提到的《陌上桑》。从《古今注》所述本事，可以看出本诗主题为刺赵王荒淫及赞美罗敷的贞洁不屈。汉代豪家强抢民女也多见史书，如《后汉书·乐成靖王党传》载乐成靖王刘党霸占他人妻室事，《后汉书·宦者列传》载徐璜等显宦"多取良人美女以为姬妾"，徐璜侄徐宣为下邳令，求故汝南太守李暠女不得，竟强抢而归并射杀之。联系这些背景，就很容易读出本诗的讽喻讥刺之意。辛延年有《羽林郎》，咏西汉外戚霍光家奴冯子都调戏胡姬，借以讽刺东汉窦氏兄弟暴行。其叙事方式、口吻极肖《陌上桑》，这也说明汉代文人对《陌上桑》的解读，倒是颇为倾向于讽喻说。但如果细考其叙事结构、层次、风格、趣味，就其文本而言，却发现这种刺荒淫、美贞洁的讽喻说并没有表现得如何突出。

本诗从罗敷的出身、住所写起，起笔便见出主人公的不凡。接着写罗敷采桑所遇，插叙其打扮、服饰，是正面静态叙述。再以行者、少年、耕者、锄者之视角来写罗敷之美，是侧面动态烘托。而且这一烘托还溢出画外，"来归相怨怒，但坐观罗敷"，在当前场景后又增一场景，别出一段情节，虽寥寥几笔，而戏剧性十足，尽显罗敷魅力之大。以上从不同角度、不同视角写罗敷，但均属同一层次的铺叙，为高潮铺垫。"使君从南来"，才进入故事的主体。罗敷与使君使者对话，其实是独白体自传。使君遣人统共问了三句话，第一句问姓名，第二句问年龄，第三句才是"宁可共载不"，然后是罗敷的大段回答。前文对罗敷美艳已作过尽情铺垫，爱美之心，人皆有之，只不过使君没有像行者、少年等那样仅仅限于欣赏，但这也是人之常情。他在询问"宁可共载不"的时候，并不知道罗敷是否"有夫"，而当听到罗敷自叙后，诗中也未写到使君反应，想来并没有进一步的非分之举。因此，使君在这里并不是一个与罗敷对立的形象，而是与前面的行者、少年、耕者等一样，均是罗敷的仰慕者，折服于罗敷的魅力。而通过使君与罗敷这一段问答，展开对罗敷家庭、夫君的叙述，又进一步衬托了罗敷不仅美丽，而且高贵。这样就知道本诗所有叙事，都是为了最终完成一个美艳的女子的形象构造。从行者、少年、耕者等的散漫聚焦，到使君出现，无论是静态的服饰、容颜，还是动态的行动、言语，无论是侧面的"来归相怨怒"，还是正面的"宁可共载不"，叙述层次持续推进，而焦点越来越集中，形成最终聚焦点的，就是罗敷的艳丽与完美。

　　其实，罗敷乃是汉代美女之共名。《汉书·昌邑王传》："严延年……女罗紨，前为故王妻。"据周寿昌《汉书注校补》，"罗紨，即罗敷，古美人名，故汉女子多取为名"，《孔雀东南飞》中也有"东家有贤女，自名为罗敷"，可见，罗敷是民间虚拟人物，作为美女的化身，寄托了普通人绮丽的想象乃至些许暧昧的情思，究其实不过是桑间濮上的旖旎歌吟。本诗古辞名曰"艳歌罗敷行"，实已透露了这些消息。虽然汉代文人颇多认为其诗意在讥刺，而观魏晋间文人作品，如陆机的《日出东南隅行》、傅玄的《艳歌行》等，却都是从艳情这一角度祖述古辞。

　　上述对《陌上桑》两种解读，一种立足文本，从叙事的角度来考察，叙述的中心无疑是罗敷的美艳高贵，这也符合民间文化中的罗敷形象；而另一种，则认为本诗含有讽喻，这也是其选入乐府之原因。不可否认，在美艳动人之外，贞洁机灵，确也是罗敷展现出的魅力所在。因此，主流意识形态对本诗讽喻意义的解读，即便不算十分准确，但也不致如何歪曲。类似情形如前述《江南曲》，《解题》说"美芳晨丽景，嬉游得时"，所谓"美"者，是"美刺"之"美"也。而实际上，这同样是一首"劳者歌其事"的诗，主观上并无美刺之心。但由于内容含有颂美成分，故以美刺说来解读，大体也能圆融。

　　然而，还有一类情况，则要对本辞作较大曲解，方可敷政教之用。如鼓吹乐辞中的汉铙歌十八首，按乐府解题引蔡邕《礼乐志》云："汉乐四品，其四曰短箫铙歌，军乐也。黄帝岐伯所作，以建威扬德、风敌劝士也。"又引《周礼·大司马》云"师有功，则恺乐献于社"，则铙歌为壮军容、鼓士气、慰社稷的宗庙之乐。但汉铙歌十八首诗中，却有不少是民歌，而内容与"风敌劝士"无涉，像《上邪》《有所思》更是民间儿女之情歌。徐公持先生认为这类诗被选入用作军乐，是用礼乐精神对民间文学所作的强势"改读"。[①] 用情诗来"建威扬德，风敌劝士"，体用不谐，即我们所谓民间叙事与官方意识形态的错位。

　　现在的问题是，这种情况何以会发生？错位也会有错位的理由，为什么要拿这些诗而不是别的来作强势改读？如徐先生所举的《上邪》：

　　　　上邪！我欲与君相知，长命无绝衰。山无陵，江水为竭，冬雷震震，夏雨雪，天地合，乃敢与君绝！

　　从内容上来看，这确实是一首情诗，采用一连串的比喻来立誓忠于爱情。由于句式短促，三四字句相间，从而表现出一种铿锵有力的节奏。本文叙事由两部分组成，一部分是真实叙事，即"我欲与君相知"与"乃敢与君绝"两句。"乃敢与君绝"也就是"不敢与君绝"，这是独白体陈述式叙述，是诗中的本体部分；另一部分是中间的一组虚拟叙事，或曰虚幻叙事，在诗中是喻体部分。"山无陵，江水为竭，冬雷震震"等，皆不可能发生之事，用此不可能来说明"与君绝"之不可能。两组叙事呈现出因果互证关系，而喻体中的虚拟叙事所取境象阔大，虚拟程度极高（皆绝无可能之事），进一步增强了叙事的震撼力。与叙述语言铿锵有力的节奏相配合，使本诗读起来就有一种豪迈震绝之气。显然，这里要的不是所叙内容如何，而是叙

---

① 　徐公持：《"礼乐争辉"与"辞藻竞骛"》，《文学遗产》2011 年第 1 期，第 25 页。

事的节奏、气势，使之符合军乐之用。

再如《有所思》：

> 有所思，乃在大海南。何用问遗君？双珠玳瑁簪，用
> 玉绍缭之。闻君有他心，拉杂摧烧之。摧烧之，当风扬其
> 灰。从今以往，勿复相思。相思与君绝！鸡鸣狗吠，兄嫂
> 当知之。妃呼豨！秋风肃肃晨风飔，东方须臾高知之。

绝情之诗，当也在情诗之属。从叙事上看，本诗包含三个
场景：热恋时的幽会，离别后的相思，以及得知对方变心后的决
裂，时间跨度长，而空间跨度也较大。从时间上看，叙事过程
则先写相思，继写决绝，最后追忆热恋情景，颇显错杂；而从
叙事逻辑上看，以"双珠玳瑁簪"这一信物为线索，贯穿赠、
毁及毁后追忆等情节，内在脉络又清晰有序。表面的错杂掩盖
内在的叙事脉络，其直接效果是减低了本诗的叙事痕迹，从而
突出了情绪特征。将决绝之情放在中心叙述，突出了全诗的重
点。这一节情绪整肃、气氛酷烈、节奏明快，且不论其内容如
何，奏唱出来，自有震撼人心之气势。显然，也是在叙述节奏、
情感基调等方面，本诗无妨用来"建威扬德，风敌劝士"。

从上述情形可以看出，汉乐府与官方意识形态，天然地缠
杂在一起。其中文人创作的宗庙仪礼或歌讽之作自不必论，即
以民歌而言，自其选入乐府，也就无可避免地具有意识形态性。
这种意识形态性主要表现在因其内容涵盖广泛，反映社会方方
面面，可供以观风俗，知民瘼，或以美教化，移风俗。即便有
些作品所写乃社会负面现象，批判性较强，但在"观风"这一
传统诗教思想指导下，皆能通过转换以符合政教之用。徐公持

先生论述在礼乐制度下民间文学的命运，曾指出两点：一是（官方）"对于民间作品的强势解读或曰'改读'"；二是"将民间文学纳入'观'和'怨'的体系，使它仅仅作为文化政策的操作对象而存在"。① 说的也就是汉乐府民歌的意识形态性。"强势解读"虽与原意有出入，但也不致偏离多大；而"改读"则往往与原意有较大距离，但之所以能进行改读，也总会在诗中找到改读的依据。此外，虽然强势解读或者改读可能与诗歌原意产生出入，但从某一程度上看，也可开拓诗歌的意涵空间，增强叙事张力。我们通过上述诗篇的叙事分析，考察意识形态利用民歌的方式，民歌与意识形态相结合的节点所在，其实也就是在寻找官方对民歌进行解读或改读的依据，只有找出这一依据，才能帮助我们看清民歌的原初面目。

官方意识形态对民歌的解读与改读，使得民歌在与意识形态关系中，表现出明显的弱势，这是汉乐府民歌的普遍境况。而随着汉代政治的衰朽，以儒家思想为主流的官方意识形态的削弱，这种情况逐渐有所改变。魏晋南北朝的民歌每每表现出相反的情形：不但没有被官方意识形态所改读，相反影响到上层士人的思想与趣味。而《孔雀东南飞》的出现，预示着这一转变的到来。

第三节　魏晋文人乐府叙事论

我们在汉代乐府叙事中提到《孔雀东南飞》，其实这首诗更应该放在魏晋乐府中来谈。关于本诗的写作年代，曾经产生过

---

① 徐公持：《"礼乐争辉"与"辞藻竞鹜"》,《文学遗产》2011 年第 1 期。

争议。本诗最早见于《玉台新咏》，列于繁钦《定情诗》与曹丕（一说徐干）《于清河见挽船士新婚与妻别》之间，编者所认定的写作年代，当在汉末建安间或稍后不久。但梁启超1924年在《印度与中国文化之亲属的关系》一文中提出本诗是六朝作品，随后陆侃如、马彦祥、曹聚仁等相继附和梁说，并从诗中提到的一些名物、地点等方面，进一步论证本诗写作年代为六朝。与之相对立的，古直《汉诗辨证》、刘大白《〈孔雀东南飞〉的时代问题》等则坚持本诗为汉末建安、三国时期作品。[①] 今天学者大多接受后一种意见。按序中所言，故事发生在汉末建安中，其写作只能在此之后，当无疑义。无论其精准写作年代为何，本诗都没有像前述汉代乐府那样，受到过多的官方意识形态干扰，无妨将其视作魏晋南北朝乐府诗的开篇。

　　魏晋南北朝时期战乱频仍，分裂割据，对于儒家治世来说，可谓是礼崩乐坏的乱世，但同时以儒家思想为主流的官方意识形态也相对薄弱。萧涤非先生论曹魏乐府云："魏乐府之大异于汉者有一事焉，曰乐府不采诗，而所谓乐府者，率皆文人之什是也。"[②] 乐府失去其采诗功能，实则是意识形态放弃对民歌的改造或利用，民歌自由奔放的本性、批判性的锋芒自然也就脱颖而现；而在儒学衰微、思想解放的背景下，文人乐府的大盛，也增强了诗歌抒情叙事的个人化、自由化色彩。《孔雀东南飞》在《玉台新咏》中题作《古诗为焦仲卿妻作》，究竟是否属于乐府，也颇值得商榷；即便是民歌，可能也经过了文人之手加工。这首诗不同于汉代乐府之处，即在于其叙事中所透示的自由精

---

①　张永鑫：《汉乐府研究》，江苏古籍出版社1992年版，第188—189页。

②　萧涤非：《汉魏六朝乐府文学史》，人民文学出版1984年版，第123页。

神、批判锋芒，即便是通过"观风""观俗"，也很难有效转换为统治阶级意识形态所用。

如果从诗教的角度来看，这样一首因家长专制而造成的人间悲剧，无论如何也进入不了采诗官之眼。《大戴礼·本命篇》所谓"七去"之一是"不顺父母去"，《礼记·内则篇》亦载："子甚宜其妻，父母不悦，出。"按儒家仪礼来说，焦母驱遣兰芝，本不值一提，但在本诗中，却构成故事缘由及叙事基础。故事人物可分为两系，焦母及兰芝兄长为一系，焦仲卿、刘兰芝为一系，通过两者的冲突展开情节，是一个二元对立的叙事结构。米克·巴尔在《叙述学》中曾提出"行为者""角色""人物"及"行动元"诸概念，有助于我们分析《孔雀东南飞》这种叙事结构，并认识其对官方意识形态的突破。在巴尔的概念中，"人物"是"具有产生角色效果的行为者"，行为者的类别构成行动元，"一个行动元是共同具有一定特征的一类行为者"。巴尔按照主体与客体的关系，将行为者分为施动者与接受者，构成行动元的两大类型。① 本诗中的两系人物，对于实现各自意图这一方面来说（焦母要求驱遣兰芝，兰芝、仲卿殉情），都是施动者；而在相互关系上，则焦母、刘兄这一系构成施动者，兰芝一系构成接收者。更重要的是，米克·巴尔指出："施动者在许多情况下并非人物，而是一个抽象物，如社会、命运、时间、人类自我中心、聪明等。"② 显然，在焦母、刘兄这一施

① （荷）米克·巴尔著，谭君强译《叙述学——叙事理论导论》，中国社会科学出版社2003年版，第135、236—237页。
② （荷）米克·巴尔著，谭君强译《叙述学——叙事理论导论》，中国社会科学出版社2003年版，第238页。

动者背后，还有一个力量更为强大的施动者，即家长制、封建礼教；而接受者兰芝、仲卿的背后，也有一个坚定的抽象接收者，即爱情、忠贞，在家长制与礼教道德这一施动者的压迫下，不可避免地走向对抗者。除了施动者、接受者，还有帮助者这一行动元，如诗中的府丞、媒人等，共同作用于接收者。米克·巴尔指出，"行动元之间的关系与行动元和读者间的关系并不是一码事，帮助者并不总是那些起而实现读者所希望结局的人。当主体令读者反感时，帮助者也很有可能落此下场，读者的同情就将朝向主体的反对者。"① 本诗叙事在施动者、帮助者与接受者（对抗者）等行动元之间展开，施动、帮助、对抗即诸行动元在叙事中所充当的不同的功能，不仅决定了故事的情节，也决定了故事情感及道德立场的倾向。我们看诗中写焦母，语言是"吾意久怀忿，汝岂得自由"，行动是"槌床便大怒"，写刘兄"阿兄得闻之，怅然心中烦"，寥寥几笔，而专横、粗暴之形态毕现；写兰芝则倾尽笔墨，将其遭遣、泪别姑婆、归家、再嫁及殉情，历历写来，既有对话、独白、行动，又有景物气氛烘托。每一行动元中的人物均各有其声口、特色，"质而不俚，乱而能整，叙事如画，叙情如诉"（王世贞《艺苑卮言》）。从中可以看到，读者与行动元的关系，其实是被作者有意引导的。这一"有意"，实即叙事与叙情结合的背后的理性思想，这也是一种意识形态，有着尊重个体意志、关注自由的精神内核。故其无法以"观风""观俗"加以改造，这是它与前述《孤儿行》《东门行》等根本性区别所在。故《孔雀东南飞》的出现，

① （荷）米克·巴尔著，谭君强译《叙述学——叙事理论导论》，中国社会科学出版社 2003 年版，第 241 页。

对乐府诗而言，是一个新时代的到来。

在这个乐府新时代，创作主体从民间变为文人，集体创作、持续累积创作转变为个人独立创作。《孔雀东南飞》作者虽不可考，但起码经过了文人之手的改编，其寓含的自由精神，将是魏晋时代文人的精神主流。魏晋乐府以文人创作为主，其与两汉乐府不同的地方，即在于将乐府从官方意识形态中解放出来，使之成为个人自由叙事、抒情文本。两汉乐府为官方意识形态服务，与汉代注经文化相一致，一在形而上层面使文学经学化，一在形而下层面将文学功利化，付诸行政。魏晋时代文人乐府对功利化的解脱，还文学以其自身叙事抒情之功能，也构成文学自觉的重要特征。

从叙事的角度来看，魏晋文人乐府既有对汉乐府写实精神的继承，又比汉乐府有着更多的个性色彩，抒情性有所增强。《孔雀东南飞》在叙事中所体现出的浓烈的抒情色彩，就预示了这种写作路向，在此后的文人乐府诗中，这一倾向更为突出。胡应麟《诗薮》甚至说："左延年《秦女休行》，叙事真朴，黄初乐府之高者。傅玄'庞烈妇'，盖效《女休》作者，词义高古，足乱东西京。乐府叙事，魏、晋仅此二篇。"① 当然，这样的论调未免有所偏激。魏晋乐府叙事减弱，只是与汉代相比而言，实际上，魏晋乐府中的叙事名篇依然可观；此外，叙事性较弱，也不意味着叙事作品不多。以建安七子而论，王粲《七哀诗》、陈琳《饮马长城窟行》、阮瑀《驾出北郭门行》等，都是叙事诗。曹氏父子的拟乐府，如曹操的《蒿里行》《薤露行》，曹丕的《短歌行》《秋胡行》《善哉行》《煌煌京洛行》《折杨柳

---

① 胡应麟：《诗薮》，上海古籍出版社 1958 年版，第 17 页。

行》《董逃行》《饮马长城窟行》，曹植的《惟汉行》《白马篇》《美女篇》等，都可以说是叙事作品。晋代文人如傅玄、陆机、谢惠连、鲍照等，叙事乐府也不少。郭茂倩《乐府诗集》特列"杂曲歌辞"一类以收文人新创之作，其题解引沈约《宋书·乐志》云："自秦汉以来，数千百岁，文人才士，作者非一。干戈之后，丧乱之余，亡失既多，声辞不具，故有名存义亡，不见所起。而有古辞可考者，……复有不见古辞，而后人继有拟述，可以概见其义者，……又如阮瑀之《驾出北郭门》，曹植之《惟汉》《苦思》《欲游南山》《事君》《车已驾》《桂之树》等行，《磐石》《驱车》《浮萍》《种葛》《吁嗟》《鰕䱇》等篇，傅玄之《云中白子高》《前有一樽酒》《鸿雁生塞北行》《昔思君》《飞尘》《车遥遥篇》，陆机之《置酒》，谢惠连之《晨风》，鲍照之《鸿雁》，如此之类，其名甚多。或因意命题，或学古叙事，其辞具在，故不复备论。"[1] 这里开列的许多篇目都是见存的魏晋文人乐府诗，其中不少是叙事作品。

不过，胡应麟的说法也有其道理所在。他于魏、晋叙事乐府仅举左延年、傅玄，乃着眼于二人"叙事真朴""词义高古"，"足乱东西京"，是与两汉乐府比较而言，而这也正说明魏、晋大部分作品与"东西京"是明显不同的。从这个角度说，左、傅之作正体现了对传统的继承，而其他不类东西京的，正是魏晋乐府的自家特色。我们先从左、傅二人作品来看看魏晋乐府承继汉乐府的一面。

左、傅所作皆为《秦女休行》，但所述故事有别。左诗云：

---

[1] 《乐府诗集》卷六一，中华书局 1979 年版，第 885 页。

始出上西门，遥望秦氏庐。秦氏有好女，自名为女休。休年十四五，为宗行报仇。左执白杨刃，右据宛鲁矛。仇家便东南，仆僵秦女休。女休西上山，上山四五里。关吏呵问女休，女休前置辞："平生为燕王妇，于今为诏狱囚。平生衣参差，当今无领襦。明知杀人当死，兄言快快，弟言无道忧。女休坚辞为宗报仇，死不疑。"杀人都市中，徼我都巷西。丞卿罗列东向坐，女休凄凄曳梏前。两徒夹我持刀，刀五尺余，刀未下，瞳胧击鼓赦书下。

本诗虽为魏代作品，而故事完整，情节丰富，在风格上却较接近东汉。左延年生平无考，黄初中官协律都尉，"以新声被宠"（《晋书·乐志》），类似于汉武帝时李延年的角色。不同的是，魏代在采诗制废止的情况下，乐府已成为纯粹的音乐机关，所制音乐或用以仪典，或用以娱宾侑兴，不再敷以行政。萧涤非先生认为本诗所写女休复仇之事，当与汉末私家复仇之风盛行有关，并谓"延年此篇之作，及所咏之事……亦足以观一时之风俗焉"①。但这可能并不切合本诗作意。汉末私家复仇之风盛行，惹得魏文帝黄初四年（223）下诏云："敢有复私仇者皆族之"（《三国志·魏志二》），而本诗则是称扬私家复仇的，若以之"观风"，则此风何以"化下"实在成问题。

其实，魏人咏这一题材，多出以对传奇逸事的嗜好。同时代的曹植有《鼙舞歌·精微篇》，历述七件精微之事，这七件事如"梁山为之倾""乌白马角生""繁霜为夏零"等均极灵异，

---

① 萧涤非：《汉魏六朝乐府文学史》，人民文学出版社 1984 年版，第 159 页。

其中第五件即"女休遇赦书"。观此可知，左延年之作，不过好奇逐异，以佐谈笑娱耳也。左氏既为协律都尉，在乐府不采诗的情况下，欲作新声，则只好去两汉故事中找旧辞。故本篇虽题为左延年作，其本辞是否完全出自延年之手，颇可存疑。也许，我们从本文中所感受到的东汉风味，就是让我们产生这种疑虑的一个原因吧。

傅玄同题之作，虽然也偏重于情节、故事，但辞藻的修饰，叙述的精炼，以及叙事之后的低回感叹，则显露了较重的文人气息：

> 庞氏有烈妇，义声驰雍凉。父母家有重怨，仇人暴且强。虽有男兄弟，志弱不能当。烈女念此痛，丹心为寸伤。外若无意者，内潜思无方。白日入都市，怨家如平常。匦剑藏白刃，一奋寻身僵。身首为之异处，伏尸列肆旁。肉与土合成泥，洒血溅飞梁。猛气上干云霓，仇党失守为披攘。一市称烈义，观者收泪并慨慷："百男何当益，不如一女良！"烈女直造县门，云"父不幸遭祸殃。今仇身以分裂，虽死情益扬。杀人当伏法，义不苟活骤旧章。"县令解印绶："令我伤心不忍听！"刑部垂头塞耳："令我吏举不能成！"烈著希代之绩，义立无穷之名。夫家同受其祚，子子孙孙咸享其荣。今我作歌咏高风，激扬壮发悲且清。

本诗"与古辞义同而事异"（《乐府诗集·解题》），萧涤非先生谓本诗"乃叙述故事者，严格而论，实不能谓为叙事作品"[1]。

---

[1] 萧涤非：《汉魏六朝乐府文学史》，人民文学出版社1984年版，第160页。

其实，讲述故事更需讲究叙事艺术。结构主义理论认为每种叙事都有两个部分：一个是故事（"历史"），即事件的内容或链条（行动、发生的事情），加上所谓的存在物（人物、布景中的因素）；另一个是话语，即表达，亦即表达内容的方式。简言之，故事就是叙事中描述的"什么"，话语就是怎样"描述"的。[①]其实，左、傅二人所作都是故事乐府，但如果将傅诗与左诗比较，一者显得铺陈，一者则精炼得多。一者故事中人物表现较多，如女休与官吏对话、逃亡、受审过程，皆很详尽。一者则多是在诗人自如掌控下，以全知视角叙述。铺陈是民歌最突出的特点，拉长了故事的枝蔓，使情节更为曲折、丰富。而傅玄的诗，就删除了过多的枝蔓，紧紧扣住复仇主线。用很短的几句交待结怨因由、家中男兄志弱等情况后，立刻就过渡到复仇过程，倾注全部文采，集中写如何寻仇、藏刀、斩杀仇家过程。左延年故事枝蔓拉得很长，是一种瓜棚豆架下从容讲故事的叙述姿态；而傅玄把枝蔓删除，则庞氏女的刚勇直烈更为夺目，诗中的赞叹之情就变得突出了。傅诗更多地体现了文人乐府的一种叙事特点，即叙事中的情感成分很浓，而且精炼传神，不是注重于故事本身的情节如何曲折丰富，扣人心弦，而是注重故事所传达出的精神意蕴。

左诗重情节，傅诗重情感；左诗重故事，傅诗重精神。二者比较，左诗基本还是两汉的风格，而傅诗在继承两汉的基础上，表现出较多的自家风貌。但傅诗毕竟还是故事乐府，而魏晋时期很多的文人叙事乐府，是谈不上什么故事性，而是叙事

① （美）西摩·查特曼：《故事和叙事》，见阎嘉编《文学理论精粹读本》，中国人民大学出版社 2010 年版，第 10 页。

以抒发情感、寄托怀抱。

我们不妨就其中一些名篇来作一检视，看看魏晋文人乐府的叙事特点。先看曹操的《蒿里行》，这是一首向来被认为最能反映汉末社会现实的叙事作品：

> 关东有义士，兴兵讨群凶。初期会盟津，乃心在咸阳。军合力不齐，踌躇而雁行。势利使人争，嗣还自相戕。淮南弟称号，刻玺于北方。铠甲生虮虱，万姓以死亡。白骨露于野，千里无鸡鸣。生民百遗一，念之断人肠。

钟惺《古诗归》曾谓《薤露行》"汉末实录，真诗史也"，移之以评本诗也极为恰切。本诗与《薤露行》不同的地方在于，其所叙述的是诗人亲身经历的历史，包蕴了强烈的个人体验。因此，我们从其客观真实的叙事中，可以明显感受到诗人悲愤、忧伤以及那种民胞物与、痌瘝在抱的炽烈情怀。以"万姓""千里"作为观照、介怀的对象，视野、格局极其广阔，全诗因而气魄宏大，在叙事背后洋溢了救民于水火、澄清天下的积极理想。这就使本诗虽然是叙事作品，但又超越了汉乐府的纯粹叙事，个性色彩强烈。

再看《苦寒行》：

> 北上太行山，艰哉何巍巍！羊肠坂诘屈，车轮为之摧。树木何萧瑟，北风声正悲。熊罴对我蹲，虎豹夹路啼。溪谷少人民，雪落何霏霏。延颈长叹息，远行多所怀。我心何怫郁？思欲一东归。水深桥梁绝，中路正徘徊。迷惑失故路，薄暮无宿栖。行行日已远，人马同时饥。担囊行取

薪，斧冰持作糜。悲彼《东山》诗，悠悠令我哀。

这是建安十一年（206）正月，曹操北征高干，经太行山而作。山之险阻、旅途之艰难、士卒之辛苦，皆为实录叙事。但又与汉代民间乐府的叙事有所不同，其叙事是以场景呈现，如一幅幅图画展示，没有多少情节因素，故事性不强。但也因此使本诗叙事富有意境，余味悠长，抒情意味浓厚。这往往是文人诗的表现特征。

王粲《七哀诗》三首，也是叙事名篇，其一云：

> 西京乱无象，豺虎方遘患。复弃中国去，委身适荆蛮。亲戚对我悲，朋友相追攀。出门无所见，白骨蔽平原。路有饥妇人，抱子弃草间。顾闻号泣声，挥涕独不还。"未知身死处，何能两相完？"驱马弃之去，不忍听此言。南登灞陵岸，回首望长安。悟彼下泉人，喟然伤心肝。

《七哀诗》大概是汉末兴起的乐府新题。按《乐府古题要解》云："《七哀》起于汉末。"曹植之《怨诗行》，《文选》即题作《七哀》。而郭茂倩《乐府诗集》竟未收王粲之《七哀诗》，可谓一大遗憾。此诗叙述了公元192年，董卓被杀之后，其部将李傕、郭汜攻破长安，大肆烧杀抢掠，接着李、郭二人又互相争战，给百姓带来了空前劫难。战乱起后，王粲南下避难，在逃离长安不远的路上，诗人目睹一幕饥妇弃子的人间悲剧，于是在诗中做了忠实记录。本诗非常具有叙事学上的"聚焦"意识，从空间上看，先是以鸟瞰式视域，推出汉末动荡的大背景。鸟瞰式视域常常出现在叙述的开头或结尾，是"叙述者——聚焦者的'标准位置'，它产生一种全景性视域或对'发生'于不同地方的事物形成'同时性'聚焦"①，这使得叙事的历史空间极为广阔，从而具有史诗气质。随着镜头由远而近，焦点逐渐集聚到那个弃子饥妇人的身上，又以叙述者的限知视域展开叙述。在这样一种叙事结构中，鸟瞰式视域下的历史空间，恰好给其剧中人提供了活动背景或舞台。二者既是一种因果关系，汉末社会动荡是因，人民苦难是果；又是一种印证关系，人民苦难之具例，反映汉末动荡之现实。历史理性与生活具像相结合，使本诗既有强烈的艺术感染力，又有深刻的历史认识价值。同样，本诗在叙事之中，萦绕着低回悱恻的感伤，情致郁抑幽咽，渗透了浓厚的抒情意味，与汉乐府的质朴直实有着鲜明的区分。

刘勰《文心雕龙·乐府》篇曾云："至于魏之三祖，气爽才丽，宰割辞调，音靡节平。观其北上众引，《秋风》列篇，或述酣宴，或伤羁戍，志不出于杂荡，辞不离于哀思。虽三调之正声，实《韶》《夏》之郑曲也。"② 刘勰以"郑声"来论其所引述的三曹乐府，主要是针对"志不出于杂荡，辞不离于哀思"而言，即建安诗人较注重于个人生活及情感体验，抒情性较强，在某种程度上是切中肯綮的。

魏晋乐府叙事性减弱的主要原因是乐府观念的变化。在汉末社会大动荡的背景下，秉守采诗治世的诗教观，无疑显得迂腐。故魏晋时代乐府采诗制度废止，而文人拟制乐府之风大盛。

---

① （以）施洛米丝·雷蒙-凯南：《叙事虚构作品：当代诗学》，赖干坚译，厦门大学出版社1991年版，第91页。

② 周振甫：《文心雕龙今译》，中华书局1986年版，第69页。

萧涤非先生《魏晋南北朝乐府文学史》引述《三国志·魏志·鲍勋传》故事，魏文帝视乐府如田猎游戏之事，不再将其看成政教工具，从中可见"魏乐府之不采诗，并非厄于环境而不能，实由于乐府观念之改变而不为。前此论乐，重与政合，故虽两汉，不废采诗。今既以八音但为耳目之观好，根本否认其政治功用，所谓移风易俗者，自无取于遒人之击铎也"①。在这样的观念下，乐府变为表达个人思想情感、记录个人生活经历的工具。

在采诗制废除的背景下，魏晋的乐府主要是文人拟作，虽沿袭乐府旧题，而内容却了不相干，即所谓"以旧题写时事"者。胡应麟曾云："乐府自魏失传，文人拟作，多与题左，前辈历有辨论。愚意当时但取声调之谐，不必词义之合也。"② 当乐府诗的内容与题目之间失去直接关联，也就很难再按照题目的原意去展开叙事，而更多地倾向借题发挥，抒发作者本人的情志。这也是其叙事性减弱的一个重要原因。如曹操所作《薤露行》《蒿里行》，两首诗题即为借汉《挽歌》旧题，叙述董卓之乱给百姓带来的深重苦难，并达到抒情言志的目的。

叙事性减弱的表现有二。其一，是情节性、故事性的减弱，叙事不是为了讲故事，而是为了抒发情怀。如果说汉乐府叙事性突出，就在于故事生动，以及注重于反映外部世界（故能有"观风""观俗"之用）；魏晋乐府叙事的减弱则主要因为诗歌从外部社会转向内部思想、情感，即便写实记事，也寄予了写作

---

① 萧涤非：《汉魏六朝乐府文学史》，人民文学出版社 1984 年版，第 123—124 页。
② 胡应麟：《诗薮》，上海古籍出版社 1958 年版，第 15 页。

主体的情怀抱负，与讲故事、反映社会现实相对应，魏晋乐府叙事的主要功能是"寄托"。其二，由于故事性、情节性的减弱，诗歌由动态的情节推动，变为静态的场景链接，再加上作者是文人，其审美情趣、艺术修养与民间判然有别，故魏晋乐府叙事更富意境韵味。《孔雀东南飞》作为民间与文人的共同作品，在这方面已露端倪，在前述曹操、王粲等人乐府中，则变得更为显著。如果我们将同一题材的汉代作品与魏、晋文人之作来比照，就会得到更为直观的印象。

先来看曹植的名作《美女篇》：

> 美女妖且闲，采桑歧路间。柔条纷冉冉，落叶何翩翩。攘袖见素手，皓腕约金环。头上金爵钗，腰佩翠琅玕。明珠交玉体，珊瑚间木难。罗衣何飘摇，轻裾随风还。顾盼遗光彩，长啸气若兰。行徒用息驾，休者以忘餐。借问女安居，乃在城南端。青楼临大路，高门结重关。容华耀朝日，谁不希令颜？媒氏何所营？玉帛不时安。佳人慕高义，求贤良独难。众人徒嗷嗷，安知彼所观？盛年处房室，中夜起长叹。

这首诗在《乐府诗集》中属杂曲歌辞，从主题上看，当是《陌上桑》采桑女系列。将这首诗和《陌上桑》比较，最能见出魏乐府与汉乐府的不同。《陌上桑》故事性很强，从罗敷梳妆打扮写起，出门采桑，路上行人行为、动作，与使君对话，按时间顺序完整地讲述了一个故事。该诗既有叙述者的视角、口吻，也有故事中人物的视角、口吻；在主要情节之外，故事中的其他人物又别出旁支，如耕者、锄者的"来归相怨怒"，罗敷夫婿的"东方千余骑，夫婿居上头"，故事外又有故事，叙事空间层次丰富。戏剧色彩浓郁，趣味盎然。而曹植这首诗通过这一传统主题，寄托自己怀才不遇的苦闷，有意识地将叙事变为抒情。本诗写美女采桑之行动，容貌、服饰以及心理活动，仿佛一篇人物小传，就文本而言自然属叙事文本。但本诗通篇以叙述者视角，陈述式口吻叙述，语调平静舒缓，不是通过情节、故事去塑造人物，而是以意境营造、环境烘托以及写意式的肖像勾勒来突出人物的内在气质。如"罗衣何飘摇，轻裾随风还。顾盼遗光彩，长啸气若兰"这样的句子，就将人物塑造从写形转向传神。同时，遣词清丽典雅，语言含蓄精炼，与民歌的质实朴素判然有别。故本诗虽没有《陌上桑》那样曲折丰富的情节，但取而代之的是一种风神韵味，故事性减弱，而情感、意境却得以增强。叶燮谓"《美女篇》意致幽缈，含蓄隽永，音节韵度，皆有天然姿态，层层摇曳而出，使人不可骘觏端倪"[①]，颇能道出本诗的特点所在，这也是文人乐府叙事与民歌的不同风格之所在。

陆机的《日出东南隅行》，更有比较价值：

　　扶桑升朝晖，照此高台端。高台多妖丽，濬房出清颜。淑貌耀皎日，惠心清且闲。美目扬玉泽，蛾眉象翠翰。鲜肤一何润，秀色若可餐。窈窕多容仪，婉媚巧笑言。暮春春服成，粲粲绮与纨。金雀垂藻翘，琼佩结瑶璠。方驾扬清尘，濯足洛水澜。蔼蔼风云会，佳人一何繁。南崖充罗

---

① 叶燮：《原诗·外篇下》，丁福保辑《清诗话》，上海古籍出版社1999年版，第602页。

幕，北渚盈軿轩。清川含藻景，高岸被华丹。馥馥芳袖挥，泠泠纤指弹。悲歌吐清响，雅舞播幽兰。丹唇含九秋，妍迹陵七盘。赴曲迅惊鸿，蹈节如集鸾。绮态随颜变，沈姿无定源。俯仰纷阿那，顾步成可欢。遗芳结飞飙，浮景映清湍。冶容不足咏，春游良可叹。

从内容上看，本诗对《陌上桑》原辞的理解，与我们前文所述倒颇接近。《陌上桑》中的行人、少年、耕者、锄者乃至使君，都是为了衬托罗敷的美貌，该诗的主题其实就是写采桑女之美。陆机拟作即抓住这一点，所不同的是，《陌上桑》故事性较强，情节丰富，写的是具体的一个人；而陆诗则将原诗的故事部分基本删除了，用以记事，而且该诗"写京洛妇女之盛"①，表现的是一群人。全诗大致可分为四个部分，前十二句（开头至婉媚巧笑言），交代美女的居所、容貌；中间十二句（暮春春服成至高岸被华丹），写美女出行，去洛水边踏青嬉戏，是群像塑造，所记者实为修禊盛事。自"馥馥芳袖挥"以下十二句为第三层，写众女在洛水边的歌舞、吟唱的踏青活动。最后四句以感慨收束。

这首诗虽然仿效《陌上桑》，但其实有着很强的写实成分。晋平吴后，结束了长期的战乱局面，国家经济得到恢复，贵族的享乐之风开始盛行。据《晋书·胡贵嫔传》记载："时帝多内宠，平吴之后复纳孙皓宫人数千，自此掖庭殆将万人。"《晋书·石崇传》亦载："（石崇）财产丰积，室宇宏丽。后房百数，皆曳纨绣，珥金翠。丝竹尽当时之选，庖膳穷水陆之珍。与贵

_____

① 姜亮夫：《陆平原年谱》，古典文学出版社1957年版，第96页。

戚王恺、羊琇之徒以奢靡相尚。……崇有妓曰绿珠，美而艳，善吹笛。孙秀使人求之。崇时在金谷别馆，方登凉台，临清流，妇人侍侧。使者以告。崇尽出其婢妾数十人以示之，皆蕴兰麝，被罗縠，曰：'在所择。'"贵族们蓄养歌伎，穷奢极欲，史不绝书。陆机作为当时文人群的核心人物，名扬洛京，且与石崇一起跻身于贾谧二十四友，当时常躬逢类似的歌舞盛会。因此，本诗极有可能就是记叙其中某次宴会的歌舞盛况。

诗歌叙事水平相当高超，从一个女子写起，然后带出一群女子，仿佛由领舞者出场带出一个歌舞组合。第二部分女子出场群像，写服饰、打扮，隔开一定的距离作全景描述，着重于渲染一片热闹绮丽景象。第三部分则镜头逐渐推近，具体写女子们的歌容舞姿，叙述重点既有区别，角度、层次、位置也发生变化，笔调极为灵活。结尾部分的感慨，尤堪回味。在歌舞阑珊、曲终人散之际，这种"冶容不足咏，春游良可叹"的感慨是极易袭上心头的。魏晋人本来就特多对生命的沉思悲慨，"寄世将几何，日昃无停阴"（陆机《豫章行》）、"人生盛行迈，容华随年落"（陆机《君子有所思行》），我们在陆机的诗中经常能看到这种年寿短促、容光易逝的感触。再加上陆机本出身于江南望族，但随着西晋的征伐，吴地贵族纷纷衰落，陆机与兄弟也不得不远赴洛阳，仰人鼻息。此时在洛中贵族的酒宴上睹此歌舞盛况，不由不想到自家的繁华事散，不免悲从中来。①

虽然本诗可能不像曹植的《美女篇》那样寄托明显，叙述也远比曹植的诗歌质实繁冗。但在叙事之中蕴含着诗人浓郁的个人情感，带有较强的抒情意味，则是一致的。尽管这种个人

---

① 孙明君：《陆机的〈日出东南隅行〉》，《文史知识》2006 年第 7 期。

情感在这里表现得比较隐曲、委婉。

萧涤非先生曾以曹植的诗歌为例，指出魏乐府与汉乐府之别，其言曰："汉乐府变于魏，而子建实为枢纽。求其迹之可得而论者，约有三点"，即格调高雅、文字藻丽、音律乖离，"汉乐府采之里巷，质朴鄙俚，情趣天然，子建则多所寄托，而使乐府带有浓厚之贵族色彩，完全变为文人一己之咏怀诗！"[①] 这其实可以涵盖整个的魏晋文人乐府，阐明了乐府诗由汉至魏晋的根本变化之所在。

第四节　清绮与刚健：南北朝乐府叙事的演化及风格

南北朝乐府叙事，主要包括南朝的民间乐府及文人乐府、北朝的民间乐府。魏徵在《隋书·文学传序》中说："江左宫商发越，贵于清绮；河朔词义贞刚，重乎气质"，基本也能反映南北朝乐府的不同风格。

《乐府诗集》所收南朝的乐府民歌五百余首，其中"吴歌"三百二十余首，"西曲"一百四十余首，还有十一首"神弦歌"，皆属清商乐，《乐府诗集》曰："清商乐，一曰清乐。清乐者，九代之遗声。其始即相和三调是也，并汉魏已来旧曲。其辞皆古调及魏三祖所作。自晋朝播迁，其音分散，苻坚灭凉得之，传于前后二秦。及宋武定关中，因而入南，不复存于内地。……后魏孝文讨淮汉，宣武定寿春，收其声伎，得江左所传中原旧曲

---

① 萧涤非：《汉魏六朝乐府文学史》，人民文学出版社 1984 年版，第153 页。

《明君》《圣主》《公莫》《白鸠》之属，及江南吴歌，荆楚西声，
总谓之清商乐。"① 清商乐始于魏明帝之"清商乐署"，用以表演
清商俗乐，晋室南迁以后，以新的清商乐为基础的民间创作占
据了乐府诗坛的主要位置，给乐府文学带了新的生命力。郭茂
倩论曰："自晋迁江左，下逮隋、唐，德泽寖微，风化不竞，去
圣逾远，繁音日滋。艳曲兴于南朝，胡音生于北俗。哀淫靡曼
之辞，迭作并起，流而忘反，以至陵夷。原其所由，盖不能制
雅乐以相变，大抵多溺于郑、卫，由是新声炽而雅音废矣。昔
晋平公说新声，而师旷知公室之将卑。李延年善为新声变曲，
而闻者莫不感动。其后元帝自度曲，被声歌，而汉业遂衰。曹
妙达等改易新声，而隋文不能救。呜呼，新声之感人如此，是
以为世所贵。虽沿情之作，或出一时，而声辞浅迫，少复近
古。"② 他认为新声日滋的原因主要是不能恢复雅乐，其实，南
朝乐府新声的兴起是受到了整个社会风习的影响，有着它的历
史必然性。

　　吴歌西曲主要产生于江南城市及江汉平原一带，由于这一
带受魏晋之际的战乱动荡影响较小，又是农业社会的鱼米之乡，
生活相对安宁丰足，民风和悦温柔，故多郑卫之音，留下的民
歌中爱情诗占百分之九十以上。西晋以来，文人创作已呈现出
绮靡倾向，渡江之后自然也很容易与南方偏于绮靡的风物人情
打成一片，诗歌创作也与民歌融合互渗。吴歌西曲不仅影响到
文人乐府诗的写作，同时也影响到文人其他诗歌的创作，甚至
直接催生了宫体诗。刘师培在《中国中古文学史讲义》中就说：

---

① 《乐府诗集》卷四四，中华书局1979年版，第638页。
② 同注①，卷六一，第884页。

"宫体之名，虽始于梁，然侧艳之辞，起源自昔。晋宋乐府如《桃叶歌》《碧玉歌》《白纻歌》《白铜鞮歌》，均以淫艳哀音，被于江左，迄于萧齐，流风益盛。其以此体施用五言诗者，亦始晋宋之间，后有鲍照，前有惠休，特至于梁代，其体尤昌。"[①]故南朝的民间乐府与文人乐府及文人诗面貌多有趋同，不少民间乐府可能都经过文人的润色加工。王运熙先生说："吴声歌曲大抵产生于晋宋二代，西曲大抵产生于宋齐两代。经过了长时期的贵族阶级的提倡和加工，吴声与西曲，不论在音乐方面，在歌词方面，都逐渐走向雅化之路……"[②]民歌轻艳柔靡的风格没有改变，只是经过文人之手，使这种风格的表现更为含蓄典雅。如果说汉乐府显著表现为官方意识形态对民间文学的凌驾、改造，南朝乐府民歌对文人的影响，以及文人对其的接受、加工，则是民间情趣对士大夫礼乐传统的颠覆。

吴歌西曲中爱情诗占绝对优势，无论是民间乐府，还是文人创作，这些爱情诗既没有官方意识形态对其作政教化的改造，也不像魏晋文人乐府中那样别有寄托，而是原汁原味的情歌。考察南朝乐府叙事，其实就是考察爱情叙事。与汉乐府相较，南朝乐府的篇幅普遍压缩，以短诗为主；在叙事手法上，喜用谐音双关及"四季相思"方式；叙事结构上，改对话体为代言体、独白体，多以全知视角叙述；总体风格上，汉乐府叙事有"高古之美"，而南朝乐府叙事则指向"清绮之美"，追求含蓄典雅的风神韵味。

---

① 刘师培：《中国中古文学史讲义》，人民文学出版社1957年版，第91页。
② 王运熙：《论吴声与西曲》，载《乐府诗述论》，上海古籍出版社1996年版，第448—449页。

　　《子夜歌》就是文人创作与民歌相结合的典范。《乐府诗集》所收《子夜歌》四十二首，《子夜四时歌》七十五首，皆题为"晋宋齐辞"。《唐书·乐志》云"《子夜歌》者，晋曲也"，《乐府解题》云"后人更为四时行乐之辞，谓之《子夜四时歌》"，则四十二首《子夜歌》时间跨度从晋到宋齐，而《子夜四时歌》大多皆南朝作品无疑。今取《子夜四时歌》作一考察。《子夜四时歌》包括春歌、夏歌各二十首，秋歌十八首，冬歌十七首，皆五言四句小诗。这些诗歌中叙事性有强有弱，如夏歌中的这几首：

　　　　叠扇放床上，企想远风来。轻袖拂华妆，窈窕登高台。
　　　　田蚕事已毕，思妇犹苦身。当暑理絺服，持寄于行人。
　　　　朝登凉台上，夕宿兰池里。乘月采芙蓉，夜夜得莲子。

叙事性就相对强些。前两首将叙事与心理活动联系起来写。第一首"叠扇放床上"，"拂华妆"，"登高台"，在一连串的行为、动作中插叙心理活动："企想远风来"。使前后两组行为构成一定的联系，但这种联系又若断若连，从而淡化了叙事的情节性，增强了读者的想象空间。第二首主题相对明确，思妇想念远方行人，打理行装寄于所思者。第三首则纯写行动，以时间为顺序，而这些行为的因果联系，则需读者于言外求之。虽然这三首诗都有明确的叙事内容，但所叙事件之间因果关系并不明确，故有叙事而无情节，诗歌的重心在于情感而非故事。

　　《春歌》中不少诗篇叙事性较弱，如：

　　　　春风动春心，流目瞩山林。山林多奇采，阳鸟吐清音。

> 碧楼冥初月，罗绮垂新风。含春未及歌，桂酒发清容。
> 朱光照绿苑，丹华粲罗星。哪能闺中绣，独无怀春情。

当然，写景也是在叙述交待一客观事实，只是没有人物活动，或者人物的活动隐藏在暗处，所叙事件就处于一静态过程。故事要由"从本文中概括出来的被叙述事件和它的参与者"构成①，缺少任何一项，其自足性皆成问题。以上三首诗，第一首"春风动春心，流目瞩山林"，先从人写起，"动春心""瞩山林"，动感较显著，有一定的情节色彩，但一者在诗中的作用不过是交待观察视角，一者因后两句写到流观所见所闻，诠释了"春心"的内容，又大大降低了其情节内涵。二、三两首在叙事结构上都是先写景，然后带出人。第二首写到具体活动，第三者则仅及心理，而且是诗人悬揣，侧重点是春光带来的人的情绪心理变化。很显然，这些诗歌都是在写一种心情，表达一种情绪，而不是叙述故事，故其叙述兴趣在意境渲染与环境表现上，而不是对于情节的安排刻画，与汉乐府重在故事及情节大异其趣。而其蕴藉、含蓄的审美风格，既与南方自然人文及民风习俗有关，又显示出文人审美情趣的渗透与改造。

南朝乐府中唯一留存的长篇是《西洲曲》，这首诗叙事性较强，时间、地点、人物、情节等故事要素均具备，代表了南朝乐府叙事的最高水准。

> 忆梅下西洲，折梅寄江北。单衫杏子红，双鬓鸦雏色。

---

① （以）施洛米丝·雷蒙-凯南：《叙事虚构作品：当代诗学》，赖干坚译，厦门大学出版社1991年版，第7页。

西洲在何处？两桨桥头渡。日暮伯劳飞，风吹乌桕树。树
下即门前，门中露翠钿。开门郎不至，出门采红莲。采莲
南塘秋，莲花过人头。低头弄莲子，莲子青如水。置莲怀
袖中，莲心彻底红。忆郎郎不至，仰首望飞鸿。鸿飞满西
洲，望郎上青楼。楼高望不见，尽日栏杆头。栏杆十二曲，
垂手明如玉。卷帘天自高，海水摇空绿。海水梦悠悠，君
愁我亦愁。南风知我意，吹梦到西洲。

本诗最早著录于徐陵所编《玉台新咏》，《乐府诗集》归为杂曲
歌辞，实际也是东南长江流域的民间歌谣，是南朝乐府民歌中
留存下来最长的诗篇。诗中以梅起兴，以春、夏、秋、冬时间
为序，叙述了一位少女从初春到深秋，从现实到梦境，对远方
心上人的苦苦思念。诗可以分成三个部分，第一部分从开头到
"出门采红莲"，写冬、春季相思，由冬春之交的"折梅"起兴，
以"采莲"过渡到夏；"采莲南塘秋"至"望郎上青楼"，写夏、
秋相思；最后一节登楼远眺，写心理活动，以"吹梦到西洲"
照应开头。每一节之间过渡自然，环环相扣，显得流畅而圆满。

　　与汉乐府多用对话体不同，本诗采用代言体的形式，以第
三人称视角，展开全知叙述。通过景物描写、情境烘托、心理
刻画，将故事暗含在诗中，而并不直接讲述。通观全诗，其故
事内容非常清楚，一对青年男女，在西洲定情相恋，情深意笃，
后来男子去了江北，留下女子日夜思念。是一段纯真、深笃而
又带点幽怨的爱情故事。西洲、梅花，是本诗的关键，不仅推
动叙事的进程，串合叙述的脉络，而且构成本诗情节的基本要
素。西洲是男女主人公的定情之地，在男主人公离开之后，留
给女主人公无尽的思念；折梅而寄，既是思念的寄托，因为那

里有无数美好的回忆，西洲之梅见证了一对恋人的幸福时光，同时又是思念进一步加深的触媒。以西洲、折梅起兴开篇，故事的框架及脉络立刻就搭建了起来，不像汉乐府的诸多起兴，和诗中所叙内容关联并不密切。这种以某物作为脉络贯穿整个故事，成为后来传奇、戏剧常用的叙述手法。李渔在《闲情偶寄》中提出著名的"立主脑""减头绪"的戏剧叙事理论，所谓"立主脑"就是扣紧一人一事，"减头绪"即一线到底，避免枝蔓。本诗以西洲折梅为主线，抓住情人相思的主题，就非常符合李渔的叙事理论。无论是有意还是无意，南朝乐府叙事艺术的成熟高超于此可见一斑。

本诗民间文化意味非常浓厚，采用了民歌中常见的时节变迁、四季相思叙述结构。修辞上，谐音双关特别突出，如以"莲"双关"怜"，喻感情之可怜可叹；以"青"双关"清"，喻感情之清纯；以莲心之"红"喻恋人之心的赤诚。顶针修辞使诗篇内在脉络连绵相续，特别是每一层之间的过渡转折，如"出门采红莲"后接"采莲南塘秋"，"望郎上青楼"后接"楼高望不见"，使诗歌读起来"续续相生，连跗接萼，摇曳无穷，情味愈出"（沈德潜《古诗源》卷十二）。同时，意境的营造、景物的渲染和刻画，使本诗又显得含蓄、清雅，具有较高的文化品味。

总之，本诗在篇幅上与汉乐府一般叙事诗相当，但从叙述方式、修辞手法、审美情趣等方面看，却完全是南朝的风格。汉乐府的高古、朴素，在这里表现为清丽、流畅；汉乐府的对话体叙事，在这里表现为独白式的代言体叙事；汉乐府显豁的叙事姿态，在这里被隐含在情境塑造、心理刻画的抒情形态中。谈不上究竟孰优孰劣，但从《西洲曲》中所体现出来的叙事风格的演化，无疑丰富了乐府叙事的内容与手法。

　　北朝乐府，在内容上较差不多同时的南朝乐府更为丰富，除了不少爱情诗外，还有描写战争、反映人民现实生活的诗篇。萧涤非先生将北朝乐府分为"战争""羁旅""豪侠""闺情""贫苦"五类，可见北朝乐府民歌内容涵盖的广泛性。① 与南朝乐府诗较多文人介入的痕迹不同，北朝乐府大多是民间创作。由于南北地域、文化及现实社会背景的差异，北朝乐府总体上刚健、直爽，与南朝乐府的清绮相比，可谓是刚柔异趣。

　　北朝乐府在《乐府诗集》中主要收集在鼓吹曲辞与横吹曲辞中，今取梁鼓角横吹曲辞作一考察。《乐府诗集》卷二十五有"梁鼓角横吹曲六十六首"，基本上是北朝作品。这六十余首乐府诗，除了个别有文人加工外，多为民间歌谣，题材非常广泛。先看其中的爱情诗：

　　　　青青黄黄，雀石颓唐。槌杀野牛，押杀野羊。
　　　　驱羊入谷，白羊在前。老女不嫁，踏地唤天。
　　　　侧侧力力，念君无极。枕郎左臂，随郎转侧。
　　　　摩捋郎须，看郎颜色。郎不念女，不可与力。

　　　　　　　　　　　　　　　　　　　　　（《地驱歌乐辞》）

这组诗其实是四首，可能不是同一时期作品。《古今乐录》曰："'侧侧力力'以下八句，是今歌有此曲。最后云'不可与力'或云'各自努力'。"所谓"今歌"，即当代歌曲，三、四两首产生时间要比一、二两首晚，从内容及押韵上来看，可以把三、

──────────

① 萧涤非：《魏晋六朝乐府文学史》，人民文学出版社1984年版，第274—293页。

四看成一首诗。虽然创作年代略有先后，但内容大致是反映北方民族（主要是鲜卑）的婚姻生活。其一"青青黄黄"，写的是一般鲜卑家庭的婚姻生活。"雀石"的意思不大好理解，或谓卵石，或谓雀屎，与前后几句合观，可知所写乃秋冬之际情状。"槌杀野牛，押杀野羊"，就是杀牛宰羊，准备过冬的食物。《后汉书》卷一百二十《鲜卑列传》载："其嫁娶则先略女通情，或半岁百日，然后送牛马羊畜以为聘币，婿随妻还家……一二年间，妻家乃厚遗送女，居处财物，皆为办。"这段话记载了鲜卑族入主中原之前的婚俗，常是冬天男子到女方家里去，夏天又回到原部族从事畜牧和狩猎，这里的宰杀牛羊，就生动再现了鲜卑人幸福的婚俗及家庭生活。第二首"驱羊入谷"，则与第一首构成鲜明的对比，前者是家庭幸福婚姻美满，后者则无室无家而渴望婚姻。"老女"可能并不老，北朝人普遍早婚成习，据梁满仓《论魏晋南北朝的早婚》统计，北朝 12 位皇帝，有 10 位在未满 14 岁就结婚了；15 位皇亲贵族，14 岁以下结婚的有 8 位。而 57 例女性的婚龄中，12 岁以下结婚的有 10 位。至于鲜卑族女子的 25 例婚龄中，14 岁以下结婚的有 12 例。[①] 也正因此，在一定年龄尚未出嫁，则其渴望成家，过正常生活的愿望也就更为迫切。第三、四首，写热恋之欢乐。"侧侧力力"是象声词，女主人公与情郎久别重逢，喜极欲泣，不由长叹一声："念君无极"。"枕郎左臂，随郎转侧"，即"须作一生拼，尽君今日欢"（牛峤《菩萨蛮·玉炉冰簟鸳鸯锦》）之意，大胆泼辣，激情奔涌。"摩捋郎须，看郎颜色"，紧承前首，相聚的时光总是短暂，摩捋着情人的须发，看不够情人的面庞，怎舍得

---

① 梁满仓：《论魏晋南北朝的早婚》，载《历史教学问题》1990 年第 2 期。

情郎就这样离去。"郎不念女，不可与力"，当是男子临别之语，意谓"我如何不挂念你，可是我也没办法不离开啊！"这两首诗将热恋中的女子泼辣、直爽、炽烈的相爱情形，表现得淋漓尽致，与南朝爱情乐府的委婉、含蓄，截然不同。

再如另外一首《地驱乐歌》：

> 明月光光星欲堕，欲来不来早语我。

写一个女子等待情郎，从明月在天一直等到星河欲坠，足足等了一夜还不见情郎身影，不由充满怨忿。一句"欲来不来早语我"，干脆利落，爱与不爱，要的就是一份明明白白，这就是鲜卑女子对待爱情的态度以及恋爱心理。

另外一首诗《折杨柳枝歌》也很著名：

> 门前一株枣，岁岁不知老。阿婆不嫁女，那得儿孙抱。

不少文学史教材都将本诗中那个嚷着"阿婆不嫁女，那得儿孙抱"的看成是女子，认为本诗所叙乃女子希望家里说媒求嫁。其实，"阿婆"显然是外人对女子母亲的称呼，故其应该是媒人或求婚男子，用长辈期盼儿孙繁衍的常情来说服女方家长。北方少数民族女子诚然要比南方女子开朗、直率，但毕竟是女孩子家，可能还不至于粗豪到如此地步。

但不管怎么说，北朝乐府中的爱情诗个性鲜明、语言泼辣、情感奔放，反映了游牧民族的文化特征，也给乐府诗带来刚劲质朴的气息。对于北朝乐府而言，其爱情诗与其他题材的诗歌，如羁旅、战争、豪侠等类，风格有着高度的一致性，都带有游牧民族的文化特点。

　　北朝的羁旅诗，与北地的风光相结合，给人的感觉苍凉、悲慨，有一种浑朴苍莽之气。如著名的《陇头歌辞》：

　　　　陇头流水，流离山下。念吾一身，飘然旷野。
　　　　朝发欣城，暮宿陇头。寒不能语，舌卷入喉。
　　　　陇头流水，鸣声幽咽。遥望秦川，心肝断绝。

诗写的是离家游子的飘零之苦，思乡之情。以陇头流水起兴，并以之作为叙述线索贯穿全篇。陇水依依，鸣声幽咽，似乎是游子思乡之情；陇水流离，似乎是游子漂泊的命运。通过陇头流水这个意象，除了写出游子的境遇与心情之外，还渲染出了悲凉的气氛，叙事与抒情完美地结合在一起，有一唱三叹的余味。"寒不能语，舌卷入喉"，写游子漂泊之苦，抓住细节，极其生动，同时也写出北方的气候、风物特征。这首诗不仅是北朝羁旅诗的名篇，即在整个文学史上，也是极其出色的作品。从本诗中，我们可以看到北朝羁旅诗达到了何等高超的艺术水准。

　　战争、豪侠类诗歌在北朝乐府民歌中数量很多，反映了北方少数民族的尚武色彩，《琅琊王歌辞》的第一首：

　　　　新买五尺刀，悬著中梁柱。一日三摩挲，剧于十五女。

这就最为生动地反映了北朝人的好尚，爱刀棒甚于爱美女，尚武好勇，是整个民族的特点。

　　《企喻歌》四首，对北朝人的豪侠个性、勇敢精神有更为全面的反映：

> 男儿欲作健，结伴不须多。鹞子经天飞，群雀两向波。
> 放马大泽中，草好马著膘。牌子铁裲裆，铰鋋鸛尾条。
> 前行看后行，齐著铁裲裆。前头看后头，齐著铁铰鋋。
> 男儿可怜虫，出门怀死忧。尸丧峡谷中，白骨无人收。

第一、二首写胡儿个体的矫健骁勇，第三首写胡儿群体壮士的英武阵容，皆通过具体场景的描绘来呈现，叙事简洁明晰。最后一首写战争的残酷，但却没有萧飒之气，语调平静，愈见其视死如归之淡然。上述几首诗中的健儿，是战士，也是豪杰，北朝乐府中的战争与豪侠题材往往交错在一起，都是当时少数民族人民现实生活的写照。

男子豪爽勇敢无足为奇，北朝尚武风气之盛，还表现在即使是女子，也多"不爱红妆爱武装"。如《李波小妹歌》：

> 李波小妹字雍容，褰裙逐马如卷蓬。左射右射必叠双，
> 妇女尚如此，男子安可逢？

这首诗《乐府诗集》并没有收录，出自《魏书·李安世传》，萧涤非先生谓亦《杂歌谣辞》之类，即民间流传的民谣俗谚之徒歌，不一定付之管弦。《魏书·李安世传》载："广平人李波，宗族强盛，其妹雍容尤善骑射，百姓为之语曰……"虽然据正史所载，这个李波家族势力强大，危害一方，最终被刺史李安世剿灭。但据这首诗来看，民间对李波家族并无恶感，这个李波小妹在此完全是被作为英雄来歌颂，恐怕也不仅仅是因为北

人崇拜武力英雄之情结。

北朝乐府所歌颂的一个无论是民间还是官方都认可的巾帼英雄，当属花木兰无疑。《木兰诗》载于《乐府诗集》"梁鼓角横吹曲"，其与《孔雀东南飞》并称为乐府双璧，与《西洲曲》一起，分别代表了南北朝乐府的最高成就。

> 唧唧复唧唧，木兰当户织。不闻机杼声，惟闻女叹息。问女何所思，问女何所忆。女亦无所思，女亦无所忆。昨夜见军帖，可汗大点兵，军书十二卷，卷卷有爷名。阿爷无大儿，木兰无长兄，愿为市鞍马，从此替爷征。"东市买骏马，西市买鞍鞯，南市买辔头，北市买长鞭。旦辞爷娘去，暮宿黄河边，不闻爷娘唤女声，但闻黄河流水鸣溅溅。旦辞黄河去，暮至黑山头，不闻爷娘唤女声，但闻燕山胡骑鸣啾啾。万里赴戎机，关山度若飞。朔气传金柝，寒光照铁衣。将军百战死，壮士十年归。归来见天子，天子坐明堂。策勋十二转，赏赐百千强。可汗问所欲，"木兰不用尚书郎；愿驰千里足，送儿还故乡。"爷娘闻女来，出郭相扶将；阿姊闻妹来，当户理红妆；小弟闻姊来，磨刀霍霍向猪羊。开我东阁门，坐我西阁床，脱我战时袍，著我旧时裳，当窗理云鬓，对镜帖花黄。出门看火伴，火伴皆惊忙：同行十二年，不知木兰是女郎。雄兔脚扑朔，雌兔眼迷离；双兔傍地走，安能辨我是雄雌？

《木兰诗》的写作时代，或以为魏晋，或以为齐梁，或以为唐代，曾经有过不少争论。萧涤非先生辨其为北朝作品，甚为明了①，今一般均认可其为北朝乐府民歌。从叙事角度来看这首诗，其值得注意的地方至少有如下几点。

其一，是情节的完整。本诗以木兰作为主人公，有木兰女扮男装，代父从军，征战沙场，凯旋回朝，建功受封，辞官还家等几个情节链组成，层次清晰，结构严整，完整地讲述了一个代父从军的女英雄的故事。其二，是叙事形态的独特。与《孔雀东南飞》大段采用对话叙事不同，本诗在第三人称全知视角的框架下，实际上又以第一人称展开叙述。诗中的行为主体是"木兰"，而不是"我"，这是第三人称的叙述框架，而当写到"问女何所思，问女何所忆"，以及"不闻爷娘唤女声"这类心理活动，或故事中人所经所历时，显然又是第一人称的限知视角。故事中的木兰，既是被讲述的对象，又充当着讲述者的角色。与《西洲曲》通过场景描绘、情境渲染静态叙事不同，本诗是按时间顺序，情节发展动态叙事。在动态叙事的过程中，间杂场景描述与情境渲染，使本诗既具有生动曲折的情节，又具有强烈的情境感染力，做到叙事与抒情的完美结合。其三，是本诗在叙述节奏上的安排，张弛有度，动静适宜，有效地增强了叙事效果。比如写木兰从军前的准备，"东市""西市""南市""北市"购置装备，不厌其烦，铺叙淋漓，写其赴敌征途，旦暮情境，也泼墨渲染；而其征战过程，则寥寥数语："朔气传金柝，寒光照铁衣。将军百战死，壮士十年归"，二十字囊括尽十年征尘，叙事又凝练之极。汉代乐府在叙事过程中基本上平均用墨，《木兰诗》注意到叙事详略的区分，使叙述富有明确的

---

① 萧涤非：《汉魏六朝乐府文学史》，人民文学出版社1984年版，第291—293页。

节奏感，体现了叙事水平的提高。其四，是叙事风格多样统一。胡应麟说《木兰诗》："高者上逼汉魏，平者下兆齐、梁。如'南市买辔头，北市买长鞭'，尚协东京遗响；至'当窗理云鬓，对镜贴花黄'，齐梁艳语宛然。又'出门见伙伴'等句，虽甚朴野，实自六朝声口，非两汉也。"（《诗薮》内编卷三）说明《木兰诗》既承继了汉魏乐府叙事古朴的一面，又带有六朝民间天真自然的气息，同然还受到齐、梁新声的影响。因此，这首诗可以说是乐府诗从上古走向中古的一个绝佳标本，留下了诸多发展演化的痕迹。

第五节　唐代乐府诗的叙事考察

整个唐代，中央音乐机构一直在履行着"采诗制乐"的功能。"（元）积尤长于诗，与居易名相埒，天下传讽，号元和体，往往播乐府。"[①] "（李贺）乐府数十篇，云韶诸工皆合之弦管。"[②] "大和三年正月，入为太常卿。文宗以乐府之音，郑卫太甚，欲闻古乐。命（王）涯询于旧工，取开元时雅乐，选乐童按之，名曰《云韶乐》。乐曲成，涯与太常丞李廓、少府监庾承宪押乐工献于梨园亭，帝按之于会昌殿。上悦，赐涯等锦彩。"[③] 这些记载显示，直到中晚唐之际，乐府的采诗制乐活动一直没有停止过。但中晚唐以来，乐府中所采所制的绝大部分已经不是严

---

① 欧阳修、宋祁：《新唐书》，中华书局 1975 年版，第 5228 页。
② 欧阳修、宋祁：《新唐书》，中华书局 1975 年版，第 5788 页。
③ 刘昫：《旧唐书》，中华书局 1975 年版，第 4404 页。

格意义上的乐府诗，而是"声诗"和"词"。同时，唐代乐府机构采诗也不再从民间采集，这样就只能依赖文人创作，所以唐代文人乐府特别发达。

唐代乐府诗大概可以分为三个阶段。第一阶段是初盛唐时期。这一时期以对乐府旧题的拟作为主，成就最高的是大诗人李白。他的《行路难》《将进酒》《蜀道难》《乌夜啼》等拟作为旧题乐府开辟出了新的境界，并在艺术技巧上达到了炉火纯青的地步。

第二个阶段是中唐时期。最有代表性的是杜甫和以白居易、元稹为首的新乐府诗人。元、白等人继承了杜甫《悲陈陶》《哀江头》《兵车行》《丽人行》等"即事名篇，无复倚傍"的现实主义精神①，自拟新题，广泛反映社会现实问题，在当时形成了很大影响。这一时期李贺的乐府诗创作也较引人注目，与元、白乐府的平易诗风相比，李贺发展了传统乐府诗中"怪"与"丽"两个方面，并形成了秾丽凄清的独特风格，对晚唐的乐府创作产生了较大影响。

第三个阶段即为晚唐时期。与中唐相比，这一时期乐府诗创作风格进一步向多元化方向发展。一方面表现为对南朝乐府的回归，另一方面则是沿着中唐新乐府运动的道路继续前进。晚唐乐府中还有一个部分值得我们注意，那就是以贯休、齐己为代表的诗僧群体创作。他们在边塞题材创作以及语言的通俗化等方面值得我们加以关注。

从叙事题材角度看，唐代乐府诗几乎继承了两汉魏晋南北朝乐府诗中的一切叙事题材。比如在汉乐府和南朝乐府中非常

---

① 元稹:《元稹集·乐府古题序》,中华书局1982年版,第255页。

重要的爱情叙事，在唐代乐府诗中就得到了全面的继承。如初唐最出色的乐府诗作品——张若虚的《春江花月夜》即为南朝乐府旧题，相传是南朝最后一个皇帝陈叔宝所创制。隋炀帝也曾用这个题目写过艳情。张若虚这首诗暗叙了一个游子外出长年不归，家中妻子对他无限思念，以及游子乘月踏上归家旅途的故事。诗人李白其实也写了不少爱情叙事乐府，如著名的《长干行》。此诗属于乐府杂曲歌辞，从《长干曲》一题变化而来。《长干曲》古辞就是咏唱爱情的。李白这首诗采用第一人称口吻，并运用年龄记叙和四季相思的民歌手法，描叙女主人公的生活场景和内心活动，形成一个完整的艺术整体。明代钟惺在《唐诗归》中曾评价这首诗"古秀，真汉人乐府"，可谓颇有见地。

中晚唐时，仍有许多诗人利用乐府诗形式进行爱情叙事，如李益的《江南曲》、张祜的《莫愁乐》、李贺和李商隐的《江南曲》、温庭筠的《西洲曲》《懊恼曲》、聂夷中的《乌夜啼》等，都是就乐府古辞的本事进行生发，围绕男女之情进行叙事描写，从主题和风格上都有向两汉、南北朝乐府回归的倾向。

除爱情叙事外，汉乐府中占有非常重要地位的"贫病叙事"在唐代乐府中了得到了继承。白居易提倡"歌诗合为事而作"，其中的"事"主要的就是百姓的穷困贫病。如白氏新乐府中的《杜陵叟》《卖炭翁》《新丰折臂翁》等都是名作。元稹所作的古题乐府《田家行》："牛吒吒，田确确，旱块敲牛蹄趵趵。种得官仓珠颗谷，六十年来兵簇簇，日月食粮车辘辘。一日官军收海服，驱牛驾车食牛肉，归来收得牛两角。重铸耧犁作斤劚，姑舂妇担去输官，输官不足归卖屋。愿官早胜仇早覆，农死有儿牛有犊，誓不遣官军粮不足。"① 陈寅恪先生《元白诗笺证稿》曾评曰："读微之古题乐府，殊觉其旨趣丰富，文采艳发，似胜于其新题乐府。……如《夫远征》云：'远征不必戍长城，出门便不知死生'，及《田家词》云'愿官早胜仇早复，农死有儿牛有犊，誓不遣官军粮不足'诸句，皆依旧题而发新意。词极精妙，而意至沉痛。取较乐天新乐府之明白晓畅者，别具蕴蓄之趣。盖词句简练，思致微婉，此为元、白诗中所不多见者也。"此类作品在新乐府诗人的集子里是很多的。晚唐杜荀鹤、皮日休等人也继承了汉乐府"贫病叙事"的传统。

　　战争叙事在唐代乐府中不仅被继承，更被发扬光大。唐代与汉代是中国古代历史上最强盛的两个王朝，也是边塞战争最多的两个时期。许多文人士子，为了寻求建功立业的机会，往往毅然从军。他们亲历边塞生活与战争，诗作内容风格均有所变化。汉乐府战争叙事主要描写战场的残酷以及无穷无尽的兵役给百姓带来的灾难，北朝乐府则主要倾向于战争英雄的塑造。相比之下，唐代乐府，特别是盛唐边塞乐府诗，在叙事内容上有了新的突破。

　　首先是奇异边塞风光的描写与火热边塞生活的叙述。这方面最突出的代表就是岑参。岑参曾两次远赴西北从军，"累佐戎幕，往来鞍马烽尘间十余载，极征行离别之情，城障寨堡，无不经行"，生活阅历极为丰富。在他的笔下，边塞的景色与生活如此多姿多彩。《白雪歌送武判官归京》可能是最脍炙人口的一首：

---

① 《乐府诗集》卷九三，中华书局 1979 年版，第 1312 页。《元氏长庆集》卷二三，题作《田家词》。

> 北风卷地白草折，胡天八月即飞雪。忽如一夜春风来，千树万树梨花开。散入珠帘湿罗幕，狐裘不暖锦衾薄。将军角弓不得控，都护铁衣冷难著。瀚海阑干百丈冰，愁云惨淡万里凝。中军置酒饮归客，胡琴琵琶与羌笛。纷纷暮雪下辕门，风掣红旗冻不翻。轮台东门送君去，去时雪满天山路。山回路转不见君，雪上空留马行处。

这是一首送行诗，也是一篇白雪歌。郭茂倩《乐府诗集》中并未收录这首诗，但该书卷五十七"琴曲歌辞"部分已列《白雪歌》一题，为何遗漏岑参此诗，还可进一步探究。另外，岑参还写过《走马川行奉送出师西征》《轮台歌奉送封大夫出师西征》《热海行送崔侍御还京》等作品，《乐府诗集》也未收录，但实际上都可归入乐府歌行。

其次是叙述边关将士苦乐不均、将领无能之事。这方面的代表当数高适。殷璠《河岳英灵集》曾评价"高常侍性拓落，不拘小节。……然适诗多胸臆语，兼有气骨"，正是这样一个性格光明拓落的人，将边关将士苦乐不均的事用乐府诗的形式记录下来，其代表作便是众所周知的《燕歌行》。这首诗开头八句写边烽突起，奉命出师。次八句写力竭兵稀，战斗失利。再次八句转写征人和妻子的两地相思，幽怨缠绵，气氛悲凉。最后四句通过对汉代名将李广的怀念，点出题旨。其中给人印象最深的，就是"战士军前半死生，美人帐下犹歌舞"两句，一针见血地指出了将士苦乐不均的事实，感情极为沉痛，读来怵目惊心。

最后是叙述边关将士思乡之事。自古以来，边关将士戍边生活极为艰苦，且长年在外不得回家。对于家乡、亲人的思念，自然也就成为乐府战争叙事的重要内容之一。如王之涣《出塞》：

黄河（沙）远上白云间，一片孤城万仞山。羌笛何须怨《杨柳》，春风不度玉门关。①

这首诗的事实背景是士兵久戍边关极度怀乡，但诗面的描写却十分客观冷静，把叙事与抒情结合得天衣无缝。由于时处盛唐，此诗之情调尚不过于颓丧消沉。中唐以后，随着唐朝国力衰退，边塞将士生活愈益艰苦，乐府的战争叙事便有了越来越重的感伤情绪。这从收在《乐府诗集》相和歌辞平调曲中的《从军行》系列，由初唐虞世南、骆宾王，经盛唐李白、王维、王昌龄，到中晚唐李益、鲍溶诸诗的情绪演变就能看得非常清楚。

在唐代乐府诗创作中，尚有说理叙事、游仙等叙事类别，但从内容上看，主要是继承汉魏六朝乐府的既有题材，在这里就不多介绍了。

唐代乐府诗在叙事手法上对前代的继承与其创新情况如何？就继承而言，可试概括为五个方面。

一是继承汉乐府民歌"铺叙"手法。所谓"铺叙"，就是按照事件本身发生的过程将其叙述出来。汉乐府中的《陌上桑》《羽林郎》《孔雀东南飞》等都是成功的例子。铺叙能增加叙事的真实感，且便于让读者接受。中唐时期的新乐府诗人，有意识地继承汉乐府"感于哀乐，缘事而发"的现实主义诗歌传统，多用铺叙，创作出一批反映时事的乐府诗歌。如王建的《织锦曲》叙述织锦女连夜赶织，辛勤劳作，由于过于困乏摇摇欲坠。

---

① 此诗在《全唐诗》卷一八横吹曲辞中题为《出塞》，卷二五三王之涣名下为《凉州词二首》之一。在《乐府诗集》中属卷二二横吹曲辞，题为《出塞》。

但织锦女害怕误了工期，只能和衣而卧，短暂休息一会，就继续织布。即使这样，官家还是嫌她织得太慢。而相比之下，宫中之人过得却是穷奢极欲的生活。整首诗中并无议论，但事件本身由于铺叙得好，自然有说服力。又如刘禹锡《竞渡曲》，叙述楚地赛龙舟之场景；张籍《征妇怨》，叙述边关战败之事等。元、白的新乐府辞中也存在大量成功的铺叙之作。

二是继承汉乐府中以人物对话进行叙事的表现方式。在唐人中，杜甫是较早在乐府诗创作中使用人物对话的。如《兵车行》。后来元、白等新乐府诗人及晚唐皮日休等人远学汉乐府，近学杜甫，在新乐府创作中大量使用人物对话来叙事。如白居易的《新丰折臂翁》，诗中先交代老翁的外貌，接着以"问翁臂折来几年，兼问致折何因缘"引出下文。诗的主要内容全由老翁之口说出，给人一种非常真实、如面对其人的感觉。

三是唐乐府继承魏晋以来文人乐府将叙事与抒发情志相结合的手法。汉乐府是通过官方机构"采诗"而来，所以其中本来存在的私人叙事受到宏大叙事的挤压与过滤，很多作品连作者是谁都无法知道。到了"三曹""七子"时代，他们用乐府旧题写时事，并通过叙事来抒发个人的情志，私人叙事获得较大表现空间。西晋陆机等人即沿此传统发展。南朝"吴声""西曲"尽管是以爱情叙事为主，但作品仍无主名，所抒基本上是类型化的男女之情，尚非某个人的情志。真正的私人叙事存在于谢灵运、颜延之等文人乐府诗中。特别是鲍照，在诗中强烈表现坎坷经历和上下求索式的心路历程，将文人乐府推到了一个新的高度。唐代乐府诗人继承了在乐府诗叙事中抒发个人情志的做法。如《长安道》一题，在梁简文帝、庾肩吾等南朝作家手中，本是渲染都市繁华与权贵奢侈生活的，但唐代的几位诗人却用来抒写个人情志，如孟郊："胡风激秦树，贱子风中泣。家家朱门开，得见不可入。长安十二衢，投树鸟亦急。高阁何人家，笙簧正喧吸。"顾况："长安道，人无衣，马无草，何不归来山中老。"聂夷中："此地无驻马，夜中犹走轮。所以路旁草，少于衣上尘。"① 孟郊、顾况、聂夷中用《长安道》旧题做诗，都市繁华毫不涉笔，取而代之的是游子在长安所经所感的贫苦艰辛及油然而生的"不如归去"之想。这显然和他们不尽如人意的经历有关。再如《胡无人行》一题，旧题多用来表现边关将士杀敌保国的决心，而晚唐贯休却别出心裁：

> 霍嫖姚，赵充国，天子将之平朔漠。肉胡之肉，焫胡帐幄。千里万里，唯留胡之空壳。边风萧萧，榆叶初落。杀气昼赤，枯骨夜哭。将军既立殊勋，遂有《胡无人》曲。我闻之，天子富有四海，德被无垠。但令一物得所，八表来宾。亦何必令彼胡无人！

这简直是反其意而唱之！描述的是平胡战争的残酷、不人道，甚至控诉它有违天道，表现了对此类战争的强烈厌恶与反对。贯休充分地显示了他独特的思想和个性色彩。这既是对魏晋以来文人乐府诗重个人抒情的特色之继承，也有所发扬。

四是大量继承了南朝乐府常见的叙事意象。杨义先生指出："中国叙事文学是一种高文化浓度的文学，这种文化浓度不仅存在于它的结构、时间意识和视角形态之中，而且更具体而真切

---

① 《乐府诗集》卷二三，中华书局1979年版，第343—346页。

地容纳在它的意象之中。研究中国叙事文学必须把意象、以及意象叙事方式作为基本命题之一，进行正面而深入的剖析，才能贴切地发现中国文学有别于其他民族文学的神采之所在"① 在南朝乐府中，存在一些特殊的诗歌意象，如浮萍、芙蓉、莲子、桃叶、垂柳等植物意象，啼乌、飞凫、游鱼、鸳鸯等动物意象，团扇、玉枕、金阶、琴筝、罗帐、青楼等器物意象，以及阿子、莫愁、苏小小、碧玉等人物意象。在唐代乐府诗创作中，诗人经常使用这些已然深入人心的意象，表现出一种向南朝乐府诗回归的倾向。如张祜的《团扇郎》："白团扇，今来此去捐。愿得入郎手，团圆郎眼前。"② "团扇"一词最早是汉代班婕妤诗中所用，到南朝乐府中，到晋代，与执白团扇的晋中书令王珉爱嫂婢谢芳姿故事融合成为一个被广泛使用的诗歌意象，象征着女子的被弃。张祜这首诗就是沿用了"团扇"这一南朝乐府中的常见意象，所表现的思想内容也非常接近南朝乐府。又如晚唐诗人温庭筠的《懊恼曲》，写一对青年男女互相爱恋，坚贞不渝，即使不为世俗所容，亦至死不变。诗中所使用的意象，如藕丝、丝线、青楼、霜、荷花、金钗等，都是南朝乐府常见意象，故这首诗也颇具南朝乐府风味。

　　五是继承了南朝乐府双声叠韵及谐音双关手法。诗歌用双声叠韵词，可以使声调产生一种连绵不断之感，更适合于表现缠绵婉转的情感。唐代乐府诗中运用双声叠韵的句例主要集中在"清商曲辞"中。而从时代看，中晚唐乐府中双声叠韵的使用要比初盛唐多。双声之例，如"惆怅碧云姿"（张子容《春江

---

① 《杨义文存·第一卷：中国叙事学》，人民出版社1997年版，第267页。
② 《乐府诗集》卷四五，中华书局1979年版，第661页。

花月夜》）、"参差隐叶扇"（陆龟蒙《江南曲》）、"馨香亦相传"（僧齐己《采莲曲》）。叠韵之例，如"江流宛转绕芳甸"（张若虚《春江花月夜》）、"激滟无因见"（陆龟蒙《江南曲》）、"纤指殷勤伤雁弦"（温庭筠《堂堂》）。二者兼用者，例如"鸳鸯鸂鶒唤不起"（罗隐《江南曲》）、"珠翠丁星复明灭"（温庭筠《春江花月夜》）。

　　谐音双关最早出现在汉乐府中，到了六朝乐府，尤其是清商吴歌中，成为一种重要的表现手法，甚至成为六朝乐府区别于其他时代乐府诗的特征之一。近代学者对其关注颇多，其中王运熙先生《乐府诗述论》一书所论犹为精当①。唐乐府诗使用谐音双关，也以中晚唐作品居多。试看下列诸例："赠子同心花，殷勤此何极。"（郭元振《子夜四时歌·春歌》）"摘莲抛水上，郎意在浮花。"（张祜《白鼻䯀》）"摘荷空摘叶，是底采莲人。"（张祜《读曲歌》）"愿得入郎手，团圆郎眼前。"（张祜《团扇郎》）"拔得无心蒲，问郎看好无。"（张祜《拔蒲歌》）"长怨十字街，使郎心四散。中擘庭前枣，教郎见赤心。"（张祜《苏小小歌》）"不作浮萍生，宁作藕花死。"（温庭筠《江南曲》）"藕丝作线难胜针，蕊粉染黄那得深。"（温庭筠《懊恼曲》）"团圆莫作波中月，洁白莫为枝上雪。"（温庭筠《三洲歌》）"船头折藕丝暗牵，藕根莲子相留连。"（温庭筠《张静婉采莲曲》）"平生心绪无人识，一只金梭万丈丝。"（高蟾《长门怨》）这其中有"同音异字"的，如以莲藕之"藕"谐配偶之"偶"，以丝线之"丝"谐相思之"思"，以莲花之"莲"谐爱怜

---

① 　参见王运熙：《乐府诗述论》（增补本）上编"论吴声西曲与谐音双关语"部分，上海古籍出版社 2006 年版。

之"怜"。有"同音同字"的，如以月亮形状之"团圆"谐人团聚之"团圆"，以蒲草之"无心"谐人没有良心之"无心"，以枣核之"赤心"谐人忠贞之"赤心"。也有混合使用的，如以水上漂浮之"浮花"谐人品不端之"浮华"。这些谐音双关词的使用，一方面使得词句产生"音义分离"的效果，让诗意内涵更加丰富；另一方面也使得诗意的表达变得更加含蓄委婉，更适合于表现男女恋爱的题材。

唐代乐府诗在叙事上也有自己独特的创造。这种创造性主要体现在两个方面。

第一个方面，是在乐府诗题与所叙之事的对应关系上，唐代诗人有自己独特的思考，具体表现为从拟旧题而善出新到另立新题。

在汉乐府时代，乐府所用诗题，与诗之内容往往直接相关。《唐子西文录》曾说："古乐府命题皆有主意，后之人用乐府为题者，直当代其人而措辞，如《公无渡河》须作妻止其夫之词，太白辈或失之，惟退之《琴操》得体。"[1] 而魏代以后，文人乐府在进行拟作时，往往无视这一点，"乐府自魏失传，文人拟作，多与题左，前辈历有辩论。愚意当时但取声调之谐，不必词义之合也。"[2] 乐府诗的创作只是考虑"声调之谐"，而思想内容与题目之间是否还有直接关联，已经不再考虑。这也就意味着，作者不一定再按照题目的原意去展开叙事，而更多地倾向借题发挥，抒发作者本人的情志。这与唐以后依调填词，词旨与调名本事无关的情况有点类似，清邹祗谟《远志斋词衷》云：

---

① 何文焕：《历代诗话》，中华书局1981年版，第443页。
② 胡应麟：《诗薮》，上海古籍出版社1958年版，第15页。

"《词品》云：'唐词多缘题，所赋《临江仙》则言水仙，《女冠子》则述道情，《河渎神》则缘祠庙，《巫山一段云》则状巫峡。如此词题曰《醉公子》，则咏公子醉也。'……大率古人由词而制调，故命名多属本意；后人因调而填词，故赋寄率离原词。"（徐釚《词苑丛谈》卷一《体制》）

在乐府诗题最初产生的时候，诗题与诗的内容是有直接联系的，否则诗题也就无由产生。《乐府诗集》等著作对此作过溯源研究，提供了不少资料，也有一些作品内容上和诗题的关联不清，估计是最初的"古辞"已经失传。至于为何乐府诗在发展过程中，产生诗题与内容分离的现象，这与文学发展的内在规律有关。文学的生命力在于不断创新，乐府诗同一个题目可以在长达千年的时间里被不断再写、重写，尽管最初的本事对后来的创作有强大的影响力，但经过多次反复也就会固化或淡化。在这种情况下，热爱乐府诗的诗人，只能有两种选择：或者仍用乐府旧题，但写新的题材，可谓旧瓶装新酒；或者干脆放弃旧题而自拟新题，以自由地表现想要表现的内容。曹魏时代以来，很多乐府诗人采用了第一种做法，唐代诗人李白基本上也是这么做的。这种做法的局限性是无庸讳言的。以杜甫、白居易为代表的一批现实主义诗人就采用了第二种途径，就是直接自拟新题，来自由地反映时事，抒发情感。

在安史之乱爆发之际，杜甫眼见山河破碎，生灵涂炭，他没有遵循建安以来沿袭乐府古题的老办法，而是本着汉乐府"感于哀乐，缘事而发"的精神自创新题，"即事名篇""因事命题"，用自拟的新题来表现动乱的现实，创作了《兵车行》等一批新型的乐府诗。《兵车行》把唐王朝穷兵黩武的罪恶，揭露得尽致淋漓。诗寓情于叙事之中，在叙述中张翕变化有序，前后呼应，严谨缜密。诗的字数杂言互见，韵脚平仄互换，声调抑扬顿挫，情意低昂起伏。既井井有条，又曲折多变，真可谓新乐府诗的典范。《蔡宽夫诗话》曾评："齐梁以来，文人喜为乐府辞，然沿袭之久，往往失其命题本意。……虽李白亦不免此。唯老杜《兵车行》《悲青坂》《无家别》等篇，皆因事自出己意立题，略不更蹈前人陈迹，真豪杰也。"杜甫这种自拟新题反应时事的做法的确为乐府诗的发展开创了一条新的道路。

白居易、元稹等有识之士继承杜甫的优秀传统，提出了"刺美见事""自拟新题"的现实主义乐府理论。他们对于新题与旧题的看法，集中体现在元稹的《乐府古题序》中："况自风雅至于乐流，莫非讽兴当时之事，以贻后代之人，沿袭古题，唱和重复，于文或有短长，于义咸为赘剩，尚不如寓意古题。刺美见事，犹有诗人引古以讽之义焉。曹、刘、沈、鲍之徒，时得如此，亦复稀少。近代惟诗人杜甫悲陈陶、哀江头、兵车、丽人等，凡所歌行，率皆即事名篇，无复依傍。余少时与友人乐天、李公垂辈，谓是为当，遂不复拟赋古题。"① 这种自拟新题以写实事的方法对于乐府诗这种古老的诗体来说无疑是一次大解放，它不只是打破了旧题的限制，更重要的是突破了六朝乐府在题材和主题上形成的固定模式，大大扩展了乐府诗的表现能力。元稹《新题乐府》自序说："予友李公垂贶予乐府新题二十首，雅有所谓不虚为文。予取其病时之尤急者，列而和之，盖十二而已。昔三代之盛也，士议而庶人谤。"② 这就明确地告诉我们，他所创作的新题乐府主要就是为了唱和李公垂"病时

---

① 元稹：《元稹集》，中华书局 1982 年版，第 255 页。
② 元稹：《元稹集》，中华书局 1982 年版，第 277 页。

之尤急"的作品，并用来谤议时事。白居易创作的五十篇《新乐府》，也各有寓意，"凡九千二百五十二言，断为五十篇。篇无定句，句无定字，系于意不系于文。首句标其目，卒章显其志，诗三百之义也。其辞质而径，欲见之者易谕也；其言直而切，欲闻之者深诫也；其事核而实，使采之者传信也；其体顺而肆，可以播于乐章歌曲也。总而言之，为君、为臣、为民、为物、为事而作，不为文而作也。"① 如《七德舞》"以陈王业"，《立部伎》"以刺雅乐之替"，《胡旋女》"以戒近习"，《新丰折臂翁》"以戒边功"等。晚唐的皮日休等人在进行乐府诗创作时表达了类似的观点，"乐府，盖古圣王采天下之诗，欲以知国之利病，民之休戚者也。得之者，命司乐氏入之于埙篪，和之以管篪。诗之美也，闻之足以观乎功；诗之刺也，闻之足以戒乎政。故《周礼》，太师之职掌教六诗。小师之职掌讽诵诗。由是观之，乐府之道大矣。今之所谓乐府者，唯以魏、晋之侈丽，陈、梁之浮艳，谓之乐府诗。真不然矣！故尝有可悲可惧者，时宣于咏歌，总十篇，故命曰《正乐府诗》。"② 从实际创作情况来看，皮日休等人的现实主义乐府作品也都采用了"即事名篇，无复倚傍"的方法，如皮日休的《卒妻怨》陈述征戍之苦，《贪官怨》刺吏治混乱，《农父谣》苦江南重赋，《路臣恨》怨时局动乱，杜荀鹤《山中寡妇》刺赋税之重，聂夷中《伤田家》伤农夫之困，刘驾《祝河水》诉征夫之恨等，在用新题目写实事这一点上和中唐元、白等人正是一脉相承的。所以尽管杜甫、元、白等人的新乐府作品既非旧题的拟作，也未被官方音乐机

---

① 白居易：《白居易全集》，上海古籍出版社1999年版，第35页。
② 皮日休：《皮子文薮》，上海古籍出版社1981年版，第107页。

关谱唱，却被视为真正的乐府诗而列入《乐府诗集》之中。对此郭茂倩曾有所解释。他说："新乐府者，皆唐世之新歌也。以其辞实乐府，而未尝被于声，故曰新乐府也。"① 虽"未尝被于声"，而且所用的诗题也完全新创，但"其辞实乐府"，故被归入乐府诗。什么叫"其辞实乐府"？根据我们的理解，就是新乐府辞已在精神实质上与古乐府取得完全一致。

乐府叙事在唐代新变的第二个方面，是对魏晋文人乐府注重个人抒情的进一步发展，从而达到了文人乐府的顶峰。叙事与抒情相结合，这是汉乐府中就已经存在的。到了魏晋时代，借叙事以抒情是文人乐府作者普遍做法，而且所抒的往往是作者自我的情志。南朝的文人乐府作者，尤其是鲍照，将个人的坎坷经历与心路历程写入乐府诗，成为文人乐府发展过程中重要的里程碑。到了唐代，乐府叙事中又进一步融入深沉的历史意识与忧患意识，使得文人乐府诗的创作达到了顶峰。

在乐府诗评价体系中，风格高古的民歌（当然是经过乐府机构采集和过滤后的民歌）往往被放在最高位置，无论是多么优秀的诗人，即使如李白、杜甫，他们的作品也无法成为乐府诗的代表。在表现手法上，客观地叙事始终是乐府诗最重要的部分，而作者个人情志的抒发远不如叙事来得重要。其实，任何诗歌乃至一切文学作品，都是叙事与抒情不同比例的结合，哪一种成分占得更多更重，并不是决定其价值的根本依据。我们看到乐府诗具有侧重叙事的特点，也看到它的叙事中含有程度不等的抒情。我们也看到魏晋以来文人用乐府形式进行创作，很自然地将文人重个性、重主观抒情的特色带进了乐府诗中。

① 郭茂倩：《乐府诗集》，上海古籍出版社1998年版，第955页。

在论述唐代乐府时，我们则应充分评价李白、杜甫在这方面的贡献。

在唐代诗坛上，创作乐府诗数量最多的是李白。根据郭茂倩《乐府诗集》统计，初盛唐人创作的全部乐府诗（不含郊庙歌辞与燕射歌辞）共 450 首左右，其中李白 149 首，占了三分之一。除去近代曲辞和新乐府辞，初盛唐所作汉魏六朝古题乐府计 400 首左右，其中李白 122 首，占 30%。而纵观全部乐府诗史，李白所创作的乐府诗数量也是最多的。无论从数量还是质量上来说，他都是当之无愧的文人乐府第一人。从使用"新题"还是"旧题"这个角度来看，在李白的全部乐府诗中，汉魏古题占 80% 以上，其余 20% 中也约有一半近似古乐府。相比之下，杜甫的乐府诗数量较少，《乐府诗集》中收录的只有《前出塞》9 首、《后出塞》5 首、《前苦寒行》2 首、《后苦寒行》2首、《少年行》3 首、《丽人行》1 首、《大麦行》1 首、《悲陈陶》1 首、《悲青坂》1 首、《哀江头》1 首、《哀王孙》1 首、《兵车行》1 首，共计 28 首。其中《丽人行》一首，元稹的《乐府古题序》曾认为属于"即事名篇，无复依傍"的作品，但《乐府诗集》将其归入《杂歌谣辞》，认为是从乐府旧题《丽人曲》衍生出来，该书引《乐府广题》："刘向《别录》云：'昔有丽人善雅歌，后因以名曲。'"[①] 这个矛盾实际上反映了《乐府诗集》收录文人拟作时在标准上有着一定的模糊性，即郭茂倩所谓的旧题"衍生"新题的标准，实际上是不够明确的。在杜甫全部乐府诗作品中，像前后《出塞》、前后《苦寒行》、《少年行》《大麦行》等，主要是对前代乐府诗作的模仿，总的来说价值并

① 郭茂倩：《乐府诗集》卷六八，中华书局 1979 年版，第 976 页。

不高。但其余的几首，从《兵车行》到《丽人行》却堪称唐王朝社会安史之乱前后的缩影，渗透进深沉的历史感，并且开创了乐府诗"即事名篇"全新的写法，在乐府诗发展历史上地位也很重要。

李白对乐府的贡献，除创作数量外，还在于对汉魏乐府实现了超越。他的乐府在叙事中引入历史题材，渗入深沉的历史感，并借助高超的艺术技巧，体现出强烈的个性特征。如名作《将进酒》，原是汉鼓吹铙歌十八曲中的一曲，从题目上看，意思就是"劝酒歌"。但李白这首诗绝不是泛泛的劝人饮酒，而是将劝酒的故事情节纳入更加广阔的时间、空间背景中加以叙述。所谓"奔流到海不复回""朝如青丝暮成雪"，都是为了给叙事创作更阔大的背景，并产生一种深沉的历史感。而诗的后半部分中，使用了"陈王昔时宴平乐"的典故，同样是为了增加全诗的历史感与深度。再加上排比句的运用，长短句的错落有致，让全诗产生一种排山倒海般的抒情艺术效果，表现出李白鲜明的艺术个性。其他如《行路难》《梁甫吟》《远别离》《蜀道难》等，也都有类似的特点。

与李白相比，杜甫乐府诗在艺术表现上显得中规中矩，艺术个性与主观色彩也没有那么强烈鲜明。但杜甫乐府诗（尤其是新乐府）在叙事的过程中，由于他选择的往往是战争题材，所以作品体现出来的历史感比李白乐府更加厚重，这也与他诗歌的整体风格"沉郁顿挫"相一致。如他的名作《哀江头》：

> 少陵野老吞声哭，春日潜行曲江曲。江头宫殿锁千门，细柳新蒲为谁绿？忆昔霓旌下南苑，苑中景物生颜色。昭阳殿里第一人，同辇随君侍君侧。辇前才人带弓箭，白马

嚼啮黄金勒。翻身向天仰射云，一箭正坠双飞翼。明眸皓
齿今何在？血污游魂归不得。清渭东流剑阁深，去住彼此
无消息。人生有情泪沾臆，江水江花岂终极！黄昏胡骑尘
满城，欲往城南望城北。

开头四句先写作者春日潜行曲江，忆昔日此地的繁华，而今却
萧条零落。接下来八句追忆贵妃生前游幸曲江的盛事。下面四
句转入叙述贵妃归天，玄宗幸蜀，生离死别的悲惨情景。最后
四句为作者之哀声，并照应开头。杜甫写这首诗本为哀悼贵妃，
却暗中融入了战乱的背景，让整首诗具备了厚重的历史感。这样
一来，诗人的哀悼就不仅仅是哀悼贵妃本人，而成了一曲大唐盛
世的挽歌，甚至可以看作历史上所有强盛王朝、强盛朝代的挽歌。
对于这首诗在叙事上的高明之处，前人已经论及，如苏辙《诗病
五事》里说："老杜陷贼时有诗曰：'少陵野老吞声哭……'予爱
其词气如百金战马，注坡蓦涧，如履平地，得诗人之遗法。如
白乐天诗词甚工，然拙于纪事，寸步不遗，犹恐失之，此所以
望老杜藩垣而不及也。"《唐宋诗醇》亦评："所谓对此茫茫，百
端交集，何暇计及风刺乎？叙乱离处全以唱叹出之，不用实叙，
笔力之高，真不可及。"杜甫乐府中这种将叙事、议论、抒情巧
妙结合在一起，并融入历史题材，形成厚重历史感的写法，确
实高明。

　　总而言之，乐府叙事在唐代是有新创造的。无论是用新题
乐府反映时事，无论是在乐府诗创作中渗入深沉的历史感和个
性特征，都是对于传统乐府文学的新变。尽管文人乐府在传统
的乐府诗价值评判体系中始终不能占据最高地位，但其中所包
含的叙事成就还是值得我们重视，其在中国文学史叙事、抒情

两大传统中的地位应该得到充分肯定。

　　唐以后，虽有种种新的文艺样式产生，乐府诗传统仍赓延未绝，直到元、明甚至清代，仍然有人在创作乐府诗，如宋人宋祁的《景文集》中就有题为"乐府"的短诗；元代的周巽，后人为其辑集的《性情集》中有新乐府诗十五首。① 明清之际的史学家万斯同也曾以新乐府形式对明史作了叙述，其《明史新乐府》六十六题（六十八首），现已有人注意并研究。② 作为中国文学史叙事与抒情两大传统一部分的乐府诗史无疑有着丰富的内容需要我们去认真发掘研究，而且其美好的前景也是可以预期的。

---

① 关于宋祁、周巽的两条材料，见杨晓霭：《北宋真宗仁宗朝的"乐府声诗并著"——以宋祁为个案》、张煜：《周巽新乐府研究》，两篇论文均载《乐府学》第五辑，学苑出版社 2009 年版，第 258 页—273 页。

② 见张煜：《万斯同新乐府对白居易新乐府的因革》，载《乐府学》第四辑，学苑出版社 2009 年版。张煜这篇文章和上注所引文章均为国家社科基金项目《唐后新乐府辞研究》的阶段性成果。

第八章

中古诗文论的叙事批评与论述

古典诗歌叙事，除了具体的诗作客观展示了一条绵延不绝的传统之外，古人对此一问题，直接或间接地，实际上也有持续的思考与讨论，见诸各类著述中。只是在很多情况下，被我们忽略了，或者未曾将其与叙事相联系。中古是所谓文学的"自觉"时期，出现了《文赋》《文心雕龙》《诗品》这样具有实践指导与理论价值的文学批评名著，论及诗歌，也都涉及叙事问题。

比如陆机《文赋》论文学创作之源泉，有"咏世德之骏烈，诵先人之清芬"，先人的美德嘉行，桩桩件件，难道不包含事？《文心雕龙》讲诗歌的创作背景，如谓建安诗风产生的原因"良由世积乱离，风衰俗怨"，难道没有事？《诗品》讲诗的发生及其风格，有"楚臣去境，汉妾辞宫"云云，不谓事而何？

人们往往只看到古人讲诗"缘情""言志"，便一言蔽之谓"抒情传统"，然而，情、志又是怎么来的？古人或略而不谈，很多是以为不必谈，其意便包含在其中，即"缘情"也就是"缘事"，或者说，"缘情"的根本在"缘事"。这是在诗歌发生论中显示的叙事观。再如诗歌创作主体性，要求真实、真诚，这同样是一个主客观统一的问题，情感、思想真实的基础，是忠实于那个作为客体的"我"。文艺的真实观中，是有重叙事的因素在其中的。又如诗歌的功用，这个就更不用说了，古人对诗歌社会功用，如教化、交流、修养等方面的重视，那种诗的实践性的品格，可以说是以叙事性判定诗的价值。

凡此种种，实际上皆涉及诗歌的叙事问题，或者说，所论述的问题，都是与诗歌叙事相关。然而，我们对此习焉不察，很少有自觉的意识。我们也是在这个课题的研究中，随着思考和认识的不断深入，开始意识到在古人的诸多诗歌论评中，都含涉叙事问题。借此机缘，略作讨论，以窥豹一斑。因为此段所论为中古，故本章讨论的范围也以中古为主。拟按诗歌的发生、创作、风格、接受、功能等逻辑模块，依次述之。

第一节　缘事而发：诗歌发生学的叙事论

"缘事而发"是班固对乐府诗的评论，见于《汉书·艺文志》："自孝武立乐府而采歌谣，于是有代、赵之讴，秦、楚之风，皆感于哀乐，缘事而发，亦可以观风俗，知薄厚云。"[①] 汉乐府具有"观风俗，知薄厚"的功能，就在于它所写的是真实的发生在社会中的事。这里的"缘事"，还不仅仅是因为生活中的事而产生创作冲动，也是因为诗中所写的，就是真实的事。

班固的"缘事而发"与《毛诗序》所阐发的"诗言志"，在汉代统括了诗歌发生的主客观两大因素。其实，对于《尚书》所提出的"诗言志"，班固与《毛诗序》一样，都是认同的，这也是两汉以迄整个古典时代的共识。　《汉书·艺文志》云：

---

① 《汉书·艺文志》，中华书局 1964 年版，第 1756 页。

"《书》曰:'诗言志,歌永言。'故哀乐之心感,而歌咏之声发。"① 问题就在于,这个"哀乐之心"从何而来。"三百篇"及屈赋是"诗言志"的代表,在《史记》中,司马迁谓之皆"圣贤发愤之所为作"。那么,圣贤为何"发愤"呢? 司马迁在《报任安书》中说:"西伯拘而演《周易》;仲尼厄而作《春秋》;屈原放逐,乃赋《离骚》;左丘失明,厥有《国语》;孙子膑脚,《兵法》修列……""西伯拘""仲尼厄""屈原放逐"等,就是圣贤发愤的原因,也是"诗言志"的基础。"在心为志",然心必有所感、所动,其所感、所动者,就是诗人的生活遭际,是一件件具体的事。班固对屈赋,亦作如是观:"大儒孙卿及楚臣屈原离谗忧国,皆作赋以讽,咸有恻隐古诗之义"②,"离谗忧国",作为他们作赋以讽的原因,就是"言志"中的"缘事"。班固将屈赋和乐府歌诗放在一起,在讨论屈赋之后,转到乐府诗,提出"感于哀乐,缘事而发"。二者一"言志""缘情",一"缘事",在该段的论述中,具有高度的统一性。

　　由汉到魏晋、初唐,诗歌讲言志、缘情,也多有缘事之义并见。如曹丕《典论·论文》,在文体风格上提倡"诗赋欲丽",而对文之缘起,云"西伯幽而演《易》,周旦显而制《礼》",从文王、周公"幽""显"之遭际考文章之制作,与马、班之论一脉相承。《典论·论文》论及马融《广成颂》,认为该赋是因为当时北方遭遇水灾和蝗灾,而汉安帝仍痴迷于田猎,马融作赋以讽,对该赋的"缘事而发"之"事",作了具

---

① 《汉书·艺文志》,中华书局 1964 年版,第 1708 页。
② 《汉书·艺文志》,中华书局 1964 年版,第 1756 页。

体的追溯。① 再如魏徵《隋书·文学传序》"或离谗放逐之臣，途穷后门之士，道坎坷而未遇，志郁抑而不申，愤激委约之中，飞文魏阙之下，奋迅泥滓，自致青云，振沉溺于一朝，流风声于千载，往往而有"②，承汉晋人诗文论而加以强调。从诗人遭际、命运追溯文学风格、审美的根源，已成为普遍的论文套式。

皇甫谧序左思《三都赋》，论战国辞赋，云"至于战国，王道陵迟，风雅寖顿，于是贤人失志，辞赋作焉。是以孙卿屈原之属，遗文炳然，辞义可观。……存其所感，咸有古诗人之意，皆因文以寄其心，托理以全其制，赋之首也。……及宋玉之徒，淫文放发，言过于实，夸竞之兴，体失之渐，风雅之则，于是乎乖。"③ 贤人失志而作辞赋，是"言志"的另一种说法，此段论述总体上属于"诗言志"的套式。然而，"贤人失志"与战国时期"王道陵迟，风雅寖顿"构成因果关系，从叙事的角度看，就是一段情节，"贤人失志"就是战国辞赋的"缘事"。后面批评宋玉等辞赋"言过于实"，对"实"的重视，从另一角度看，就是对"事"的重视。两处综合起来看，皇甫谧序"言志"说中含有"缘事"，一是指向写作的背景：战国乱世、贤人失志的遭际；另一是指向写作的内容，言、实相符。实际上，征实就是左思《三都赋》突出的特点。尽管在体制上这是一篇大赋，受汉大赋摛藻润色的影响，然所写之"山川城邑则稽之地图，鸟兽草木则验之方志"，盖作者以为"美物者贵依其本，赞事者

① 魏宏灿：《曹丕集校注》，安徽大学出版社 2009 年版，第 313—314 页。
② 《隋书》卷七十六，中华书局 1973 年版，第 1729 页。
③ 李善注《文选》，上海古籍出版社 1986 年版，第 1794 页。

宜本其实".① 叙事求实,是左思写作上的指导思想。皇甫谧看到了这一点并予以揭示,且表明自己赞同的立场。

挚虞《文章流别论》对诗歌情与事的关系,有更明确的揭示:"古之作诗者,发乎情,止乎礼义。情之发,因辞以形之;礼义之指,须事以明之。"董乃斌先生认为:"这里以互文方式将与诗相关涉之情、事并举,指出要达成'发乎情,止乎礼义'的目的,既须'因辞以形之',还'须事以明之'。在挚虞那里,情与事可谓同等重要。"②《文章流别论》又云"古诗之赋,以情义为主,以事类为佐。今之赋,以事形为本,以义正为助。"这里的"古诗之赋"的"之"或为衍字,即"古之赋"。挚虞认为古人之赋,重在"情义",但这"情义"是要通过"事"的辅助,才能很好地表现;今之赋,则"事形"放在主要位置,即重叙述与形容,而忽略思想。挚虞认为思想(情义)是赋的价值和写作目的所在,古赋做到这一点,但做到这一点离不开"事";今赋没有做到,是因为"事形"为主,掩盖了"情义"。"事"在赋中的重要性自不待言,唯其重要,更要慎重处理,这就有一个度的问题。挚虞批评今赋"事形为本"的具体表现在于"逸辞过壮,则与事相违",③ 就是过度反而失真。这与皇甫谧批评宋玉等人的赋"淫文放发,言过于实"是一致的,陆机《文赋》在中国文论史上具有举足轻重的地位,对《文心雕龙》

---

① 左思:《三都赋序》,李善注《文选》,上海古籍出版社1986年版,第174页。

② 董乃斌:《中国诗歌叙事传统再认识:关于抒情叙事》,《中华诗词研究》(第五辑),东方出版中心2019年版。

③ 所引挚虞《文章流别论》语,均见汪绍楹校《艺文类聚》,上海古籍出版社1982年版,第1018页。

《诗品》都有巨大的影响。《文赋》对文章的起源，有一段重要论述，被认为是"感物说"的集中阐述：

> 伫中区以玄览，颐情志于典坟。遵四时以叹逝，瞻万物而思纷。悲落叶于劲秋，喜柔条于芳春。心懔懔以怀霜，志眇眇而临云。咏世德之骏烈，诵先人之清芬。游文章之林府，嘉丽藻之彬彬。慨投篇而援笔，聊宣之乎斯文。[①]

文章强调大自然四时变化对作者的影响，这是创作的动因，进而提到要从前代经典中学习文辞，吸取写作资源。这里几乎没有提到"事"，不过，"咏世德之骏烈，诵先人之清芬"，"清芬"或许是指先人的文辞，即文章林府中的彬彬"丽藻"，而"世德之骏烈"，则应该是先辈高尚的德行，为先贤事迹。这个成为作者感动兴发的源头之一，说明《文赋》在创作的发生说中，还是涉及事的。

在创作的起始阶段，《文赋》也论及叙事："笼天地于形内，挫万物于笔端"，"天地""万物"应当包含有"事"，只是说得尚较模糊。"信情貌之不差，故每变而在颜。思涉乐其必笑，方言哀而已叹。""涉乐""言哀"几句，显然是在谈叙事了。

由两晋迄南朝，文学创作与理论同步繁荣，出现了《文心雕龙》《诗品》这样的文论巨著。《诗品》专论五言诗，《文心雕龙》体大思精，弥纶群言，则是对于所有文的综论。《文心雕龙》论诗的篇目甚多，在文体专论中有《明诗》《乐府》，在文学史论中有《时序》《通变》，在论构思、风格、修辞的《神思》

---

① 　杨明注《陆机集校笺》，上海古籍出版社 2016 年版，第 5 页。

《风骨》《情采》《镕裁》《声律》《章句》《丽辞》《比兴》等篇目
中，都有集中或零散的诗歌论。

对诗之的发生，《文心雕龙》在感物说的基础上，充实了
"事"的内容。《明诗》云："人禀七情，应物斯感，感物吟志，
莫非自然。"这个与《文赋》的感物说颇相类同。然而，在接下
去举出的几则感物诗例中，物转为事，成为"事物"："及大禹
成功，九序惟歌；太康败德，五子咸怨：顺美匡恶，其来久矣。"
这里的"大禹成功""太康败德"，都是历史人物的行事，则所
谓"感物"，实为"感事"，或谓"缘事"亦可。《明诗》在论具
体时代诗风时，指出建安诗歌的特点是"慷慨以任气，磊落以
使才"，为建安诗歌作千古盖棺之定论，历代论建安诗歌者无不
征引。然建安诗歌具体写的是什么呢？"怜风月，狎池苑，述恩
荣，叙酣宴"，前两项为"造怀"，后两项为"指事"。刘勰谓后
两项为"述""叙"，推重其内容的充实与笔法的质实，即"不
求纤密之巧"——不堆砌辞藻；"唯取昭晰之能"——叙述明了
清晰。感事论诗之发生，叙事论诗之内容，《明诗》篇对诗歌叙
事，有非常精到的讨论。

《乐府》篇，《文心雕龙》偏重于从主观上谈音乐及其风格，
如谓"乐本心术""情感七始，化动八风""志感丝篁，气变金
石"等，延续了《乐记》《诗序》中动心感物之说。同时又吸收
采诗观风说，论诗的功用及地域差异："至于涂山歌于候人，始
为南音；有娀谣乎飞燕，始为北声……匹夫庶妇，讴吟土风，
诗官采言，乐胥被律"，"土风"是一地历史、文化、风习的总
体表现，包含该地人们生活的主要内容。

《时序》篇，谈时代、社会对文学的影响，所谓"时运交
移，质文代变"，从写作背景纵论诗后之事，属于古代传统的知

人论世的批评方法。如其论《诗经》云："逮姬文之德盛，《周南》勤而不怨；大王之化淳，《邠风》乐而不淫。幽厉昏而《板》《荡》怒，平王微而《黍离》哀。"因此得出结论："歌谣文理，与世推移，风动于上，而波震于下者也。""世""风"就是社会历史与文化背景。后面论历代文学，均从时代背景、社会环境入手，重点论述了事对于文的影响。如论建安文学云："自献帝播迁，文学蓬转，建安之末，区宇方辑。"建安末曹魏相对安定的政治环境，成为建安文学集团形成的原因，"三曹七子"等得以相聚。而他们诗歌的风格特点，也与时代密切相关："观其时文，雅好慷慨，良由世积乱离，风衰俗怨，并志深而笔长，故梗概而多气也。""世积乱离，风衰俗怨"，是正统的现实主义文艺观。从宏观的角度看，"知人论世"是一种文学社会学，而从其论述的具体事由，以及这些事由对诗歌的直接促成，则可以说，也是"缘事而发"的一种表现。

《风骨》篇树立了诗文所应达到的标准。该篇从《诗》之"风"篇引申出"风"这一美学概念："《诗》总六义，风冠其首；斯乃化感之本源，志气之符契也。"以"风"为本，此点尤为重要。《文心雕龙》中论到文气，文辞，都要有"风"作基础。"辞之待骨，如体之树骸；情之含风，犹形之包气。""风""骨"作为诗文的艺术标准，一偏重指内容、情感的充实，一偏重指文辞、体制的精要，二者各有侧重，同时又互相关联，在诗文中，缺一不可。① 但若定要在二者中选一，则"风"显然更为根本。而"风"由《诗》十五国风而来，其为化感之本源，在于其所写劳食悲欢的真切、充实。故"情之含风"指情感的

---

① 王运熙：《〈文心雕龙·风骨〉论诠释》，载《学术月刊》1964 年第 2 期。

真实、充沛，也就是在"言志""缘情"中注入行事、经历等为内容，情含风，亦即情含事。

在《情采》篇中，刘勰提出"为情造文"与"为文造情"的问题，提倡诗文的真实性。但该篇只是沿缘情、言志的说法，从主观的角度理论，字面上没有提到事。不过，如果将《情采》和《明诗》《时序》《风骨》等综合考察，"为情造文"为何可贵？乃因情中含风；而为何诗人篇什与辞人歌赋，为何有"为情造文"与"为文造情"的差异呢？这就是"时运交移，质文代变""歌谣文理，与世推移"。《文心雕龙》各篇互为映照、阐释，可以清晰地认识到"事"在《文心雕龙》中的作用、意义与价值。[①]

钟嵘《诗品》为五言诗专论，在魏晋南北朝文论中，对"事"的论述最为鲜明。在诗歌发生论中，钟嵘一方面继承感物说，其《序》云："气之动物，物之感人，故摇荡性情，形诸舞咏。"[②] 这是《诗大序》《乐记》等言论的翻版。后列诸项物感，有"春风春鸟，秋月秋蝉，夏云暑雨，冬月祁寒"等，则承《文赋》"悲落叶于劲秋，喜柔条于芳春"，《文心雕龙·物色》"一叶且或迎意，虫声有足引心"等感物说，是所谓"四候之感诸诗者"，即自然景物、节序变化对诗人的影响。然而，接下去，钟嵘在《诗品序》里的大段论述，就从自然转向人事了：

　　嘉会寄诗以亲，离群托诗以怨。至于楚臣去境，汉妾

---

① 《文心雕龙》各篇及相应文本，见詹锳注《文心雕龙义证》，上海古籍出版社1989年版。
② 曹旭注《诗品集注》（增订本），上海古籍出版社2011年版，第1页。

辞宫，或骨横朔野，或魂逐飞蓬，或负戈外戍，杀气雄边；
塞客衣单，孀闺泪尽；或士有解佩出朝，一去忘返。女有
扬蛾入宠，再盼倾国。凡斯种种，感荡心灵，非陈诗何以
展其义？非长歌何以骋其情？①

这段论事与诗的关系。尽管就诗而言，主要还是强调其抒
情性，可是抒情的来源，却是严峻深刻而丰富的社会生活、人
生经历。这段可以说是魏晋以来"缘事"说最为集中、明晰的
论述。

在论述具体诗人时，《诗品》也每多联系诗人经历、遭际的
知人论世之评。如论刘琨"既体良才，又罹厄运，故善叙丧乱，
多感恨之词"，除了将刘琨诗与其"罹厄运"的经历相联系，同
时也指出其"善叙丧乱"的叙事技艺。再如论应璩，谓其"指
事殷勤"；论任昉，谓其"善铨事理"；等等。《诗品》总体上是
偏重抒情，推崇诗歌的文约意广，含蕴丰厚，从某种程度上说，
为后代神韵说之滥觞。唯其如此，在《诗品》中关涉缘事、叙
事的零章散句，就显得尤为珍贵。

萧统编《文选》，重视情感、辞藻，不选叙事为主的史传，
却选录"综辑辞采"，"错比文华"的赞论。然而，在《答湘东
王求文集及〈诗苑英华〉书》中，萧统叙其诗兴所由，除了
"春阳""夏条""冬云"等四时风光，还特别提到"漾舟玄圃，
必集应阮之俦；徐轮博望，亦招龙渊之侣"②，这就是钟嵘《诗
品》中所说的"嘉会寄诗以亲"。交游、聚会等社交活动作为诗

---

① 曹旭注《诗品集注》（增订本），上海古籍出版社 2011 年版，第 56 页。
② 严可均辑《全梁文》，中华书局 1958 年版，第 3064 页。

的重要渊源，也是诗歌"缘事"的一种类型。

萧纲在《答张缵谢示集书》中，则直接点出事在其创作中的作用：

> 至如春庭落景，转蕙承风，秋雨且晴，檐梧初下，浮云生野，明月入楼，时命亲宾，乍动严驾，车渠屡酌，鹦鹉骤倾，伊昔三边，久留四战，胡雾连天，征旗拂日，时闻坞笛，遥听塞笳，或乡思凄然，或雄心愤薄，是以沉吟短翰，补缀庸音，寓目写心，因事而作。①

"寓目"者，"春庭落景，转蕙承风""浮云生野，明月入楼"等所见之景；"写心"者，"或乡思凄然，或雄心愤薄"等所蓄之情。然景、情皆离不开"事"，要么"时命亲宾，乍动严驾，车渠屡酌，鹦鹉骤倾"，亲宾相邀，因景、情而生事；要么"伊昔三边，久留四战"，因事、景而生情。总之，是"因事"，或者有"事因"，事在写作中具有根本性的作用。

魏晋南北朝各类文章中，还有不少零星散见的论述，体现出时人对事在诗歌中的作用的认识。比如东晋南朝几次上巳文会，留下不少精彩的诗文，言论间有足资启发者。王羲之《兰亭集序》在论及人生中种种况味后，云："当其欣于所遇，暂得于己，快然自足，不知老之将至；及其所之既倦，情随事迁，感慨系之矣。向之所欣，俯仰之间，已为陈迹，尤不能不以之兴怀。"此段看似无叙事无关，但人生的感慨，系于世事变迁，

---

① 萧纲：《答张缵谢示集书》，严可均辑《全上古三代秦汉三国六朝文》，中华书局1958年版，第3010页。

"欣于所遇，暂得于己，快然自足"云云，指生命中快意生涯或赏心乐事。情系于事，本无须多言，并非文章中无事。可与孙绰《三月三日兰亭诗序》"情因所习而迁移，物触所遇而兴感"对读，"物感"总是与"所遇"联系在一起，就是"物感"与"事感"的统一。

颜延之《三月三日曲水诗序》以大量篇幅，描绘刘宋统一区宇之后"五方杂遝，四陬来暨"的盛世图景，再叙刘宋皇室"排凤阙以高游，开爵园而广宴"，为这次节庆的种种安排、布置，最后"并命在位，展诗发志"，给这次诗会规制了布景，划定了范围，"言志"要在这样的背景和形势之下，说是"因事命诗"也不为过。颜氏在这次聚会中的诗作《应诏宴曲水作诗》，便出色地实践了他在诗序中所圈定的主题和精神。①

南齐王融也有《三月三日曲水诗序》，叙写诗会的时代背景："草莱乐业，守屏称事。引镜皆明目，临池无洗耳。沈冥之怨既缺，迍轴之疾已消。兴廉举孝，岁时于外府；署行议年，日夕于中甸。协律总章之司，厚伦正俗；崇文成均之职，导德齐礼。……"② 这是当时社会政治、文化、风习的全景描绘，在这样的环境下，三月三日的曲水诗会，也就是钟嵘所说的"嘉会寄诗以亲"，是当时上层士人重要的文化活动，也是国家的重要政治事件。

上述诗论或批评包含缘事而发的观念，但直接点明的并不

---

① 颜延之的序及诗分见《文选》卷四十六、卷二十，上海古籍出版社1986年版。

② 王融：《三月三日曲水诗序》，《文选》卷四十六，上海古籍出版社1986年版，第2060页。

多。到了初唐，"缘事而发"明确被提炼为诗歌创作发生论的重要一极，与物感并列，称为"事感"。杨明先生在《隋唐五代文学批评史》中，列出骆宾王的多篇文章，骆氏对情、事、物等的互动关系反复申述，最值得注意。如《上廉使启》云："情蓄于中，事符则感；形潜于内，迹应斯通"，"事""迹"都是指事，这是说人内在情感，必须有事的呼应和感发才可触动，情与事内外呼应，情感无从见得，而事感才是实实在在的。《与博昌父老书》直接说"哀缘物兴，事因情感"，情感与事感融为一体。《伤祝阿王明府序》"事感则万绪兴端，情应则百忧交轸"，互文见义，实际上也是事感、情感合论。《萤火赋》云"事有沿情而动兴，应物而多怀"，阐明了事、情、理、物之间交互作用的关系，也是揭示了事感作用的方式。① 这篇赋是骆宾王系狱时所作，其所论事、情、理、物等关系，是个人亲历遭际中的感悟。

　　以上对魏晋南北朝直至初唐诗文论及文章中在论诗歌发生所涉及的缘事问题，作一粗略梳理。客观地说，像班固那样直接指出"缘事而发"的论述并不多。论诗歌发生，此期普遍论及的是感物和言志，也就是"物感"和"心感"，然心、物之感又从何而来？在谈论诗人心志时，此期文论每每会联系时代社会背景、诗人的经历、遭际，从这个角度建立起心与物的关联，而这些时代背景、诗人的经历和遭际，是时代与个人、宏大叙事与个体叙事的统一。因此，不拘泥于文本，将此期文论相关论述综合起来，文论家们在讨论诗歌发生的时候，其逻辑途径

---

①　王运熙、杨明：《隋唐五代文学批评史》，上海古籍出版社 1994 年版，第100 页。

是事感—心感—物感—情感，最后写出抒情意味浓郁的诗歌，而事作为其原发性的根源，是诗作的种子。

第二节　诗可以观：诗歌反映论的叙事论述

中古文论论及诗歌叙事最多的，还是诗的反映论。这个反映论，一方面是《诗经》"兴观群怨"说中"观"的反映论，另一方面，则是与诗人出身、遭际、性格等若合符契的反映论。也就是客观与主观两个维度的反映论。之所以主观领域的反映论具有叙事性，是心之为物的对象化、客体化，使之获得事的某些属性。

"缘事"与"观风"有时候是统一的。如前述《文心雕龙·明诗》："及大禹成功，九序惟歌；太康败德，五子咸怨：顺美匡恶，其来久矣。"从写作发生学的角度看，"大禹成功""太康败德"是"九序惟歌""五子咸怨"的根源，此为诗之"缘事"；从内容上说，"九序惟歌""五子咸怨"分别映照着"大禹成功"与"太康败德"，此又为反映。"九序惟歌"见《尚书·大禹谟》："九功惟叙，九叙惟歌"，其意为九项重要的政治措施都安排好了。"叙""序"相通，"九序惟歌"将"惟序""惟歌"合论，序功业而歌之，是叙事与抒情的结合。再如《文心雕龙·时序》："逮姬文之德盛，《周南》勤而不怨；大王之化淳，《邠风》乐而不淫。幽厉昏而《板》《荡》怒，平王微而《黍离》哀。"既是《周南》《邠风》《板》《荡》《黍离》等之所由作，又是它们之所作，缘于事且叙其事。

诗可观的原因在其反映社会风貌的真切，而观诗的目的在于政教，这是诗之现实功用，乃诗可以观的题中应有之义。诗之功用，指向的是客观社会功能，而非仅为一己之抒情发愤，亦为诗之叙事性。如挚虞的《文章流别论》，总体上对文持功利主义态度：

> 文章者，所以宣上下之象，明人伦之叙，穷理尽性，以究万物之宜者也。王泽流而诗作，成功臻而颂兴，德勋立而铭著，嘉美终而诔集，祝史陈辞，官箴王阙。……后世之为诗者多矣。其称功德者谓之颂，其余则总谓之诗。颂，诗之美者也。古者圣帝明王，功成治定而颂声兴。于是史录其篇，工歌其章，以奏于宗庙，告于鬼神。①

挚虞认为文章总的是阐明世事万物，使人们对其内在的本质、规律有所了解。这其实也是将其看成人文教化的工具，不专指抒情、叙事，但却又都将之包括在内。下面具体论述各类文章产生的原因，并专门论及诗、颂，但反过来也是在概括它们的内容。"王泽流而诗作"，即诗中写有先王的恩泽；"成功臻而颂兴"，即颂中写有成功的功绩；"德勋立而铭著"，即铭写的是德勋；"嘉美终而诔集"，即诔写的是逝者美好的事迹……凡所述皆各类人事，各类事迹，各类功德。挚虞对诗的界定是比较宽泛的，除了颂，都称之为诗，则铭、诔所述者，同样可以见于诗。挚虞抬高颂的地位，将其与一般的诗作了区分，其实历来多将颂也看成诗的。而颂的内容，是古者圣帝明王的功绩，

---

① 挚虞：《文章流别论》，汪绍楹校《艺文类聚》，上海古籍出版社 1982 年版，第 1018 页。

见之于史乘的，史官用散文写下来是史，歌者唱出来，就是颂。颂的情感与精神是颂美，而其文本的内容，则包含真实而充分的叙事。这验之《诗经》的三《颂》，良非虚言。

《文章流别论》论诗，总体上是基于《诗大序》的论调，但挚虞将言志、观风、政教联系起来，作了系统的阐述："《书》云：'诗言志，歌永言。'言其志谓之诗，古有采诗之官，王者以知得失。"[①] 采诗观民情而知得失，即得失之迹反映在民情中，这就是"言志"内在所包含的情事。

事、叙事是诗发挥其观风、教化等社会作用的内在条件，对挚虞《文章流别论》的内容稍作分析，就可以体会到这一点。

应场、阮瑀关于文质关系的辩论，从中也可看出他们对诗的现实功用的认识。应、阮辩论中的文质，含义比较丰富复杂，范围也远超文学。但诗包括在文质论述之中。应场《文质论》论及"文"对国家政治生活的作用，谓"应天顺民，拨乱夷世，摛藻奋权，赫弈丕烈，纪禅协律，礼仪焕别，览坟丘于皇代，建不刊之洪制，显宣尼之典教，探微言之所弊"等均离不开"文"。[②] 杨明先生阐释这段文字说："事实上，封建王朝开国之初和以后一段时期内的一系列重要工作，诸如发布各种文告，制作礼乐（包括写作郊庙、燕射歌诗，写作封禅文）等等都是要直接用到文章的。"[③] 包括诗在内的文，超越个体，作为制度

---

① 挚虞：《文章流别论》，汪绍楹校《艺文类聚》，上海古籍出版社 1982 年版，第 1002 页。

② 应场：《文质论》，汪绍楹校《艺文类聚》，上海古籍出版社 1982 年版，第 411—412 页。

③ 王运熙、杨明：《魏晋南北朝文学批评通史》，上海古籍出版社 1989 年版，第 57 页。

性的存在，因其对社会的现实作用而获得意义。这是偏重叙事
的功利现实的诗学观。

自东晋到南北朝，文学批评的风气是由质到文，越来越偏
重于文辞声律等形式因素，对叙事文体较轻视，比如《文选》
对史著只取论赞等"综辑辞采""错比文华"的骈文，就是著
例。诗歌中，同样忽视叙事诗，《文心雕龙》论乐府便遗落《孔
雀东南飞》等叙事名篇。然而，受儒家诗教思想的影响，"诗可
以观""可以群"等观念，又使得在实际论诗时，叙事作为观、
群的要素，总会包含在具体的诗学批评中。

裴子野在南朝文坛，属于重质轻文的少数派，其论诗奉行
儒家正统的诗教观。《雕虫论》有云："古者四始六义，总而为
诗，既形四方之风，且彰君子之志，劝善惩恶，王化本焉。"①
"形四方之风"即表现各地风习，为客观写实；"彰君子之志"
为言志抒怀。这些话虽还是《诗序》的复述，但两个放在一起，
叙事写实与抒情言志并举，还是较显新意。"劝善惩恶"，施行
王化，乃诗之功用，唯有事、情并行，才得功成。他批评后代
诗文专主辞章雕琢，"深心主卉木，远致极风云"，指出文过其
实，导致诗道衰敝。其诗学思想崇真求实的趣向非常明显，这
种真实，按其情、事并举的观念来看，包括充实的现实内容与
真实的思想情感。叙事，显然是有助于诗歌获得这种真实性的。

还有很多叙事思想，含在零碎的论述中，比如任昉《奉答
敕示七夕诗启》："窃惟帝迹多绪，俯同不一；托情风什，希世
罕工。"所谓"帝迹"，即帝王功绩。将"托情风什"建立在

①　裴子野：《雕虫论》，《文苑英华》卷七四二，中华书局 1966 年版，第
3873 页。

"帝迹多绪"之上，事、情并论，且以事为情的基础。而他对诗的看法，谓"《六经》素有歌诗书诔箴铭之类"（任昉《文章缘起》），认为诗为《六经》之流亚，也是看重其现实政教功用。萧纲《昭明太子集序》引《易》"观乎人文，以化成天下"论诗文之用："文籍生，书契作，咏歌起，赋颂兴，成孝敬于人伦，移风俗于王政……"① 萧纲是南朝柔靡的代表作家，其论诗文如是说，然其创作却与之相悖。饶是如此，传统的诗教观，诗的观风化俗，仍为评定当代作家的重要标准，在公开场合，宫体诗的代表作家也是认可的。

"诗可以观"的现实主义立场及创作方法，是对浮靡文风的有力矫正。在初唐诗人、学者对六朝文风的反思与批判中，事及叙事的重要性，再次得到凸显。李谔上书隋文帝，批评六朝文学"连篇累牍，不出月露之形，积案盈箱，唯是风云之状"②，吟风弄月，可见题材之狭隘，内容之空虚。没有充实的叙事，当然无法观风之俗，以裨政教。再如《隋书·经籍志》集部后的小序，批判梁代宫体诗："梁简文帝之在东宫，亦好篇什。清辞巧制，止乎衽席之间；彫琢蔓藻，思极闺闱之内。"③ 宫体诗的风格与其题材，或者说叙事内容是相适应的，"衽席之间""闺闱之内"，即"衽席""闺闱"内的人、事。题材限定了，诗的风格、格调也就限定了。这层意思，在刘知几的《史通》里，有透彻的阐释："苟能拨浮华，采贞实，亦可使夫雕虫小技者闻

---

① 严可均辑《全梁文》，中华书局1958年版，第3016页。
② 《隋书》卷六十六《李谔传》，中华书局1973年版，第1544页。
③ 《隋书》卷三十五《经籍四》，中华书局1973年版，第1090页。

义而知徙矣。此乃禁淫之堤防，持雅之管辖。"① 这里说的虽是史书的载文，然而，"拨浮华，采贞实"作为"禁淫之堤防"，不正是改变宫体诗风，使之走向雅正的路径么？

闻一多《宫体诗的自赎》梳理唐诗的演进脉络，谓卢、骆等歌行，写男女声色，内容题材与南朝宫体诗类似，然而却更有价值，"他所争的是有力没有力，不是宫体不宫体"②，因为情、事的真实，充沛、有力，故从病态走向健康。而唐诗最终走出六朝的窠臼，是由于诗人阅历、生活经历、活动范围等的不断扩展，诗歌题材更丰富，表现的生活面更广阔，从而逐渐形成自家的风貌。"宫体诗在卢骆手里是由宫廷走到市井，五律到王杨的时代是从台阁移至江山与塞漠"③（闻一多《唐诗杂论·四杰》），诗歌写作扩展到市井、江山、塞漠，说明唐代诗人层级的多样性，诗人生活范围的扩展，诗歌内容的丰富、充实，实际上就是事及叙事的深度参与，对唐诗美学风貌产生革命性的变化。

中古在诗歌创作中与批评中，将反映论与叙事联系最为紧密，是元、白所倡导的"新乐府"运动。白居易的《新乐府序》《与元九书》等，有非常系统、深入的阐释。《新乐府序》中，白氏直言其所作新乐府"为君、为臣、为民、为物、为事而作"，所谓"惟歌生民病，愿得天子知"（《寄唐生》）。为此，他自谓五十首新乐府的写作，"其言直而切""其事核而实"④，以严格的现实主义精神与真实的叙事，达到"诗可以观"的目

① 刘知几著，浦起龙注《史通通释》，上海古籍出版社 1978 年版，第 127 页。
② 闻一多：《唐诗杂论》，上海古籍出版社 1998 年版，第 13 页。
③ 闻一多：《唐诗杂论》，上海古籍出版社 1998 年版，第 25 页。
④ 朱金城注《白居易集笺校》，上海古籍出版社 1988 年版，第 136 页。

的。《与元九书》中，白氏提出"文章合为时而著，歌诗合为事而作"①，成为新乐府运动的宣言。白氏的诗歌理论与创作实践高度结合，《新乐府》五十首，每一首都取自社会真实案例，《秦中吟》十首，是其贞元、元和在长安耳目闻见，"有足悲者"，"因直歌其事"。② 在白、元等写作实践的带动与诗歌理论的指导下，中唐以新乐府的写实为契机，将中古以来叙事诗学推向一个高峰。因中唐诗歌叙事的相关问题，在后一段课题中，还有专章论述，这里初陈梗概，不作详细展开了。

从反映论的角度来看古人的诗歌叙事观念，主要在内容的充实，对社会现实的反映以及其现实功用等方面。有真实与深刻的反映，是诗歌具备思想与艺术价值的前提，这是从先秦以来，贯穿整个古代社会的主流思想，是一种诗歌创作的"政治正确"。诗歌的现实性，包括叙事，那些写实的叙事作品，是直接具备现实价值的；主观性写作，或者哪怕是抒情作品，生活经历与情感的真实、丰富，使得其所写的内容具备可信性，也是一种反映，具备现实性。对叙事的诗歌文本的论述，自然能自接表现古人的诗歌叙事观；对叙事性不强，或非叙事文本，从反映论的角度，则可看成是叙事性论述。这些都是中古诗文叙事论的有机组成，推动中国诗歌叙事传统不断发展、丰富。

第三节　诗不苟作：诗歌真实性所反映的叙事观

自儒家立《诗》为经，诗在古人心目中便具有崇高的地位。

---

① 朱金城注《白居易集笺校》，上海古籍出版社1988年版，第2793页。
② 朱金城注《白居易集笺校》，上海古籍出版社1988年版，第80页。

上为国家政教礼制之重器，下可叙写个人穷通得失，以及乡土民情、社会万象。古人对诗，普遍尊礼，未尝掉以轻慢之心。"诗不苟作"，符合绝大部分诗人及其创作的情形。

"诗不苟作"，使得中国诗歌具有最重要的一种品格，就是"真实性"。就性质而言，"真实性"包含写实性、现实性，写作上包含叙事性或曰叙事的精神。

首先，诗的创作，基于个人真实经历、遭际之上，渊源有史可辑，非凭空而来。因此，诗之叙事，或抒写感受、情怀，亦真实不虚。这种特点，奠定了中国诗歌"知人论世"的基本批评原则。从叙事学的角度来，西方文本批评，是写作技法上的叙事批评，而中国诗歌的叙事批评，既可以是文本上的叙事批评，还可以是"知人论世"这种历史主义的叙事批评。

"知人论世"与"缘事而发"，有密切关联，在某种程度上，有所重合。如史迁《报任少卿书》云"屈原放逐，乃赋《离骚》"①，是"缘事而发"，也是"知人论世"的批评。因为屈原放逐，既是《离骚》写作之缘起，也是其写作的人生大背景，还是其中重要的内容。再如卢照邻《乐府杂诗序》："王风国咏，共骊翰而升沉；里颂途歌，随质文而沿革。以少卿长别，起高唱于河梁；平子多愁，寄遥情于陇坂。南浦动关山之役，作者悲离；东京兴党锢之诛，词人哀怨。……"② 同样既是论世，也是缘事。

但具体而论，两者又各有侧重。"缘事而发"更直接，从诗的内容上就看到事，或者有某件具体事的迹象。前述钟嵘《诗

---

① 司马迁：《报任少卿书》，李善注《文选》卷四十一，上海古籍出版社1986年版，第1864页。
② 祝尚书注《卢照邻集笺注》，上海古籍出版社2011年版，第341—342页。

品序》"嘉会寄诗以亲，离群托诗以怨。至于楚臣去境，汉妾辞宫，或骨横朔野，或魂逐飞蓬"，《答湘东王求文集及〈诗苑英华〉书》"漾舟玄圃，必集应阮之俦；徐轮博望，亦招龙渊之侣"，萧纲《答张缵谢示集书》"因事而作"等，是"缘事"，因为是直接、具体的；而《文心雕龙·时序》篇的很多内容，则在谈时代背景对写作风格、审美情调的影响，如建安诗歌的"梗概多气""良由世积乱离，风衰俗怨"，则是"知人论世"。因为他所谈的"梗概多气"的诗歌，内容上很可能并不是在写"世积乱离，风衰俗怨"，而是公宴、游仙、酬赠等等。只是那种时代特点影响到诗人，让他们的写作打上特殊的时代烙印，这烙印就是"梗概多气""志深笔长"。

中古诗歌的"知人论世"批评，建立起诗人命运、时代风气等背景叙事与诗歌创作的紧密关系。如《诗品》上品论李陵古诗"文多凄怆，怨者之流"，接着说："陵，名家子，有殊才，生命不谐，声颓身丧。使陵不遭辛苦，其文亦何能至此！"① 今传李陵所作古诗，抒情性较强。钟嵘着眼于李陵的身世遭际，是在追溯其背后的叙事性因缘。并且提出假设，如果李陵没有经历这样的遭际，诗文便达不到现在这样的程度，强化诗人的人生与创作的必然联系。后来韩愈为柳宗元撰墓志铭，谓"子厚斥不久，穷不极，虽有出于人，其文学辞章，必不能自力，以致必传于后如今"②，与钟嵘论李陵一样的思维与路径。中品论刘琨诗"善为凄戾之词，自有清拔之气"，然后追溯原因：

① 曹旭注《诗品集注》（增订本），上海古籍出版社 2011 年版，第 106 页。
② 韩愈：《柳子厚墓志铭》，马其昶：《韩昌黎文集校注》，上海古籍出版社 1986 年版，第 513 页。

"琨既体良才，又罹厄运，故善叙丧乱，多感恨之词。"① 这段很有意思，在揭示刘琨诗歌风格的根源方面，"体良才"为内，不妨说是抒情性根源；"罹厄运"在外，无疑是叙事性根源。后面论其诗"叙丧乱"，重在内容，"多感恨"，重在情感，也是叙事、抒情并论。钟嵘论诗，以及其所论之诗歌，虽在抒情方面占优，然内在实具有叙事之观念，并且他能将二者联系起来，视叙事性为诗歌之基础，尤其值得注意。下品中论玄言诗人群体："永嘉以来，清虚在俗。王武子辈诗，贵道家之言。爰洎江表，玄风尚备。真长、仲祖、桓、庾诸公犹相袭。世称孙、许，弥善恬淡之词。"② 则是从时代的文化风气着手，是从文学社会学的角度来考察一代诗风的渊源与成因。

钟嵘论诗，在谈诗歌风格及其表现特征时，重审美感悟，而在对诗人、诗人群体、诗歌流派等作全面考察时，则又很重视现实的主客观因素，从"知人论世"的角度，对诗歌的叙事传统多有发明。

其次，在诗歌的思想与艺术原则上，"真实性"是极高的原则，这也是与"知人论世"的批评方法紧密联系在一起的，是最能发扬叙事传统的诗歌批评。这种真实性的第一个方面是写实性。毋庸讳言，中国诗歌批评并不纵容虚拟、夸张、想象。一方面，人们以比兴寄托，将其理性化、合理化；另一方面，虚拟、夸张、想象，要以现实为基础，不能过于蹈空，须拿捏好尺度。比兴寄托自不必论，所谓"虬龙以喻君子，云蜺以譬谗邪"（刘勰《文心雕龙·辨骚》），形成中国古典诗词独特的

---

① 曹旭注《诗品集注》（增订本），上海古籍出版社2011年版，第310页。
② 曹旭注《诗品集注》（增订本），上海古籍出版社2011年版，第511页。

表达方法，所指明了，意涵清晰。然而，若想象、虚拟过度，超出文学传统中相对稳定的寓托系统，妨碍真实意图的表达，就会遭到批评家的非议了。刘勰批评屈原的《楚辞》，"羿浇二姚，与左氏不合；昆仑悬圃，非《经》义所载"，"至于托云龙，说迂怪，丰隆求宓妃，鸩鸟媒娀女，诡异之辞也；康回倾地，夷羿弹日，木夫九首，土伯三目，谲怪之谈"①。这些"诡异之辞""谲怪之谈"超出经史载录，全凭虚构，成为瑕疵。真实性的第二个方面，就是诗文内在思想与情感的真。《文心雕龙》提出情在文先，情文乃为文之本的看法："昔诗人什篇，为情而造文；辞人赋颂，为文而造情。何以明其然？盖风雅之兴，志思蓄愤，而吟咏情性，以讽其上，此为情而造文也；诸子之徒，心非郁陶，苟驰夸饰，鬻声钓世，此为文而造情也。"② 这个情，其实就是文的真实性，包括事、情、理，等等。怎样的文才是"情文"，才具备真实性呢？刘勰以《诗经》为标准，认为风雅之所以能成为经典，在于"志思蓄愤，以讽其上"。这里强调个人遭际对情感的蕴蓄和思想的改变。显然，情文的基础还是经历真实、事件真实，然后才有感受真实、情感真实。

诗歌批评之所以看重事、情的真实性，因为这意味着内容的充实、丰富，避免了因内容贫乏而用辞藻填充。首先，从审美的角度来看，其美学蕴蓄更为丰厚，更具有感染力。其次，便是中国文论的经史传统。经讲究教化，重思想，重现实功用，"诗可以观"。而要达到"诗可以观"，真实是最基本的要求。史

---

① 刘勰著，詹锳注《文心雕龙义证》，上海古籍出版社1989年版，第146、139、148页。
② 刘勰著，詹锳注《文心雕龙义证》，上海古籍出版社1989年版，第1158页。

的传统，在于诗无论是写社会，还是写自我，写事件、物像，还是思想、心态，要能成为取信后人的记录。无论文本的形式是什么，叙事的，抒情的，写实的，夸张的……然通过这个文本，人们得以认识那个写作的时代，那个写作的人，而这些都是确切的历史存在。

诗的真实性，还意味着每一首诗都是独特的，都是与特定情境、场合对应的产物。好诗是唯一的，具体的，而不可批量生产。比如山水诗，每一首诗都有真实的对应，而不能是写一首诗，可以适合于任何场合、任何地域。这可以说也是诗的特指性。

这里分两种情况。一是同一写作对象，在不同诗人的写作中呈现出各自的个性风格。比如《文选》所录王粲、曹植咏秦穆杀三良的两首咏史诗。王粲刺秦穆，吕向注云："曹公好以己事诛杀贤良。粲故托言秦穆公杀三良自殉以讽之。"曹植颂三良，刘良注云："植被文帝责黜，意者是悔不从武帝死，而托是诗。"① 同题写作的不同面貌，表面看来是写作的个性，然这一个性，忠实于个人经历、遭际之上的观察、思考、感受、体验的真实性，其后的因由，有客观脉络可循。《文心雕龙·哀吊》："胡、阮之吊夷、齐，褒而无间，仲宣所制，讥呵实工。然则胡、阮嘉其清，王子伤其隘，各其志也。"② 胡广、阮瑀、王粲等的吊夷、齐文，有褒有刺，但只是从不同的角度着眼，胡、阮赞扬是着眼于夷、齐的清高，王粲之讥呵，乃因这清高的另一面，也包含着狭隘。着眼点的不同，与诗人的眼光、见识有

① 《六臣注〈文选〉》，浙江古籍出版社1999年版，第368页。
② 刘勰著，詹锳注《文心雕龙义证》，上海古籍出版社1989年版，第482页。

关系，也与写作时的处境、心境相关，写作的个性背后有各自客观的根源。此外，写作的个性，也不改变写作对象的客观性。夷、齐之事有多重内涵，从不同角度出发得出不同的认识与观照，正是不同个体在忠实于自我的基础上，各自发掘的写作对象的内涵。主客体的统一，才是真实的写作。

二是诗人写作的不可复制，斯时斯地斯情斯景，与诗作构成唯一对应。沈约在《谢灵运传论》中举出魏晋五言诗的典范："子建函京之作，仲宣霸岸之篇，子荆零雨之章，正长朔风之句"，这些诗"非傍诗史"，除了"音律调韵，取高前式"之外①，与它们"直举胸情"的独特性不无关系。"子建函京之作"，指曹植《赠丁仪王粲诗》前半写函谷长安之景；"仲宣霸岸之篇"指王粲《七哀诗·其一》"南登霸陵岸，回首望长安"一节；"子荆零雨之章"指孙楚《征西官属送于陟阳候作》起首"晨风飘歧路，零雨被秋草"一句；"正长朔风之句"指王讚《杂诗》"朔风动秋草，边马有归心"一节。曹植写函谷之险峻，以及登高遥望长安之壮观，其地点与登览观察的视角，都具有唯一性。王粲"南登霸陵岸，回首望长安"未写到遥望之景，而是借以抒发乱世之中，离乡远游之悲。该诗叙述一饥妇人"抱子弃草间"之事，与诗人自己的处境相叠加，故其南登遥望的情景感受，也不可复制。孙楚、王讚之诗，都是眼前景、身边事、心中情，高度融合，景物与情事相互烘托、渲染，使得诗歌具有高度的感染力。这类诗都没有运用多少典故，所谓"直举胸情，非傍诗史"。少数语典、事典，也做到了"用事如不觉"。以眼前景事，直接入诗，亦即钟嵘所谓的"直寻"。"直

---

① 《宋书·谢灵运传论》，中华书局1974年版，第1779页。

寻"的诗，是现场感最为强烈的诗，也是最为"自然"的诗。史载沈约与钟嵘"不相得"，然二人论诗推崇自然，却颇为一致。自然，既指景，也指情，更指二者在特定情形下的融合，而将二者融合在一起的，就是"事"。自然之物，本就具备唯一性，人们不是常说"没有两片相同的树叶"么？而景、情因某事融合在一起，从而具备的特征，也是唯一的。

与自然相对的，是"拘挛补衲"，用事义、学问，前人的语汇等叙事写景抒情，这就少了"直致"的自然之美。就连排在上品的陆机，钟嵘都批评他"尚规矩，不贵绮错，有伤直致之奇"①，是说陆诗过于讲究既定的形式，灵活变化不够，也就是受规矩的拘束，所以不够"直致"，也就是不够自然。王世贞曾谓"陆病不在多，而在模拟，寡自然之致"②，也就是说陆受前人影响太深，不能完全摆脱补假，做到直寻。陆机在《文赋》中曾提出"谢朝华于已披，启夕秀于未振"，这是他"游文章之林府"，学习、模拟古人的目的，已经最终达到的效果，即成为不可复制的独一位。然而陆机并没有完全成功，不是所有的诗都是唯一的，而是有很多可复制、相似度高的诗。那么，这样的诗，就不是在特定情、景、事结合的，属于该诗人的真实的诗，它是流水线上的复制版，可以属于任意人，即不具备真实性。

从这一点看，真实性与古人提倡的独创性，具有一致性。即便由模拟入，也要从独创出。独创不仅仅只是词汇、语言和修辞，还是要尊重斯时、斯地、斯景、斯事、斯人的真实性，

---

① 曹旭注《诗品集注》(增订本)，上海古籍出版社 2011 年版，第 162 页。
② 王世贞著，罗仲鼎注《艺苑卮言校注》，齐鲁书社 1992 年版，第 125 页。

即真人、真事、真景、真情、真感，也就是复活作诗的当下，这样的诗，内在具有唯一的叙事性，天壤间唯此一首。元人陈绎曾《诗谱》谓好诗应当"情真景真，意真事真"①，在这"四真"中，事真，是基础和前提。真正的经典之作，情、景、意、事的"真"，往往都具备这样的特性，这也是最基本的要求。所以，经典才是唯一而不可复制的。

第四节　诗的微言：索隐批评对叙事传统的发展

在前面对具体诗人诗作的叙事分析中，曾论述过诗歌叙事，有其独特的语言系统，从文本形式上，与小说、戏剧等有明显的区别。小说、戏剧的文本形式为叙事，但作为文学，叙事并非其真正目的，叙事文体也是要通过叙事来表达思想、抒发情感的；而诗的文体形式，尤其是那些非叙事诗，则是以诗体直接表达思想、抒发情感。对于叙事文本，人们想追问的，是这叙事背后的思想与情感；而对于在文本上直接呈现思想与情感的，人们则想追问其背后的"事"是什么？在汉代的《诗经》阐释中，以比兴说诗，其中就有很生动的故事。如《关雎》毛传"后妃之德"的阐释，就是一个非常生动的故事；《黍离》"周大夫行役至于宗周，过故宗庙，宫室尽为禾黍"的背景，则是一篇行记；《七月》为"周公遭变故"之作；谓《载驰》为许穆夫人所作，是伤感卫懿公为狄人所灭事……《诗经》三百零五篇，抒情、叙事之作均有，而毛公所接受的诗学，每一篇都

---

① 陈绎曾：《诗谱》，陶宗仪：《说郛》卷七十九，上海古籍出版社 2012 年版。

有具体而详尽的本事。《韩诗外传》则走得更远，将诸子寓言、秦汉杂史附会《诗经》，《诗》中之事更为丰富、精彩。到唐代，孟启《本事诗》，实际延续的就是这一解诗的思路，只不过其由诗而人，或诗或人，变得灵活通达。诗在文本之后，隐藏着精彩而神秘的故事，是写诗与读诗的人，都约定认可的普遍现象。对写诗者而言，这成为一种写作的语境与传统，则诗中有事，就是客观事实，索隐本事，自然也就成为必要。

诗中、诗后、诗内、诗外均可能有其本事，但由于诗在言说方式上的特点，如比喻、象征、寓托等修辞性叙事，读到的都是喻体，本体是什么？这种修辞性叙事的言说特点，就是诗的"微言"，既有"微言"，则"大义"为何？此外，诗采用这种言说方式的因由，其必要与高妙，皆需查考求索。追问诗之"本事"，才能更深刻地把握诗意。探讨诗与本事之关系，寻绎其后的深意，就是本事与诗意的索隐。索隐批评，是典型的叙事性批评。

诗之"微言"，与史之微言有相似处，即由于各种原因，不能显说，故用"微言"，以表达真实的意图，且蕴含深刻的思想。也与"诗教"观念下，诗歌长期形成的温柔敦厚、含蓄蕴藉的审美传统相关。"微言"以比兴寄托为主要方式，言此意彼，言尽意远，使其传达内容超越文本形式与篇幅的拘限，有助于拓宽诗歌的意境，增加诗歌的容涵。诗的"微言"，增加了阅读接受的丰富性，同时也带来解读的挑战，也就留给笺释、批评更大的空间。对微言的笺释，就是索隐。

魏晋六朝，儒家在思想上的主导地位逊于两汉，然仍是社会的主流意识形态，徵圣、宗经作为诗文的创作原则，具有崇高的地位。从《诗经》《楚辞》而来的比兴寄托，在此期可以说

是写诗的基本方法。彼时诗经学以毛诗为宗，不少学者或承继
郑笺，或破郑笺而立新说（如王肃），无论承还是破，对毛诗的
诗本事，大多认同延续下来，诗经的微言讽喻、比兴寄托，成
为诗人习惯性的表达方式，微言所指之本事的索隐考释，也就
相应成为批评家的批评方法。

以魏晋诗人为例，如应璩《百一诗》，据《文章叙录》云：
"曹爽执政，多违法度，（应）璩为诗以讽焉。其言虽颇谐合，
多切时要，世共传之。"①"百一"之义，有很多分歧，有谓百篇
者，有将篇数和"诗人之义"综合而论的，还有据诗前之序，
认为"百虑一失"之义，等等。该诗在文本上，以主客问答的
形式比喻、说理，相对比较宽泛、浑括。而结合其本事来读的
话，诗之文本有现实对应，含义就具体得多了。

索隐探幽在魏晋诗文批评中，表现得最突出的，是曹植的
《洛神赋》。从广义的角度来说，诗赋均为韵文，对《洛神赋》
的批评，能看出同时期诗歌批评的一种风气。《洛神赋》为感甄
作，见于《文选》的李善注：

> 魏东阿王，汉末求甄逸女，既不遂。太祖回与五官中
> 郎将，植殊不平，昼思夜想，废寝与食。黄初中入朝，帝
> 示植甄后玉镂金带枕，植见之，不觉泣。时已为郭后谗死。
> 帝意亦寻悟，因令太子留宴饮，仍以枕赉植。植还，度辕
> 辕，少许时，将息洛水上，思甄后，忽见女来，自云：我本
> 托心君王，其心不遂。此枕是我在家时从嫁前与五官中郎
> 将，今与君王。遂用荐枕席，懽情交集，岂常辞能具。为

---

① 裴松之注《三国志》卷二十一，中华书局1964年版，第604页。

郭后以糠塞口，今被发，羞将此形貌重睹君王尔。言讫，遂不复见所在。遣人献珠于王，王答以玉佩，悲喜不能自胜遂作《感甄赋》。后明帝见之，改为《洛神赋》。①

该《记》所叙，完全是一篇情节丰富、曲折的传奇小说。虽然该《记》全名、作者、创作年代等，皆已无考，然该《记》出现在唐以前，大致可知，即便为李善所杜撰，也出现在唐初。这个故事在整个唐代都非常流行，乃至成为诗歌常用的题材和典故，如李商隐的名句"贾氏窥帘韩掾少，宓妃留枕魏王才"（《无题》）足见唐人多乐于相信其事。

从文学史的角度来看，《洛神赋》继承与发扬传统人神相恋题材，与楚辞，以及宋玉的《高唐》《神女》诸赋都有关联，是较为典型的美人香草之寓托。"感甄说"传奇附会的色彩非常浓厚，执此说者未必都信以为真，然仍津津乐道，因其能为诗歌提供更多的想象与阐释空间，表现了诗歌观念突破儒家忠爱之寄托的旧说，而走向多元和变化。

《世说新语·文学》还载有曹植《七步诗》的本事，云曹丕相逼，兄弟情薄，作是诗以怨讽。②据《诗纪》，《七步诗》并不见于曹植集，疑此说为附会。当是有本诗在先，因其内容而附会曹氏兄弟之事，之所以有此附会，也因二人之关系，因史传与文人诗文，得到广泛传播。《世说》注便引史书为此事作注。且不管此事真伪，以及此诗是否为曹植所作，这个故事，为这

① 李善注《文选》卷十九，上海古籍出版社1986年版，第895—896页。
② 《世说新语·文学》第六十六则，龚斌注《世说新语校笺》，上海古籍出版社2011年版，第491页。

首诗增添了很多趣味，使得普通的一首诗，具有了传奇的色彩。

当然，索隐的主流，还是传统的士大夫的家国天下，政教得失的讽喻与寄托。阮籍《咏怀诗》，应用大量的比兴象征，意旨邈远，在魏晋诗人中最为突出。颜延之、沈约等对阮诗的批评，揭示的多是这一方面的隐微，为后代阮籍诗的笺释，规定了基本的方向。今《文选》录颜延之为阮籍《咏怀诗》所作注，述其总旨云："嗣宗身仕乱朝，常恐罹谤遇祸。因兹发咏，故每有忧生之嗟。虽志在刺讥，而文多隐避。百代之下，难以情测也。"① 指出阮籍《咏怀诗》"隐避"的原因，也指出其采用隐蔽之微言的目的在于刺讥。至于具体刺讥者为何？"百代之下，难以情测"，实际上留下很大的阐发和索隐的空间。清人陈沆认为颜延之仅谓阮籍诗"忧生之嗟"不准确，他指出"今案阮公凭临广武，啸傲苏门，远迹曹爽，洁身懿、师，其诗愤怀禅代，凭吊今古，盖仁人志士之发愤焉，岂直忧生之嗟而已哉？"② 陈沆批评颜延之仅论及阮籍"忧生之嗟"，有欠公允，颜氏的评论，分明已同时指出阮诗"志在刺讥"，只是未曾具体阐发这刺讥而已。包括陈沆，后人注《咏怀诗》，正是在颜延之的基础上，"索解隐微"，求其本事的。

如《咏怀诗·其一》（夜中不能寐）吕延济谓："夜中，喻昏乱，不能寐，言忧也。弹琴，欲以自慰其心。"吕向则曰："孤鸿，喻贤臣孤独在外。……翔鸟，鸷鸟，好回飞，以比权臣，在近则晋文王也。"吕延济将"夜中"解释成昏乱，认为此诗乃是寓托系统，并非真是在写夜半不寐，起坐弹琴。吕向将

---

① 李善注《文选》，上海古籍出版社 1986 年版，第 1067 页。
② 陈沆：《诗比兴笺》，中华书局 1959 年版，第 40 页。

"翔鸟"解释成"鸷鸟",更明确谓其指司马昭。则阮籍此诗,便是对"司马昭之心"的隐曲揭示,司马昭的野心与专权,才是这首诗背后的本事。①

《咏怀诗·其二》(二妃游江滨),刘履《选诗补注》曰:"初,司马昭以魏氏托任之重,亦自谓能尽忠于国;至是专权僭窃,欲行篡逆,故嗣宗婉其词以讽之。"原诗写《列仙传》所载郑交甫遇仙女,汉皋解佩之事,刘履索其隐事为司马氏专权。《其十一》(湛湛长江水),刘履《选诗补注》索隐更为具体:"正元元年(254),魏主芳幸平乐观。大将军司马师以其荒淫无度,亵近倡优,乃废为齐王,迁之河内,群臣送者皆为流涕。嗣宗此诗其亦哀齐王之废乎!"如此具体、指实,言之凿凿,在诗中寻求其所指之人、事。这说明注家将诗同时看成叙事文本,视之为用一种特殊的语言、编码记录的历史。此或非解诗之正道,然却的确是文论史上源远流长的批评传统。

这一方面是阮籍诗歌的特点,另一方面是史传、笔记等前代相关阮籍的传闻轶事,提供了阐释的依据与线索。比如《阮籍传》所载的穷途之哭,登临广武战场的感叹等,都可与批评家的索隐相印证。

陶渊明的诗歌,也同样经历着批评家与注家的索隐。陶被称为"古今隐逸诗人之宗"(《诗品》),然人们总以为隐逸非其本志,隐逸所作诗,别有寄托与深意,且这种寄托与深意,在其所写田园山水之外。《宋书·陶潜传》开启了索隐陶诗的兴趣,它观察到陶集的一个现象:"(陶渊明)所著文章,皆题其

____

① 《六臣注文选》,浙江古籍出版社1999年版,第401页。

年月，义熙以前，则书晋氏年号；自永初以来，唯云甲子而已。"① 这被看成陶渊明心系晋室的重要根据，成为索隐陶诗本事本义的基本着眼点。诚然，陶渊明的归隐，总体来说是士人基于其个性气质、文化观念的选择，即"质性自然，非矫厉所得"，不愿在官场过一种"违己"的生活，以一般士人为参照，过于执着其在晋、宋两个政权间的立场与抉择，自不免求深反凿。然而，陶渊明毕竟生活在晋宋之交，儒家的忠义精神，对其还是有不少的影响。再说，陶所隐居地浔阳柴桑，居于建康至金陵之间的长江要道，官员来往，信息通畅，在晋宋变局之际，要说真的置身事外，"不知有汉，无论魏晋"，也说不过去。陈沆曾指处对陶诗解读的两大偏颇，云："读陶诗者有二蔽：一则惟知《归园》《移居》及田间诗十数首……徒以陶公为田舍之翁、闲适之祖，此一蔽也。二则闻渊明耻事二姓，高尚羲皇，遂乃逐景寻响，望文生义，稍涉长林之想，便谓采薇之吟。"② 这对解读陶诗，有很重要的指导意义。陶诗追求隐逸，一方面具有普遍的文化意义；另一方面，某些诗的写作，也的确有晋宋政局演变的背景与根由，至于究竟何者为是，当参酌权衡，建立在对文本的精细解读之上。

如其《拟古九首》，"饥食首阳薇，渴饮易水流""种桑长江边，三年望当采。枝条始欲茂，忽值山河改。柯叶自摧折，根株浮沧海……"等，政治意味非常浓郁，显然有确切所指。对这类诗的索隐，有助于贴近原作，深化理解。黄文焕《陶诗析义》评"种桑长江边"一首，据诗中"三年"，索其本事云：

① 《宋书》卷九十三《隐逸传》，中华书局 1974 年版，第 2289 页。
② 陈沆：《诗比兴笺》，中华书局 1959 年版，第 76 页。

"刘裕以戊午十二月弑晋主于东堂，立琅琊王德文，是为恭帝。
己未为恭帝元熙元年，庚申二年而裕逼禅矣。帝之年号，虽止
二年，而初立则在戊午，是已三年也。"经其考索后，而谓该诗
"字字隐语，然意义甚明"。程穆衡穆《陶诗程传》释该诗"枝
条始欲茂，忽值山河改""柯叶自摧折，根株浮沧海"两句，
云："'柯叶''枝条'，盖指司马休之之事。休之拒守荆州，而
道赐发宣城，楚之据长社。迨刘裕克江陵，奔亡相继，而晋祚
始斩。"其说考《晋书》中相关人物传记，将史著所载人、事，
结合诗中的语句，推测其意旨所在。[1] 再如同组诗中的"厌闻世
上语，结友到临淄。稷下多谈士，指彼决吾疑。……行行停出
门，还坐更自思。不怨道里长，但畏人我欺。万一不合意，永
为世笑嗤。……"只是提到交游问学的情况，用的是战国时的
典故，而具体情形为何，确有考索的必要。近现代注陶者皆以
为所谓决疑之谈士，当为白莲社中人。龚斌先生引《莲社高贤
传·陶渊明传》载："远法师与诸贤结莲社，以书招渊明。渊明
曰：'若许饮则往。'许之，遂造焉。忽攒眉而去。"[2] 将传中所
载与诗"行行停出门"等句合勘，诗中所叙之事便明晓了。

陶诗的这些注释，都是明清以后近古乃至近现代学者所注，
但这里能看出以索隐解诗的传统。这种索解，对诗意有发覆之
功，盖因诗人的写作，也的确有隐微的意图在，中古的研究者，
应该也有相似的见解，观《宋书》所论可知，只是很多资料已
淹没在历史的尘埃中了。加上陶的诗风不合六朝主流，诗名湮
灭于当代，致使留下资料很少。唐前论陶者，今存颜延之的诔

---

① 龚斌：《陶渊明集校笺》，上海古籍出版社 1996 年版，第 287—288 页。
② 龚斌：《陶渊明集校笺》，上海古籍出版社 1996 年版，第 283 页。

文，萧统的传、序及诗文选，沈约的传，钟嵘的论评，阳休之的笺注，等等。沈约传记"永初以来，唯云甲子"，为陶诗政治索隐之滥觞。在《宋书·隐逸传》的史论中，史臣曰："夫独往之人，皆禀偏介之性。不能摧志屈道，借誉期通。若使值见信之主，逢时来之运，岂其放情江海，取逸丘樊，盖不得已而然故也。"① 一方面从文化的角度，谓隐逸者乃"不能摧志屈道"之人；另一方面，论及"见信之主，时来之运"等，又是从政治立场、选择等方面着眼。萧统《陶渊明集序》辨陶诗篇篇有酒云："吾观其意不在酒，亦寄酒为迹也。"② 虽未就此具体深入下去，但解诗的途径也是指向索隐的。所以，后人索隐陶诗，探其本事，亦非凭虚而起，而是伴随着陶诗文本，一直就存在的一种笺释的趋向。

索隐笺释源远流长，延至近现代，陈寅恪先生的唐诗证唐史，将其发展为史学研究的重要方法，而从文学的角度来看，这一方法，无疑也是拓展了诗歌叙事传统的容涵。陈氏的《元白诗笺证稿》，将元白诗和唐史相印证，从内外表里多个层次，揭示二人诗歌中的叙事，从中可见中国古典诗歌到唐中期之后，其叙事的丰富曲折，已达到怎样的高度。当代学者邓小军教授《诗史释证》《古诗考释》《董小宛入清宫与顺治出家考》等著述及系列论文，考释陶渊明《述酒》诗旨，李白从璘真相，杜甫《北征》诗意，顺治与董小婉关系等，将微言诗歌批评推向极致。

---

① 《宋书》卷九十三《隐逸传》，中华书局1974年版，第2297页。
② 萧统：《陶渊明集序》，龚斌：《陶渊明集校笺》附录一，上海古籍出版社1996年版，第470页。

　　微言及其批评是中国古典诗歌特殊的诗学现象，由于诗人的身份大多兼为儒士，士以仕为本职，故其与政治有着天然的联系。诗歌创作因是与历史、现实政治均存在深切的关系，而由于现实主客观的种种原因，诗歌所要表达的内容，往往要通过很曲折的途径来传达。比兴、寓托、意象等，均是在中国古典诗歌的实际创作环境中形成的创作方法和阐释特点，由此形成古典诗歌独特的美学特色。由于微言将文本视作一种通向本事的特殊的符号系统，故微言诗歌批评索隐本事，对于诗歌叙事传统的深化、拓展，有着不可忽视的作用。

　　在诗歌创作中，我们也每每见到一种诗、传，或诗、记合一的现象，两种文体在叙事上互相说明、笺释，共同深化所要叙写的主题。如陶渊明的《桃花源记》与《桃花源诗》，王勃的《滕王阁序》与《滕王阁诗》，元稹的《会真诗》与《莺莺传》，白居易的《长恨歌》与陈鸿的《长恨歌传》，郑嵎的《津阳门诗》并序，等等。微言笺释并非均为史实，其间附会之处甚多，笺释者本人对此往往也有清醒的认识。如陈沆笺阮籍诗，就说："奥诘则索解隐微……取易寻求，无嫌穿凿。"① 诗的文本与正史、野史杂传，附会传说等产生千丝万缕的联系，也使诗与史传、小说等深度互文，从文学表现上，就是抒情、说理、描写、叙事等方法，相互之间的融合和渗透。

---

① 　陈沆：《诗比兴笺》，中华书局 1959 年版，第 40 页。

主要参考文献

（不含单篇论文）

［1］司马迁：《史记》，中华书局，1982 年

［2］班固：《汉书》，中华书局，1964 年

［3］裴松之：《三国志》，中华书局，1964 年

［4］房玄龄：《晋书》，中华书局，1974 年

［5］沈约：《宋书》，中华书局，1974 年

［6］萧子显：《南齐书》，中华书局，1972 年

［7］魏徵：《隋书》，中华书局，1973 年

［8］刘昫：《旧唐书》，中华书局，1975 年

［9］欧阳修等：《新唐书》，中华书局，1975 年

［10］杨伯峻：《春秋左传注》（修订本），中华书局，1990 年

［11］洪兴祖：《楚辞补注》，中华书局，1983 年

［12］沈德潜：《古诗源》，中华书局，1963 年

［13］严可均辑《全上古三代秦汉三国六朝文》，中华书局，1958 年

［14］逯钦立：《先秦汉魏晋南北朝诗》，中华书局，1983 年

［15］殷孟伦：《汉魏六朝百三家集题辞注》，中华书局，2007 年

［16］汪绍楹：《艺文类聚》，上海古籍出版社，1982 年

［17］隋树森：《古诗十九首集释》，中华书局，1955 年

［18］钟惺、谭元春：《诗归》，湖北人民出版社，1985 年

［19］萧统编，李善注《文选》，上海古籍出版社，1986 年

［20］萧统编，李善、吕延济、刘良、张铣、吕向、李周翰注《六臣注文

选》，浙江古籍出版社，1999 年

［21］郭茂倩：《乐府诗集》，中华书局，1979 年

［22］吴兆宜：《玉台新咏笺注》，中华书局，1985 年

［23］彭定求等：《全唐诗》，中华书局，1960 年

［24］陈尚君：《全唐诗补编》，中华书局，1992 年

［25］黄节：《黄节注汉魏六朝诗六种》，人民文学出版社，2008 年

［26］赵幼文：《曹植集校注》，人民文学出版社，1998 年

［27］黄节：《阮步兵咏怀诗注》，人民文学出版社，1957 年

［28］陈伯君：《阮籍集校注》，中华书局，1987 年

［29］杨明：《陆机集校笺》，上海古籍出版社，2016 年

［30］龚斌：《陶渊明集校笺》，上海古籍出版社，1996 年

［31］龚斌：《世说新语校笺》，上海古籍出版社，2011 年

［32］詹锳：《文心雕龙义证》，上海古籍出版社，1989 年

［33］曹旭：《诗品集注》（增订本），上海古籍出版社，2011 年

［34］倪璠：《庾子山集注》，中华书局，1980 年

［35］《唐人选唐诗十种》，上海古籍出版社，1978 年

［36］李壮鹰：《诗式校注》，齐鲁书社，1986 年

［37］沈德潜：《唐诗别裁集》，上海古籍出版社，1979 年

［38］彭庆生：《陈子昂集校注》，黄山书社，2015 年

［39］项楚：《王梵志诗校注》，上海古籍出版社，2010 年

［40］祝尚书：《卢照邻集笺注》，上海古籍出版社，2011 年

［41］徐鹏：《孟浩然集校注》，人民文学出版社，1998 年

［42］詹锳：《李白全集校注汇释集评》，百花文艺出版社，1996 年

［43］陈铁民：《王维集校注》，中华书局，1997 年

［44］谢思炜：《杜甫集校注》，上海古籍出版社，2015 年

［45］孙望：《元次山集》，中华书局，1960 年

［46］元稹：《元稹集》，中华书局，1982 年

［47］朱金城：《白居易集笺校》，上海古籍出版社，1988 年

［48］皮日休：《皮子文薮》，上海古籍出版，1981 年

［49］胡应麟：《诗薮》，上海古籍出版社，1958 年

［50］许学夷：《诗源辩体》，人民文学出版社，1987 年

［51］王士禛：带经堂诗话》，人民文学出版社，1998 年

［52］何焯：《义门读书记》，中华书局，1987 年

［53］何文焕：《历代诗话》，中华书局，1981 年

［54］丁福保：《历代诗话续编》，中华书局，1983 年

［55］丁福保：《清诗话》，上海古籍出版社，1999 年

［56］郭绍虞：《清诗话续编》，上海古籍出版社，1983 年

［57］陈沆：《诗比兴笺》，中华书局，1959 年

［58］罗仲鼎：《艺苑卮言校注》，齐鲁书社，1992 年

［59］浦起龙：《史通通释》，上海古籍出版社，1978 年

［60］刘熙载：《艺概》，上海古籍出版社，1978 年

［61］王国维：《王国维遗书》，上海书店，1983 年

［62］刘师培：《中国中古文学史讲义》，人民文学出版社，1957 年

［63］胡适：《白话文学史》，上海古籍出版社，1999 年

［64］闻一多：《唐诗杂论》，上海古籍出版社，1998 年

［65］萧涤非：《汉魏六朝乐府文学史》，人民文学出版社，1984 年

［66］钱锺书：《谈艺录》，生活·读书·新知三联书店，2016 年

［67］钱锺书：《管锥编》，生活·读书·新知三联书店，2007 年

［68］王运熙：《乐府诗述论（增补本）》，上海古籍出版社，2006 年

［69］王运熙：《汉魏六朝唐代文学论丛》，复旦大学出版社，2002 年

［70］王运熙、杨明：《魏晋南北朝文学批评通史》，上海古籍出版社，
1989 年

［71］罗宗强：《魏晋南北朝文学思想史》，中华书局，1996 年

［72］罗宗强：《隋唐五代文学思想史》，中华书局，1999 年

［73］刘知渐：《建安文学编年史》，重庆文学出版社，1985 年

［74］曹道衡、刘跃进：《南北朝文学编年史》，人民文学出版社，2000 年

［75］刘师培：《中国中古文学史讲义》，上海古籍出版社，2019 年

［76］鲁迅：《中国小说史略》，上海古籍出版社，2019 年

［77］章培恒、骆玉明：《中国文学史》，复旦大学出版社，1997 年

［78］陈伯海：《唐诗汇评》，浙江教育出版社，1995 年

［79］葛晓音：《八代诗史》，中华书局，2012 年

［80］董乃斌：《中国小说的文体独立》，中国社会科学出版社，1994 年

［81］王仲陵：《中国中古诗歌史》，人民出版社，2005 年

［82］曹旭：《六朝诗学论集》，上海古籍出版社，2021 年

［83］路南孚：《中国历代叙事诗歌：先秦两汉魏晋南北朝编》，山东文艺出版社，1987 年

［84］程相占：《中国古代叙事诗研究》，广西师范大学出版社，2002 年

［85］张寅德：《叙述学研究》，中国社会科学出版社，1989 年

［86］胡亚敏：《叙事学》，华中师范大学出版社，2004 年

［87］傅修延：《中国叙事学》，北京大学出版社，2015 年

［88］陈国球：《抒情之现代性》，生活·读书·新知三联书店，2014 年

［89］浦安迪：《中国叙事学》，北京大学出版社，2018 年

［90］朱光潜：《西方美学史》，人民文学出版社，1979 年

［91］亚里士多德著，陈中海译《诗学》，商务印书馆，1996 年

［92］（法）热拉尔·热奈特著，王文融译《叙事话语·新叙事话语》，中国社会科学出版社，1990 年

［93］（以）施洛米丝-雷蒙-凯南著，赖干坚译《叙事虚构作品：当代诗学》，厦门大学出版社，1991 年

［94］（荷）米克·巴尔著，谭君强译《叙述学——叙事理论导论》，中国社会科学出版社，2003 年

［95］（美）詹姆士·费伦等主编，申丹等译《当代叙事理论指南》，北京大学出版社，2007 年

［96］（德）彼得·霍恩、詹斯·基弗著，谭君强译《抒情诗叙事学分析：16—20 世纪英诗研究》，北京师范大学出版社，2020 年

后　记

　　从本科毕业那年报考董乃斌先生的研究生算起，追随先生近十年。然而，直到博士毕业，有机缘跟随董先生从事博士后研究，方得亲炙先生的道德文章。在董先生的指导和提携之下，我接连参加了"文学史学原理研究""中国文学叙事传统研究"等课题，通过这些课题，慢慢摸索着学术研究的方法和门径，个人职业和学术生涯也因此得到长足的发展。

　　"中国诗歌叙事传统研究"是董先生2015年领衔的国家社科基金重大项目，本书是这个项目的一个子课题。董先生早年治唐代诗文以及传奇小说，深刻了解中国文学的基础骨架是由抒情、叙事两大传统共同组成。因此，当陈世骧先生在20世纪70年代提出"中国文学主要是一个抒情传统"的说法，学术直觉和研究经验立刻告诉董先生，这一提法具有很强的偏颇性。"抒情传统说"最初只是流布于台港和海外，改开后始波及内陆并不断发酵，世纪之交在大陆学界产生越来越广泛的影响，乃至形成中国文学史学的"抒情传统"流派。这进一步促使董先生感到有必要重视这一学术思潮，有责任为之正本清源、补正纠偏。

　　董先生先是带领团队完成中国文学叙事传统研究的课题，由之再进入中国诗歌叙事传统研究，这是由博入约，也是深入根本。中国古典诗歌历来被认为是抒情性极强的文体，抒情传统论者正是以诗歌作为其立论最为有力的证据，如果通过我们的研究，诗歌的叙事传统得以彰明，则"中国文学主要是一个抒情传统"的说法也就不攻自破了。这里有必要指出，董先生提出中国文学的叙事传统，旨在补正抒情独大的偏颇，而非否定中国文学的抒情传统。叙事、抒情并重，通过叙事传统的研究，认证中国文学史两大传统互融互渗、双线并贯的史实，是董先生的基本观点，也是我们这个课题贯彻始终的指导思想。

当然，作为一个由诸多子项目组成的大课题，每个课题组的思路、侧重点都不尽相同，董先生充分尊重各课题组的自主性，因此，围绕中心而又各具特色、自成系统，遂成为我们这个项目的特点。具体到我这一段，我着重从文学思想、思维方式、文体演变、文学批评等方面，寻绎抒情、叙事的消长轨迹，思考其如何影响并制约着文学史的演化，塑造着文学史的风貌。

在我看来，叙事不仅是一个文学传统，也是一种文学精神，其要求文学具备反映现实、保存历史、善善恶恶的功能和效用，本质上是通过文学贯彻儒家的价值观。而陈世骧先生的中国文学抒情传统说，源自"五四"的自由主义精神基因，某种程度上可以看成新文化运动在彼岸与海外的发扬。儒家思想文化是"五四"最主要的批判对象，文学又是"五四"用以批判儒家思想最重要的武器，因为文学确实天然地寓含着个人主义与自由主义的因素。陈世骧先生以抒情传统张扬文学的自由精神，推崇个体主义，揭示了文学的自由本质，对文学家赋予理想性的想象，这些无疑是值得肯定的。不妨说，"抒情传统"是一种文学传统，甚至可以说是最能反映文学自由精神的传统，但却不能说它是中国文学的主要传统，因为中国文学的实际，是以儒家思想作为价值主体的，恰恰站在陈世骧抒情传统说的另一面。

不过，陈世骧先生的抒情传统论却启发了我对文学史的全局性思考，找到叙事传统研究的切入点。文学具有先天的自由性，而中国的历史与社会则是以儒家思想为主流，注重群体与社会价值。这样，文学的自由性和历史、现实的不自由性，形成有意味的张力，这张力同时也是文学史演化的重要动力，其在文学史实践上最重要的表现就是抒情与叙事的博弈互动。这种博弈互动既在内容上表现为作家个性与社会现实的冲突、和解，又表现为文学形式的更新演化。

文学史的实质就是形式史，形式在文学中最具本质意义。抒情、叙事的博弈既表现在文学形式中，又推动和创造着形式。为何长篇古体诗、民间乐府诗长于叙事，为何文人诗叙事性的消减伴随着诗歌体式的微缩？叙事、抒情与诗体演化的因果关系显而易见，然而却一直未引起注意。形式演变还包括语言、格律、声色等的演化，同样受到抒情、叙事博弈互动的影响。诗体、文体、语言、文法、诗格等，因此被纳入本书的思考范围。这也是本段研究的一个特点，即思考和论述的范围不限于叙事本身，而是更关注叙事、抒情的关系，以及这一关系变化所引发的诗歌史的连环变动。

这一研究策略，是基于此段诗歌的实际情况。魏晋南北朝时期文人诗大盛，大多侧重抒情，与两汉民间乐府偏重叙事形成鲜明的对比。那么，抒情性很强的文人诗是如何建构叙事传统的？我们当然可以说没有纯粹的抒情，一切抒情都得通过事；也可以说，事是情的基础和根源，情与事本就密不可分。但这些均属原理性判断，普遍适用于中国诗史。就此段而言，抒情与叙事的博弈导致诗歌体式的演变，才是最具特色、最值得关注的诗史问题。

叙事学作为一门学科，主要建立在西方文学经验之上，在叙事学的理论视域下，魏晋南北朝的文人诗显然并不具备叙事的典型性。然而，这正是此段诗歌对于叙事研究的意义所在。当我们从抒情、叙事博弈互动的角度，考察其对诗歌体式、文本形态、文学精神等的重要影响，论证此段诗歌的叙事特色以及对叙事传统的建构，实际上是在为叙事学贡献中国文学的经验。抒情、叙事的博弈互动，正是中国诗歌叙事的重要特色，与西方叙事学既形成对比，又发生呼应。

叙事还是一种写作思维，其外化则表现为文本秩序。这在中国文学传统而言，即所谓"言有序"；在西方叙事学而言，即文本结构。叙事作为一种写作思维和文本秩序，是具备普遍性的文学原理，中西叙事学在这一方面便有着深刻的共通和呼应。任何诗歌都离不开叙事思维及其所建构的时空秩序，都必须依此为基干方得成型。或曰也存在反叙事的抒情诗，比如"意识流"就是反叙事写作，但一者此类写作在中国诗歌中存量有限，也未形成传统；二者从心理学的角度看，"意识流"也是有序可循的，同样受制于叙事思维。

在进行这一课题之前，很多想法并不成熟，随着研究的深入，越来越理解董先生为何要提出这一学术命题，对先生的学术眼光和识见由衷钦佩。我也在研究中逐渐形成自己的一些见解。上述内容部分见于书稿或学术期刊，部分就是研究中的收获与体悟，尚有待进一步完善。课题匆匆完成，不可避免时下课题成果一些通病，对此我心知肚明且充满羞愧。不过，这本小书也并非毫无意义，毕竟，它打开了我的思路，开阔了我的视野。古人说"方其搦翰，气倍辞前，暨乎篇成，半折心始"，我的感觉更有过之：篇成之时，我发现自己对诗歌叙事传统的思考，才刚刚开始。

李翰

2024 年 7 月于上海